ISAAC ASIMOV

Die Rückkehr zur Erde

Roman

Deutsche Erstausgabe

WILHELM HEYNE VERLAG
MÜNCHEN

HEYNE ALLGEMEINE REIHE
Nr. 01/6861

Titel der amerikanischen Originalausgabe
FOUNDATION AND EARTH
Deutsche Übersetzung von Heinz Nagel

2. Auflage

Redaktion: Wolfgang Jeschke
Copyright © 1986 by Nightfall, Inc.
Copyright © der deutschen Übersetzung 1987
by Wilhelm Heyne Verlag GmbH & Co. KG, München
Printed in Germany 1987
Umschlagzeichnung: Young Artists/Les Edwards/Schlück
Umschlaggestaltung: Atelier Ingrid Schütz, München
Satz: IBV Satz- und Datentechnik GmbH, Berlin
Druck und Bindung: Presse-Druck Augsburg

ISBN 3-453-00259-8

Dem Andenken an Judy-Lynn del Rey
(1943–1986)
gewidmet, einer Riesin an Geist und Verstand.

Inhalt

TEIL SECHS: ALPHA

TEIL SIEBEN: ERDE

DIE GESCHICHTE
HINTER DER FOUNDATION

Am 1. August 1941, als junger Mann von einundzwanzig Jahren, ich lehrte an der Columbia University Chemie und schrieb seit drei Jahren berufsmäßig Science Fiction, war ich in großer Eile zu John Campbell, dem Herausgeber von *Astounding*, unterwegs, dem ich bis zu diesem Zeitpunkt fünf Stories verkauft hatte. Es drängte mich danach, ihm eine neue Idee vorzutragen, die ich für eine Science Fiction-Story hatte.

Meine Idee war, einen historischen Roman der Zukunft zu schreiben, die Geschichte des Niedergangs des galaktischen Imperiums zu erzählen. Meine Begeisterung muß ansteckend gewesen sein, denn Campbell erregte der Gedanke ebenso wie mich. Er wollte nicht, daß ich nur eine Story schreiben sollte; er wollte eine Serie, in der die ganze Geschichte der tausend Jahre des Chaos zwischen dem Niedergang des ersten galaktischen Imperiums und dem Aufstieg des zweiten galaktischen Imperiums skizziert werden sollte. Das Ganze sollte durch die Wissenschaft der ›Psychohistorik‹ aufgehellt werden, die Campbell und ich miteinander ausarbeiteten.

Die erste Geschichte erschien in der Mai-Ausgabe des Jahres 1942 von *Astounding*, die zweite in der Juni-Ausgabe 1942. Die Stories waren sofort populär, und Campbell sorgte dafür, daß ich sechs weitere schrieb, ehe das Jahrzehnt endete. Länger wurden die Geschichten auch. Die erste war nur zwölftausend Wörter lang, die beiden letzten der drei Stories umfaßten je fünfzigtausend Wörter.

Als das Jahrzehnt um war, hatte ich die Lust an der Serie verloren, ließ sie fallen und wandte mich anderen Dingen zu. Um die Zeit freilich fingen verschiedene Verlagshäuser an, festgebundene Science Fiction-Bücher herauszubringen. Ein solches Haus war eine halbprofessionelle Firma: Gnome Press. Sie verlegten meine Foundation-Serie in drei Bänden: *Foundation* (1951), *Foundation and*

Empire (1952) und *Second Foundation* (1953).* Zusammen wurden die drei Bücher als die *Foundation Trilogy* bekannt.

Die Bücher waren kein besonderer Erfolg, da Gnome Press nicht über die Mittel verfügte, um sie werblich entsprechend zu unterstützen. Ich bekam von ihnen weder Lizenzgebühren noch Kontoauszüge.

Anfang 1961 teilte mir mein damaliger Herausgeber bei Doubleday, Timothy Seldes, mit, er hätte von einem ausländischen Verlag, der die Foundation-Bücher nachdrucken wolle, eine Anfrage erhalten. Da es sich um keine Doubleday-Bücher handelte, gab er die Anfrage an mich weiter. Ich zuckte die Achseln. »Nicht interessiert, Tim. Ich bekomme für diese Bücher keine Lizenzen.«

Seldes war erschüttert und machte sich sofort daran, sich die Rechte an den Büchern von Gnome Press (die damals bereits im Sterben lagen) zu beschaffen, worauf diese im August jenes Jahres (zusammen mit *I, Robot*) Eigentum von Doubleday wurden.

Von diesem Augenblick an erklomm die Foundation-Serie die Erfolgsleiter und begann ständig wachsende Lizenzeinnahmen zu verdienen. Doubleday verlegte die Trilogie in einem einzigen Band und vertrieb sie durch den Science Fiction-Buchklub. Dadurch wurde die Foundation-Serie enorm bekannt.

Bei der World Science Fiction Convention des Jahres 1966, die in Cleveland abgehalten wurde, forderte man die Fans auf, ihre Stimme über eine Kategorie der ›besten Serien aller Zeiten‹ abzugeben. Das war das erstemal (und bis jetzt auch das letztemal), daß diese Kategorie bei den Bewerbungen um den Hugo Gernsback Award, dem begehrtesten Preis auf dem Gebiet der Science Fiction, aufgenommen worden war. Die *Foundation Trilogy* gewann den Preis, was weiter zur Popularität der Serie beitrug.

Immer wieder wurde ich von Lesern aufgefordert, die Serie fortzuführen. Ich war zwar höflich, blieb aber in meiner Ablehnung standhaft. Dennoch faszinierte es mich, daß Leute, die noch nicht auf der Welt gewesen waren, als die Serie ihren Anfang nahm, von ihr begeistert waren.

Doubleday freilich nahm diese Wünsche viel ernster als ich. Zwanzig Jahre lang hatten mir die Leute nachgegeben. Aber als die

* In deutscher Sprache erschienen unter dem Titel *Der Tausendjahresplan* (HEYNE TASCHENBUCH 06/3080), *Der galaktische General* (HEYNE TASCHENBUCH 06/3082), *Alle Wege führen nach Trantor* (HEYNE TASCHENBUCH 06/3084).

Wünsche an Eindringlichkeit und Zahl zunahmen, verlor der Verleger schließlich die Geduld. 1981 teilte der Verleger mir mit, daß ich einen weiteren Foundation-Roman schreiben müsse, und bot mir, um die Forderung entsprechend zu versüßen, einen Vertrag mit dem Zehnfachen meiner üblichen Vorauszahlung an.

Etwas nervös stimmte ich zu. Seit ich das letzte Mal eine Foundation-Story geschrieben hatte, waren zweiunddreißig Jahre vergangen, und diesmal hatte man mich angewiesen, eine von hundertvierzigtausend Wörtern zu schreiben, also den doppelten Umfang der früheren Bände und fast den dreifachen Umfang irgendeiner der vorangegangenen Einzelstories. Ich las die Foundation Trilogy aufs neue, atmete tief durch und stürzte mich auf die Aufgabe.

Das vierte Buch der Serie *Foundation's Edge* (*Auf der Suche nach der Erde*, HEYNE TASCHENBUCH 01/6401) wurde im Oktober 1982 veröffentlicht. Und dann geschah etwas sehr Seltsames: Es tauchte sofort auf der Bestsellerliste der *New York Times* auf. Tatsächlich blieb es sogar, zu meinem allergrößten Erstaunen, fünfundzwanzig Wochen auf dieser Liste. Mir war so etwas noch nie zuvor widerfahren.

Doubleday nahm mich sofort unter Vertrag, um weitere Romane zu schreiben. Und ich schrieb zwei, die einer anderen Serie angehörten, *The Robot Novels*. – Und dann war es Zeit, zur *Foundation* zurückzukehren.

So schrieb ich *Foundation and Earth*, einen Roman, der in dem Augenblick beginnt, in dem *Foundation's Edge* endet. Und das ist das Buch, das Sie jetzt in der Hand halten. Es könnte vielleicht hilfreich sein, wenn Sie einen Blick auf *Foundation's Edge* (Auf der Suche nach der Erde) werfen würden, um Ihr Gedächtnis aufzufrischen, aber notwendig ist es nicht. *Foundation and Earth* (Die Rückkehr zur Erde) steht auf eigenen Füßen. Ich hoffe, es macht Ihnen Spaß.

Isaac Asimov
New York City, 1986

ERSTER TEIL

Gaia

1. DIE SUCHE BEGINNT

1

»Warum hab' ich es getan?« fragte Golan Trevize.

Die Frage war nicht neu. Er hatte sie sich seit seinem Eintreffen auf Gaia häufig gestellt. Manchmal erwachte er in der angenehmen Kühle der Nacht aus tiefem Schlaf und fand die Frage vor, wie sie lautlos in seinem Bewußtsein klang, wie der Schlag einer winzigen Trommel: Warum hab' ich es getan? Warum hab' ich es getan?

Aber jetzt hatte er es das erstemal geschafft, sie Dom, dem Alten von Gaia, zu stellen.

Dom war sich der Spannung, unter der Trevize stand, wohl bewußt, denn er konnte den Geist des Ratsherrn fühlen. Er gab keine Antwort auf die Frage. Gaia durfte *niemals* in irgendeiner Weise Trevizes Bewußtsein antasten, und die beste Art, dieser Versuchung gegenüber immun zu bleiben, war es, sorgfältig das, was er fühlte, zu ignorieren.

»Was getan, Trev?« fragte er. Es fiel ihm schwer, mehr als eine Silbe zu benutzen, wenn er zu jemandem sprach, und das war nicht wichtig. Trevize begann sich daran zu gewöhnen.

»Die Entscheidung, die ich getroffen habe«, sagte Trevize. »Die Entscheidung, Gaia als die Zukunft zu wählen.«

»Sie hatten recht, so zu handeln«, sagte Dom, der vor dem Mann von der Foundation saß und mit seinen uralten, tiefliegenden Augen zu ihm aufblickte.

»Sie *sagen*, daß ich recht habe«, meinte Trevize ungeduldig.

»Ich/wir/Gaia wissen, daß es so ist. Das macht Ihren Wert für uns aus. Sie besitzen die Fähigkeit, aufgrund unvollständiger Daten die richtige Entscheidung zu treffen. Und Sie haben die Entscheidung getroffen. Sie haben Gaia gewählt! Sie haben die Anarchie eines galaktischen Imperiums, das auf der Technologie der ersten Stiftung aufbaut, abgelehnt und ebenso die Anarchie eines galaktischen Imperiums, das auf der Mentalik der zweiten Stiftung gegründet ist. Sie haben entschieden, daß keines von beiden lang stabil sein könnte. Also haben Sie Gaia gewählt.«

»Ja«, sagte Trevize. »Genau! Ich habe Gaia gewählt, einen Superorganismus; einen ganzen Planeten mit einem gemeinsamen Bewußtsein und einer gemeinsamen Persönlichkeit, so daß man ›ich/wir/Gaia‹ als Pronomen dafür erfinden muß, um das nicht Ausdrückbare auszudrücken.« Er schritt unruhig auf und ab. »Und am Ende wird Galaxia daraus werden, ein Super-Superorganismus, der den ganzen Sternenschwarm der Milchstraße umfaßt.«

Er blieb stehen und drehte sich abrupt, beinahe brüsk zu Dom herum und sagte: »Ich fühle, daß ich recht habe, so wie Sie das fühlen. Aber Sie *wollen*, daß es zu Galaxia kommt, und sind deshalb mit der Entscheidung zufrieden. Aber in mir ist etwas, daß das *nicht* will, und aus diesem Grund kann ich nicht so ohne weiteres hinnehmen, daß die Entscheidung richtig wäre. Ich will daher wissen, *warum* ich die Entscheidung getroffen habe. Ich möchte das abwägen und beurteilen können und damit zufrieden sein. Nur das Gefühl zu haben, daß sie richtig war, reicht nicht. Wie kann ich *wissen*, daß ich recht habe?«

»Ich/wir/Gaia wissen nicht, wie es dazu kam, daß Sie die richtige Entscheidung getroffen haben. Ist es denn wichtig, das zu wissen, solange wir doch die Entscheidung haben?«

»Sie sprechen für den ganzen Planeten, nicht wahr? Für das gemeinsame Bewußtsein eines jeden Tautropfens, eines jeden Kieselsteins, ja sogar des glutflüssigen Kerns des Planeten?«

»Ja, das tue ich, und das kann jeder Teil des Planeten, in dem die Intensität des gemeinschaftlichen Bewußtseins groß genug ist.«

»Und all dieses gemeinschaftliche Bewußtsein ist damit zufrieden, mich als eine Black Box zu benutzen, einen geistlosen Mechanismus, von dem man nur weiß, daß er funktioniert? Ist es deshalb unwichtig, zu wissen, was sich in dieser Black Box befindet? – Mir paßt das nicht. Es macht mir keinen Spaß, eine Black Box zu sein. Ich will wissen, was drinnen ist. Ich will wissen, wie und weshalb ich Gaia und Galaxia als die Zukunft gewählt habe, damit ich Ruhe und inneren Frieden finden kann.«

»Aber warum empfinden Sie für Ihre Entscheidung solche Abneigung und solches Mißtrauen?«

Trevize atmete tief und sagte dann langsam, mit leiser und eindringlicher Stimme: »Weil ich nicht Teil eines Superorganismus sein möchte. Ich will kein jederzeit verzichtbares Teil sein, das man einfach entfernt, wenn der Superorganismus zu dem Schluß gelangt, daß es für das Wohl des Ganzen nützlich wäre, es zu entfernen.«

Dom sah Trevize nachdenklich an. »Wollen Sie denn dann Ihre Entscheidung ändern, Trev? Sie wissen, daß Sie das können.«

»Ich sehne mich danach, die Entscheidung zu ändern, aber ich kann das nicht nur deshalb tun, weil ich sie nicht mag. Um jetzt etwas zu tun, muß ich *wissen*, ob die Entscheidung falsch oder richtig ist. Es reicht einfach nicht aus, sie als richtig zu *empfinden*.«

»Wenn Sie die Empfindung haben, recht zu haben, haben Sie auch recht.« Und die ganze Zeit diese langsam sprechende, sanfte Stimme, die Trevize durch ihren Kontrast zu seinem inneren Aufruhr immer wilder machte.

Und dann sagte Trevize halb im Flüsterton, als könne er damit aus den unlösbaren Schranken zwischen Fühlen und Wissen ausbrechen: »Ich muß die Erde finden.«

»Weil sie etwas mit Ihrem leidenschaftlichen Bedürfnis, alles genau zu wissen, zu tun hat?«

»Weil sie ein weiteres Problem ist, das mich unerträglich quält, und weil ich *fühle*, daß es eine Verbindung zwischen den beiden gibt. Bin ich denn keine Black Box? Ich *fühle*, daß es eine Verbindung gibt. Reicht das für Sie nicht aus, um es als Tatsache zu akzeptieren?«

»Vielleicht«, sagte Dom gleichmütig.

»Auch wenn Tausende von Jahren – zwanzigtausend vielleicht – vergangen sind, seit die Menschen der Galaxis sich um die Erde gekümmert haben, wie kann es da möglich sein, daß wir alle den Planeten vergessen haben, auf dem unser Ursprung lag?«

»Zwanzigtausend Jahre ist länger, als Ihnen bewußt ist. Es gibt viele Aspekte des frühen Imperiums, von dem wir wenig wissen; viele Legenden, die fast sicher in den Bereich des Märchens gehören, die wir aber immer aufs neue wiederholen und sogar glauben, weil wir nichts anderes an ihre Stelle setzen können. Und die Erde ist älter als das Imperium.«

»Aber es muß doch ganz sicher irgendwelche Aufzeichnungen geben. Mein guter Freund Pelorat sammelt Mythen und Legenden der frühen Erde; alles, was er aus irgendwelchen Quellen zusammentragen kann. Das ist sein Beruf und – noch wichtiger – sein Hobby. Aber jene Mythen und Legenden sind alles, was es gibt. Echte Aufzeichnungen gibt es nicht und auch keine Dokumente.«

»Dokumente, die zwanzigtausend Jahre alt sind? Die Dinge zerfallen, gehen unter, werden durch Ungeschicklichkeit oder Krieg vernichtet.«

»Aber es sollte Aufzeichnungen der Aufzeichnungen geben – Kopien, Kopien der Kopien und Kopien der Kopien der Kopien; nützliches Material, das viel jünger als zwanzig Millenien ist. Man hat sie entfernt. Die galaktische Bibliothek in Trantor muß Dokumente besessen haben, die die Erde betreffen. In bekannten historischen Aufzeichnungen gibt es Hinweise auf jene Dokumente; aber die Dokumente selbst existieren nicht mehr in der galaktischen Bibliothek. Die Hinweise auf sie mögen vielleicht existieren, aber keine Zitate daraus.«

»Sie sollten daran denken, daß Trantor vor ein paar hundert Jahren geplündert worden ist.«

»Die Bibliothek ist dabei unberührt geblieben. Das Personal der Zweiten Foundation hat sie beschützt. Und dieses Personal hat in jüngster Zeit entdeckt, daß kein Material in bezug auf die Erde mehr existiert. Das Material ist in letzter Zeit bewußt entfernt worden. Warum?« Trevize hörte auf, hin und her zu gehen, und sah Dom eindringlich an. »Wenn ich die Erde finde, werde ich auch finden, was sie verbirgt...«

»Verbirgt?«

»Ja, was sie verbirgt. Oder was verborgen wird. Und sobald ich das herausgefunden habe, werde ich auch wissen – das fühle ich –, weshalb ich Gaia oder Galaxia den Vorzug vor unserer Individualität gegeben habe. Und dann, so glaube ich, werde ich *wissen* – nicht nur fühlen –, daß ich recht habe. Und wenn ich recht habe«, er hob hilflos die Schultern, »dann möge es so sein.«

»Wenn Sie fühlen, daß es so ist«, sagte Dom, »und wenn Sie fühlen, daß Sie nach der Erde suchen müssen, dann werden wir Ihnen natürlich nach besten Kräften behilflich sein. Aber diese Hilfe ist beschränkt. So wissen ich/wir/Gaia beispielsweise nicht, wo die

Erde sich in der ungeheuren Wildnis von Welten befinden mag, aus der die Galaxis besteht.«

»Trotzdem«, sagte Trevize, »ich muß suchen. Selbst wenn der endlose Staub der Sterne in der Galaxis die Suche hoffnungslos erscheinen läßt – und selbst wenn ich ganz allein suchen muß.«

2

Trevize war von der Zahmheit Gaias umgeben. Die Temperatur war wie stets behaglich, und die Luft bewegte sich angenehm; erfrischend, aber nicht kühl. Wolken zogen über den Himmel und bedeckten hie und da die Sonne. Und wenn an diesem oder jenen Ort der Wasserdampfgehalt pro Meter offener Landfläche hinreichend absank, dann würde es ohne Zweifel genug Regen geben, um wieder das normale Niveau herzustellen.

Die Bäume wuchsen in regelmäßigen Abständen, wie in einem Hain, und dies ohne Zweifel auf der ganzen Welt. Das Land und die See waren in der richtigen Zahl und der richtigen Vielfalt mit pflanzlichem und tierischem Leben versehen, um ein angemessenes ökologisches Gleichgewicht zu liefern. Und sie alle vermehrten oder verminderten sich ohne Zweifel in langsamem Wandel, so daß stets die angemessene Toleranz beiderseits der einmal als richtig erkannten optimalen Zahl erhalten blieb, so wie es bei der Zahl menschlicher Wesen auch der Fall war.

Von allen Gegenständen in Trevizes Gesichtskreis war der einzige, der diese Harmonie störte, sein Schiff, die *Far Star*.

Das Schiff war von einer Anzahl der menschlichen Komponenten Gaias effizient und gut gesäubert und überholt worden. Man hatte seine Vorräte an Lebensmitteln und Getränken aufgefrischt, seine Einrichtung erneuert oder ersetzt und seine einwandfreie mechanische Funktion noch einmal überprüft. Trevize selbst hatte den Schiffscomputer sorgfältig überprüft.

Auch neuen Treibstoff brauchte das Schiff nicht, denn es war eines der wenigen gravitischen Schiffe der Foundation und bezog seine Energie aus dem allgemeinen Gravitationsfeld der Galaxis, und das reichte aus, um alle möglichen Flotten der Menschheit in all den Äonen ihrer wahrscheinlichen Existenz zu versorgen, ohne daß es zu einem meßbaren Nachlassen seiner Intensität kommen würde.

Vor drei Monaten noch war Trevize ein Ratsherr von Terminus gewesen; mit anderen Worten, er war ein Mitglied der gesetzgebenden Körperschaft der Foundation gewesen und somit *ex officio* einer der Großen der Galaxis. Lag das erst drei Monate zurück? Ihm schien es, als wäre die Hälfte seines zweiunddreißigjährigen Lebens verstrichen, seit das seine Position gewesen war und seit es seine einzige Sorge gewesen war, ob der große Seldon-Plan nun gültig war oder nicht; ob der glatte Aufstieg der Foundation von einem planetarischen Dorf zu galaktischer Größe im voraus richtig geplant worden war oder nicht.

Und doch hatte sich in mancher Hinsicht nichts verändert. Er war immer noch ein Ratsherr. Sein Status und seine Privilegien blieben unverändert, nur daß er nicht damit rechnete, jemals nach Terminus zurückzukehren, um jenen Status und jene Privilegien zu beanspruchen. Er würde ebensowenig in das ungeheure Chaos der Foundation passen wie in die kleine Ordentlichkeit von Gaia. Er war nirgendwo zu Hause, überall eine Waise.

Sein Kinn straffte sich, und er fuhr sich mit den Fingern zornig durch das schwarze Haar. Ehe er Zeit damit vergeudete, sein Schicksal zu bejammern, mußte er die Erde finden. Wenn er die Suche überlebte, würde immer noch genug Zeit sein, sich hinzusetzen und zu flennen. Vielleicht würde er dann sogar einen besseren Grund dafür haben.

Und er fing an, entschlossen und hartnäckig zurückzudenken, sich zu erinnern...

Vor drei Monaten hatten er und Junov Pelorat, dieser fähige, naive Gelehrte, Terminus verlassen. Die Begeisterung des Antiquars hatte Pelorat getrieben, die längst vergessene Erde wiederzuentdecken, und Trevize war mitgereist, hatte Pelorats Ziel als Tarnung für das benutzt, was er selbst für das seine hielt. Sie fanden die Erde nicht, aber sie fanden Gaia, und dann hatte Trevize sich selbst unter dem Zwang gesehen, seine schicksalhafte Entscheidung zu treffen.

Und jetzt war er selbst es, Trevize, der sich herumgedreht, eine Kehrtwendung um 180 Grad vollführt hatte – und die Erde suchte.

Was Pelorat anging, so hatte auch er etwas gefunden, was er nicht erwartet hatte. Er hatte Wonne gefunden, eine schwarzhaarige, dunkeläugige, junge Frau, die Gaia war, genauso wie Dom das war – und so wie es jedes Sandkorn und jeder Grashalm war. Pelorat hatte sich mit jener eigenartigen Glut der Lebensmitte in eine Frau verliebt, die nur die Hälfte seiner Jahre zählte, und die junge Frau schien seltsamerweise damit zufrieden.

Es war seltsam – aber Pelorat war ganz sicher glücklich, und Trevize dachte resigniert, daß jede Person ihr Glück auf ihre eigene Art finden müsse. Das war das Wesen der Individualität – Individualität, die Trevize aus eigener Wahl im Begriff war, überall in der Galaxis (mit genügend Zeit) abzuschaffen.

Der Schmerz kehrte zurück. Jene Entscheidung, die er getroffen hatte, die er hatte treffen müssen, fuhr fort, ihn ständig zu quälen und würde...

»Golan!« Die Stimme drängte sich in Trevizes Gedanken, und er blickte in Richtung zur Sonne auf, blinzelte.

»Ah, Janov«, sagte er herzlich – um so herzlicher, weil er nicht wollte, daß Pelorat erriet, wie säuerlich seine Gedanken im Augenblick waren. Er brachte sogar ein joviales »Wie ich sehe, haben Sie sich von Wonne losreißen können« zustande.

Pelorat schüttelte den Kopf. Die sanfte Brise zerzauste sein seidig weißes Haar, und sein langes, würdevolles Gesicht behielt dabei seine volle Länge und auch seine volle Würde. »Tatsächlich war sie es, alter Junge, die mir vorschlug, Sie aufzusuchen, wegen – wegen dem, was ich besprechen möchte. Nicht, daß ich Sie nicht auch aus freien Stücken hätte aufsuchen wollen, aber sie scheint schneller zu denken als ich.«

Trevize lächelte. »Ist schon recht, Janov. Sie sind hier, um sich zu verabschieden, nehme ich an.«

»Nun, eigentlich nicht. Tatsächlich ist es sogar eher das Gegenteil. Golan, als wir Terminus verließen, Sie und ich, drängte es mich, die Erde zu finden. Ich habe praktisch mein ganzes Leben als Erwachsener mit dieser Aufgabe verbracht.«

»Und ich werde sie weiterführen, Janov. Es ist jetzt meine Aufgabe.«

»Ja, aber die meine auch; immer noch die meine.«

»Aber...«, Trevize hob die Hand, es war eine vage, alles umfassende Geste, die die ganze Welt rings um sie einschloß.

»Ich möchte mitkommen«, drängte es aus Pelorat plötzlich in einem eindringlichen, keuchenden Satz hervor.

Trevize war verblüfft. »Das kann doch nicht Ihr Ernst sein, Janov. Sie haben jetzt Gaia.«

»Ich werde eines Tages zu Gaia zurückkehren, aber ich kann Sie nicht alleine gehen lassen.«

»Sicher können Sie das. Ich kann für mich selbst sorgen.«

»Ich will Ihnen nicht zu nahe treten, Golan, aber Sie wissen nicht genug. Ich bin derjenige, der die Mythen und Legenden kennt. Ich kann Sie lenken.«

»Und Sie wollen Wonne verlassen? Jetzt kommen Sie!«

Eine schwache Röte überzog Pelorats Wangen. »Das will ich eigentlich nicht tun, alter Junge. Aber sie hat gesagt...«

Trevize runzelte die Stirn. »Dann will Wonne vielleicht *Sie* loswerden, Janov. Sie hat mir versprochen...«

»Nein, Sie verstehen mich nicht. Bitte hören Sie mir zu, Golan! Sie haben diese unangenehme, explosive Art, vorschnelle Schlüsse zu ziehen und einen nicht zu Ende anzuhören. Das ist Ihre Spezialität, das weiß ich, und ich scheine gewisse Schwierigkeiten damit zu haben, mich knapp auszudrücken, aber...«

»Nun«, sagte Trevize sanft, »wie wäre es, wenn Sie mir einfach sagten, was Wonne im Sinn hat, ich meine, wenn Sie es mir auf Ihre Art sagen. Ich verspreche Ihnen auch, daß ich sehr geduldig sein werde.«

»Danke. Und nachdem Sie geduldig sein wollen, glaube ich, kann ich es Ihnen auch gleich sagen. Sehen Sie, Wonne möchte nämlich auch mitkommen.«

»*Wonne* möchte mitkommen?« sagte Trevize. »Nein, jetzt explodiere ich schon wieder. Ich werde nicht explodieren. Sagen Sie mir, Janov, warum sollte Wonne mitkommen wollen? Ich frage es auch ganz ruhig.«

»Das hat sie nicht gesagt. Sie hat gesagt, sie möchte mit Ihnen reden.«

»Warum ist sie dann nicht hier, wie?«

»Ich denke... ich *denke*, habe ich gesagt...«, meinte Pelorat, »sie meint wohl, daß Sie sie nicht mögen, Golan, deshalb zögert sie, Sie unmittelbar anzusprechen. Ich habe mir die größte Mühe gegeben, alter Junge, um ihr zu versichern, daß Sie nichts gegen sie haben. Ich kann einfach nicht glauben, daß man sie nicht mögen kann. Trotzdem, sie wollte, daß ich das Thema mit Ihnen sozusagen anreiße. Darf ich ihr sagen, daß Sie bereit wären, mit ihr zu sprechen?«

»Natürlich, sie kann mich sofort sprechen.«

»Und Sie werden vernünftig sein? Wissen Sie, sie hat da ziemlich ausgeprägte Vorstellungen. Sie sagte, die Angelegenheit sei von großer Wichtigkeit, und sie *müsse* einfach mit Ihnen gehen.«

»Warum das so ist, hat sie Ihnen nicht gesagt, oder?«

»Nein, aber wenn sie glaubt, daß sie muß, dann muß Gaia auch.«

»Was bedeutet, daß ich nicht nein sagen darf. Stimmt das, Janov?«

»Ja, ich glaube, das dürfen Sie nicht, Golan.«

3

Zum erstenmal in der kurzen Zeit seit seiner Ankunft auf Gaia betrat Trevize Wonnes Haus – in dem jetzt auch Pelorat wohnte.

Trevize sah sich kurz um. Die Häuser auf Gaia neigten zur Einfachheit. Da es praktisch keine extremen Wetterschwankungen gab, die Temperaturen in dieser Breite praktisch stets mild waren und sich selbst die tektonischen Platten glatt verschoben, wenn sie sich überhaupt verschieben mußten. Es hatte wenig Sinn, Häuser zu bauen, die für besonderen Schutz bestimmt waren, oder auch nur, um eine behagliche Umgebung inmitten einer unbehaglichen zu erzeugen. Der ganze Planet war sozusagen ein Haus, dazu bestimmt, seinen Bewohnern Unterkunft zu bieten.

Das Haus Wonnes innerhalb jenes planetarischen Hauses war klein, die Fenster nur mit Gittern statt mit Glas versehen, und das Mobiliar spärlich und auf anmutige Art zweckmäßig. Die Wände zierten holografische Bilder; eines davon zeigte Pelorat, der ziemlich erstaunt und verlegen dreinblickte. Trevizes Lippen zuckten, aber er gab sich Mühe, seine Amüsiertheit zu verhehlen, und machte sich daran, seine Schärpe sorgfältig zurechtzuzupfen.

Wonne beobachtete ihn. Sie lächelte nicht auf ihre übliche Art. Vielmehr blickten ihn ihre schönen, dunklen Augen groß und ernst an, und das Haar fiel ihr in einer sanften schwarzen Woge bis auf die Schultern. Nur ihre vollen Lippen, auf die sie einen Hauch Rot aufgelegt hatte, verliehen ihrem Gesicht etwas Farbe.

»Ich danke Ihnen, daß Sie zu mir gekommen sind, Trev.«

»Janov hat seine Bitte sehr eindringlich vorgebracht, Ywonnobiarella.«

Wonne lächelte kurz. »Eine gute Antwort. Wenn Sie Wonne zu mir sagen wollen, anständig kurz, dann will ich mir Mühe geben, Ihren Namen voll auszusprechen, Trevize.« Sie stolperte kaum merkbar über die zweite Hälfte des Namens.

Trevize hob die Hand. »Das wäre eine gute Übereinkunft. Ich weiß, daß man auf Gaia dazu neigt, die Namen abzukürzen. Ich werde also ganz bestimmt nicht beleidigt sein, wenn Sie gelegentlich Trev zu mir sagen sollten. Trotzdem werde ich mich behaglicher fühlen, wenn Sie so oft wie möglich versuchen, Trevize zu sagen – und ich werde Wonne sagen.«

Trevize studierte sie, so wie er das immer tat, wenn er ihr begegnete. Als Individuum war sie eine junge Frau, Anfang Zwanzig. Als Teil Gaias freilich war sie Tausende von Jahren alt. In ihrem Aussehen machte das keinen Unterschied, aber in der Art und Weise, wie sie sprach, manchmal schon, in der Atmosphäre, die sie unweigerlich umgab. Wollte er wirklich, daß es für jeden Menschen im ganzen Universum so wurde? Nein! Ganz sicher nicht, und doch...

»Ich will zur Sache kommen«, sagte Wonne. »Sie haben betont, daß Sie den Wunsch haben, die Erde zu finden...«

»Ich habe mit Dom gesprochen«, sagte Trevize, der entschlossen war, Gaia nicht nachzugeben, ohne dabei immer wieder seinen eigenen Standpunkt hervorzuheben.

»Ja, aber indem Sie mit Dom gesprochen haben, haben Sie auch zu Gaia und jedem Teil davon gesprochen. So haben Sie beispielshalber auch zu mir gesprochen.«

»Haben Sie mich gehört?«

»Nein, weil ich nicht zugehört habe. Aber wenn ich nachher aufgepaßt habe, könnte ich mich an das erinnern, was Sie sagten. Bitte, akzeptieren Sie das, und lassen Sie uns fortfahren. – Sie haben betont, wie wichtig es für Sie ist, die Erde zu finden. Ich kann diese Wichtigkeit nicht nachempfinden, aber Sie haben dieses eigentümliche Talent recht zu haben, und so müssen ich/wir/Gaia das, was Sie sagen, akzeptieren. Wenn diese Mission für Ihre Entscheidung bezüglich Gaias von so großer Bedeutung ist, dann ist sie von großer Bedeutung für Gaia, und dann muß Gaia sie begleiten, und wäre es nur, um zu versuchen, Sie zu beschützen.«

»Wenn Sie sagen, daß Gaia mit mir gehen muß, dann meinen Sie, *Sie* müssen mit mir gehen. Habe ich recht?«

»Ich bin Gaia«, sagte Wonne einfach.

»Aber das gilt auch für alles andere auf und in diesem Planeten. Warum also Sie? Warum nicht ein anderer Teil Gaias?«

»Weil Pel den Wunsch hat, mit Ihnen zu gehen, und wenn er mitgeht, wäre er mit keinem anderen Teil Gaias als mir glücklich.«

Pelorat, der ziemlich unauffällig auf einem Stuhl in einer anderen Ecke (so daß er seinem eigenen Bild den Rücken zuwandte) saß, sagte leise: »Das ist richtig, Golan. Wonne ist *mein* Teil Gaias.«

Plötzlich lächelte Wonne. »Es ist recht aufregend, wenn jemand so von einem denkt. Es ist natürlich auch sehr fremdartig.«

»Nun, wir wollen sehen.« Trevize verschränkte die Hände hinter dem Kopf und begann sich in seinem Stuhl nach hinten zu lehnen. Dabei ächzten die dünnen Beine, so daß er schnell entschied, daß der Stuhl für dieses Spiel nicht kräftig genug gebaut war, und ihn wieder auf alle vier Füße setzte. »Werden Sie immer noch ein Teil Gaias sein, wenn Sie sie verlassen?«

»Das brauche ich nicht. Ich kann mich isolieren, beispielsweise dann, wenn der Verdacht besteht, daß ich in Gefahr bin, ernsthaften Schaden zu erleiden. In dem Fall kann ich verhindern, daß der Schaden nach Gaia übergreift. Aber das trifft nur in ganz wichtigen Fällen zu. Im allgemeinen werde ich ein Teil Gaias bleiben.«

»Selbst wenn wir duch den Hyperraum springen?«

»Selbst dann, obwohl das die Dinge etwas kompliziert.«

»Irgendwie wirkt das beunruhigend auf mich.«

»Weshalb?«

Trevize rümpfte die Nase, so wie man das gewöhnlich tut, wenn einem ein Geruch nicht behagt. »Das bedeutet, daß alles, was auf meinem Schiff gesagt und getan wird und das Sie hören und sehen, von ganz Gaia gehört und gesehen werden wird.«

»Ich bin Gaia, also wird Gaia, das, was ich sehe, höre und empfinde, ebenfalls sehen, hören und empfinden.«

»Genau. Selbst jene Wand wird sehen, hören und empfinden.«

Wonne sah die Wand an, auf die er deutete und zuckte die Achseln. »Ja, jene Wand auch. Sie besitzt nur ein winziges Bewußtsein, so daß ihr Empfinden und Verstehen nur winzig ist, aber ich nehme an, daß es beispielsweise auf das, was wir jetzt sagen, gewisse subatomare Verlagerungen gibt, die sie befähigen, sich zielgerichteter zum Nutzen des Ganzen in Gaia einzufügen.«

»Aber was ist, wenn ich für mich allein sein möchte? Vielleicht mag ich es nicht, wenn die Wand das wahrnimmt, was ich sage oder tue.«

Wonne hob verzweifelt die Brauen, und Pelorat schaltete sich plötzlich ein. »Wissen Sie, Golan, ich will mich ja nicht einmischen, da ich ja ganz offensichtlich nicht sehr viel über Gaia weiß. Aber ich bin immerhin mit Wonne zusammmen gewesen und habe daher einiges von alldem in mich aufgenommen. Wenn Sie auf Terminus durch eine Menschenmenge gehen, hören und sehen Sie viele Dinge und erinnern sich vielleicht auch an einiges davon. Unter entsprechender cerebraler Stimulation könnten Sie vielleicht sogar imstande sein, sich an alles das zu erinnern, aber größtenteils ist es Ihnen gleichgültig. Sie lassen es einfach an sich vorbeirauschen. Selbst wenn Sie irgendeine gefühlsbetonte Szene zwischen Fremden beobachten und selbst wenn Sie sich dafür interessieren; Sie lassen das trotzdem, wenn es Sie nicht sehr betrifft, an sich vorbeigehen – Sie vergessen sie. Auf Gaia muß es auch so sein. Selbst wenn ganz Gaia alles, was Sie betrifft, auf die intimste Weise kennt, bedeutet das nicht, daß Gaia notwendigerweise daran Anteil nimmt. Ist das nicht so, Wonne, meine Liebste?«

»Ich habe nie so darüber nachgedacht, Pel, aber an dem, was du sagst, ist etwas. Trotzdem, dieses Alleineseinwollen, wovon Trev spricht – ich meine, Trevize – ist etwas, worauf wir nicht den geringsten Wert legen. Tatsächlich finden ich/wir/Gaia es unbegreiflich. Nicht Teil sein zu wollen – seine Stimme nicht hören zu lassen – keine Zeugen dessen zu haben, was man tut – Gedanken zu haben, die kein anderer fühlt...« Wonne schüttelte heftig den Kopf. »Ich sagte, daß wir uns in Fällen von Gefahr abblocken können, aber wer würde denn so leben wollen, und sei es nur für eine Stunde?«

»Ich würde das«, sagte Trevize. »Deshalb muß ich die Erde finden – den einen bestimmenden Grund, wenn es einen solchen gibt, der mich dazu getrieben hat, für die Menschheit dieses schreckliche Schicksal auszuwählen.«

»Es ist kein schreckliches Schicksal, aber wir wollen nicht darüber debattieren. Ich werde mit Ihnen kommen, nicht als Spion, sondern als Freund und Beschützer. Gaia wird bei Ihnen sein, nicht als Spion, sondern als Freund und Beschützer.«

Trevize sagte ernst: »Gaia könnte mir am besten helfen, indem sie mir den Weg zur Erde weist.«

Wonne schüttelte langsam den Kopf. »Gaia kennt die Position der Erde nicht. Das hat Dom Ihnen bereits gesagt.«

»Das glaube ich nicht ganz. Sie müssen doch Aufzeichnungen haben. Warum habe ich diese Aufzeichnungen während meines Aufenthalts hier nicht zu Gesicht bekommen? Selbst wenn Gaia wirklich nicht weiß, wo die Erde sein könnte, dann könnte ich vielleicht diesen Aufzeichnungen doch irgendwelche Hinweise entnehmen. Ich kenne die Galaxis in vielen Einzelheiten, ohne Zweifel viel besser als Gaia. Ich könnte in Ihren Aufzeichnungen vielleicht Andeutungen finden und begreifen, die Gaia möglicherweise verschlossen bleiben.«

»Aber was sind das denn für Aufzeichnungen, von denen Sie sprechen, Trevize?«

»Irgendwelche Aufzeichnungen. Bücher, Filme, Bänder, Holografien, Artefakte, was auch immer Sie haben. In der Zeit, die ich jetzt hier war, habe ich keinen einzigen Gegenstand zu Gesicht bekommen, den ich irgendwie als Aufzeichnung betrachten würde – Sie etwa, Janov?«

»Nein«, sagte Pelorat zögernd, »aber ich habe auch nicht danach gesucht.«

»Ich aber schon, auf meine stille Art«, sagte Trevize, »und ich habe nichts gesehen. Nichts! Ich kann nur vermuten, daß man diese Aufzeichnungen vor mir versteckt. Ich frage mich nur, weshalb? Würden Sie mir das sagen?«

Die glatte, junge Stirn Wonnes runzelte sich verblüfft. »Warum haben Sie diese Frage nicht schon früher gestellt? Ich/wir/Gaia verbergen nichts und lügen auch nicht. Ein Isolat – das ist ein Individuum, das sich isoliert hat – könnte lügen. Er ist begrenzt, und *weil* er begrenzt ist, ist er ängstlich. Gaia andererseits ist ein planetarischer Organismus mit großen mentalen Fähigkeiten und kennt daher keine Furcht. Für Gaia ist es völlig unnötig zu lügen oder Beschreibungen zu schaffen, die von der Realität abweichen.«

Trevise schnaubte. »Warum hat man mich dann sorgfältig davon abgehalten, irgendwelche Aufzeichnungen zu sehen? Nennen Sie mir einen Grund, der Sinn macht.«

»Natürlich.« Sie streckte beide Hände aus, so daß die Handflächen nach oben wiesen. »Wir haben keinerlei Aufzeichnungen.«

4

Pelorat erholte sich als erster von dem Schock. Er schien weniger verblüfft als Trevize.

»Meine Liebe«, sagte er sanft, »das ist völlig unmöglich. Ohne Aufzeichnungen irgendeiner Art gibt es keine vernünftige Zivilisation.«

Wonne hob die Brauen. »Das verstehe ich. Ich meine lediglich, daß wir keine Aufzeichnungen von der Art haben, die Trev – Trevize – meint. Und deshalb konnte er auch keine finden. Ich/wir/ Gaia haben keine Schriften, keine Drucke, keine Filme, keine Computerdatenbänke, nichts. Wir haben, was das betrifft, nicht einmal in Stein gehauene Ornamente. Das ist alles, was ich sage. Natürlich hat Trevize von alldem nichts gefunden, da wir davon nichts haben.«

»Was haben Sie dann?« fragte Trevize, »wenn Sie keine Aufzeichnungen besitzen, die ich als Aufzeichnungen erkennen würde?«

Und Wonne sagte, als würde sie zu einem Kind sprechen, jede Silbe sorgfältig betonend: »Ich/wir/Gaia haben ein Gedächtnis. *Ich* erinnere mich.«

»Woran erinnern Sie sich?« fragte Trevize.

»An alles.«

»Sie erinnern sich an alle Referenzdaten?«

»Sicherlich.«

»Auf wie lange? Wie viele Jahre reicht diese Erinnerung in die Vergangenheit?«

»Unbestimmte Zeit.«

»Sie könnten mir historische Daten, biografische, geografische, wissenschaftliche Daten geben? Selbst den lokalen Klatsch wiedergeben?«

»Alles.«

»Und alles in dem kleinen Kopf«, meinte Trevize und deutete grinsend auf Wonnes rechte Schläfe.

»Nein«, sagte sie. »Gaias Erinnerungen beschränken sich nicht auf den Inhalt meines Schädels. Sehen Sie [einen Augenblick lang wurde sie formell und sogar etwas streng, da sie aufhörte, nur Wonne zu sein, und einen Zusammenschluß weiterer Einheiten vertrat], es muß einmal eine Zeit gegeben haben, vor dem Anfang der Geschichte, als die menschlichen Wesen so primitiv waren, daß sie, obwohl sie sich an Ereignisse erinnern konnten, nicht sprechen konnten. Die Sprache wurde erfunden und diente dazu, Erinnerungen auszudrücken und sie von Person zu Person weiterzugeben. Schließlich erfand man die Schrift, um Erinnerungen aufzuzeichnen und sie über die Zeit hinweg von Generation zu Generation weiterzugeben. Seit damals haben alle technischen Fortschritte dazu gedient, mehr Platz für die Übertragung und die Speicherung von Erinnerungen zu schaffen und es einfacher zu machen, gewünschte Dinge abzurufen. Aber als sich die Individuen zusammenschlossen, um Gaia zu bilden, war das mit einem Mal alles überholt. Wir konnten zum Gedächtnis zurückkehren, jenem grundlegenden System, Aufzeichnungen aufzubewahren, auf dem alles andere aufbaut. Verstehen Sie das?«

»Wollen Sie sagen, daß die totale Summe aller Gehirne auf Gaia wesentlich mehr Daten als ein einzelnes Gehirn bewahren kann?« fragte Trevize.

»Natürlich.«

»Aber wenn Gaia alle Aufzeichnungen in dem planetarischen Gedächtnis verbreitet hat, was nützt das dann Ihnen als einem individuellen Teil Gaias?«

»Soviel man sich wünschen kann. Was auch immer ich zu wissen wünschen könnte, befindet sich irgendwo in einem individuellen Bewußtsein, vielleicht auch in mehreren davon. Wenn es sich um etwas sehr Grundlegendes handelt, wie zum Beispiel die Bedeutung des Wortes ›Stuhl‹, dann ist das in jedem Bewußtsein. Aber wenn es etwas Esoterisches ist, das sich nur in einem kleinen Teil von Gaias Bewußtsein befindet, dann kann ich es abrufen, wenn ich es brauche, wenn auch ein solcher Abruf etwas mehr Zeit beanspruchen kann, als wenn die Erinnerung weit verbreitet wäre. Schauen Sie, Trevize, wenn Sie etwas wissen wollen, das nicht in Ihrem Bewußtsein ist, dann sehen Sie in irgendeinem geeigneten Buchfilm nach, oder Sie benutzen die Datenbänke eines Computers. Ich kann Gaias totales Bewußtsein absuchen.«

»Und wie verhindern Sie, daß all die Information sich in Ihr Bewußtsein ergießt und Ihren Schädel zum Platzen bringt?« wollte Trevize wissen.

»Lassen Sie jetzt Ihrer sarkastischen Ader freien Lauf, Trevize?«

Und Pelorat meinte: »Kommen Sie, Golan, werden Sie nicht unangenehm!«

Trevizes Blick wanderte zwischen den beiden hin und her, und er gab sich Mühe, die Spannung in seinem Gesicht zu lösen. »Es tut mir leid. Ich spüre die Last einer Verantwortung, die ich mir nicht wünsche, und ich weiß nicht, wie ich sie loswerden soll. Mag sein, daß es manchmal unangenehm klingt, was ich sage, auch wenn ich das gar nicht will. Wonne, ich will es wirklich wissen. Wie zapfen Sie den Gehirninhalt anderer an, ohne das, was Sie aufnehmen, in Ihrem eigenen Gehirn abzulagern und damit seine Kapazität zu überlasten?«

»Ich weiß es nicht, Trevize«, sagte Wonne. »Ebensowenig wie Sie wissen, wie Ihr eigenes Gehirn im Detail funktioniert. Ich nehme an, daß Sie die Entfernung von Ihrer Sonne zu irgendeinem benachbarten Stern kennen. Bewußt sind Sie sich dessen nicht immer. Sie lagern das irgendwo ab und können die Zahl jederzeit auffinden, wenn man Sie fragt. Wenn man Sie nicht fragt, könnte es sein, daß Sie sie mit der Zeit vergessen, aber dann können Sie sie immer wieder aus irgendeiner Datenbank abrufen. Wenn Sie das Gehirn Gaias als eine riesige Datenbank ansehen, ist das eine, die mir zugänglich ist, aber es besteht für mich keine Notwendigkeit, mir bewußt irgendwelche Dinge zu merken, die ich einmal genutzt habe. Sobald ich einmal eine Tatsache benutzt habe, kann ich zulassen, daß sie wieder aus meinem Gedächtnis verschwindet. Was das angeht, so kann ich sie auch bewußt sozusagen wieder an den Ort zurücktun, von dem ich sie geholt habe.«

»Wie viele Leute gibt es auf Gaia, Wonne? Wie viele menschliche Wesen?«

»Etwa eine Milliarde. Wollen sie die genaue aktuelle Zahl?«

Trevize lächelte bedrückt. »Ich kann mir gut vorstellen, daß Sie die exakte Zahl beschaffen können, wenn Sie das wünschen, aber ein Näherungswert genügt mir.«

»Tatsächlich«, sagte Wonne, »ist die Bevölkerung stabil und schwankt um eine bestimmte Zahl, die knapp oberhalb einer Milliarde liegt. Um wieviel die Zahl über oder unterhalb des Durchschnitts liegt, kann ich Ihnen sagen, indem ich mein Bewußtsein ausdehne und – nun, sagen wir – die Grenzen fühle. Jemandem, der diese Wahrnehmung noch nie empfunden hat, kann ich es nicht besser erklären.«

»Mir scheint aber, daß eine Milliarde menschlicher Gehirne – darunter eine ganze Anzahl von Kindern – ganz sicherlich nicht ausreichen, um alle Daten im Gedächtnis zu behalten, wie sie eine komplexe Gesellschaft benötigt.«

»Aber menschliche Wesen sind nicht die einzigen Lebewesen auf Gaia, Trev.«

»Meinen Sie damit, daß die Tiere sich auch erinnern?«

»Nichtmenschliche Gehirne können Erinnerungen nicht mit der gleichen Dichte wie das menschliche Gehirn speichern, und ein

Großteil des Platzes in allen Gehirnen, ob menschlich oder nicht-menschlich, muß persönlichen Erinnerungen überlassen sein, die nur selten nützlich sind, mit Ausnahme der einzelnen Komponente des planetarischen Bewußtseins, die sie beherbergt. Andererseits können signifikante Mengen von Daten in tierischen Gehirnen und auch im Pflanzengewebe und auch in der Mineralstruktur des Planeten gespeichert werden und werden das auch.«

»In der Mineralstruktur? Den Felsen und Bergketten meinen Sie?«

»Und dem Ozean und der Atmosphäre, wenigstens in bezug auf manche Daten. Auch das alles ist Gaia.«

»Aber was können denn nichtlebende Systeme halten?«

»Eine ganze Menge. Die Intensität ist gering. Aber das Volumen ist so groß, daß ein großer Teil der totalen Erinnerung Gaias in ihren Felsen ruht. Es dauert ein wenig länger, Felserinnerungen aufzufinden und wieder an ihrem Platz zu verwahren, also nutzt man diesen Ort vorzugsweise, um tote Daten zu speichern – Dinge, die normalerweise nur sehr selten abgerufen werden.«

»Was geschieht dann, wenn jemand stirbt, dessen Gehirn Daten von beträchtlichem Wert gespeichert hat?«

»Diese Daten gehen nicht verloren. Sie werden langsam hinausgedrängt, wenn das Gehirn sich nach dem Tode desorganisiert. Aber es steht genügend Zeit zur Verfügung, um die Erinnerung auf andere Teile Gaias zu verteilen. In dem Maße, wie in Babys neue Gehirne auftauchen und im Laufe des Wachstums organisierter werden, entwickeln sie nicht nur ihre persönlichen Erinnerungen und Gedanken, sondern werden auch von anderen Quellen mit passendem Wissen gefüttert. Was Sie Erziehung nennen würden, ist bei mir/uns/Gaia etwas völlig Automatisches.«

Pelorat meinte: »Offen gestanden, Golan, mir scheint, diese Idee einer lebenden Welt hat eine ganze Menge für sich.«

Trevize warf seinem Landsmann von der Foundation einen kurzen Seitenblick zu. »Ganz sicher ist das so, Janov, aber ich bin nicht beeindruckt. Der Planet, so groß er auch ist und so vielfältig, repräsentiert ein Gehirn. *Eins!* Jedes neue Gehirn, das sich entwickelt, wird mit dem Ganzen verschmolzen. Wo ist da Gelegenheit zur Opposition, zum Widerspruch? Wenn man an die Geschichte der Menschheit denkt, denkt man an die einzelnen menschlichen Wesen, deren Minderheitsansicht vielleicht von der Gesellschaft verdammt wurde, die aber am Ende doch den Sieg davontrug und die

Welt verändert hat. Welche Chance gibt es denn hier auf Gaia für die großen Revolutionäre der Geschichte?«

»Es gibt inneren Konflikt«, sagte Wonne. »Es ist nicht so, daß jeder Aspekt Gaias notwendigerweise die allgemeine Ansicht akzeptieren würde.«

»Aber das muß beschränkt sein«, sagte Trevize. »Man kann in einem einzigen Organismus nicht zu viel Aufruhr haben, sonst würde er nicht richtig funktionieren. Wenn Fortschritt und Weiterentwicklung schon nicht ganz zum Stillstand gebracht werden, dann muß man sie doch ganz sicher verlangsamen. Können wir das Risiko eingehen, so etwas der ganzen Galaxis aufzuzwingen? Der ganzen Menschheit?«

»Stellen Sie jetzt Ihre eigene Entscheidung in Frage?« fragte Wonne, ohne irgendwelche Gefühle zu zeigen. »Sind Sie dabei, Ihre Meinung zu ändern, und sagen Sie jetzt, Gaia sei eine unerwünschte Zukunft für die Menschheit?«

Trevize preßte die Lippen zusammen; er zögerte. Dann sagte er langsam: »Das würde ich gern, aber – jetzt noch nicht. Ich habe meine Entscheidung auf irgendeiner Grundlage getroffen – einer Grundlage, die mir nicht bewußt ist. Und bis ich herausgefunden habe, was das für eine Grundlage war, kann ich nicht wahrhaft entscheiden, ob ich diese Entscheidung beibehalten oder ändern soll. Wenden wir uns also wieder der Erde zu.«

»Wo Sie Ihrem Gefühl nach die Grundlage Ihrer Entscheidung erfahren werden. Ist es das, Trevize?«

»Das ist mein Gefühl. – Nun sagt Dom, Gaia wüßte die Position der Erde nicht. Und Sie stimmen darin, wie ich glaube, mit ihm überein.«

»Natürlich stimme ich mit ihm überein. Ich bin nicht weniger Gaia als er.«

»Und halten Sie Wissen vor mir zurück? – Bewußt, meine ich?«

»Natürlich nicht. Selbst wenn es Gaia möglich wäre, zu lügen, würden sie *Sie* nicht belügen. Wir sind ja von Ihren Schlüssen abhängig, und deshalb ist es für uns notwendig, daß sie genau sind, und das wiederum erfordert, daß sie auf der Realität beruhen.«

»In dem Fall«, sagte Trevize, »wollen wir Ihr Weltgedächtnis nutzen. Sondieren Sie in die Vergangenheit zurück, und sagen Sie mir, wie weit zurück Sie sich erinnern können.«

Ein kurzes Zögern. Wonne sah Trevize ausdruckslos an, als befände sie sich einen Augenblick lang in Trance. Dann sagte sie: »Fünfzehntausend Jahre.«

»Warum haben Sie gezögert?«

»Es hat Zeit in Anspruch genommen. Alte Erinnerungen – wirklich alte – liegen fast ausnahmslos im Herzen der Berge, und es nimmt Zeit in Anspruch, sie auszugraben.«

»Fünfzehntausend Jahre also? Ist das der Zeitpunkt, an dem Gaia besiedelt wurde?«

»Nein, nach unserem Wissen geschah das etwa dreitausend Jahre früher.«

»Warum sind Sie unsicher? Können Sie – oder Gaia – sich nicht erinnern?«

Wonne antwortete darauf: »Das war, ehe Gaia sich bis zu dem Punkt entwickelt hatte, wo das Gedächtnis zu einem globalen Phänomen wurde.«

»Aber Gaia muß doch ganz sicher, ehe sie sich auf ihr Kollektivgedächtnis verlassen konnte, Aufzeichnungen geführt haben. Aufzeichnungen im üblichen Sinne – geschrieben, gefilmt, auf Band und so weiter.«

»Das kann ich mir wohl vorstellen, aber solche Aufzeichnungen hätten doch unmöglich all die Zeit überstanden.«

»Man hätte sie kopieren oder, noch besser, in das globale Gedächtnis übertragen können, sobald dieses entwickelt war.«

Wonne runzelte die Stirn. Diesmal dauerte ihr Zögern länger. »Ich finde keine Spur dieser früheren Aufzeichnungen, von denen Sie sprechen.«

»Warum ist das so?«

»Das weiß ich nicht, Trevize. Ich nehme an, daß sie sich als unwichtig erwiesen hatten. Ich kann mir vorstellen, daß man zu der Zeit, als man erkannte, daß die früheren ›Nicht-Gedächtnis‹-Aufzeichnungen im Begriff waren, sich aufzulösen, entschied, daß sie archaisch geworden waren und nicht mehr gebraucht wurden.«

»Das wissen Sie aber nicht, Sie vermuten es und stellen es sich vor, wissen es aber nicht. Gaia weiß das nicht.«

Wonne senkte den Blick. »Es muß so sein.«

»Muß es? Ich bin kein Teil Gaias und brauche deshalb nicht das zu vermuten, was Gaia vermutet – und das ist ein Beispiel für Sie, welche Bedeutung die Isolierung hat. Ich als ein Isolat vermute etwas anderes.«

»Was vermuten Sie?«

»Zuallererst ist da etwas, dessen ich sicher bin. Es ist höchst unwahrscheinlich, daß eine Zivilisation ihre frühen Aufzeichnungen vernichtet. Sie wird weit davon entfernt sein, sie für archaisch und unnötig zu halten. Sie wird sie viel eher mit übertriebener Hochachtung behandeln und sich die größte Mühe geben, sie zu bewahren. Wenn Gaias präglobale Aufzeichnungen zerstört wurden, Wonne, dann ist es höchst unwahrscheinlich, daß diese Zerstörung freiwillig erfolgte.«

»Wie würden Sie es dann erklären?«

»In der Bibliothek von Trantor hat jemand oder jedenfalls irgendeine andere Macht als die Zweite Foundation von Trantor selbst alle Hinweise auf die Erde entfernt. Ist es denn dann nicht möglich, daß auch auf Gaia jemand anderer als Gaia selbst alle Hinweise auf die Erde entfernt hat?«

»Woher wissen Sie denn, daß diese frühen Aufzeichnungen die Erde betrafen?«

»Nach dem, was Sie mir gesagt haben, ist Gaia vor wenigstens achtzehntausend Jahren gegründet worden. Das führt uns in die Periode vor der Errichtung des Galaktischen Imperiums zurück, in die Periode, wo die Galaxis besiedelt wurde. Und jene Leute, die die Galaxis besiedelten, die Settlers, kamen von der Erde. Pelorat wird das bestätigen.«

Pelorat, sichtlich etwas überrascht, plötzlich aufgerufen zu werden, räusperte sich. »So lauten die Legenden, meine Liebe. Ich nehme diese Legenden ernst und denke ebenso wie Golan Trevize, daß die menschliche Spezies ursprünglich auf einen einzigen Planeten beschränkt war und daß jener Planet die Erde war. Die ersten Siedler kamen von der Erde.«

»Wenn aber Gaia in der Frühzeit der Hyperraumfahrt gegründet wurde«, sagte Trevize, »dann ist sie sehr wahrscheinlich von Erdenmenschen besiedelt worden oder möglicherweise von Eingeborenen einer nicht sehr alten Welt, die nicht lange zuvor von Erdenmenschen kolonisiert worden war. Aus diesem Grunde müssen die Aufzeichnungen über die Besiedlung Gaias und die über die ersten paar tausend Jahre nachher eindeutig Hinweise auf die Erde und auf Erdenmenschen enthalten haben. Und diese Aufzeichnungen sind jetzt verschwunden. *Irgend etwas* scheint dafür zu sorgen, daß die Erde nirgends in den Aufzeichnungen der Galaxis erwähnt wird. Und wenn das so ist, dann muß es irgendeinen Grund dafür geben.«

Wonne meinte etwas indigniert: »Das ist nur eine Annahme, Trevize. Sie haben keine Beweise dafür.«

»Aber Gaia besteht doch darauf, daß mein spezielles Talent darin besteht, auf der Grundlage unzureichender Beweise die richtigen Schlüsse zu ziehen. Wenn ich daher einen solchen festen Schluß ziehe, dann sollten Sie mir nicht sagen, daß mir die Beweise dafür fehlen.«

Wonne blieb stumm.

Und Trevize fuhr fort: »Ein Grund mehr also, die Erde zu finden. Ich beabsichtige abzureisen, sobald die *Far Star* bereit ist. Wollt ihr beide immer noch mitkommen?«

»Ja«, sagte Wonne sofort, und ja sagte auch Pelorat.

2. NACH COMPORELLON

5

Dünner Regen fiel. Trevize blickte zum Himmel auf, der von gleichmäßig grauweißer Farbe war. Er trug einen Regenhut, der die Tropfen abstieß und sie nach allen Richtungen von seinem Körper wegfliegen ließ. Pelorat, der außer Reichweite der fliegenden Tropfen stand, hatte keinen solchen Schutz.

»Ich verstehe nicht, warum Sie sich so naß regnen lassen, Janov«, meinte Trevize.

»Die Nässe stört mich nicht, alter Junge«, sagte Pelorat und blickte dabei so würdig, wie er es immer tat. »Es ist ein leichter, warmer Regen. Und fast kein Wind. Und außerdem, um das alte Sprichwort zu zitieren: Man soll in Anacreon tun, was die Anacreonten tun.« Er deutete auf die paar Gaianer, die bei der *Far Star* standen und stumm zusahen. Sie standen verstreut da, als wären sie Bäume in einem gaianischen Hain, und keiner von ihnen trug einen Regenhut.

»Ich nehme an«, sagte Trevize, »daß es ihnen nichts ausmacht, naß zu werden, weil der Rest von Gaia auch naß wird. Die Bäume – das Gras – der Boden – alles naß, und alles in gleicher Weise ein Teil von Gaia, so wie die Gaianer auch.«

»Ja, ich denke, das leuchtet ein«, sagte Pelorat. »Die Sonne wird gleich wieder herauskommen, und dann wird alles schnell trocknen. Die Kleidung wird nicht zerknittern oder einlaufen, zu einer Abkühlung kommt es auch nicht, und da es keine unnötigen Mikroorganismen gibt, wird sich auch keiner eine Erkältung oder eine Lungenentzündung zuziehen. Warum sich also wegen ein wenig Feuchtigkeit Sorgen machen?«

Trevize fiel es nicht schwer, die Logik des Gesagten zu erkennen, aber er wollte trotzdem seinen Ärger loswerden. So meinte er: »Trotzdem braucht es bei unserer Abreise nicht zu regnen. Schließlich ist der Regen freiwillig. Gaia würde nicht regnen, wenn es nicht wollte. Es ist gerade, als wollte es seine Verachtung zeigen, die es für uns empfindet.«

»Vielleicht«, meinte Pelorat, und seine Lippe zuckte dabei ein wenig, »weint Gaia, weil wir abreisen.«

»Mag sein«, sagte Trevize, »aber ich tue das nicht.«

»Tatsächlich«, fuhr Pelorat fort, »nehme ich an, daß der Boden in dieser Gegend befeuchtet werden muß und daß dieses Bedürfnis wichtiger ist als Ihr Wunsch, daß die Sonne scheint.«

Trevize lächelte. »Sie mögen diese Welt wirklich, nicht wahr? Auch abgesehen von Wonne, meine ich.«

»Ja, das tue ich«, sagte Pelorat, ein wenig defensiv. »Ich habe immer ein ruhiges, geordnetes Leben geführt. Ich denke oft darüber nach, wie das hier wäre, wo sich eine ganze Welt abmüht, daß alles ruhig und ordentlich bleibt. Es ist doch schließlich so, Golan, wenn wir ein Haus bauen – oder dieses Schiff dort –, dann versuchen wir, einen perfekten Unterschlupf zu schaffen. Wir rüsten es mit allem aus, was wir brauchen. Wir sorgen dafür, daß die Temperatur, die Luftqualität, die Beleuchtung und alles andere Wichtige von uns kontrolliert und auf eine Weise manipuliert wird, daß es uns perfekt entspricht. Gaia ist nichts anderes als dieses Bestreben nach Behaglichkeit und Sicherheit – nur auf einen ganzen Planeten ausgedehnt. Was sollte daran schlecht sein?«

»Daran ist schlecht«, sagte Trevize, »daß mein Haus oder mein Schiff so gebaut ist, daß es *mir* paßt. Ich bin nicht so gebaut, um *ihm* zu passen. Wenn ich Teil Gaias wäre, dann würde mich – ganz gleich, wie ideal der Planet auch darauf abgestimmt wäre, zu mir passen – die Tatsache doch sehr beunruhigen, daß ich auch dazu konstruiert wäre, zu ihm zu passen.«

Pelorat schürzte die Lippen. »Man könnte dagegen einwenden, daß jede Gesellschaft ihre Bevölkerung so formt, daß sie zu ihr paßt. Sitten und Gebräuche entwickeln sich, die in dieser Gesellschaft sinnvoll sind und die zugleich jedes Individuum fest an ihre Bedürfnisse ketten.«

»In den Gesellschaften, die ich kenne, kann man sich gegen sie auflehnen. Es gibt Exzentriker, ja Kriminelle.«

»Ja *wollen* Sie denn Exzentriker und Kriminelle?«

»Warum nicht? Sie und ich sind Exzentriker. Wir sind ganz sicherlich nicht typisch für die Leute, die auf Terminus leben. Und was Kriminelle angeht, so ist das eine Frage der Definition. Und wenn Kriminelle der Preis sind, den wir dafür bezahlen, daß es Rebellen, Ketzer und Genies gibt, dann bin ich bereit, ihn zu bezahlen. Ich *verlange* sogar, daß der Preis bezahlt wird.«

»Sind Kriminelle der einzig mögliche Preis? Kann man nicht Genies haben, ohne daß es Kriminelle gibt?«

»Man kann keine Genies und keine Heiligen haben, ohne auch Leute zu haben, die weit außerhalb der Norm stehen, und ich kann mir nicht vorstellen, daß es so etwas nur auf einer Seite der Norm gibt. Es muß eine gewisse Symmetrie geben. In jedem Fall will ich einen besseren Grund für meine Entscheidung, Gaia zum Modell für die Zukunft der Menschheit zu machen, als nur den, daß es eine planetarische Version eines behaglichen Hauses ist.«

»O mein lieber Junge, ich hatte nicht die Absicht, Ihnen Ihre Entscheidung schmackhaft zu machen. Das war nur eine Beob...«

Er unterbrach sich. Wonne kam auf sie zugeschritten. Ihr dunkles Haar war naß; das Kleid klebte an ihrem Körper und hob die üppigen Formen ihrer Hüften hervor. Sie nickte ihnen zu.

»Tut mir leid, daß ich mich verspätet habe«, sagte sie etwas außer Atem. »Das Gespräch mit Dom hat länger gedauert, als ich erwartet hatte.«

»Aber Sie wissen doch sicherlich alles, was er weiß«, sagte Trevize.

»Manchmal gibt es Unterschiede in der Auslegung. Wir sind ja schließlich nicht identisch, also diskutieren wir. Sehen Sie«, sagte sie angeregt, »Sie haben zwei Hände. Beide sind sie ein Teil von Ihnen, und sie scheinen identisch zu sein – wenn man davon absieht, daß die eine das Spiegelbild der anderen ist. Und doch setzt man sie nicht völlig gleich ein, oder? Es gibt manche Dinge, die man die meiste Zeit mit der rechten Hand tut, und manche mit der linken. Unterschiede in der Auslegung sozusagen.«

»Jetzt hat sie Sie«, sagte Pelorat, offensichtlich befriedigt.

Trevize nickte. »Eine gute Analogie, wenn sie hier zutreffen würde, und dessen bin ich gar nicht sicher. Aber wie auch immer, heißt das, daß wir jetzt an Bord gehen können? Es regnet immerhin.«

»Ja, ja. Unsere Leute haben das Schiff alle verlassen, und es ist in perfektem Zustand.« Und dann, mit einem plötzlichen neugierigen Blick auf Trevize: »Sie halten sich trocken. Die Regentropfen treffen sie nicht.«

»Ja, in der Tat, so ist es«, sagte Trevize. »Ich vermeide es, naß zu werden.«

»Aber ist es denn nicht ein gutes Gefühl, hie und da naß zu sein?«

»Unbedingt. Aber dann, wenn ich es will und nicht, wenn der Regen es will.«

Wonne zuckte die Achseln. »Nun, wie Sie wünschen. All unser Gepäck ist verladen, gehen wir also an Bord.«

Die drei gingen auf die *Far Star* zu. Der Regen begann jetzt nachzulassen, aber das Gras war noch recht naß. Trevize ertappte sich dabei, wie er vorsichtig ging, aber Wonne hatte ihre Sandalen ausgezogen, trug sie in der Hand und stapfte barfuß durchs Gras.

»Das fühlt sich herrlich an«, sagte sie, wie um auf Trevizes Blick zu antworten.

»Gut«, sagte er abwesend. Und dann, mit einem Anflug von Gereiztheit: »Warum stehen denn diese Gaianer hier herum?«

»Sie zeichnen diesen Vorgang auf«, sagte Wonne. »Gaia findet ihn bedeutsam. Sie sind für uns wichtig, Trevize. Bedenken Sie, daß wir, falls Sie als Ergebnis dieser Reise Ihre Meinung ändern und gegen uns entscheiden sollten, nie zu Galaxia wachsen oder auch nur Gaia bleiben würden.«

»Dann repräsentiere ich für Gaia Leben und Tod; für die ganze Welt.«

»Das glauben wir.«

Trevize blieb plötzlich stehen und nahm seinen Regenhut ab. Am Himmel tauchten die ersten blauen Lücken zwischen den Wolken auf. »Aber ich habe doch *jetzt* meine Stimme zu Ihren Gunsten abgegeben«, sagte er. »Wenn Sie mich töten, werde ich das nie ändern können.«

»Golan«, murmelte Pelorat schockiert. »Wie man nur etwas so Schreckliches sagen kann.«

»Typisch für einen Isolaten«, sagte Wonne ruhig. »Sie müssen verstehen, Trevize, daß wir nicht an Ihnen als Person interessiert sind oder auch nur an Ihrer Stimme, sondern an der Wahrheit, an den Fakten, die dieser Sache zugrunde liegen. Sie sind nur als ein Weg zur Wahrheit wichtig, und Ihre Stimme als eine Andeutung der Wahrheit. Das ist es, was wir von Ihnen wollen. Wenn wir Sie töten, um zu verhindern, daß Sie Ihr Votum abändern, würden wir nur die Wahrheit vor uns selbst verbergen.«

»Wenn ich Ihnen sage, daß die Wahrheit *nicht* Gaia ist, würden Sie dann alle freudig bereit sein zu sterben?«

»Nicht gerade freudig vielleicht, aber auf das würde es am Ende hinauslaufen.«

Trevize schüttelte den Kopf. »Wenn es etwas gibt, das mich überzeugen könnte, daß Gaia ein Schrecken ist und sterben *sollte*, dann könnte es genau das sein, was Sie jetzt gesagt haben.« Dann meinte er, während sein Blick zu den geduldig zusehenden (und mutmaßlich lauschenden) Gaianern zurückwanderte: »Warum stehen sie so verstreut da? Und warum brauchen Sie so viele? Wenn einer von ihnen diesen Vorgang beobachtet und ihn seiner Erinnerung einprägt, ist er dann nicht dem ganzen übrigen Planeten zugänglich? Kann man ihn nicht an einer Million unterschiedlicher Orte aufbewahren, wenn Sie das wollen?«

»Sie beobachten dies jeder von einem anderen Winkel aus«, meinte Wonne, »und jeder speichert ihn in einem etwas anderen Gehirn. Wenn alle Beobachtungen studiert werden, wird man sehen, daß das, was hier stattfindet, aus den Beobachtungen aller viel besser verstanden wird als aus jeder einzelnen für sich genommen.«

»Das Ganze ist also, in anderen Worten, größer als die Summe der Teile.«

»Genau. Sie haben die grundlegende Rechtfertigung der Existenz Gaias erfaßt. Sie, als ein menschliches Individuum, bestehen aus vielleicht fünfzig Billionen Zellen, aber Sie, als ein multizelluäres Individuum, sind viel wichtiger als jene fünfzig Billionen als Summe ihrer individuellen Wichtigkeit. Dem würden Sie doch ganz sicher zustimmen.«

»Ja«, sagte Trevize. »Dem stimme ich zu.«

Er trat ins Schiff und wandte kurz den Kopf, um einen letzten Blick auf Gaia zu werfen. Der kurze Regen hatte der Atmosphäre neue Frische verliehen. Er sah eine grüne, üppige, stille, friedliche Welt; einen Garten der Beschaulichkeit, inmitten der Turbulenzen einer müde gewordenen Galaxis.

– Und Trevize hoffte ernsthaft, daß er diese Welt nie wiedersehen würde.

6

Als die Luftschleuse sich hinter ihnen schloß, hatte Trevize das Gefühl, als hätte er nicht gerade einem Alptraum die Tür versperrt, aber doch etwas so Widernatürlichem, daß es ihn am freien Atmen gehindert hatte.

Er war sich dessen völlig bewußt, daß ein Element jener Wider-
natürlichkeit in der Person von Wonne immer noch bei ihm war.
Solange sie zugegen war, war das auch Gaia. Und doch war er auch
überzeugt, daß ihre Anwesenheit wichtig und wesentlich war. Da
war wieder jener Mechanismus am Werk, den er als ›Black Box‹ bezeichnet hatte, und er hoffte ernsthaft, daß er nie anfangen würde,
jener Black Box zu sehr zu vertrauen.

Er sah sich im Schiff um und fand es schön. Es hatte ihm gehört,
seit Bürgermeisterin Harla Branno von der Foundation ihn gezwungen hatte, es zu besteigen und zu den Sternen hinaufzuflie-
gen – ein lebender Blitzableiter, der dazu bestimmt war, das Feuer
jener auf sich zu ziehen, die sie für Feinde der Foundation hielt.
Diese Aufgabe war erfüllt, aber das Schiff gehörte ihm immer noch,
und er beabsichtigte nicht, es zurückzugeben. Es war nur ein paar
Monate lang sein gewesen, aber ihm schien es wie ein Zuhause,
und er konnte sich nur dunkel daran erinnern, was einmal auf Terminus sein Zuhause gewesen war.

Terminus! Das nicht genau im Mittelpunkt gelegene Zentrum
der Foundation, durch Seldons Plan dazu bestimmt, im Laufe der
nächsten fünf Jahrhunderte Keimzelle eines zweiten, größeren Imperiums zu sein. Nur daß er, Trevize, diesen Plan jetzt aus der Bahn
geworfen hatte. Durch seine eigene Entscheidung war er dabei, die
Foundation ins Nichts zu verwandeln und statt dessen eine neue
Gesellschaft zu ermöglichen, ein neues Schema des Lebens, eine
beängstigende Revolution, die größer sein würde, als jede andere
seit der Entwicklung mehrzelligen Lebens.

Und jetzt war er im Begriff, eine Reise anzutreten, mit der er sich
beweisen (oder widerlegen) wollte, daß das, was er getan hatte,
richtig war.

Er fand sich in Gedanken verloren und reglos, so daß er sich verstimmt aus dieser Starre reißen mußte. Er eilte in den Pilotenraum
und fand dort seinen Computer.

Er glänzte; alles glänzte. Man hatte gründlich saubergemacht.
Die Kontakte, die er fast unwillkürlich betätigte, funktionierten
perfekt und, wie es schien, leichter als je zuvor. Das Lüftungssy-
stem war so geräuschlos, daß er die Hand über die Lüftungsgitter
legen mußte, um sich zu vergewissern, daß da überhaupt eine Luft-
strömung war. Der Lichtkreis aus dem Computer leuchtete einla-
dend. Trevize berührte ihn, und das Licht breitete sich aus und bedeckte die Pultoberfläche. Jetzt erschienen die Umrisse einer rech-

ten und einer linken Hand auf dem Punkt. Er atmete tief und bemerkte erst jetzt, daß er eine Weile zu atmen aufgehört hatte. Die Gaianer hatten von der Technologie der Foundation keine Ahnung und hätten den Computer, ohne böse Absicht, leicht beschädigen können. Aber das hatten sie bis jetzt nicht getan – die Hände waren noch da. Aber endgültige Gewißheit würde er erst haben, wenn er seine Hände darauf legte. Er zögerte einen Augenblick lang. Er würde fast sofort wissen, ob etwas nicht stimmte – aber wenn das so war, was würde er dann tun können? Er würde zur Reparatur nach Terminus zurückkehren müssen, und wenn er das tat, so war er ziemlich sicher, daß Bürgermeisterin Branno ihn nicht wieder würde abreisen lassen. Und wenn er es nicht tat...

Er spürte sein Herz pochen; die Spannung bewußt hinauszuzögern, hatte ganz gewiß keinen Sinn.

Er streckte die Hände aus, rechts, links, und legte sie auf die Konturen auf dem Pult. Sofort stellte sich bei ihm die Illusion ein, ein anderes Paar Hände würde die seinen halten. Seine Sinne dehnten sich aus, und er konnte in allen Richtungen Gaia sehen, grün und feucht, und die Gaianer, die ihn immer noch beobachteten. Wenn er sich gedanklich aufforderte, nach oben zu blicken, sah er einen überwiegend wolkigen Himmel. Und dann, wieder auf einen Willensbefehl, verschwanden die Wolken, und er blickte in einen ungebrochen blauen Himmel, aus dem der Kreis von Gaias Sonne herausgefiltert war.

Wieder ein Willensakt: das Blau öffnete sich, und er sah die Sterne.

Er wischte sie aus, holte sie durch Willenskraft wieder auf den Schirm und sah die Galaxis wie ein zusammengeschobenes Rad. Er testete das computerisierte Bild, veränderte seine Orientierung, veränderte den scheinbaren Ablauf der Zeit und ließ das Rad der Galaxis zuerst in eine Richtung und dann in die andere kreisen. Er machte die Sonne von Sayshell ausfindig, dem Gaia am nächsten stehenden wichtigen Stern; dann die Sonne von Terminus, dann die von Trantor, eine nach der anderen. Er reiste von Stern zu Stern in der galaktischen Karte, die in den Eingeweiden des Computers gespeichert war.

Dann zog er die Hände zurück und ließ sich wieder von der Welt der Realität umgeben – und bemerkte erst jetzt, daß er die ganze Zeit halb gebeugt über dem Computer gestanden hatte, um den Handkontakt herzustellen. Er fühlte sich steif und mußte seine Rückenmuskeln strecken, ehe er sich setzte.

Er starrte den Computer mit einem Gefühl warmer Erleichterung an. Er hatte perfekt funktioniert. Seine Reaktion war eher noch schneller gewesen, und er konnte das, was er für ihn empfand, nur als Liebe beschreiben. Schließlich waren sie, während er seine Hände hielt (er weigerte sich entschlossen, sich selbst zuzugeben, daß er sie als *ihre* Hände empfand), Teil voneinander, sein Wille lenkte, kontrollierte, erlebte und war Teil eines größeren Selbst. Er und es mußten in kleinem Maße empfinden (dachte er plötzlich beunruhigt), was Gaia in viel größerem Maßstab tat.

Er schüttelte den Kopf. Nein! Im Falle des Computers und seiner Person war er – Trevize – derjenige, der den anderen ganz unter Kontrolle hatte. Der Computer war ein Ding völliger Unterwerfung.

Er stand auf und trat in die kompakte Kombüse mit der Eßnische. Es gab genügend Lebensmittel aller Art und entsprechende Kühl- und Kochmöglichkeiten. Er hatte bereits festgestellt, daß die Buchfilme in seinem Zimmer in der richtigen Ordnung dort lagen, und war einigermaßen sicher – nein, völlig sicher –, daß Pelorat seine persönliche Bibliothek unter sicherem Verschluß hielt. Sonst hätte er ohne Zweifel schon von ihm gehört. Pelorat! Das erinnerte ihn an etwas. Er trat in Pelorats Zimmer. »Ist hier Platz für Wonne vorhanden, Janov?«

»O ja, das geht schon.«

»Ich kann den Aufenthaltsraum in ein Schlafzimmer für sie verwandeln.«

Wonne blickte mit großen Augen auf. »Ich will kein separates Schlafzimmer. Es ist mir durchaus recht, hier bei Pel zu bleiben. Wenn nötig, darf ich ja sicher die anderen Räume benutzen, die Turnhalle beispielsweise.«

»Sicherlich. Jeden Raum außer dem meinen.«

»Gut. Das hätte ich auch so vorgeschlagen, wenn mir das zugekommen wäre. Und Sie werden natürlich nicht in unser Zimmer kommen.«

»Natürlich«, sagte Trevize, sah nach unten und bemerkte, daß seine Schuhe über die Schwelle ragten. Er trat einen halben Schritt zurück und sagte grimmig: »Ein Flitterwochennest ist das ja nicht gerade, Wonne.«

»Ich würde sagen, daß es angesichts seiner Kompaktheit genau das ist, obwohl Gaia den Raum auf das eineinhalbfache ausgedehnt hat.«

Trevize versuchte nicht zu lächeln. »Sie müssen sich sehr gut verstehen.«

»Das tun wir«, sagte Pelorat, dem das Gesprächsthema sichtlich peinlich war, »aber wirklich, alter Junge, Sie können es schon uns überlassen, die nötigen Vorbereitungen zu treffen.«

»Tatsächlich kann ich das nicht«, sagte Trevize langsam. »Ich möchte es immer noch eindeutig klarmachen, daß dies keine Flitterwochenunterkunft ist. Ich habe nichts gegen etwas einzuwenden, das Sie beide in gegenseitigem Einvernehmen tun. Sie müssen sich darüber im klaren sein, daß Sie nicht für sich allein sein werden. Ich hoffe, das verstehen Sie, Wonne.«

»Es gibt eine Tür«, sagte Wonne, »und ich kann mir vorstellen, daß Sie uns nicht stören werden, wenn die Tür versperrt ist – abgesehen von einem Notfall natürlich.«

»Natürlich werde ich das nicht. Aber es gibt keine Schalldämmung.«

»Was Sie zu sagen versuchen, Trevize«, sagte Wonne, »ist, daß Sie ganz deutlich jedes unserer Gespräche hören werden und etwaige Geräusche, die wir vielleicht beim Sex verursachen.«

»Ja, das ist es, was ich sagen wollte. Unter diesen Umständen nehme ich an, daß Sie Ihre Aktivitäten hier einschränken werden. Das wird Ihnen vielleicht lästig sein, und es tut mir leid, aber so ist die Situation eben.«

Pelorat räusperte sich und sagte mit sanfter Stimme: »Tatsächlich, Golan, handelt es sich dabei um ein Problem, mit dem ich mich bereits auseinandersetzen mußte. Es ist Ihnen doch klar, daß jede Empfindung, die Wonne hat, wenn sie mit mir beisammen ist, von ganz Gaia geteilt wird.«

»Daran habe ich gedacht, Janov«, sagte Trevize und sah dabei aus, als hätte er am liebsten eine Grimasse geschnitten. »Ich hatte nicht vor, es zu erwähnen – nur für den Fall, das Sie nicht daran gedacht hätten.«

»Aber das habe ich leider«, sagte Pelorat.

»Sie sollten daraus nicht zu viel machen, Trevize«, meinte Wonne. »Es gibt wahrscheinlich jeden Augenblick Tausende menschlicher Wesen auf Gaia, die gerade mit Sex beschäftigt sind, Millionen, die essen oder trinken oder mit anderen Vergnügen bereitenden Aktivitäten beschäftigt sind. Das erzeugt eine allgemeine

Aura des Wohlbehagens, die Gaia fühlt, jeder Teil von Gaia. Die niedrigen Tiere, die Pflanzen, die Mineralien haben ihre fortschreitend milderen Vergnügungen, die ebenfalls zu einer generalisierten Freude des Bewußtseins beitragen, die Gaia stets in all seinen Teilen fühlt und die auf jeder anderen Welt ungefühlt bleibt.«

»Wir haben unsere ganz bestimmten Freuden«, sagte Trevize, »die wir auf gewisse Weise mit anderen teilen können, wenn wir das wollen, oder die wir für uns behalten, wenn wir das vorziehen.«

»Wenn Sie die unseren fühlen könnten, würden Sie wissen, wie unsäglich arm Ihr Isolaten in dieser Hinsicht seid.«

»Wie können Sie wissen, was wir fühlen?«

»Ohne zu wissen, wie Sie fühlen, kann man doch unterstellen, daß eine Welt gemeinsamer Freuden viel intensiver sein muß als jene, die einem einzelnen, isolierten Individuum zur Verfügung steht.«

»Vielleicht. Aber selbst wenn meine Freuden armselig wären, würde ich doch meine eigenen Freuden und Sorgen behalten und von ihnen befriedigt werden, so dünn sie auch sein mögen, und würde dabei *ich* bleiben und nicht ein Blutsbruder des nächsten Felsbrockens sein.«

»Sie sollten sich nicht lustig machen«, sagte Wonne. »Sie schätzen jeden Mineralkristall in Ihren Knochen und Zähnen und würden nicht zulassen, daß ein einziger von ihnen beschädigt wird, obwohl sie nicht mehr Bewußtsein besitzen als ein durchschnittlicher Felskristall derselben Größe.«

»Das ist richtig«, sagte Trevize widerstrebend, »aber wir sind jetzt vom Thema abgekommen. Es ist mir gleichgültig ob ganz Gaia Ihre Freude teilt, Wonne, aber *ich* will sie nicht teilen. Wir leben hier dicht aufeinander, und ich möchte nicht gezwungen sein, selbst indirekt an Ihren Aktivitäten teilzuhaben.«

»Das ist eine Auseinandersetzung um nichts, mein lieber alter Freund«, sagte Pelorat. »Ich bin ebensowenig wie Sie darauf erpicht, Sie zu stören oder Sie zu belästigen, und ich will das auch nicht. Wonne und ich werden diskret sein, nicht wahr, Wonne?«

»Es wird sein, wie du es wünschst, Pel.«

»Schließlich«, meinte Pelorat, »werden wir höchstwahrscheinlich über viel längere Zeiträume planetengebunden sein, als durch den Raum reisen, und auf Planeten gibt es ja die Möglichkeit...«

»Was Sie auf Planeten tun, ist mir gleichgültig«, unterbrach Trevize, »aber auf diesem Schiff bin ich der Kapitän.«

»Genau«, sagte Pelorat.

»Dann ist es jetzt, nachdem das klargestellt ist, Zeit zum Start.«

»Aber warten Sie doch!« Pelorat zupfte an Trevizes Ärmel. »Wohin wollen wir denn starten? Sie wissen nicht, wo die Erde ist, ich weiß es auch nicht und Wonne ebensowenig. Und Ihr Computer ebenfalls nicht, denn Sie haben mir schon vor langer Zeit gesagt, daß er keinerlei Informationen über die Erde besitzt. Was haben Sie also zu tun vor? Sie können sich doch nicht einfach willkürlich durch den Weltraum treiben lassen, mein lieber Junge.«

In dem Augenblick lächelte Trevize mit fast greifbarem Vergnügen. Zum erstenmal, seit Gaia ihn mit ihrem Griff umfangen hatte, fühlte er sich als Herr seines eigenen Schicksals.

»Ich kann Ihnen versichern«, sagte er, »daß es nicht meine Absicht ist, uns treiben zu lassen. Ich weiß genau, zu welchem Ziel ich starte.«

7

Pelorat trat mit leisen Schritten in den Pilotenraum, nachdem er einige Augenblicke lang an der Tür gewartet hatte, weil sich auf sein leises Klopfen hin nichts gerührt hatte. Er fand Trevize, der konzentriert auf das Sternenfeld blickte.

»Golan...«, sagte Pelorat und wartete.

Trevize blickte auf. »Janov! Setzen Sie sich! – Wo ist Wonne?«

»Sie schläft. – Wir sind im Weltraum, wie ich sehe.«

»Sie sehen richtig.« Die leichte Verblüffung überraschte Trevize nicht. In den neuen gravitischen Schiffen gab es keine Möglichkeit, den Start wahrzunehmen. Es gab keine Trägheitseffekte; keinen Beschleunigungsdruck; keinen Lärm, keine Vibration.

Die *Far Star* besaß die Fähigkeit, sich in jedem beliebigen Maße und auch völlig von äußeren Graviationsfeldern zu isolieren und erhob sich daher von einer Planetenoberfläche, als schwebte sie in einem kosmischen Meer. Und dabei blieb auf paradoxe Weise der Gravitationseffekt *im Innern* des Schiffes normal.

Während das Schiff sich innerhalb der Atmosphäre befand, bestand natürlich keine Notwendigkeit, zu beschleunigen, so daß es weder ein Pfeifen noch das Vibrieren schnell vorbeiziehender Luftströme gab. Nach Verlassen der Atmosphäre freilich konnte eine Beschleunigung stattfinden, eine sehr hohe sogar, ohne daß die Passagiere davon beeinträchtigt wurden.

Dies war das höchste Maß an Komfort, und Trevize konnte sich keine Verbesserung mehr vorstellen, bis zu jener Zeit vielleicht, wo menschliche Wesen Mittel und Wege entdeckten, ohne Schiffe durch den Hyperraum zu huschen, ohne sich dabei um benachbarte Gravitationsfelder Sorgen zu machen, die vielleicht zu intensiv sein könnten. Im Augenblick würde die *Far Star* sich ein paar Tage lang mit hoher Geschwindigkeit von Gaias Sonne entfernen müssen, bis deren Gravitation schwach genug war, um den Sprung anzutreten.

»Golan, mein Lieber«, sagte Pelorat, »kann ich Sie für ein paar Augenblicke sprechen? Sie sind doch nicht zu beschäftigt?«

»Ganz und gar nicht beschäftigt. Der Computer erledigt alles, sobald ich ihm die richtigen Anweisungen erteilt habe. Und manchmal scheint er meine Anweisungen sogar zu ahnen und führt sie aus, bevor ich sie artikulieren kann.« Trevize strich liebevoll über das Pult.

»Wir haben uns angefreundet, Golan«, sagte Pelorat, »und das in der kurzen Zeit, die wir einander kennen, obwohl ich zugeben muß, daß es mir eigentlich gar nicht wie eine kurze Zeit vorkommt. So viel ist geschehen. Es ist wirklich eigenartig, wenn ich an mein einigermaßen langes Leben zurückdenke, daß sich die Hälfte von allem, was ich erlebt habe, in die letzten paar Monate gedrängt hat. So scheint es mir zumindest. Ich würde fast annehmen...«

Trevize hob die Hand. »Janov, jetzt entfernen Sie sich von Ihrem eigentlichen Thema, da bin ich ganz sicher. Sie haben angefangen, indem Sie sagten, daß wir uns in kurzer Zeit recht gut angefreundet haben. Ja, das ist so. Ich empfinde das genauso. Aber was das betrifft, kennen Sie Wonne noch viel kürzere Zeit und haben sich noch mehr mit ihr angefreundet.«

»Das ist natürlich etwas anderes«, gestand Pelorat und räusperte sich etwas verlegen.

»Natürlich«, sagte Trevize, »aber was folgt aus unserer kurzen Freundschaft?«

»Wenn es zutrifft, mein lieber Junge, daß wir immer noch Freunde sind, wie Sie gerade sagten, dann muß ich auf Wonne übergehen, die, wie Sie ebenfalls gerade gesagt haben, mir besonders lieb ist.«

»Ich verstehe. Und was wollen Sie damit sagen?«

»Ich weiß, daß Sie Wonne nicht mögen, Golan, aber um meinetwillen würde ich mir wünschen...«

Trevize hob die Hand. »Einen Augenblick. Ich bin von Wonne nicht gerade überwältigt, aber ich empfinde keineswegs Abneigung gegen sie. Sie ist eine attraktive junge Frau, und selbst wenn sie das nicht wäre, wäre ich um Ihretwillen bereit, sie so zu sehen. *Gaia* mag ich nicht.«

»Aber Wonne *ist* Gaia.«

»Ich weiß, Janov. Das ist es ja, was die Dinge so kompliziert macht. Solange ich in Wonne eine Person sehe, gibt es da kein Problem. Wenn ich sie als Gaia betrachte, dann schon.«

»Aber Sie haben Gaia keine Chance gegeben, Golan. Schauen Sie, alter Junge, ich will Ihnen ein Geständnis machen. Wenn Wonne und ich intim sind, läßt sie mich manchmal auf ein oder zwei Minuten ihr Bewußtsein mit ihr teilen. Nicht länger, weil sie sagt, ich sei zu alt, um mich da anzupassen. – Oh, grinsen Sie nicht, Golan, Sie wären dafür auch zu alt. Wenn ein Isolat wie Sie oder ich mehr als ein oder zwei Minuten lang ein Teil Gaias bleiben würde, könnte es zu Gehirnschädigungen kommen, und nach fünf oder zehn Minuten sogar zu irreparablen Schäden. Wenn Sie es nur erleben könnten, Golan.«

»Was? Irreparablen Gehirnschaden? Nein danke.«

»Golan, jetzt mißverstehen Sie mich absichtlich. Ich meine, nur diesen kurzen Augenblick des Einsseins. Sie wissen gar nicht, was Ihnen entgeht. Es ist unbegreiflich. Wonne sagt, es gebe einen Sinn der Freude. Das ist, als würde man sagen, daß es einen Sinn der Freude gibt, wenn man endlich einen Schluck Wasser trinkt, nachdem man fast an Durst gestorben ist. Ich wüßte nicht einmal, wie ich anfangen sollte, Ihnen zu schildern, wie das ist. Sie teilen alle Freuden, die eine Milliarde Leute, jeder für sich, erlebt. Es ist keine beständige Freude; wäre es das, dann würde man schnell aufhören, sie zu fühlen. Sie vibriert – glitzert – hat einen seltsamen pulsierenden Rhythmus, der einen nicht losläßt. Es ist mehr Freude – nein, nicht mehr – es ist eine *bessere* Freude, als Sie je separat empfinden können. Ich könnte weinen, wenn sie mir die Tür wieder verschließt...«

Trevize schüttelte den Kopf. »Sie sind erstaunlich beredt, mein lieber Freund, aber wenn man Sie so schwärmen hört, könnte man meinen, Sie würden eine Pseudendorphinabhängigkeit schildern oder vielleicht auch die Abhängigkeit von irgendeiner anderen Droge, die Sie um den Preis endlosen Schreckens kurzzeitig Freude empfinden läßt. Nichts für mich! Ich habe nicht die Neigung, meine Individualität für ein kurzes Gefühl der Freude zu verkaufen.«

»Ich habe meine Individualität immer noch, Golan.«

»Aber wie lange werden Sie sie behalten, wenn Sie so weitermachen, Janov? Sie werden um mehr und mehr von Ihrer Droge betteln, bis am Ende Ihr Gehirn beschädigt sein wird. Janov, Sie dürfen nicht zulassen, daß Wonne Ihnen das antut – vielleicht sollte ich mit ihr darüber sprechen.«

»Nein! Tun Sie das nicht! Sie sind ja nicht gerade ein Ausbund an Takt, das wissen Sie, und ich will nicht, daß sie verletzt wird. Ich kann Ihnen versichern, daß sie sich in der Hinsicht mehr um mich kümmert, als Sie sich vorstellen können. Sie macht sich viel mehr Sorgen, daß es zu Gehirnschädigungen kommen könnte als ich. Dessen können Sie versichert sein.«

»Nun denn, dann werde ich zu Ihnen sprechen. Janov, tun Sie das nie mehr! Sie haben jetzt zweiundfünfzig Jahre mit Ihrer eigenen Art von Freude und Vergnügen gelebt, und Ihr Gehirn ist darauf eingerichtet, das auszuhalten. Lassen Sie sich nicht von einem neuen, ungewöhnlichen Laster verführen. Dafür muß ein Preis bezahlt werden; wenn nicht sofort, dann doch am Ende.«

»Ja, Golan«, sagte Pelorat leise und blickte auf seine Schuhspitzen. Und dann meinte er: »Vielleicht sehen Sie es einmal so. Was ist, wenn Sie ein einzelliges Wesen wären...«

»Ich weiß, was Sie sagen sollen, Janov. Vergessen Sie es! Wonne und ich haben uns bereits mit dieser Analogie auseinandergesetzt.«

»Ja, aber überlegen Sie doch! Angenommen, wir stellen uns einzellige Organismen mit menschlichem Bewußtseinsniveau und mit Denkfähigkeit vor und malen uns dann aus, daß diese Wesen sich der Möglichkeit ausgesetzt sähen, ein multizellularer Organismus zu werden. Würden die einzelligen Organismen dann nicht ihren Verlust der Individualität beklagen und damit auch die bevorstehende Eingliederung in die Persönlichkeit eines allumfassenden Organismus? Und würden sie nicht unrecht haben? Wäre denn eine individuelle Zelle auch nur imstande, sich die Macht des menschlichen Gehirns vorzustellen?«

Trevize schüttelte heftig den Kopf. »Nein, Janov, die Analogie stimmt nicht. Einzellige Organismen besitzen kein Bewußtsein und kein Denkvermögen – oder wenn sie es tun, dann ist es so winzig, daß man es als Null ansehen kann. Wenn solche Objekte sich verbinden und die Individualität verlieren, dann würden sie damit etwas verlieren, was sie nie wirklich besessen haben. Ein menschliches Wesen jedoch *besitzt* Bewußtsein und *hat* das Vermögen zu denken. Es besitzt ein echtes Bewußtsein und eine echte unabhängige Intelligenz, die es verlieren kann. Der Vergleich hinkt also.«

Einen Augenblick lang herrschte zwischen den beiden Schweigen; ein fast lastendes Schweigen, und schließlich meinte Pelorat, in dem Versuch, das Gespräch in eine neue Richtung zu zwingen: »Warum starren Sie auf den Bildschirm?«

»Gewohnheit«, sagte Trevize mit einem kleinen Lächeln. »Der Computer sagt mir, daß uns keine gaianischen Schiffe folgen und daß uns auch keine sayshellanischen Flotten entgegenkommen. Trotzdem blicke ich voll Sorge auf den Computer und beruhige mich damit, daß ich keine derartigen Schiffe sehe, wo doch die Sensoren des Computers Hunderte Male schärfer und besser sind als meine Augen. Darüber hinaus ist der Computer imstande, einige Eigenschaften des Weltraums in höchst differenzierter Art wahrzunehmen, Eigenschaften, die meine Sinne unter keinen Umständen wahrnehmen können. – Und obwohl ich das alles weiß, starre ich dennoch auf den Schirm.«

Pelorat meinte: »Golan, wenn wir wirklich Freunde sind ...«

»Ich verspreche Ihnen, ich werde nichts tun, was Wonne weh tut, zumindest nicht mit Absicht.«

»Das ist jetzt eine andere Sache. Sie halten unser Ziel vor mir geheim, als würden Sie mir nicht vertrauen. Wo geht die Reise hin? Sind Sie der Meinung, Sie wüßten, wo die Erde ist?«

Trevize blickte auf, und seine Augenbrauen schoben sich in die Höhe. »Es tut mir leid. Ich habe das Geheimnis wohl in meinem Busen verborgen, oder nicht?«

»Ja, aber warum haben Sie das getan?«

»Ja, das frage ich mich auch«, sagte Trevize. »Ich frage mich, mein Freund, ob es nicht wegen Wonne ist.«

»Wonne? *Sie* soll es also nicht erfahren. Wirklich, alter Junge, man kann ihr *völlig* vertrauen.«

»Das ist es nicht. Welchen Sinn hätte es denn, ihr nicht zu vertrauen? Ich argwöhne, daß sie, wenn sie das wünscht, jedes Geheimnis aus meinem Bewußtsein herauspicken kann. Ich glaube, ich habe einen viel kindischeren Grund. Ich habe das Gefühl, daß Sie nur noch auf sie achten und ich nicht mehr für Sie existiere.«

Pelorat blickte erschreckt. »Aber das stimmt doch nicht, Golan.«

»Ich weiß, aber ich versuche meine eigenen Gefühle zu analysieren. Sie sind jetzt gerade zu mir gekommen und haben Besorgnis um unsere Freundschaft geäußert. Und wenn ich richtig überlege, so habe ich das Gefühl, daß ich dieselbe Angst hatte. Ich habe mir das nicht offen zugegeben, aber ich glaube, ich fühlte mich von Wonne ausgeschlossen. Vielleicht versuche ich, mich irgendwie zu ›rächen‹, indem ich Ihnen alles mögliche vorenthalte. Kindisch, wahrscheinlich.«

»Golan!«

»Ich habe doch gesagt, daß es kindisch ist, oder? Aber wo gibt es schon einen Menschen, der nicht hie und da kindisch ist? Aber wir *sind* Freunde. Das ist geklärt, und deshalb will ich mit diesen Spielchen aufhören. Die Reise geht nach Comporellon.«

»Comporellon?« sagte Pelorat, dem der Name im Augenblick nichts sagte.

»Sie erinnern sich doch sicher an meinen Freund, den Verräter, Munn Li Compor. Wir drei sind uns auf Sayshell begegnet.«

Pelorats Gesicht wirkte so, als sei plötzlich die Erleuchtung über ihn gekommen. »Natürlich erinnere ich mich. Comporellon war die Welt seiner Vorfahren.«

»*Wenn* sie das war. Ich glaube gar nichts, was Compor gesagt hat. Aber Comporellon ist eine bekannte Welt, und Compor hat gesagt, ihre Bewohner wüßten über die Erde Bescheid. Nun, also werden wir dorthin reisen und nachsehen. Vielleicht führt es uns nicht weiter, aber das ist der einzige Ansatzpunkt, den wir haben.«

Pelorat räusperte sich und sah ihn zweifelnd an. »O mein lieber Junge, sind Sie da sicher?«

»Da ist nichts, dessen man sicher oder nicht sicher sein kann. Wir haben einen Ansatzpunkt, und wenn er auch noch so schwach ist, bleibt uns keine andere Wahl, als dem nachzugehen.«

»Ja, aber wenn wir es wegen dem tun, was Compor uns gesagt hat, dann sollten wir vielleicht *alles* in Betracht ziehen, was er uns gesagt hat. Ich glaube mich zu erinnern, daß er uns höchst eindringlich erklärt hat, daß die Erde nicht als lebender Planet existierte – daß ihre Oberfläche radioaktiv sei und der Planet völlig ohne Leben. Und wenn das zutrifft, dann ist unsere Reise nach Comporellon völlig sinnlos.«

8

Die drei aßen im Speisesaal zu Mittag, wobei sie ihn praktisch füllten.

»Das schmeckt sehr gut«, sagte Pelorat, sichtlich zufrieden. »Stammt das noch aus den ursprünglichen Vorräten von Terminus?«

»Nein, ganz und gar nicht«, sagte Trevize. »Die sind schon lange verbraucht. Das ist Teil der Vorräte, die wir auf Sayshell gekauft haben, ehe wir nach Gaia weiterflogen. Ungewöhnlich, nicht wahr? Irgendwelche Meeresfrüchte, aber ziemlich knusprig. Und was das Zeug hier ist – als ich es kaufte, dachte ich, es sei Kohl. Aber es schmeckt ganz und gar nicht so.«

Wonne hörte zu, sagte aber nichts. Sie stocherte unlustig auf ihrem Teller herum.

»Du mußt essen, Liebes«, sagte Pelorat freundlich.

»Ich weiß, Pel, ich esse ja.«

Und Trevize meinte, mit einem Anflug von Ungeduld, den er nicht ganz unterdrücken konnte: »Wir haben auch gaianisches Essen, Wonne.«

»Ich weiß«, sagte Wonne, »aber das würde ich mir lieber aufheben. Wir wissen nicht, wie lange wir im Weltraum sein werden, und am Ende muß ich ja doch lernen, Isolatennahrung zu mir zu nehmen.«

»Ist es so schlimm? Oder darf Gaia nur Gaia essen?«

Wonne seufzte. »Wir haben tatsächlich ein Sprichwort, das da lautet: ›Wenn Gaia Gaia ißt, gibt es weder Gewinn noch Verlust.‹ Es ist nicht mehr als eine Verlagerung von Bewußtsein, die Leiter hinauf und hinunter. Was auch immer ich auf Gaia esse, *ist* Gaia, und wenn viel davon in den Stoffwechsel übergeht und Ich wird, ist es *immer noch* Gaia. Tatsächlich hat etwas von dem, was ich esse, durch die Tatsache, daß ich es esse, die Chance, an einer höheren Intensität des Bewußtseins teilzunehmen, während andere Teile davon natürlich in Abfall der einen oder anderen Art verwandelt werden und deshalb auf der Skala der Bewußtheit absin-ken.«

Sie nahm einen kräftigen Bissen von ihrem Essen, kaute einen Augenblick lang, schluckte und sagte dann: »Das Ganze stellt einen ungeheuer weit gespannten Kreislauf dar. Pflanzen wachsen und werden von Tieren gegessen. Tiere essen und werden gegessen. Jeder Organismus, der stirbt, wird in die Zellen von Verfallbakterien, Schimmel und dergleichen aufgenommen – ist aber immer noch Gaia. An diesem ungeheuer weit gespannten Kreislauf des Bewußtseins nimmt selbst anorganische Materie teil, und alles, was sich in diesem Kreislauf befindet, bekommt seine Chance, periodisch an einer höheren Intensität des Bewußtseins teilzuhaben.«

»Das kann man auch von jeder anderen Welt sagen«, meinte Trevize. »Jedes Atom in mir hat eine lange Geschichte, in deren Verlauf es Teil vieler lebender Dinge gewesen sein mag, menschliche Wesen eingeschlossen, und während derer es möglicherweise auch lange Perioden als Teil des Meeres oder in einem Brocken Kohle oder in einem Felsen oder als Teil des Windes, der über uns weht, verbracht haben kann.«

»Auf Gaia jedoch«, sagte Wonne, »sind alle Atome beständig Teil eines höheren planetarischen Bewußtseins, von dem Sie nichts wissen.«

»Nun, was geschieht dann mit diesen Gemüsen von Sayshell, die Sie essen?«, sagte Trevize. »Werden sie ein Teil von Gaia?«

»Ja – aber recht langsam. Und die Abfallstoffe, die ich ausscheide, hören ebenso langsam auf, Teil Gaias zu sein. Schließlich fehlt allem, was von mir ausgeschieden wird, der Kontakt zu Gaia. Selbst der weniger direkte hyperspatiale Kontakt, den ich dank meines hohen Niveaus bewußter Intensität aufrechterhalten kann, fehlt ihm. Diesem hyperspatialen Kontakt ist es zu verdanken, daß nichtgaianische Nahrung, sobald ich sie zu mir nehme – langsam – Teil Gaias wird.«

»Was ist mit den gaianischen Lebensmitteln in unseren Vorräten? Werden die langsam nichtgaianisch werden? In dem Fall sollten Sie sie essen, so lange sie noch können.«

»Es ist nicht nötig, sich darüber Sorgen zu machen«, sagte Wonne. »Unsere gaianischen Vorräte sind so behandelt worden, daß sie über einen langen Zeitraum hinweg Teil Gaias bleiben.«

Plötzlich fragte Pelorat: »Aber was wird geschehen, wenn *wir* die gaianische Nahrung essen und, was das betrifft, was ist mit uns geschehen, als wir auf Gaia selbst gaianische Nahrung aßen? Verwandeln wir selbst uns langsam in Gaia?«

Wonne schüttelte den Kopf, und ihr Gesicht nahm einen eigenartig beunruhigten Ausdruck an. »Nein, was Sie gegessen haben, ging uns verloren. Oder zumindest das ging uns verloren, was in Ihr Gewebe einging. Was Sie ausgeschieden haben, blieb Gaia oder wurde sehr langsam Gaia, so daß das Gleichgewicht am Ende aufrechterhalten wurde. Aber zahlreiche Atome Gaias wurden infolge Ihres Besuches Nichtgaia.«

»Und warum war das so?« fragte Trevize neugierig.

»Weil Sie nicht imstande gewesen wären, die Umwandlung zu ertragen, nicht einmal eine teilweise. Sie waren unsere Gäste, waren sozusagen unter Zwang zu unserer Welt gebracht worden, und wir mußten Sie vor Gefahren beschützen, selbst um den Preis des Verlustes winziger Fragmente Gaias. Das war ein Preis, den wir bereitwillig bezahlt haben, wenn wir darüber auch nicht glücklich waren.«

»Das bedauern wir«, sagte Trevize, »aber sind Sie sicher, daß nichtgaianische Nahrung oder gewisse Arten nichtgaianischer Nahrung nicht ihrerseits *Ihnen* Schaden zufügen könnte?«

»Nein«, sagte Wonne. »Was für Sie genießbar ist, ist es auch für mich. Ich habe mich nur mit dem zusätzlichen Problem auseinanderzusetzen, daß ich derartige Nahrung sowohl durch den Stoffwechsel in Gaia als auch in meine eigenen Gewebe aufnehmen muß. Das stellte eine psychologische Barriere dar, die mich ein wenig darin hindert, die Nahrung zu genießen, und die mich dazu veranlaßt, langsam zu essen. Aber ich werde mit der Zeit darüber hinwegkommen.«

»Wie steht es mit Infektionen?« fragte Pelorat, fast erschreckt. »Ich kann gar nicht verstehen, daß ich nicht früher daran gedacht habe. Wonne! Auf jeder Welt, auf der du landest, wird es wahrscheinlich Mikroorganismen geben, gegen die du keinen Abwehrmechanismus besitzt. Und du wirst an irgendeiner einfachen ansteckenden Krankheit sterben. Trevize, wir müssen umkehren.«

»Keine Angst, Pel, Liebster«, sagte Wonne und lächelte. »Auch Mikroorganismen werden von Gaia assimiliert, wenn sie Teil meiner Nahrung sind oder wenn sie auf irgendeinem anderen Weg in meinen Körper eindringen. Falls es den Anschein gewinnt, daß sie mir Schaden zufügen würden, werden sie einfach schneller assimiliert, und sobald sie Gaia sind, werden sie mir nicht schaden.«

Die Mahlzeit ging ihrem Ende zu, und Pelorat nippte an seiner Mischung von gewürzten heißen Fruchtsäften. »Du liebe Güte«, sagte er und leckte sich die Lippen. »Ich glaube, jetzt ist wirklich Zeit, das Thema zu wechseln. Mir scheint, ich bin an Bord dieses Schiffes hauptsächlich damit beschäftigt, Themen zu wechseln. Warum ist das so?«

Trevize sah ihn mit undurchdringlicher Miene an und meinte: »Weil Wonne und ich an jedem Thema hängenbleiben, über das wir sprechen, bis in den Tod hinein. Wir verlassen uns ganz auf Sie, Janov, daß Sie uns unseren Verstand bewahren. Welches Thema wollen Sie denn anschneiden, alter Freund?«

»Ich habe mir meine Unterlagen über Comporellon und den ganzen Sektor, dem diese Welt angehört, angesehen. Es gibt hier zahlreiche alte Legenden. Nach diesen Unterlagen ist die Besiedlung vor sehr langer Zeit erfolgt, im ersten Jahrtausend der Hyperraumfahrt. Comporellon erwähnt sogar einen legendären Gründer namens Benbally, obwohl nirgends davon die Rede ist, woher er kam. Sie sagen, der ursprüngliche Name ihres Planeten hätte Benbally World gelautet.«

»Und wieviel Wahrheit ist daran, Ihrer Ansicht nach, Janov?«

»Ein Körnchen vielleicht, aber wer könnte schon erraten, was das für ein Körnchen sein könnte.«

»Ich habe nie von jemanden in der Geschichte gehört, der Benbally hieß. Sie?«

»Nein, das habe ich nicht. Aber Sie wissen ja, daß in der späten Kaiserzeit die Geschichte der präimperialen Ära bewußt unterdrückt wurde. Die Kaiser waren in den turbulenten letzten Jahrhunderten des Imperiums sehr bemüht, nicht zu viel Lokalpatriotismus aufkommen zu lassen, da sie, durchaus mit Recht, befürchteten, solche Bestrebungen würden den Zerfall des Reichs noch beschleunigen. Daher beginnt in fast jedem Sektor der Galaxis die wahre Geschichtsschreibung mit kompletten Aufzeichnungen und einer genauen Chronologie erst mit den Tagen, an denen Trantors Einfluß sich bemerkbar machte und der betreffende Sektor sich mit dem Imperium verbündete oder von ihm annektiert wurde.«

»Ich hätte nicht gedacht, daß man die Geschichte so leicht manipulieren oder auslöschen kann«, sagte Trevize.

»So einfach geht das auch meistens nicht«, sagte Pelorat, »aber eine entschlossene, mächtige Regierung kann die Geschichtsschreibung schwächen. Wenn das mit genügend Nachdruck geschieht, hängt die Frühgeschichte von verstreutem Material ab und neigt dazu, zu Legenden und Märchen zu degenerieren. Derartige Berichte reichern sich dann fast regelmäßig mit Übertreibungen an und stellen dann den Sektor als älter und mächtiger dar, als er aller Wahrscheinlichkeit nach jemals war. Und ganz gleich, wie albern eine bestimmte Legende auch ist, oder wie unmöglich sie auch erscheinen mag – für die Bewohner der entsprechenden Welten wird es eine Frage des Patriotismus, an sie zu glauben. Ich kann Ihnen Geschichten aus jedem Winkel der Galaxis zeigen, die davon sprechen, daß die ursprüngliche Kolonisierung von der Erde selbst aus erfolgte, obwohl das nicht immer der Name ist, den sie dem Mutterplaneten geben.«

»Wie nennen sie ihn denn sonst noch?«

»Eine ganze Menge Namen. Manchmal nennen sie ihn den ›Einzigen‹, manchmal auch den ›Ältesten‹. Oder die ›Bemondete Welt‹, was nach der Ansicht einiger Experten ein Hinweis auf ihren riesigen Satelliten darstellt. Andere behaupten, daß das ›verlorene Welt‹ bedeuten soll und daß ›bemondet‹ irgendein antiquierter Ausdruck aus der prägalaktischen Sprache ist, der ›verloren‹ oder ›aufgegeben‹ bedeuten soll.«

»Janov, hören Sie auf!« sagte Trevize, nicht unfreundlich. »Sie und Ihre Gewährsleute. Diese Legenden gibt es also überall, sagen Sie?«

»O ja, mein lieber Freund. Durchaus. Sie brauchen nur in ihnen herumzustöbern, wenn Sie ein Gefühl für diese menschliche Gewohnheit bekommen wollen, mit irgendeinem Korn Wahrheit anzufangen und es mit Legenden zu umkleiden – so wie die Austern von Rhampora um ein Sandkorn Perlen wachsen lassen. Ich bin auf diese Redewendung gestoßen, als...«

»Janov! Jetzt hören Sie auf! Sagen Sie mir, ist an den Legenden von Comporellon etwas, das sie von anderen unterscheidet?«

»Oh!« Pelorat starrte Trevize einen Augenblick lang mit glasigem Blick an. »Anders? Nun, sie behaupten, die Erde läge relativ nahe, und das ist ungewöhnlich. Auf den meisten Welten, die von der Erde sprechen, welchen Namen auch immer sie dafür wählen, herrscht die Tendenz vor, bezüglich ihrer Position ziemlich vage zu sein – sie liegt dann entweder unendlich weit entfernt oder in irgendeinem Land der Fantasie.«

»Ja, so wie manche Leute auf Sayshell uns sagten, daß Gaia sich im Hyperraum befinde«, sagte Trevize.

Wonne lachte.

Trevize warf ihr einen schnellen Blick zu. »Das stimmt. So hat man uns gesagt.«

»Ich will ja gar nicht widersprechen. Es ist nur amüsant. Wir wollen natürlich, daß man das glaubt. Im Augenblick wünschen wir uns ja nichts mehr, als allein gelassen zu werden, und wo könnten wir sicherer sein als im Hyperraum? Wenn wir schon nicht dort sind, dann hilft es immerhin, wenn die Leute das glauben.«

»Ja«, sagte Trevize trocken, »und in derselben Weise gibt es etwas, das die Leute zu der Meinung veranlaßt, daß die Erde nicht existiert oder weit entfernt ist oder eine radioaktive Kruste hat.«

»Nur«, wandte Pelorat ein, »daß die Comporellianer glauben, daß sie relativ nahe bei ihnen läge.«

»Aber auch sie geben ihr eine radioaktive Kruste. So oder so, alle Leute, die eine Erdlegende haben, sind der Ansicht, daß man sich der Erde nicht nähern kann.«

»Das ist mehr oder weniger richtig«, sagte Pelorat.

Trevize meinte: »Viele Leute auf Sayshell glaubten, daß Gaia in der Nähe liege; manche haben sogar ihren Stern richtig identifiziert, und doch waren alle der Ansicht, daß man nicht an Gaia herankäme. Vielleicht gibt es auch einige Comporellianer, die darauf bestehen, daß die Erde radioaktiv verseucht und tot ist, die aber doch ihren Stern identifizieren können. Und dann werden wir uns ihm nähern, auch wenn sie der Meinung sind, das ginge nicht. Im Falle Gaias haben wir genau das getan.«

»Gaia war aber bereit, Sie aufzunehmen, Trevize«, sagte Wonne. »Sie waren uns hilflos ausgeliefert, aber wir dachten nicht daran, Ihnen zu schaden. Was ist, wenn die Erde auch mächtig ist und nicht wohlwollend. Was dann?«

»Ich muß in jedem Fall versuchen, sie zu erreichen und die Konsequenzen auf mich nehmen, aber das ist *meine* Aufgabe. Sobald ich die Erde ausfindig gemacht und auf sie Kurs genommen habe, wird es für Sie nicht zu spät sein, sich von mir zu trennen. Ich werde Sie auf der nächsten Foundationwelt absetzen oder zu Gaia zurückbringen, wenn Sie darauf bestehen, und dann allein zur Erde weiterreisen.«

»Mein lieber Junge«, sagte Pelorat, sichtlich gequält, »so etwas sollten Sie nicht sagen. Ich würde nicht einmal im Traum daran denken, Sie zu verlassen.«

»Oder ich daran, Pel zu verlassen«, sagte Wonne, und ihre Hand strich über Pelorats Wange.

»Nun denn. Es wird nicht mehr lange dauern, bis wir den Sprung nach Comporellon antreten können. Und danach, so will ich hoffen, wird der nächste Sprung uns weiterführen – zur Erde.«

ZWEITER TEIL

Comporellon

3. AN DER EINREISESTATION

9

Wonne trat in ihre Kabine und sagte: »Hat dir Trevize gesagt, daß wir jetzt jeden Augenblick den Sprung antreten und durch den Hyperraum gehen?«

Pelorat, der über seinen Bildschirm gebeugt dasaß, blickte auf und sagte: »Ja, er hat gerade hereingesehen und mir gesagt ›im Laufe der nächsten halben Stunde‹.«

»Mir gefällt das nicht, Pel. Ich habe den Sprung noch nie gemocht. Ich bekomme dabei immer so ein Gefühl, daß mein Innerstes nach außen gedreht wird.«

Pelorat blickte ein wenig überrascht. »Ich hatte dich gar nicht so als Raumreisende gesehen, liebste Wonne.«

»Das bin ich eigentlich auch nicht, und ich meine das auch nicht nur als Komponente so. Gaia selbst hat keine Gelegenheit zur regelmäßigen Raumfahrt. Meine/unsere/Gaias Eigenart bringt es mit sich, daß ich/wir/Gaia weder zu Forschungszwecken noch um Handel zu treiben oder zum Vergnügen durch den Raum reisen. Trotzdem ist es notwendig, daß jemand an den Einreisestationen ist.«

»Was zu dem glücklichen Umstand führte, daß wir dir begegnet sind.«

»Ja, Pel.« Sie lächelte ihm liebevoll zu. »Hin und wieder sind auch Besuche in Sayshell und anderen stellaren Regionen nötig – meistens freilich geheim. Aber mit oder ohne Geheimhaltung, das bedeutet jedesmal den Sprung, und es ist natürlich so, daß, wenn irgendein Teil von Gaia springt, ganz Gaia das fühlt.«

»Das ist schlimm«, sagte Pel.

»Es könnte schlimmer sein. Die große Masse Gaias macht ja den Sprung nicht mit, die Wirkung wird also weit verteilt. Aber anscheinend ist es so, daß ich ihn stärker empfinde als der größte Teil Gaias. Wie ich Trevize immer wieder klarzumachen versuche, ist zwar ganz Gaia Gaia, aber die einzelnen Komponenten sind nicht identisch. Es gibt Unterschiede zwischen uns, und ich bin aus irgendeinem Grund für den Sprung besonders empfindlich.«

»Warte!« sagte Pelorat, der sich plötzlich an etwas erinnerte. »Trevize hat mir das einmal erklärt. Die schlimmste Empfindung hat man in gewöhnlichen Schiffen. In solchen Schiffen verläßt man das galaktische Gravitationsfeld beim Eintritt in den Hyperraum und kommt wieder in dieses Feld zurück, wenn man in den gewöhnlichen Raum zurückkehrt. Dieses Verlassen und Wiederzurückkehren ist es, das die Empfindung erzeugt. Aber die *Far Star* ist ein gravitisches Schiff und als solches unabhängig vom Gravitationsfeld und verläßt es in Wahrheit nicht und kehrt so auch nicht dahin zurück. Aus diesem Grund werden wir überhaupt nichts fühlen. Das kann ich dir aus persönlicher Erfahrung versichern, meine Liebe.«

»Aber das ist ja herrlich. Ich wünschte, ich hätte schon früher über diese Sache gesprochen. Das hätte mir die ganze Unruhe erspart.«

»Das hat auch noch einen weiteren Vorteil«, sagte Pelorat, der seine ungewöhnliche Rolle als Erklärer astronautischer Angelegenheiten sichtlich genoß. »Gewöhnliche Schiffe müssen sich durch den normalen Weltraum auf ziemlich große Distanz von großen Massen wie Sternen entfernen, um den Sprung durchführen zu können. Zum Teil liegt das daran, daß die Gravitationsfelder um so intensiver sind, je näher man sich bei einem Stern befindet, und dementsprechend ausgeprägter sind auch die Wahrnehmungen beim Sprung. Und dann sind auch die Berechnungen, die man durchführen muß, um den Sprung sicher durchzuführen und wieder an den Punkt im Normalraum herauszukommen, den man sich ausgesucht hat, um so komplizierter, je intensiver das Gravitationsfeld ist.

In einem gravitischen Schiff andererseits gibt es keine nennenswerte Sprungwahrnehmung. Außerdem besitzt dieses Schiff einen Computer, der viel weiter entwickelt ist als gewöhnliche Computer und der auch komplizierte Berechnungen ungewöhnlich schnell und sicher durchführen kann. Anstatt daher ein paar Wochen unterwegs sein zu müssen, um eine sichere Distanz für den Sprung zu erreichen, braucht die *Far Star* nur zwei oder drei Tage Reisezeit. Dies liegt ganz besonders daran, daß wir dem Gravitationsfeld nicht unterworfen sind und daher auch nicht den Trägheitseffekten – ich muß zugeben, daß ich das nicht verstehe, aber so hat es Trevize mir erklärt –, deshalb können wir auch viel schneller beschleunigen, als das gewöhnliche Schiffe können.«

»Das ist schön«, sagte Wonne, »und Trev kann stolz darauf sein, daß er dieses ungewöhnliche Schiff lenken kann.«

Pelorat runzelte die Stirn. »Bitte, Wonne. Sag ›Trevize‹.«

»Das tue ich ja. Wirklich. Nur wenn er nicht anwesend ist, mache ich es mir etwas leichter.«

»Das solltest du nicht tun. Du willst dir doch das ganz bestimmt nicht angewöhnen, meine Liebe. Er ist in der Beziehung so empfindlich.«

»Nicht in bezug auf seinen Namen. Das bezieht sich auf mich. Er mag mich nicht.«

»Das stimmt nicht«, sagte Pelorat ernsthaft. »Darüber habe ich mit ihm gesprochen. – Komm, komm, jetzt runzle nicht die Stirn. Ich war außergewöhnlich taktvoll, mein liebes Kind. Er hat mir versichert, daß er nichts gegen dich hat. Er ist in bezug auf Gaia argwöhnisch und über die Tatsache unglücklich, daß er Gaia zur Zukunft der Menschheit machen mußte. Dafür müssen wir ihm einiges nachsehen. Er wird darüber hinwegkommen, sobald er anfängt, die Vorteile Gaias zu begreifen.«

»Das hoffe ich, aber das ist nicht nur Gaia. Was auch immer er dir vielleicht sagt, Pel – und du solltest daran denken, daß er dich sehr gerne mag und deine Gefühle nicht verletzen möchte –, er empfindet mir gegenüber persönliche Abneigung.«

»Nein, Wonne. Das kann unmöglich stimmen.«

»Nicht jeder ist gezwungen, mich zu lieben, einfach weil du das tust. Laß mich erklären. Trev – also schön, Trevize – meint, ich sei ein Roboter.«

Pelorats gewöhnlich gleichmütige Züge nahmen einen erstaunten Ausdruck an. »Aber das kann doch nicht sein«, meinte er. »Er kann dich doch unmöglich für ein künstliches menschliches Wesen halten.«

»Warum ist das so erstaunlich? Gaia ist mit Hilfe von Robotern besiedelt worden. Das ist eine bekannte Tatsache.«

»Roboter könnten vielleicht dabei geholfen haben, so wie Maschinen, aber *besiedelt* worden ist Gaia doch von *Menschen*, Menschen von der Erde. Das denkt Trevize. Das weiß ich.«

»In Gaias Erinnerung ist nichts, was die Erde betrifft, das habe ich dir und Trevize gesagt. Aber in unseren ältesten Erinnerungen kommen noch Roboter vor, selbst nach dreitausend Jahren, die daran arbeiteten, Gaia in eine bewohnbare Welt umzuwandeln. Damals waren wir auch damit beschäftigt, Gaia als planetarisches Bewußtsein zu formen. Das hat viel Zeit in Anspruch genommen, liebster Pel, und das ist ein weiterer Grund dafür, weshalb unsere Erinnerungen recht nebulös sind. Nicht etwa, weil die Erde sie ausgelöscht hat, wie Trevize das meint...«

»Ja, Wonne«, sagte Pelorat interessiert, »aber was ist mit den Robotern?«

»Nun, als Gaia sich formte, zogen die Roboter ab. Wir wollten kein Gaia, das Roboter einschloß, weil wir überzeugt waren und auch noch sind, daß eine robotische Komponente auf lange Sicht für eine menschliche Gesellschaft schädlich ist, ob diese Gesellschaft nun dem Wesen nach isolat oder planetarisch ist. Ich weiß nicht, wie wir zu diesem Schluß gelangten, aber es ist durchaus möglich, daß er auf Vorgängen beruht, die sich in einer sehr frühen Periode der galaktischen Geschichte ereigneten, so daß Gaias Erinnerung nicht dorthin zurückreicht.«

»Wenn die Roboter abgezogen sind...«

»Ja, aber was ist, wenn welche zurückgeblieben sind? Was ist, wenn ich einer von ihnen bin – fünfzehntausend Jahre alt vielleicht. Das ist es, was Trevize argwöhnt.«

Pelorat schüttelte entschieden den Kopf. »Aber das bist du nicht.«

»Bist du auch ganz sicher, daß du das glaubst?«

»Natürlich tue ich das. Du bist kein Roboter.«

»Woher weißt du das?«

»Wonne, ich ... ich *weiß* es einfach. An dir ist nichts Künstliches. Wenn ich *das* nicht weiß, dann weiß es niemand.«

»Ist es denn nicht möglich, daß ich auf sehr geschickte Weise künstlich hergestellt bin, daß ich in jeder Hinsicht, vom größten bis zum kleinsten Aspekt meines Wesens von der Natur nicht unterschieden werden kann? Wenn ich das wäre, wie könntest du dann den Unterschied zwischen mir und einem echten menschlichen Wesen feststellen?«

Pelorat schüttelte den Kopf. »Ich glaube nicht, daß das möglich wäre.«

»Und wenn es doch möglich wäre, trotz allem, was du denkst?«

»Ich glaube es einfach nicht.«

»Dann wollen wir es einfach als hypothetischen Fall betrachten. Wenn ich ein Roboter wäre, den man nicht als solchen erkennen kann, was würdest du dann davon halten?«

»Nun, ich... ich...«

»Um eine ganz spezifische Frage zu stellen – was würdest du davon halten, mit einem Roboter Geschlechtsverkehr zu haben?«

Pelorat schnippte plötzlich mit Daumen und Mittelfinger der rechten Hand. »Weißt du, es gibt Legenden von Frauen, die sich in künstliche Männer verliebt haben und umgekehrt. Ich habe darin immer eine eher allegorische Bedeutung gesehen und mir nie vorgestellt, daß diese Geschichten die buchstäbliche Wahrheit wiedergeben könnten. – Natürlich hatten Golan und ich das Wort ›Roboter‹ noch nie gehört, ehe wir auf Sayshell gelandet waren, aber jetzt, wo ich daran denke, kann ich nur sagen, daß diese künstlichen Männer und Frauen Roboter gewesen sein müssen. Allem Anschein nach haben in der Frühzeit der Menschheit solche Roboter existiert. Das bedeutet, daß man über diese Legenden nachdenken sollte...«

Er verstummte, wurde nachdenklich, und nachdem Wonne einen Augenblick gewartet hatte, klatschte sie plötzlich scharf in die Hände. Pelorat zuckte zusammen.

»Pel, Liebster«, sagte Wonne. »Du flüchtest dich jetzt in deine Mythografie, um der Frage auszuweichen. Die Frage, die ich dir gestellt habe, lautet: was würdest du darüber denken, mit einem Roboter Geschlechtsverkehr zu haben?«

Er starrte sie etwas verwirrt an. »Einen, den man wirklich nicht von einem Menschen unterscheiden könnte?«

»Ja.«

»Nun, dann scheint mir, daß ein Roboter, den man in keiner Weise von einem menschlichen Wesen unterscheiden kann, ein menschliches Wesen *ist*. Wenn du ein solcher Roboter wärest, dann wärest du für mich nichts anderes als ein menschliches Wesen.«

»Das wollte ich von dir hören, Pel.«

Pelorat wartete und sagte dann: »Nun denn, jetzt, wo du es von mir gehört hast, meine Liebe, wirst du mir jetzt nicht sagen, daß du ein natürliches menschliches Wesen bist und daß ich mich nicht mit einer hypothetischen Situation herumzuplagen habe?«

»Nein, ich werde nichts dergleichen tun. Du hast ein natürliches menschliches Wesen als ein Objekt definiert, das alle Eigenschaften eines natürlichen menschlichen Wesens besitzt. Wenn du für dich selbst überzeugt bist, daß ich all diese Eigenschaften besitze, dann beendet das die Diskussion. Wir haben die operationelle Definition und brauchen keine andere. Schließlich, woher weiß ich denn, ob *du* nicht ein Roboter bist, den man zufälligerweise nicht von einem menschlichen Wesen unterscheiden kann?«

»Weil ich dir sage, daß es nicht so ist.«

»Ah, aber wenn du ein Roboter wärest, den man nicht von einem menschlichen Wesen unterscheiden könnte, dann könntest du ja so konstruiert sein, daß du mir sagen mußt, du wärest ein natürliches menschliches Wesen, und du könntest sogar programmiert sein, es selbst zu glauben. Die operationelle Definition ist alles, was wir haben und alles, was wir haben *können*.«

Sie legte die Arme um Pelorats Hals und küßte ihn. Der Kuß steigerte sich, wurde leidenschaftlicher, bis Pelorat schließlich etwas gedämpft hervorbrachte: »Aber wir haben Trevize doch versprochen, daß wir ihn nicht in die Verlegenheit bringen würden, dieses Schiff in ein Flitterwochennest zu verwandeln.«

Wonne meinte lockend: »Lassen wir uns doch einfach treiben, und denken wir nicht an irgendwelche albernen Versprechungen.«

Doch Pelorat meinte bedrückt: »Aber das kann ich nicht, Liebes. Ich weiß, daß dich das verstimmt, Wonne, aber ich denke die ganze Zeit und bin von meinem ganzen Wesen her nicht imstande, mich von Gefühlen hinreißen zu lassen. Das ist eine Gewohnheit, die ich mein ganzes Leben lang hatte und die wahrscheinlich für andere sehr lästig ist. Ich habe noch nie mit einer Frau zusammengelebt, die nicht über kurz oder lang etwas dagegen einzuwenden hatte. Meine erste Frau – aber es wäre wahrscheinlich unpassend, darüber zu sprechen...«

»Ja, ziemlich unpassend, aber nicht unerträglich. Du bist schließlich auch nicht mein erster Liebhaber.«

»Oh!« sagte Pelorat etwas verwirrt und dann, als er Wonnes kleines Lächeln bemerkte, fügte er hinzu: »Ich meine, selbstverständlich nicht. Ich hätte ja auch nicht erwartet, daß ich – jedenfalls mochte meine erste Frau es nicht.« »Aber ich mag es. Ich finde es attraktiv an dir, daß du manchmal Gedanken so endlos ausspinnst.«

»*Das* kann ich nun wiederum nicht glauben, aber mir ist gerade etwas anderes eingefallen. Ob Roboter oder menschlich, das hat nichts zu bedeuten. In dem Punkt sind wir uns einig. Aber ich bin ein Isolat, und du weißt das. Ich bin nicht Teil Gaias, und wenn wir intim sind, dann teilst du Gefühle außerhalb Gaias, selbst dann, wenn du mich auf kurze Zeit an Gaia teilhaben läßt, und das ist vielleicht nicht dieselbe Intensität an Gefühlen, die du empfinden würdest, wenn Gaia Gaia liebte.«

Wonne lächelte. »Dich zu lieben, Pel, hat seinen eigenen Reiz, und weiter sehe ich nicht.«

»Aber es geht doch nicht nur darum, daß du mich liebst. Du bist nicht nur du. Was ist, wenn Gaia es für eine Perversion halten würde?«

»Wenn das so wäre, würde ich es wissen, denn ich bin Gaia. Da ich Freude an dir habe, hat Gaia das auch. Wenn wir uns lieben, teilt ganz Gaia die Empfindung in gewissem Maße. Wenn ich sage, daß ich dich liebe, bedeutet das, daß Gaia dich liebt, wenn auch nur der Teil, der ich bin, dieser Rolle unmittelbar zugeteilt ist – jetzt wirst du verwirrt.«

»Nachdem ich ein Isolat bin, Wonne, begreife ich das nicht ganz.«

»Man kann stets eine Analogie mit dem Körper eines Isolaten bilden. Wenn du eine Melodie pfeifst, dann möchte dein ganzer Körper, *du* als Organismus, die Melodie pfeifen, aber die unmittelbare Aufgabe, das zu tun, ist deinen Lippen, deiner Zunge und deinen Lungen zugeteilt. Dein rechter großer Zeh tut nichts.«

»Er könnte den Takt schlagen.«

»Aber das ist für den Akt des Pfeifens nicht notwendig. Wenn der große Zeh den Takt schlägt, dann ist das nicht die Aktion selbst, sondern eine Reaktion darauf. Natürlich könnten alle Teile Gaias auf irgendeine bescheidene Art auf meine Empfindung reagieren, so wie ich auf die ihre reagiere.«

»Es hat wohl keinen Sinn, das als peinlich zu empfinden«, sagte Pelorat.

»Ganz und gar nicht.«

»Aber mir gibt das ein seltsames Gefühl der Verantwortung. Wenn ich versuche, dich glücklich zu machen, finde ich, daß ich versuchen muß, jeden, auch den letzten Organismus auf Gaia glücklich zu machen.«

»Jedes letzte Atom – aber das tust du. Du leistest deinen Beitrag zu dem Gefühl gemeinschaftlicher Freude, die ich dich kurz teilen lasse. Ich nehme an, daß dein Beitrag zu klein ist, um leicht meßbar zu sein, aber es gibt ihn, und das Wissen, daß es ihn gibt, sollte deine Freude steigern.«

Pelorats würdevolle Züge verzogen sich zu einem dünnen Lächeln. »Ich wünschte jetzt, ich könnte sicher sein, daß Golan mit seinem Hyperraummanöver genügend beschäftigt ist, um eine Weile im Pilotenraum zu bleiben.«

»Du willst also deine Flitterwochen.«

»Ja.«

»Dann nimm dir ein Blatt Papier, schreibe ›Flitterwochennest‹ darauf, befestige es draußen an der Tür, und wenn er dann hereinkommen will, dann ist das sein Problem.«

Das tat Pelorat. Und während der angenehmen Aktivitäten, die sich dem anschlossen, machte die *Far Star* den Sprung. Weder Pelorat noch Wonne nahmen es wahr, noch hätten sie es wahrgenommen, wenn sie darauf geachtet hätten.

10

Daß Pelorat Trevize kennengelernt und Terminus zum erstenmal verlassen hatte, lag erst ein paar Monate zurück. Bis zu diesem Zeitpunkt war er das reichliche halbe Jahrhundert (nach galaktischer Standardzeit) seines Lebens voll und ganz planetengebunden gewesen.

In seiner eigenen Vorstellung war er in jenen Monaten zu einem alten Raumhasen geworden. Er hatte drei Planeten vom Weltraum aus gesehen: Terminus selbst, Sayshell und Gaia. Und jetzt sah er auf dem Bildschirm einen vierten, wenn auch nur durch ein computergelenktes Teleskop. Dieser vierte Planet war Comporellon.

Und wieder, jetzt zum vierten Mal, war er auf unbestimmte Art enttäuscht. Irgendwie war er immer noch der Ansicht, daß auf eine bewohnte Welt aus dem Weltraum hinunterzublicken auch bedeutete, daß man den Umriß seiner Kontinente vor einer sie umgebenden See erkennen müßte, oder wenn es sich um eine trockene Welt handelte, die Umrisse ihrer Seen vor einem sie umgebenden Landkörper.

Doch so war es nie.

Wenn eine Welt bewohnbar war, hatte sie ebenso eine Atmosphäre wie eine Hydrosphäre. Und wenn sie sowohl Luft wie auch Wasser hatte, dann hatte sie Wolken, und wenn sie Wolken hatte, dann verdeckten diese die Sicht. Und so fand sich Pelorat wieder dabei, wie er auf weiße Wirbel hinunterblickte und nur gelegentlich etwas unbestimmt Blaues oder rostig Braunes dazwischen wahrnehmen konnte.

Er fragte sich etwas bedrückt, ob jemand eine Welt wohl identifizieren konnte, wenn man einen Anblick dieser Welt aus sagen wir dreihunderttausend Kilometer Entfernung auf einen Bildschirm warf. Wie kann man einen Wolkenwirbel vom nächsten unterscheiden?

Wonne sah Pelorat etwas besorgt an. »Was ist denn, Pel? Du scheinst unglücklich.«

»Ich stelle fest, daß alle Planeten vom Weltraum aus gleich aussehen.«

»Und was ist damit, Janov?« fragte Trevize. »Das gilt auch für jede Küste auf Terminus, wenn man sie am Horizont sieht, es sei denn, Sie wissen, was Sie suchen – einen bestimmten Berggipfel oder eine bestimmte Insel von ganz charakteristischer Form.«

»Nun gut«, sagte Pelorat, wenn auch sichtlich unbefriedigt, »aber was soll man denn in einer Masse sich dauernd verschiebender Wolken suchen? Und selbst wenn man es versucht, ehe man sich entscheiden kann, ist man ja wahrscheinlich schon auf der dunklen Seite.«

»Jetzt sehen Sie einmal etwas genauer hin, Janov. Wenn Sie der Form der Wolken folgen, dann sehen Sie, daß sie sich in ein gewisses Schema eingliedern, das den Planeten umkreist und sich um einen Mittelpunkt bewegt. Und jener Mittelpunkt befindet sich mehr oder weniger an einem der Pole.«

»An welchem?« fragte Wonne interessiert.

»Da der Planet in bezug auf uns im Uhrzeigersinn rotiert, blicken wir per definitionem auf den Südpol. Da das Zentrum etwa fünfzehn Grad vom Terminator entfernt scheint – der Schattenlinie des Planeten – und die Planetenachse einundzwanzig Grad zur Senkrechten ihrer Umdrehungsebene geneigt ist, sind wir entweder mitten im Frühling oder mitten im Sommer, je nachdem, ob der Pol sich vom Terminator weg oder auf ihn zubewegt. Der Computer kann seine Bahn berechnen und mir das in Kürze sagen, falls ich eine entsprechende Frage stellen sollte. Die Hauptstadt befindet sich auf der nördlichen Seite des Äquators. Dort herrscht entweder Herbst oder Winter.«

»All das können Sie erkennen?« fragte Pelorat und runzelte die Stirn. Er blickte auf die Wolkenschicht, als dächte er, diese würde oder sollte jetzt zu ihm sprechen, aber das tat sie natürlich nicht.

»Nicht nur das«, erklärte Trevize, »aber wenn Sie sich die Polarregionen betrachten, werden Sie feststellen, daß die Wolkenschicht nicht durchbrochen ist. Tatsächlich gibt es solche Risse, aber durch die sieht man Eis, also ist es eine Frage von Weiß auf Weiß.«

»Ah«, sagte Pelorat. »Wahrscheinlich erwartet man das auch an den Polen.«

»Bei bewohnbaren Planeten sicherlich. Leblose Planeten könnten luft- oder wasserlos sein oder gewisse Anzeichen besitzen, die zeigen, daß es sich bei den Wolken nicht um solche aus Wasserdampf handelt, oder daß das Eis nicht Wassereis ist. Aber dieser Planet hat keine derartigen Anzeichen, also wissen wir, daß wir hier Wasserwolken und Wassereis vor uns haben.

Das nächste, was wir erkennen, ist die Größe der ungebrochen weißen Fläche auf der Tagseite des Terminators. Und für das erfahrene Auge ist sofort zu erkennen, daß diese Fläche größer als der Durchschnitt ist. Ferner können Sie erkennen, daß das reflektierte Licht eine leicht orangefarbene Tönung, wenn auch eine sehr schwache, hat. Und das bedeutet, daß die Sonne Comporellons ein gutes Stück kühler als die von Terminus ist. Obwohl Comporellon seiner Sonne näher ist als Terminus der seinen, reicht diese Nähe doch nicht aus, die niedrige Temperatur des Sterns auszugleichen. Deshalb ist Comporellon für eine bewohnte Welt recht kalt.«

»Sie lesen das ja ab wie von einem Film, alter Junge«, sagte Pelorat bewundernd.

»Sie sollten nicht zu beeindruckt sein«, sagte Trevize und schenkte ihm ein Lächeln voll Zuneigung. »Der Computer hat mir die entsprechenden Daten geliefert, darunter auch die knapp unterdurchschnittliche Temperatur dieser Welt. Es ist leicht, etwas zu deduzieren, das man bereits weiß. Tatsächlich befindet Comporellon sich am Rand einer Eiszeit und hätte eine solche, wenn die Anordnung seiner Kontinente für diesen Zustand geeigneter wäre.«

Wonne biß sich auf die Unterlippe. »Ich mag keine kalte Welt.«

»Wir haben warme Kleidung an Bord«, versicherte Trevize.

»Das hat nichts zu sagen. Menschliche Wesen sind in Wirklichkeit nicht an kaltes Wetter angepaßt. Wir haben kein dickes Haar-

oder Federkleid oder entsprechende Fettschichten unter der Haut. Daß eine Welt kaltes Wetter hat, scheint auf eine gewisse Gleichgültigkeit gegenüber dem Wohlergehen ihrer eigenen Teile hinzudeuten.«

»Ist denn Gaia eine gleichförmig milde Welt?« wollte Trevize wissen.

»Zum größten Teil ja. Es gibt einige kalte Zonen für der Kälte angepaßte Pflanzen und Tiere und einige heiße Zonen für der Hitze angepaßte Pflanzen und Tiere. Aber die meisten Regionen sind gleichförmig mild und werden niemals unangenehm heiß oder unangenehm kalt, und die sind für jene dazwischen bestimmt, menschliche Wesen natürlich eingeschlossen.«

»Menschliche Wesen natürlich. Alle Teile Gaias sind in der Beziehung lebendig und gleich, aber manche, so wie menschliche Wesen, offenbar gleicher als andere.«

»Seien Sie nicht albern«, sagte Wonne etwas gereizt. »Das Maß und die Intensität des Bewußtseins und des Wahrnehmungsvermögens sind wichtig. Ein menschliches Wesen ist ein nützlicher Teil Gaias, als es ein Felsen des gleichen Gewichts wäre, und die Eigenschaften und Funktionen Gaias als Ganzem werden notwendigerweise etwas in Richtung auf den Menschen gewichtet – aber nicht so sehr wie auf Ihren Isolatenwelten. Was noch viel wichtiger ist, es gibt Zeiten, wo diese Funktionen und Eigenschaften auch in andere Richtung gewichtet werden, wenn das für Gaia als Ganzes notwendig ist. In sehr langen Zeitabständen könnte es sogar sein, daß diese Gewichtung in Richtung auf das felsige Innere des Planeten erfolgt. Auch jener Teil verlangt Aufmerksamkeit, sonst könnten möglicherweise, wenn es an solcher Aufmerksamkeit fehlt, alle Teile Gaias Schaden leiden. Wir wünschen uns doch schließlich keine unnötige Vulkaneruption, oder?«

»Nein«, sagte Trevize. »Keine unnötige.«

»Sie sind wohl nicht beeindruckt, oder?«

»Schauen Sie«, sagte Trevize, »wir haben Welten, die kälter als der Durchschnitt sind und solche, die wärmer sind; Welten, die in großem Maße von tropischen Wäldern bedeckt sind, und Welten mit riesigen Savannen. Keine zwei Welten sind gleich, und jede einzelne davon ist für diejenigen unter uns, die an sie gewöhnt sind, das Zuhause. Ich bin die relativ milde Umgebung von Terminus gewöhnt – wir haben unseren Planeten tatsächlich auf fast gaianische Mäßigung gezähmt – aber ich muß dort gelegentlich weg, wenigstens auf kurze Zeit, um etwas anderes zu erleben. Was wir besitzen, Wonne, und was Gaia nicht besitzt, ist die Vielfalt. Wenn Gaia sich zu Galaxia ausdehnt, wird dann jede Welt in der Galaxis zur Milde gezwungen? Diese Gleichheit wäre unerträglich.«

»Wenn das so ist«, sagte Wonne, »und wenn die Vielfalt wünschenswert scheint, dann wird diese Vielfalt bewahrt werden.«

»Als Geschenk des Zentralkomitees sozusagen«, sagte Trevize trocken. »Und so wenig davon, wie sie gerade noch ertragen? Ich würde das lieber der Natur überlassen.«

»Aber Sie *haben* es doch nicht der Natur überlassen.

Jede bewohnbare Welt in der Galaxis ist modifiziert worden. Man hat jede einzelne in einem Naturzustand vorgefunden, der für die Menschheit unbehaglich war, und man hat jede einzelne modifiziert, bis sie so mild wie möglich war. Wenn diese Welt hier kalt ist, so bin ich sicher, daß das nur deshalb so ist, weil ihre Bewohner sie nicht weiter erwärmen konnten, ohne dafür Kosten auf sich zu nehmen, die nicht akzeptabel waren. Und trotzdem können wir sicher sein, daß die Teile, die sie tatsächlich bewohnen, künstlich beheizt und daher auch milde sein werden. Sie sollten also nicht zu fest behaupten, so etwas würde der Natur überlassen.«

»Sie sprechen für Gaia, nehme ich an«, sagte Trevize.

»Ich spreche immer für Gaia. Ich *bin* Gaia.«

»Aber wenn Gaia sich seiner eigenen Überlegenheit so sicher ist, warum brauchten Sie dann *meine* Entscheidung? Warum sind Sie Ihren Weg nicht einfach weitergegangen, ohne mich?«

Wonne hielt inne, als müsse sie ihre Gedanken sammeln. Dann sagte sie: »Weil es nicht klug ist, dem eigenen Ich übermäßig Glauben zu schenken. Wir sehen ganz natürlich unsere Tugenden mit klarerem Blick als unsere Mängel. Wir sind eifrig darauf erpicht, das zu tun, was richtig ist; nicht notwendigerweise das, was uns richtig *erscheint*, sondern das, was richtig *ist* – und zwar objektiv, wenn es so etwas wie das objektiv Richtige gibt. Sie scheinen die größte Annäherung ans objektiv Richtige zu sein, die wir finden können, also lassen wir uns von ihnen lenken.«

»So objektiv richtig«, sagte Trevize traurig, »daß ich nicht einmal meine eigene Entscheidung verstehe und eine Rechtfertigung dafür suche.«

»Sie werden sie finden«, sagte Wonne.

»Das hoffe ich«, sagte Trevize.

»Tatsächlich, alter Junge«, meinte Pelorat, »scheint mir, als ob

Wonne diesen letzten Wortwechsel recht eindeutig für sich hat entscheiden können. Warum erkennen Sie nicht einfach an, daß ihre Argumente Ihre Entscheidung rechtfertigen, daß Gaia für die Menschheit die Zukunft ist?«

»Weil«, sagte Trevize schroff, »ich jene Argumente zu der Zeit nicht kannte, als ich meine Entscheidung traf. Ich wußte von diesen Einzelheiten über Gaia gar nichts. Und dann hat mich noch etwas wenigstens unterbewußt beeinflußt, etwas, das nichts mit gaianischen Einzelheiten zu tun hat, sondern viel fundamentaler sein muß. Und das ist es, was ich herausfinden muß.«

Pelorat hob besänftigend die Hand. »Werden Sie nicht zornig, Golan.«

»Ich bin nicht zornig. Ich stehe nur unter ziemlich unerträglichem Druck. Ich möchte nicht Brennpunkt der Galaxis sein.«

»Das kann ich Ihnen nicht verübeln, Trevize«, sagte Wonne, »und es tut mir wirklich leid, daß Sie von Ihrem Wesen irgendwie in den Posten hineingezwungen wurden. – Wann werden wir denn auf Comporellon landen?«

»In drei Tagen«, sagte Trevize, »und erst nachdem wir an einer der Einreisestationen angehalten haben, die im Orbit um Comporellon kreisen.«

»Das sollte doch keine Probleme bereiten, oder?« fragte Pelorat.

Trevize zuckte die Achseln. »Es hängt ganz von der Zahl von Schiffen ab, die sich der Welt nähern, der Zahl von Einreisestationen, die es gibt, und vor allem auf die jeweiligen Regeln, nach denen die Einreise gewährt oder verweigert wird. Solche Vorschriften wechseln von Zeit zu Zeit.«

Pelorat meinte indigniert: »Was soll das heißen: Einreise *verweigert*? Wie können die den Bürgern der Foundation die Einreise verweigern? Ist Comporellon denn nicht Mitglied des Foundation Dominion?«

»Nun ja – und nein. Die Frage ist völkerrechtlich ziemlich kompliziert, und ich weiß nicht, wie Comporellon den augenblicklichen Zustand interpretiert. Ich nehme an, es besteht die Gefahr, daß man uns die Einreise verwehrt, aber ich glaube nicht, daß die Gefahr sehr groß ist.«

»Und wenn man uns abweist, was tun wir dann?«

»Das weiß ich nicht genau«, sagte Trevize. »Jetzt wollen wir zunächst einmal abwarten und sehen, was passiert, ehe wir uns damit verrückt machen, Eventualpläne auszutüfteln.«

11

Sie waren inzwischen Comporellon so nahe, daß die Welt auch ohne teleskopische Vergrößerung als Globus zu erkennen war. Nahm man eine derartige Vergrößerung vor, waren auch die Einreisestationen sichtbar. Sie lagen weiter draußen als die meisten anderen im Orbit um den Planeten befindlichen Strukturen und waren hell beleuchtet.

Die *Far Star* flog den Planeten aus der Richtung seines Südpols an, und die Hälfte des Globus war dauernd von der Sonne beschienen. Die Einreisestationen auf der Nachtseite waren natürlich noch deutlicher als Lichtpunkte zu erkennen. Sie waren in gleichmäßigen Abständen in einem Bogen um den Planeten angeordnet. Sechs von ihnen waren sichtbar (ohne Zweifel plus sechs weitere auf der Tagseite), und alle umkreisten den Planeten mit gleichmäßiger und identischer Geschwindigkeit.

Pelorat, den der Anblick beeindruckte, sagte: »Es gibt weitere Lichter, die näher bei dem Planeten sind. Was sind das für Gebilde?«

»Ich kenne den Planeten nicht in allen Einzelheiten und kann es Ihnen daher nicht sagen«, meinte Trevize. »Bei manchen könnte es sich um orbitale Fabriken oder Laboratorien oder um Observatorien handeln oder sogar um besiedelte Städte. Manche Planeten ziehen es vor, alle Orbitalobjekte äußerlich dunkel zu halten, mit Ausnahme der Einreisestationen. Terminus hält das beispielsweise so. Comporellon folgt in dieser Beziehung offenbar liberaleren Prinzipien.«

»Welche Einreisestation fliegen wir an, Golan?«

»Das hängt von denen ab. Ich habe um Landeerlaubnis auf Comporellon gebeten, und man wird uns zu gegebener Zeit Anweisung erteilen, welche Einreisestation wir wann aufsuchen sollen. Das hängt wohl davon ab, wie viele ankommende Schiffe im Augenblick landen möchten. Wenn an jeder Station ein Dutzend Schiffe aufgereiht sind, werden wir keine andere Wahl haben, als geduldig zu sein.«

Wonne meinte: »Ich bin nur zweimal von Gaia durch den Hyperraum gereist, und das war beide Male bei Besuchen auf Sayshell. *So weit* war ich noch nie entfernt.«

Trevize sah sie scharf an. »Hat das etwas zu bedeuten? Sie sind doch immer noch Gaia, oder?«

Einen Augenblick wirkte Wonne beinahe verstimmt, dann löste sich die Spannung in ein eher verlegenes Lächeln. »Ich muß zugeben, diesmal haben Sie mich erwischt, Trevize. Das Wort ›Gaia‹ hat eine doppelte Bedeutung. Man kann es für den Planeten als massives, kugelförmiges Objekt im Weltraum benutzen, ebenso kann man es aber auch benutzen, um das lebende Objekt zu kennzeichnen, das diesen Globus einschließt. Eigentlich sollten wir wahrscheinlich zwei verschiedene Wörter für diese beiden verschiedenen Begriffe gebrauchen, aber Gaianer wissen immer aus dem Zusammenhang, was gemeint ist. Ich gebe zu, daß das einen Isolaten manchmal etwas verwirrt.«

»Nun denn«, sagte Trevize, »wenn Sie jetzt einräumen, daß Sie viele Tausend Parsec von Gaia als Globus entfernt sind, sind Sie da immer noch Teil Gaias als Organismus?«

»In bezug auf den Organismus bin ich immer noch Gaia.«

»Und das ist nicht irgendwie dünner geworden?«

»Im wesentlichen nicht. Ich habe Ihnen sicher schon gesagt, daß es etwas komplizierter ist, über Hyperraumdistanz Gaia zu bleiben, aber ich bleibe Gaia.«

Trevize meinte darauf: »Ist Ihnen schon einmal in den Sinn gekommen, daß man Gaia als einen galaktischen Kraken sehen könnte – das Tentakelmonstrum der Legenden – mit Tentakeln, die überall hinreichen. Man braucht nur ein paar Gaianer auf jede der besiedelten Welten zu bringen, und dann haben Sie praktisch Galaxia. Tatsächlich haben Sie wahrscheinlich genau das getan. Wo befinden sich denn Ihre Gaianer? Ich nehme an, daß ein oder mehrere Gaianer auf Terminus sind und ebenso ein oder mehrere auf Trantor. Wieviel weiter geht das?«

Wonne schien sich jetzt entschieden unbehaglich zu fühlen. »Ich habe gesagt, daß ich Sie nicht belügen werde, Trevize. Aber das bedeutet nicht, daß ich mich gezwungen fühle, Ihnen die ganze Wahrheit zu sagen. Es gibt Dinge, die Sie nicht zu wissen brauchen, und dazu gehört auch der Aufenthaltsort und die Identität einzelner Stücke Gaias.«

»Muß ich den Grund für die Existenz jener Tentakel kennen, Wonne, wenn ich nicht weiß, wo sie sind?«

»Gaia ist der Meinung, daß das nicht nötig ist.«

»Ich darf aber raten, nehme ich an. Sie halten sich für die Hüter der Galaxis, stimmt's?«

»Wir sind sehr daran interessiert, eine stabile und sichere Galaxis zu haben; eine, die in Wohlstand und Frieden lebt. Der Seldon-Plan, zumindest in der Form, wie Hari Seldon ihn ursprünglich erarbeitet hatte, zielt darauf, ein zweites galaktisches Imperium zu entwickeln, eines, das stabiler und funktionsfähiger ist, als es das erste war. Der Plan, der von der Zweiten Foundation ständig modifiziert und verbessert worden ist, scheint bis jetzt gut zu funktionieren.«

»Aber Gaia will kein zweites galaktisches Imperium im klassischen Sinne, nicht wahr? Sie wollen Galaxia – eine lebende Galaxis.«

»Da Sie es gestatten, hoffen wir, zu gegebener Zeit Galaxia zu haben. Wenn Sie es nicht gestattet hätten, hätten wir Seldons Zweites Imperium angestrebt und es so sicher gemacht, wie wir das können.«

»Aber was ist denn schlecht an . . .«

Sein Ohr nahm das leise summende Signal auf. »Der Computer gibt mir ein Signal«, meinte er. »Ich nehme an, er empfängt Anweisungen bezüglich der Einreisestation. Ich bin gleich wieder zurück.«

Er trat in den Pilotenraum und legte die Hände auf die leuchtenden Handkonturen auf dem Pult und stellte fest, daß tatsächlich Anweisungen für die von ihm anzusteuernde Einreisestation hereingekommen waren – ihre Koordinaten in bezug auf Comporellons Rotationsachse und die vorgeschriebene Anflugroute.

Trevize signalisierte sein Einverständnis und lehnte sich dann einen Augenblick lang zurück.

Der Seldon-Plan! Er hatte längere Zeit nicht mehr an ihn gedacht. Das Erste Galaktische Imperium war zerfallen, und fünfhundert Jahre lang war die Foundation gewachsen, zuerst im Wettbewerb mit jenem Imperium und dann schließlich auf seinen Ruinen – alles in Übereinstimmung mit dem Plan.

Es war zu der Unterbrechung durch den Fuchs gekommen, und eine Zeitlang hatte die Gefahr bestanden, daß der Plan davon aus der Bahn geworfen wurde. Aber dann hatte die Foundation es geschafft – vermutlich mit Hilfe der stets im verborgenen wirkenden Zweiten Foundation – vielleicht auch mit der Hilfe der sogar noch besser verborgenen Gaia.

Jetzt bedrohte den Plan etwas sehr viel Gefährlicheres, als es der Fuchs je gewesen war. Er sollte von der Erneuerung des Imperiums abgelenkt werden, in etwas völlig Neues, etwas, das es in der Geschichte noch nie gegeben hatte – Galaxia. *Und er selbst hatte dem zugestimmt.*

Aber warum? Enthielt der Plan einen Fehler? Einen grundlegenden Fehler?

Einen kurzen Augenblick lang schien es Trevize, als ob es diesen Fehler in der Tat gäbe und er ihn kannte, daß er ihn in dem Augenblick gekannt hatte, als er seine Entscheidung getroffen hatte, aber das Wissen... wenn es das war... verschwand ebenso schnell, wie es gekommen war, und hinterließ in ihm eine Leere.

Vielleicht war alles nur eine Illusion; damals, als er seine Entscheidung getroffen hatte, und auch jetzt. Schließlich wußte er über den Plan nichts, was über die Grundannahmen hinausging, die die Psychohistorik bestätigten. Davon abgesehen kannte er keine einzige Einzelheit, und die Mathematik des Planes war ihm ein Buch mit sieben Siegeln.

Er schloß die Augen und dachte nach...

Aber da war nichts.

Ob es die zusätzliche geistige Energie war, die er aus dem Computer erhielt? Er legte die Hände auf die Pultoberfläche und fühlte die Wärme der Hände des Computers, die die seinen umschlossen. Er schloß die Augen und dachte wieder nach...

Aber da war immer noch nichts.

12

Der Comporellianer, der an Bord des Schiffes ging, trug eine holografische Ausweiskarte. Sie zeigte sein etwas fülliges Gesicht mit dem schwachen Bartwuchs in erstaunlicher Detailtreue und trug darunter seinen Namen, A. Kendray.

Er wirkte locker und freundlich und sah sich mit unverhohlenem Erstaunen in dem Schiff um.

»Wie sind Sie so schnell hereingekommen?« fragte er. »Wir haben Sie erst in zwei Stunden erwartet.«

»Das ist ein neues Modell«, sagte Trevize höflich, aber ein wenig abweisend.

Aber Kendray war nicht ganz so unschuldig, wie er aussah. Er trat in den Pilotenraum und sagte sofort »Gravitisch?«

Trevize hielt es für unsinnig, etwas abzuleugnen, was allem Anschein nach so offensichtlich war. So meinte er ausdruckslos »Ja«.

»Sehr interessant. Man hört gelegentlich von solchen Modellen, kriegt sie aber nie zu Gesicht. Antriebssysteme in der Rumpfverkleidung?«

»Stimmt.«

Kendray sah den Computer an. »Die Computerstromkreise auch?«

»Ja. Jedenfalls hat man mir das gesagt. Ich hab' nie nachgesehen.«

»Oh – nun gut. Ich brauche die Schiffspapiere; Triebwerksnummer, Herstellungsort, Identcode, das ganze Theater. Ist ja sicherlich alles im Computer, und der spuckt mir die Karte, die ich brauche, in einer halben Sekunde aus.«

Es dauerte tatsächlich kaum länger. Kendray sah sich wieder um. »Sind Sie drei die einzigen Leute an Bord?«

»Das ist richtig«, sagte Trevize.

»Irgendwelche lebenden Tiere? Pflanzen? Gesundheitszustand?«

»Nein. Nein. Und gut«, sagte Trevize knapp.

»Hm!« sagte Kendray und machte sich Notizen. »Könnten Sie Ihre Hand hier reinschieben? Bloß Routine. – Rechte Hand, bitte.«

Trevize sah das Gerät mißbilligend an. Es wurde immer häufiger eingesetzt und wurde dabei immer perfekter. Man konnte fast daran ablesen, wie rückständig eine Welt war, wenn man die Rückständigkeit ihres Mikrodetektors beurteilte. Aber es gab heute nur noch wenige Welten, so rückständig sie auch sein mochten, die überhaupt keinen hatten. Angefangen hatte das mit dem endgültigen Zusammenbruch des Imperiums, als jedes Fragment des Ganzen zusehends besorgter wurde und sich vor den Krankheiten und fremden Mikroorganismen aller anderen schützen wollte.

»Was ist das?« fragte Wonne leise mit interessierter Stimme und neigte den Kopf, um das Gerät besser betrachten zu können.

»Man nennt das, glaube ich, einen Mikrodetektor«, sagte Pelorat.

Und Trevize fügte hinzu: »Nichts Geheimnisvolles. Das ist ein Gerät, das automatisch einen Teil Ihres Körpers überprüft, innen und außen, und Mikroorganismen feststellt, die Krankheiten übertragen könnten.«

»Außerdem klassifiziert es die Mikroorganismen«, sagte Kendray mit mehr als nur einer Andeutung von Stolz. »Hier auf Comporellon entwickelt – und wenn es Ihnen nichts ausmacht, ich brauche immer noch Ihre rechte Hand.«

Trevize schob die rechte Hand hinein und sah zu, wie eine Flut kleiner roter Markierungen an einer Reihe horizontaler Striche entlangtanzte. Kendray berührte einen Kontakt, worauf sofort ein Faksimile in Rot zum Vorschein kam. »Wenn Sie das bitte unterschreiben würden, Sir«, sagte er.

Das tat Trevize. »Wie krank bin ich denn?« fragte er. »Ich bin doch nicht in Lebensgefahr, oder?«

Kendray schüttelte den Kopf. »Ich bin kein Arzt und kann das daher nicht im Detail erkennen, aber jedenfalls sind keine Anzeichen da, die es notwendig machen, Sie abzuweisen oder in Quarantäne zu stecken. Und das ist alles, was mich interessiert.«

»Da habe ich aber Glück gehabt«, sagte Trevize trocken und schüttelte seine Hand, um das leichte Prickeln loszuwerden, das das Gerät hinterlassen hatte.

»Jetzt Sie, Sir«, sagte Kendray.

Pelorat schob etwas zögernd die Hand rein und unterschrieb dann das Faksimileblatt.

»Und Sie, Ma'am?«

Ein paar Augenblicke später starrte Kendray das Resultat an und sagte: »So etwas habe ich noch nie gesehen.« Er blickte mit fast ehrfürchtiger Miene zu Wonne auf. »Sie sind negativ. Völlig! Absolut!«

Wonne lächelte gewinnend. »Wie nett.«

»Ja, Ma'am, ich beneide Sie.« Er sah wieder das erste Faksimile an und sagte: »Ihren Ausweis bitte, Mr. Trevize.«

Trevize hielt ihn hin. Kendray sah ihn an und blickte dann wieder überrascht auf. »Ratsherr der Legislatur von Terminus?«

»Das stimmt.«

»Ein hoher Beamter der Foundation?«

»Richtig«, sagte Trevize kühl und ein wenig hochmütig. »Sehen wir also jetzt zu, daß wir das schnell hinter uns bringen?«

»Sie sind der Kapitän des Schiffes?«

»Ja, der bin ich.«

»Zweck des Besuches?«

»Sicherheitsbelange der Foundation, und das ist die einzige Antwort, die ich Ihnen geben werde. Verstehen Sie das?«

»Ja, Sir. Wie lange beabsichtigen Sie zu bleiben?«

»Das weiß ich nicht. Vielleicht eine Woche.«

»In Ordnung, Sir. Und dieser andere Herr?«

»Er ist Dr. Janov Pelorat«, sagte Trevize, »Sie haben dort seine Unterschrift, und ich verbürge mich für ihn. Er ist ein Wissenschaftler von Terminus und ist auf diesem Besuch als mein Assistent tätig.«

»Das verstehe ich, Sir, aber ich muß auch seinen Ausweis sehen. Vorschrift, tut mir leid. Ich hoffe, *Sie* verstehen das, Sir.«

Pelorat legte seine Papiere vor.

Kendray nickte. »Und Sie, Miß?«

»Die Dame brauchen Sie nicht zu belästigen«, sagte Trevize leise. »Ich verbürge mich auch für sie.«

»Ja, Sir. Aber ich brauche den Ausweis.«

»Ich habe leider keine Papiere, Sir«, sagte Wonne.

Kendray runzelte die Stirn. »Wie bitte?«

»Die junge Dame hat keine Papiere mitgebracht«, sagte Trevize. »Sie hat es übersehen. Das ist schon in Ordnung. Ich werde die volle Verantwortung übernehmen.«

Kendray blickte ernst. »Ich wünschte, ich könnte das zulassen, aber das ist mir nicht erlaubt. Die Verantwortung liegt bei mir. Unter den gegebenen Umständen ist es ja nicht so schrecklich wichtig. Es sollte nicht schwer sein, Duplikate zu beschaffen. Ich nehme an, die junge Frau kommt von Terminus.«

»Nein.«

»Dann von irgendwo im Territorium der Foundation?«

»Auch das ist nicht der Fall.«

Kendray sah Wonne scharf und prüfend an, und dann wanderte sein Blick zu Trevize. »Das kompliziert die Dinge, Ratsherr. Von einer nicht der Foundation angehörenden Welt wird es möglicherweise etwas länger dauern, ein Duplikat zu beschaffen. Da Sie keine Bürgerin der Foundation sind, Miß Wonne, brauche ich den Namen Ihrer Geburtswelt und der Welt, deren Staatsangehörigkeit Sie besitzen. Sie werden dann warten müssen, bis Duplikatpapiere eingetroffen sind.«

»Jetzt hören Sie mal gut zu, Mr. Kendray«, sagte Trevize. »Ich sehe wirklich keinen Anlaß für irgendwelche Verzögerungen. Ich bin ein hoher Beamter der Foundationregierung und befinde mich hier auf einer äußerst wichtigen Mission. Es geht nicht, daß ich wegen irgendwelcher trivialen bürokratischen Vorschriften aufgehalten werde.«

»Darüber habe nicht ich zu entscheiden, Ratsherr. Wenn es bei mir läge, würde ich sie sofort nach Comporellon hinunterlassen, aber ich habe eine lange Liste mit Vorschriften, die ich beachten muß. Ich halte mich an diese Vorschriften, oder ich bin meinen Job los. Aber es wird ja sicherlich jemanden in der Regierung von Comporellon geben, der Sie erwartet. Wenn Sie mir die betreffende Person nennen, dann nehme ich sofort Verbindung auf, und wenn ich dann Anweisung bekomme, sie durchzulassen, dann ist das augenblicklich erledigt.«

Trevize zögerte einen Augenblick lang. »Das wäre politisch nicht sehr klug, Mr. Kendray. Kann ich Ihren unmittelbaren Vorgesetzten sprechen?«

»Sicher können Sie das, aber nicht einfach ohne Terminabsprache...«

»Oh, ich bin sicher, daß er sofort kommen wird, wenn ihm klar ist, daß er mit einem Beauftragten der Foundation zu tun hat...«

»Tatsächlich, und nur unter uns«, meinte Kendray, »würde das die Dinge nur noch schwieriger machen. Wie Sie wissen, gehören wir nicht dem Territorium der Foundation an, sondern sind ein assoziierter Staat, und wir nehmen das sehr ernst. Die Leute achten sorgfältig darauf, nicht wie Foundation-Marionetten zu erscheinen – verstehen Sie mich richtig, ich benutze nur den populären Ausdruck dafür –, und geben sich große Mühe, Unabhängigkeit zu demonstrieren. Mein Vorgesetzter würde wahrscheinlich Extrapunkte bekommen, wenn er sich *sträuben* würde, einem Abgesandten der Foundation eine besondere Gefälligkeit zu erweisen.«

Trevizes Gesicht verdunkelte sich. »Und Sie auch?«

Kendray schüttelte den Kopf. »Ich stehe unterhalb der politischen Ebene, Sir. Mir gibt niemand für irgend etwas Extrapunkte. Mir reicht es, wenn ich mein Gehalt bekomme. Und wenn ich auch keine Extrapunkte bekomme, so kann ich immerhin *Minus*punkte kriegen und die sogar sehr leicht. Ich wünschte, das wäre anders.«

»In Anbetracht meiner Position könnte ich mich um Sie kümmern, wie Sie wissen.«

»Nein, Sir. Es tut mir leid, wenn das vielleicht anmaßend klingt, aber ich glaube nicht, daß Sie das können. – Und, Sir, es ist mir peinlich, das sagen zu müssen, aber bitte, bieten Sie mir nichts Wertvolles an. Beamte, die solche Dinge annehmen, werden exemplarisch bestraft, und man versteht sich heutzutage recht gut darauf, sie ausfindig zu machen.«

»Ich hatte nicht daran gedacht, Sie zu bestechen. Ich denke nur daran, was die Bürgermeisterin von Terminus tun kann, wenn Sie meine Mission beeinträchtigen.«

»Ratsherr, so lange ich mich hinter meinen Vorschriften verschanzen kann, bin ich völlig sicher. Wenn die Mitglieder des Comporellianischen Präsidiums von der Foundation diszipliniert werden, ist das ihre Sache und nicht die meine. – Aber wenn Ihnen das hilft, Sir, dann kann ich Sie und Dr. Pelorat mit Ihrem Schiff durchlassen. Wenn Sie Miß Wonne an der Einreisestation zurücklassen, werden wir sie hier eine Weile festhalten und sie dann hinunterschicken, sobald die Duplikatpapiere eingetroffen sind. Wenn ihre Papiere aus irgendeinem Grund nicht greifbar sein sollten, werden wir sie mit einem kommerziellen Schiff zu ihrer Welt zurückschicken. In dem Fall wird freilich jemand für die Kosten der Passage aufkommen müssen.«

Trevize merkte, daß Pelorats Ausdruck sich dabei verfinsterte, und er sagte: »Mr. Kendray, könnte ich Sie unter vier Augen im Pilotenraum sprechen?«

»In Ordnung, aber ich kann nicht mehr sehr lange an Bord bleiben, sonst führt das zu unliebsamen Fragen.«

»Es dauert nicht lang«, sagte Trevize.

Im Pilotenraum schloß Trevize die Tür demonstrativ und sagte dann leise: »Ich bin viel gereist, Mr. Kendray, aber ich war noch nie an einem Ort, wo man die Einwanderungsformalitäten so streng ausgelegt hat, besonders wenn es um Leute von der Foundation oder gar *Beamte* der Foundation geht.«

»Aber die junge Frau ist nicht von der Foundation.«

»Trotzdem.«

»Diese Dinge laufen wellenförmig«, sagte Kendray. »Es hat hier einige Skandale gegeben, und im Augenblick sieht es ziemlich übel aus. Wenn Sie nächstes Jahr zurückkommen, könnte es sein, daß man Ihnen gar keine Schwierigkeiten machen würde. Aber im Augenblick kann ich nichts tun.«

»Versuchen Sie es, Mr. Kendray«, sagte Trevize, und seine Stimme klang dabei weich, fast schmeichelnd. »Ich werde mich ganz Ihrer Gnade ausliefern und appelliere an Sie von Mann zu Mann. Pelorat und ich sind in dieser Mission schon eine ganze Weile unterwegs, er und ich. Nur er und ich. Wir sind gute Freunde, aber das Ganze hat etwas... nun... etwas Einsames an sich, wenn Sie verstehen, was ich meine. Nun hat Pelorat vor einiger Zeit diese junge Dame gefunden. Ich brauche Ihnen nicht zu sagen, was passiert ist, aber wir haben beschlossen, sie mitzunehmen. Sie sorgt dafür, daß wir gesund bleiben.

Die Sache ist nun die, daß Pelorat auf Terminus eine feste Beziehung hat, wenn Sie verstehen, was ich meine. Aber Pelorat ist ein älterer Mann und ist schon in den Jahren, wo man ein wenig... ah... nun, verzweifelt wird. Wahrscheinlich glauben sie, daß einem das die Jugend zurückbringt oder so etwas. Er kann sie nicht aufgeben. Andererseits, wenn das erwähnt würde – offiziell, meine ich –, würde das für den alten Pelorat auf Terminus eine Menge Ärger bedeuten, wenn er zurückkehrt.

Es erleidet doch niemand einen Schaden, verstehen Sie. Miß Wonne, wie sie sich nennt – ein guter Name, wenn man ihren Beruf in Betracht zieht –, ist nicht besonders intelligent, aber dazu brauchen wir sie auch nicht. Müssen Sie sie denn überhaupt erwähnen? Können Sie nicht einfach nur mich und Pelorat registrieren? Schließlich waren ja auch nur wir beide offiziell registriert, als wir Terminus verließen. Es braucht doch keine offizielle Erwähnung der Frau. Schließlich ist sie absolut frei von irgendwelchen Krankheiten. Das haben Sie doch selbst festgestellt.«

Kendray schnitt ein Gesicht. »Ich will Ihnen wirklich keine Ungelegenheiten bereiten. Ich verstehe die Situation und kann mit Ihnen fühlen, glauben Sie mir das. Hören Sie, wenn Sie glauben, daß es Spaß macht, auf dieser Station monatelang Dienst zu tun, dann haben Sie sich mächtig getäuscht. Und von wegen Männlein und Weiblein gemischt, das können Sie sich auch aus dem Kopf schlagen auf Comporellon.« Er schüttelte den Kopf. »Außerdem habe ich auch eine Frau, also kann ich verstehen. – Aber schauen Sie, selbst wenn ich Sie durchlassen würde, sobald die herausfinden, daß die... ah... Dame keine Papiere hat, steckt sie schon im Gefängnis, und Sie und Mr. Pelorat kriegen Ärger, und zwar so viel, daß man es auch auf Terminus erfährt. Und ich selbst bin dann ganz sicher meinen Job los.«

»Mr. Kendray«, sagte Trevize, »Sie sollten mir das wirklich glauben – sobald ich auf Comporellon bin, kann mir nichts mehr passieren. Ich kann dort mit den richtigen Leuten über meine Mission sprechen, und sobald das geschehen ist, wird es garantiert keinen Ärger mehr geben. Ich werde die volle Verantwortung für das, was hier geschehen ist, übernehmen, falls es je herauskommen sollte – was ich bezweifle. Und außerdem werde ich empfehlen, daß man Sie befördert, und dann wird das auch passieren, weil ich dafür sorgen werde, daß Terminus entsprechenden Druck ausübt. – Und dann können wir doch Pelorat den Gefallen tun.«

Kendray zögerte und sagte schließlich: »Also gut. Ich werde Sie durchlassen – aber lassen Sie sich warnen. Ich werde von diesem Augenblick an anfangen, darüber nachzudenken, wie ich meinen Hintern rette, wenn die Sache rauskommt. Ich habe nicht vor, irgend etwas zu tun, um den Ihren zu retten. Und was noch wichtiger ist, ich weiß, wie diese Dinge auf Comporellon laufen, und Sie nicht. Und Comporellon ist keine angenehme Welt für Leute, die nicht genau nach Vorschrift leben.«

»Vielen Dank, Mr. Kendray«, sagte Trevize. »Es wird keinen Ärger geben, das versichere ich Ihnen.«

4. AUF COMPORELLON

13

Sie waren durch. Die Einreisestation war hinter ihnen zu einem schnell verblassenden Stern zusammengeschrumpft, und in ein paar Stunden würden sie die Wolkendecke durchstoßen.

Ein gravitisches Schiff brauchte keine lange, spiralförmige Route, um die kinetische Energie aufzuzehren, konnte aber auch nicht zu schnell nach unten stoßen. Freiheit von Schwerkraft hieß nicht auch Freiheit von Luftwiderstand. Das Schiff konnte in der Atmosphäre in gerader Linie seinen Zielpunkt ansteuern, aber das mußte immer noch vorsichtig geschehen; es durfte nicht zu schnell sein.

»Wohin fliegen wir?« fragte Pelorat mit etwas verwirrtem Blick. »Ich kann in diesen Wolken nichts erkennen, alter Junge.«

»Ich auch nicht«, sagte Trevize, »aber wir haben eine offizielle holografische Landkarte von Comporellon, die die Form der Landmassen und eine Reliefdarstellung der Bodenerhebungen und Meerestiefen anzeigt – und der politischen Unterteilungen auch. Die Landkarte ist im Computer, und der wird die Arbeit übernehmen. Er wird das Schiff auf den richtigen Kurs bringen und auf einem Großkreis zur Hauptstadt steuern.«

»Wenn wir zur Hauptstadt fliegen, stürzen wir uns sofort in den politischen Wirbel«, meinte Pelorat. »Wenn die Welt gegen die Foundation eingestellt ist, wie der Mann an der Einreisestation andeutete, dann fordern wir die Probleme ja geradezu heraus.«

»Andererseits ist die Hauptstadt sicher auch das intellektuelle Zentrum des Planeten, und wenn wir Informationen wollen, so ist das der Ort, um sie zu finden. Und was die Antifoundationstimmung angeht, so bezweifle ich, daß sie die zu offen zur Schau tragen werden. Mag sein, daß die Bürgermeisterin mich nicht sonderlich schätzt, aber sie kann es sich auch nicht leisten, daß ein Ratsherr schlecht behandelt wird und sie nichts dagegen unternimmt. Einen solchen Präzedenzfall würde sie sicherlich nicht zulassen.«

Wonne war gerade aus der Toilette gekommen, ihre Hände waren vom Reiben noch feucht. Sie ordnete sich ihre Unterkleidung, ohne daß ihr die Anwesenheit der beiden Männer dabei in irgendeiner Weise peinlich schien, und sagte: »Ich nehme doch an, daß die Exkremente den Recyclingvorgang durchmachen.«

»Da haben wir gar keine Wahl«, sagte Trevize. »Wie lange, denken Sie denn, würden unsere Wasservorräte reichen, wenn das nicht so wäre? Und auf was, glauben Sie denn, wachsen diese so gut gewürzten Hefekuchen, die wir essen, um unserer Tiefkühlkost Würze zu verleihen? Ich hoffe nur, daß Ihnen das nicht den Appetit verdirbt, liebe Wonne.«

»Warum sollte es das? Woher, glauben Sie denn, daß auf Gaia Nahrung und Wasser kommen oder auf diesem Planeten oder auf Terminus?«

»Auf Gaia«, meinte Trevize, »sind die Ausscheidungsprodukte natürlich ebenso lebendig wie Sie selbst.«

»Nicht lebendig. Bewußt. Das ist ein Unterschied. Dabei handelt es sich natürlich um Bewußtsein auf einem sehr niedrigen Niveau.«

Trevize schnüffelte etwas angewidert, versagte sich aber eine Antwort. »Ich gehe in den Pilotenraum, um dem Computer Gesellschaft zu leisten«, meinte er. »Nicht daß er mich brauchte.«

»Dürfen wir mitkommen und Ihnen dabei helfen?« fragte Pelorat. »Ich kann mich immer noch nicht ganz daran gewöhnen, daß er uns ganz allein landet; daß er andere Schiffe oder Stürme fühlen kann oder – was auch immer.«

Trevize lächelte breit. »Dann gewöhnen Sie sich bitte daran. Das Schiff ist unter Computerkontrolle viel sicherer, als es je unter der meinen wäre. – Aber sicher, kommen Sie nur! Es wird Ihnen gut tun, wenn Sie zusehen, was geschieht.«

Sie befanden sich jetzt über der von der Sonne beleuchteten Seite des Planeten, weil, wie Trevize erklärte, die Landkarte im Computer bei Tageslicht viel leichter als in der Dunkelheit mit der Wirklichkeit verglichen werden konnte.

»Das ist wohl selbstverständlich«, sagte Pelorat.

»Selbstverständlich ist es keineswegs. Der Computer kann die Landschaft ebensoschnell nach dem infraroten Licht beurteilen, das die Oberfläche auch in der Dunkelheit ausstrahlt. Aber die längeren Infrarotwellen bieten dem Computer nicht dieselbe Auflösung, wie das bei sichtbarem Licht der Fall ist. Das heißt, der Computer sieht im Infraroten nicht ganz so scharf, und soweit die Notwendigkeit nicht dagegen spricht, möchte ich dem Computer die Sache so leicht wie möglich machen.«

»Und was ist, wenn die Hauptstadt auf der dunklen Seite liegt?«

»Die Chance dafür beträgt fifty-fifty«, sagte Trevize, »aber in dem Fall können wir ja, sobald die Landkarte verglichen ist, in völliger Sicherheit zur Hauptstadt fliegen, selbst wenn sie auf der dunklen Seite des Planeten liegt. Und lange bevor wir uns nähern, werden wir Mikrowellenstrahlen schneiden und Signale empfangen, die uns zu dem am besten geeigneten Raumhafen lenken. Es besteht wirklich kein Anlaß zur Besorgnis.«

»Sind Sie auch ganz sicher?« sagte Wonne. »Sie haben mich ohne Papiere durch die Einwanderung gebracht und ohne eine Geburtswelt, die diese Leute hier kennen werden – und ich bin fest entschlossen, Gaia ihnen gegenüber auf keinen Fall zu erwähnen. Was tun wir also, wenn man mich nach meinen Papieren fragt, wenn wir gelandet sind?«

»Es ist unwahrscheinlich, daß das geschieht«, sagte Trevize. »Jeder wird annehmen, daß man das an der Einreisestation erledigt hat.«

»Aber wenn sie doch fragen?«

»Dann werden wir uns mit dem Problem auseinandersetzen, wenn es dazu kommt. Unterdessen sollten wir uns nicht Probleme aus den Fingern saugen.«

»Wenn sich diese Probleme aber stellen sollten, könnte es für uns zu spät sein, sie zu lösen.«

»Ich verlasse mich da auf meine Findigkeit und meine Fähigkeit, dafür zu sorgen, daß es nicht zu spät sein wird.«

»Weil wir schon von Findigkeit reden, wie haben Sie es geschafft, uns durch die Einreisestation zu bringen?«

Trevize sah Wonne an, und seine Lippen verzogen sich langsam zu einem Lächeln, wobei er wie ein verschmitzter Teenager aussah. »Ich habe einfach meinen Verstand gebraucht.«

»Was haben Sie denn getan, Junge?« wollte Pelorat wissen.

»Es kam nur darauf an, in der richtigen Weise an ihn zu appellieren«, sagte Trevize. »Ich habe es mit Drohungen und subtiler Bestechung versucht. Ich hatte an seine Logik und an seine Loyalität gegenüber der Foundation appelliert. Nichts davon hatte Erfolg. Also griff ich zum letzten Mittel. Ich sagte, daß Sie Ihre Frau betrügen, Pelorat.«

»Meine *Frau*? Aber mein lieber junger Freund, ich habe im Augenblick gar keine Frau.«

»Das weiß ich, aber *er* hat es nicht gewußt.«

»Unter ›Frau‹ verstehen Sie wohl eine Frau, die die regelmäßige Gefährtin eines bestimmten Mannes ist«, sagte Wonne.

»Ein wenig mehr als das, Wonne«, erklärte Trevize. »Eine *legale* Gefährtin, eine, die infolge dieser Verbindung gewisse durchsetzbare Rechte besitzt.«

Pelorat schien plötzlich sehr nervös. »Wonne, ich habe *keine* Frau. Ich hatte hie und da in der Vergangenheit eine, aber das liegt schon eine ganze Weile zurück. Wenn du dich dem entsprechenden juristischen Ritual unterziehen –«

»O Pel«, sagte Wonne und machte mit der Hand eine weit ausholende, wegwerfende Bewegung, »was hätte ich denn davon? Ich habe unzählige Gefährten, die mir ebenso nahestehen, wie dein Arm ein naher Gefährte des anderen Arms ist. Nur Isolate fühlen sich so entfremdet, daß sie künstliche Konventionen benutzen müssen, um einen schwachen Ersatz für echte Gefährtenschaft zu erzwingen.«

»Aber ich *bin* ein Isolat, Liebste.«

»Mit der Zeit wirst du das in geringerem Maße sein, Pel. Vielleicht niemals wahrhaft Gaia, aber weniger Isolat, und dann wirst du eine Flut von Gefährten haben.«

»Ich will nur dich, Wonne«, sagte Pel.

»Das ist nur, weil du nichts davon weißt. Du wirst lernen.«

Während dieses Wortwechsels konzentrierte sich Trevize auf den Bildschirm, und sein Gesichtsausdruck ließ erkennen, wie sehr er sich um Toleranz bemühte. Die Wolkendecke war näher gekommen, und einen Augenblick lang war um sie nur grauer Nebel.

Mikrowellensicht, dachte er, und der Computer schaltete sofort auf die Wahrnehmung von Radarechos. Die Wolken verschwanden, und die Oberfläche von Comporellon erschien in Fehlfarben, wobei die Grenzen zwischen Bereichen verschiedener Beschaffenheit ein wenig fransig erschienen.

»Wird es von jetzt an so aussehen?« fragte Wonne etwas erstaunt.

»Nur bis wir durch die Wolkenschicht sind. Dann schalten wir wieder auf Sonnenlicht.« Während er das sagte, kehrten der Sonnenschein und die normale Sicht zurück.

»Ich verstehe«, sagte Wonne. Und dann, indem sie sich wieder dem alten Thema zuwandte: »Was ich nicht verstehe, ist, weshalb es für diesen Beamten an der Einreisestation von Bedeutung war, ob Pel nun seine Frau betrügt oder nicht?«

»Wenn dieser Bursche, dieser Kendray, Sie festgehalten hätte, dann könnten, so sagte ich, entsprechende Nachrichten nach Terminus gelangen und damit auch zu Pelorats Frau. Dann würde Pelorat Schwierigkeiten bekommen. Ich habe nicht genau gesagt, was für Schwierigkeiten das sein würden, aber ich habe mich bemüht, es so klingen zu lassen, als würde es sehr schlimm sein. – Unter Männern gibt es da so eine Art Freimaurertum«, Trevize grinste jetzt, »und ein Mann läßt einen anderen nicht im Stich. Er würde, wenn man das von ihm verlangt, sogar helfen. Dahinter steckt wahrscheinlich, daß das nächste Mal der Helfer dran sein könnte und Hilfe benötigt. Ich nehme an«, fügte er hinzu, etwas ernster werdend, »daß es unter Frauen eine ähnliche Freimaurerei gibt, aber nachdem ich keine Frau bin, hatte ich nie Gelegenheit, mir darüber ein Urteil zu bilden.«

Das Gesicht von Wonne glich einer hübschen Gewitterwolke. »Ist das ein Witz?« wollte sie wissen.

»Nein, das ist mein Ernst«, sagte Trevize. »Ich habe nicht gesagt, daß dieser Kendray uns nur deshalb die Einreise erlaubt hat, um Janov dabei zu helfen, seine Frau zu betrügen. Die männliche Freimaurerei hat vielleicht nur meinen anderen Argumenten den letzten Schubs gegeben.«

»Aber das ist doch schrecklich. Schließlich sind es doch die Regeln einer Gesellschaft, die sie zusammenhalten und sie zu einem Ganzen verbinden. Ist es denn eine solche Belanglosigkeit, diese Regeln aus trivialen Gründen zu mißachten?«

»Nun«, sagte Trevize, sofort auf Verteidigung bedacht, »einige dieser Regeln sind selbst trivial. Nur wenige Welten sind in Friedenszeiten so strikt, was den Zutritt zu ihrem Territorium betrifft. Und dank der Foundation leben wir ja in Friedenszeiten. Comporellon ist aus irgendeinem Grund außer Tritt geraten – wahrscheinlich aus irgendwelchen obskuren innerpolitischen Gründen. Warum sollten wir darunter leiden?«

»Das tut nichts zur Sache. Wenn wir nur jenen Regeln gehorchen, von denen wir glauben, daß sie gerecht und vernünftig sind, dann wird keine Regel Bestand haben, denn es gibt keine Regel, die nicht *irgend jemand* für ungerecht und unvernünftig hält. Und wenn wir den Wunsch haben, nach unserem eigenen, individuellen Vorteil zu handeln, so wie wir ihn sehen, dann werden wir immer Grund zu der Annahme finden, daß irgendeine hemmende Regel ungerecht und unvernünftig ist. Und was dann als ein schlauer Trick anfängt, endet in Anarchie und Katastrophe, selbst für den, der den schlauen Trick angewandt hat, da auch er den Zusammenbruch der Gesellschaft nicht überleben wird.«

»So leicht bricht eine Gesellschaft nicht zusammen«, sagte Trevize. »Sie sprechen als Gaia, und Gaia kann unmöglich verstehen, wie freie Individuen sich gruppieren und eine Gesellschaft bilden. Regeln, die mit Vernunft und Recht aufgestellt wurden, können leicht ihre Nützlichkeit überleben, wenn die Umstände sich ändern, und doch aus Trägheit in Kraft bleiben. Dann ist es nicht nur richtig, sondern auch nützlich, diese Regeln zu brechen, um die Tatsache aufzuzeigen, daß sie nutzlos geworden sind – ja sogar schädlich.«

»Dann kann doch jeder Dieb und Mörder argumentieren, daß er der Menschheit diene.«

»Jetzt werden Sie extrem. In dem Superorganismus von Gaia gibt es einen automatischen Konsens in bezug auf die Regeln der Gesellschaft, und es kommt keinem in den Sinn, sie zu brechen. Man könnte ebensogut sagen, daß Gaia vegetiert und verknöchert. In der freien Gesellschaft von Individuen gibt es zugegebenermaßen ein Element der Unordnung, aber das ist der Preis, den man für die Fähigkeit bezahlen muß, den Wandel und das Neue einzubringen. Im Ganzen betrachtet, ist es ein vernünftiger Preis.«

Wonnes Stimme wurde eine Spur lauter. »Sie haben völlig unrecht, wenn Sie denken, daß Gaia vegetiert und verknöchert. Das, was wir tun, unsere Art zu leben und unsere Ansichten werden dauernd einer selbstkritischen Überprüfung unterworfen. Unsere Regeln halten sich nicht nach dem Gesetz der Trägheit länger, als die Vernunft es zuläßt. Gaia lernt aus Erfahrung und durch Nachdenken und ändert sich deshalb, wenn das notwendig ist.«

»Selbst wenn das, was Sie sagen, zutrifft, müssen diese Prozesse der Selbstprüfung und des Lernens langsam sein, weil auf Gaia nichts außer Gaia existiert. Hier, in Freiheit, selbst wenn fast alle übereinstimmen, muß es einige wenige geben, die anderer Ansicht sind. Und in manchen Fällen kann es sein, daß jene wenigen recht haben, und wenn sie clever genug sind, enthusiastisch genug sind, eben wenn sie *recht* haben, und das in genügend hohem Maße, dann werden sie am Ende siegen und in künftigen Perioden Helden sein – so wie Hari Seldon, der die Psychohistorik zur Perfektion entwickelt hat und seine eigenen Gedanken gegen das ganze galaktische Imperium eingesetzt und gewonnen hat.«

»Er hat nur bis jetzt gewonnen, Trevize. Das Zweite Imperium, das er plante, wird nicht kommen. Statt dessen wird Galaxia sein.«

»Wirklich?« fragte Trevize grimmig.

»Es war *Ihre* Entscheidung, und wenn Sie auch noch so für die Isolaten und ihre Freiheit, unvernünftig und verbrecherisch zu sein, argumentieren, gibt es doch in den verborgenen Tiefen Ihres Bewußtseins etwas, das Sie dazu zwang, mit mir/uns/Gaia übereinzustimmen, als Sie Ihre Wahl trafen.«

»Was in diesen verborgenen Tiefen meines Bewußtseins ruht«, sagte Trevize noch grimmiger, »ist genau das, was ich suche. – Dort zunächst«, fügte er hinzu und wies auf den Bildschirm, auf dem sich jetzt eine große Stadt bis zum Horizont ausdehnte, eine Ansammlung niedriger Gebäude, zwischen denen gelegentlich welche hoch in den Himmel ragten, umgeben von Feldern, die unter leichtem Frost braun dalagen.

Pelorat schüttelte den Kopf. »Schade. Ich wollte mir den Anflug ansehen, aber jetzt habe ich mich zu sehr auf das Gespräch konzentriert.«

»Macht nichts, Janov«, meinte Trevize. »Sie können ja zusehen, wenn wir wieder wegfliegen. Ich verspreche Ihnen auch, daß ich dann den Mund halte, wenn Sie Wonne überzeugen können, das auch zu tun.«

Und die *Far Star* flog an einem Mikrowellenstrahl entlang, ihrem Landeplatz auf dem Raumhafen entgegen.

14

Als Kendray zur Einreisestation zurückkehrte und zusah, wie die *Far Star* passierte, blickte er ernst. Auch am Ende seiner Schicht war noch deutlich zu erkennen, daß er deprimiert war.

Er saß bei der letzten Mahlzeit des Tages, als einer seiner Kollegen, ein schlaksiger Bursche mit weit auseinanderstehenden Augen, dünnem, hellblondem Haar und Augenbrauen, die so blond waren, daß man sie kaum wahrnahm, ihm gegenüber Platz nahm.

»Was ist denn los, Ken?« fragte er.

Kendrays Lippen verzogen sich. Dann sagte er: »Das war ein gravitisches Schiff, das da gerade durchgekommen ist, Gatis.«

»Das so seltsam ausgesehen hat, mit Null Radioaktivität?«

»Deshalb war es ja nicht radioaktiv. Kein Treibstoff. Gravitisch.«

Gatis nickte. »Das, worauf wir aufpassen sollten, nicht wahr?«

»Richtig.«

»Und das hast du erwischt, alter Glückspilz.«

»Würde ich nicht sagen. Auf dem Schiff war eine Frau ohne Ausweis – und ich habe sie nicht gemeldet.«

»*Was?* Hör zu, das erzählst du mir lieber gar nicht! Ich will davon nichts wissen. Kein Wort mehr! Du bist zwar mein Kumpel, aber zum Mitwisser will ich mich nicht machen.«

»Darüber mache ich mir keine Sorgen. Nicht sehr jedenfalls. Ich *mußte* das Schiff hinunterschicken. Die wollen ein gravitisches Schiff – irgendeines. Das weißt du doch.«

»Sicher. Aber du hättest zumindest die Frau melden können.«

»Das wollte ich nicht. Sie ist nicht verheiratet. Man hat sie bloß mitgenommen zum... zum Vergnügen.«

»Wie viele Männer waren denn an Bord?«

»Zwei.«

»Und die haben sie einfach mitgenommen – dafür. Die müssen von Terminus sein.«

»Richtig.«

»Die auf Terminus tun wirklich, was sie wollen.«

»Richtig.«

»Widerwärtig. Und dann kommen sie auch damit noch durch.«

»Einer von ihnen war verheiratet und wollte nicht, daß seine Frau etwas von dem Seitensprung erfährt. Wenn ich sie gemeldet hätte, würde seine Frau es erfahren.«

»Aber die ist doch auf Terminus, oder?«

»Selbstverständlich, aber sie würde es doch erfahren.«

»Würde dem Burschen ja recht geschehen, wenn seine Frau es erfährt.«

»Da bin ich deiner Meinung – aber *ich* will nicht daran schuld sein.«

»Die werden dich durch die Mühle drehen, weil du es nicht gemeldet hast. Und daß du jemandem keinen Ärger machen wolltest, ist keine Entschuldigung.«

»Hättest *du* ihn denn gemeldet?«

»Das hätte ich wohl müssen, nehme ich an.«

»Nein, das hättest du nicht. Die Regierung will dieses Schiff haben. Wenn ich darauf bestanden hätte, die Frau zu melden, dann hätten die Männer es sich vielleicht anders überlegt und wären zu irgendeinem anderen Planeten geflogen. Das hätte die Regierung bestimmt nicht gewollt.«

»Aber meinst du, daß man dir glauben wird?«

»Ich denke schon. – Sah übrigens nett aus, die Frau. Stell dir vor, eine solche Frau fliegt einfach mit zwei Männern mit, noch dazu verheirateten Männern – weißt du, eine Versuchung wäre das schon.«

»Ich glaube nicht, daß deine Frau erfreut wäre, wenn sie erfahren würde, daß du das gesagt hast – oder auch nur gedacht hast.«

»Wer wird es ihr sagen?« sagte Kendray trotzig. »Du etwa?«

»Jetzt komm schon! Das weißt du doch.« Gatis indignierte Miene verflog schnell, und er sagte: »Wird diesen Burschen ja nicht viel nützen, weißt du, daß du sie durchgelassen hast.«

»Ich weiß.«

»Die Leute unten werden schnell genug Bescheid wissen, und selbst wenn *du* damit durchkommst, werden *die* das ganz bestimmt nicht.«

»Ich weiß«, sagte Kendray, »aber mir tun sie leid. Der Ärger, den die Frau ihnen vielleicht bereitet, wird nichts sein im Vergleich zu dem, was ihnen das Schiff einträgt. Der Kapitän hat ein paar Bemerkungen gemacht...«

Kendray machte eine Pause, und Gatis fragte eifrig: »Was denn zum Beispiel?«

»Laß nur!« sagte Kendray. »Wenn es herauskommt, haben die mich am Wickel.«

»Ich würde es keinem sagen.«

»Ich auch nicht. Aber diese beiden Männer von Terminus tun mir leid.«

15

Für jeden, der schon einmal im Weltraum gereist ist und seine Eintönigkeit erlebt hat, stellt sich das wahrhaft Erregende am Raumflug dann ein, wenn es Zeit ist, auf einem neuen Planeten zu landen. Der Boden rast unter einem dahin, und man erhascht Blicke auf Land und Wasser, auf geometrische Figuren und Linien, die Felder und Straßen darstellen könnten. Man erkennt das Grün von Pflanzen, das Grau von Beton, das Braun von nacktem Boden und das Weiß von Schnee. Und das Faszinierendste von all dem sind bewohnte Konglomerate; Städte, die auf jeder Welt ihre eigene charakteristische Geometrie und ihre architektonischen Varianten haben.

In einem gewöhnlichen Schiff wäre dazu noch das erregende Abenteuer des Aufsetzens und des Dahingleitens über die Piste gekommen. Für die *Far Star* war das anders. Sie schwebte durch die Luft, wurde dadurch abgebremst, daß Luftwiderstand und Schwerkraft geschickt miteinander in Wechselwirkung gebracht wurden, und kam schließlich über dem Raumhafen zum Stillstand. Ein etwas böiger Wind herrschte, und das brachte eine weitere Komplikation mit sich. Wenn die *Far Star* auf schwache Reaktion auf die Gravitationsanziehung eingestellt war, so hatte sie nicht nur ungewöhnlich niedriges Gewicht, sondern auch entsprechend geringe Masse. Wenn die Masse gegen Null ging, würde das Schiff vom Wind rasch davongeblasen. Demzufolge mußte diese Reaktion angehoben werden, und man mußte fein dosiert die Triebwerke einsetzen, nicht nur gegen die Anziehung des Planeten, sondern auch gegen den Wind, und zwar in einer Art und Weise, die jeder Veränderung in der Intensität des Windes folgte. Ohne dafür geeignete Computer wäre es unmöglich gewesen, das richtig zu machen.

Tiefer und tiefer, mit kleinen, unvermeidbaren Schüben in dieser und jener Richtung schwebte das Schiff, bis es schließlich auf die markierte Fläche sank, die man ihm in dem Hafen zugewiesen hatte.

Der Himmel war von blassem Blau mit ein paar weißen Flecken darin, als die *Far Star* landete. Selbst auf Bodenniveau blieb der Wind böig, und obwohl das jetzt nicht länger die Navigation behinderte, ließ der Luftzug Trevize doch frösteln. Er erkannte sofort, daß die Kleidung, die sie mitgebracht hatten, für das Wetter auf Comporellon unzulänglich war.

Pelorat andererseits sah sich wohlwollend um und atmete vergnügt und tief; die beißende Kälte schien ihm zumindest für den Augenblick willkommen. Er löste sogar absichtlich den Haftsaum seiner Jacke, um den Wind an seiner Brust zu spüren. Er wußte, daß er bald wieder zusäumen würde und sich das Halstuch zurechtziehen, aber für den Augenblick wollte er die Existenz einer Atmosphäre *fühlen*. An Bord eines Schiffes konnte man das nicht.

Wonne hüllte sich eng in ihre Jacke und zog sich mit behandschuhten Händen den Hut über die Ohren herunter. Ihr Gesicht wirkte armselig und elend, und sie schien den Tränen nahe.

»Diese Welt ist böse«, murmelte sie. »Sie haßt uns und mißhandelt uns.«

»Aber ganz und gar nicht, Wonne, mein Liebes«, sagte Pelorat ernst. »Ich bin sicher, daß die Bewohner diese Welt mögen, und daß sie... ah... sie mag, wenn du es so ausdrücken willst. Wir werden bald in einem geschützten Raum sein, in dem es warm ist.«

Und dann, als wäre ihm das nachträglich eingefallen, öffnete er seine Jacke weiter und hüllte sie mit darin ein, während sie sich an sein Hemd kuschelte.

Trevize gab sich große Mühe, die Temperatur zu ignorieren. Er beschaffte sich eine Magnetkarte von der Hafenbehörde und überprüfte sie auf seinem Taschencomputer, um sich zu vergewissern, daß sie die notwendigen Einzelheiten enthielt – die Raumhafenzone, seine Nummer, Namen und die Nummer seines Schiffes und so weiter. Dann vergewisserte er sich noch einmal, daß das Schiff gesichert war und versicherte es dann auf den höchstmöglichen Betrag gegen irgendwelche Mißhelligkeiten (was eigentlich sinnlos war, da die *Far Star* in bezug auf das technologische Niveau von Comporellon eigentlich unverletzbar hätte sein müssen und, falls das nicht der Fall war, um keinen Preis ersetzlich gewesen wäre.)

Trevize fand die Taxistation, wo sie sein sollte. (Auf Raumhäfen waren eine Anzahl der Einrichtungen in Position, Aussehen und Einsatz standardisiert. Das mußten sie sein, wenn man bedachte, von wie vielen unterschiedlichen Welten die Kundschaft kam.)

Er signalisierte nach einem Taxi und gab als Ziel lediglich ›City‹ an.

Ein Taxi glitt auf diamagnetischen Kufen auf sie zu, trieb unter dem Ansturm des Windes etwas ab und zitterte von der Vibration seines nicht ganz lautlosen Antriebs. Es war von dunkelgrauer Farbe und trug seine weißen Taxi-Embleme auf den beiden hinteren Türen. Der Taxifahrer trug eine dunkle Jacke und eine weiße Pelzmütze.

Pelorat sagte leise: »Schwarz-weiß scheint hier das Standarddekor zu sein.«

»In der Stadt selbst kann es ja ein wenig lebhafter sein«, meinte Trevize.

Der Fahrer sprach in ein kleines Mikrofon, wahrscheinlich, um das Fenster nicht öffnen zu müssen. »In die Stadt, Leute?«

Er sprach Galaktisch, in einem leichten Singsang, was nicht unsympathisch wirkte und auch nicht schwer zu verstehen war – was auf einer neuen Welt immer eine Erleichterung war.

»Richtig«, sagte Trevize, und die hintere Tür glitt auf.

Wonne stieg ein, dann Pelorat und schließlich Trevize. Die Tür schloß sich, und warme Luft hüllte sie ein.

Wonne rieb sich die Hände und gab einen langen, erleichterten Seufzer von sich.

Das Taxi setzte sich langsam in Bewegung, und der Fahrer meinte: »Das Schiff, mit dem Sie gekommen sind, ist gravitisch, nicht wahr?«

Darauf meinte Trevize trocken: »Daran ist ja wohl kein Zweifel, wenn man bedenkt, wie es gelandet ist?«

»Dann kommt es von Terminus?« fragte der Fahrer.

Und Trevize antwortet: »Kennen Sie eine andere Welt, die eines bauen könnte?«

Der Fahrer schien das zu verdauen, während sein Taxi langsam Fahrt aufnahm. Dann meinte er: »Antworten Sie auf jede Frage mit einer Gegenfrage?«

Trevize konnte nicht widerstehen. »Und weshalb nicht?«

»In dem Fall würde mich Ihre Antwort interessieren, wenn ich Sie jetzt fragte, ob Ihr Name Golan Trevize ist?«

»Nun, dann würde ich antworten: Warum fragen Sie?«

Das Taxi hielt am Rande des Raumhafens an, und der Fahrer sagte: »Neugierde! Ich frage noch einmal: Sind Sie Golan Trevize?«

Trevizes Stimme wurde gereizt und feindselig. »Was geht Sie das an?«

»Mein Freund«, sagte der Fahrer, »wir fahren nicht weiter, bis Sie diese Frage beantwortet haben. Und wenn Sie nicht in etwa zwei Sekunden mit einem klaren Ja oder Nein antworten, dann werde ich die Heizung im Passagierteil abschalten, und wir werden weiter warten. Sind Sie Golan Trevize, Ratsherr von Terminus? Wenn Sie mit Nein antworten, werden Sie mir Ihre Ausweispapiere zeigen müssen.«

»Ja, ich bin Golan Trevize«, antwortete dieser, »als Ratsherr der Foundation erwarte ich, daß man mich so höflich behandelt, wie es meinem Rang zukommt. Sie könnten sich da ziemlichen Ärger zuziehen, Bursche. Was nun?«

»Jetzt können wir etwas leichteren Herzens weitermachen.« Das Taxi setzte sich wieder in Bewegung. »Ich wähle mir meine Passagiere sorgfältig aus und hatte erwartet, nur zwei Männer mitzunehmen. Die Frau kam als Überraschung, und es hätte sein können, daß ich einen Fehler gemacht habe. So wie die Dinge liegen, kann ich es, nachdem ich Sie habe, Ihnen überlassen, die Frau zu erklären, wenn Sie Ihr Ziel erreicht haben.«

»Sie kennen mein Ziel nicht.«

»Zufälligerweise doch. Sie fahren zum Transportdepartment.«

»Dort will ich aber nicht hin.«

»Das hat überhaupt nichts zu besagen, Ratsherr. Wenn ich ein Taxifahrer wäre, würde ich Sie dorthin bringen, wo Sie hinwollen. Da ich das aber nicht bin, bringe ich Sie dorthin, wo *ich* Sie haben möchte.«

»Verzeihen Sie«, sagte Pelorat und beugte sich vor, »Sie scheinen doch aber ein Taxifahrer zu sein. Sie fahren ein Taxi.«

»Jeder könnte ein Taxi fahren. Nur daß nicht jeder die Lizenz dafür hat. Und auch nicht jeder Wagen, der wie ein Taxi aussieht, ist ein Taxi.«

»Jetzt wollen wir mit dem Spielchen aufhören«, sagte Trevize. »Wer sind Sie und was machen Sie? Sie sollten nicht vergessen, daß die Foundation Sie zur Rechenschaft ziehen wird.«

»Nicht mich«, sagte der Fahrer. »Meine Vorgesetzten vielleicht. Ich bin ein Agent der Comporellianischen Sicherheitsbehörde. Ich habe Anweisung, Sie mit allem Respekt, der Ihrem Rang gemäß ist, zu behandeln, aber Sie müssen dorthin gehen, wohin ich Sie bringe. Und überlegen Sie sich gut, wie Sie reagieren; dieses Fahrzeug ist bewaffnet, und ich habe Anweisung, mich gegen Angriffe zu verteidigen.«

16

Das Fahrzeug hatte inzwischen seine Reisegeschwindigkeit erreicht und bewegte sich in absoluter Stille. Trevize saß wie erstarrt ebenso still da. Ohne eigentlich hinzusehen wußte er, daß Pelorat ihn hin und wieder mit unsicherem Blick musterte, einem Blick, der ›Was tun wir jetzt? Bitte sag es mir!‹ ausdrückte.

Wonne, wie ihm ein schneller Blick verriet, saß ruhig und sichtlich unbeeindruckt da. Sie war natürlich eine ganze Welt für sich. Ganz Gaia, wenn es auch viele Parsec entfernt war, wurde von ihr verkörpert. Sie verfügte über Ressourcen, die man in einem echten Notfall einsetzen konnte.

Aber was war geschehen?

Offenbar hatte der Beamte von der Einreisestation routinemäßig seinen Bericht geschickt – dabei Wonne nicht erwähnt –, und dieser Bericht hatte das Interesse der Sicherheitsbehörden und zu allem Überfluß auch des Transportdepartments geweckt. Warum?

Es herrschte Frieden, und er wußte von keinen besonderen Spannungen zwischen Comporellon und der Foundation. Er selbst war ein wichtiger Beamter der Foundation...

Augenblick! Er hatte dem Beamten an der Einreisestation – Kendray hatte er geheißen – gesagt, daß er wichtige Geschäfte mit der Regierung von Comporellon hätte. Er hatte das betont, um ja sicherzustellen, daß man ihnen die Einreise nicht verweigerte. Kendray mußte auch das gemeldet haben, und *das* hatte ganz sicher das Interesse vieler erweckt.

Damit hatte er nicht gerechnet, dabei hätte er das ganz sicher tun sollen.

Was war aus seinem angeblichen Talent geworden, recht zu haben? Fing er bereits an zu glauben, daß er die Black Box war, für die Gaia ihn hielt? Wuchs in ihm eine übertriebene Zuversicht, die auf Aberglauben beruhte, und führte ihn eben diese Zuversicht in einen Sumpf?

Wie hatte er zulassen können, daß ihn dieser Unsinn auch nur einen Augenblick lang in seinen Bann zog? Hatte er denn nie in seinem Leben unrecht gehabt? Wußte er, wie das Wetter morgen sein würde? Pflegte er in Glücksspielen große Beträge zu gewinnen? Und auf jede einzelne dieser Fragen war die Antwort nein und wieder nein.

Nun denn, waren es dann die großen, abstrakten Dinge, in denen er stets recht hatte? Wie konnte er das sagen?

Vergiß es! – Schließlich würde schon die Tatsache, daß er erklärt hatte, in wichtigen Staatsgeschäften unterwegs zu sein – nein ›Sicherheit der Foundation‹ hatte er gesagt...

Nun denn, die Tatsache allein, daß er in einer die Sicherheit der Foundation betreffenden Angelegenheit hier war, so wie das der Fall war, insgeheim und ohne Ankündigung, würde ohne Zweifel ihre Aufmerksamkeit wecken – ja, aber bis sie wußten, was sein Besuch zu bedeuten hatte, würden sie doch ganz sicher höchst bedächtig handeln. Sie würden ihn mit großem Zeremoniell umgeben, ihn als hohen Würdenträger behandeln. Ganz sicher würden sie ihn *nicht* entführen und bedrohen.

Und doch war es genau das, was sie getan hatten. Warum?

Wie konnten sie sich so stark und mächtig fühlen, daß sie es wagten, einen Ratsherrn von Terminus auf diese Weise zu behandeln?

Konnte es sein, daß es mit der Erde zu tun hatte? Arbeitete dieselbe Kraft, die die Welt des Ursprungs so wirksam verbarg, selbst vor den großen Mentalisten der Zweiten Foundation, um seine Suche nach der Erde im allerersten Stadium jener Suche schon zunichte zu machen? War die Erde allwissend? Allmächtig?

Trevize schüttelte den Kopf. Solche Gedanken waren paranoid. Sollte er der Erde für alles die Schuld geben? Sollte jedes unerwartete Verhalten, jede Straßenbiegung, jede Veränderung der Umstände die Folge geheimer Manipulationen der Erde sein? Wenn er erst einmal anfing, so zu denken, war er auch schon besiegt.

An dem Punkt spürte er, wie das Fahrzeug langsamer wurde, und er wurde mit einem Schlag in die Wirklichkeit zurückgerissen.

Erst jetzt wurde ihm bewußt, daß er überhaupt nicht, nicht einmal einen Augenblick lang, auf die Stadt hinausgeblickt hatte, durch die sie gefahren waren. Er sah sich jetzt um, etwas verwirrt. Die Gebäude waren niedrig, aber dies war ein kalter Planet – und die meisten Bauten waren vermutlich unter der Erde angelegt.

Er sah keine Spur von Farbe, und auch das schien wider die menschliche Natur zu sein.

Gelegentlich konnte er eine dicht eingehüllte Person vorübergehen sehen. Aber vermutlich befanden sich auch die Leute, so wie die Gebäude, größtenteils unter der Erde.

Das Fahrzeug hatte vor einem niedrigen, breiten Gebäude angehalten, das in einer Senke stand. Ein paar Augenblicke verstrichen, und das Fahrzeug regte sich nicht von der Stelle, und auch der Fahrer saß unbewegt hinter dem Steuer. Seine dicke weiße Pelzmütze berührte fast das Fahrzeugdach.

Trevize fragte sich flüchtig, wie der Fahrer es schaffte, das Fahrzeug zu betreten und zu verlassen, ohne daß ihm die Mütze herunterfiel, und dann sagte er mit dem kontrollierten Zorn, wie man ihn von einem hochmütigen Würdenträger, den man schlecht behandelt hatte, erwarten durfte: »Nun, Fahrer, was jetzt?«

Die comporellianische Version des glitzernden Kraftfeldes, das den Fahrer von den Passagieren trennte, war gar nicht so primitiv. Schallwellen konnten es durchdringen – obwohl Trevize ganz sicher war, daß materielle Gegenstände unter normalem Energieeinsatz dazu nicht imstande waren.

»Jemand wird heraufkommen, um Sie zu holen«, sagte der Fahrer. »Bleiben Sie ganz ruhig sitzen.«

Während er das sagte, tauchten aus der Senke, in der das Gebäude stand, drei Köpfe auf. Gleich darauf konnte man auch ihre Körper sehen. Offenbar befanden sich die Neuankömmlinge auf so etwas wie einer Rolltreppe, aber Trevize konnte von dem Punkt aus, an dem er saß, keine Einzelheiten erkennen.

Als die drei näher traten, öffnete sich die Passagiertür des Fahrzeugs, und ein Schwall kalter Luft drang ein.

Trevize stieg aus und säumte seine Jacke bis zum Hals zu. Die beiden anderen folgten ihm – Wonne recht widerstrebend.

Die drei Comporellianer trugen formlose Kleidungsstücke, die wie Ballons um sie aufgebläht und vermutlich elektrisch beheizt waren. Das ärgerte Trevize. Auf Terminus brauchte man solche Dinge kaum, und das eine Mal, daß er sich im Winter auf dem naheliegenden Planeten Anacreon einen Wärmemantel ausgeborgt hatte, hatte er festgestellt, daß dieser dazu neigte, recht langsam wärmer zu werden, so daß er, als er endlich feststellte, daß ihm zu warm war, bereits unbehaglich schwitzte.

Während die Comporellianer näherrückten, stellte Trevize unbehaglich fest, daß sie bewaffnet waren. Sie versuchten auch gar nicht, die Tatsache zu verbergen. Ganz im Gegenteil: jeder hatte einen Blaster in einem Halfter, der außen an seinem Kleidungsstück befestigt war.

Einer der Comporellianer war vorgetreten, hatte sich vor Trevize aufgebaut und sagte jetzt mürrisch: »Sie verzeihen, Ratsherr«, und riß ihm die Jacke unsanft auf. Er hatte suchende Hände daruntergeschoben, die sich jetzt schnell an Trevizes Seiten, seinem Rücken, seiner Brust und seinen Schenkeln auf und ab bewegten. Dann schüttelte er die Jacke und tastete sie ab. Trevizes Verwirrung und Erstaunen waren zu groß, so daß er erst bemerkte, daß man ihn schnell und geschickt durchsucht hatte, als schon alles vorbei war.

Pelorat, der mit herunterhängendem Kinn und verzerrtem Mund dastand, mußte sich von einem zweiten Comporellianer eine ähnlich unwürdige Behandlung gefallen lassen.

Der dritte ging auf Wonne zu, die sich nicht berühren lassen wollte. Sie zumindest schien irgendwie zu wissen, was sie zu erwarten hatte, denn sie riß die Jacke herunter und stand einen Augenblick lang in ihrer leichten Kleidung dem beißenden Wind ausgesetzt da.

»Wie Sie sehen, bin ich nicht bewaffnet«, sagte sie so eiskalt, daß ihr Tonfall zur Temperatur paßte.

Und das konnte man tatsächlich. Der Comporellianer schüttelte die Jacke, als könnte er aus dem Gewicht schließen, ob sie eine Waffe enthielt – vielleicht konnte er das – und zog sich zurück.

Wonne schlüpfte wieder in ihre Jacke, kuschelte sich hinein, und Trevize bewunderte ihre Geste einen Augenblick lang. Er wußte, was sie von der Kälte hielt, aber wie sie in ihrer dünnen Bluse und den ebenso dünnen Hosen dagestanden hatte, hatte sie sich nicht das leiseste Frösteln gestattet. (Und dann fragte er sich, ob sie in ihrer Not nicht vom Rest Gaias Wärme bezogen hatte.)

Einer der Comporellianer machte eine Handbewegung, und die drei Außenweltler folgten ihm. Die zwei anderen Comporellianer schlossen sich ihnen an. Die ein oder zwei Fußgänger auf der Straße achteten nicht auf das Geschehen. Entweder waren sie den Anblick gewöhnt, oder, was wahrscheinlicher war, es beschäftigte sie kein anderer Gedanke, als so schnell wie möglich hinter schützende Türen zu kommen.

Trevize sah jetzt, daß die Comporellianer auf einer beweglichen Rampe heraufgekommen waren. Jetzt fuhren sie sie alle sechs hinunter und passierten eine Schleusenanordnung, die fast so kompliziert wie die eines Raumschiffs war – ohne Zweifel, um die Wärme drinnen festzuhalten, nicht etwa die Luft.

Und dann befanden sie sich im Innern eines riesigen Gebäudes.

5. KAMPF UM DAS SCHIFF

17

Trevizes erster Eindruck war, sich auf der Bühne eines Hyperdramas zu befinden – genauer gesagt, einer historischen Romanze aus der Kaiserzeit. Es gab da eine ganz besondere Kulisse mit nur wenigen Variationen (vielleicht existierte sogar nur eine, die von jedem Produzenten von Hyperdramen benutzt wurde), die die große, weltumspannende Planetenstadt Trantors auf dem Höhepunkt des Imperiums darstellte.

Da waren die riesigen Flächen, das geschäftige Hin- und Hereilen der Fußgänger und die kleinen Fahrzeuge, die auf den für sie reservierten Fahrbahnen dahinglitten.

Trevize blickte auf und erwartete beinahe, Lufttaxis zu sehen, die hoch über ihm in gewölbeartigen Vertiefungen verschwanden. Aber die zumindest fehlten. Tatsächlich war bald, nachdem sich sein erstes Staunen gelegt hatte, klar, daß das Gebäude wesentlich kleiner war, als man auf Trantor erwartet hätte. Es war nur ein Gebäude und nicht Teil eines Komplexes, der sich an die Tausende von Meilen weit nach allen Richtungen erstreckte. Auch die Farben waren anders. In den Hyperdramen wurde Trantor stets in unmöglich grellen Farben dargestellt, und die Kleidung der Menschen war durch und durch unpraktisch und unvernünftig. Aber all das sollte natürlich einem symbolischen Zweck dienen und die Dekadenz (eine Betrachtungsweise, die dieser Tage obligatorisch war) des Imperiums und speziell Trantors andeuten.

Aber wenn das so war, dann war Comporellon das genaue Gegenteil von dekadent, denn das Farbschema, das Pelorat schon auf dem Raumhafen aufgefallen war, setzte sich hier fort.

Die Mauern waren in verschiedenen Schattierungen von Grau gehalten, die Decken weiß und die Kleidung der Bevölkerung schwarz, grau und weiß. Gelegentlich gab es ein ganz schwarzes Kostüm, seltener eines, das ganz grau war, nie eines, das ganz weiß war. Aber das Muster war stets unterschiedlich, so als würden

Menschen, denen man die Farbe raubte, es immer noch fertigbringen, ihre Individualität hervorzuheben.

Die meisten Gesichter waren ausdruckslos, und wenn sie das nicht waren, dann blickten sie zumindest grimmig. Frauen trugen ihr Haar kurz, die Männer länger, und hinten zu kurzen Zöpfen zusammengebunden. Keiner sah den anderen im Vorübergehen an. Jeder schien von ungeheurer Zielstrebigkeit erfüllt zu sein, als hätte jeder eine ganz bestimmte Sache im Sinn und für nichts anderes Platz. Männer und Frauen kleideten sich gleich, nur die Haarlänge, die leichte Brustwölbung und die Hüftbreite ließen den Unterschied erkennen.

Die drei wurden in einen Aufzug geführt, der fünf Etagen in die Tiefe fuhr. Dort stiegen sie aus und wurden zu einer Tür gebracht, auf der in kleinen, unauffälligen Lettern, in Weiß auf Grau, ›Mitza Lizalor, MinTrans‹ stand.

Der Comporellianer, der ganz vorne ging, berührte die Schrift, die einen Augenblick später zu leuchten begann. Die Tür öffnete sich, und sie traten ein.

Es war ein großer Raum und ziemlich leer, wobei der karge Eindruck vielleicht durch den verschwenderisch genutzten Raum zeigen sollte, welche Macht der Amtsinhaber besaß.

Zwei Wachen standen an der entfernten Wand, die Gesichter ausdruckslos und die Augen starr auf die Eintretenden gerichtet. Ein großer Schreibtisch füllte die Mitte des Raums, vielleicht ein Stück hinter der Mitte angeordnet. Hinter dem Schreibtisch war mutmaßlich Mitza Lizalor zu sehen, von wuchtigem Körperbau, glattem Gesicht und dunklen Augen. Zwei kräftige, kompetent wirkende Hände mit langen, vorne fast rechteckig auslaufenden Fingern, ruhten auf dem Tisch.

Die Kragenaufschläge des MinTrans (Transportminister, vermutete Trevize) waren von auffällig strahlendem Weiß vor dem Dunkelgrau der restlichen Uniform. Der doppelte weiße Streifen reichte diagonal über die Aufschläge hinaus, über das Kleidungsstück selbst und kreuzte sich in der Brustmitte. Obwohl das Kleidungsstück so geschnitten war, um die weiblich schwellenden Brüste zu verdecken, lenkte das weiße X die Aufmerksamkeit auf sie.

Der Minister war ohne Zweifel eine Frau. Selbst wenn man ihre Brüste ignorierte, ließ ihr kurzes Haar das erkennen. Und obwohl sie kein Make-up trug, verrieten es auch ihre Gesichtszüge.

Auch ihre Stimme war unzweifelhaft feminin, ein sympathisches Alt.

»Guten Tag«, sagte sie. »Es kommt nicht oft vor, daß wir durch einen Besuch von Männern von Terminus geehrt werden. – Und dem einer nicht gemeldeten Frau obendrein.« Ihre Augen wanderten von einem zum anderen und blieben dann an Trevize haften, der steif und mit gerunzelter Stirn aufrecht dastand. »Und einer der Männer sogar Mitglied des Rates.«

»Ein Ratsherr der Foundation«, sagte Trevize, bemüht, seiner Stimme kräftigen Klang zu verleihen. »Ratsherr Golan Trevize, im Auftrag der Foundation.«

»Im Auftrag?« Die Augenbrauen der Ministerin glitten in die Höhe.

»Im Auftrag«, wiederholte Trevize. »Warum behandelt man uns wie Verbrecher? Warum sind wir von bewaffneten Wachen in Gewahrsam genommen und als Gefangene hierhergebracht worden? Der Rat der Foundation wird, das werden Sie hoffentlich begreifen, nicht erfreut sein, davon zu hören.«

»Und in jedem Fall«, sagte Wonne, deren Stimme im Vergleich mit der der älteren Frau eine Spur zu schrill klang, »sollen wir endlos hier stehen bleiben?«

Die Ministerin musterte Wonne einen Moment lang kühl, hob dann den Arm und sagte: »Drei Stühle! Sofort!«

Eine Tür öffnete sich, und drei Männer, die in der üblich strengen comporellianischen Art gekleidet waren, brachten fast im Laufschritt drei Stühle herein. Die drei Besucher, die vor dem Schreibtisch gestanden hatten, setzten sich. »So«, sagte die Ministerin mit einem winterkalten Lächeln, »fühlen wir uns jetzt behaglich?«

Das fand Trevize nicht. Die Stühle waren ungepolstert und fühlten sich kalt an, waren an der Sitzfläche und am Rücken flach und gingen keinerlei Kompromiß mit der Körperform ein. »Warum sind wir hier?« fragte er.

Die Ministerin sah in die Papiere, die auf ihrem Schreibtisch lagen. »Das werde ich Ihnen erklären, sobald ich sicher bin, daß meine Fakten stimmen. Ihr Schiff ist die *Far Star*, Heimathafen Terminus. Ist das richtig, Ratsherr?«

»Ja.«

Die Ministerin blickte auf. »Ich habe Ihren Titel benutzt, Ratsherr. Würden Sie so höflich sein, auch den meinen zu gebrauchen?«

»Würde Madame Ministerin ausreichen? Oder gibt es einen Ehrentitel?«

»Keine Ehrentitel, Sir, und Sie brauchen auch nicht so verschwenderisch mit Worten umzugehen. ›Minister‹ genügt oder ›Madame‹, falls Sie sich nicht wiederholen möchten.«

»Dann wiederhole ich meine Antwort: ja, Minister.«

»Der Kapitän des Schiffes ist Golan Trevize, Bürger der Foundation und Mitglied des Rates auf Terminus – erst seit kurzer Zeit Ratsherr, genaugenommen. Und Sie sind Trevize. Ist das alles korrekt, Ratsherr?«

»Das ist es, Minister. Und da ich Bürger der Foundation bin ...«

»Ich bin noch nicht fertig, Ratsherr. Sparen Sie sich Ihre Einwände so lange! In Ihrer Begleitung befindet sich Janov Pelorat, Wissenschaftler, Historiker und Bürger der Foundation. Und das sind Sie, nicht wahr, Dr. Pelorat?«

Pelorat zuckte unwillkürlich zusammen, als die Würdenträgerin ihren scharfen Blick auf ihn richtete. »Ja, meine ... ah ..., sagte er. Er stockte und begann von neuem. »Ja, Minister.«

Die Ministerin verschränkte die Hände vor der Brust. »In dem Bericht, den man mir zugeleitet hat, ist nicht von einer Frau die Rede. Gehört diese Frau zur Schiffsbesatzung?«

»Ja, Minister«, sagte Trevize.

»Dann wende ich mich jetzt an die Frau. Ihr Name?«

»Man kennt mich als Wonne«, sagte Wonne, aufrecht dasitzend, mit ruhiger, klarer Stimme, »obwohl mein voller Name länger ist. Wollen Sie ihn ganz haben?«

»Wonne reicht mir für den Augenblick. Sind Sie Bürgerin der Foundation, Wonne?«

»Nein, Madame.«

»Bürgerin welcher Welt sind Sie, Wonne?«

»Ich habe keine Dokumente, die mein Bürgerrecht in bezug auf irgendeine Welt bestätigen, Madame.«

»Keine Papiere, Wonne?« Sie machte sich ein Zeichen auf den Papieren, die vor ihr lagen. »Das ist registriert. Was machen Sie an Bord des Schiffes?«

»Ich bin Passagier, Madame.«

»Haben Ratsherr Trevize oder Dr. Pelorat Ihre Papiere zu sehen verlangt, ehe Sie an Bord gingen, Wonne?«

»Nein, Madame.«

»Haben Sie sie informiert, daß Sie keine Papiere haben, Wonne?«

»Nein, Madame.«

»Was ist Ihre Funktion an Bord des Schiffes, Wonne? Entspricht Ihr Name Ihrer Funktion?«

Darauf antwortete Wonne stolz: »Ich bin Passagier und habe keine andere Funktion.«

Jetzt schaltete Trevize sich ein. »Warum setzen Sie diese Frau unter Druck, Minister? Welches Gesetz hat sie verletzt?«

Minister Lizalors Augen wanderten von Wonne zu Trevize hinüber, und sie sagte: »Sie sind ein Außenweltler, Ratsherr, und kennen unsere Gesetze nicht. Trotzdem gelten diese Gesetze auch für Sie, wenn Sie sich dafür entscheiden, unsere Welt zu besuchen. Sie bringen Ihre Gesetze nicht mit; das ist eine allgemeine Regel im galaktischen Gesetz, glaube ich.«

»Zugegeben, Minister, aber das sagt mir immer noch nicht, welches Ihrer Gesetze sie gebrochen hat.«

»Es gibt eine allgemeine Regel in der Galaxis, Ratsherr, daß Besucher von einer Welt außerhalb der Besitztümer der Welt, die sie besuchen, Ausweispapiere mit sich führen müssen. Viele Welten sind in dieser Hinsicht ziemlich lasch, weil sie Wert auf Tourismus legen, oder weil Ordnung für sie unwichtig ist. Wir in Comporellon sind das nicht. Wir sind eine Welt des Gesetzes und achten auch streng darauf, daß diese Gesetze eingehalten werden. Sie ist eine weltlose Person und bricht als solche unser Gesetz.«

»Sie hatte in der Sache keine Wahl«, sagte Trevize. »Ich habe das Schiff gelenkt und es nach Comporellon gesteuert. Sie mußte uns begleiten, Minister, oder wollen Sie vorschlagen, daß sie uns hätte bitten müssen, in den Weltraum gestoßen zu werden?«

»Das bedeutet lediglich, daß auch Sie unser Gesetz gebrochen haben, Ratsherr.«

»Nein, das ist nicht richtig, Minister. Ich bin kein Außenweltler. Ich bin Bürger der Foundation, und Comporellon und seine Welten sind mit der Foundation assoziiert. Als Bürger der Foundation kann ich hier frei und unbehindert reisen.«

»Sicherlich, Ratsherr, so lange Sie Dokumente haben, die beweisen, daß Sie tatsächlich Bürger der Foundation sind.«

»Die habe ich, Minister.«

»Und doch haben Sie selbst als Bürger der Foundation nicht das Recht, unser Gesetz zu brechen, indem Sie eine weltlose Person mit sich bringen.«

Trevize zögerte. Der Grenzbeamte Kendray hatte ganz offensichtlich das ihnen gegebene Wort gebrochen, es hatte also wenig Sinn, ihn zu schützen. Deshalb meinte er: »Man hat uns an der Einreisestation nicht aufgehalten, und ich habe das als stillschweigende Erlaubnis betrachtet, diese Frau mitzubringen, Minister.«

»Es ist richtig, daß man Sie nicht aufgehalten hat, Ratsherr. Es ist richtig, daß die Einreisebehörden diese Frau nicht gemeldet haben, sondern sie passieren ließen. Ich vermute jedoch, daß die Beamten an der Einreisestation zu der Entscheidung gelangt sind – und auch insoweit völlig richtig –, daß es viel wichtiger war, Ihr Schiff auf die Planetenoberfläche zu bringen, als sich um eine weltlose Person zu sorgen. Was sie getan haben, war genaugenommen eine Regelwidrigkeit, und man wird sich dieser Angelegenheit in angemessener Weise annehmen müssen, aber ich zweifle nicht, daß man zu der Entscheidung gelangen wird, die Regelwidrigkeit sei gerechtfertigt gewesen. Wir sind eine Welt strenger Gesetze, Ratsherr, aber diese Strenge geht nicht über die Forderungen der Vernunft hinaus.«

Trevize hakte hier sofort ein. »Dann appelliere ich an die Vernunft, jetzt nicht starr zu entscheiden, Minister. Wenn Sie tatsächlich von der Einreisestation keine Information des Inhalts erhalten haben, daß sich an Bord des Schiffes eine weltlose Person aufhielt, dann konnten Sie auch nicht wissen, daß wir zur Zeit unserer Landung irgendein Gesetz gebrochen haben. Und doch ist ganz offensichtlich, daß Sie bereits im Augenblick unserer Landung darauf vorbereitet waren, uns in Gewahrsam zu nehmen und das auch tatsächlich getan haben. Warum haben Sie das getan, wo Sie doch durch nichts zu der Meinung veranlaßt sein konnten, daß wir ein Gesetz gebrochen hatten?«

Die Ministerin lächelte. »Ich verstehe, daß Sie das verwirrt, Ratsherr. Bitte lassen Sie mich Ihnen versichern, daß die Weltlosigkeit Ihres Passagiers nichts mit ihrer Festnahme zu tun hat. Wir handeln vielmehr im Auftrag der Foundation, mit der wir, worauf Sie hingewiesen haben, assoziiert sind.«

Trevize starrte sie an. »Aber das ist unmöglich, Minister. Das ist sogar noch schlimmer: Das ist lächerlich.«

Die Ministerin lachte, es klang, wie wenn Honig fließt. Dann sagte sie: »Sehr interessant, daß Sie für schlimmer halten, lächerlich zu sein als unmöglich, Ratsherr. In dem Punkt pflichte ich Ihnen bei. Für Sie gilt aber unglücklicherweise keines von beiden. Warum sollte es auch?«

»Weil ich ein Beamter der Foundationregierung bin und in ihrem

Auftrag reise und es absolut unvorstellbar ist, daß die Foundation den Wunsch haben sollte, mich zu verhaften, ja auch nur die Vollmacht, da ich ja als Mitglied der Legislatur immun bin.«

»Ah, Sie haben meinen Titel weggelassen, sind aber sichtlich bewegt. Und das ist vielleicht verzeihlich. Aber man hat mich nicht gebeten, Sie zu verhaften. Das habe ich nur getan, um das durchführen zu können, worum man mich gebeten *hat*, Ratsherr.«

»Und das wäre, Minister?« sagte Trevize, bemüht, angesichts dieser machtvollen Widersacherin seine Gefühle unter Kontrolle zu halten.

»Das wäre, daß ich Ihr Schiff beschlagnahme, Ratsherr, und es der Foundation zurückgebe.«

»*Was?*«

»Sie haben schon wieder meinen Titel weggelassen, Ratsherr. Das ist sehr unaufmerksam von Ihnen und gar nicht dazu geeignet, Ihre Interessen zu vertreten. Das Schiff gehört ja mutmaßlich nicht Ihnen. Haben Sie es konstruiert oder gebaut oder bezahlt?«

»Natürlich nicht, Minister. Die Foundationregierung hat es mir zugeteilt.«

»Dann hat doch mutmaßlich die Foundationregierung auch das Recht, diese Zuteilung zurückzunehmen, Ratsherr. Es handelt sich, wie ich mir vorstellen kann, um ein wertvolles Schiff.«

Trevize gab keine Antwort.

»Es ist ein gravitisches Schiff, Ratsherr«, sagte die Ministerin. »Davon kann es nicht viele geben, und selbst die Foundation kann nur sehr wenige haben. Sie muß es inzwischen bedauern, daß sie eines jener wenigen Schiffe Ihnen zugeteilt hat. Vielleicht gelingt es Ihnen, sie davon zu überzeugen, daß man Ihnen ein anderes, weniger wertvolles Schiff zuteilt, das nichtsdestoweniger für Ihre Mission ausreicht – aber das Schiff, in dem Sie eingetroffen sind, müssen wir Ihnen wegnehmen.«

»Nein, Minister, ich kann das Schiff nicht aufgeben. Ich kann nicht glauben, daß die Foundation das von Ihnen verlangt.«

Die Ministerin lächelte. »Nicht nur von mir, Ratsherr. Nicht speziell von Comporellon. Wir haben Grund zu der Annahme, daß eine entsprechende Aufforderung jeder einzelnen der vielen Welten und Regionen zugegangen ist, die von der Foundation regiert oder mit ihr assoziiert sind. Daraus schließe ich, daß die Foundation Ihre Route nicht kennt und sie recht eindringlich und zornig sucht. Daraus wiederum schließe ich, daß Sie seitens der Foundation keinen Verhandlungsauftrag für Comporellon haben – da die Foundation in dem Falle ja wüßte, wo Sie sind und sich speziell an uns wenden würde. Um es kurz zu sagen, Ratsherr: Sie haben mich angelogen.«

Trevize bereiteten seine nächsten Worte gewisse Schwierigkeiten. »Ich würde gern eine Kopie der Aufforderung sehen, die Sie von der Foundationregierung erhalten haben, Minister. Ich glaube, darauf habe ich Anspruch.«

»Sicherlich, wenn alles das auf eine juristische Auseinandersetzung hinausläuft. Wir nehmen solche Dinge sehr ernst, Ratsherr, und ich kann Ihnen versichern, daß man Ihre Rechte in vollem Maße schützen wird. Es wäre freilich besser und einfacher, wenn wir hier zu einer Einigung kommen könnten, ohne daß es der Verzögerung und der Publicity eines Prozesses bedarf. Wir würden das vorziehen, und ich bin sicher, daß die Foundation ebenso denkt. Schließlich kann es nicht in ihrem Interesse sein, wenn die ganze Galaxis erfährt, daß ihr ein Mitglied ihrer Legislatur weggelaufen ist. Das würde die Foundation lächerlich machen, und lächerlich ist ja, nach Ihrer Einschätzung ebenso wie nach der meinen, schlimmer als unmöglich.«

Wieder schwieg Trevize.

Die Ministerin wartete einen Augenblick lang und fuhr dann unbeirrbar fort: »Kommen Sie, Ratsherr! Es ist unsere feste Absicht, das Schiff in unseren Besitz zu bringen, entweder, indem wir uns formlos einigen, oder indem wir juristische Schritte gegen Sie unternehmen. Die Strafe dafür, daß Sie einen weltlosen Passagier nach Comporellon gebracht haben, wird davon abhängen, welchen Weg wir einschlagen. Wenn Sie den offiziellen Weg fordern, wird das einen zusätzlichen Punkt gegen Sie darstellen, und Sie werden die volle Strafe dafür zu erleiden haben, und die wird nicht leicht sein, das kann ich Ihnen versichern. Einigen wir uns formlos, dann kann Ihr Passagier mit einem kommerziellen Schiff zu jedem von ihr gewünschten Punkt reisen, und Sie beide können sie, was das betrifft, sogar begleiten, wenn Sie das wünschen. Wenn die Foundation dazu bereit ist, können wir Ihnen sogar eines unserer eigenen Schiffe zur Verfügung stellen, ein völlig ausreichendes, vorausgesetzt natürlich, die Foundation ersetzt es uns in angemessener Weise. Sollten Sie aus irgendeinem Grund nicht den Wunsch haben, in von der Foundation kontrolliertes Territorium zurückzukehren, so könnten wir geneigt sein, Ihnen hier Zuflucht anzubieten und vielleicht sogar die comporellianische Staatsbürgerschaft. Sie sehen, es stehen Ihnen viele Möglichkeiten offen, wenn Sie einer freundschaftlichen Regelung zustimmen, aber gar keine, wenn Sie auf Ihren Rechten beharren.«

»Minister, Sie sind zu eifrig«, sagte Trevize. »Sie versprechen etwas, was Sie nicht halten können. Sie können mir hier nicht Asyl anbieten, falls die Foundation meine Auslieferung fordert.«

Die Ministerin schüttelte den Kopf. »Ratsherr, ich verspreche nie etwas, was ich nicht halten kann. Die Foundation hat nur das Schiff gefordert. In bezug auf Ihre Person oder sonstige Insassen des Schiffes liegt uns keine Forderung vor.«

Trevize warf Wonne einen schnellen Blick zu und sagte: »Minister, gestatten Sie, daß ich mich kurz mit Dr. Pelorat und Miß Wonne berate?«

»Selbstverständlich, Ratsherr. Ich gebe Ihnen fünfzehn Minuten.«

»Allein und unbeobachtet, Minister.«

»Man wird Sie in einen Raum führen und nach fünfzehn Minuten wieder hierher geleiten, Ratsherr. Solange Sie dort sind, wird man Sie nicht beeinträchtigen, und wir werden auch nicht versuchen, Ihr Gespräch abzuhören. Darauf haben Sie mein Wort, und ich halte mein Wort. Aber man wird Sie in angemessener Weise bewachen. Seien Sie also nicht so töricht, an Flucht zu denken.«

»Wir verstehen, Minister.«

»Und wenn Sie zurückkommen, rechnen wir mit Ihrer freiwilligen Zustimmung, das Schiff aufzugeben. Andernfalls wird das Gesetz seinen Lauf nehmen, und das wird dann wesentlich schlimmer für Sie, Ratsherr. Haben wir uns verstanden?«

»Ja, ich habe verstanden, Minister«, sagte Trevize, bemüht, seinen Zorn unter Kontrolle zu halten, da es ihm überhaupt nichts nützen konnte, ihn zu zeigen.

18

Der Raum war klein, aber gut beleuchtet. Er enthielt eine Couch und zwei Sessel, und man konnte das leise Geräusch eines Ventilators vernehmen. Insgesamt war er wesentlich behaglicher als das große, sterile Büro der Ministerin.

Eine Wache hatte sie zu dem Raum geführt, hochgewachsen und ernst, und seine Hand hatte die ganze Zeit über dem Kolben seines Blasters geschwebt. Er blieb vor der Tür stehen, als sie eintraten, und sagte mit gewichtiger Stimme: »Sie haben fünfzehn Minuten.«

Er hatte kaum zu Ende gesprochen, als die Tür zuglitt und sich mit einem dumpfen Laut schloß.

»Ich kann nur hoffen, daß man uns nicht belauschen kann«, sagte Trevize.

»Sie hat uns ihr Wort gegeben, Golan«, meinte Pelorat.

»Sie beurteilen andere nach sich selbst, Janov. Ihr sogenanntes ›Wort‹ wird nicht reichen. Wenn sie das will, wird sie es ohne Zögern brechen.«

»Das ist unwichtig«, sagte Wonne. »Ich kann den Raum abschirmen.«

»Hast du ein Abschirmgerät?« fragte Pelorat.

Wonne lächelte, ein plötzliches Aufblitzen weißer Zähne. »Gaias Bewußtsein ist ein Abschirmgerät, Pel. Es ist ein ungeheuer weit gespanntes Bewußtsein.«

»Wegen der Grenzen des ungeheuer weit gespannten Bewußtseins sind wir hier«, sagte Trevize ärgerlich.

»Was meinen Sie damit?« fragte Wonne.

»Als wir jene Dreierkonfrontation hatten, haben Sie mich aus dem Bewußtsein sowohl der Bürgermeisterin als auch Gendibals von der Zweiten Foundation herausgezogen. Keiner sollte mehr an mich denken, höchstens weit entfernt und gleichgültig. Ich sollte ganz mir selbst überlassen bleiben.«

»Das mußten wir tun«, sagte Wonne. »Sie sind für uns ungemein wichtig.«

»Ja. Golan Trevize, der stets recht hat. Aber mein Schiff haben Sie nicht aus ihrem Bewußtsein herausgeholt, oder? Bürgermeisterin Branno hat nicht nach mir gefragt; sie war nicht an mir interessiert. Aber nach dem Schiff *hat* sie gefragt. Das Schiff hatte sie nicht vergessen.«

Wonne runzelte die Stirn.

»Denken Sie darüber nach«, sagte Trevize. »Gaia ging ganz beiläufig davon aus, daß ich und mein Schiff eins waren. Daß wir eine Einheit sind. Wenn Branno nicht an mich dachte, würde sie auch nicht an das Schiff denken. Das Ärgerliche ist nur, daß Gaia nicht versteht, was Individualität ist. In Gaias Vorstellung sind das Schiff und ich ein einziger Organismus, und das zu denken war falsch.«

»Das ist möglich«, sagte Wonne mit weicher Stimme.

»Nun denn«, sagte Trevize ausdruckslos, »dann liegt es auch bei Ihnen, diesen Fehler wieder in Ordnung zu bringen. Ich muß mein gravitisches Schiff und meinen Computer haben. Alles andere wäre unzureichend. Deshalb, Wonne, sollten Sie sicherstellen, daß ich das Schiff behalte. Sie können das Bewußtsein anderer kontrollieren.«

»Ja, Trevize, aber das ist eine Kontrolle, die wir nicht leichtfertig ausüben. Wir haben das bei der Dreier-Konfrontation getan, aber wissen Sie, wie lange diese Konfrontation geplant worden war? Kalkuliert? Abgewogen? Das hat – buchstäblich – viele Jahre gedauert. Ich kann nicht einfach auf eine Frau zugehen und einen Eingriff in ihrem Bewußtsein vornehmen, nur weil es für jemanden bequem ist.«

»Ist das jetzt die Zeit...«

Aber Wonne fiel ihm ins Wort. »Wenn ich anfinge so zu handeln, wo würden wir da aufhören? Ich hätte das Bewußtsein des Beamten in der Einreisestation beeinflussen können, und man hätte uns sofort passieren lassen. Ich hätte das Bewußtsein des Agenten in dem Fahrzeug beeinflussen können, und er hätte uns gehen lassen.«

»Nun, wo Sie es jetzt erwähnen, warum haben Sie es nicht getan?«

»Weil wir nicht wissen, wo es hinführen würde. Wir kennen die Nebeneffekte nicht. Und die könnten die Lage leicht verschlimmern. Wenn ich jetzt einen Eingriff in das Bewußtsein der Ministerin mache, wird das ihren Umgang mit anderen beeinflussen, mit denen sie in Berührung kommen wird, und da sie in der Regierung einen hohen Rang einnimmt, könnte das Einfluß auf interstellare Beziehungen haben. Solange die Sache nicht gründlich erwogen ist, können wir es nicht wagen, an ihr Bewußtsein zu rühren.«

»Warum sind Sie dann bei uns?«

»Weil möglicherweise einmal eine Situation eintritt, in der Ihr Leben bedroht ist. Ich muß Ihr Leben um jeden Preis beschützen, selbst um den Preis meines Pel oder meiner eigenen Person. An der Einreisestation war Ihr Leben nicht bedroht. Es ist auch jetzt nicht bedroht. Sie müssen das Problem, mit dem wir im Augenblick zu tun haben, für sich selbst lösen, mindestens bis Gaia die Konsequenzen eines Eingreifens abschätzen kann.«

Trevize wurde nachdenklich. Nach einer Weile sagte er: »In dem Fall muß ich etwas versuchen. Vielleicht geht es aber nicht.«

Die Tür öffnete sich, schob sich ebenso laut in ihren Rahmen, wie sie sich geschlossen hatte.

»Kommen Sie heraus!«, sagte die Wache.

Als sie den Raum verließen, flüsterte Pelorat: »Was werden Sie tun, Golan?«

Trevize schüttelte den Kopf und flüsterte ihm zu: »Das weiß ich noch nicht genau. Ich werde improvisieren müssen.«

19

Minister Lizalor saß immer noch hinter ihrem Schreibtisch, als sie in ihr Büro zurückkehrten. Ihr Gesicht verzog sich zu einem grimmigen Lächeln, als sie eintraten.

»Ich hoffe, Ratsherr Trevize, Sie sind gekommen, um mir zu sagen, daß Sie dieses Foundationschiff aufgeben werden, das Sie haben«, sagte sie.

»Ich bin gekommen, Minister«, sagte Trevize ruhig, »um über Bedingungen zu verhandeln.«

»Es gibt keine Bedingungen, über die zu verhandeln wäre, Ratsherr. Ein Prozeß, wenn Sie auf einem bestehen, läßt sich sehr schnell arrangieren und würde noch schneller durchgeführt werden. Ich garantiere Ihnen einen Schuldspruch, und zwar selbst in einem vollkommen fairen Prozeß, da in bezug auf diese weltenlose Person, die Sie nach Comporellon gebracht haben, die Schuldfrage ja völlig eindeutig ist. Und von dem Augenblick an würden wir völlig legal das Recht haben, das Schiff zu beschlagnahmen. Und Ihnen dreien würden schwere Strafen drohen. Zwingen Sie uns nicht, diese Strafen zu verhängen, nur um uns einen Tag lang aufzuhalten!«

»Dennoch, wir müssen über die Bedingungen verhandeln, Minister, weil Sie das Schiff nämlich nicht ohne meine Zustimmung an sich bringen können, ganz gleich, wie schnell es zu einem Schuldspruch über uns kommt. Jeder Versuch, den Sie unternehmen, um sich gewaltsam Zugang zu dem Schiff zu verschaffen, wird zu seiner Zerstörung führen. Und zugleich wird auch der Raumhafen und jedes menschliche Wesen im Raumhafen vernichtet werden.

Das wird ganz sicherlich die Foundation gegen Sie aufbringen. Und das zu riskieren, wagen Sie nicht. Uns zu bedrohen oder zu mißhandeln, um mich dazu zu zwingen, das Schiff zu öffnen, widerspricht sicherlich Ihren Gesetzen. Und wenn Sie in Ihrer Verzweiflung Ihre eigenen Gesetze brechen und uns foltern lassen oder uns einsperren, wird die Foundation das erfahren und noch wütender sein. So groß vielleicht auch das Interesse der Foundation an dem Schiff sein mag, sie darf unmöglich den Präzedenzfall zulassen, daß Bürger der Foundation mißhandelt werden. – Wollen wir jetzt über die Bedingungen sprechen?«

»Das ist alles Unsinn«, sagte die Ministerin mit finsterem Blick. »Wenn nötig, werden wir uns mit der Foundation selbst in Verbindung setzen, damit man jemand hierherschickt. Die Foundation wird wissen, wie man das Schiff öffnet, oder *sie* wird Sie zwingen, es zu öffnen.«

»Sie benutzen meinen Titel nicht, Minister«, sagte Trevize, »aber Sie sind sichtlich erregt, und deshalb ist das verzeihlich. Sie wissen ganz genau, daß Sie die Foundation unter gar keinen Umständen rufen werden, da Sie ja auch nicht beabsichtigen, ihr das Schiff auszuliefern.«

Das Lächeln auf dem Gesicht der Ministerin verblaßte. »Was soll das jetzt für Unsinn sein, Ratsherr?«

»Die Art von Unsinn, Minister, die andere vielleicht nicht hören sollten. Lassen Sie meinen Freund und die junge Frau in ein bequemes Hotelzimmer bringen, damit sie sich etwas ausruhen können, und schicken Sie Ihre Wachen ebenfalls weg! Die können draußen warten. Und Sie können sich von ihnen ja einen Blaster geben lassen. Sie sind nicht gerade eine schmächtige Frau, und wenn Sie einen Blaster haben, haben Sie von mir nichts zu befürchten. Ich bin unbewaffnet.«

Die Ministerin beugte sich über den Schreibtisch auf ihn zu. »Ich habe von Ihnen in keinem Fall etwas zu befürchten.«

Ohne sich umzusehen, winkte sie eine der Wachen herbei. Der Mann trat neben sie und stampfte heftig mit den Füßen auf. »Wache, bringen Sie die da und den da in Suite fünf«, sagte sie. »Dort sollen sie bleiben und gut bewacht werden. Sie sollen alles haben, was sie brauchen. Sie persönlich sind mir dafür verantwortlich, daß sie ordentlich behandelt werden, aber daß es zu keinem Bruch der Sicherheitsvorschriften kommt!«

Sie stand auf, und Trevize zuckte unwillkürlich etwas zusammen, obwohl er fest entschlossen war, um jeden Preis seine Haltung zu bewahren. Sie war groß, wenigstens so groß wie Trevize mit seinen 1,85 m, vielleicht sogar einen oder zwei Zentimeter größer. Sie hatte eine schmale Taille, und die beiden weißen Streifen über ihrer Brust, die sich in einem Ring trafen, der ihre Taille umgab, ließen diese noch schmaler erscheinen. Sie hatte etwas massiv Graziöses an sich, und Trevize dachte, daß sie durchaus recht haben konnte, daß sie nämlich von ihm nichts zu befürchten hätte. Falls es zu einem Handgemenge kommen sollte, dachte er, würde es ihr wahrscheinlich nicht schwerfallen, ihn auf die Matte zu zwingen.

»Kommen Sie mit, Ratsherr!« sagte sie. »Wenn Sie schon vorhaben, Unsinn zu reden, dann sollen Sie nicht zu viele hören.«

Sie ging mit schnellem Schritt voraus, und Trevize folgte ihr. In ihrem mächtigen Schatten kam er sich klein und schmächtig vor, ein Gefühl, das er in Gegenwart einer Frau noch nie zuvor gehabt hatte.

Sie bestiegen eine Aufzugskabine, und als die Tür sich hinter ihnen schloß, sagte sie: »Wir sind jetzt alleine, und falls Sie sich der Illusion hingeben sollten, Ratsherr, daß Sie mir gegenüber Gewalt einsetzen können, um irgend etwas zu bewirken, dann vergessen Sie das bitte!« Der Singsang in ihrer Stimme war jetzt noch deutlicher ausgeprägt, als sie sichtlich amüsiert hinzufügte: »Sie sehen relativ kräftig aus, aber ich kann Ihnen versichern, daß es mir nicht die geringste Mühe bereiten würde, Ihnen den Arm zu brechen – oder das Rückgrat, wenn es sein muß. Ich bin bewaffnet, aber ich werde dazu keine Waffe brauchen.«

Trevize kratzte sich an der Wange, als sein Blick an ihr auf und ab wanderte. »Minister, ich stehe beim Ringen durchaus meinen Mann, aber ich habe mich bereits dafür entschieden, auf ein Match mit Ihnen zu verzichten. Ich weiß, wann ich deklassiert bin.«

»Gut«, sagte die Ministerin und schien zufrieden.

»Wo gehen wir hin, Minister?« fragte Trevize.

»Nach unten! Ziemlich weit nach unten. Aber machen Sie sich keine Sorgen. In den Hyperdramen wäre das wahrscheinlich das Vorspiel dazu, Sie in ein unterirdisches Verlies zu bringen, aber auf Comporellon gibt es keine Verliese – nur vernünftige Gefängnisse. Wir gehen in mein privates Apartment; das ist vielleicht nicht so romantisch wie ein Verlies in der schlimmen alten Kaiserzeit, aber viel bequemer.«

Als die Aufzugtür zur Seite glitt und sie die Kabine verließen, schätzte Trevize, daß sie sich wenigstens fünfzig Meter unter der Planetenoberfläche befanden.

20

Trevize sah sich mit unverhohlener Überraschung in dem Apartment um.

»Gefällt Ihnen meine Wohnung nicht, Ratsherr?« fragte die Ministerin grimmig.

»Nein, dazu habe ich keinen Grund, Minister. Ich bin nur überrascht. Das kommt so unerwartet. Aus dem wenigen, was ich seit unserer Ankunft gesehen und gehört habe, hatte ich den Eindruck gewonnen, daß Ihre Welt... ah... eher puritanisch wäre und keinen Sinn für unnützen Luxus hätte.«

»So ist es, Ratsherr. Dies ist eine karge Welt. Unser Leben muß so schroff wie unser Klima sein.«

»Aber das hier, Minister« – und Trevize streckte beide Hände aus, als wollte er damit den ganzen Raum einschließen. Das erstemal, seit er diese Welt betreten hatte, sah er Farbe, Polstermöbel, weiches Licht, das von den Wänden ausging, spürte einen Kraftteppich unter den Füßen, so daß seine Schritte elastisch und lautlos waren. »Das ist doch sicherlich Luxus.«

»Wir halten nichts von nutzlosem Luxus, Ratsherr; auffälligem Luxus; übertriebenem, verschwenderischem Luxus. Das hier ist privater Luxus, und der hat seinen Sinn. Ich arbeite hart und trage viel Verantwortung. Ich brauche einen Ort, wo ich wenigstens für eine Weile die Last meines Amtes vergessen kann.«

»Leben alle Comporellianer so, wenn die Augen der anderen abgewandt sind, Minister?« fragte Trevize.

»Das hängt von ihrer Arbeit und ihrer Verantwortung ab. Wenige können sich das leisten oder verdienen es oder wünschen es sich, dank der hier herrschenden ethischen Vorstellungen.«

»Aber Sie, Minister, können es sich leisten, verdienen es auch – und wollen es?«

»Der Rang hat seine Privilegien«, sagte die Ministerin, »ebenso wie seine Pflichten. Und jetzt setzen Sie sich, Ratsherr, und sagen Sie mir mehr von diesem Wahnsinn!« Sie setzte sich auf die Couch, die langsam unter ihrem Gewicht nachgab, und wies auf einen gleichermaßen weichen Sessel, in dem Trevize nicht zu weit von ihr entfernt sich niederlassen sollte.

»Wahnsinn, Minister?« fragte der, während er sich setzte.

Die Ministerin wirkte jetzt sichtlich entspannter und stützte den rechten Ellbogen auf ein Kissen. »Im privaten Gespräch brauchen wir nicht so sorgsam auf die Regeln der Form zu achten. Sie können mich Lizalor nennen. Ich werde Sie Trevize nennen. – Bitte sagen Sie mir, was Sie im Sinn haben, Trevize, dann wollen wir darüber sprechen.«

Trevize schlug die Beine übereinander und lehnte sich in seinem Sessel zurück. »Sehen Sie, Lizalor, Sie haben mich vor die Wahl gestellt, das Schiff entweder freiwillig aufzugeben oder mir offiziell den Prozeß machen zu lassen. In beiden Fällen würden Sie am Ende das Schiff haben. – Und doch haben Sie sich sehr bemüht, mich zu der ersten Alternative zu überreden. Sie sind bereit, mir ein anderes Schiff anstelle des meinen anzubieten, damit meine Freunde und ich unsere Reise fortsetzen können. Wir könnten sogar hier auf Comporellon bleiben und uns um das Bürgerrecht Ihres Planeten bewerben. Sie waren sogar bereit, mich hierher in Ihre Privatwohnung zu bringen, während sich meine Freunde mutmaßlich in bequemer Umgebung befinden. Kurz gesagt: Sie geben sich große Mühe, Lizalor, mich zu bestechen, Ihnen das Schiff zu überlassen, ohne daß es eines Prozesses bedarf.«

»Kommen Sie, Trevize, wollen Sie mir keine menschlichen Regungen zubilligen?«

»Nein.«

»Oder die Vorstellung, daß ein freiwilliges Nachgeben schneller und bequemer als ein Prozeß wäre?«

»Nein! Ich würde etwas ganz anderes vorschlagen.«

»Und das wäre?«

»Es gibt etwas, das in hohem Maße gegen einen Prozeß spricht; etwas, das sich in der Öffentlichkeit abspielt. Sie haben jetzt einige Male auf die rigorosen Gesetze dieser Welt hingewiesen, und ich argwöhne daher, daß es schwierig sein würde, einen Prozeß so einzurichten, daß er nicht in allen Einzelheiten aufgezeichnet wird. Und in dem Fall würde die Foundation davon erfahren, und Sie würden das Schiff übergeben müssen, sobald der Prozeß beendet ist.«

»Natürlich«, sagte Lizalor ausdruckslos. »Schließlich gehört das Schiff ja der Foundation.«

»Eine private Übereinkunft mit mir würde aber nicht formell zu den Akten genommen werden müssen«, meinte Trevize. »Sie könnten das Schiff haben, und da die Foundation von der Angelegenheit nichts wissen würde – sie weiß noch nicht einmal, daß wir auf dieser Welt sind –, könnte Comporellon das Schiff behalten. Und das, dessen bin ich sicher, ist Ihre Absicht.«

»Warum sollten wir das wollen?« Ihr Gesicht war immer noch ohne Ausdruck. »Sind wir nicht Teil der Foundation-Konföderation?«

»Nicht ganz. Comporellon ist eine assoziierte Welt. Auf jeder galaktischen Karte, auf der die Mitgliedswelten der Föderation rot dargestellt sind, würde Comporellon und seine abhängigen Welten in Hellrosa erscheinen.«

»Trotzdem, auch als assoziierte Welt würden wir doch ganz sicherlich mit der Foundation zusammenarbeiten.«

»Würden Sie das? Könnte es nicht sein, daß Comporellon von totaler Unabhängigkeit, ja sogar eigenen Führungsansprüchen träumt? Sie sind eine alte Welt. Fast alle Welten behaupten, älter zu sein, als sie in Wirklichkeit sind, aber Comporellon ist *tatsächlich* eine alte Welt.«

Ein kühles Lächeln überzog das Gesicht von Ministerin Lizalor. »Die älteste, wenn man einigen unserer Enthusiasten glauben darf.«

»Könnte es nicht eine Zeit gegeben haben, wo Comporellon tatsächlich die führende Welt einer relativ kleinen Weltengruppe war? Könnte es nicht sein, daß Sie immer noch davon träumen, jene verlorene Machtposition wieder einzunehmen?«

»Glauben Sie wirklich, daß wir von so unmöglichen Zielen träumen? Ich habe das schon Wahnsinn genannt, ehe ich Ihre Gedanken kannte, und jetzt, wo ich sie kenne, kann ich das nur wiederholen.«

»Träume mögen unrealistisch sein, und doch träumt man sie. Terminus, am äußersten Rande der Galaxis gelegen und mit einer nur fünf Jahrhunderte alten Geschichte, einer Geschichte, die kürzer ist als die jeder anderen Welt, beherrscht praktisch die Milchstraße. Und sollte Comporellon das nicht? Wie?« Trevize lächelte.

Lizalor blieb ernst. »Terminus hat diese Stellung errungen, wie man uns zu verstehen gibt, weil Hari Seldons Plan es so vorsah.«

»Das ist die psychologische Stütze seiner Überlegenheit, aber sie wird nur so lange halten, als die Menschen daran glauben. Vielleicht glaubt die Regierung von Comporellon nicht daran. Aber wie dem auch sei, Terminus hat auch noch eine technologische Stütze. Die Hegemonie, die Terminus über die Galaxis ausübt, beruht ohne Zweifel auf seinem technischen Fortschritt – und das gravitische Schiff, auf das Sie so erpicht sind, ist ein Beispiel dafür. Keine Welt außer Terminus verfügt über gravitische Schiffe. Wenn Comporellon eines haben könnte und herausfinden, wie es funktioniert, dann wäre das ohne Zweifel ein gigantischer technologischer Schritt nach vorne. Ich glaube nicht, daß das ausreichen würde, um damit Terminus zu überholen, aber es könnte ja sein, daß Ihre Regierung das glaubt.«

»Das kann nicht Ihr Ernst sein«, erwiderte Lizalor. »Jede Regierung, die das Schiff entgegen den Wünschen der Foundation behalten wollte, würde sich den Groll der Foundation zuziehen. Und die Geschichte lehrt, daß der Groll der Foundation etwas sehr Unangenehmes sein kann.«

»Die Foundation würde diesen Groll nur dann zum Ausdruck bringen, wenn die Foundation erfahren würde, daß es Grund zum Groll gibt«, wandte Trevize ein.

»In dem Fall, Trevize – wenn wir einmal davon ausgehen, daß Ihre Analyse der Lage nicht nur eine Verrücktheit ist –, wäre es dann nicht zu Ihrem Vorteil, uns das Schiff zu geben und soviel wie möglich aus dem Handel herauszuschlagen? Nach Ihrer Argumentation würden wir ja gut dafür bezahlen, wenn wir es in aller Stille bekämen.«

»Könnten Sie sich denn dann darauf verlassen, daß ich die Angelegenheit nicht der Foundation melde?«

»Sicherlich. Weil Sie dann ja auch melden müßten, in welcher Weise Sie selbst daran beteiligt sind.«

»Ich könnte melden, daß man mich unter Druck gesetzt hat.«

»Ja. Es sei denn, daß Ihnen Ihre Vernunft sagte, daß Ihre Bürgermeisterin das nie glauben würde. – Kommen Sie schon, machen Sie den Handel!«

Trevize schüttelte den Kopf. »Das werde ich nicht, Madame Lizalor. Das Schiff ist mein und muß mein bleiben. Wie ich Ihnen schon sagte, es wird unter Freisetzung ungeheurer Energiemengen in die Luft fliegen, falls Sie den Versuch machen, sich gewaltsam Zutritt zu verschaffen. Ich versichere Ihnen, daß ich die

Wahrheit sage. Sie sollten sich nicht darauf verlassen, daß das ein Bluff ist.«

»*Sie* könnten es aufschließen und die Instruktionen des Computers ändern.«

»Ohne Zweifel, aber das werde ich nicht tun.«

Lizalor seufzte tief. »Sie wissen, daß wir Sie dazu bringen könnten, es sich anders zu überlegen – wenn nicht durch das, was wir Ihnen tun können, dann durch das, was wir mit Ihrem Freund Dr. Pelorat oder der jungen Frau machen.«

»Folter, Minister? Ist das Ihr Gesetz?«

»Nein, Ratsherr. Aber möglicherweise müßten wir gar nichts so Primitives tun. Es gibt immer noch die Psychosonde.«

Zum erstenmal, seit Trevize das Apartment der Ministerin betreten hatte, spürte er einen eisigen Hauch.

»Das können Sie auch nicht. Die ganze Galaxis hat den Einsatz der Psychosonde für alle Zwecke, außer solche der Medizin, als ungesetzlich erklärt.«

»Aber wenn man uns keine andere Wahl läßt...«

»Ich wäre bereit, das Risiko einzugehen«, sagte Trevize ruhig, »es würde Ihnen nämlich nichts nützen. Ich bin so entschlossen, mein Schiff zu behalten, daß die Psychosonde mein Bewußtsein zerstören würde, ehe ich dazu veranlaßt werden könnte, Ihnen das Geheimnis auszuliefern.« (*Das* war ein Bluff, dachte er, und der eisige Hauch, den er innerlich verspürte, verstärkte sich.) »Und selbst wenn Ihre Leute so geschickt vorgehen würden, daß sie mich überredeten, ohne mein Bewußtsein zu zerstören, und ich dann das Schiff öffnen, den Sicherungsmechanismus entschärfen und Ihnen das Schiff übergeben würde, dann würde Ihnen das immer noch nichts nützen. Der Schiffscomputer ist ein noch fortschrittlicheres Produkt als das Schiff selbst. Und er ist irgendwie so konstruiert – ich weiß auch nicht wie –, daß er nur in der Zusammenarbeit mit mir sein volles Potential erreicht. Man könnte sagen, daß es... ah... ein sehr persönlicher, auf mich abgestimmter Computer ist.«

»Und wenn Sie Ihr Schiff behalten und sein Pilot bleiben würden? Würden Sie in Betracht ziehen, es in unserem Dienst zu steuern – als hochgeehrter comporellianischer Bürger? Ein sehr hohes Gehalt, jeder Luxus, den Sie sich wünschen. Für Sie und Ihre Freunde.«

»Nein.«

»Was schlagen Sie dann vor? Daß wir einfach zulassen, daß Sie und Ihre Freunde wieder starten und in die Galaxis hinausziehen? Ich warne Sie – ehe wir Ihnen das erlauben, könnten wir einfach die Foundation davon informieren, daß Sie mit Ihrem Schiff hier sind, und alles andere denen überlassen.«

»Und daß Sie das Schiff dabei auch verlieren würden, würde Sie nicht stören?«

»Wenn wir es schon verlieren müssen, dann vielleicht lieber an die Foundation als an einen unverschämten Außenweltler.«

»Dann lassen Sie mich meinen Kompromißvorschlag machen.«

»Einen Kompromiß? Nun, ich will mir Ihren Vorschlag anhören. Sprechen Sie!«

»Ich befinde mich auf einer wichtigen Mission«, meinte Trevize vorsichtig. »Die Mission begann mit Unterstützung der Foundation. Es hat den Anschein, daß diese Unterstützung inzwischen aufgehoben ist, aber die Mission bleibt wichtig. Geben Sie mir statt dessen die Unterstützung Comporellons. Wenn ich die Mission mit Erfolg beende, wird Comporellon den Vorteil haben.«

Lizalors Ausdruck wurde zweifelnd. »Und Sie werden Ihr Schiff nicht der Foundation zurückgeben?«

»Das hatte ich nie vor. Die Foundation würde ganz sicher nicht so verzweifelt nach dem Schiff suchen, wenn sie der Meinung wäre, daß ich auch nur im entferntesten die Absicht hätte, es ihr zurückzugeben.«

»Das ist aber nicht ganz dasselbe, als wenn Sie sagen würden, daß Sie das Schiff uns geben werden.«

»Sobald meine Mission abgeschlossen ist, könnte es sein, daß ich das Schiff gar nicht mehr brauche. In dem Fall hätte ich keine Einwände dagegen, daß Comporellon es bekommt.«

Die beiden sahen einander ein paar Augenblicke lang schweigend an.

Dann meinte Lizalor: »Sie verwenden die Möglichkeitsform. Das Schiff ›könnte‹. Das hat für uns keinen Wert.«

»Ich könnte alle möglichen Versprechungen abgeben, aber welchen Wert hätten die für Sie? Die Tatsache, daß meine Zusagen vorsichtig und begrenzt sind, sollte Ihnen zeigen, daß sie zumindest ehrlich gemeint sind.«

»Nicht dumm«, sagte Lizalor und nickte. »Das gefällt mir. Nun, dann sagen Sie mir, worin Ihre Mission besteht und in welcher Weise Comporellon davon Nutzen haben könnte.«

»Nein, nein, Sie sind jetzt an der Reihe«, wandte Trevize ein. »Werden Sie mich unterstützen, wenn ich Ihnen beweise, daß die Mission für Comporellon wichtig ist?«

Minister Lizalor erhob sich von der Couch. Sie bot dabei einen imposanten Anblick. »Ich bin hungrig, Ratsherr Trevize, und werde mit leerem Magen ganz bestimmt nicht weiterkommen. Ich werde Ihnen etwas zu essen und zu trinken anbieten – in Maßen. Anschließend bringen wir die Sache zu Ende.«

Trevize hatte den Eindruck, als würde sie in dem Augenblick recht gierig wirken, und so preßte er die Lippen etwas unruhig zusammen.

21

Nahrhaft mochte die Mahlzeit ja gewesen sein, aber ganz gewiß kein Gaumenkitzel. Der Hauptgang bestand aus gekochtem Rindfleisch in einer nach Senf schmeckenden Sauce, wozu ein Blattgemüse gereicht wurde, das Trevize nicht erkannte. Er mochte es auch nicht, weil es einen bitter-salzigen Geschmack an sich hatte, der ihm unsympathisch war. Später erfuhr er, daß es sich um eine Art Seetang gehandelt hatte.

Nachher gab es ein Stück Obst, das ein wenig wie Apfel schmeckte, mit leichtem Pfirsichgeschmack (eigentlich gar nicht schlecht), und ein heißes, dunkles Getränk, das so bitter schmeckte, daß Trevize die Hälfte stehen ließ und um etwas kaltes Wasser bat. Die Portionen waren klein gewesen, aber das machte Trevize unter den gegebenen Umständen nichts aus.

Die Mahlzeit hatten sie nur zu zweit, ohne irgendwelche Bediensteten eingenommen. Die Ministerin hatte das Essen selbst heiß gemacht und serviert und räumte nachher auch selbst Geschirr und Besteck weg.

»Ich hoffe, die Mahlzeit war angenehm für Sie«, sagte Lizalor, als sie das Eßzimmer verließen.

»Recht angenehm«, sagte Trevize ohne großen Enthusiasmus.

Die Ministerin nahm wieder ihren Platz auf der Couch ein. »Dann wollen wir unser Gespräch von vorhin wieder aufnehmen«, sagte sie. »Sie hatten erwähnt, daß Comporellon möglicherweise der Foundation ihre technologische Führung und ihre Hegemonie über die Galaxis neiden könnte. In gewisser Weise stimmt das. Aber dieser Aspekt der Lage würde nur für diejenigen von Belang sein, die sich für interstellare Politik interessieren, und das sind vergleichsweise wenige. Viel wesentlicher ist, daß der Durchschnittscomporellianer von der Unmoral der Foundation erschreckt wird. Unmoral gibt es auf den meisten Welten, aber auf Terminus scheint sie am ausgeprägtesten. Ich würde sagen, daß die gegen Terminus gerichteten Antipathien auf dieser Welt eher darauf als auf abstrakteren Dingen beruhen.«

»Unmoral?« sagte Trevize verwirrt. »Welche Fehler die Foundation auch immer haben mag, Sie müssen doch zugeben, daß sie ihren Teil der Galaxis einigermaßen effizient und ehrlich führt. Die bürgerlichen Rechte werden im großen und ganzen respektiert und...«

»Ratsherr Trevize, ich spreche hier von *sexueller* Unmoral.«

»In dem Fall kann ich Sie überhaupt nicht verstehen. Wir sind in sexueller Hinsicht eine durch und durch moralische Gesellschaft. Die Frauen sind in jedem Aspekt des gesellschaftlichen Lebens gut vertreten. Unsere Bürgermeisterin ist eine Frau, fast der halbe Rat besteht aus...«

Lizalor schnaufte verzweifelt und runzelte die Stirn. »Ratsherr, machen Sie sich über mich lustig? Sie werden doch wissen, was sexuelle Moral bedeutet. Ist die Ehe auf Terminus ein Sakrament oder nicht?«

»Was verstehen Sie unter Sakrament?«

»Gibt es eine formelle Heiratszeremonie, die ein Paar zusammenbindet?«

»Sicherlich, wenn die Leute das wünschen. Eine solche Zeremonie vereinfacht manche Steuerprobleme und ist im Erbfall von Bedeutung.«

»Aber Scheidung ist möglich.«

»Selbstverständlich. Es wäre doch ganz sicher sexuell unmoralisch, Leute zu zwingen, aneinander gebunden zu bleiben, wenn...«

»Gibt es keine religiösen Einschränkungen?«

»Religiös? Es gibt Leute, die ihre Philosophie aus antiken Kulten beziehen, aber was hat das mit Heirat zu tun?«

»Ratsherr, hier auf Comporellon ist jeder Aspekt der Sexualität strikt durch Gesetze kontrolliert. Es darf keinen Sex außerhalb der Ehe geben. Und selbst innerhalb der Ehe gibt es dafür klare Vorschriften. Es ist für uns schockierend, daß es im Bereich von Terminus Welten gibt, wo man Sex einfach nur für ein gesellschaftliches Vergnügen ohne große Bedeutung hält, das man genießt wann, wie und mit wem auch immer, ohne jede Rücksicht auf die religiösen Werte.«

Trevize zuckte die Achseln. »Es tut mir leid, aber ich kann wohl schwerlich die Galaxis in dieser Beziehung reformieren oder auch nur Terminus – und was hat das alles mit meinem Schiff zu tun?«

»Ich spreche von der öffentlichen Meinung in bezug auf Ihr Schiff und darüber, wie sie meine Kompromißmöglichkeiten in dieser Sache begrenzt. Die Menschen von Comporellon wären erschüttert, wenn sie herausfänden, daß Sie eine junge und attraktive Frau an Bord genommen haben, nur um den lüsternen Trieben Ihrer Person und Ihres Begleiters zu dienen. Aus Besorgnis um die Sicherheit von Ihnen drei habe ich Sie gedrängt, einen öffentlichen Prozeß zu vermeiden und uns das Schiff friedlich zu übergeben.«

»Ich sehe jetzt, daß Sie die Mahlzeit dazu benutzt haben, um sich neue Argumente oder Drohungen auszudenken«, meinte Trevize. »Soll ich jetzt befürchten, daß man uns zu lynchen versuchen wird?«

»Ich weise lediglich auf Gefahren hin. Werden Sie leugnen können, daß die Frau, die Sie an Bord Ihres Schiffes genommen haben, irgend etwas anderes als ein Objekt sexueller Bequemlichkeit für Sie ist?«

»Selbstverständlich kann ich das leugnen. Wonne ist die Gefährtin meines Freundes Dr. Pelorat. Er hat keine andere Gefährtin, die mit ihr in Konkurrenz stünde. Möglicherweise kann man ihren Status nicht als Ehe definieren, aber ich glaube, daß nach der Vorstellung Pelorats und der der Frau eine Ehe zwischen den beiden besteht.«

»Wollen Sie sagen, daß Sie nichts mit ihr zu tun haben?«

»Ganz sicher nicht«, sagte Trevize. »Wofür halten Sie mich?«

»Das kann ich nicht sagen. Ich kenne Ihre Moralvorstellungen nicht.«

»Dann lassen Sie mich das so erklären: meine Moralvorstellungen sagen mir, daß ich mich nicht in den Besitz oder die Beziehungen meines Freundes einmischen darf.«

»Sie empfinden sie nicht einmal als Versuchung?«

»Gegen Versuchungen kann ich nichts tun, aber ich werde ihnen jedenfalls nicht nachgeben.«

»Besteht dafür gar keine Chance? Vielleicht interessieren Sie sich nicht für Frauen?«

»Das sollten Sie nicht glauben. Frauen interessieren mich sehr wohl.«

»Wie lange ist es her, daß Sie das letztemal mit einer Frau geschlafen haben?«

»Monate. Seit ich Terminus verlassen habe.«

»Das bereitet Ihnen doch sicherlich keine Freude.«

»Ganz sicher nicht«, sagte Trevize, dessen Gefühle in dieser Beziehung ganz eindeutig waren, »aber die Situation ist so, daß ich keine Wahl habe.«

»Ihr Freund Pelorat würde, wenn er bemerkte, daß Sie unter der Situation leiden, doch sicher bereit sein, seine Frau mit Ihnen zu teilen.«

»Ich habe ihn nicht merken lassen, daß ich leide. Aber wenn ich das täte, würde er nicht bereit sein, Wonne mit mir zu teilen. Und die Frau würde, glaube ich, auch nicht zustimmen. Sie fühlt sich nicht zu mir hingezogen.«

»Sagen Sie das, weil Sie es ausprobiert haben?«

»Ich habe es nicht ausprobiert. Ich schließe das, ohne das Bedürfnis zu empfinden, es auszuprobieren. Außerdem mag ich sie gar nicht besonders.«

»Erstaunlich! Sie ist doch sicherlich das, was jeder Mann als attraktiv bezeichnen würde.«

»Körperlich *ist* sie attraktiv. Trotzdem ist sie für mich nicht begehrenswert. Zuallererst ist sie zu jung, in mancher Hinsicht zu kindhaft.«

»Dann ziehen Sie reife Frauen vor?«

Trevize hielt inne. Lauerte da eine Falle? Er meinte vorsichtig: »Ich bin alt genug, um reife Frauen schätzen zu können. Und was hat das mit meinem Schiff zu tun?«

»Sie sollten Ihr Schiff einmal einen Augenblick lang vergessen«, sagte Lizalor. »Ich bin sechsundvierzig Jahre alt und nicht verheiratet. Irgendwie war ich immer zu beschäftigt, um zu heiraten.«

»In dem Fall müssen Sie nach den Regeln Ihrer Gesellschaft Ihr ganzes Leben lang jungfräulich geblieben sein. Haben Sie mich deshalb gefragt, wie lange es her ist, daß ich zuletzt mit einer Frau geschlafen habe? Wollen Sie meinen Rat in dieser Sache hören? – Wenn ja, dann kann ich nur sagen, daß es nicht wie mit

Essen und Trinken ist. Es ist unangenehm, aber nicht unmöglich, längere Zeit auf Sex zu verzichten.«

Die Ministerin lächelte, und wieder sah er den hungrig gierigen Blick in ihren Augen. »Sie sollten mich nicht falsch verstehen, Trevize. Rang hat seine Privilegien, und es ist möglich, diskret zu sein. Ich bin völlig enthaltsam. Nichtsdestoweniger sind die comporellianischen Männer unbefriedigend. Ich akzeptiere die Tatsache, daß Moral etwas absolut Gutes ist, aber das führt dazu, daß die Männer dieser Welt einen Schuldkomplex haben, und das macht sie langweilig, nicht unternehmend. Sie fangen langsam an, sind schnell fertig und im allgemeinen recht ungeschickt.«

Trevize meinte sehr vorsichtig. »Daran kann ich auch nichts ändern.«

»Wollen Sie damit andeuten, daß der Fehler bei mir liegen könnte? Daß ich einen Mann nicht inspirieren kann?«

Trevize hob die Hand. »Das sage ich ganz und gar nicht.«

»In dem Fall, wie würden *Sie* reagieren, wenn Ihnen die Gelegenheit geboten würde? Sie, ein Mann von einer unmoralischen Welt, der ohne Zweifel eine Vielzahl sexueller Erfahrungen gemacht hat, der einige Monate lang enthaltsam leben mußte, obwohl er sich dauernd in Gegenwart einer jungen, charmanten Frau befand. Wie würden *Sie* in Gegenwart einer Frau, wie ich es bin, reagieren? Einer Frau des reifen Typs, den Sie angeblich schätzen?«

Trevize antwortete darauf: »Ich würde mit dem Respekt und dem Anstand reagieren, der Ihrem Rang und Ihrer Wichtigkeit angemessen ist.«

»Seien Sie kein Narr!« sagte die Ministerin. Ihre Hand griff an die Taille. Der weiße Streifen, der sie umgab, löste sich und fiel auch von ihrem Hals und ihrer Brust ab. Ihr schwarzes Kleid hing jetzt viel lockerer an ihr.

Trevize saß wie erstarrt da. War das ihre Absicht gewesen, seit... ja, seit wann? Oder war das ein Versuch, auf diesem Wege zu erreichen, was sie mit Drohungen nicht erreicht hatte?

Das Oberteil des Kleides mit den Bruststützen fiel herunter. Die Ministerin saß jetzt mit einem Ausdruck stolzer Verachtung und von der Taille aufwärts nackt da. Ihre Brüste waren eine kleinere Version der Frau selbst, groß, fest und überwältigend eindrucksvoll.

»Nun?« sagte sie.

Und Trevize erwiderte ehrlich: »Großartig!«

»Und was werden Sie diesbezüglich unternehmen?«

»Was fordert die Moral auf Comporellon, Madame Lizalor?«

»Was bedeutet das schon einem Mann von Terminus? Was fordert *Ihre* Moral? – Und fangen Sie an! Meine Brust ist kalt und verlangt nach Wärme.«

Trevize stand auf und begann sich auszuziehen.

6. DIE NATUR DER ERDE

22

Trevize kam sich beinahe vor, als hätte man ihn unter Drogen gesetzt. Er fragte sich, wieviel Zeit wohl verstrichen sein mochte.

Neben ihm lag Mitza Lizalor, Ministerin für Transportwesen. Sie lag auf dem Bauch, das Gesicht ihm zugewandt, mit offenstehendem Mund und schnarchte deutlich vernehmbar. Trevize empfand Erleichterung darüber, daß sie schlief. Er hoffte, sie würde beim Aufwachen wissen, daß sie geschlafen hatte.

Trevize sehnte sich selbst nach Schlaf, hielt es aber für wichtig, diesem Bedürfnis nicht nachzugehen. Sie durfte ihn nicht schlafend vorfinden, wenn sie erwachte. Sie mußte erkennen, daß er, während sie sich bis zur Bewußtlosigkeit erschöpft hatte, durchgehalten hatte. Solches Durchhaltevermögen würde sie von einem in der Foundation herangewachsenen Unmoralischen erwarten, und an diesem Punkt war es besser, daß sie nicht enttäuscht wurde.

In gewisser Weise hatte er es gut gemacht. Er hatte richtig vermutet, daß Lizalor angesichts ihrer physischen Kraft und Größe, ihrer politischen Macht und der Verachtung, die sie für die comporellianischen Männer empfand, der Mischung aus Schrecken und Faszination über die Berichte (was mochte sie wohl gehört haben, fragte sich Trevize) von den sexuellen Leistungen der Dekadenten von Terminus, daß Lizalor den Wunsch verspüren würde, dominiert zu werden. Vielleicht sogar, ohne imstande zu sein, ihre Wünsche und Erwartungen auszudrücken.

Nach dieser Annahme hatte er gehandelt und zu seinem Glück festgestellt, daß er recht gehabt hatte. (Trevize, der Mann, der stets recht hat, verspottete er sich selbst.) Das bereitete der Frau Vergnügen und versetzte Trevize in die Lage, ihre Bettgymnastik in eine Richtung zu steuern, die eher sie erschöpfte und ihn relativ unberührt ließ.

Leicht war es nicht gewesen. Sie hatte einen herrlichen Körper (sechsundvierzig hatte sie gesagt, aber dieser Körper hätte auch einer fünfundzwanzigjährigen Athletin keine Schande gemacht) und enormes Durchhaltevermögen – ein Durchhaltevermögen, das nur noch von ihrer Gier übertroffen wurde.

Wenn es möglich wäre, sie zu zähmen und sie Mäßigung zu lehren, ihr durch Übung (aber würde er die Übung überleben können?) ein besseres Verständnis ihrer eigenen Kapazität – und was sogar noch wichtiger war, *seiner* Kapazität – zu vermitteln, dann könnte es vielleicht sogar angenehm sein...

Das Schnarchen neben ihm verstummte plötzlich, und sie regte sich im Schlaf. Er legte seine Hand auf ihre Schultern und streichelte sie leicht – und ihre Augen öffneten sich. Trevize stützte sich auf seinen Ellbogen und tat sein Bestes, lebendig und unverbraucht auszusehen.

»Ich bin froh, daß du geschlafen hast, Liebes«, sagte er. »Du hast die Ruhe gebraucht.«

Sie lächelte ihm schläfrig zu, und einen besorgten Augenblick lang dachte Trevize, sie könnte vielleicht vorschlagen, augenblicklich mit dem fortzufahren, womit sie aufgehört hatten, aber sie wälzte sich nur herum, bis sie auf dem Rücken lag und sagte dann mit weicher, befriedigt klingender Stimme: »Ich hatte dich von Anfang an richtig eingeschätzt. Du bist ein König der Sexualität.«

Trevize bemühte sich, bescheiden zu blicken. »Ich sollte mich mäßigen.«

»Unsinn, du warst genau richtig. Ich hatte schon Angst, diese junge Frau hätte dich überanstrengt, aber du hast mir ja versichert, daß es nicht so war. Das stimmt doch, oder?«

»Habe ich mich denn wie jemand verhalten, dessen Kräfte verbraucht waren?«

»Nein, gewiß nicht«, sie lachte dröhnend.

»Und denkst du immer noch an Psychosonden?«

Wieder lachte sie. »Bist du wahnsinnig? Meinst du, ich möchte dich *jetzt* verlieren?«

»Und doch wäre es besser, wenn du mich auf eine Weile verlieren würdest...«

»Was?!« Sie runzelte die Stirn.

»Wenn ich dauernd hier bleiben würde, meine... meine Liebe, wie lange würde es dann dauern, ehe man anfangen würde, uns zu beobachten, zu flüstern? Andererseits, wenn ich meine Mission fortsetzte, dann würde ich natürlich in periodischen Abständen zurückkehren, um zu berichten, und dann wäre es doch nur natürlich, daß wir eine Weile miteinander alleine sind – und meine Mission *ist* wichtig.«

Sie dachte darüber nach und kratzte sich dabei an der rechten Hüfte. Dann sagte sie: »Wahrscheinlich hast du recht. Ich hasse den Gedanken, aber – ich denke, du hast recht.«

»Und du brauchst nicht zu glauben, daß ich nicht zurückkommen würde«, sagte Trevize. »Ich bin nicht so dumm, daß ich vergessen würde, was mich hier erwartet.«

Sie lächelte ihm zu, strich ihm sanft über die Wange und sagte, während sie ihm dabei in die Augen sah: »War es schön, Liebster?«

»Viel mehr als nur schön, Liebes.«

»Und doch bist du einer aus der Foundation. Ein Mann auf dem Gipfel der Jugend, von Terminus selbst. Du mußt alle möglichen Frauen gewöhnt sein, Frauen, die alle möglichen Künste beherrschen...«

»Mir ist noch nie eine begegnet – *nie!* –, die dir nahekäme«, versicherte Trevize mit einer Eindringlichkeit, die an jemandem gar nicht verwunderte, der ja schließlich die Wahrheit sprach.

Lizalor meinte selbstgefällig: »Nun, wenn du es sagst. Trotzdem, du weißt ja, daß man sich schwer von alten Gewohnheiten trennt, und ich glaube nicht, daß ich mich dazu bringen könnte, dem Wort eines Mannes zu vertrauen, ohne irgendeine Sicherheit zu haben. Du und dein Freund Pelorat, ihr könntet ja möglicherweise diese Mission ausführen, sobald ich einmal gehört habe, worin sie besteht und sie gebilligt habe. Aber diese junge Frau werde ich hier behalten. Man wird sie gut behandeln, keine Sorge. Aber ich nehme an, daß dein Dr. Pelorat sie haben will, und deshalb wird er dafür sorgen, daß ihr häufig nach Comporellon zurückkehrt, selbst wenn deine Begeisterung für diese Mission dich in Versuchung führen könnte, zu lange wegzubleiben.«

»Aber Lizalor, das ist unmöglich.«

»Wirklich?« Sofort funkelte der Verdacht in ihren Augen. »Weshalb unmöglich? Wozu würdest du denn die Frau brauchen?«

»Nicht zum Sex. Das habe ich dir gesagt, und ich habe die Wahrheit gesprochen. Sie gehört Pelorat und interessiert mich nicht. Außerdem bin ich sicher, daß sie in Stücke gehen würde, wenn sie das versuchte, was du gerade gemacht hast.«

Lizalor lächelte fast, unterdrückte ihr Lächeln aber und meinte streng: »Was stört es dich denn, wenn sie in Comporellon bleibt?«

»Sie ist von wesentlicher Bedeutung für unsere Mission. Deshalb brauchen wir sie.«

»Nun, dann ist es vielleicht an der Zeit, daß du mir sagst, was das für eine Mission ist.«

Trevize zögerte kurz. Er würde die Wahrheit sagen müssen. Er konnte sich keine ähnlich wirksame Lüge vorstellen.

»Hör mir zu!« sagte er. »Comporellon ist vielleicht eine sehr alte Welt, vielleicht sogar eine der ältesten, die es gibt, aber *die* älteste kann es nicht sein. Das menschliche Leben hat nicht hier seinen Ursprung genommen. Die ersten Menschen sind von irgendeiner anderen Welt hierhergekommen. Und vielleicht hat das Leben auch dort nicht seinen Ursprung genommen, sondern ist von einer anderen, noch älteren Welt gekommen. Aber irgendwann einmal muß dieses Herumtasten in der Zeit aufhören, und wir müssen die erste Welt erreichen, die Welt des menschlichen Ursprungs. Ich bin auf der Suche nach der Erde.«

Die plötzliche Verwandlung, die in Mitza Lizalor eintrat, verblüffte ihn.

Ihre Augen hatten sich geweitet, ihr Atem ging heftiger, und jeder Muskel in ihr schien sich zu straffen. Ihre Arme schossen in die Höhe und die zwei ersten Finger beider Hände legten sich übereinander.

»Du hast es ausgesprochen«, flüsterte sie heiser.

23

Und dann sagte sie nichts mehr, sah ihn nicht an. Ihre Arme sanken langsam herab, dann schwang sie die Beine über die Bettkante und setzte sich auf, so daß sie ihm den Rücken zuwandte. Trevize lag wie erstarrt da.

Er hörte die Worte Munn Li Compors, in dem leeren Touristenzentrum auf Sayshell. Er hörte, wie er von seinem eigenen Planeten – dem, auf dem Trevize sich jetzt befand – sagte: »Sie sind in dem Punkt sehr abergläubisch. Jedesmal, wenn sie das Wort aussprechen, heben sie beide Hände und kreuzen Mittel- und Zeigefinger, um Unglück abzuwehren.«

Doch sich daran jetzt zu erinnern, wo es zu spät war, war sinnlos.

»Was hätte ich sagen sollen, Mitza?« murmelte er.

Aber sie schüttelte nur leicht den Kopf, stand auf und ging schwerfällig auf eine Tür zu, durch die Tür hindurch und schloß sie hinter sich. Kurz darauf war das Geräusch laufenden Wassers zu hören.

Ihm blieb keine andere Wahl, als auf sie zu warten, nackt, unsicher, etwas verlegen, und sich zu fragen, ob er zu ihr gehen, mit ihr duschen sollte, aber dann war er ganz sicher, daß es besser war, es zu lassen. Und je mehr er das Gefühl hatte, die Dusche würde ihm versagt bleiben, desto dringender wurde das Bedürfnis danach.

Endlich kam sie zurück und begann stumm, Kleidung auszuwählen.

»Macht es dir etwas aus«, sagte er, »wenn ich...«

Sie sagte nichts, und er wertete ihr Schweigen als Zustimmung. Er versuchte, in selbstbewußt männlicher Art in den Raum zu treten und kam sich doch wie ein kleines Kind vor, wie damals, als seine Mutter ihn einmal nicht bestraft hatte, als er unartig gewesen war, ihn nur schweigend angesehen und ihn damit viel verlegener gemacht hatte.

Er sah sich in dem kleinen Kämmerchen mit den glatten Wänden um, suchte irgendeinen Knopf oder Hebel, fand aber nichts. Er sah genauer hin – aber da war nichts.

Er öffnete die Tür wieder, streckte den Kopf heraus und sagte: »Hör zu, wie setzt man die Dusche in Betrieb?«

Sie stellte das Deo weg (Trevize vermutete wenigstens, daß das seine Funktion war), ging auf den Duschraum zu und deutete, immer noch ohne ihn anzusehen. Trevize folgte ihrem Finger und entdeckte einen runden, leicht rosafarbenen Punkt an der Wand. Er war so schwach gefärbt, als hätte derjenige, der ihn angebracht hatte, es bedauert, ihn anbringen zu müssen, bloß um seine Funktion anzudeuten.

Trevize zuckte leicht die Achseln, beugte sich auf die Wand zu und berührte den Punkt. Vermutlich war das richtig gewesen, denn im nächsten Augenblick traf ihn aus allen Richtungen eine wahre Sintflut von Wasser mit feinsten Strahlen. Erschreckt berührte er den Punkt aufs neue, und das Wasser versiegte.

Er öffnete die Tür und wußte, daß er in dem Augenblick völlig entwürdigt wirken mußte, weil er so stark fröstelte, daß er Schwierigkeiten hatte, Worte zu artikulieren. »Wie kriegt man warmes Wasser?« ächzte er.

Jetzt sah sie ihn das erstemal an, und das jämmerliche Bild, das er bot, besiegte allem Anschein nach ihren Ärger (oder ihre Furcht oder welche Empfindung auch immer sie in ihren Bann gezogen hatte), denn sie fing an zu kichern, und dann brach plötzlich ihr dröhnendes Gelächter hervor.

»Warmes Wasser?« fragte sie. »Meinst du denn, wir vergeuden hier Energie, um Wasser zum Waschen warm zu machen? Was du da hattest, war gutes, mildes Wasser, Wasser, dem man die Kälte genommen hat. Was willst du mehr? Ihr verweichlichten Terminianer! – Geh wieder hinein und wasch dich!«

Trevize zögerte, aber nur kurz, da ihm klar war, daß er in der Sache keine Wahl hatte.

Einigermaßen widerstrebend berührte er aufs neue den rosafarbenen Punkt und stählte diesmal den Körper gegen die eisige Gischt. *Mildes* Wasser? Er stellte fest, daß sich auf seinem Körper Seifenschaum bildete, und er fing hastig zu reiben an, vermutend, daß dies der Waschzyklus war, und er argwöhnte, daß er nicht lange dauern würde.

Dann kam der Spülgang. Ah, warm – nun, vielleicht nicht gerade warm, aber nicht ganz so kalt, so daß es sich an seinem gründlich abgekühlten Körper warm anfühlte. Und gerade als er überlegte, ob er den Kontaktpunkt aufs neue beruhren sollte, um dem Wasser Einhalt zu gebieten und während er überlegte, wie Lizalor es geschafft hatte, trocken aus der Kabine zu treten, wo es doch absolut kein Handtuch und auch nichts, was entfernt einem Handtuch ähnelte, gab – hörte die Wasserflut auf. Ein Luftschwall folgte, der ihn ganz gewiß umgeworfen hätte, wenn er nicht in gleicher Stärke aus verschiedenen Richtungen gekommen wäre. Der Luftschwall war heiß, fast zu heiß. Trevize wußte, daß es viel weniger Energie erforderte, Luft zu erhitzen als Wasser. Die heiße Luft ließ das Wasser von ihm dampfen, und in ein paar Minuten konnte er die Kabine so trocken verlassen, als hätte ihn nie im Leben Wasser benetzt.

Lizalor schien sich völlig erholt zu haben. »Fühlst du dich wohl?«

»Recht wohl«, sagte Trevize. Tatsächlich erfüllte ihn ein erstaunliches Gefühl des Wohlbehagens. »Ich brauchte mich bloß auf die Temperatur einzustellen. Du hast mir nicht gesagt...«

»Verweichlicht«, sagte Lizalor mit milder Verachtung.

Er borgte sich ihren Deostift und begann dann, sich anzuziehen, wobei ihm die Tatsache bewußt war, daß sie frische Unterwäsche hatte und er nicht. »Wie hätte ich denn – diese Welt – nennen sollen?« sagte er.

»Wenn wir von ihr sprechen, sagen wir einfach ›die Älteste‹, meinte sie.

»Woher hätte ich denn wissen sollen, daß der Name, den ich gebraucht habe, verboten ist?« fragte er. »Hast du es mir gesagt?«

»Hast du gefragt?«

»Woher hätte ich denn wissen sollen, daß ich fragen sollte?«

»Jetzt weißt du es.«

»Das werde ich bestimmt vergessen.«

»Das solltest du besser nicht!«

»Was für einen Unterschied macht das schon?« Trevize spürte, daß er allmählich ärgerlich wurde. »Es ist doch nur ein Wort, zwei Silben ohne Belang.«

»Es gibt Wörter, die man nicht ausspricht«, sagte Lizalor finster. »Gebrauchst du denn alle Wörter, die du kennst?«

»Manche Wörter sind vulgär, manche unpassend, und manche würden unter bestimmten Umständen weh tun. Was trifft davon auf... auf das Wort, das ich gebraucht habe, zu?«

»Es ist ein trauriges Wort«, sagte Lizalor. »Ein sehr feierliches Wort. Es vertritt eine Welt, die der Urahn von uns allen war und jetzt nicht mehr existiert. Das ist tragisch, und das spüren wir, weil sie uns nahe war. Wir ziehen es vor, nicht darüber zu sprechen, oder wenn es sein muß, zumindest den Namen nicht zu gebrauchen.«

»Und warum hast du deine Finger überkreuzt? Nimmt das etwas von dem Schmerz und der Traurigkeit?«

Lizalors Gesicht rötete sich. »Das war eine automatische Reaktion, und ich bin dir nicht gerade dankbar, daß du sie mir aufgezwungen hast. Es gibt Leute, die glauben, daß das Wort, ja selbst der Gedanke einem Unglück bringt – und damit versuchen sie, das Unglück abzuwehren.«

»Glaubst du auch, daß man Unglück abwehren kann, indem man die Finger kreuzt?«

»Nein. – Nun ja, in gewisser Weise. Es macht mich unruhig, wenn ich es nicht tue.« Sie hielt dabei den Blick von ihm abgewandt. Dann meinte sie, wie um das Thema zu wechseln: »Und was hat diese schwarzhaarige Frau mit eurer Mission zu tun, diese... diese Welt aufzufinden, die du erwähnt hast?«

»Sag doch ›die Älteste‹. Oder ziehst du es vor, auch das nicht zu sagen?«

»Darüber würde ich am liebsten überhaupt nicht sprechen. Aber ich habe dir eine Frage gestellt.«

»Ich glaube, daß ihre Leute von der Ältesten ausgewandert sind, als sie ihre augenblickliche Welt besiedelt haben.«

»So wie wir«, sagte Lizalor stolz.

»Aber sie sagt, daß ihre Leute irgendwelche Traditionen besitzen, von denen sie behaupten, daß sie der Schlüssel dazu seien, um die Älteste zu verstehen. Aber nur dann, wenn wir sie erreichen und ihre Aufzeichnungen studieren können.«

»Sie lügt.«

»Mag sein, aber wir müssen das überprüfen.«

»Wenn ihr diese Frau mit ihrem problematischen Wissen bei euch habt und mit ihr die Älteste erreichen wollt, weshalb seid ihr dann nach Comporellon gekommen?«

»Um die galaktographische Lage der Ältesten zu finden. Ich hatte einmal einen Freund, der wie ich aus der Foundation war. Aber im Gegensatz zu mir stammte er von comporellianischen Vorfahren ab, und er hat mir gesagt, daß auf Comporellon umfangreiches Wissen über die Geschichte der Ältesten vorläge.«

»So, hat er das? Und hat *er* dir etwas aus dieser Geschichte berichtet?«

»Ja«, sagte Trevize und griff wieder nach der Wahrheit. »Er sagte, die Älteste sei eine tote Welt, eine völlig radioaktiv verseuchte Welt. Er wußte nicht, warum das so war, glaubte aber, es könne die Folge nuklearer Explosionen sein, in einem Krieg vielleicht.«

»Nein!« sagte Lizalor fast heftig.

»Nein, nicht Krieg? Oder nein, nicht radioaktiv?«

»Radioaktiv schon, aber es war kein Krieg.«

»Wie wurde sie dann radioaktiv? Von Anfang an kann sie nicht radioaktiv gewesen sein, da ja das menschliche Leben auf der Ältesten ihren Ursprung nahm. Sonst hätte es dort nie Leben gegeben.«

Lizalor schien zu zögern. Sie stand aufgerichtet da, und ihr Atem ging schwer und keuchend. Dann meinte sie: »Es war eine Bestrafung. Es war eine Welt, die Roboter benutzte. Weißt du, was Roboter sind?«

»Ja.«

»Die Bewohner hatten Roboter, und dafür wurden sie bestraft. Jede Welt, die Roboter hatte, ist bestraft worden, und keine davon existiert mehr.«

»Wer hat sie bestraft, Lizalor?«

»Er-der-bestraft. Die Macht der Geschichte. Ich weiß es nicht.«
Sie wandte unbehaglich den Blick von ihm und sagte dann mit etwas leiserer Stimme: »Frag andere!«

»Das würde ich gerne, aber wen soll ich fragen? Gibt es denn auf Comporellon Leute, die die Geschichte der Vorzeit studiert haben?«

»Ja, die gibt es. Sie sind bei uns nicht populär – bei den Durchschnittscomporellianern –, aber die Foundation, *deine* Foundation, besteht auf intellektueller Freiheit, wie sie sie nennt.«

»Was meiner Meinung nach nicht schlecht ist«, sagte Trevize.

»Alles, was von außen aufgezwungen wird, ist schlecht«, sagte Lizalor.

Trevize zuckte die Achseln. Eine Auseinandersetzung darüber würde ihn nicht weiterbringen. Statt dessen meinte er: »Mein Freund Dr. Pelorat ist selbst Historiker und hat sich auf die Vorzeit spezialisiert. Ich bin sicher, daß er gerne seine comporellianischen Kollegen kennenlernen möchte. Kannst du das arrangieren, Lizalor?«

Sie nickte. »An der Universität hier gibt es einen Historiker namens Vasil Deniador. Er hält keine Vorlesungen mehr, aber es könnte sein, daß er euch das sagen kann, was ihr wissen wollt.«

»Weshalb hält er keine Vorlesungen mehr?«

»Es ist nicht so, daß man es ihm verboten hätte; die Studenten belegen seine Vorlesungen nicht.«

»Dann nehme ich an«, sagte Trevize, bemüht, nicht sarkastisch zu klingen, »daß man den Studenten das nahelegt.«

»Warum sollten sie ihn hören wollen? Er ist ein Skeptiker. Die haben wir, mußt du wissen. Es gibt immer Einzelgänger, die sich gegen die allgemeine Meinung stellen und die arrogant genug sind zu glauben, sie allein hätten recht und alle anderen unrecht.«

»Könnte es nicht sein, daß es in manchen Fällen tatsächlich so ist?«

»Niemals!« brauste Lizalor auf, und zwar so heftig, daß ihm sofort klar war, daß jede weitere Diskussion in der Richtung vergebens sein würde. »Und trotz all seiner Skepsis wird er euch genau das sagen müssen, was euch jeder Comporellianer sagen würde.«

»Und was ist das?«

»Daß ihr, wenn ihr die Älteste sucht, sie nicht finden werdet.«

24

In den Räumen, die man ihnen zugeteilt hatte, hörte sich Pelorat nachdenklich an, was Trevize ihm zu sagen hatte. Sein langes, ernstes Gesicht blieb dabei ausdruckslos. Am Ende sagte er: »Vasil Deniador? Ich kann mich nicht erinnern, von ihm gehört zu haben, aber es ist durchaus möglich, daß ich im Schiff Arbeiten von ihm in meiner Bibliothek finde.«

»Sind Sie sicher, daß Sie nicht von ihm gehört haben? Denken Sie nach!« sagte Trevize.

»Ich kann mich im Augenblick nicht erinnern, von ihm gehört zu haben«, sagte Pelorat vorsichtig, »aber, mein Bester, es gibt doch sicher Hunderte von bedeutenden Gelehrten, von denen ich nicht gehört habe, oder von denen ich gehört habe und an die ich mich nur nicht erinnern kann.«

»Er kann doch ganz sicher kein Spitzenmann sein, sonst hätten Sie von ihm gehört.«

»Das Studium der Erde...«

»Bitte gewöhnen Sie sich an, ›die Älteste‹ zu sagen, Janov! Das kompliziert sonst die Dinge ungemein.«

»Das Studium der Ältesten«, sagte Pelorat gehorsam, »ist in der Welt der Wissenschaft nicht sonderlich angesehen, und deshalb kommt es auch nicht leicht dazu, daß erstklassige Gelehrte – selbst solche, die sich mit dem Altertum befassen – sich diesem Studium zuwenden. Oder, anders ausgedrückt, diejenigen, die es doch tun, machen sich damit keinen Namen, schon gar nicht auf einer Welt, die diese Studien ablehnt. *Ich* jedenfalls werde von niemandem für erstklassig gehalten, dessen bin ich sicher.«

»Von mir schon, Pel«, sagte Wonne zärtlich.

»Ja, von dir ganz bestimmt, meine Liebe«, sagte Pelorat mit einem schwachen Lächeln, »aber du beurteilst mich nicht nach meinen wissenschaftlichen Leistungen.«

Der Uhr nach war es beinahe Nacht, und Trevize ertappte sich dabei, wie er etwas ungeduldig wurde, so wie das stets der Fall war, wenn Wonne und Pelorat verbale Zärtlichkeiten austauschten.

»Ich werde versuchen, es so einzurichten, daß wir morgen diesen Deniador zu sehen bekommen«, sagte er, »aber wenn er auch nur so wenig wie die Ministerin über die Sache weiß, wird uns das auch nicht viel einbringen.«

»Er könnte uns zu jemand Nützlicherem führen«, meinte Pelorat.

»Das bezweifle ich. Die Haltung dieser Welt gegenüber der Erde... – aber ich sollte mir den Namen wohl besser auch abgewöhnen – die Haltung dieser Welt gegenüber der Ältesten ist unsinnig und abergläubisch.« Er wandte sich ab. »Aber das war heute ein schwerer Tag, und wir sollten an das Abendessen denken – falls wir uns mit dieser langweiligen Küche abgeben wollen – und dann an Schlaf. Haben Sie schon gelernt, die Dusche zu benutzen?«

»Mein lieber Junge«, sagte Pelorat, »man hat uns sehr freundlich behandelt. Man hat uns alle möglichen Instruktionen verpaßt, wovon wir die meisten nicht brauchten.«

»Hören Sie, Trevize«, meinte Wonne, »was ist mit dem Schiff?«

»Was soll damit sein?«

»Wird die comporellianische Regierung es konfiszieren?«

»Nein, das glaube ich nicht.«

»Ah, sehr angenehm. Aber warum nicht?«

»Weil ich die Ministerin dazu überredet habe, es sich anders zu überlegen.«

»Erstaunlich«, sagte Pelorat. »Auf mich hat sie nicht gerade wie jemand gewirkt, der leicht zu überreden wäre.«

»Ich weiß nicht«, sagte Wonne. »Aus der Struktur ihres Bewußtseins war klar, daß sie sich von Trevize angezogen fühlte.«

Trevize warf Wonne einen erschreckten Blick zu. »Haben Sie das gemacht, Wonne?«

»Was meinen Sie, Trevize?«

»Ich meine, ob Sie an ihr einen Eingriff vorgenommen haben...?«

»Nein, keinen Eingriff. Aber als ich feststellte, daß sie sich zu Ihnen hingezogen fühlte, konnte ich der Versuchung einfach nicht widerstehen, eine oder zwei ihrer Hemmungen zu lösen. Das war nur eine winzige Kleinigkeit. Diese Hemmungen hätten sich vielleicht ohnehin aufgelöst, und es schien mir wichtig zu sein, daß sie Ihnen gegenüber von gutem Willen erfüllt war.«

»Gutem Willen? Es war mehr als das! Sie ist weich geworden, das stimmt, aber erst postkoital.«

Pelorat sah ihn erstaunt an. »Sie wollen doch nicht etwa sagen, alter Junge...«

»Warum nicht?« fragte Trevize locker. »Sie mag nicht mehr die Allerjüngste sein, aber sie versteht sich gut darauf. Eine Anfängerin ist sie jedenfalls nicht, das kann ich Ihnen versichern. Und ich werde auch nicht den Gentleman spielen und ihretwegen lügen. Es war ihre Idee – das habe ich wohl Wonne zu verdanken –, und ich konnte wirklich nicht gut nein sagen, selbst wenn mir der Gedanke gekommen wäre, und das ist er nicht. – Kommen Sie schon, Janov, stehen Sie nicht herum und schauen so puritanisch! Schließlich ist es Monate her, seit ich Gelegenheit hatte, während Sie...« und damit machte er eine vielsagende Handbewegung in Richtung Wonne.

»Glauben Sie mir, Golan«, sagte Pelorat verlegen, »wenn Sie meinen Ausdruck als puritanisch deuten, dann mißverstehen Sie mich. Ich habe nichts einzuwenden.«

»Aber *sie* ist puritanisch eingestellt«, sagte Wonne. »Ich wollte sie Ihnen gegenüber erwärmen; mit sexuellen Aktivitäten hatte ich *nicht* gerechnet.«

»Aber genau das haben Sie erreicht«, sagte Trevize. »Es mag sein, daß die Ministerin in der Öffentlichkeit die Puritanerin spielen muß, aber wenn das so ist, so scheint das nur die Glut zu schüren.«

»Und wenn Sie sie dort tüchtig kratzen, wo sie's juckt, ist sie bereit, die Foundation zu verraten...«

»Das hätte sie in jedem Fall getan«, sagte Trevize. »Sie wollte das Schiff...«, er hielt inne und sagte erschreckt und im Flüsterton: »Kann man uns belauschen?«

»Nein!« erklärte Wonne entschieden.

»Sind Sie sicher?«

»Ja. Es ist unmöglich, in das Bewußtsein Gaias in irgendeiner unerlaubten Form einzudringen, ohne daß Gaia das bemerkt.«

»Wenn das so ist, dann will Comporellon das Schiff für sich selbst – als wertvolle Ergänzung seiner Flotte.«

»Das würde die Foundation doch sicherlich nicht zulassen.«

»Comporellon hat auch nicht vor, das die Foundation wissen zu lassen.«

»Da haben Sie wieder Ihre Isolaten«, seufzte Wonne. »Die Ministerin beabsichtigt, die Foundation um Comporellons wegen zu verraten und läßt sich im Bett von Ihnen dazu überreden, auch Comporellon zu verraten. – Und was Trevize angeht, so verkauft er sich gerne, um diesen Verrat herbeizuführen. Was für eine Anarchie es doch in Ihrer Galaxis gibt, was für ein *Chaos!*«

Trevize meinte kühl: »Sie haben unrecht, junge Frau.«

»In dem, was ich gerade sagte, bin ich keine junge Frau. Ich bin Gaia, ich bin ganz Gaia.«

»Dann haben Sie unrecht, *Gaia*. Ich habe mich nicht verkauft, ich habe mich gern gegeben. Es hat mir Spaß gemacht und niemandem weh getan. Und was die Konsequenzen angeht, so haben Sie sich von meinem Standpunkt aus gut entwickelt, das akzeptiere ich. Und wenn Comporellon das Schiff für seine eigenen Zwecke will, wer soll dann sagen, wer in dieser Sache recht hat? Es ist ein Schiff der Foundation, aber man hat es mir gegeben, damit ich die Erde suche. Damit gehört es mir, bis ich die Suche beendet habe. Und nach meinem Empfinden hat die Foundation nicht das Recht, diese Übereinkunft einseitig zu brechen. Was Comporellon angeht, so ist es von der Hegemonie der Foundation nicht entzückt und träumt von Unabhängigkeit. In den Augen Comporellons ist es richtig, das zu tun und die Foundation zu täuschen, weil das für sie kein Akt des Verrats, sondern ein Akt der Vaterlandsliebe ist. Wer weiß das schon?«

»Genau«, wandte sie ein. »Wer weiß das schon? Wie soll es in einer Galaxis der Anarchie möglich sein, vernünftige Handlungen von unvernünftigen zu unterscheiden? Wie soll man zwischen Recht und Unrecht entscheiden, zwischen Gut und Böse, Gerechtigkeit und Verbrechen, Nützlichem und Unnützem? Und wie erklären Sie den Verrat der Ministerin an ihrer eigenen Regierung, wenn sie zuläßt, daß Sie das Schiff behalten? Sehnt sie sich nach persönlicher Unabhängigkeit von einer Welt, die sie unterdrückt? Ist sie eine Verräterin oder nur ihre eigene Patriotin?«

»Ehrlich gesagt«, erklärte Trevize, »ich glaube nicht, daß sie mir das Schiff nur überlassen wollte, weil ich ihr im Bett Vergnügen bereitet habe. Ich glaube, daß sie die Entscheidung erst getroffen hat, als ich ihr sagte, daß ich die Älteste suchen würde. Diese Welt ist für sie eine Welt des Unglücks, und wir und das Schiff, das uns auf unserer Suche nach dieser Welt trägt, sind auch von diesem Unglück befallen. Ich habe das Gefühl, daß sie glaubt, sie habe dieses Unglück auf sich und ihre Welt herabbeschworen, indem sie versuchte, dieses Schiff zu nehmen, das für sie vielleicht jetzt von Unheil erfüllt ist. Vielleicht meint sie, indem sie uns und unserem Schiff erlaubt, Comporellon zu verlassen, würde sie das Unheil von Comporellon abwenden und damit eine patriotische Tat begehen.«

»Wenn das so wäre, was ich bezweifle, Trevize, dann würde ihr Handeln einem Aberglauben entspringen. Bewundern Sie das?«

»Das bewundere ich nicht, aber ich verurteile es auch nicht. In Ermangelung von Wissen wird das Handeln stets von Aberglauben gelenkt. Die Foundation glaubt an den Seldon-Plan, obwohl niemand in unserem Reich ihn verstehen, ihn in seinen Einzelheiten interpretieren oder ihn für Vorhersagen nutzen kann. Aus Unwissenheit und Glauben folgen wir ihm blindlings – ist das nicht auch Aberglaube?«

»Ja, das könnte sein.«

»Und Gaia auch. Sie glauben, daß ich die richtige Entscheidung getroffen habe, indem ich das Urteil fällte, daß Gaia die Galaxis in einen einzigen großen Organismus absorbieren sollte. Aber Sie wissen nicht, weshalb ich recht haben sollte oder ob es für Sie ungefährlich ist, dieser Entscheidung zu folgen. Lediglich aus Unwissenheit und Glauben sind Sie bereit, der Entscheidung zu folgen und sind sogar über mich verstimmt, weil ich versuche, Beweise zu finden, die die Unwissenheit beseitigen und den bloßen Glauben unnötig machen sollen. Ist das nicht Aberglaube?«

»Ich glaube, jetzt hat er dich, Wonne«, sagte Pelorat.

»Nein«, widersprach Wonne. »Er wird auf seiner Suche entweder überhaupt nichts finden oder etwas finden, was seine Entscheidung bestätigt.«

»Und hinter diesem Glauben steht nur Ihre Unwissenheit und Ihr Glaube«, sagte Trevize. »Mit anderen Worten: Aberglaube!«

25

Vasil Deniador war ein kleiner Mann mit einem unauffälligen Gesicht. Er hatte eine Art an sich, aufzublicken, indem er die Augen hob, ohne dabei auch den Kopf zu heben. Das im Verein mit dem häufigen Lächeln, das in periodischen Abständen sein Gesicht erhellte, verlieh ihm den Anschein, als würde er sich insgeheim über die Welt lustig machen.

Sein Arbeitszimmer war lang und schmal und mit Bänden angefüllt, die sich in wildem Durcheinander zu befinden schienen. Nicht, weil es deutliche Hinweise darauf gab, sondern weil sie nicht sorgfältig in ihren Behältern verstaut waren, so daß die Regale irgendwie zahnlückig aussahen. Die drei Sessel, die er seinen Besuchern anbot, paßten nicht zusammen und ließen erkennen, daß sie in letzter Zeit nicht besonders sorgfältig abgestaubt worden waren.

Er sagte: »Janov Pelorat, Golan Trevize und Wonne. – Ihren zweiten Namen kenne ich nicht, Madam.«

»Man nennt mich gewöhnlich nur Wonne«, sagte sie und nahm Platz.

»Es reicht ja schließlich«, sagte Deniador und zwinkerte ihr zu. »Sie sind so attraktiv, daß man Ihnen selbst dann verzeihen würde, wenn Sie überhaupt keinen Namen hätten.«

Als alle Platz genommen hatten, meinte Deniador: »Ich habe von Ihnen gehört, Dr. Pelorat, obwohl wir nie korrespondiert haben. Sie sind doch von der Foundation, nicht wahr? Von Terminus?«

»Ja, Dr. Deniador.«

»Und Sie, Ratsherr Trevize. Ich glaube, ich habe in letzter Zeit gehört, daß man Sie aus dem Rat ausgestoßen und verbannt hat. Ich glaube, ich habe nie ganz verstanden, weshalb.«

»Nicht ausgestoßen, Sir. Ich bin immer noch Mitglied des Rates, obwohl ich nicht weiß, wann ich meine Pflichten wieder aufnehmen werde. Und auch nicht verbannt. Man hat mir eine Mission aufgetragen, in bezug auf die wir Sie gerne konsultieren möchten.«

»Ich will gerne versuchen, Ihnen zu helfen«, sagte Deniador. »Und die wonnigliche Dame? Kommt sie auch von Terminus?«

»Sie kommt von anderswo, Doktor«, antwortete Trevize schnell.

»Ah, eine fremde Welt, dieses Anderswo. Von dort kommt eine höchst ungewöhnliche Sammlung menschlicher Wesen. – Aber nachdem Sie beide aus der Hauptwelt der Foundation kommen und dies hier eine höchst attraktive junge Frau ist und Mitza Lizalor nicht gerade wegen ihrer Zuneigung zu diesen beiden Kategorien bekannt ist, wie kommt es da, daß sie Sie so eindringlich meiner Fürsorge anempfiehlt?«

»Wahrscheinlich, um uns loszuwerden«, sagte Trevize. »Denn je schneller Sie uns helfen, verstehen Sie, desto schneller werden wir Comporellon verlassen.«

Deniador musterte Trevize interessiert (wieder dieses zwinkernde Lächeln) und meinte: »Ein kräftiger junger Mann wie Sie freilich könnte schon anziehend auf sie wirken, gleichgültig, woher er kommt. Sie spielt zwar immer die Rolle der kalten Vestalin, aber nicht ganz überzeugend.«

»Davon weiß ich nichts«, sagte Trevize steif.

»Das ist auch besser so. Zumindest in der Öffentlichkeit. Aber ich bin ein Skeptiker und von Berufs wegen wenig darauf eingestellt, an Äußerlichkeiten zu glauben. Also sagen Sie mir, Ratsherr, worin besteht Ihre Mission? Lassen Sie mich herausfinden, ob ich Ihnen behilflich sein kann.«

»In dieser Sache ist Dr. Pelorat unser Sprecher«, erklärte Trevize.

»Dagegen habe ich nichts einzuwenden«, sagte Deniador. »Dr. Pelorat?«

»Um es ganz einfach auszudrücken«, begann Pelorat, »ich habe während meines ganzen Berufslebens versucht, zum Kern des Wissens bezüglich der Welt vorzudringen, auf der die menschliche Gattung ihren Anfang genommen hat, und man hat mich deshalb mit meinem guten Freund Golan Trevize ausgeschickt – obwohl ich ihn natürlich damals noch nicht kannte –, um wenn möglich die... ah... Älteste zu finden, wie Sie dazu sagen.«

»Die Älteste?« sagte Deniador. »Ich nehme an, Sie meinen damit die Erde.«

Pelorats Unterkiefer fiel herunter. Dann meinte er etwas stotternd: »Ich hatte den Eindruck... das heißt... ah... man hat mir zu verstehen gegeben... daß man... ah...«

Er sah Trevize recht hilflos an.

»Minister Lizalor hat mir gesagt, daß man das Wort auf Comporellon nicht gebraucht«, sagte Trevize.

»Sie meinen, daß sie es so gemacht hat?« Deniador zog die Mundwinkel herunter, verdrehte die Nase und streckte beide Arme vor, wobei er die ersten beiden Finger jeder Hand übereinanderlegte.

»Ja«, sagte Trevize. »Das meine ich.«

Deniador lachte. »Unsinn, meine Herrn. Wir tun das gewohnheitsmäßig, und in den etwas primitiveren Gegenden meint man das vielleicht ernst, aber insgesamt hat es nichts zu bedeuten. Ich kenne keinen Comporellianer, der nicht ›Erde‹ sagen würde, wenn er sich ärgert oder wenn man ihn erschreckt. Das ist das am weitesten verbreitete Schimpfwort, das wir haben.«

»Ein *Schimpfwort?*« sagte Pelorat mit kaum verständlicher Stimme.

»Oder ein Fluch, wenn Sie das vorziehen.«

»Trotzdem«, meinte Trevize, »die Ministerin schien sehr erregt, als ich das Wort gebrauchte.«

»Nun gut, Sie ist eine Frau aus den Bergen.«

»Was soll das bedeuten, Sir?«

»Was ich gesagt habe. Mitza Lizalor kommt aus dem Zentralgebirge. Die Kinder dort draußen werden noch auf die gute altmodische Art, wie man dort sagt, aufgezogen, und das bedeutet, daß man ihnen diese überkreuzten Finger nicht abgewöhnen kann und wenn sie auch noch so gebildet sind.«

»Dann stört Sie das Wort ›Erde‹ überhaupt nicht, Doktor?« fragte Wonne.

»Überhaupt nicht, meine Liebe. Ich bin ein Skeptiker.«

»Ich weiß, was das Wort Skeptiker im Galaktischen bedeutet«, sagte Trevize, »aber wie wenden Sie es an?«

»Genau wie Sie, Ratsherr. Ich akzeptiere nur das, wofür es vernünftige, verläßliche Beweise gibt. Und auch das nur so lange und vorläufig, bis ich weitere Beweise habe. Das macht uns nicht gerade populär.«

»Warum nicht?« sagte Trevize.

»Wir wären nirgends populär. Wo gibt es schon eine Welt, deren Bewohner nicht den warmen, behaglichen Glauben, und wäre er noch so unlogisch, den eisigen Winden der Unsicherheit vorziehen würden? – Überlegen Sie doch, wie Sie ohne irgendwelche Beweise an den Seldon-Plan glauben.«

»Ja«, sagte Trevize und studierte dabei seine Fingernägel. »Das habe ich gestern auch als Beispiel erwähnt.«

»Darf ich zum Thema zurückkehren, alter Junge?« drängte Pelorat. »Was ist über die Erde bekannt, was ein Skeptiker akzeptieren könnte?«

»Sehr wenig«, sagte Deniador. »Wir können annehmen, daß es einen einzigen Planeten gibt, auf dem sich die menschliche Gattung entwickelt hat, weil es in höchstem Maße unwahrscheinlich ist, daß sich dieselbe Gattung, die in solchem Maße identisch ist, daß sie miteinander fruchtbar ist, auf einer Anzahl von Welten oder auch nur auf zwei Welten unabhängig voneinander entwickelt haben könnte. Wir können übereinkommen, diese Welt des Ursprungs Erde zu nennen. Hier herrscht die allgemeine Meinung, daß die Erde in diesem Winkel der Galaxis sein muß, weil die Welten hier ungewöhnlich alt sind und es wahrscheinlich ist, daß die ersten besiedelten Welten nahe bei der Erde lagen und nicht etwa weit von ihr entfernt.«

»Und hat die Erde irgendwelche einmaligen Eigenschaften, abgesehen davon, daß sie der Ursprungsplanet ist?« fragte Pelorat eifrig.

»Denken Sie da an etwas Bestimmtes?« sagte Deniador mit seinem schnellen Lächeln.

»Ich denke an ihren Satelliten, den manche ›Mond‹ nennen. Das wäre doch ungewöhnlich, oder nicht?«

»Das ist eine Suggestivfrage, Dr. Pelorat. Es könnte sein, daß Sie mir damit irgendwelche Gedanken aufdrängen wollen.«

»Ich sage ja nicht, was an diesem Mond so ungewöhnlich wäre.«

»Seine Größe natürlich, habe ich recht? – Ja, so ist es wohl. Alle Legenden der Erde sprechen immer wieder von ihrer ungeheuren Zahl lebender Gattungen und ihrem riesigen Satelliten – einem der zwischen dreitausend und dreitausendfünfhundert Kilometer durchmißt. Die ungeheure Vielzahl von Leben läßt sich leicht akzeptieren, da sie ganz natürlicherweise durch die biologische Evolution entstanden wäre, wenn das zutrifft, was wir von dem Vorgang wissen. Einen gigantischen Satelliten zu akzeptieren, ist schwieriger. Keine andere bewohnte Welt in der Galaxis besitzt einen solchen Satelliten. Große Satelliten bringt man ausnahmslos mit unbewohnten und unbewohnbaren Gasriesen in Verbindung. Als Skeptiker ziehe ich es daher vor, die Existenz des Mondes nicht zu akzeptieren.«

Dagegen wandte Pelorat ein: »Wenn die Erde schon in dem Punkt einmalig ist, daß sie Millionen von Gattungen besitzt, könnte es dann nicht sein, daß sie auch in dem anderen Punkt etwas Einmaliges darstellt und in der Tat einen riesenhaften Satelliten besitzt? Die eine Besonderheit könnte vielleicht die andere implizieren.«

Deniador lächelte. »Ich kann nicht erkennen, wie die Anwesenheit von Millionen von Gattungen auf der Erde aus dem Nichts einen riesigen Satelliten erzeugen könnte.«

»Aber anders herum – vielleicht könnte ein riesiger Satellit helfen, Millionen von Gattungen zu erzeugen.«

»Ich kann nicht erkennen, wie das so sein sollte.«

»Was ist mit der Radioaktivität der Erde?« warf Trevize ein.

»Davon wird allgemein gesprochen, und das glaubt man auch allgemein.«

»Aber«, wandte Trevize ein, »die Erde kann doch unmöglich in den Milliarden von Jahren, in denen sie Leben trug, so radioaktiv geworden sein, um Leben zu verhindern. Wie ist sie radioaktiv geworden? Ein Atomkrieg?«

»Das ist die allgemein vertretene Meinung, Ratsherr Trevize.«

»Der Art und Weise nach zu schließen, wie Sie das sagen, scheinen Sie das nicht zu glauben.«

»Es gibt keinerlei Hinweise darauf, daß ein solcher Krieg stattgefunden hat. Die allgemeine Meinung, selbst wenn sie weit verbreitet ist, ist für sich alleine kein Beweis.«

»Was könnte sonst geschehen sein?«

»Es gibt keine Beweise, daß etwas geschehen ist. Die Radioaktivität könnte ebenso eine Legende sein wie der große Satellit.«

»Was glaubt man denn allgemein in bezug auf die Geschichte der Erde?« fragte Pelorat. »Ich habe in meiner beruflichen Laufbahn eine große Zahl von Ursprungslegenden gesammelt, von denen viele sich auf eine Welt bezogen, die den Namen Erde trug oder einen sehr ähnlichen. Von Comporellon habe ich keine solchen Legenden, nichts, was über eine vage Andeutung auf einen Benbally hinausgeht, und der könnte nach allem, was die comporellianischen Legenden über ihn berichten, von nirgendwo gekommen sein.«

»Das ist nicht überraschend. Wir pflegen unsere Legenden nicht zu exportieren, und es erstaunt mich, daß Sie selbst Hinweise auf Benbally gefunden haben. Wiederum Aberglaube.«

»Aber Sie sind nicht abergläubisch und würden doch nicht zögern, darüber zu sprechen, oder?«

»Das ist richtig«, sagte der kleine Historiker, und seine Augen hoben sich zu Pelorat. »Es würde ganz sicherlich meine geringe Popularität noch steigern, vielleicht sogar in gefährlicher Weise, wenn ich das täte. Aber Sie und Ihre beiden Begleiter werden ja Comporellon bald verlassen, und ich nehme auch an, daß Sie mich nie zitieren werden.«

»Darauf haben Sie unser Ehrenwort«, sagte Pelorat schnell.

»Dann möchte ich Ihnen eine Zusammenfassung von dem geben, was meiner Vermutung nach geschehen ist, losgelöst von allen übernatürlichen Vermutungen oder moralisierenden Färbungen. Die Erde hat eine unermeßlich lange Periode als die einzige Welt der menschlichen Wesen existiert. Und dann, vor etwa zwanzig- oder fünfundzwanzigtausend Jahren, hat die menschliche Spezies die interstellare Raumfahrt vermittels Hyperraumsprunges entwickelt und eine Gruppe von Planeten kolonisiert.

Die Besiedler dieser Planeten haben Roboter benutzt, die man vor der Entwicklung der Raumfahrt auf der Erde entwickelt hatte. Und... – Sie wissen doch, was Roboter sind?«

»Ja«, sagte Trevize. »Das hat man uns mehr als einmal gefragt. Wir wissen, was Roboter sind.«

»Die Siedler haben mit einer gründlich robotisierten Gesellschaftsordnung eine hohe technische Zivilisation und eine ungewöhnlich lange Lebensdauer entwickelt und fingen an, die Welt ihrer Vorfahren zu verachten. Es gibt einige wesentlich dramatischere Versionen dieser Geschichte, wonach sie sogar ihre Herkunftswelt beherrschten und unterdrückten.

Schließlich schickte die Erde eine neue Gruppe von Siedlern aus, bei denen die Roboter verboten waren. Comporellon war eine der ersten dieser neuen Welten. Unsere eigenen Patrioten bestehen sogar darauf, daß es *die* erste war, aber dafür gibt es keine Beweise, die ein Skeptiker akzeptieren könnte. Die erste Siedlergruppe starb aus und...«

»Warum ist die erste Gruppe ausgestorben, Dr. Deniador?« wollte Trevize wissen.

»Warum? Unsere Romantiker stellen sich gewöhnlich vor, daß Er-der-bestraft sie für ihre Verbrechen bestraft hat, obwohl niemand sich die Mühe macht, weshalb Er so lange gewartet hat. Aber man braucht gar nicht auf Märchen und Fabeln zurückzugreifen. Man kann sich leicht vorstellen, daß eine Gesellschaft, die sich ganz und gar auf Roboter stützt, verweichlicht und dekadent wird und schließlich aus schierer Langeweile verkümmert und ausstirbt, oder subtiler ausgedrückt: indem sie den Lebenswillen verliert.

Die zweite Siedlerwelle, diesmal ohne Roboter, lebte weiter und machte sich schließlich die ganze Galaxis untertan, aber die Erde wurde radioaktiv und verschwand langsam aus dem Gesichtsfeld. Der Grund, den man gewöhnlich dafür anführt, ist, daß es auf der Erde Roboter gab, da sie die erste Welle dazu ermutigt hatte.«

Wonne, die sich den Bericht mit sichtlicher Ungeduld angehört hatte, meinte: »Nun, Dr. Deniador, ob Radioaktivität oder nicht und gleichgültig, wie viele Wellen von Siedlern es gegeben hat, die Frage, auf die es ankommt, ist doch ganz einfach. Wo genau *ist* die Erde? Welches sind ihre Koordinaten?«

»Die Antwort darauf ist ganz einfach«, sagte Deniador. »Ich weiß es nicht. – Kommen Sie, es ist Zeit zum Mittagessen. Ich kann uns etwas bringen lassen, und wir können, so lange Sie wollen, über die Erde diskutieren.«

»Sie *wissen* es nicht?« sagte Trevize, und seine Stimme wurde dabei gleichzeitig lauter und schriller.

»Tatsächlich weiß es sogar, meines Wissens, niemand.«

»Aber das ist unmöglich.«

»Ratsherr«, meinte Deniador und seufzte dabei leicht, »wenn Sie die Wahrheit als unmöglich bezeichnen wollen, ist das Ihr gutes Recht, aber es wird Sie nicht weiterbringen.«

7. ABSCHIED VON COMPORELLON

26

Das Mittagessen bestand aus einem Berg weicher und doch krustiger Bällchen in verschiedener Farbe mit einer Vielzahl von Füllungen.

Deniador griff nach einem kleinen Gegenstand, der sich in ein Paar dünner, durchsichtiger Handschuhe auseinanderfalten ließ, und streifte sie sich über. Seine Gäste taten es ihm gleich.

»Was ist in diesen Bällchen bitte?« wollte Wonne wissen.

Deniador erklärte es ihr. »Die rosafarbenen sind mit gewürztem kleingehackten Fisch gefüllt und gelten hier als große Delikatesse. Die gelben enthalten eine Käsefüllung, die sehr mild ist. Und in den grünen ist eine Gemüsemischung. Sie müssen sie essen, solange sie noch warm sind. Später gibt es dann heißen Mandelkuchen und die üblichen Getränke. Den heißen Apfelmost sollte ich vielleicht empfehlen. In unserem kalten Klima hier neigen wir dazu, unser Essen warm zu genießen, selbst den Nachtisch.«

»Sie lassen es sich gutgehen«, sagte Pelorat.

»Eigentlich nicht«, sagte Deniador. »Ich bin nur zu Gästen gastfreundlich. Für mich selbst begnüge ich mich mit sehr wenig. Die Körpermasse, die ich ernähren muß, ist, wie sie wahrscheinlich bemerkt haben, nicht besonders groß.«

Trevize biß in eines der rosafarbenen Bällchen und fand den Geschmack tatsächlich sehr fischig mit einem würzigen Nebengeschmack, der zwar angenehm war, ihn aber wahrscheinlich den Rest des Tages, ebenso wie der Fisch selbst, begleiten würde.

Als er das Bällchen, von dem er abgebissen hatte, ansah, stellte er fest, daß die Kruste sich über dem Inhalt wieder geschlossen hatte. Da hatte nichts gespritzt, war nichts ausgelaufen, und einen Augenblick lang fragte er sich, welchem Zweck wohl die Handschuhe dienten. Es sah nicht so aus, als würden die Hände naß und klebrig werden, wenn er sie nicht benutzte, also handelte es sich vermutlich um eine Frage der Hygiene. Die Handschuhe ersparten einem das Händewaschen, falls das unbequem sein sollte, und der Brauch verlangte heutzutage wahrscheinlich, daß man sie auch dann benutzte, wenn man sich die Hände wusch. (Lizalor hatte allerdings keine Handschuhe benutzt, als er mit ihr gegessen hatte. – Das war wahrscheinlich, weil sie eine Bergfrau war.)

»Würde es ungehörig sein, beim Essen über Geschäfte zu sprechen?« fragte er.

»Nach comporellianischen Begriffen wäre es das, Ratsherr, und deshalb werden wir uns Ihren Gebräuchen anpassen. Wenn Sie über ernsthafte Dinge sprechen wollen und nicht meinen – oder befürchten –, daß das den Essensgenuß beeinträchtigen könnte, dann lassen Sie sich bitte nicht abhalten.«

»Danke«, meinte Trevize. »Minister Lizalor hat angedeutet – nein, sie hat es recht eindeutig erklärt –, daß Skeptiker auf dieser Welt unpopulär sind. Ist das so?«

Deniadors gute Stimmung schien sich noch zu verstärken. »Sicherlich. Wir wären verletzt, wenn wir das nicht wären. Sie müssen verstehen, daß Comporellon eine frustrierte Welt ist. Ohne irgendwelche Einzelheiten zu kennen, herrscht hier ganz allgemein der mythische Glaube, daß Comporellon früher einmal, vor vielen tausend Jahren, als die bewohnte Galaxis noch klein war, die führende Welt gewesen ist. Das haben wir nie vergessen. Und die Tatsache, daß wir in der bekannten Geschichte *nicht* führende Positionen einnahmen, ärgert uns, erfüllt uns – das heißt die Bevölkerung im allgemeinen – mit einem Gefühl der Ungerechtigkeit.

Und doch, was können wir tun? Die Regierung war einstmals gezwungen, dem Kaiser loyale Vasallendienste zu leisten und ist heute ein loyaler Verbündeter der Foundation. Und je mehr uns unsere untergeordnete Position bewußtgemacht wird, desto stärker wird der Glaube an unsere große mythische Vergangenheit.

Was kann Comporellon denn tun? In früherer Zeit konnte es sich nie dem Imperium widersetzen, und jetzt kann es ebensowenig der Foundation offenen Widerstand leisten. Deshalb sieht die große Mehrheit unserer Landsleute darin ihre Zukunft, uns anzugreifen und zu hassen, da wir die Legenden nicht glauben und ihren Aberglauben verlachen.

Nichtsdestoweniger sind wir vor vordergründiger Verfolgung sicher. Wir kontrollieren die Technik und nehmen die führenden Positionen auf den Universitäten ein. Einige von uns, die ihre Meinung besonders deutlich äußern, haben Schwierigkeiten, Studenten in ihre Vorlesungen zu bekommen. Ich beispielsweise habe diese Schwierigkeit, obwohl ich meine Studenten habe und in aller Stille außerhalb des Universitätsgeländes mit ihnen zusammenkomme. Dennoch, sollte man uns wirklich aus dem öffentlichen Leben vertreiben, würde die Qualität unserer Technologie leiden, und die Universitäten würden ihren Ruf draußen in der Galaxis verlieren. Wahrscheinlich ist die Unvernunft der Menschen groß genug, daß auch die Aussicht auf intellektuellen Selbstmord sie nicht daran hindern würde, ihren Haßgefühlen nachzugeben, aber die Foundation unterstützt uns. Deshalb beschimpft und verlacht man uns zwar dauernd – tut uns aber nichts zuleide.«

»Dann hält Sie wohl die öffentliche Meinung davon ab, uns zu sagen, wo die Erde ist?« fragte Trevize. »Befürchten Sie, daß trotz allem die gegen die Skeptiker gerichtete Stimmung häßliche Ausmaße annehmen würde, wenn Sie zu weit gehen würden?«

Deniador schüttelte den Kopf. »Nein. Die galaktografische Lage der Erde ist unbekannt. Es ist nicht so, daß ich irgend etwas vor Ihnen aus Furcht verberge oder aus irgendeinem anderen Grund.«

»Aber schauen Sie«, sagte Trevize ungeduldig, »es gibt doch in diesem Sektor der Galaxis nur eine begrenzte Zahl von Planeten mit den physikalischen Charakteristiken, die zur Bewohnbarkeit gehören, und davon müssen die meisten nicht nur bewohnbar, sondern auch *bewohnt* sein und Ihnen daher wohlbekannt. Wäre es denn so schwierig, den Sektor nach einem Planeten abzusuchen, der – wäre er nicht radioaktiv – bewohnbar wäre? Außerdem würden Sie als zusätzliche Erleichterung auch noch den großen Satelliten haben. Wenn man die Radioaktivität und den großen Satelliten zusammennimmt, dann müßte es doch beinahe unmöglich sein, die Erde *nicht* zu finden, selbst wenn man nur eine oberflächliche Suchaktion startete. Einige Zeit würde sie vielleicht in Anspruch nehmen, aber das wäre auch die einzige Schwierigkeit.«

Darauf meinte Deniador: »Die Ansicht der Skeptiker ist natürlich, daß sowohl die Radioaktivität der Erde als auch ihr großer Satellit nur Legende sind. Wenn wir sie suchen, dann suchen wir Spatzenmilch und Hasenfedern.«

»Mag sein, aber das sollte Comporellon nicht davon abhalten, die Suche wenigstens in Angriff zu nehmen. Stellen Sie sich doch vor, wenn man eine radioaktive Welt der richtigen Größe und mit einem großen Satelliten fände, was das den Legenden Comporellons im allgemeinen für Glaubwürdigkeit verleihen würde.«

Deniador lachte: »Es mag sein, daß Comporellon genau aus dem Grund nicht sucht. Wenn die Suche scheitert oder wir eine Erde finden, die sich ganz offensichtlich von der unterscheidet, die in den Legenden geschildert wird, würde genau das Gegenteil eintreten. Alle Legenden Comporellons wären dann in Zweifel gezogen, ja man würde über sie lachen. Comporellon würde das niemals riskieren.«

Trevize machte eine Pause, schien nachzudenken und fuhr dann sehr ernst fort: »Außerdem, selbst wenn wir diese beiden Einmaligkeiten abtun – falls es im Galaktischen ein solches Wort gibt – die nämlich der Radioaktivität und die eines großen Satelliten, dann gibt es noch eine dritte, die per Definition existieren *muß*, und zwar ohne irgendeinen Bezug auf Legenden. Auf der Erde muß es entweder eine blühende Flora und Fauna von unglaublicher Vielfalt geben, oder die Überreste davon oder zu allermindest ihre fossilen Rest.«

Deniador schüttelte den Kopf. »Ratsherr«, meinte er, »Comporellon hat zwar keine regelrechten Suchtrupps ausgesandt, die die Erde suchen sollten, aber wir betreiben natürlich Raumfahrt und bekommen gelegentlich Berichte von Schiffen, die aus dem einen oder anderen Grund von ihrer Route abgewichen sind. Sprünge sind nicht immer vollkommen, wie Sie ja wahrscheinlich wissen. Dennoch sind uns nie Berichte über Planeten mit Eigenschaften zugekommen, die denen der legendären Erde gleichen, oder auch nur solche über einen Planeten, der von Lebensform wimmelt. Es ist auch unwahrscheinlich, daß ein Schiff auf einem Planeten landet, der unbewohnbar erscheint, nur um auf Fossilienjagd zu gehen. Und aus dem Grunde – nachdem seit Jahrtausenden nichts Derartiges berichtet worden ist, bin ich bereit zu glauben, daß es unmöglich ist, die Erde zu finden, weil es keine zu finden gibt.«

»Aber *irgendwo* muß die Erde doch sein«, sagte Trevize frustriert. »Irgendwo gibt es einen Planeten, auf dem die Menschheit und all die vertrauten Formen des Lebens, die man mit der Menschheit in Zusammenhang bringt, sich entwickelt haben. Wenn die Erde sich nicht in diesem Abschnitt der Galaxis befindet, muß sie anderswo sein.«

»Vielleicht«, sagte Deniador sichtlich ungerührt. »Aber in all der Zeit ist sie nirgends aufgetaucht.«

»Man hat nicht richtig nach ihr gesucht.«

»Nun, Sie tun das ja offensichtlich. Ich wünsche Ihnen Glück, aber darauf wetten, daß Sie Erfolg haben, würde ich nicht.«

Doch Trevize ließ sich nicht aus der Fahrt bringen. »Hat es Versuche gegeben, die mögliche Position der Erde durch indirekte Mittel zu bestimmen, ich meine mit anderen Methoden als durch direkte Suche?«

»Ja«, sagten zwei Stimmen zugleich. Deniador, einer der beiden Sprecher, meinte zu Pelorat gewandt: »Denken Sie an Yariffs Projekt?«

»Ja.« Pelorat nickte.

»Würden Sie es dann dem Ratsherrn erklären? Ich glaube, Ihnen glaubt er eher als mir.«

Pelorat kam der Bitte nach. »Sehen Sie, Golan, in den letzten Tagen des Imperiums war die ›Suche nach dem Ursprung‹, wie man es damals nannte, eine sehr populäre Beschäftigung, wahrscheinlich, weil die Realität des Lebens damals so unangenehm war. Das Imperium befand sich damals in einem Prozeß der Auflösung.

Einem Historiker von Livia, Humbal Yariff nannte er sich, kam damals der Gedanke, daß der Ursprungsplanet, welcher auch immer es sein mochte, eher Planeten in seiner Nähe besiedelt haben würde als solche, die weiter entfernt lagen. Ganz allgemein gesprochen, ging er von der Theorie aus, daß eine Welt, je weiter sie vom Ursprungspunkt entfernt war, desto später besiedelt worden sein mußte. Stellen Sie sich also bitte vor, daß jemand das Besiedlungsdatum aller bewohnten Planeten in der Galaxis aufzeichnete und von allen, die eine bestimmte Zahl von Jahrtausenden alt waren, ein Netz machte. Es würde dann ein Netz aller Planeten, die zehntausend Jahre alt sind, geben, ein weiteres mit den zwölftausend Jahre alten und wiederum eines mit fünfzehntausend Jahre alten. Jedes Netz würde dieser Theorie nach etwas kugelförmig sein, und die einzelnen Netze sollten, grob gesprochen, konzentrisch angeordnet sein. Die älteren Netze würden Kugeln von kleinerem Radius als die jüngeren bilden, und wenn man alle Mittelpunkte bestimmte, dann sollten die in einem vergleichsweise kleinen Raumvolumen liegen, in dem sich auch der Ursprungsplanet – eben die Erde – befinden würde.«

Pelorat blickte, während er das sagte, sehr ernst und beschrieb mit beiden Händen kugelförmige Gebilde. »Verstehen Sie, worauf ich hinaus will, Golan?«

Trevize nickte. »Ja. Aber ich nehme an, es ist nichts dabei herausgekommen.«

»Theoretisch hätte es das aber müssen, alter Junge. Eines der Probleme war nur, daß die Zeitangaben unzuverlässig waren. Jede Welt übertrieb ihr Alter irgendwie, und es gab keine Möglichkeit, das Alter auf einfache Art und unabhängig von der Legende zu bestimmen.«

»Der Zerfall von Carbon-14 in altem Holz«, meinte Wonne.

»Sicherlich, Liebes«, sagte Pelorat, »aber das würde die Unterstützung der fraglichen Welten voraussetzen, und die wurde nie gewährt. Keine Welt wollte, daß man ihre eigenen übertriebenen Behauptungen widerlegte, und das Imperium besaß damals weder die Mittel noch die Macht, in einer so unwichtigen Angelegenheit Druck auszuüben. Es hatte damals andere Dinge im Sinn.

Yariff konnte daher nur Welten benutzen, die allerhöchstens zweitausend Jahre alt waren und deren Gründung unter verläßlichen Begleitumständen sorgfältig aufgezeichnet worden war. Davon gab es wenige, und wenn sie auch in einigermaßen sphärischer Symmetrie verteilt waren, lag der Mittelpunkt noch relativ nahe bei Trantor, der Kaiserlichen Hauptstadt, weil die Kolonisationsexpeditionen zu jenen relativ wenigen Welten von dort ausgegangen waren.

Das war natürlich ein weiteres Problem. Die Erde war nicht der einzige Punkt, von dem aus andere Welten besiedelt worden waren. Im Laufe der Zeit sandten die älteren Welten ihre eigenen Siedlungsexpeditionen aus, und zum Zeitpunkt der Hochblüte des Imperiums hat Trantor ziemlich viele derartige Expeditionen ausgesandt. Yariff wurde, was sehr unfair war, verlacht und verspottet, und sein Ruf als Wissenschaftler war dahin.«

»Ich verstehe«, nickte Trevize. »Dr. Deniador, dann gibt es also gar nichts, womit Sie mir auch nur die Andeutung von Hoffnung machen könnten? Gibt es irgendeine andere Welt, auf der man möglicherweise Informationen über die Erde erhalten könnte?«

Deniador versank eine Weile in Nachdenken. »Nuuun«, sagte er schließlich und zog das Wort zögernd in die Länge, »als Skeptiker muß ich Ihnen sagen, daß ich nicht sicher bin, ob die Erde existiert oder je existiert hat, andererseits...«, er verstummte wieder.

Als ihr das Schweigen zu lange dauerte, meinte Wonne: »Ich denke, Ihnen ist etwas eingefallen, das wichtig sein könnte, Doktor.«

»Wichtig? Das bezweifle ich«, sagte Deniador leise. »Aber vielleicht amüsant. Die Erde ist nicht der einzige Planet, dessen Position ein Geheimnis ist. Es gibt die Welten der ersten Gruppe von Siedlern; der Spacers, wie sie in unseren Legenden genannt werden. Einige nennen die Planeten, die sie bewohnt haben, die ›Spacerwelten‹; andere nennen sie die ›Verbotenen Welten‹. Gewöhnlich benutzt man heute die letztgenannte Bezeichnung.

Auf dem Höhepunkt ihrer Macht, so berichten es die Legenden, dehnte sich die Lebenszeit der Spacers über Jahrhunderte, und sie verboten unseren kurzlebigen Vorfahren, auf ihren Welten zu landen. Nachdem wir sie besiegt hatten, kehrte sich die Lage ins Gegenteil. Wir lehnten es ab, mit ihnen Handel zu treiben, und überließen sie sich selbst, verboten unseren eigenen Schiffen und denen der Traders, mit ihnen Handel zu treiben. So wurden jene Planeten zu Verbotenen Welten. Wir waren überzeugt – zumindest will es die Legende so wissen –, daß Er-der-bestraft sie auch ohne unsere Einschaltung vernichten würde. Allem Anschein nach tat Er das auch. Zumindest ist unserem Wissen nach seit vielen Jahrtausenden kein Spacer mehr in der Galaxis aufgetaucht.«

»Meinen Sie, daß die Spacer etwas über die Erde wissen würden?« fragte Trevize.

»Das ist vorstellbar, da ihre Welten ja älter waren als irgendeine der unseren. Das heißt, wenn es überhaupt Spacers gibt, was ich für äußerst unwahrscheinlich halte.«

»Selbst wenn es die Spacers nicht gibt, muß es doch zumindest ihre Welten geben und auf diesen Aufzeichnungen.«

»Wenn Sie die Welten finden können.«

Trevize blickte mit verzweifelter Miene zur Decke. »Wollen Sie sagen, daß der Schlüssel zur Erde – deren Position unbekannt ist – auf den Spacerwelten gefunden werden kann, deren Position ebenfalls unbekannt ist?«

Deniador zuckte die Achseln. »Wir haben seit zwanzigtausend Jahren nichts mehr mit ihnen zu tun gehabt. Und auch nicht an sie gedacht. Sie sind – wie die Erde – im Nebel der Vergangenheit versunken.«

»Auf wie vielen Welten haben denn die Spacers gelebt?«

»Die Legenden sprechen von fünfzig solcher Welten – eine verdächtig runde Zahl. Wahrscheinlich waren es viel weniger.«

»Und Sie kennen von keiner dieser fünfzig die Position?«

»Nun, jetzt, wo Sie es sagen, frage ich mich...«

»*Was* fragen Sie sich?«

»Nun, die Geschichte der Vorzeit ist mein Hobby«, meinte Deniador, »ebenso wie sie Dr. Pelorats Hobby ist. Ich habe daher gelegentlich in alten Dokumenten herumgestöbert auf der Suche nach
irgendwelchen Dingen, die sich auf die Frühzeit beziehen, substan-
tiellere Dinge als bloße Legenden. Letztes Jahr stieß ich auf die Aufzeichnungen eines alten Schiffes, Aufzeichnungen, die fast nicht
mehr zu entziffern waren. Sie reichten in jene ferne Vergangenheit
zurück, als unsere Welt noch nicht als Comporellon bekannt war.
Der Name ›Baleyworld‹ wurde gebraucht, und mir scheint, daß es
sich dabei um eine noch frühere Form des ›Benbally Welt‹ unserer
Legenden handeln könnte.«

»Haben Sie darüber etwas veröffentlicht?« fragte Pelorat erregt.

»Nein«, sagte Deniador. »Ich springe nicht gern, solange ich
nicht sicher bin, daß Wasser im Swimming-pool ist, wie das alte
Sprichwort lautet. Sehen Sie, in der Unterlage, die ich studiert
habe, steht, der Kapitän des Schiffes hätte eine Spacerwelt besucht
und von dieser Welt eine Spacerfrau mitgenommen.«

»Aber Sie sagten doch, daß die Spacers keine Besucher zulie-
ßen«, meinte Wonne.

»Genau. Und das ist auch der Grund, weshalb ich das Material
nicht veröffentliche. Es klingt unglaublich. Es gibt vage Geschichten, die man so interpretieren könnte, daß sie sich auf die Spacers
und ihren Konflikt mit den Settlers – unseren eigenen Vorfahren –
beziehen. Solche Geschichten existieren nicht nur auf Comporellon, sondern in vielen Variationen auch auf vielen anderen Welten
– aber in einem Punkt stimmen sie alle absolut überein. Die beiden
Gruppen, Spacers und Settlers, vermischten sich nicht. Es gab keinen sozialen Kontakt, geschweige denn sexuellen Kontakt. Und
doch verbanden den Settlerkapitän und die Spacerfrau allem Anschein nach Bande der Liebe. Das ist so unglaublich, daß ich einfach
keine Chance sehe, die Geschichte könnte in wissenschaftlichen
Kreisen ernst genommen werden. Man würde sie bestenfalls als ro-
mantische historische Fiktion ansehen.«

Trevize blickte enttäuscht. »Ist das alles?«

»Nein, Ratsherr, da ist noch etwas. Ich stieß in den Überresten
des Logbuchs jenes Schiffs auf ein paar Zahlen, die – möglicherweise – Raumkoordinaten darstellen könnten. Wenn das der Fall ist
– und ich wiederhole, meine Skeptikerehre zwingt mich, das zu sagen, weil sie es vielleicht nicht sind –, dann könnte man den Schluß

ziehen, daß es sich um die Raumkoordinaten von drei der Spacerwelten handelt. Eine davon könnte möglicherweise die Spacerwelt sein, auf der der Kapitän landete und von der er seine Spacer-
geliebte holte.«

»Könnte es dann nicht sein«, fragte Trevize mit einem hoff-
nungsvollen Schimmer in den Augen, »daß die Koordinaten –
selbst wenn die Geschichte selbst erfunden ist – richtig sind?«

»Das könnte sein«, sagte Deniador. »Ich werde Ihnen die Zahlen geben, und Sie dürfen sie gerne benutzen, aber vielleicht führen sie Sie nirgendwohin. Und doch kommt mir dabei ein spaßiger
Gedanke.« Ein schnelles flüchtiges Lächeln huschte über sein Gesicht.

»Und der wäre?« sagte Trenze.

»Was, wenn einer dieser Koordinatensätze die Erde bezeichne-
te?«

27

Die Sonne Comporellons war deutlich orangerot und sah größer
aus als die Sonne von Terminus, aber sie stand tief am Himmel
und erzeugte nur wenig Wärme. Der Wind, zum Glück war es nur
ein leichter, berührte Trevizes Wange mit eisigen Fingern.

Er fröstelte unter dem Elektromantel, den Mitza Lizalor, die neben ihm stand, ihm gegeben hatte. »Aber es muß doch auch einmal warm sein, Mitza«, sagte er.

Sie blickte kurz zur Sonne auf und stand in der Leere des Raumhafens da, ohne irgendwelche Anzeichen von Unbehagen erkennen zu lassen – hochgewachsen, breit, mit einem leichteren Man-
tel bekleidet als Trevize, und wenn schon der Kälte gegenüber
nicht völlig unempfindlich, dann doch gleichgültig.

»Wir haben hier einen schönen Sommer«, sagte sie. »Er dauert
nicht lange, aber unser Getreide hier ist daran angepaßt. Man hat
die Sorten sorgfältig ausgewählt, damit sie in der Sonne schnell
wachsen und unter Frost nicht leiden. Unsere Tiere hier haben einen dichten Pelz, und comporellianische Wolle gilt in der ganzen
Galaxis als die beste. Und dann haben wir natürlich auch Farmsied-
lungen im Orbit um Comporellon, auf denen tropische Früchte
gezüchtet werden. Wir exportieren sogar ausgezeichnet schmek-

kende Apfelsinen in Dosen. Die meisten Leute, die uns als eine kalte Welt kennen, wissen das nicht.«

»Ich danke dir, daß du gekommen bist, um uns zu verabschieden, Mitza«, meinte Trevize, »und auch dafür, daß du uns bei dieser Mission unterstützt. Trotzdem muß ich zu meiner eigenen Beruhigung fragen, ob du wegen dieser Sache Schwierigkeiten bekommen wirst?«

»Nein!« Sie schüttelte stolz den Kopf. »Überhaupt nicht. Zunächst einmal wird man mir überhaupt keine Fragen stellen. Ich bin hier für das Transportwesen zuständig, und das bedeutet, daß ich allein die Regeln für diesen Raumhafen und die anderen, für die Einreisestationen und für die Schiffe, die kommen und gehen, festlege. Der Premierminister verläßt sich da auf mich und will nichts von Einzelheiten wissen. Und selbst wenn man mir Fragen stellen sollte, brauchte ich ja nur die Wahrheit zu sagen. Die Regierung würde mich dafür belobigen, daß ich das Schiff nicht der Foundation überlassen habe. Und die Leute würden das auch, wenn man es ihnen sagen könnte. Und die Foundation selbst würde nichts erfahren.«

»Mag sein, daß die Regierung der Foundation das Schiff vorenthalten möchte«, meinte Trevize, »aber wäre sie auch damit einverstanden, daß du uns gestattest, es hier wegzuholen?«

Lizalor lächelte. »Du bist ein anständiger Mensch, Trevize. Du hast hartnäckig darum gekämpft, dein Schiff zu behalten, und jetzt, wo du es hast, machst du dir die Mühe, dir um unser Wohlergehen Sorge zu machen.« Ihre Hand tastete nach seinem Arm, als wollte sie ein Zeichen ihrer Zuneigung geben, und dann zog sie sie sichtlich widerstrebend wieder zurück.

Als sie weitersprach, klang ihre Stimme brüsk: »Selbst wenn man meine Entscheidung in Frage stellen sollte, brauche ich denen doch bloß zu sagen, daß du auf der Suche nach der Ältesten warst und das immer noch bist, und dann werden alle sagen, daß ich richtig gehandelt habe, indem ich dich so schnell weiterschickte, mit oder ohne Schiff. Und dann werden sie alle förmlich Buße dafür tun, weil man euch die Landung gestattet hat, auch wenn wir nicht ahnen konnten, was ihr vorhattet.«

»Befürchtest du wegen meiner Anwesenheit wirklich ein Mißgeschick für dich und Comporellon?«

»Allerdings«, sagte Lizalor ausdruckslos. Und dann, mit etwas weicherer Stimme: »Du hast mir bereits Unglück gebracht, denn jetzt, seit ich dich kenne, werden mir die comporellianischen Männer noch saft- und kraftloser erscheinen. Ich werde von unstillbarer Sehnsucht erfüllt sein. Er-der-bestraft hat bereits dafür gesorgt.«

Trevize zögerte einen Augenblick lang und meinte dann: »Ich möchte ja nicht, daß du deine Meinung in dem Punkt änderst, aber ich will auch nicht, daß du dir unnötig Sorgen machst. Du mußt wissen, daß es einfach Aberglaube ist, wenn ihr glaubt, daß ich euch Unglück bringe.«

»Ich nehme an, das hat dir der Skeptiker gesagt.«

»Das weiß ich auch, ohne daß er es mir zu sagen brauchte.«

Lizalor strich sich über das Gesicht, weil sich an ihren buschigen Augenbrauen Rauhreif gebildet hatte, und sagte: »Ich weiß, daß es Leute gibt, die es für Aberglauben halten. Aber daß die Älteste Unglück bringt, ist eine Tatsache. Das ist schon häufig unter Beweis gestellt worden, und auch die geschicktesten Argumente der Skeptiker können diese Wahrheit nicht aus der Welt schaffen.«

Plötzlich streckte sie die Hand vor. »Leb wohl, Golan. Geh in dein Schiff zu deinen Gefährten, ehe dein weicher terminianischer Körper in unserem kalten Wind erfriert.«

»Leb wohl, Mitza, und ich hoffe dich wohlauf zu sehen, wenn ich zurückkehre.«

»Ja, du hast versprochen, zurückzukehren, und ich habe versucht zu glauben, daß du das wirst. Ich habe mir sogar vorgenommen, mich mit dir draußen im Weltraum zu treffen, damit das Unglück nur mich und nicht meine Welt trifft. – Aber du wirst nicht zurückkehren.«

»Oh, nein! Ich werde zurückkommen! So leicht gebe ich dich nicht auf.« Und in dem Augenblick war Trevize sogar fest überzeugt, daß er das so meinte.

»Ich zweifle nicht an deinen romantischen Regungen, mein Lieber, aber jene, die auf der Suche nach der Ältesten hinausziehen, werden nie zurückkehren – nirgendwohin. Das weiß ich in meinem Herzen.«

Trevize gab sich Mühe, seine Zähne am Klappern zu hindern. Das kam von der Kälte, und er wollte nicht, daß sie dachte, es wäre Furcht. Und dann meinte er: »Auch das ist Aberglaube.«

»Und doch«, antwortete sie, »ist auch das die Wahrheit.«

28

Es war gut, wieder im Cockpit der *Far Star* zu sein. Vielleicht war es dort tatsächlich etwas eng und vielleicht war der Raum nichts anderes als eine winzige Gefängniszelle im unendlichen Weltraum. Nichtsdestoweniger war es ein vertrauter, freundlicher, warmer Raum.

»Ich bin froh, daß Sie endlich an Bord gekommen sind«, sagte Wonne. »Ich fragte mich schon, wie lange Sie bei der Ministerin bleiben würden.«

»Nicht lange«, sagte Trevize. »Es war kalt.«

»Für mich hatte es den Anschein, als ob Sie daran dächten, bei ihr zu bleiben und die Suche nach der Erde hinauszuschieben«, meinte Wonne. »Ich suche nicht gerne in Ihrem Bewußtsein herum, nicht einmal oberflächlich, aber ich machte mir Sorgen um Sie, und die Versuchung, die sie quälte, sprang mir förmlich entgegen.«

»Da hatten Sie völlig recht«, sagte Trevize. »Einen Augenblick lang zumindest war ich versucht, dies zu tun. Die Ministerin ist eine bemerkenswerte Frau, und ich bin noch nie jemandem wie ihr begegnet. – Haben Sie meinen Widerstand verstärkt, Wonne?«

Sie schüttelte den Kopf. »Ich habe Ihnen schon oft gesagt, daß ich Ihr Bewußtsein in keiner Weise antasten darf und das auch nie tun werde, Trevize. Ich kann mir vorstellen, daß Sie die Versuchung mit Ihrem ausgeprägten Pflichtgefühl unterdrückt haben.«

»Nein, das glaube ich eigentlich nicht.« Er lächelte verlegen. »Nichts so Dramatisches, Edles. Nein, was meinen Widerstand gestärkt hat, war zum einen die Tatsache, daß es wirklich kalt war, und zum anderen die traurige Vorstellung, daß das Zusammensein mit ihr mich in Kürze umbringen würde. Das Tempo könnte ich nie durchhalten.«

»Nun, jedenfalls sind Sie wieder sicher an Bord«, meinte Pelorat. »Was werden wir jetzt tun?«

»Zuallererst werden wir mit ziemlich schneller Fahrt durch das Planetensystem nach draußen fahren, bis wir weit genug von Comporellons Sonne entfernt sind, um einen Sprung durchzuführen.«

»Glauben Sie, daß man uns aufhalten oder verfolgen wird?«

»Nein, ich bin wirklich der Meinung, daß die Ministerin daran interessiert ist, uns so schnell wie möglich verschwinden zu sehen, damit die Rache von Ihm-der-bestraft nicht über den Planeten komme. Tatsächlich...«

»Ja?«

»Sie ist fest davon überzeugt, daß uns diese Rache ereilen wird. Sie zweifelt keinen Augenblick daran, daß wir nie zurückkehren werden. Und das ist, wie ich mich beeile hinzuzufügen, keineswegs ihre Einschätzung meiner Untreue, für die sie ja keine Maßstäbe hat. Sie meint allen Ernstes, die Erde sei ein so schrecklicher Unglücksbringer, daß jeder, der sie sucht, dabei den Tod finden muß.«

»Wie viele haben denn Comporellon auf der Suche nach der Erde verlassen, daß sie eine solche Behauptung aufstellen kann?« fragte Wonne.

»Ich bezweifle, daß je ein Comporellianer zu einer solchen Suchaktion aufgebrochen ist. Ich habe ihr gesagt, daß ihre Ängste reiner Aberglaube seien.«

»Sind Sie sicher, daß *Sie* das glauben, oder haben Sie sich von ihr erschüttern lassen?«

»Ich weiß, daß ihre Ängste in der Form, wie sie sie zum Ausdruck bringt, schierer Aberglaube sind. Aber sie können trotzdem wohlbegründet sein.

»Sie meinen, die Radioaktivität wird uns töten, wenn wir auf der Erde zu landen versuchen?«

»Ich glaube nicht, daß die Erde radioaktiv ist. Aber ich glaube sehr wohl, daß die Erde sich selbst schützt. Sie sollten nicht vergessen, daß man aus der Bibliothek auf Trantor alle Hinweise auf die Erde entfernt hat. Sie sollten auch daran denken, daß das wunderbare Gedächtnis von Gaia, an dem der ganze Planet Anteil hat, bis zu den Gesteinsschichten seiner Oberfläche und dem geschmolzenen Metall im Kern, nicht so weit in die Vergangenheit reicht, daß wir irgend etwas über die Erde erfahren hätten.

Es liegt daher für mich auf der Hand, daß die Erde, wenn sie mächtig genug ist, das zu tun, auch imstande sein könnte, Bewußtseinsanpassungen vorzunehmen, um den Glauben an ihre Radioaktivität zu erzwingen, und damit jede Suche nach ihr zu verhindern. Vielleicht liegt es daran, daß Comporellon so nahe bei der Erde liegt, daß es eine besondere Gefahr für sie darstellt. Vielleicht herrscht deshalb eine so merkwürdige Unkenntnis. Deniador, der Skeptiker und Wissenschaftler ist, ist felsenfest davon überzeugt, daß es keinen Sinn hat, nach der Erde zu suchen. Er sagt, man kann sie nicht finden. – Und aus diesem Grunde kann es sein, daß der Aberglaube der Ministerin wohlbegründet ist. Wenn die Erde so erpicht darauf ist, sich zu verbergen, könnte es dann nicht sein, daß sie uns eher tötet oder unser Bewußtsein verändert, als zuzulassen, daß wir sie finden?«

Wonne runzelte die Stirn und sagte: »Gaia...«

»Sagen Sie nicht, daß Gaia uns schützen wird«, unterbrach Trevize sie schnell. »Da die Erde imstande war, die frühesten Erinnerungen Gaias zu entfernen, ist es unzweifelhaft, daß die Erde in jedem Konflikt zwischen den beiden den Sieg davontragen wird.«

»Woher wissen Sie denn, daß die Erinnerungen entfernt worden sind?« fragte Wonne kühl. »Es könnte doch sein, daß Gaia einfach Zeit braucht, um ein planetarisches Gedächtnis zu entwikkeln, und daß wir uns bis jetzt nur bis zu dem Zeitpunkt in die Vergangenheit zurücktasten können, in dem jene Entwicklung abgeschlossen war. Und wenn die Erinnerung wirklich entfernt worden ist, wie können Sie dann sicher sein, daß die Erde das getan hat?«

»Das weiß ich nicht«, räumte Trevize ein. »Das ist eine reine Spekulation meinerseits.«

»Wenn die Erde so mächtig ist und so darauf erpicht, sozusagen unbelästigt zu bleiben, welchen Sinn hat dann unsere Suche?« warf Pelorat schüchtern ein. »Sie scheinen der Meinung zu sein, daß die Erde unseren Erfolg verhindern und uns, wenn nötig, sogar eher töten würde, als zuzulassen, daß wir unser Ziel erreichen. Hat es denn in dem Fall überhaupt einen Sinn, wenn wir weitermachen?«

»Ich gebe zu, diese Überlegung liegt nahe, aber ich bin nun einfach einmal davon überzeugt, daß die Erde existiert und muß und werde sie finden. Und Gaia sagt mir, daß ich stets recht habe, wenn ich derart überzeugt bin.«

»Aber wie sollen wir die Entdeckung überleben, alter Junge?«

»Es könnte ja sein«, meinte Trevize, bemüht, das unbeschwert klingen zu lassen, »daß auch die Erde den Wert meines außergewöhnlichen Talents erkennt, des Talents nämlich, stets recht zu haben, und daß sie mich deshalb in Frieden läßt. *Aber* – und darauf will ich eigentlich hinaus – ich kann nicht sicher sein, daß Sie beide überleben werden, und das macht mir Sorgen. Das hat mir immer schon Sorgen bereitet. Nun werden diese Sorgen stärker, und mir scheint, daß ich Sie beide nach Gaia zurückbringen und allein weitersuchen sollte. Schließlich habe ich und nicht Sie den Entschluß gefaßt, die Erde zu suchen. Und ich, und nicht Sie, sehe darin einen Nutzen – ich, und nicht Sie, fühle mich dort hingetrieben, deshalb sollte doch auch ich derjenige sein, der das Risiko eingeht, und nicht sie. Lassen Sie mich allein fahren – Janov?«

Pelorats langes Gesicht schien noch länger zu werden, das Kinn sank herunter. »Ich will ja nicht leugnen, daß ich ein ungutes Gefühl habe, Golan, aber ich würde mich schämen, wenn ich Sie verlassen würde. Ich könnte vor mir selbst dann keinen Respekt mehr haben.«

»Wonne?«

»Gaia wird Sie nicht verlassen, Trevize, was auch immer Sie tun. Wenn die Erde sich als gefährlich erweisen sollte, wird Gaia Sie, so gut sie es kann, schützen. Und ich werde jedenfalls in meiner Rolle als Wonne Pel nicht aufgeben, und wenn er sich an Sie klammert, dann werde ich mich ganz sicher an ihn klammern.«

»Also gut dann«, meinte Trevize grimmig. »Ihre Chance habe ich Ihnen gegeben. Wir reisen gemeinsam weiter.«

»Gemeinsam«, sagte Wonne.

Pelorat lächelte schwach und griff nach Trevizes Schulter. »Gemeinsam. Immer.«

29

»Sieh dir das an, Pel!« sagte Wonne.

Sie hatte das Schiffsteleskop von Hand eingestellt, ohne sich dabei viel zu denken, und wahrscheinlich nur, um sich nicht Pelorats ewige Erdlegenden anhören zu müssen.

Pelorat trat auf sie zu, legte ihr den Arm um die Schultern und sah auf den Bildschirm. Einer der Gasriesen des comporellianischen Planetensystems war zu sehen, so stark vergrößert, daß man viele Einzelheiten erkennen konnte.

Der Planet war von schwach orangefarbener Tönung, mit hellen Streifen. Aus der planetarischen Ebene betrachtet und von der Sonne weiter entfernt als das Schiff selbst, bildete er fast einen vollkommenen Lichtkreis.

»Wunderschön«, sagte Pelorat.

»Der Streifen in der Mitte reicht über den Planeten hinaus, Pel.«

Pelorat furchte die Stirn und sagte: »Weißt du, Wonne, ich glaube, das tut er tatsächlich.«

»Meinst du, daß das eine optische Täuschung ist?«

»Das weiß ich nicht, Wonne«, sagte Pelorat. »Ich bin genauso wie du ein Weltraumneuling. – Golan?«

Trevize antwortete mit einem ziemlich schwachen »Was ist denn?« auf den Ruf und kam ins Cockpit. Er wirkte etwas zerknittert, als hätte er in den Kleidern geschlafen – was auch der Fall war.

»Bitte!« sagte er etwas verstimmt. »Sie sollten nicht an den Instrumenten herumspielen.«

»Es ist ja nur das Teleskop«, sagte Pelorat. »Sehen Sie sich das an!«

Das tat Trevize. »Das ist ein Gasriese, den sie Gallia nennen, wie ich den Informationen entnehmen konnte, die man mir gegeben hat.«

»Wie können Sie das sagen, indem Sie bloß einen Blick darauf werfen?«

»Zum einen«, meinte Trevize, »weil das bei unserer Distanz vom Zentralgestirn und gemäß der Planetengrößen und Orbitalpositionen, die ich zur Bestimmung unseres Kurses studieren mußte, der einzige ist, den man um die Zeit so stark vergrößern kann. Zum anderen ist da der Ring.«

»Ring?« sagte Wonne verblüfft.

»Sie können nur eine dünne, blasse Markierung erkennen, weil wir den Ring vom Rand her sehen. Wir können aus der planetarischen Ebene herausfahren, dann sehen Sie es besser. Möchten Sie das gerne?«

»Ich möchte nicht, daß Sie die Positionen und den Kurs neu berechnen müssen, Golan«, meinte Pelorat.

»Oh, das macht dem Computer keine Schwierigkeiten.« Während er das sagte, nahm er an der Konsole Platz und legte seine Hände auf die Markierungen, die sie aufnahmen. Den Rest übernahm der fein auf sein Bewußtsein abgestimmte Computer.

Die *Far Star*, für die es keine Treibstoffprobleme oder Trägheitsempfindungen gab, beschleunigte schnell, und Trevize verspürte aufs neue eine Aufwallung von Zuneigung für eine Computer-Schiff-Kombination, die so auf ihn reagierte – gerade als wäre es sein Gedanke, der ihm Kraft und Richtung verlieh, so als wäre das Schiff nur die gehorsame und mächtige Verlängerung seines Willens.

Daß die Foundation das Schiff zurückhaben wollte, war kein Wunder; ebensowenig wie es kein Wunder war, daß Comprellon es gewollt hatte. Das einzige, was ihn überraschte, war, daß die Macht des Aberglaubens groß genug gewesen war, Comporellon zum Verzicht zu veranlassen.

Mit der richtigen Bewaffnung versehen, konnte es jedes Schiff in der Galaxis überholen oder besiegen, jede Kombination von Schiffen, unter der einzigen Voraussetzung, daß es keinem anderen Schiff von gleicher Art begegnete. Natürlich war es nicht richtig bewaffnet. Als Bürgermeisterin Branno ihm das Schiff zugeteilt hatte, war sie zumindest so vorsichtig gewesen, es unbewaffnet zu lassen.

Pelorat und Wonne sahen aufmerksam zu, wie der Planet Gallia langsam, ganz langsam auf sie zukippte. Der obere Pol (welcher auch immer es sein mochte) wurde sichtbar und zeigte eine große kreisförmige Turbulenzregion, während der untere Pol hinter der Kugelwölbung verschwand.

Am oberen Ende drängte sich die finstere Seite des Planeten in die Kugel aus orangefarbenem Licht, und der wunderschöne Kreis erschien immer schiefer.

Doch viel aufregender schien noch, daß dieser blasse Streifen in der Mitte jetzt nicht länger gerade war, sondern gebogen, ebenso wie die anderen Streifen im Norden und Süden, aber viel deutlicher.

Jetzt reichte der Streifen ganz deutlich über die Ränder des Planeten hinaus, und zwar in einer schmalen Schleife zu beiden Seiten. Es wirkte auch keineswegs mehr wie eine Illusion; man konnte deutlich erkennen, worum es sich handelte: einen Ring aus Materie, der sich um den Planeten schlang und auf der anderen Seite hinter ihm verschwand.

»Das reicht aus, um Ihnen eine Vorstellung zu vermitteln, denke ich«, sagte Trevize. »Wenn wir über den Planeten fliegen würden, könnten Sie den Ring in seiner kreisförmigen Ausbildung sehen, konzentrisch den Planeten umgebend, ihn aber nirgends berührend. Wahrscheinlich würden Sie auch sehen, daß es sich nicht um einen Ring, sondern um einige konzentrische Ringe handelt.«

»Das hätte ich niemals für möglich gehalten«, sagte Pelorat verblüfft. »Was hält ihn denn im Weltraum?«

»Dieselbe Kraft, die auch einen Satelliten im Weltraum hält«, sagte Trevize. »Die Ringe bestehen aus winzigen Partikeln, von denen jedes einzelne den Planeten umkreist. Die Ringe sind so nahe bei dem Planeten, daß die Gezeiteneffekte sie daran hindern, zu einem astronomischen Körper zusammenzuwachsen.«

Pelorat schüttelte den Kopf. »Schrecklich, wenn ich mir das vorstelle, alter Junge. Wie kann ich nur mein ganzes Leben als Wissenschaftler verbracht haben und doch so wenig über Astronomie wissen?«

»Und ich weiß überhaupt nichts über die Mythen der Menschheit. Niemand kann alles Wissen in sich aufsammeln. – Außerdem sind diese planetarischen Ringe keineswegs etwas Ungewöhnliches. Fast jeder Gasriese hat sie, auch wenn es sich nur um eine dünne Staubkurve handelt. Die Sonne von Terminus freilich hat keinen echten Gasriesen in ihrer Planetenfamilie. Wenn daher ein Terminianer kein Raumreisender ist oder auf der Universität Astronomie studiert hat, wird er wahrscheinlich nichts über planetarische Ringe wissen. Ungewöhnlich sind nur Ringe, die so hell und auffällig sind wie der hier. Er ist wunderschön. Er muß wenigstens ein paar hundert Kilometer breit sein.«

An dem Punkt schnippte Pelorat mit den Fingern. »*Das* hat es also bedeutet.«

Wonne blickte verblüfft auf. »Was ist denn, Pel?«

Pelorat sagte: »Ich bin einmal auf ein uraltes Bruchstück aus einem Werk der Dichtkunst gestoßen, uralt, in einer archaischen Version von Galaktisch, die man kaum verstehen konnte – was ein weiterer Beweis für sein großes Alter war. – Aber darüber sollte ich mich wahrscheinlich nicht beklagen, alter Junge. Meine Arbeit hat mich zum Experten über die verschiedenen Formen des Altgalaktischen gemacht, und das ist recht befriedigend, wenn es mir auch außerhalb meiner Arbeit nichts nützt. – Wovon habe ich geredet?«

»Ein Fragment aus einem alten Werk der Dichtkunst, Pel, Liebster«, sagte Wonne.

»Danke, Wonne«, sagte er. Und dann zu Trevize gewandt: »Sie paßt immer gut auf, was ich sage, um mich wieder zurückzuholen, wenn ich vom Kurs abkomme, was häufig der Fall ist.«

»Das ist ein Teil deines Charmes, Pel«, sagte Wonne und lächelte.

»Jedenfalls, dieses Bruchstück aus dem Gedicht war offenbar eine Beschreibung des Planetensystems, zu dem die Erde gehörte. Warum das so war, weiß ich nicht, weil das Gedicht als Ganzes nicht erhalten ist, zumindest habe ich es nie auffinden können. Nur dieses Stück überlebte, vielleicht wegen seines astronomischen Inhalts. Jedenfalls sprach es von dem strahlenden dreifachen Ring des sechsten Planeten ›preut und groß, das die wlet im verglaik dazu schrumpf‹. Sie sehen, ich kann es noch zitieren. Ich verstand damals nicht, was ein Planetenring sein könnte. Ich erinnere mich gut, wie ich an drei Kreise auf einer Seite des Planeten dachte, alle nebeneinander. Es schien mir so unsinnig, daß ich es nicht in meine Bibliothek aufnahm. Jetzt tut es mir leid, daß ich nicht nachgefragt habe.« Er schüttelte den Kopf. »Heutzutage ist es eine einsame Aufgabe, Mythologe zu sein. Man vergißt sogar, daß es nützlich ist, nachzufragen.«

»Wahrscheinlich hatten Sie recht, sich nicht weiter darum zu kümmern, Janov«, meinte Trevize tröstend. »Es ist ein Fehler, wenn man so poetisches Geplapper wörtlich nimmt.«

»Aber es hat doch genau das da gemeint«, sagte Pelorat und deutete auf den Bildschirm. »Davon sprach das Gedicht doch. Drei breite Ringe, konzentrisch, breiter als der Planet selbst.«

»Von so etwas habe ich nie gehört«, sagte Trevize. »Ich glaube nicht, daß Ringe so breit sein können. Im Vergleich zu dem Planeten, den sie umkreisen, sind sie immer sehr schmal.«

»Wir haben auch nie von einem bewohnbaren Planeten mit einem riesigen Satelliten gehört«, meinte Pelorat. »Oder von einem mit radioaktiver Kruste. Das ist die Einmaligkeit Nummer Drei. Wenn wir einen radioaktiven Planeten finden, der sonst bewohnbar sein könnte, mit einem riesigen Satelliten und mit einem weiteren Planeten im System, der einen mächtigen Ring hat, dann würde es keinen Zweifel mehr geben, daß wir die Erde gefunden haben.«

»Da gebe ich Ihnen recht, Janov«, sagte lächelnd Trevize. »Wenn wir alle drei finden, werden wir ganz sicher die Erde gefunden haben.«

»Wenn!« sagte Wonne und seufzte.

30

Sie hatten die Hauptwelten des planetarischen Systems hinter sich gelassen und stürzten sich zwischen den beiden äußersten Planeten in die Leere des interstellaren Alls. Im Abstand von eineinhalb Milliarden Kilometern war keine Masse von Belang mehr zu erwarten. Vor ihnen lag nur die weit ausgedehnte Kometenwolke, die im Hinblick auf ihre Gravitation ohne Bedeutung war.

Die *Far Star* hatte auf eine Geschwindigkeit von 0,1 c beschleunigt, ein Zehntel der Lichtgeschwindigkeit. Trevize wußte wohl, daß das Schiff theoretisch beinahe auf Lichtgeschwindigkeit beschleunigt werden konnte, wußte aber auch, daß in der Praxis 0,1 c die vernünftige Grenze war.

Bei der Geschwindigkeit konnte man jedem Objekt mit nennenswerter Masse ausweichen, aber es gab keine Möglichkeit, den unzähligen Staubpartikeln im Weltraum zu entgehen, und noch weniger den Atomen und Molekülen der interstellaren Materie. Bei sehr hohen Geschwindigkeiten konnten selbst so kleine Objekte Schaden anrichten, indem sie die Schiffshülle zerkratzten. Bei Geschwindigkeiten, die der des Lichtes nahekamen, hatte jedes Atom, das gegen die Hülle knallte, die Eigenschaften eines kosmischen Strahlenpartikels. Und unter durchdringender kosmischer Strahlung würde niemand an Bord des Schiffes lang überleben.

Die fernen Sterne ließen auf dem Bildschirm keine wahrnehmbare Bewegung erkennen, und obwohl das Schiff sich mit dreißigtausend Kilometern pro Sekunde bewegte, erweckte es doch den Anschein, stillzustehen.

Der Computer tastete den Weltraum auf große Entfernung nach herannahenden Objekten signifikanter Größe ab, die sich möglicherweise auf Kollisionskurs befanden, und das Schiff vollzog sanfte Ausweichbewegungen für den höchst unwahrscheinlichen Fall, daß sich das als notwendig erweisen sollte. Wenn man die geringe Größe solcher Objekte, ihre Geschwindigkeit und das Fehlen von Trägheitseffekten infolge des Kurswechsels in Betracht zog, so konnte man nicht sagen, ob je eine Situation auftrat, die man vielleicht als gefährlich hätte bezeichnen können.

Trevize machte sich demzufolge keine Sorge um derartige Dinge oder zog sie auch nur beiläufig in Betracht. Seine ganze Aufmerksamkeit galt den drei Koordinatensätzen, die Deniador ihm gegeben hatte, ganz besonders dem, der das ihnen nächststehende astronomische Objekt betraf.

»Stimmt etwas mit den Zahlen nicht?« fragte Pelorat besorgt.

»Das kann ich noch nicht sagen«, entgegnete Trevize. »Koordinaten alleine nützen nichts, so lange man den Nullpunkt und die für ihre Festlegung benutzten Parameter nicht kennt – sozusagen also die Richtung, in der man die Entfernung rechnet, das Äquivalent eines Nullmeridians und so weiter.«

»Und wie findet man das heraus?« fragte Pelorat mit ausdrucksloser Miene.

»Ich habe mir die Koordinaten von Terminus und noch ein paar anderen Punkten relativ zu Comporellon besorgt. Wenn ich sie dem Computer eingebe, dann wird der die Parameter errechnen, die für solche Koordinaten gelten müssen, falls Terminus und die anderen Punkte korrekt bestimmt werden sollen. Ich versuche jetzt nur, mir das Ganze richtig vorzustellen, damit ich den Computer in geeigneter Weise dafür programmieren kann. Sobald die Parameter festgelegt sind, könnten die Zahlen, die wir für die Verbotenen Welten haben, möglicherweise Bedeutung erlangen.«

»Nur ›möglicherweise‹?« fragte Wonne.

»Ja, nur möglicherweise, leider«, sagte Trevize. »Schließlich sind das alte Zahlen – mutmaßlich comporellianischer Herkunft, aber da bin ich mir nicht sicher. Was ist, wenn sie auf anderen Parametern basieren?«

»Was ist dann?«

»In dem Fall haben wir nur bedeutungslose Zahlen. Aber – wir müssen es eben feststellen.«

Seine Hände huschten über die weich leuchtenden Tasten des Computers und gaben ihm die nötige Information ein. Dann legte er sie auf die Handmarkierungen des Pults. Er wartete, während der Computer die Parameter der bekannten Koordinaten erarbeitete, hielt einen Augenblick lang inne und interpretierte dann die Koordinaten der nächstliegenden Verbotenen Welt mittels derselben Parameter und lokalisierte sie schließlich auf der in seinem Speicher enthaltenen galaktischen Karte.

Ein Sternenfeld erschien auf dem Bildschirm und bewegte sich schnell, während es sich neu justierte. Als es zum Stillstand gekommen war, dehnte es sich aus, und Sterne schwammen nach allen Richtungen davon, bis sie fast alle verschwunden waren. Das Auge konnte dem schnellen Wechsel nicht folgen; man konnte nur das Ineinanderschwimmen von Lichtpunkten betrachten. Schließlich blieb nur noch ein Stück Weltraum, das ein Zehntel Parsek im Geviert maß (wie man den Indexzahlen unter dem Bildschirm entnehmen konnte). Jetzt veränderte sich nichts mehr, nur ein halbes Dutzend schwacher Punkte war auf dem sonst dunklen Schirm zu erkennen.

»Welches ist die Verbotene Welt?« fragte Pelorat leise.

»Keine«, antwortete Trevize. »Vier sind Rote Zwerge, einer ein Beinahe-Roter Zwerg und der letzte ein Weißer Zwerg. Keiner davon kann eine bewohnbare Welt besitzen.«

»Woher wissen Sie, daß es Rote Zwerge sind, bloß indem Sie sie ansehen?«

»Wir sehen da keine echten Sterne«, erklärte Trevize. »Was wir sehen, ist ein Ausschnitt der galaktischen Karte aus dem Speicher des Computers. Jeder Stern ist mit Daten versehen, die man nicht sehen kann und die ich normalerweise auch nicht sehen würde, aber so lange meine Hände in Kontakt sind, habe ich Zugang zu zahlreichen Daten über jeden Stern, auf den sich mein Blick konzentriert.«

»Dann sind die Koordinaten nutzlos«, sagte Pelroat betrübt.

Trevize blickte zu ihm auf. »Nein, Janov. Ich bin noch nicht fertig. Da ist noch die Zeitfrage. Die Koordinaten für die Verbotene Welt sind die von vor zwanzigtausend Jahren. In diesem Zeitraum hat sich sowohl die Verbotene Welt als auch Comporellon um das galaktische Zentrum gedreht, möglicherweise sogar mit unterschiedlicher Geschwindigkeit und auf einer Bahn von unterschiedlicher Neigung und Exzentrizität. Die beiden Welten können sich daher im Verlauf dieses Zeitraums einander angenähert oder voneinander entfernt haben, und so ist es durchaus möglich, daß die Verbotene Welt in zwanzigtausend Jahren sich zwischen ein und fünf Parsek von der angegebenen Stelle entfernt hat. Dann würde sie sich ganz sicher nicht in diesem Zehntelparsek-Quadrat befinden.«

»Was tun wir dann?

»Wir lassen den Computer die Galaxis relativ zu Comporellon zwanzigtausend Jahre zurückversetzen.«

»Kann er das?« fragte Wonne. Es klang aus ihrem Munde recht ehrfürchtig.

»Nun, die Galaxis selbst kann er nicht in der Zeit zurückversetzen, sehr wohl aber die Karte in seinen Speicherbänken.«

»Werden wir das sehen können?« fragte Wonne.

»Passen Sie auf!« sagte Trevize.

Ganz langsam kroch das halbe Dutzend Sterne über den Bildschirm. Ein neuer Stern, der bisher nicht auf dem Bildschirm zu sehen gewesen war, schob sich von der linken Ecke herein, und Pelorat deutete erregt auf ihn. »Da! Da!«

Aber Trevize schüttelte den Kopf. »Tut mir leid. Noch ein Roter Zwerg. Die sind sehr verbreitet. Wenigstens drei Viertel aller Sterne in der Galaxis sind Rote Zwerge.«

Der Bildschirm beruhigte sich und hörte auf, sich zu bewegen. »Nun?« fragte Wonne.

»Das wär's«, erklärte Trevize. »Das ist das Bild jenes Teils der Galaxis, so wie es sich vor zwanzigtausend Jahren dargestellt hätte. Genau in der Mitte des Bildschirms ist ein Punkt, wo die Verbotene Welt sein müßte, wenn sie mit durchschnittlicher Geschwindigkeit gedriftet wäre.«

»Sein müßte, aber nicht ist«, sagte Wonne scharf.

»Da ist sie nicht«, pflichtete Trevize erstaunlich ungerührt bei.

Pelorat atmete aus. Es war ein langgezogener, wie ein Seufzen klingender Atemzug. »Oh, das ist aber schade, Golan.«

»Warten Sie, nicht verzweifeln«, sagte Trevize. »Ich habe nicht erwartet, den Stern dort vorzufinden.«

»Das haben Sie nicht?« sagte Pelorat erstaunt.

»Nein. Ich sagte Ihnen doch, daß das nicht die Galaxis selbst, sondern die Computerkarte der Galaxis ist. Wenn ein in Wirklichkeit vorhandener Stern in der Karte nicht enthalten ist, sehen wir ihn auch nicht. Wenn der Planet als ›verboten‹ eingegeben ist, und das seit zwanzigtausend Jahren, dann ist die Wahrscheinlichkeit groß, daß er auch nicht in der Karte des Computers enthalten ist. Und das ist er auch nicht, weil wir ihn nicht sehen.«

»Wir könnten ihn vielleicht auch nicht sehen, weil er nicht existiert«, sagte Wonne. »Die comporellianischen Legenden könnten falsch sein oder die Koordinaten falsch.«

»Genau. Aber der Computer kann jetzt eine Schätzung vornehmen, wie die Koordinaten heute sein müßten, jetzt, da er den Punkt ausfindig gemacht hat, wo er möglicherweise vor zwanzigtausend Jahren war. Indem wir die nach Zeit korrigierten Koordinaten benutzen – eine Korrektur, die ich nur vermittels der Sternenkarte durchführen konnte – können wir jetzt auf das echte Sternenfeld der Galaxis umschalten.«

Wonne wandte ein: »Aber Sie haben nur eine durchschnittliche Geschwindigkeit für die Verbotene Welt unterstellt. Was ist, wenn ihre Geschwindigkeit *nicht* durchschnittlich war? Dann hätten Sie jetzt nicht die korrekten Koordinaten.«

»Das ist wahr, aber eine Korrektur, die von durchschnittlicher Geschwindigkeit ausgeht, führt mit fast absoluter Sicherheit näher zu der echten Position, als wenn wir überhaupt keine Zeitkorrektur durchgeführt hätten.«

»Hoffen Sie!« sagte Wonne zweifelnd.

»Genau das tue ich«, sagte Trevize. »Ich hoffe. – Und jetzt wollen wir uns die echte Galaxis ansehen.

Die beiden Zuschauer sahen angespannt zu, während Trevize (vielleicht um seine eigene Spannung zu mildern und den entscheidenden Augenblick hinauszuzögern) leise weitersprach, als würde er einen Vortrag halten.

»Es ist viel schwieriger, die echte Galaxis zu beobachten«, sagte er. »Die Karte im Computer ist eine künstliche Konstruktion, aus der man Belanglosigkeiten eliminieren kann. Wenn beispielsweise ein Nebel die Sicht versperrt, so kann ich ihn entfernen. Wenn der Bildwinkel für das, was ich benötige, ungeeignet ist, kann ich den Winkel verändern. Und so weiter. Die echte Galaxis hingegen muß ich so nehmen, wie ich sie vorfinde, und wenn ich einen Wechsel will, muß ich mich physisch durch den Weltraum bewegen, was sehr viel mehr Zeit in Anspruch nehmen wird als das Neujustieren einer Karte.«

Und während er sprach, zeigte der Bildschirm eine Sternwolke, die so reich an individuellen Sternen war, daß sie wie ein unregelmäßiger Haufen aussah.

Trevize fuhr fort: »Das ist eine Weitwinkelansicht eines Abschnitts der Milchstraße, und ich will natürlich den Vordergrund. Wenn ich den Vordergrund ausweite, dann wird der Hintergrund im Vergleich dazu zum Verblassen neigen. Der Koordinatenpunkt liegt nahe genug bei Comporellon, daß ich ihn etwa auf die Situation sollte ausweiten können, die ich auf der Karte betrachtet habe. Lassen Sie mich jetzt die nötigen Instruktionen eingeben – sofern ich lange genug meinen Verstand behalten kann. *Jetzt!*«

Das Sternenfeld weitete sich ruckartig aus, Tausende von Sternen wurden nach allen Seiten weggeschoben und vermittelten den Betrachtern ein so wirklichkeitsnahes Gefühl, sich auf dem Bildschirm darauf zuzubewegen, daß alle drei sich automatisch zurücklehnten und auf die vermeintliche Vorwärtsbewegung reagierten.

Die alte Ansicht kehrte zurück, nicht ganz so dunkel, wie sie auf der Karte gewesen war, aber mit dem halben Dutzend Sterne, so wie auf dem ursprünglichen Bild. Und da, ganz dicht bei der Mitte, war ein weiterer Stern, der viel heller leuchtete als die anderen.

»Da ist er«, sagte Pelorat mit einem fast ehrfürchtigen Flüstern.

»Das könnte er sein. Ich werde mir vom Computer sein Spektrum machen und es analysieren lassen.« Es dauerte eine Weile und dann sagte Trevize: »Spektralklasse G-4, also etwas weniger hell und kleiner als die Sonne von Terminus, aber ein gutes Stück heller als die von Comporellon. Und kein Stern der G-Klasse sollte in der galaktischen Karte des Computers fehlen. Dies allein schon ist ein deutlicher Hinweis darauf, daß es die Sonne sein könnte, um die die Verbotene Welt kreist.«

»Besteht die Möglichkeit, daß doch keine bewohnbare Welt um diesen Stern kreist?« wollte Wonne wissen.

»Die Möglichkeit besteht, denke ich. In dem Fall werden wir versuchen, die beiden anderen Verbotenen Welten zu finden.«

Doch Wonne ließ nicht locker. »Und wenn die beiden anderen auch nur falscher Alarm sind?«

»Dann werden wir etwas anderes versuchen.«

»Was zum Beispiel?«

»Ich wünschte, ich wüßte das«, sagte Trevize grimmig.

DRITTER TEIL

Aurora

8. DIE VERBOTENE WELT

31

»Golan«, sagte Pelorat. »Stört es Sie, wenn ich zusehe?«

»Aber überhaupt nicht, Janov«, sagte Trevize.

»Und wenn ich Fragen stelle?«

»Nur zu!«

Und Pelorat fragte: »Was machen Sie da?«

Trevize wandte den Blick vom Bildschirm. »Ich muß die Distanz eines jeden Sterns messen, der auf dem Bildschirm in der Nähe der Verbotenen Welt zu sein scheint, um feststellen zu können, wie nahe sie wirklich sind. Ich muß ihre Gravitationsfelder kennen, und dazu brauche ich Masse und Distanz. Ohne das zu wissen, kann man keinen sauberen Sprung berechnen.«

»Wie machen Sie das?«

»Nun, in den Speichern des Computers gibt es für jeden Stern, den ich sehe, Koordinaten, und die kann man in Koordinaten in bezug auf das comporellianische System umwandeln. Und die kann man wieder für die genaue Position der *Far Star* im Weltraum relativ zur Sonne von Comporellon korrigieren, und das liefert mir dann die Distanz jedes Sterns. Diese Roten Zwerge scheinen auf dem Bildschirm ganze nahe bei der Verbotenen Welt zu sein, aber einige könnten viel näher und einige weiter entfernt sein. Wissen Sie, wir brauchen ihre dreidimensionale Position.«

Pelorat nickte und meinte: »Und die Koordinaten der Verbotenen Welt haben Sie bereits...«

»Ja, aber das reicht nicht. Ich brauche die Abstände der anderen

Sterne etwa auf ein Prozent genau. Ihre Gravitationsintensität in der Umgebung der Verbotenen Welt ist so klein, daß ein geringfügiger Fehler keinen wahrnehmbaren Unterschied bedeutet. Die Sonne, um die die Verbotene Welt kreist – oder kreisen könnte – besitzt in der Umgebung der Verbotenen Welt ein enorm starkes Gravitationsfeld, und ich muß ihre Distanz wenigstens zehntausendmal so genau als die der anderen Sterne kennen. Die Koordinaten alleine reichen da nicht.«

»Was machen Sie dann?«

»Ich messe den scheinbaren Abstand der Verbotenen Welt – oder genauer gesagt ihres Zentralgestirns – von den drei nächsten Sternen, die so schwach sind, daß man stark vergrößern muß, um sie überhaupt ausmachen zu können. Vermutlich sind diese drei *sehr* weit entfernt. Dann stellen wir einen dieser drei Sterne genau auf die Mitte des Bildschirms und springen ein Zehntel Parsek in einer Richtung, die im rechten Winkel zu der Verbindungslinie zu der Verbotenen Welt liegt. Das können wir ohne Gefahr tun, auch wenn wir die Entfernung zu vergleichsweise weit entfernten Sternen nicht kennen.

Der Referenzstern in der Bildschirmmitte würde auch nach dem Sprung noch zentriert sein. Die beiden anderen schwachen Sterne – falls alle drei wirklich sehr weit entfernt sind – werden ihre Positionen nicht meßbar verändern. Die Verbotene Welt jedoch liegt so nahe, daß es zu einer Parallaxenverschiebung kommt. Aus der Größe dieser Verschiebung können wir ihre Distanz bestimmen. Wenn wir es ganz genau wissen wollen, suche ich mir drei weitere Sterne aus und probiere es noch einmal.«

»Und wie lange dauert das alles?« wollte Pelorat wissen.

»Nicht sehr lange. Die Schwerarbeit übernimmt der Computer. Ich sage ihm nur, was er tun soll. Der eigentliche Zeitaufwand entsteht dadurch, daß ich die Ergebnisse studieren und sicherstellen muß, daß sie vernünftig aussehen und daß meine Anweisungen nicht irgendwie falsch sind. Wenn ich einer von diesen Draufgängern wäre, die blind auf sich und den Computer vertrauen, dann wäre das alles in ein paar Minuten vorbei.«

»Es ist wirklich erstaunlich«, meinte Pelorat. »Sich vorzustellen, wie viel der Computer für uns tut.«

»Ich muß die ganze Zeit daran denken.«

»Was würden Sie ohne Computer machen?«

»Was würde ich ohne ein gravitisches Schiff tun? Und was ohne meine Ausbildung in Astronautik? Und ohne zwanzigtausend Jahre Hyperraumtechnologie hinter mir? Tatsache ist, daß ich ich selbst bin – hier – jetzt. Stellen Sie sich doch vor, daß wir weitere zwanzigtausend Jahre in der Zukunft wären. Was für Wunder der Technik hätten wir denn dann, für die wir dankbar sein müssen? Oder könnte es vielleicht sein, daß es in zwanzigtausend Jahren keine Menschheit mehr gibt?«

»Wohl kaum«, sagte Pelorat. »Daß es gar keine Menschheit mehr gibt, halte ich für unwahrscheinlich. Selbst wenn wir nicht Teil von Galaxia werden, hätten wir immer noch die Psychohistorik, um uns zu leiten.«

Trevize drehte sich in seinem Stuhl herum und nahm die Hand vom Computerpult. »Soll er doch die Entfernungen ermitteln«, sagte er, »und dann die Sache ein paarmal durchprüfen. Schließlich haben wie keine Eile.«

Dann warf er Pelorat einen rätselhaften Blick zu und sagte: »Psychohistorik! Wissen Sie, Janov, das Thema ist auf Comporellon zweimal erwähnt worden, und man hat es zweimal als Aberglauben abgetan. Ich habe es einmal gesagt, und dann hat Deniador das gleiche gesagt. Wie kann man die Psychohistorik schließlich auch anders definieren denn als einen Aberglauben der Foundation? Ist es nicht ein Glaube ohne Beweis und ohne Sicherheit? Was glauben Sie, Janov? Schließlich ist das ganze eher Ihr Wissensgebiet als das meine.«

»Warum sagen Sie eigentlich, daß es keine Beweise gibt, Golan?« fragte Pelorat. »Das Abbild Hari Seldons ist viele Male in der Zeitgruft erschienen und hat die Ereignisse so besprochen, wie sie sich auch tatsächlich einstellten. Er hat in seiner Zeit unmöglich wissen können, welche Ereignisse das sein würden, wenn er sie nicht psychohistorisch hätte vorhersagen können.«

Trevize nickte. »Das klingt beeindruckend. In bezug auf den Fuchs hat er sich geirrt, aber selbst wenn man das in Betracht zieht, ist es beeindruckend. Trotzdem fühlt es sich irgendwie unbehaglich, wie Zauberei an. Jeder Zauberkünstler kann einem Tricks vormachen.«

»Kein Zauberkünstler könnte Prophezeiungen abgeben, die Jahrhunderte weit in die Zukunft reichen.«

»Kein Zauberkünstler könnte wirklich das tun, was er einen glauben macht.«

»Jetzt kommen Sie schon, Golan! Ich kann mir wirklich keine

Tricks vorstellen, die mich in die Lage versetzen würden, das vorherzusagen, was in fünfhundert Jahren geschieht.«

»Sie können sich auch ganz bestimmt keinen Trick vorstellen, der es einem Zauberkünstler erlaubt, den Inhalt einer Botschaft zu lesen, die in einem unbemannten Satelliten in einem Pseudo-Tesserakten versteckt ist. Trotzdem habe ich selbst miterlebt, wie ein Zauberkünstler genau das getan hat. Ist Ihnen je in den Sinn gekommen, daß die Zeitkapsel ebenso wie das Hari Seldon-Bild ein groß angelegter Schwindel der Regierung sein könnte?«

Pelorat sah so aus, als hätte ihn die Andeutung schockiert. »Das würde sie nie tun.«

Trevize schnaubte geringschätzig.

»Und außerdem würde man sie dabei erwischen, wenn sie das versuchte«, sagte Pelorat.

»Dessen bin ich mir gar nicht so sicher. Aber wie auch immer, wir wissen jedenfalls überhaupt nicht, wie die Psychohistorik funktioniert.«

»Ich weiß auch nicht, wie dieser Computer funktioniert, aber ich weiß, *daß* er funktioniert.«

»Das ist, weil *andere* wissen, wie er funktioniert. Wie wäre es denn, wenn *keiner* wüßte, wie er funktioniert? Dann wären wir hilflos, wenn er aus irgendeinem Grunde ausfiele, dann könnten wir überhaupt nichts unternehmen. Und wenn die Psychohistorik plötzlich nicht mehr funktionieren würde...«

»Die Leute von der Zweiten Foundation wissen es, wie die Psychohistorik funktioniert.«

»Und woher wissen Sie das, Janov?«

»So heißt es.«

»Sagen kann man alles mögliche. – Ah, jetzt haben wir den Abstand des Sterns der Verbotenen Welt, und wie ich hoffe sehr genau. Wir wollen uns die Zahlen ansehen.«

Er starrte sie lange an, und seine Lippen bewegten sich gelegentlich, als würde er im Kopf Berechnungen anstellen. Schließlich sagte er, ohne den Blick zu heben: »Was macht Wonne denn?«

»Sie schläft, alter Junge«, sagte Pelorat. Und dann, als müßte er sie verteidigen: »Sie *braucht* den Schlaf, Golan. Es kostet ungeheuer viel Energie, quer durch den Hyperraum ein Teil Gaias zu bleiben.«

»Das kann ich mir vorstellen«, sagte Trevize und wandte sich wieder dem Computer zu. Er legte die Hände auf das Pult und murmelte: »Ich werde ihn ein paar Sprünge machen lassen und jedesmal nachprüfen.« Dann zog er die Hände wieder zurück und sagte: »Das ist mein Ernst, Janov. Was wissen Sie *wirklich* über Psychohistorik?«

Pelorat schien verblüfft. »Nichts. Ich bin Historiker – in gewisser Weise wenigstens –, und zwischen dem, was ich bin, und einem Psychohistoriker liegen Welten. – Natürlich kenne ich die zwei fundamentalen Grundlagen der Psychohistorik, aber die kennt jeder.«

»Ja, das gilt selbst für mich. Die erste Voraussetzung ist, daß die Zahl der betroffenen menschlichen Wesen groß genug sein muß, um sie statistisch betrachten zu können. Aber wie groß ist ›groß genug‹?«

»Nun, nach letzten Schätzungen hat die Galaxis etwa zehn Quadrillionen Einwohner«, sagte Pelorat. »Und das ist wahrscheinlich noch zu knapp geschätzt. Das ist sicherlich groß genug.«

»Woher wissen Sie das?«

»Weil die Psychohistorik *funktioniert*, Golan. Sie können noch so viele logische Gründe dagegen aufführen, sie *funktioniert*.«

»Die zweite Voraussetzung«, meinte Trevize, »ist, daß die Menschen sich der Psychohistorik nicht bewußt sein dürfen, damit ihr Wissen ihre Reaktionen nicht beeinträchtigt. – Aber sie wissen doch darum.«

»Nur von ihrer Existenz, alter Junge. Das ist es nicht, worauf es ankommt. Die zweite Voraussetzung ist, daß die Menschen nichts von den *Vorhersagen* der Psychohistorik wissen dürfen, und das tun sie auch nicht – sieht man einmal davon ab, daß die Leute der Zweiten Foundation angeblich davon wissen, aber die sind ein besonderer Fall.«

»Und allein auf diesen beiden Voraussetzungen fußt die ganze Wissenschaft der Psychohistorik. Es ist schwer, sich das vorzustellen und es zu glauben.«

»Nicht *allein* auf diesen beiden Voraussetzungen«, sagte Pelorat. »Es gibt da eine ganze Menge höchst komplizierter Mathematik und schwieriger statistischer Methoden. Es heißt – wenn Sie die traditionelle Darstellung hören wollen – daß Hari Seldon die Psychohistorik entwickelt hat, indem er auf der kinetischen Theorie der Gase aufbaute. Jedes Atom oder Molekül in einem Gas bewegt sich willkürlich, so daß wir von keinem einzigen Position oder Geschwindigkeit kennen. Nichtsdestoweniger können wir mit großer Präzision die Regeln ausarbeiten, die ihr Verhalten bestimmen. In gleicher Weise wollte Seldon das Verhalten der menschlichen Gemeinschaft áusarbeiten, obwohl die von ihm gefundenen Lösungen nicht auf das Verhalten individueller menschlicher Wesen Gültigkeit haben würden.«

»Mag sein, aber menschliche Wesen sind keine Atome.«

»Stimmt«, sagte Pelorat. »Ein menschliches Wesen besitzt ein Bewußtsein und sein Verhalten ist hinreichend kompliziert, so daß der Anschein entsteht, es verfüge über freien Willen. Wie Seldon damit zurechtkam, weiß ich nicht und bin auch sicher, daß ich es selbst dann nicht begreifen würde, wenn jemand es mir zu erklären versuchte, der es weiß – aber er hat es geschafft.«

»Und das Ganze hängt davon ab, daß man mit Leuten zu tun hat, die davon nichts wissen und die es in genügend großer Zahl gibt«, sagte Trevize. »Scheint Ihnen das nicht eine höchst zweifelhafte Basis – wie Sand –, um darauf ein ungeheures mathematisches Bauwerk zu errichten? Wenn diese Voraussetzungen nicht wirklich erfüllt werden, bricht alles zusammen.«

»Aber nachdem der Plan nicht zusammengebrochen ist...«

»Oder, wenn die Voraussetzungen nicht gerade falsch oder unzureichend, sondern lediglich schwächer sind, als sie sein sollten, dann könnte es sein, daß die Psychohistorik jahrhundertelang ausreichend funktionierte und dann, bei Eintritt einer bestimmten Krise, einfach zusammenbricht – so wie das kurzzeitig zur Zeit des Fuchses der Fall war. – Oder was ist, wenn es noch eine dritte Voraussetzung gibt?«

»Was für eine dritte Voraussetzung?« fragte Pelorat mit leicht gerunzelter Stirn.

»Ich weiß nicht«, sagte Trevize. »Eine Argumentation könnte durch und durch logisch und elegant erscheinen und doch nicht näher ausformulierte Unterstellungen enthalten. Vielleicht ist die dritte Voraussetzung eine Unterstellung, die als so selbstverständlich gilt, daß niemand daran denkt, sie auch nur zu erwähnen.«

»Eine Voraussetzung, die als so selbstverständlich gilt, hat normalerweise auch Hand und Fuß, sonst würde man sie nicht als selbstverständlich ansehen.«

Trevize schnaubte. »Wenn Sie die Geschichte der Wissenschaft ebenso gut kennen würden wie die traditionelle Geschichte, Janov, wüßten Sie jetzt, wie falsch das ist. – Aber ich sehe, daß wir uns jetzt in der Umgebung der Sonne der Verbotenen Welt befinden.«

Und tatsächlich strahlte jetzt im Mittelpunkt des Bildschirms ein heller Stern – einer, der so hell war, daß der Bildschirm sein Licht automatisch so weit abfilterte, daß alle anderen Sterne verschwanden.

32

Die persönlichen Hygieneeinrichtungen an Bord der *Far Star* waren sehr kompakt, und der Wasserverbrauch wurde immer auf ein vernünftiges Mindestmaß beschränkt, um eine Überlastung der Wiederaufbereitungsanlage zu vermeiden. Trevize hatte Pelorat und Wonne immer wieder streng an diese Tatsache erinnert.

Trotzdem ging die ganze Zeit von Wonne eine Aura der Frische aus. Ihr langes, dunkles Haar glänzte stets wie poliertes Ebenholz, und ihre Fingernägel blitzten. Jetzt trat sie in den Pilotenraum und sagte: »Da seid ihr ja!«

Trevize blickte auf und sagte: »Kein Anlaß zur Überraschung. Das Schiff konnten wir ja nicht gut verlassen haben, und wenn Sie uns gesucht hätten, hätten Sie uns binnen dreißig Sekunden im Schiff entdeckt, selbst wenn Sie unsere Abwesenheit nicht auf mentalem Weg feststellen könnten.«

»Das sollte nur eine Begrüßung sein«, meinte Wonne. »Sie brauchen das nicht wörtlich zu nehmen, wie Sie wohl wissen. Wo sind wir? – Und sagen Sie jetzt bloß nicht ›im Cockpit‹!«

»Wonne, Liebste«, sagte Pelorat und streckte ihr die Hand entgegen, »wir sind in den äußeren Regionen des Planetensystems der nächsten der drei Verbotenen Welten.«

Sie trat neben ihn und legte ihm leicht die Hand auf die Schulter, während sein Arm sich um ihre Hüfte schlang. »Sehr verboten kann sie ja nicht sein«, sagte sie. »Schließlich hat uns nichts aufgehalten.«

»Sie ist nur verboten, weil Comporellon und die anderen Welten der zweiten Besiedlungswelle die Welten der ersten Welle – die der Spacers – freiwillig dazu erklärt haben«, meinte Trevize. »Wenn wir selbst uns nicht an diese freiwillige Übereinkunft gebunden fühlen, was soll uns dann aufhalten?«

»Es könnte ja sein, daß die Spacers, wenn es noch welche gibt, ihrerseits die Welten der zweiten Welle gesperrt haben, also den Zutritt zu ihnen verboten haben. Nur weil es uns nichts ausmacht, uns ihnen aufzudrängen, heißt noch lange nicht, daß es ihnen nichts ausmacht.«

»Das stimmt«, sagte Trevize, »*falls* sie existieren. Aber bis jetzt wissen wir nicht einmal, ob ein Planet existiert, auf dem sie leben könnten. Bis jetzt können wir nur die üblichen Gasriesen sehen. Zwei davon, und nicht besonders große.«

Pelorat warf hastig ein: »Aber das bedeutet nicht, daß die Spacerwelt nicht existiert. Jede bewohnbare Welt würde viel näher bei der Sonne und viel kleiner sein und aus dieser Distanz sehr schwer wahrzunehmen. Wir werden uns in Mikrosprüngen auf die Sonne zuarbeiten müssen, um einen solchen Planeten zu entdecken.« Er schien recht stolz darauf zu sein, wie ein erfahrener Raumreisender argumentieren zu können.

»Wenn das so ist«, sagte Wonne, »warum bewegen wir uns dann nicht auf die Sonne zu?«

»Jetzt noch nicht«, sagte Trevize. »Ich lasse den Computer nach Anzeichen von Artefakten suchen. Wir werden uns in Etappen weiterbewegen – einem Dutzend Etappen, wenn es nötig ist – und bei jedem Zwischenhalt wieder alles überprüfen. Diesmal möchte ich nicht so in die Falle tappen wie bei der Annäherung an Gaia. Erinnern Sie sich, Janov?«

»Solche Fallen lasse ich mir jederzeit eingehen. Die bei Gaia hat mir Wonne eingebracht.« Pelorat warf ihr einen liebevollen Blick zu.

Trevize grinste. »Sie erhoffen sich doch nicht etwa eine neue Wonne?«

Pelorat verzog beleidigt den Mund, und Wonne sagte, eine Spur verstimmt: »Mein lieber Freund – oder wie Pel Sie sonst auch nennen mag –, Sie könnten sich genauso gut schneller auf die Sonne zu bewegen. Wenn ich bei Ihnen bin, werden Sie in keine Falle tappen.«

»Die Macht Gaias?«

»Die Fähigkeit, das Vorhandensein von Bewußtsein zu entdecken? Sicherlich.«

»Sind Sie auch ganz sicher, daß Sie dazu stark genug sind, Wonne? Ich kann mir vorstellen, daß Sie ganz schön viel schlafen müssen, um die Kräfte zu regenerieren, die Sie darauf verwenden müssen, den Kontakt mit Gaia aufrecht zu erhalten. Wie gut kann ich mich auf Ihre vielleicht beschränkten Fähigkeiten auf so große Distanz von ihrer Quelle verlassen?«

Wonne wurde rot. »Die Verbindung ist stark genug.«

»Seien Sie nicht gleich beleidigt«, sagte Trevize. »Ich frage ja nur. Sehen Sie darin nicht einen Nachteil, Gaia zu sein? Ich bin nicht Gaia. Ich bin ein komplettes, unabhängiges Individuum. Das bedeutet, daß ich mich so weit ich will von meiner Welt und meinen Leuten entfernen kann und doch Golan Trevize bleibe. Die Kräfte, die ich habe, habe ich weiterhin, und sie bleiben mir, wohin auch immer ich gehe. Wenn ich ganz allein im Weltraum wäre, viele Parsek von jedem menschlichen Wesen entfernt und aus irgendeinem Grund unfähig, in irgendeiner Weise mit jemandem in Verbindung zu treten oder auch nur den Funken eines einzigen Sterns am Himmel zu sehen, würde ich doch Golan Trevize sein und bleiben. Ich würde vielleicht nicht imstande sein zu überleben, ich könnte sterben, aber ich würde als Golan Trevize sterben.«

»Allein im Weltraum und weit weg von allen anderen würden Sie außerstande sein, die Hilfe der Ihren zu erbitten, ihre unterschiedlichen Talente und ihr Wissen zu nutzen. Allein als isoliertes Individuum wären Sie jämmerlich klein im Vergleich mit einem Teil einer integrierten Gemeinschaft. Das wissen Sie.«

»Nichtsdestoweniger nicht so klein wie in Ihrem Fall«, wandte Trevize ein. »Es gibt ein Band zwischen Ihnen und Gaia, das viel stärker ist als dasjenige zwischen mir und meiner Gemeinschaft. Und jenes Band reicht durch den Hyperraum und erfordert Energie, um bestehen zu bleiben, so daß Sie – im mentalen Sinn – vor Mühe keuchen müssen und sich viel kleiner fühlen müssen als ich.«

Das junge Gesicht Wonnes nahm plötzlich Härte an, und einen Augenblick lang sah sie nicht mehr jung aus, oder besser gesagt: alterslos – mehr Gaia als Wonne, als wollte sie damit Trevizes Einwand zurückweisen. »Selbst wenn alles, was Sie sagen, so ist, Golan Trevize, glauben Sie dann nicht, daß es einen Preis gibt, den man für diesen Nutzen bezahlen muß? Ist es nicht besser, ein warmblütiges Geschöpf zu sein, wie Sie es sind, anstatt ein kaltblütiges Geschöpf wie ein Fisch oder was auch immer?«

Jetzt mischte Pelorat sich ein: »Schildkröten sind Kaltblütler. Auf Terminus gibt es keine, wohl aber auf einigen anderen Welten. Das sind gepanzerte Wesen, die sich sehr langsam bewegen und eine lange Lebensspanne haben.«

»Nun denn, ist es dann nicht besser, ein menschliches Wesen zu sein als eine Schildkröte, sich schnell bewegen zu können anstatt langsam, gleichgültig wie die Temperatur ist? Ist es nicht besser, viel Energie aufwenden zu können, Muskeln zu besitzen, die sich schnell bewegen, Nervenfasern, die schnell reagieren und zu intensiven, nachhaltigen Denkvorgängen fähig zu sein, als langsam zu kriechen und die unmittelbare Umgebung nur wie durch einen Schleier wahrzunehmen? Ist es nicht so?«

»Das gebe ich ja zu«, sagte Trevize. »Natürlich ist es so. Aber was soll das bedeuten?«

»Nun, wissen Sie nicht, welchen Preis Sie dafür zahlen müssen, ein Warmblüter zu sein? Um Ihre Körpertemperatur höher als die Ihrer Umgebung zu halten, müssen Sie verschwenderischer Energie verbrauchen als eine Schildkröte das muß. Sie müssen fast dauernd essen, um ebenso schnell Energie in ihren Körper hineinzugießen, wie sie ihm entweicht. Sie würden viel schneller verhungern als eine Schildkröte und auch viel schneller sterben. Wären Sie lieber eine Schildkröte und würden langsamer und länger leben? Oder würden Sie lieber den Preis dafür bezahlen, ein sich schnell bewegender, schnell empfindender, denkender Organismus zu sein?«

»Ist das denn eine echte Analogie?«

»Nein, Trevize, denn die Situation in bezug auf Gaia ist viel günstiger. Wir verbrauchen keine ungewöhnlichen Energiemengen, wenn wir dicht beieinander sind. Nur wenn ein Teil von Gaia sich auf Hyperraumdistanz vom Rest Gaias befindet, entsteht solcher Energieverbrauch. – Und vergessen Sie nicht, daß das, wofür Sie sich ausgesprochen haben, nicht nur ein größeres Gaia ist, nicht nur eine größere individuelle Welt. Sie haben sich für Galaxia entschieden, für einen ungeheuren Komplex von Welten. Sie werden überall in der Galaxis Teil Galaxias sein und werden eng von Teilen von etwas umgeben sein, das von jedem interstellaren Atom bis zu dem zentralen Schwarzen Loch reicht. Dann würde es nur winzige Energiemengen erfordern, um ein Ganzes zu bleiben. Kein Teil würde sich in großer Entfernung von anderen Teilen befinden. Für all das haben Sie sich entschieden, Trevize. Wie können Sie jetzt daran zweifeln, daß Sie richtig gewählt haben?«

Trevize hatte nachdenklich den Kopf gesenkt. Schließlich blickte er auf und sagte: »Es mag sein, daß ich klug gewählt habe, aber ich muß davon *überzeugt* sein. Die Entscheidung, die ich getroffen habe, ist die wichtigste in der Geschichte der

Menschheit, und es reicht nicht aus, daß es eine gute Entscheidung ist. Ich muß *wissen*, daß es eine gute ist.«

»Was brauchen Sie noch mehr als das, was ich Ihnen gesagt habe?«

»Ich weiß es nicht, aber ich werde es auf der Erde finden.« Er sprach mit absoluter Überzeugung.

Jetzt sagte Pelorat: »Der Stern ist jetzt als Scheibe zu erkennen.«

So war es. Der Computer, ganz mit seinen eigenen Angelegenheiten beschäftigt und nicht im geringsten an der Diskussion interessiert, die rings um ihn stattfand, hatte sich dem Stern in Etappen genähert und jetzt die Distanz erreicht, auf die Trevize ihn eingestellt hatte.

Sie standen immer noch außerhalb der planetarischen Ebene, und der Computer teilte den Bildschirm auf, um jeden der drei kleinen inneren Planeten zu zeigen.

Der innerste hatte eine Oberflächentemperatur im Flüssigwasserbereich und besaß eine Sauerstoffatmosphäre. Trevize wartete, bis seine Bahn berechnet war, und die erste grobe Schätzung schien ihm vernünftig. Er ließ die Berechnung weiterlaufen, denn je länger die planetarische Bewegung beobachtet wurde, desto genauer würde die Bestimmung der Bahnelemente sein.

»Wir haben einen bewohnbaren Planeten in Sicht. Höchstwahrscheinlich bewohnbar«, meinte er ruhig.

»Ah.« Pelorat blickte so erfreut, wie sein ernsthafter Ausdruck das zuließ.

»Ich fürchte freilich«, meinte Trevize, »daß es keinen riesigen Satelliten gibt. Tatsächlich ist bis jetzt überhaupt kein Satellit entdeckt worden. Dies ist also nicht die Erde. Zumindest nicht, wenn wir der Tradition glauben wollen.

»Darüber sollten Sie sich keine Sorgen machen, Golan«, sagte Pelorat. »Ich hatte schon vermutet, daß wir die Erde hier nicht entdekken würden, als ich sah, daß keiner der Gasriesen ein ungewöhnlich großes Ringsystem besitzt.«

»Nun gut«, meinte Trevize. »Als nächstes müssen wir jetzt herausfinden, welcher Art das Leben ist, das den Planeten bewohnt. Aus der Tatsache, daß er eine Sauerstoffatmosphäre besitzt, können wir mit absoluter Sicherheit schließen, daß es auf ihm pflanzliches Leben gibt, aber –«

»Tierisches Leben auch«, unterbrach ihn Wonne abrupt. »Und sogar in großer Zahl.«

»Was?« Trevize wandte sich zu ihr um.

»Ich kann es fühlen. Auf diese Distanz nur schwach; aber der Planet ist unzweifelhaft nicht nur bewohnbar, sondern auch bewohnt.«

33

Die *Far Star* umkreiste die Verbotene Welt auf Polarorbit in einer Distanz, die groß genug war, um die Orbitalperiode auf knapp über sechs Tagen zu halten. Trevize schien es nicht eilig zu haben, den Orbit zu verlassen.

»Da der Planet bewohnt ist«, erklärte er, »und da er nach Aussage Deniadors einst von menschlichen Wesen bewohnt war, die technisch fortgeschritten waren und eine erste Siedlerwelle darstellten – die sogenannten Spacers –, kann es sein, daß sie immer noch technisch fortgeschritten sind und uns gegenüber nicht gerade Zuneigung empfinden, da wir doch der zweiten Welle angehören, die sie verdrängt hat. Ich würde es gerne haben, wenn sie sich zeigen würden, damit wir ein wenig über sie erfahren, ehe wir eine Landung riskieren.«

»Vielleicht wissen sie gar nicht, daß wir hier sind«, sagte Pelorat.

»*Wir* würden es wissen, wenn die Positionen vertauscht wären. Ich muß daher annehmen, daß sie, falls es sie gibt, vermutlich versuchen werden, mit uns Kontakt aufzunehmen. Vielleicht wollen sie sogar herauskommen und uns in ihre Gewalt bringen.«

»Aber wenn sie herauskämen und technisch überlegen wären, dann könnte es sein, daß wir hilflos wären und...«

»Das kann ich nicht glauben«, sagte Trevize. »Technischer Fortschritt stellt sich nicht notwendigerweise als etwas Einheitliches dar. Es ist durchaus vorstellbar, daß sie uns in mancher Hinsicht weit überlegen sind, aber daß sie sich nicht mit interstellarer Raumfahrt befassen, ist offenkundig. Wir sind es, die die Galaxis besiedelt haben, nicht sie. Und mir ist in der ganzen Geschichte des Imperiums nichts bekannt, das darauf hindeuten würde, daß sie ihre Welten verlassen und sich uns gezeigt hätten. Wenn sie aber keine Raumfahrt betrieben haben – wie sollten sie dann ernsthafte Fortschritte in der Astronautik gemacht haben? Und wenn sie das nicht haben, dann können sie unmöglich so etwas wie ein gravitisches Schiff haben. Zugegeben, wir sind im wesentlichen unbewaffnet, aber selbst wenn sie mit einem Schlachtschiff ankämen, könnten sie uns damit unmöglich fangen. Nein, hilflos wären wir nicht.«

»Vielleicht liegt ihre Überlegenheit auf mentalem Gebiet. Es könnte doch sein, daß der Fuchs ein Spacer war...«

Trevize zuckte die Achseln und tat damit die Bemerkung ab. »Alles kann der Fuchs auch nicht sein. Die Gaianer haben ihn als einen abtrünnigen Gaianer beschrieben. Und dann hat man ihn auch als Produkt einer zufällig aufgetretenen Mutation bezeichnet.«

Pelorat meinte: »Ich sollte vielleicht hinzufügen, daß es auch Spekulationen gegeben hat – nicht daß man sie sehr ernst nehmen sollte –, er sei ein mechanisches Artefakt gewesen. Ein Roboter, mit anderen Worten, wenn auch dieser Ausdruck nicht benutzt wurde.«

»Wenn es *wirklich* etwas gibt, das uns in mentaler Hinsicht gefährlich erscheint, würden wir uns darauf verlassen, daß Wonne das neutralisieren kann. Sie kann – schläft sie jetzt übrigens?«

»Sie hat geschlafen«, sagte Pelorat, »aber als ich hier herauskam, hat sie sich bewegt.«

»So, bewegt hat sie sich? Nun, sie wird recht plötzlich wach werden müssen, wenn irgend etwas passiert. Dafür werden Sie sorgen müssen, Janov.«

»Ja, Golan«, sagte Pelorat ruhig.

Trevize wandte seine Aufmerksamkeit wieder dem Computer zu. »Was mich noch beunruhigt, sind die Einreisestationen. Gewöhnlich sind sie ein sicheres Anzeichen dafür, daß ein Planet von Menschen mit hochentwickelter Technologie bewohnt ist. Aber die hier...«

»Stimmt etwas nicht mit ihnen?«

»Einiges. Zu allererst sind sie äußerst archaisch. Sie könnten Tausende von Jahren alt sein, und dann ist keine Strahlung festzustellen, nur thermische.«

»Was heißt ›thermische‹?«

»Thermische Strahlung wird von jedem Gegenstand abgegeben, der wärmer ist als seine Umgebung. Es handelt sich dabei um eine vertraute Signatur, die von allem abgegeben wird und die aus einem breiten Strahlungsband bestand, das je nach Temperatur einem festen Schema folgt. Das ist es, was die Einreisestationen ausstrahlen. Wenn es an Bord der Stationen in Betrieb befindliche Geräte gibt, dann müßte auch nichtthermische gerichtete Strahlung austreten. Da wir aber nur thermische Strahlung feststellen können, können wir annehmen, daß die Stationen entweder leer sind und das vielleicht schon seit Jahrtausenden, oder falls sie besetzt sind, dann von Menschen mit einer in dieser Richtung hochentwikkelten Technologie, daß sie jeden Strahlungsverlust verhindern können.«

»Vielleicht hat der Planet eine technisch hochentwickelte Zivilisation«, meinte Pelorat, »aber die Einreisestationen sind leer, weil der Planet so lange nicht mehr angeflogen worden ist, daß sie sich keine Gedanken mehr um Besucher machen.«

»Vielleicht – oder das ganze ist eine Art Köder.«

Wonne trat ein, und Trevize, der sie aus den Augenwinkeln entdeckte, sagte mürrisch: »Ja, hier sind wir.«

»Das sehe ich«, sagte Wonne, »und immer noch auf unverändertem Orbit. So viel kann selbst ich feststellen.«

Pelorat erklärte hastig: »Golan ist vorsichtig, meine Liebe. Die Einreisestationen scheinen unbesetzt, und wir sind uns noch nicht ganz im klaren, was das zu bedeuten hat.«

»Kein Grund zu Sorge«, meinte Wonne gleichgültig. »Auf dem Planeten, den wir umkreisen, sind keine wahrnehmbaren Spuren intelligenten Lebens festzustellen.«

Trevize sah sie verblüfft an. »Wovon reden Sie denn? Sie haben doch gesagt...«

»Ich sagte, daß es tierisches Leben auf dem Planeten gibt, und das ist auch der Fall. Aber wo in der ganzen Galaxis hat man Ihnen beigebracht, daß tierisches Leben notwendigerweise auch menschliches Leben impliziert?«

»Warum haben Sie das nicht gleich gesagt, als Sie das tierische Leben entdeckt haben?«

»Weil ich das aus der Distanz nicht erkennen konnte. Ich konnte gerade noch die unverkennbare Ausstrahlung tierischer Nervenaktivität feststellen, aber bei der Intensität wäre es unmöglich, Schmetterlinge von menschlichen Wesen zu unterscheiden.«

»Und jetzt?« – »Jetzt sind wir viel näher, und Sie haben vielleicht geglaubt, ich würde schlafen, aber das war nicht der Fall – wenigstens nur kurz. Ich habe, um ein nicht ganz passendes Wort zu gebrauchen, gelauscht, und zwar auf jegliches Anzeichen mentaler Aktivität von hinreichend komplexer Art, um die Anwesenheit von Intelligenz erkennen zu können.«

»Und die ist nicht vorhanden?«

»Nun, ich würde vermuten«, sagte Wonne plötzlich vorsichtig,

»daß es, wenn ich auf diese Distanz nichts entdecken kann, unmöglich mehr als ein paar tausend menschliche Wesen auf dem Planeten geben kann. Wenn wir näherkommen, kann ich es noch genauer beurteilen.«

»Nun, das ist natürlich etwas anderes«, sagte Trevize sichtlich verwirrt.

»Ja, das kann ich mir denken«, sagte Wonne, die recht schläfrig und daher reizbar wirkte. »Sie können jetzt auf all diese Strahlungsanalysen verzichten und die Vermutungen, die Sie darauf aufbauen, und wer weiß, was Sie vielleicht noch alles getan haben. Meine gaianischen Sinne schaffen das wesentlich wirksamer und verläßlicher. Vielleicht verstehen Sie jetzt, was ich meine, wenn ich sage, daß es besser ist, ein Gaianer als ein Isolat zu sein.«

Trevize ließ sich mit der Antwort etwas Zeit und gab sich sichtlich Mühe, sein Temperament unter Kontrolle zu halten. Als er schließlich sprach, tat er dies in höflichem, beinahe formellen Tonfall. »Ich bin Ihnen für die Information dankbar. Dennoch müssen Sie verstehen, daß – um eine Analogie zu verwenden – der Gedanke an die Verbesserung meines Geruchsinns kein ausreichendes Motiv für mich wäre, mich zu veranlassen, meine Menschlichkeit aufzugeben und Bluthund werden zu wollen.«

34

Sie hatten die Wolkenschicht durchstoßen und konnten die Verbotene Welt sehen, während sie durch die Atmosphäre dahintrieben. Sie wirkte eigenartig mottenzerfressen.

Die Polarregionen waren erwartungsgemäß eisbedeckt, aber nicht sehr ausgedehnt. Die bergigen Regionen wirkten kahl und unfruchtbar, mit gelegentlichen Gletschern dazwischen. Aber auch sie waren nicht sehr ausgedehnt. Und dann gab es noch kleine Wüstenzonen, die weit verstreut lagen.

Von all dem abgesehen hatte der Planet die Anlage dazu, schön zu sein. Seine Kontinentalzonen waren ziemlich groß, aber buchtenreich, so daß es lange Küstenstreifen und dahinter großzügige Küstenebenen gab. Es gab üppige Streifen tropischer und gemäßigter Wälder, die von Grasland gesäumt waren – und doch wirkte das ganze unübersehbar mottenzerfressen.

Durch die Wälder verstreut gab es fast kahle Gegenden, und auch Teile der Grasflächen waren dünn und spärlich.

»Irgendeine Pflanzenkrankheit?« fragte Pelorat staunend.

»Nein«, sagte Wonne langsam. »Etwas Schlimmeres und viel Dauerhafteres.«

»Ich habe eine ganze Anzahl Welten gesehen«, sagte Trevize, »aber so etwas noch nie.«

»Ich habe sehr wenige Welten gesehen«, meinte Wonne, »aber ich denke die Gedanken Gaias, und das ist, was man von einer Welt erwarten muß, von der die Menschheit verschwunden ist.«

»Warum?« fragte Trevize.

»Denken Sie doch nach«, sagte Wonne ein wenig herablassend. »Keine bewohnte Welt befindet sich im echten ökologischen Gleichgewicht. Die Erde muß ursprünglich einmal ein solches Gleichgewicht gehabt haben, denn sie war die Welt, auf der sich die Menschheit entwickelt hat, und es muß dort lange Zeitalter gegeben haben, in denen die Menschheit nicht existierte und auch keine andere Spezies, die imstande war, eine moderne technische Zivilisation zu entwickeln und damit auch die Fähigkeit, die Umgebung zu verändern. In dem Fall muß ein natürliches Gleichgewicht – natürlich eines, das sich dauernd veränderte – existiert haben. Auf allen anderen bewohnten Welten aber haben die Menschen ihre neue Umgebung sorgfältig terraformt und dort pflanzliches und tierisches Leben eingerichtet. Aber das ökologische System, das sie einführten, muß zwangsläufig unausgeglichen gewesen sein. Ein solches System kann nur eine beschränkte Anzahl von Spezies umfassen, und zwar nur diejenigen, die die Menschen wollten oder deren Einführung sie nicht verhindern konnten...«

»Wissen Sie, woran mich das erinnert?« unterbrach Pelorat. »Verzeih, Wonne, daß ich dich unterbreche, aber das paßt so gut, daß ich das sofort sagen muß, ehe ich es vergesse. Es gibt da einen alten Schöpfungsmythos, auf den ich einmal stieß. Einen Mythos, in dem das Leben auf einem Planeten geformt wurde und nur aus einer beschränkten Zahl von Spezies bestand, eben denjenigen, die für die Menschheit nützlich oder angenehm waren. Die ersten menschlichen Wesen taten dann etwas Unsinniges – unwichtig, was das war, alter Junge, solche alten Mythen sind gewöhnlich symbolisch und verwirren einen nur, wenn man sie wörtlich nimmt – und der Boden des Planeten wurde verflucht. ›Er soll Dornen und Disteln hervorbringen‹, so wurde der Fluch zitiert, obwohl die Stelle in dem archaischen Galaktisch, in dem sie geschrieben war, viel besser klingt. Worauf ich hinauswill ist, war es wirklich ein Fluch? Dinge, die menschliche Wesen nicht mögen und nicht haben wollen, wie Dornen und Disteln, braucht man vielleicht, um die Ökologie im Gleichgewicht zu halten.«

Wonne lächelte. »Es ist schon erstaunlich, Pel, wie dich alles an alte Legenden erinnert und wie aufschlußreich diese Legenden manchmal sind. Wenn menschliche Wesen eine Welt terraformen, dann lassen sie die Dornen und Disteln weg, was auch immer sie sein mögen, und dann müssen die Menschen sich abmühen, um die Welt in Gang zu halten. Eine solche Welt ist kein sich selbst stützender Organismus, wie Gaia das ist. Sie ist viel eher eine durcheinandergewürfelte Ansammlung von Isolaten, und die Ansammlung ist nicht durcheinandergewürfelt genug, um das ökologische Gleichgewicht auf Ewigkeit zu erhalten. Wenn die Menschheit verschwindet und ihre lenkende Hand abgezogen wird, dann beginnt das Lebensschema der Welt unvermeidlich zu zerfallen. Der Planet entterraformt sich.«

Trevize meinte skeptisch: »Wenn das zutrifft, dann vollzieht sich dieser Vorgang nicht sehr schnell. Diese Welt mag seit zwanzigtausend Jahren von menschlichen Wesen frei sein, und doch scheint sie zum größten Teil noch zu funktionieren.«

»Sicher«, sagte Wonne, »das hängt davon ab, wie gut das ökologische Gleichgewicht ursprünglich eingerichtet war. Wenn es von Anfang an ein einigermaßen gutes Gleichgewicht war, dann könnte es lange Zeit ohne menschliche Wesen bestehen. Schließlich sind zwanzigtausend Jahre, auch wenn das in bezug auf den Menschen sehr lang ist, im Vergleich zur Lebenszeit eines Planeten nicht mehr als ein Tag.«

»Ich nehme an«, sagte Pelorat und starrte wie gebannt auf die Planetenlandschaft, die unter ihm vorbeizog, »wenn der Planet im Begriff ist zu degenerieren, können wir sicher sein, daß die Menschen abgezogen sind.«

Wonne nickte langsam. »Ich kann noch immer keine geistige Aktivität auf menschlichem Niveau wahrnehmen und möchte daher annehmen, daß der Planet frei von Menschen ist. Aber das gleichmäßige Summen und Brummen der unteren Bewußtseinsebenen ist vorhanden, das sind Bewußtseinsebenen, die hoch genug sind, um Vögel und Säugetiere darzustellen. Trotzdem bin ich nicht sicher, ob die Entterraformung als Beweis für die Abwesenheit menschlicher Wesen ausreicht. Ein Planet könnte, selbst wenn noch Menschen auf ihm existierten, verkommen, wenn die Gesellschaft selbst nämlich abnormal wäre und nicht begriffe, wie wichtig es ist, die Umwelt zu erhalten.«

»Aber eine solche Gemeinschaft würde doch schnell untergehen«, sagte Pelorat. »Ich glaube nicht, daß menschliche Wesen so verblendet sein könnten, daß sie nicht begreifen, wie wichtig es ist, die Faktoren zu erhalten, denen sie ihr Leben verdanken.«

»Ich teile deinen Glauben an die menschliche Vernunft nicht«, wandte Wonne ein. »Für mich ist es durchaus vorstellbar, daß eine nur aus Isolaten bestehende planetarische Gesellschaft leicht zulassen könnte, lokale oder sogar individuelle Ansprüche über die des Planeten als ganzen zu stellen.«

»Das halte ich nicht für vorstellbar«, sagte Trevize, »genauso wenig wie Pelorat. Schließlich gibt es Millionen von Menschen bewohnter Welten, und keine davon ist so verkommen, daß man von Entterraformung sprechen kann. Ihre Furcht vor Isolatentum könnte daher leicht übertrieben sein, Wonne.«

Das Schiff verließ die Tageslichtzone und trat in die nächtliche Hemisphäre ein. Das führte zu einem sich schnell verstärkenden Dämmerlicht und dann völliger Dunkelheit draußen, abgesehen vom Sternenlicht, wo der Himmel klar war.

Das Schiff behielt seine Höhe bei, indem es exakt den atmosphärischen Druck und die Gravitationsintensität überwachte. Sie bewegten sich in einer Höhe, die zu groß war, um von irgendwelchen Bergmassiven gefährdet zu werden, denn der Planet befand sich in einem Stadium, in dem es in jüngerer geologischer Zeit nicht zum Auffalten von Gebirgsketten gekommen war. Trotzdem tastete sich der Computer – sozusagen für alle Fälle – mit Mikrowellenfingerspitzen voran.

Trevize blickte in die samtige Dunkelheit hinaus und meinte nachdenklich: »Der beste Beweis dafür, daß es sich um einen verlassenen Planeten handelt, ist irgendwie für mich, daß es auf der dunklen Seite kein sichtbares Licht gibt. Keine technische Zivilisation könnte Dunkelheit ertragen. – Sobald wir wieder die Tagseite erreichen, gehen wir tiefer.«

»Welchen Sinn könnte das haben?« sagte Pelorat. »Da ist doch nichts.«

»Wer hat denn gesagt, daß da nichts ist?«

»Wonne. Und Sie auch.«

»Nein, Janov. Ich habe nur gesagt, daß es keine Strahlung gibt, die auf eine funktionierende Technik hindeutet. Und Wonne hat gesagt, daß es keine Anzeichen menschlicher mentaler Aktivität gibt. Aber das bedeutet nicht, daß dort gar nichts wäre. Selbst wenn es auf dem Planeten keine menschlichen Wesen gibt, dann wird es doch ganz sicher irgendwelche Überreste geben. Ich bin auf Informationen aus, Janov, und die Überreste einer technischen Zivilisation könnten in der Hinsicht Nutzen bringen.«

»Nach zwanzigtausend Jahren?« Pelorats Stimme wurde fast schrill. »Was, meinen Sie wohl, kann zwanzigtausend Jahre überleben? Es wird keine Filme geben, kein Papier, keinen Druck; alles Metall wird verrostet sein, Holz zerfallen und Plastik zerkrümelt. Selbst Stein wird zerfallen und von der Witterung aufgelöst sein.«

»Vielleicht sind es keine zwanzigtausend Jahre«, sagte Trevize geduldig. »Ich habe diesen Zeitraum genannt, weil das die längste Periode ist, seit der es möglicherweise keine menschlichen Wesen mehr auf diesem Planeten gibt, weil die comporellianischen Legenden berichten, daß diese Welt damals in Blüte stand. Aber ebensogut könnte es sein, daß die letzten Menschen erst vor tausend Jahren gestorben oder verschwunden oder geflohen sind.«

Sie erreichten die andere Seite der nachtlichen Halbkugel, und die Morgendämmerung kam und hellte sich fast sofort zu Sonnenschein auf.

Die *Far Star* sank in die Tiefe und verlangsamte ihren Flug, bis die Einzelheiten der Landoberfläche unter ihnen sichtbar wurden. Jetzt konnte man deutlich die kleinen Inseln erkennen, die wie Tupfer die Küsten der Kontinente säumten. Die meisten waren von dichtem Grün bedeckt.

Trevize meinte: »Ich glaube, wir sollten die beschädigten Bereiche ganz besonders genau studieren. Mir scheint, daß jene Stellen, wo sich die Menschen am dichtesten konzentrierten, vermutlich auch diejenigen sind, wo das ökologische Gleichgewicht am meisten gestört war. Jene Bereiche könnten die Kernzonen der sich ausbreitenden Entterraformung sein. Was meinen Sie, Wonne?«

»Das ist möglich. Da wir nichts Genaues wissen, sollten wir jedenfalls dort nachsehen, wo man am leichtesten etwas erkennen kann. Die Grasflächen und der Wald haben sicherlich die meisten Spuren menschlicher Anwesenheit getilgt, so daß es Zeitvergeudung sein könnte, dort nachzusehen.«

»Mir scheint«, meinte Pelorat, »daß eine Welt zu guter Letzt mit dem, was sie hat, ein Gleichgewicht herstellen könnte; daß sich neue Spezies entwickeln könnten und daß die kranken Zonen auf einer neuen Grundlage neu kolonisiert werden könnten.«

»Mag sein, Pel«, sagte Wonne. »Es hängt davon ab, wie sehr das Gleichgewicht ursprünglich gestört war, und daß eine Welt sich selbst heilen und auf dem Wege der Evolution ein neues Gleichgewicht herstellen könnte, würde viel länger als zwanzigtausend Jahre dauern. Wohl eher Jahrmillionen.«

Die *Far Star* hatte inzwischen aufgehört, die Welt zu umkreisen. Sie schwebte langsam über einem fünfhundert Kilometer breiten Streifen, der mit verstreutem Heidekraut und Stechginster bedeckt war, mit vereinzelten kleinen Baumbeständen dazwischen.

»Was halten Sie davon?« sagte Trevize plötzlich und deutete nach unten. Das Schiff kam zum Stillstand und schwebte auf der Stelle. Ein leises, anhaltendes Summen war zu hören, als die gravitischen Motoren hochschalteten und das planetarische Schwerkraftfeld fast völlig neutralisierten.

Dort, wo Trevize hindeutete, war nicht viel zu sehen. Nur ein paar Hügel, mit Erde und spärlichem Gras bedeckt.

»Mir schaut das nach nicht viel aus«, sagte Pelorat.

»Das Zeug ist gradlinig angeordnet. Parallele Linien, und ein paar sogar im rechten Winkel. Sehen Sie's? Sehen Sie's? In einer natürlichen Formation ist so etwas unmöglich. Das ist menschliche Architektur, das sind Fundamente und Mauern, und zwar ebenso deutlich, als stünden sie jetzt noch da.«

»Und wenn schon«, sagte Pelorat. »Das ist nur eine Ruine. Wenn wir archäologische Forschungen anstellen wollen, müssen wir graben und graben. Fachleute würden Jahre brauchen, um es richtig zu machen.«

»Ja, aber wir haben nicht die Zeit, es richtig zu machen. Das sind vielleicht die vagen Umrisse einer uralten Stadt, vielleicht steht noch ein Teil davon. Wir wollen diesen Linien folgen und sehen, wo sie uns hinführen.«

Und dann erreichten sie am einen Ende der Fläche eine Stelle, wo die Bäume sich etwas dichter aneinanderdrängten, zu Mauern, die noch standen – wenigstens teilweise.

»Das reicht für den Anfang«, meinte Trevize. »Wir landen!«

9. DAS RUDEL

35

Die *Far Star* kam neben einer leichten Bodenerhebung zum Stillstand, einem Hügel in der sonst flachen Landschaft. Ohne nachzudenken, war es Trevize wie selbstverständlich vorgekommen, daß es für sie am besten sein würde, wenn sie nicht in jeder Richtung meilenweit zu sehen waren.

»Die Temperatur draußen beträgt vierundzwanzig Grad«, sagte er. »Der Wind weht mit etwa elf Kilometern pro Stunde aus dem Westen, und es ist schwach bewölkt. Der Computer weiß nicht genug über die allgemeine Luftzirkulation, um das Wetter vorhersagen zu können. Aber nachdem die Feuchtigkeit etwa vierzig Prozent ausmacht, ist es recht unwahrscheinlich, daß es regnen wird. Insgesamt betrachtet, scheinen wir eine angenehme Breite oder Jahreszeit ausgewählt zu haben, und nach Comporellon ist das eine Wohltat.«

»Ich nehme an«, sagte Pelorat, »daß das Wetter extremer werden wird, wenn der Planet sich weiterhin entterraformt.«

»Ganz sicher«, sagte Wonne.

»Meinetwegen«, sagte Trevize. »Wir haben dafür aber noch Jahrtausende Zeit. Im Augenblick ist es immer noch ein angenehmer Planet und wird das auch bleiben, solange wir leben und auch noch länger.«

Während er das sagte, war er damit beschäftigt, sich einen breiten Gürtel um die Hüften zu schlingen, und Wonne fragte scharf: »Was ist das, Trevize?«

»Das ist eine Folge meiner militärischen Ausbildung«, sagte Trevize. »Ich betrete eine unbekannte Welt nicht unbewaffnet.«

»Haben Sie allen Ernstes vor, Waffen zu tragen?«

»Unbedingt. Hier an meiner Rechten…« – dabei schlug er auf ein Halfter, in dem eine wuchtig aussehende Waffe mit dickem Lauf hing, »ist mein Blaster, und hier links…« – eine kleinere Waffe mit einem dünnen Lauf ohne Öffnung vorn – »meine Neuronenpeitsche.«

»Zwei Variationen von Mord«, sagte Wonne angewidert.

»Nur eine. Der Blaster ist tödlich. Die Neuronenpeitsche nicht. Sie stimuliert nur die Nervenenden, aber das tut so weh, daß man sich in der Tat manchmal wünscht, lieber tot zu sein. Hat man mir wenigstens gesagt. Zum Glück habe ich das noch nie am eigenen Leib erfahren.«

»Warum nehmen Sie diese Waffen mit?«

»Das sagte ich doch. Das ist eine feindliche Welt.«

»Eine *leere* Welt, Trevize.«

»Ist das so? Zugegeben, es sieht nicht so aus, als gäbe es hier eine technische Zivilisation, aber was ist, wenn es posttechnische Primitive gibt? Vielleicht besitzen die nichts Schlimmeres als Keulen oder Felsbrocken. Aber auch damit kann man einen umbringen.«

Wonne war damit sichtlich nicht zufrieden, senkte aber die Stimme, um nicht unvernünftig zu wirken. »Ich kann keine neuronische Aktivität von Menschen feststellen, Trevize. Das schließt Primitive jeder Art aus, ob nun posttechnisch oder sonst was.«

»Dann werde ich meine Waffen ja nicht einsetzen müssen«, sagte Trevize. »Trotzdem, was schadet es schon, wenn ich sie trage? Sie machen mich nur etwas schwerer, und nachdem die Gravitationskraft an der Oberfläche etwa einundneunzig Prozent der von Terminus beträgt, kann ich mir das Gewicht leisten. – Hören Sie, als Schiff mag die *Far Star* ja unbewaffnet sein, aber wir haben eine ausreichende Zahl von Handwaffen an Bord. Ich schlage daher vor, daß Sie beide ebenfalls...«

»Nein«, widersprach Wonne sofort. »Ich würde niemals ein Lebewesen töten – ich könnte ihm nicht einmal Schmerz zufügen.«

»Es geht nicht ums Töten, sondern darum, zu vermeiden, getötet zu werden, wenn Sie verstehen, was ich damit meine.«

»Ich kann mich auf meine Art schützen.«

»Janov?«

Pelorat zögerte. »Auf Comporellon hatten wir keine Waffen.«

»Kommen Sie schon, Janov, Comporellon war eine bekannte Größe, eine mit der Foundation assoziierte Welt. Außerdem hat man uns sofort in Gewahrsam genommen. Wenn wir Waffen gehabt hätten, dann hätte man sie uns weggenommen. Wollen Sie einen Blaster?«

Pelorat schüttelte den Kopf. »Ich war nie in der Marine, alter Junge. Ich wüßte nicht, wie man mit einem solchen Ding umgeht, und in einer Gefahrensituation würde ich nie daran denken, daß ich bewaffnet bin. Ich würde einfach wegrennen und ... und umgebracht werden.«

»Du wirst nicht umgebracht werden«, sagte Wonne energisch, »Gaia hat dich in meinem/ihrem Schutz und genauso diesen Revolverhelden.«

»Gut«, meinte Trevize. »Ich habe nichts dagegen einzuwenden, wenn man mich beschützt, aber ich spiele hier nicht den Helden. Ich gehe nur auf Nummer Sicher. Und wenn ich diese Dinger nicht anzurühren brauche, dann soll mir das nur recht sein, das verspreche ich Ihnen. Aber ich *muß* sie haben.«

Er betätschelte beide Waffen liebevoll und sagte: »Und jetzt wollen wir diese Welt betreten, die vielleicht schon seit Jahrtausenden keinen Fuß eines Menschen mehr verspürt hat.«

36

»Ich habe das Gefühl, daß es ziemlich spät am Tag sein muß«, sagte Pelorat, »aber die Sonne steht so hoch, daß es wohl eher Mittag ist.«

Trevize sah sich in dem fast idyllischen Panorama um. »Ich nehme an, das kommt von der orangefarbenen Tönung der Sonne, das vermittelt einem das Gefühl eines Sonnenuntergangs. Wenn wir noch hier sind, wenn die Sonne wirklich untergeht und die Wolkenformationen stimmen, sollten wir ein tieferes Rot erleben als wir das gewöhnt sind. Ich weiß nicht, ob Sie es schön oder deprimierend empfinden werden. Was das betrifft, war es auf Comporellon wahrscheinlich sogar noch ausgeprägter, aber dort waren wir ja die ganze Zeit in geschlossenen Räumen.«

Er drehte sich langsam um und musterte die Umgebung in allen Richtungen. Die Beleuchtung war tatsächlich eigenartig, und dann war da noch der ausgeprägte Geruch dieser Welt – oder zumindest dieses Teils der Welt. Er wirkte ein wenig modrig, beinahe muffig, aber durchaus nicht unangenehm.

Die Bäume in der Nähe waren von mittlerer Höhe und sahen alt aus, mit knorriger Rinde und etwas schief gewachsen, wenn er auch nicht sagen konnte, ob das an dem Wind lag oder am Boden. Kam das irgendwie drohende Ambiente dieser Welt nun von den Bäumen oder war es etwas anderers – weniger Greifbares?«

»Was haben Sie jetzt vor, Trevize?« wollte Wonne wissen. »Wir sind doch ganz sicher nicht so weit gekommen, um nur die Aussicht zu genießen.«

»Vielleicht sollte genau das für den Augenblick meine persönliche Rolle sein«, meinte Trevize. »Ich würde vorschlagen, daß Janov sich hier etwas umsieht. Dort drüben sind Ruinen, und er ist schließlich derjenige, der den Wert irgendwelcher Aufzeichnungen beurteilen kann, die er dort vielleicht findet. Ich kann mir vorstellen, daß er Schriften oder Filme in archaischem Galaktisch verstehen kann, und ich weiß ganz genau, daß das bei mir nicht der Fall ist. Außerdem kann ich mir denken, Wonne, daß Sie mit ihm gehen wollen, um ihn zu beschützen. Was mich betrifft, so werde ich hier bleiben und Wache stehen.«

»Wache gegen was? Primitive mit Steinen und Keulen?«

»Vielleicht.« Und dann verschwand das Lächeln um seine Mundwinkel und er sagte: »Seltsam, Wonne, mich macht dieser Ort hier ein wenig unruhig. Warum das so ist, kann ich nicht sagen.«

»Komm, Wonne!« sagte Pelorat. »Ich hab' mein ganzes Leben lang als Stubenhocker alte Geschichten gesammelt und nie ein echtes antikes Dokument in der Hand gehalten. Stell dir doch vor, wenn wir tatsächlich...«

Trevize blickte ihnen nach, wie sie weggingen, wobei Pelorats Stimme langsam verhallte, während er eifrig den Ruinen zustrebte. Wonne hielt mit ihm Schritt.

Trevize sah ihnen noch eine Weile gedankenverloren nach und wandte sich dann wieder der Umgebung zu. Was konnte hier sein, was seinen Argwohn erweckte?

Er hatte bisher noch nie den Fuß auf eine nicht von Menschen bewohnte Welt gesetzt, hatte aber viele aus dem Weltraum betrachtet. Gewöhnlich waren es kleine Welten, zu klein, um Wasser oder Luft festhalten zu können, aber sie waren immer als Markierung von Treffpunkten während Flottenmanövern nützlich gewesen (während seines ganzen Lebens hatte es keinen Krieg gegeben – und ein Jahrhundert lang vor seiner Geburt auch nicht –, aber trotzdem wurden Manöver abgehalten), und manchmal dienten sie auch als Übungsorte in simulierten Notfällen. Schiffe, zu deren Besatzung er gehört hatte, hatten sich im Orbit um solche Welten befunden oder waren auch auf ihnen gelandet, aber er hatte nie Gelegenheit gehabt, das Schiff zu verlassen.

Stand er jetzt tatsächlich auf einer leeren Welt? Hätte er dasselbe empfunden, wenn er auf einer der vielen kleinen luftlosen Welten gestanden hätte, wie er sie während seiner Ausbildung angetroffen hatte – und auch seitdem?

Er schüttelte den Kopf. Es hätte ihm nichts ausgemacht, dessen war er sicher. Er hätte einen Raumanzug getragen, so wie die unzähligen Male, wenn er sich außerhalb seines Schiffs im Weltraum befunden hatte. Das war eine vertraute Empfindung, und der Kontakt mit einem bloßen Felsbrocken hätte an dieser Vertrautheit nichts geändert, ganz sicher nicht!

Natürlich – er trug jetzt keinen Raumanzug. Er stand auf einer bewohnbaren Welt, die sich ebenso behaglich anfühlte wie vielleicht Terminus – viel behaglicher als Comporellon das gewesen war. Er fühlte den Wind an seiner Wange, die warme Sonne auf seinem Rücken, das Rascheln von Vegetation in seinen Ohren. Alles war vertraut, nur daß es keine menschlichen Wesen auf dieser Welt gab – zumindest nicht mehr.

War es das? War es das, was die Welt so unheimlich erscheinen ließ? Kam es daher, daß es nicht nur eine unbewohnte, sondern eine *verlassene* Welt war?

Er hatte sich noch nie zuvor auf einer verlassenen Welt befunden; hatte noch nie zuvor von einer verlassenen Welt gehört, nie daran gedacht, daß eine Welt verlassen sein *könnte.* All die Welten, von denen er bisher gewußt hatte, blieben, wenn sie einmal von menschlichen Wesen besiedelt worden waren, für alle Zeit bewohnt.

Er blickte zum Himmel auf. Nichts anderes hatte die Welt verlassen. Gelegentlich flog ein Vogel an ihm vorbei und kam ihm irgendwie natürlicher vor als der schieferblaue Himmel zwischen den orange getönten Schönwetterwolken. (Trevize war sicher, daß er sich, wenn er erst einmal ein paar Tage auf dem Planeten war, an die eigenartige Farbe würde gewöhnen können, und daß Himmel und Wolken ihm dann normal vorkommen würden.)

Er hörte Vogelgezwitscher aus den Bäumen und die leiseren, weicheren Geräusche von Insekten. Wonne hatte vorher Schmetterlinge erwähnt, und da waren sie jetzt – in überraschender Zahl und in einigen farbenprächtigen Variationen.

Auch im Gras war gelegentlich ein Rascheln zu hören, aber er konnte nicht feststellen, was dieses Rascheln verursachte.

Aber auch die offensichtliche Anwesenheit von Leben in seiner Umgebung erzeugte in ihm keine Furcht. Es war so, wie er gesagt hatte – terraformte Welten hatten von Anfang an keine gefährlichen Tiere besessen. Die Märchen seiner Kindheit und die Heldensagen seiner Jugend spielten ausnahmslos auf einer legendären Welt, die aus den vagen Mythen der Erde abgeleitet sein mußte. Der Holoschirm war mit Ungeheuern angefüllt gewesen, Löwen, Einhörnern, Drachen, Walen, Sauriern, Bären. Es gab Dutzende von ihnen mit Namen, die er vergessen hatte; einige von ihnen waren ganz sicher mythischer Natur, vielleicht sogar alle. Er erinnerte sich an kleinere Tiere, die bissen und stachen, ja sogar Pflanzen, die zu berühren gefährlich war – aber nur in diesen Geschichten. Er hatte einmal gehört, daß die primitiven Honigbienen hatten stechen können, aber echte Bienen waren doch ganz bestimmt nicht fähig, einem Schaden zuzufügen.

Langsam ging er am Rande des Hügels entlang. Das Gras war hoch und hart, wuchs aber nur spärlich, in kleinen Büscheln. Er schlenderte zwischen den Bäumen dahin, die ebenfalls in kleinen Gruppen angeordnet waren.

Er gähnte; gab hier wirklich nichts Aufregendes, und er überlegte, ob er nicht vielleicht ins Schiff zurückgehen und sich ein wenig aufs Ohr legen sollte. Nein, unvorstellbar. Schließlich mußte er Wache stehen.

Vielleicht sollte er wirklich Wachdienst machen – marschieren, eins, zwei, eins, zwei, und dann eine zackige Kehrtwendung mit komplizierten Manövern mit einem Parade-Elektrostab. (Das war eine Waffe, die kein Soldat in den letzten drei Jahrhunderten benutzt hatte, aber trotzdem exerzierte man immer noch mit ihr, aus Gründen, die einem niemand erklären konnte.)

Er grinste bei dem Gedanken und überlegte dann, daß er sich vielleicht Pelorat und Wonne bei den Ruinen anschließen sollte. Warum? Was würde das nützen?

Angenommen, er sah etwas, das Pelorat übersehen hatte? – Nun, dafür war dann noch Zeit genug, wenn Pelorat zurückgekehrt war. Wenn es etwas gab, das leicht zu finden war, dann sollte unbedingt Pelorat die Entdeckung machen.

Ob die beiden vielleicht Schwierigkeiten hatten? Unsinn! Was für Schwierigkeiten?

Und wenn es *doch* welche gab? Dann würden sie bestimmt rufen.

Er blieb stehen, um zu lauschen. Nichts zu hören.

Und dann drängte sich ihm wieder der unwiderstehliche Gedanke an Wachdienst auf, und er ertappte sich dabei, wie er marschierte, mit stampfend sich auf- und abbewegenden Füßen und einem imaginären Elektrostab, der von der Schulter genommen, herumgewirbelt und waagerecht vor ihm ausgestreckt wurde, genau waagerecht – wieder herumgewirbelt wurde, ein Ende über das andere, und zurück über die Schulter. Und dann, nach einer zackigen Kehrtwendung, sah er wieder zum Schiff hinüber (das jetzt natürlich ziemlich weit entfernt war).

Und als er das tat, erstarrte er wirklich, nicht nur in seinem gespielten Paradeschritt.

Er war nicht allein.

Bis jetzt hatte er keinerlei lebende Wesen gesehen, abgesehen von Pflanzen, Insekten und gelegentlich einem Vogel. Er hatte auch nichts näherkommen hören oder sehen – aber jetzt stand ein Lebewesen zwischen ihm und dem Schiff.

Die schiere Verblüffung über das Unerwartete beraubte ihn einen Augenblick lang der Fähigkeit, das, was er sah, zu deuten. Es dauerte einige Zeit, bis er wußte, was er da vor sich sah.

Es war ein Hund.

Trevize war kein Hundeliebhaber. Er hatte nie einen Hund besessen und empfand auch keine Aufwallung von Freundlichkeit gegenüber Hunden, wenn er einem begegnete. Auch diesmal empfand er keine derartige Aufwallung. Er dachte vielmehr recht ungeduldig, daß es wirklich keine Welt gab, auf die diese Geschöpfe den Menschen nicht begleitet hatten. Es gab zahllose Variationen von ihnen, und Trevize hatte schon lange den Eindruck, daß jede Welt wenigstens eine Variation hatte, die ganz charakteristisch für sie war. Nichtsdestoweniger waren alle Variationen in diesem einen Punkt konstant: ob man sie sich nun zur Unterhaltung hielt oder zum Herzeigen oder für irgendwelche nützliche Arbeit – sie waren dazu gezüchtet, menschliche Wesen zu lieben und ihnen zu vertrauen.

Es war dies eine Art von Liebe und Vertrauen, die Trevize nie besonders geschätzt hatte. Er hatte einmal mit einer Frau zusammengelebt, die einen Hund besessen hatte. Dieser Hund, den Trevize um der Frau willen tolerierte, empfand tiefste Bewunderung für ihn, folgte ihm überall hin, lehnte sich gegen ihn, wenn er sich entspannte (mit seinen ganzen fünfzig Pfund), bedeckte ihn zu höchst unerwarteten Zeitpunkten mit Speichel und Haar und hockte immer dann, wenn er und die Frau drauf und dran waren, miteinander zu schlafen, vor der Tür und winselte.

Trevize war aus dieser Erfahrung mit der festen Überzeugung hervorgegangen, daß er aus einem nur dem hündischen Verstand und dessen geruchsanalysierenden Fähigkeiten bekannten Grund ein fixiertes Objekt hündischer Ergebenheit war.

Daher betrachtete er den Hund, nachdem die erste Überraschung vorüber war, mit Sorge. Es war ein großer Hund, schlank und drahtig, mit langen Beinen. Er starrte ihn ohne sichtliche Zeichen von Anbetung an. Sein Maul stand offen, was vielleicht ein begrüßendes Grinsen darstellen sollte, aber die damit freigelegten Zähne waren ziemlich groß und gefährlich, und Trevize kam zu dem Schluß, daß er sich ohne diesen Hund in seiner unmittelbaren Umgebung wesentlich behaglicher fühlen würde.

Dann kam ihm in den Sinn, daß der Hund noch nie ein menschliches Wesen zu Gesicht bekommen hatte, und daß dies wahrscheinlich für zahlreiche vorangegangene Hundegenerationen ebenfalls galt. Der Hund mochte daher ebenso überrascht und unsicher über das plötzliche Auftauchen eines menschlichen Wesens sein, wie Trevize das beim Anblick des Hundes war. Trevize hatte zumindest den Hund schnell als das erkannt, was er war. Den Vorteil hatte der Hund nicht. Er war immer noch verwirrt und vielleicht sogar beunruhigt. Es würde ganz eindeutig gefährlich sein, ein so großes und mit so großen Zähnen ausgestattetes Tier in einem beunruhigten Zustand zu belassen. Trevize begriff, daß es notwendig sein würde, sofort freundschaftliche Beziehungen herzustellen. Also bewegte er sich sehr langsam auf den Hund zu (natürlich keine plötzlichen Bewegungen). Er streckte die Hand aus, bereit, sie beschnüffeln zu lassen, und gab weiche, besänftigende Geräusche von sich, die im großen und ganzen auf ›nettes Hündchen‹ hinausliefen – etwas, das ihm ungeheuer peinlich war.

Der Hund zog sich, ohne Trevize aus den Augen zu lassen, einen Schritt oder zwei zurück, als empfände er Mißtrauen. Dann verzog sich seine Oberlippe, er fletschte die Zähne, seiner Kehle entrang sich ein knurrendes Geräusch. Obwohl Trevize noch nie ein solches Verhalten an einem Hund erlebt hatte, konnte man es doch unmöglich als etwas anderes als eine Drohung interpretieren. Trevize blieb daher stehen und erstarrte. Seine Augen nahmen eine Bewegung an der Seite wahr, und sein Kopf drehte sich langsam herum. Zwei weitere Hunde waren aufgetaucht. Sie sahen ebenso tödlich wie der erste aus. Tödlich? Das Adjektiv kam ihm erst jetzt in den Sinn, aber es war unverkennbar, daß genau dieses Wort das richtige war.

Plötzlich schlug sein Herz wie wild. Der Weg zum Schiff war ihm versperrt. Er konnte nicht ziellos zu rennen anfangen, denn diese langen Hundebeine würden ihn nach wenigen Metern einholen. Wenn er die Stellung hielt und den Blaster benutzte, dann würden die anderen beiden ihn ohne Zweifel anspringen, während er einen tötete. In der Ferne konnte er weitere Hunde näherrücken sehen. Verfügten sie etwa über irgendeine Möglichkeit, sich untereinander zu verständigen? Jagten sie etwa in Rudeln?

Langsam bewegte er sich nach links, in eine Richtung, in der es keine Hunde gab – noch nicht. Langsam. Langsam.

Die Hunde bewegten sich mit ihm. Er war überzeugt, daß allein die Tatsache, daß die Hunde noch nie etwas wie ihn gesehen oder gerochen hatten, das einzige war, was ihn vor einem sofortigen Angriff bewahrte. Sie verfügten über kein etabliertes Verhaltensmuster, dem sie in seinem Fall folgen konnten.

Wenn er natürlich zu rennen begann, so würde das etwas den Hunden Vertrautes darstellen. Sie würden wissen, was zu tun war, wenn etwas von der Größe Trevizes Furcht zeigte und wegrannte. Sie würden ebenfalls rennen. Nur schneller.

Trevize fuhr fort, sich auf einen Baum zuzubewegen. Er verspürte den unwiderstehlichen Drang, sich nach oben zu bewegen, wo die Hunde ihm nicht folgen konnten. Sie bewegten sich mit ihm, knurrten leise, rückten näher. Alle drei fixierten ihn mit starrem Blick. Jetzt schlossen sich ihnen zwei weitere an, und in der Ferne konnte Trevize noch mehr Hunde sehen, die sich langsam näherten. Bald würde er den Punkt erreichen, wo er losrennen mußte. Er durfte nicht zu lange warten oder zu früh losrennen. Beides könnte sich als fatal erweisen.

Jetzt!

Wahrscheinlich stellte er einen persönlichen Beschleunigungsrekord auf, und trotzdem wäre es fast schiefgegangen. Er spürte das Zuschnappen von Kiefern, ganz dicht an seiner Ferse, und einen Augenblick lang spürte er, wie etwas ihn festhielt, ehe die Zähne von dem zähen Ceramoid abglitten.

Er war im Erklettern von Bäumen nicht besonders geschickt. Das letztemal, als er das versucht hatte, war er zehn Jahre alt gewesen, und er erinnerte sich jetzt deutlich daran, daß er sich auch damals recht ungeschickt angestellt hatte. Aber diesmal war der Stamm nicht ganz senkrecht, und die Rinde war knorrig und bot seinen Händen die Möglichkeit, sich festzuhalten. Und was viel wichtiger war, die Not trieb ihn, und es ist erstaunlich, wozu man fähig ist, wenn nur die Not groß genug ist.

Und dann fand Trevize sich in einer Astgabel sitzend, vielleicht zehn Meter über der Erde. Für den Augenblick bemerkte er nicht, daß er sich die Hand aufgekratzt hatte und daß er blutete. Unten um den Baum saßen jetzt fünf Hunde auf ihren Hinterläufen und starrten herauf. Ihre Zungen hingen heraus und alle blickten geduldig und erwartungsvoll.

Was nun?

37

Trevize war in diesem Augenblick nicht imstande, logisch und in Einzelheiten über die Situation nachzudenken. Er empfand vielmehr blitzartige Gedanken in einer seltsam verzerrten Folge. Wenn er sie sortiert hätte, wären sie etwa auf das folgende hinausgelaufen:

Wonne hatte behauptet, daß menschliche Wesen bei der Terraformung eines Planeten eine ungleichgewichtige Ökologie etablieren würden, die sie nur mit unendlicher Mühe davon würden hindern können, in Stücke zu gehen. So hatten beispielsweise Siedler niemals irgendwelche großen Raubtiere mitgebracht. Gegen kleine konnte man nichts machen. Insekten, Parasiten – selbst kleine Falken, Feldmäuse und dergleichen.

Aber die dramatischen Tiere der Mythen – Tiger, Grizzlybären, Haie, Krokodile? Wer sollte sie schon von Welt zu Welt schleppen, selbst wenn das einen Sinn ergeben hätte? Und welchen Sinn sollte es ergeben?

Das bedeutete, daß die menschlichen Wesen die einzigen großen Räuber waren, und ihnen war es überlassen, jene Pflanzen und Tiere zu hegen und von Wildwuchs zu befreien, damit sie nicht ausuferten.

Und wenn die menschlichen Wesen irgendwie verschwanden, dann mußten andere Räuber ihren Platz einnehmen. Aber welche Räuber? Die größten Raubtiere, die von den menschlichen Wesen toleriert wurden, waren Hunde und Katzen, gezähmt und in Abhängigkeit vom Menschen lebend.

Aber was, wenn keine menschlichen Wesen zurückblieben, um

sie zu füttern? Schließlich mußten sie dann ihre eigene Nahrung finden, um zu überleben. Und damit auch jene überlebten, von denen sie sich ernährten und deren Zahl beschränkt gehalten werden mußte, damit nicht durch Übervölkerung das Hundertfache des Schadens angerichtet wurde, den die Räuber sonst anrichten würden.

Also würde es dazu kommen, daß die Hunde sich in ihren verschiedenen Variationen vermehrten, wobei die großen dann die großen Pflanzenfresser angriffen und die kleineren Vögel und Nagetiere. Die Katzen würden bei Nacht jagen, die Hunde bei Tag – erstere einzeln, letztere in Rudeln.

Und vielleicht würde die Evolution am Ende mehr Variationen hervorbringen, um weitere Nischen der Umgebung zu füllen. Würde es vielleicht am Ende dahin kommen, daß manche Hunde im Meer leben konnten, um sich von Fischen zu ernähren, und würden manche Katzen vielleicht Flugfähigkeiten entwickeln, um die schwerfälligeren Vögel ebenso in der Luft wie auf der Erde zu jagen?

All dies stürmte auf Trevize ein, während er sich mit dem systematischeren Gedanken abmühte, was er als nächstes tun sollte.

Die Zahl der Hunde wuchs. Er zählte inzwischen dreiundzwanzig, die den Baum umgaben, und da waren weitere, die nachrückten. Wie groß war das Rudel? Doch was hatte das schon zu besagen? Es war jetzt schon groß genug.

Er zog den Blaster aus dem Halfter, aber das Gewicht des Kolbens in seiner Hand verlieh ihm nicht das Gefühl der Sicherheit, das er sich gewünscht hätte. Wann hatte er das letzte Mal eine Energieeinheit eingeschoben und wie viele Ladungen konnte er abfeuern? Ganz sicher nicht dreiundzwanzig.

Und was war mit Pelorat und Wonne? Würden die Hunde sich ihnen zuwenden, wenn sie auftauchten? Und waren sie in Sicherheit, wenn sie nicht erschienen? Falls die Hunde die Anwesenheit von zwei menschlichen Wesen in den Ruinen fühlten, was würde sie dann davon abhalten, sie dort anzugreifen? Ganz sicher würde es dort keine schützenden Türen oder Schranken geben.

Würde Wonne sie aufhalten oder sogar vertreiben können? Konnte sie ihre Kräfte durch den Hyperraum auf die erforderliche Intensität konzentrieren? Und wie lange würde sie diese Kräfte aufrechterhalten können?

Sollte er also um Hilfe rufen? Würden sie gerannt kommen,

wenn er schrie, und würden die Hunde unter Wonnes finsterem Blick fliehen? (Würde es eines finsteren Blicks bedürfen oder war es einfach nur ein mentaler Akt, den Zuschauer, die diese Fähigkeit nicht besaßen, gar nicht wahrnehmen konnten? Oder wenn sie erschienen, würden sie dann vor den Augen Trevizes in Stücke gerissen werden, während er von seinem relativ sicheren Platz im Baum aus zusah? Nein, er würde seinen Blaster einsetzen müssen. Wenn er einen Hund töten und die anderen nur für einen Augenblick erschrecken konnte, würde er den Baum hinunterrutschen, nach Pelorat und Wonne schreien und einen zweiten Hund töten können, wenn sie zurückkehrten, und dann konnten alle drei ins Schiff fliehen.

Er drehte die Intensität des Mikrowellenstrahls auf die Dreiviertelmarke. Das sollte ausreichen, um einen Hund mit lautem Knall zu töten. Der Knall war wichtig, um die anderen Hunde zu verscheuchen, und außerdem würde er Energie sparen.

Er zielte sorgfältig auf einen Hund mitten im Rudel, einen, der (in Trevizes Fantasie zumindest) größere Bösartigkeit als die anderen ausstrahlte – vielleicht nur, weil er ruhiger dasaß und daher kaltblütiger auf sein Opfer konzentriert schien. Der Hund starrte die Waffe direkt an, so als wollte er Trevize seine Verachtung zeigen.

Trevize kam in den Sinn, daß er nie mit einem Blaster auf ein menschliches Wesen geschossen hatte oder gesehen hatte, wie ein anderer das tat. Während der Ausbildung hatten sie auf wassergefüllte Plastikpuppen geschossen; das Wasser wurde dabei fast augenblicklich auf den Siedepunkt erhitzt und zerfetzte die Hülle, wenn es explodierte.

Aber wer würde, wenn nicht Krieg war, auf ein menschliches Wesen schießen? Und welches menschliche Wesen würde sich einem Blaster widersetzen und dazu zwingen, daß man ihn benutzte? Nur hier, auf einer Welt, die durch das Verschwinden menschlicher Wesen pathologisch geworden war...

Jene seltsame Fähigkeit des Gehirns, völlig belanglos Dinge wahrzunehmen, ließ Trevize bemerken, daß eine Wolke die Sonne verborgen hatte – und er feuerte.

Ein eigenartiges Schimmern durchschnitt die Luft, eine gerade Linie von der Mündung des Blasters zu dem Hund; ein unbestimmtes Funkeln, das vielleicht unbemerkt geblieben wäre, hätte die Sonne noch unbehindert scheinen können.

Der Hund mußte die erste Aufwallung von Hitze gefühlt haben

und eine winzige Bewegung gemacht haben, als wollte er springen. Und dann explodierte er, als ein Teil seines Blutes und seines Zellinhalts verdampfte.

Die Explosion erzeugte ein enttäuschend leises Geräusch, denn die Haut des Hundes war einfach nicht so zäh wie die der Puppen, an denen sie geübt hatten. Aber Fleisch, Haut, Blut und Knochen spritzten, und Trevize spürte, wie sich ihm der Magen umdrehte.

Die Hunde zuckten zusammen, und einige von ihnen wurden mit unbehaglich warmen Fragmenten bombardiert, aber das Zögern dauerte nur einen Augenblick lang. Plötzlich drängten sie sich aneinander, um das zu fressen, was ihnen geboten wurde. Trevize spürte, wie seine Übelkeit zunahm. Er machte ihnen keine Angst; er fütterte sie. Wenn das so weiterging, würden sie nie weggehen. Tatsächlich würde der Geruch von frischem Blut und warmem Fleisch noch mehr Hunde anlocken und wahrscheinlich andere, kleinere Raubtiere auch.

Eine Stimme rief: »Trevize. Was...?«

Trevize blickte auf. Wonne und Pelorat waren aus den Ruinen hervorgekommen. Wonne war stehen geblieben, die Arme ausgestreckt, um Pelorat zurückzuhalten. Sie starrte die Hunde an. Die Situation war klar und eindeutig. Sie brauchte keine Fragen zu stellen.

»Ich habe versucht, sie zu vertreiben«, schrie Trevize. »Ich wollte Sie und Janov nicht hineinziehen. Können Sie sie zurückhalten?«

»Mit Mühe«, sagte Wonne, sagte es, schrie nicht etwa, so daß Trevize Mühe hatte, sie zu hören, obwohl das Knurren der Hunde leiser geworden war, so als hätte man eine beruhigende, schallschluckende Decke über sie geworfen.

»Es sind zu viele«, sagte Wonne, »und ich bin nicht mit dem Muster ihrer neuronischen Aktivität vertraut. So wilde Wesen gibt es auf Gaia nicht.«

»Auf Terminus auch nicht und auch keiner anderen zivilisierten Welt«, schrie Trevize. »Ich werde so viele ich kann erschießen, und Sie versuchen, mit dem Rest klarzukommen. Eine kleinere Zahl macht Ihnen weniger Schwierigkeiten.«

»Nein, Trevize. Wenn Sie sie töten, zieht das nur weitere an. – Bleib hinter mir, Pel! Du kannst mich nicht schützen. – Trevize, Ihre andere Waffe.«

»Die Neuronenpeitsche?«

»Ja. Die erzeugt Schmerz. Aber schwache Energie, ganz schwach!«

»Haben Sie Sorge, ihnen weh zu tun?« rief Trevize zornig. »Ist jetzt die Zeit, um an die Heiligkeit des Lebens zu denken?«

»Ich denke an Pels Leben. Und das meine. Tun Sie, was ich sage! Wenig Energie. Und schießen Sie auf einen der Hunde. Ich kann sie nicht länger festhalten.«

Die Hunde hatten sich inzwischen von dem Baum entfernt und Wonne und Pelorat umringt, die mit dem Rücken an einer zerbrökkelnden Mauer standen. Die Hunde, die den beiden am nächsten waren, versuchten zögernd, noch näher zu rücken, winselten ein wenig, als versuchten sie sich klarzuwerden, was sie davon abhielt, wo sie doch nichts fühlen konnten. Einige versuchten erfolglos, sich an der Mauer hochzuarbeiten und von hinten anzugreifen.

Trevizes Hand zitterte, als er die Neuronenpeitsche auf schwache Leistung schaltete. Die Neuronenpeitsche benötigte viel weniger Energie als der Blaster, und eine einzige Energiepatrone konnte Hunderte von peitschenähnlichen Schlägen produzieren, aber jetzt, wo er daran dachte, konnte er sich auch nicht mehr erinnern, wann er diese Waffe das letztemal aufgeladen hatte.

Es war nicht so wichtig, mit der Peitsche zu zielen. Da es auch nicht darauf ankam, Energie zu sparen, konnte er über das ganze Hunderudel streifen. Das war die traditionelle Methode, um eine Menschenmenge unter Kontrolle zu halten, die Anstalten machte, gefährlich zu werden.

Aber er befolgte Wonnes Empfehlung. Er zielte auf einen Hund und feuerte. Der Hund fiel um, und seine Beine zuckten. Er gab ein lautes, schrilles Jaulen von sich.

Die anderen Hunde zogen sich von dem getroffenen Tier zurück, legten die Ohren an, und dann machten sie, ebenfalls jaulend, kehrt und entfernten sich. Zuerst langsam, dann schneller und schließlich im Eiltempo. Der getroffene Hund rappelte sich mühsam auf und hinkte wimmernd als letzter davon.

Der Lärm verhallte in der Ferne, und Wonne sagte: »Wir gehen besser ins Schiff. Sie werden zurückkommen. Die oder andere.«

Trevize dachte, daß er den Türmechanismus des Schiffes noch nie so schnell betätigt hatte. Und möglicherweise würde er das auch nie wieder können.

38

Erst als die Nacht hereinbrach, fühlte Trevize sich wieder einigermaßen normal. Der kleine Fleck Synthohaut auf der Schürfstelle an seiner Hand hatte den physischen Schmerz behoben, aber auch seine Psyche hatte eine Abschürfung erlitten, und die ließ sich nicht so leicht beheben.

Es war nicht nur die bloße Tatsache, daß er einer Gefahr ausgesetzt gewesen war. Darauf konnte er ebensogut wie jeder andere mutige Mensch reagieren. Es war die völlig unerwartete Richtung, aus der die Gefahr gekommen war. Es war das Gefühl des Lächerlichen. Wie würde es aussehen, wenn man herausfand, daß knurrende *Hunde* ihn auf einen Baum gejagt hatten? Es würde kaum schlimmer sein, als wenn ihn das Geschrei zorniger Kanarienvögel in die Flucht geschlagen hätte.

Stundenlang lauschte er auf einen weiteren Angriff der Hunde, auf ihr Heulen, auf das Scharren von Klauen an der Außenhaut des Schiffes.

Pelorat schien im Vergleich dazu recht kühl. »Für mich gab es keine Frage, alter Junge, daß Wonne mit den Bestien zurechtkommen würde. Aber ich muß sagen, Sie haben gut geschossen.«

Trevize zuckte die Achseln. Er war jetzt nicht in der Stimmung, über die Sache zu diskutieren.

Pelorat hielt seine Bibliothek in der Hand – eine kompakte Scheibe, auf der seine lebenslangen Forschungen im Bereich der Mythen und Legenden gespeichert waren – und zog sich damit jetzt in sein Schlafzimmer zurück, wo er sein kleines Lesegerät aufbewahrte.

Er schien recht mit sich zufrieden. Trevize bemerkte das, ging der Sache aber nicht weiter nach. Dafür war später Zeit, wenn sein Bewußtsein nicht mehr so völlig auf Hunde konzentriert war.

Als die beiden allein waren, sagte Wonne, eher sondierend: »Ich nehme an, Sie sind überrascht worden.«

»Allerdings«, sagte Trevize bedrückt. »Wer hätte geglaubt, daß ich beim Anblick eines Hundes – eines *Hundes!* – um mein Leben rennen würde.«

»Nach zwanzigtausend Jahren ohne Menschen ist das nicht mehr ganz dasselbe wie ein Hund. Diese Tiere müssen jetzt die dominierende große Raubtierspezies auf dem Planeten sein.«

Trevize nickte. »Das habe ich mir auch zurechtgelegt, als ich auf dem Ast saß – als dominierte Beute. Sie hatten mit dem, was sie über eine aus dem Gleichgewicht geratene Ökologie gesagt haben, sicherlich recht.«

»Aus dem Gleichgewicht geraten, ja, sicher, vom menschlichen Standpunkt aus betrachtet – aber wenn man bedenkt, wie effizient die Hunde hier doch ihre Sache machen, dann frage ich mich, ob Pel nicht mit seiner Annahme recht hat, daß die Ökologie selbst wieder ins Gleichgewicht kommen könnte, wobei sich die relativ wenigen Spezies, die auf diese Welt gebracht worden sind, weiterentwickeln und dann die verschiedenen Nischen füllen.«

»Seltsam«, sagte Trevize, »derselbe Gedanke ist mir auch in den Sinn gekommen.«

»Vorausgesetzt natürlich, das Ungleichgewicht ist nicht so groß, daß der Korrekturprozeß zu lange dauert. In dem Fall könnte der Planet völlig unbrauchbar werden.«

Trevize brummte.

Wonne sah ihn nachdenklich an. »Wie sind Sie eigentlich auf den Gedanken gekommen, sich zu bewaffnen?«

»Hat mir ja wenig genützt«, meinte der. »Sie haben ja mit Ihrer Fähigkeit...«

»Nicht ganz. Ich brauchte Ihre Waffe. In so kurzer Zeit und nur im Hyperraum-Kontakt mit dem Rest Gaias und bei so vielen einzelnen völlig fremdartigen Bewußtseinseinheiten hätte ich ohne Ihre Neuronenpeitsche überhaupt nichts ausrichten können.«

»Mein Blaster war nutzlos. Das habe ich versucht.«

»Wenn Sie einen Blaster einsetzen, Trevize, dann verschwindet ja lediglich *ein* Hund. Der Rest ist dann vielleicht überrascht, aber nicht verängstigt.«

»Noch viel schlimmer«, sagte Trevize. »Sie haben die Überreste aufgefressen. Ich habe sie ja förmlich zum Bleiben ermuntert!«

»Ja, ich verstehe, daß das die Folge sein könnte. Die Neuronenpeitsche ist da ganz anders. Die fügt Schmerz zu, und ein Hund, der Schmerz empfindet, gibt Laute einer Art von sich, die von anderen Hunden gut verstanden werden, die dann rein reflexartig, wenn nicht auch aus anderen Gründen, selbst Angst empfinden. Und als die Hunde auf Angst eingestimmt waren, brauchte ich nur noch ein wenig nachzuhelfen und schon sind sie weggerannt.«

»Ja, aber Sie haben erkannt, daß in diesem Fall die Peitsche nützlicher war. Ich nicht.«

»Ich bin es gewöhnt, mit anderen Bewußtseinsinhalten zu arbeiten, Sie nicht. Deshalb bestand ich auch darauf, daß Sie auf schwache Leistung schalten und auf einen Hund zielen. Ich wollte nicht so viel Schmerz, daß ein Hund davon getötet würde und verstummte. Ich wollte auch nicht, daß der Schmerz sich zu sehr verteilte, weil das nur ein Wimmern bewirkt hätte. Ich wollte kräftigen Schmerz und auf einen Punkt konzentriert.«

»Und den haben Sie bekommen, Wonne«, sagte Trevize. »Es hat perfekt funktioniert. Ich schulde Ihnen Dank.«

»Und in Wirklichkeit sind Sie beleidigt«, sagte Wonne nachdenklich, »weil Sie das Gefühl haben, eine lächerliche Rolle gespielt zu haben. Und doch, das wiederhole ich, hätte ich ohne Ihre Waffe nichts ausrichten können. Mich verblüfft nur immer noch, weshalb Sie sich bewaffnet haben, obwohl ich Ihnen versichert habe, daß es auf dieser Welt keine menschlichen Wesen gibt. Und daß das so ist, davon bin ich immer noch überzeugt. Haben Sie die Hunde vorher gesehen?«

»Nein«, sagte Trevize. »Ganz sicher nicht. Wenigstens nicht bewußt. Und ich laufe auch üblicherweise nicht bewaffnet herum. Auf Comporellon ist es mir nicht einmal in den Sinn gekommen, Waffen anzulegen. – Aber ich darf mir jetzt auch nicht einreden, daß das Zauberei war. Das kann es nicht gewesen sein. Vermutlich habe ich unbewußt an Tiere gedacht, die in Abwesenheit menschlicher Wesen gefährlich werden könnten, als wir anfingen, von aus dem Gleichgewicht geratenen Ökologien zu sprechen. Im nachhinein wirkt das ganz vernünftig, aber es *kann* natürlich sein, daß ich irgend so etwas vorher geahnt habe. Mehr war es ganz bestimmt nicht.«

»So leicht sollten Sie das nicht abtun«, sagte Wonne. »Ich habe an dem Gespräch über Ökologie auch teilgenommen und hatte keine solche Ahnung. Dieser ganz spezielle Trick, das Richtige zu ahnen, ist es, den Gaia als so wertvoll empfindet. Ich kann auch erkennen, daß es für Sie lästig sein muß, verborgene Vorahnungen zu haben, die Sie nicht begründen können, entschieden zu handeln, ohne klare Gründe dafür zu haben.«

»Auf Terminus nennt man das ›einen Riecher haben‹.«

»Auf Gaia sagen wir ›wissen, ohne zu denken‹. Sie wissen nicht gerne, ohne zu denken, oder?«

»Ja, es ist mir unangenehm. Ich mag es nicht, wenn ich von Gefühlen geleitet werde. Ich nehme schon an, daß hinter dem ›Riecher‹ irgendein vernünftiger Grund steht, aber diesen Grund nicht zu erkennen, erzeugt in mir das Gefühl, mein eigenes Bewußtsein nicht unter Kontrolle zu haben – eine Art leichter Wahnsinn.«

»Und als Sie sich für Gaia und Galaxia entschieden, haben Sie nach Ihrem Riecher gehandelt und jetzt suchen Sie den Grund.«

»Das habe ich wenigstens ein dutzendmal gesagt.«

»Und ich habe mich geweigert, das, was Sie sagten, als die reine Wahrheit zu akzeptieren. Das tut mir leid. Ich werde mich in diesem Punkt nicht mehr gegen Sie stellen. Ich hoffe aber, daß Sie mir erlauben, weiterhin auf Dinge hinzuweisen, die für Gaia sprechen.«

»Das dürfen Sie immer«, sagte Trevize, »wenn Sie nur Ihrerseits anerkennen, daß ich das nicht immer akzeptieren werde.«

»Ist es Ihnen dann in den Sinn gekommen, daß diese unbekannte Welt in eine Art Wildnis zurücksinkt, vielleicht sogar am Ende in einen Zustand der Verwüstung und der Unbewohnbarkeit, weil man eine einzige Spezies entfernt hat, die imstande ist, als lenkende Intelligenz tätig zu sein? Wenn die Welt Gaia wäre, oder noch besser ein Teil von Galaxia, dann könnte das nicht passieren. Die lenkende Intelligenz würde immer noch existieren und zwar in Gestalt der Galaxis als Ganzem. Und die Ökologie würde, wann immer sie aus dem Gleichgewicht geraten würde, aus welchem Grund auch immer, sich wieder auf den Gleichgewichtszustand zubewegen.«

»Bedeutet das, daß die Hunde nicht mehr fressen würden?«

»Natürlich würden sie das, ebenso wie menschliche Wesen essen. Aber sie würden zielorientiert fressen, mit dem Ziel nämlich, die Ökologie wieder in eine bestimmte Richtung zu lenken, nicht nur willkürlich, so wie die Umstände es erlauben.«

»Hunden würde vielleicht der Verlust der individuellen Freiheit nichts ausmachen«, meinte Trevize. »Aber menschlichen Wesen macht das sehr wohl etwas aus. – Und was ist, wenn *alle* menschlichen Wesen überall aus ihrer Existenz entfernt würden, nicht nur auf einer Welt oder auf einigen? Was ist, wenn Galaxia ganz ohne menschliche Wesen zurückbleiben würde? Würde es dann immer noch eine lenkende Intelligenz geben? Würden alle anderen Lebensformen und die unbelebte Materie imstande sein, für diesen Zweck eine gemeinsame Intelligenz zusammenzufügen?«

Wonne zögerte. »Eine solche Situation«, meinte sie dann, »ist noch nie erlebt worden. Es scheint auch unwahrscheinlich, daß sie in Zukunft je erlebt werden wird.«

Trevize gab sich damit nicht zufrieden. »Aber scheint es denn nicht auch Ihnen offenkundig, daß das menschliche Bewußtseins, wenn es den Menschen nicht mehr gäbe, nicht an seine Stelle treten könnte? Und würde daraus denn nicht folgern, daß menschliche Wesen ein besonderer Fall sind und als solcher behandelt werden müssen? Man sollte sie nicht einmal miteinander verschmelzen, geschweige denn mit nichtmenschlichen Objekten.«

»Und doch haben Sie sich für Galaxia entschieden.«

»Aus einem übergeordneten Grund, den ich nicht erkennen kann.«

»Vielleicht war dieser übergeordnete Grund ein kurzer, unbewußter Blick auf das, was die Folge einer aus dem Gleichgewicht geratenen Ökologie sein kann? Könnten Sie nicht überlegt haben, daß jede Welt der Galaxis sozusagen auf Messers Schneide steht, mit der Unstabilität auf beiden Seiten und daß nur Galaxia Katastrophen vermeiden könnte, wie sie auf dieser Welt stattfinden – ganz zu schweigen von den ewigen zwischenmenschlichen Katastrophen des Krieges und des Versagens von Verwaltungen.«

»Nein. Als ich die Entscheidung traf, existierte die Vorstellung einer aus dem Gleichgewicht geratenen Ökologie in meinem Bewußtsein noch gar nicht.«

»Wie können Sie da so sicher sein?«

»Ich weiß vielleicht nicht, was ich vorhersehe, aber wenn mir nachher etwas vorgeschlagen wird, würde ich es erkennen, wenn es das gewesen ist, was ich vorhersah. – Mir scheint, daß ich vielleicht auf dieser Welt gefährliche Tiere vorhergesehen habe.«

»Nun«, sagte Wonne nüchtern, »infolge jener gefährlichen Tiere hätten wir tot sein können, wenn die Kombination unserer Fähigkeiten nicht gewesen wäre – Ihrer Vorhersicht und meiner mentalen Ausstattung. Kommen Sie, dann sollten wir Freunde sein.«

Trevize nickte. »Wenn Sie wünschen.«

Seine Stimme klang dabei so eisig, daß Wonnes Augenbrauen sich erstaunt hoben, aber in dem Augenblick platzte Pelorat herein und nickte so heftig mit dem Kopf, daß man hätte glauben können, er wolle ihn abschütteln.

»Ich glaube«, sagte er, »wir haben es.«

39

Im allgemeinen glaubte Trevize nicht an leichte Siege, und doch war es nur menschlich, gegen besseres Wissen zu glauben. Er spürte, wie die Muskeln in seiner Brust und seiner Kehle sich verkrampften, brachte aber trotzdem hervor: »Die Lage der Erde? Haben Sie das entdeckt, Janov?«

Pelorat starrte Trevize einen Augenblick lang an und schien dann in sich zusammenzusinken. »Nun, das nicht«, sagte er sichtlich bedrückt. »Nicht ganz. – Genauer gesagt, Golan, damit hat es überhaupt nichts zu tun. Das hatte ich vergessen. Es war etwas anderes, das ich in den Ruinen entdeckt habe. Wahrscheinlich ist es in Wirklichkeit gar nicht so wichtig.«

Trevize schaffte es trotz seiner Enttäuschung, nur tief zu atmen und dann meinte er: »Schon gut, Janov. Jeder Fund ist wichtig. Was wollten Sie sagen?«

»Nun«, sagte Pelorat, »es ist einfach so, daß fast nichts überlebt hat, müssen Sie verstehen. Zwanzigtausend Jahre Sturm und Wind lassen nicht viel übrig. Und was noch wichtiger ist, pflanzliches Leben wirkt auf die Dauer destruktiv, und tierisches Leben – aber lassen wir das. Worauf ich hinaus möchte, ist, daß ›fast nichts‹ nicht dasselbe wie ›nichts‹ ist.

In den Ruinen muß sich ein öffentliches Gebäude befunden haben, denn ich habe ein paar heruntergefallene Steine oder Betonstücke gefunden, in die Buchstaben eingegraben waren. Ich konnte kaum etwas erkennen, verstehen Sie, alter Junge, aber ich habe Fotos gemacht mit einer der Kameras, die wir an Bord haben, einer, die das Bild mit einem Computer aufbereitet – ich bin nie dazu gekommen, um Erlaubnis zu bitten, eine solche Kamera benutzen zu dürfen, aber es war wichtig und ich...«

Trevize machte eine ungeduldige Handbewegung. »Weiter!«

»Ich konnte ein paar der Buchstaben entziffern, sie waren sehr archaisch. Trotz der Computeraufbereitung und obwohl ich mich ganz gut darauf verstehe, archaische Schriften zu lesen, war es unmöglich, sehr viel herauszubringen. Nur einen kurzen Satz. Die Buchstaben in dem Satz waren größer und ein wenig klarer als der Rest. Vielleicht waren sie tiefer eingegraben, weil sie die Welt selbst identifizierten. Die Stelle lautet ›Planet Aurora‹. Und deshalb stelle ich mir vor, daß diese Welt, auf der wir uns befinden, Aurora heißt oder Aurora *hieß*.«

»Irgendeinen Namen mußte sie ja haben«, sagte Trevize.

»Ja, aber Namen werden selten willkürlich gewählt. Ich habe eben meine Bibliothek sehr sorgfältig durchsucht und zwei alte Legenden gefunden, übrigens von zwei weit voneinander entfernten Welten, so daß man mit einiger Sicherheit annehmen kann, daß sie unabhängig voneinander entstanden sind, wenn man daran denkt... Aber lassen wir das. In beiden Legenden wird Aurora als ein Name für die Morgendämmerung gebraucht. Wir können unterstellen, daß Aurora in einigen prägalaktischen Sprachen tatsächlich Morgendämmerung *bedeutet*. Irgendein Wort für die Morgendämmerung oder den Tagesanbruch wird häufig als Name für Raumstationen oder andere Strukturen gebraucht, die als die ersten ihrer Art gebaut werden. Wenn diese Welt, in welcher Sprache auch immer, Morgendämmerung heißt, dann könnte sie auch die erste ihrer Art sein.«

Jetzt begann Trevize Interesse zu zeigen. »Wollen Sie etwa andeuten, daß dieser Planet die Erde ist und daß Aurora nur ein anderer Name für sie ist, weil sie die Morgendämmerung des Lebens und des Menschen darstellt?«

»So weit würde ich nicht gehen, Golan«, meinte Pelorat.

Und Trevize sagte mit einem Anflug von Bitterkeit: »Schließlich gibt es hier keine radioaktive Oberfläche, keinen riesigen Satelliten und keinen Gasgiganten mit mächtigen Ringen.«

»Genau. Aber Deniador schien zu glauben, daß dies eine der Welten war, die einst von der ersten Siedlerwelle bewohnt wurde, den Spacers. Wenn das zutrifft, dann könnte ihr Name Aurora andeuten, daß es die erste jener Spacerwelten war. Und dann könnte es sein, daß wir uns im Augenblick auf der ältesten Welt der Galaxis befinden, sieht man einmal von der Erde ab. Ist das nicht aufregend?«

»Auf alle Fälle interessant, Janov. Aber ist das nicht ein etwas kühner Schluß, bloß aus dem Namen Aurora?«

»Es kommt noch mehr«, sagte Pelorat aufgeregt. »Soweit ich das in meinen Aufzeichnungen feststellen konnte, gibt es heute in der Galaxis keine Welt mit dem Namen ›Aurora‹, und ich bin sicher, daß Ihr Computer das bestätigen wird. Wie ich schon sagte, es gibt alle möglichen Welten und andere Objekte, die in der einen oder anderen Weise ›Morgendämmerung‹ heißen, aber das Wort ›Aurora‹ wird nie benutzt.«

»Warum sollte es das auch? Schließlich ist es ein prägalaktisches Wort und daher vermutlich nicht sehr populär.«

»Aber Namen halten sich, selbst wenn sie ihre Bedeutung verloren haben. Wenn dies die erste besiedelte Welt wäre, dann wäre sie berühmt, hätte vielleicht sogar eine Zeitlang die beherrschende Welt der Galaxis sein können. Und dann hätte es doch ganz sicher andere Welten gegeben, die sich ›Neuaurora‹ oder ›Aurora Minor‹ oder dergleichen genannt hätten. Und wieder andere…«

Trevize unterbrach ihn. »Vielleicht war es nicht die erste besiedelte Welt, vielleicht war sie nie von Bedeutung.«

»Meiner Meinung nach gibt es einen besseren Grund, mein lieber Junge.«

»Und der wäre, Janov?«

»Wenn die erste Welle der Besiedlung von einer zweiten überholt wurde, der jetzt alle Welten der Galaxis angehören – so wie Deniador das dargestellt hat – dann hat es höchstwahrscheinlich eine Periode der Feindseligkeit zwischen den beiden Wellen gegeben. Die zweite Welle – aus der die Welten entstanden sind, die jetzt existieren – würde ganz sicherlich nicht die Namen benutzen, die irgendeine Welt der ersten Welle trug, und auf diese Weise können wir aus der Tatsache, daß der Name Aurora nie wieder benutzt wurde, schließen, daß es *tatsächlich* zwei Wellen von Siedlern gegeben hat, und daß dies eine Welt der ersten Welle ist.«

Trevize lächelte. »Langsam bekomme ich eine Vorstellung davon, wie ihr Mythologen arbeitet, Janov. Sie bauen ein wunderschönes Gebäude, aber es kann sein, daß es auf Luft gebaut ist. Die Legenden berichten uns, daß die Siedler der ersten Welle von zahlreichen Robotern begleitet waren und daß diese zu ihrem Niedergang geführt haben. Wenn wir jetzt auf dieser Welt einen Roboter finden könnten, dann wäre ich vielleicht bereit, all die Unterstellungen bezüglich erster Welle zu akzeptieren. Aber wir können natürlich nach zwanzigtau…«

Pelorat, dessen Mund die ganze Zeit gearbeitet hatte, fand endlich seine Stimme wieder. »Aber Golan, habe ich Ihnen das nicht gesagt? – Nein, natürlich nicht, ich bin so aufgeregt, daß ich alles durcheinanderbringe. Da *war* ein Roboter.«

40

Trevize rieb sich die Stirn, so als empfände er Schmerz. Dann sagte er: »Ein Roboter? Da war ein Roboter?«

»Ja«, sagte Pelorat und nickte heftig.

»Woher wissen Sie das?«

»Nun, es war ein Roboter. Meinen Sie denn, ich würde so etwas nicht erkennen, wenn ich es sehe?«

»Haben Sie je zuvor einen Roboter zu Gesicht bekommen?«

»Nein, aber es war ein Metallgegenstand, der wie ein menschliches Wesen aussah. Kopf, Arme, Beine, Rumpf. Natürlich, wenn ich sage Metall, dann war das hauptsächlich Rost. Und als ich auf ihn zuging, hat ihn wahrscheinlich die Erschütterung, die von meinen Schritten ausging, weiter beschädigt. Als ich ihn berühren wollte...«

»Warum sollten Sie ihn berühren wollen?«

»Nun, ich denke, ich wollte wohl meinen Augen nicht trauen. Es war eine automatische Reaktion. Als ich ihn berührte, zerfiel er. Aber...«

»Ja?«

»Ehe das geschah, schienen seine Augen ganz schwach zu glühen, und der Gegenstand gab ein Geräusch von sich, als versuchte er etwas zu sagen.«

»Sie meinen, er hat noch *funktioniert?*«

»Nur andeutungsweise, Golan. Und dann brach er zusammen.«

Trevize wandte sich Wonne zu. »Können Sie das bestätigen?«

»Es war ein Roboter, und wir haben ihn gesehen«, sagte Wonne.

»Und er hat noch funktioniert?«

Wonnes Gesicht blieb ohne Ausdruck. Sie sagte: »Als er zerfiel, hatte ich die vage Empfindung neuronischer Aktivität.«

»Wie kann es neuronische Aktivität gewesen sein? Ein Roboter hat kein organisches, aus Zellen aufgebautes Gehirn.«

»Aber das computerisierte Äquivalent, kann ich mir vorstellen«, sagte Wonne, »und das würde ich wahrnehmen.«

»Haben Sie eher eine robotische als eine menschliche Mentalität wahrgenommen?«

Wonne schob die Lippen vor: »Es war viel zu schwach, um irgend etwas zu unterscheiden, aber ich weiß, daß da etwas war.«

Trevize sah zuerst Wonne und dann Peloret an, ehe er nach einem tiefen Aufatmen sagte: »Das ändert natürlich alles.«

VIERTER TEIL

Solaria

10. ROBOTER

41

Trevize schien während des Abendessens tief in Gedanken versunken, und Wonne konzentrierte sich ganz auf das Essen.

Pelorat, der einzige, den es dazu zu drängen schien, zu reden, wies darauf hin, wenn die Welt, auf der sie sich befanden, Aurora wäre und die erste besiedelte Welt, dann müßte sie ziemlich nahe bei der Erde liegen.

»Es könnte sich lohnen, die unmittelbare stellare Umgebung abzusuchen«, sagte er. »Im schlimmsten Fall müßte man da ein paar hundert Sterne abklappern.«

Trevize murmelte, daß man sich nur in äußerster Not auf etwas so Unsystematisches einlassen sollte und daß er so viel Informationen wie möglich über die Erde haben wollte, ehe er den Versuch machen würde, sich ihr zu nähern, selbst wenn er sie finden sollte. Mehr sagte er nicht, und Pelorat, davon sichtlich beeindruckt, verstummte ebenfalls.

Als Trevize auch nach der Mahlzeit von sich aus das Gespräch nicht wieder eröffnete, sagte Pelorat vorsichtig: »Werden wir hier bleiben, Golan?«

»Jedenfalls über Nacht«, sagte Trevize. »Ich muß noch ein wenig nachdenken.«

»Und das ist nicht gefährlich?«

»Wenn es draußen nichts Schlimmeres als Hunde gibt«, meinte Trevize, »dann sind wir in dem Schiff hier sicher.«

»Wie lange würden wir denn zum Start brauchen, wenn es

hier *doch* etwas Schlimmeres als Hunde gäbe?« wollte Pelorat wissen.

Trevize beruhigte ihn. »Der Computer ist auf Startalarm geschaltet. Ich denke, wir würden es schaffen, in einer Zeitspanne zwischen zwei und drei Minuten zu starten. Und wenn irgend etwas Unerwartetes passieren sollte, wird er uns sehr wirksam warnen. Ich schlage daher vor, daß wir uns alle schlafen legen. Morgen früh werde ich entscheiden, was wir als nächstes tun.«

Leicht gesagt, dachte Trevize, als er sich dabei ertappte, wie er in die Dunkelheit starrte. Er saß teilweise bekleidet, zusammengekrümmt auf dem Boden des Computerraums. Das war recht unbehaglich, aber er war überzeugt, daß sein Bett im Augenblick auch nicht schlaffördernd sein würde, und hier konnte er wenigstens sofort etwas unternehmen, falls der Computer Alarm schlug.

Dann hörte er Schritte und fuhr automatisch in die Höhe, wobei er mit dem Kopf an die Schreibtischkante stieß – nicht kräftig genug, um Schaden anzurichten, aber immerhin kräftig genug, um sich veranlaßt zu sehen, eine Grimasse zu schneiden und die schmerzende Stelle zu reiben. »Janov?« sagte er halb krächzend, während ihm Tränen in die Augen traten.

»Nein, ich bin's, Wonne.«

Trevize griff mit einer Hand über den Tischrand, um wenigstens halbwegs Kontakt mit dem Computer herzustellen, und jetzt war Wonne in dem weichen Licht in einem hellrosafarbenen Umhang zu erkennen.

»Was ist denn?« fragte Trevize.

»Ich hab' in Ihrem Schlafzimmer nachgesehen, aber da waren Sie nicht da. Aber Ihre neuronische Aktivität war nicht zu verfehlen, und so ging ich ihr nach. Sie waren offenkundig wach, also bin ich hereingekommen.«

»Ja, aber was wollen Sie?«

Sie setzte sich mit hochgezogenen Knien an die Wand und stützte das Kinn darauf. »Machen Sie sich keine Sorgen«, sagte sie. »Ich habe keinerlei Absichten auf die Überreste Ihrer Unschuld.«

»Das hatte ich auch nicht erwartet«, meinte Trevize ein wenig sarkastisch. »Warum schlafen Sie nicht? Sie brauchen den Schlaf mehr als wir.«

»Glauben Sie mir«, sagte sie leise, mit einer Stimme, die ihr aus dem Herzen zu kommen schien. »Diese Episode mit den Hunden war sehr belastend.«

»Das glaube ich.«

»Aber ich mußte mit Ihnen reden, während Pel schläft.«

»Worüber?«

»Nun, als er Ihnen das von dem Roboter sagte, da meinten Sie, das würde alles ändern. Was haben Sie damit gemeint?«

»Erkennen Sie das nicht selbst?« fragte Trevize. »Wir haben drei Koordinatensätze; drei Verbotene Welten. Ich möchte alle drei besuchen, um so viel wie möglich über die Erde zu erfahren, ehe wir versuchen, sie zu erreichen.«

Er rückte etwas näher heran, um noch leiser zu sprechen, zuckte aber dann wieder zurück. »Hören Sie, ich möchte nicht, daß Janov hier hereinkommt und uns sucht«, meinte er. »Ich weiß nicht, was *er* denken würde.«

»Das ist unwahrscheinlich. Er schläft, und ich habe da ein wenig nachgeholfen. Wenn er sich regt, dann merke ich das. Reden Sie weiter! Sie möchten alle drei besuchen. Was hat sich geändert?«

»Ich hatte ursprünglich nicht geplant, auf irgendeiner Welt unnütz Zeit zu vergeuden. Wenn diese Welt, Aurora, zwanzigtausend Jahre nicht von Menschen bewohnt war, dann ist es höchst zweifelhaft, ob irgendeine wertvolle Information überlebt hat. Ich will nicht Wochen oder Monate damit verbringen, sinnlos auf der Planetenoberfläche herumzukratzen und Hunde abwehren und Katzen und Bullen oder was auch sonst noch wild und gefährlich geworden sein mag, nur in der Hoffnung, zwischen all dem Staub, dem Rost und den Ruinen irgendwelche Hinweise zu finden. Möglicherweise gibt es auf einer oder auch auf beiden anderen Verbotenen Welten menschliche Wesen und Bibliotheken, die noch intakt sind. Ich hatte daher vor, diese Welt sofort zu verlassen. In dem Fall wären wir jetzt bereits im Weltraum und würden in völliger Sicherheit schlafen.«

»Aber?«

»Aber wenn es auf dieser Welt Roboter gibt, die noch funktionieren, dann könnten sie über wichtige Informationen verfügen, die wir gebrauchen könnten. Es wäre weniger gefährlich, uns mit ihnen einzulassen als mit menschlichen Wesen, da sie nach allem, was ich gehört habe, Befehle befolgen müssen und menschliche Wesen nicht verletzen dürfen.«

»Dann haben Sie also Ihren Plan geändert und werden jetzt einige Zeit auf diesem Planeten damit verbringen, nach Robotern zu suchen?«

»Das will ich nicht, Wonne. Mir scheint, daß Roboter unmöglich ohne Wartung zwanzigtausend Jahre funktionieren – und doch haben Sie einen gesehen, in dem noch ein Funken Aktivität übrig war, also liegt es auf der Hand, daß ich mich nicht auf meine Vermutungen bezüglich Roboter verlassen kann. Ich darf nicht in Unwissenheit führen. Es könnte sein, daß Roboter dauerhafter sind, als ich mir das vorgestellt habe. Vielleicht haben sie auch eine gewisse Kapazität zur Selbstwartung.«

Wonne unterbrach ihn. »Hören Sie mir zu, Trevize, und behandeln Sie das bitte vertraulich!«

»Vertraulich?« sagte Trevize, und seine Stimme wurde vor Überraschung lauter. »Vor wem denn?«

»Pst! Vor Pel natürlich. Hören Sie, Sie brauchen Ihre Pläne nicht zu ändern. Sie hatten schon recht. Es gibt keine funktionierenden Roboter auf dieser Welt. Ich nehme nichts wahr.«

»Sie haben doch diesen einen wahrgenommen, und einer ist so gut wie...«

»Ich habe den einen *nicht* wahrgenommen. Er war nicht in Funktion. Seit *langer Zeit* nicht in Funktion.«

»Sie haben doch gesagt...«

»Ich weiß, was ich gesagt habe. Pel dachte, er hätte eine Bewegung gesehen und ein Geräusch gehört. Pel ist ein Romantiker. Er hat sein ganzes Leben damit verbracht, Daten zu sammeln, aber auf die Weise bringt man es in der Welt der Wissenschaft nicht zu Ruhm und Ansehen. Er wäre entzückt, wenn er selbst irgendeine wichtige Entdeckung machen könnte. Daß er das Wort ›Aurora‹ gefunden hat, hat ihn glücklicher gemacht, als Sie sich vorstellen können. Und es drängte ihn aus ganzer Seele danach, mehr zu finden.«

»Wollen Sie damit sagen, er sei so darauf erpicht gewesen, eine Entdeckung zu machen, daß er sich selbst eingeredet hat, er hätte einen funktionierenden Roboter gefunden, was in Wirklichkeit gar nicht der Fall war?« fragte Trevize.

»Das, worauf er gestoßen ist, war ein Klumpen Rost mit ebensoviel Bewußtsein wie der Stein, an dem er lehnte.«

»Aber Sie haben doch seine Geschichte bestätigt.«

»Ich habe es nicht übers Herz gebracht, ihn seiner Entdeckung zu berauben. Er bedeutet mir so viel.«

Trevize starrte sie eine ganze Minute lang an, ehe er schließlich sagte: »Würde es Ihnen etwas ausmachen, mir zu erklären, *warum* er Ihnen so viel bedeutet? Ich möchte es wissen. Ich möchte es wirklich wissen! Für Sie muß er doch einfach ein älterer Mann sein, an dem nichts Romantisches ist. Er ist ein Isolat, und Sie verachten Isolate. Sie sind jung und schön, und es muß andere Teile Gaias geben, die den Körper gut aussehender, durchtrainierter junger Männer haben. Mit denen könnten Sie eine physische Beziehung haben, die durch ganz Gaia hallt und Sie in Ekstase versetzt. Was also bedeutet Ihnen Janov?«

Wonne sah Trevize erst an: »Lieben Sie ihn denn nicht?«

Trevize zuckte die Achseln und meinte: »Ich mag ihn. Wahrscheinlich könnte man sagen, daß ich ihn auf eine nichtsexuelle Weise liebe.«

»Sie kennen ihn noch nicht sehr lang, Trevize. Warum lieben Sie ihn auf diese nicht-sexuelle Weise, wie Sie sagen?

Trevize lächelte, ohne sich dessen bewußt zu sein. »Er ist so ein *komischer* Bursche. Ich glaube ehrlich, daß er sein ganzes Leben lang kein einziges Mal an sich selbst gedacht hat. Man hat ihm befohlen, mit mir zu reisen, und er kam mit. Kein Einwand. Er wollte, daß ich nach Trantor gehe, aber als ich sagte, daß ich nach Gaia wollte, hat er nicht widersprochen. Und jetzt hat er sich dieser Suche nach der Erde angeschlossen, obwohl er wissen muß, daß es gefährlich ist. Ich bin durch und durch überzeugt, daß er, wenn er sein Leben für mich opfern müßte oder für sonst jemandem – das sofort und ohne zu überlegen tun würde.«

»Würden Sie Ihr Leben für ihn geben, Trevize?«

»Könnte sein, wenn ich keine Zeit zum Nachdenken hätte. Wenn ich Zeit zum Nachdenken hätte, würde ich zögern, und dann würde ich es wahrscheinlich bleiben lassen. Ich bin nicht so *gut* wie er. Und weil das so ist, empfinde ich diesen schrecklichen Drang, ihn zu beschützen und dafür zu sorgen, daß es ihm gut geht. Ich will nicht, daß die Galaxis ihm beibringt, *nicht* gut zu sein. Verstehen Sie? Und ganz besonders muß ich ihn vor *Ihnen* beschützen. Ich kann den Gedanken einfach nicht ertragen, daß Sie ihn eines Tages einfach fallen lassen, wenn Sie keinen Spaß mehr an ihm haben.«

»Ja, ich habe es mir schon gedacht, daß Sie so etwas denken würden. Können Sie sich denn nicht vorstellen, daß ich dasselbe in Pel sehe wie Sie – und in noch viel höherem Maße, da ich direkten Kontakt zu seinem Bewußtsein habe? Verhalte ich mich etwa so, als würde ich ihm weh tun wollen? Würde ich denn seine Fantasievorstellung, einen funktionierenden Roboter gesehen zu haben, unterstützen, wenn es nicht so wäre, daß ich es einfach nicht ertragen kann, ihm weh zu tun? Trevize, ich bin das gewöhnt, was Sie Güte nennen würden, weil jeder Teil Gaias bereit ist, sich für das Ganze aufzuopfern. Für uns ist ein anderes Verhalten einfach unvorstellbar, wir kennen so etwas gar nicht. Aber wir geben nichts auf, wenn wir so handeln, weil jeder Teil das Ganze *ist*, obwohl ich nicht erwarte, daß Sie das verstehen. Pel ist etwas ganz anderes.«

Wonne sah Trevize nicht länger an. Es war, als würde sie zu sich selbst sprechen. »Er ist ein Isolat. Er ist nicht selbstlos, weil er Teil eines größeren Ganzen ist – er ist selbstlos, weil er selbstlos ist. Verstehen Sie das? Er hat alles zu verlieren und nichts zu gewinnen, und doch ist er das, was er ist. Das beschämt mich, weil ich das bin, was ich bin, ohne die Furcht haben zu müssen, etwas zu verlieren, während er ist, was er ist, ohne Hoffnung, etwas zu gewinnen.«

Jetzt sah sie wieder zu Trevize auf. Sie war sehr ernst geworden. »Wissen Sie, um wieviel besser ich ihn verstehe, als Sie ihn je verstehen können? Und glauben Sie, daß ich ihm in irgendeiner Weise weh tun würde?«

Trevize senkte den Blick, ehe er sie wieder ansah. Dann meinte er: »Wonne, Sie haben heute gesagt, ›Kommen Sie, lassen Sie uns Freunde sein!‹. Und das einzige, was ich darauf geantwortet habe, war: ›Wenn Sie wollen‹. Das war recht unfreundlich von mir, weil ich an das dachte, was Sie Janov vielleicht antun könnten. Jetzt bin ich an der Reihe. Kommen Sie, Wonne, lassen Sie uns Freunde sein! Sie dürfen mich weiter auf die Vorteile Galaxias hinweisen und ich darf weiterhin Ihre Argumente von mir weisen. Trotzdem und auch weil das so ist, wollen wir Freunde sein.« Und er streckte ihr die Hand hin.

»Natürlich, Trevize«, sagte sie, und ihre Hände umfaßten einander kräftig.

42

Trevize grinste. Es war ein inneres Grinsen, denn seine Mundwinkel verzogen sich dabei nicht.

Als er mit dem Computer gearbeitet hatte, um den Stern – falls es einen solchen gab – gemäß dem ersten Koordinatensatz zu finden, hatten Pelorat und Wonne ihm dabei aufmerksam zugesehen und ihm Fragen gestellt. Jetzt blieben sie in ihrem Zimmer und schliefen oder entspannten sich zumindest und überließen die Aufgabe allein Trevize. Es war in gewisser Weise schmeichelhaft, weil Trevize daraus den Eindruck gewann, daß sie jetzt die Tatsache akzeptierten, er wisse, was er tue, und weder Überwachung noch Aufmunterung brauche. Was das betraf, so hatte Trevize aus der ersten Episode genügend Erfahrung gewonnen, um sich noch mehr auf den Computer verlassen zu können. Er hatte das Gefühl, daß er, wenn nicht gar keine, so doch weniger Überwachung brauchte.

Ein weiterer Stern – leuchtend und auf der galaktischen Karte nicht registriert – erschien. Dieser zweite Stern leuchtete heller als der, um den Aurora kreiste, und das ließ die Tatsache, daß er im Computer nicht registriert war, noch bedeutsamer erscheinen.

Trevize staunte über die Eigentümlichkeiten der antiken Tradition. Ganze Jahrhunderte konnte man wie im Teleskop zusammendrängen oder ganz aus dem Bewußtsein verschwinden lassen. Ganze Zivilisationen waren möglicherweise so ins Vergessen verbannt worden. Und doch gab es aus jenen Jahrhunderten, aus jenen Zivilisationen herausgepickte Fakten, vielleicht ein oder zwei, an die man sich unverzerrt erinnerte – wie etwa diese Koordinaten.

Er hatte Pelorat gegenüber eine diesbezügliche Bemerkung gemacht, und Pelorat hatte ihm darauf sofort erwidert, daß es genau dies sei, was das Studium der Mythen und Legenden so reizvoll machte. »Der Trick besteht darin«, hatte Pelorat gesagt, »herauszuarbeiten oder einfach zu entscheiden, welche Teile einer Legende historische Wahrheiten darstellen könnten. Das ist nicht leicht, und wenn sich verschiedene Mythologen damit befassen, dann geraten sie mit hoher Wahrscheinlichkeit an unterschiedliche Komponenten, je nachdem, was ihnen am besten in den Kram paßt.«

»Jedenfalls war der Stern genau da, wo er nach Deniadors Koordinaten – die der Computer für die abgelaufene Zeit korrigiert hatte – hätte sein müssen.«

In diesem Augenblick war Trevize bereit, eine beträchtliche Summe darauf zu wetten, daß auch der dritte Stern an Ort und Stelle sein würde. Und wenn das der Fall war, dann war Trevize bereit, auch jene Legende zu glauben, daß es insgesamt fünfzig Verbotene Welten gab (trotz der verdächtig runden Zahl) und sich dann zu fragen, wo die anderen siebenundvierzig sein mochten.

Eine bewohnbare Welt, Verbotene Welt, fand sich auf einer Kreisbahn um den Stern – und als es soweit war, erzeugte ihre Anwesenheit in Trevizes Bewußtsein nicht einmal einen Hauch von

Überraschung. Er war absolut sicher gewesen, daß sie da sein würde. Er lenkte die *Far Star* in einen hohen Orbit über den Planeten.

Die Wolkenschicht war spärlich genug, daß man die Planetenoberfläche recht gut vom Weltraum aus sehen konnte. Es handelte sich um eine wäßrige Welt, wie es fast alle bewohnbaren Welten waren. Es gab einen durchgehenden tropischen Ozean und zwei durchgehende polare Ozeane. In mittlerer Breite gab es einen mehr oder weniger schlangenförmigen Kontinent, der die ganze Welt umgab und zu beiden Seiten Buchten hatte, so daß auf diese Weise gelegentlich ein schmaler Isthmus entstand. Und auf der anderen Seite des Planeten war die Landoberfläche in drei große Teile zergliedert, und jeder der drei Teile war im Norden ausgedehnter als der gegenüberliegende Kontinent.

Trevize wünschte sich, er verstünde mehr von Klimatologie, um aus dem, was er sah, eine Prognose über die mutmaßlichen Temperaturen und Jahreszeiten abgeben zu können. Einen Augenblick lang spielte er mit dem Gedanken, den Computer an dem Problem arbeiten zu lassen. Aber eigentlich kam es im Augenblick gar nicht auf das Klima an.

Viel wichtiger war, daß der Computer wiederum keinerlei Strahlung wahrnehm, die technischen Ursprungs hätte sein können. Sein Teleskop verriet ihm, daß der Planet nicht mottenzerfressen war und daß es keine Anzeichen von Wüsten gab. Das Land zeigte verschiedene Grünschattierungen, aber auf der Tagseite gab es keine Stadtfläche und auf der Nachtseite keine Lichter.

War dies wieder ein Planet, der mit allen möglichen Arten von Leben, nur keinem menschlichen, bedeckt war?

Er klopfte an die Tür des anderen Schlafzimmers.

»Wonne?« rief er in einem lauten Flüsterton und klopfte ein zweites Mal.

Ein Rascheln war zu hören, und dann sagte die Stimme Wonnes: »Ja?«

»Könnten Sie herauskommen? Ich brauche Ihre Hilfe.«

»Wenn Sie einen Augenblick warten, mache ich mich ein wenig zurecht.«

Als sie schließlich erschien, wirkte sie hübscher als Trevize sie je gesehen hatte. Er war ein wenig verstimmt, daß sie ihn hatte warten lassen, denn ihm war es eigentlich gleichgültig, wie sie aussah. Aber sie waren jetzt Freunde, und so unterdrückte er seine Verstimmung.

Sie lächelte und meinte freundlich: »Was kann ich für Sie tun, Trevize?«

Trevize deutete auf den Bildschirm. »Wie Sie sehen können, überfliegen wir die Oberfläche einer allem Anschein nach völlig gesunden Welt, deren Landfläche mit dichter Vegetation bedeckt ist. Aber da sind keine Lichter auf der Nachtseite und keine auf technische Aktivitäten hindeutende Strahlung. Bitte lauschen Sie und sagen Sie mir, ob es tierisches Leben gibt. Ich hatte mir einmal eingebildet, ich könnte Herden grasender Tiere sehen, aber ich war nicht sicher. Vielleicht habe ich es mir auch nur eingebildet, weil ich so etwas sehen wollte.«

Wonne ›lauschte‹. Zumindest nahm ihr Gesicht einen seltsam intensiven Ausdruck an. Dann sagte sie: »O ja – reich an tierischem Leben.«

»Säugetiere?«

»Muß sein.«

»Menschen?«

Sie konzentrierte sich noch mehr. Eine ganze Minute verstrich, und dann noch eine, bis sie sich schließlich entspannte. »Ich kann es nicht mit Sicherheit sagen. Hie und da hatte ich das Gefühl, einen Hauch von Intelligenz zu entdecken, der hinreichend intensiv war, daß man ihn für menschlich halten könnte. Aber es war so schwach und trat auch nur so selten auf, daß ich es mir vielleicht auch nur eingebildet habe, weil ich es fühlen wollte. Sehen Sie...«

Sie hielt inne, dachte nach, und Trevize drängte sie mit einem »Nun?«

»Was ich sagen wollte, ist, daß ich anscheinend etwas anderes entdeckt habe. Es ist nichts, womit ich vertraut bin, aber ich wüßte nicht, wie es etwas anderes sein könnte als...«

Wieder nahm ihr Gesicht jenen gespannten Ausdruck an, als sie mit noch größerer Intensität ›lauschte‹.

»Nun«, sagte Trevize wiederum.

Ihr Ausdruck entspannte sich. »Ich wüßte eigentlich nicht, wie es etwas anderes als Roboter sein könnten.«

»Roboter!«

»Ja, und wenn ich sie wahrnehme, dann sollte ich doch ganz sicherlich auch menschliche Wesen wahrnehmen. Aber das ist nicht der Fall.«

»Roboter!« sagte Trevize erneut und runzelte die Stirn.

»Ja«, sagte Wonne, »und wie ich meine, in großer Zahl.«

43

Pelorat sagte mit fast demselben Tonfall wie Trevize ›Roboter!‹, als man ihm von ihnen berichtete. Dann lächelte er schwach. »Sie hatten recht gehabt, Golan, und es war falsch von mir, an Ihnen zu zweifeln.«

»Ich erinnere mich gar nicht, daß Sie an mir gezweifelt hätten, Janov.«

»Oh, nun ja, alter Freund, ich dachte, ich sollte es vielleicht nicht *zum Ausdruck bringen*. Ich dachte nur bei mir, daß es ein Fehler sei, Aurora zu verlassen, so lange die Chance bestand, möglicherweise irgendeinen überlebenden Roboter befragen zu können. Aber es ist ja klar, daß Sie wußten, es würde hier mehr Roboter geben.«

»Ganz und gar nicht, Janov. Ich habe es nicht *gewußt*. Ich habe lediglich darauf gebaut. Wonne sagt mir, ihre mentalen Felder deuten darauf hin, daß sie voll funktionieren, und mir scheint, daß sie eigentlich gar nicht voll funktionieren können, wo sie doch keine menschlichen Wesen um sich haben, für die sie sorgen könnten. Aber Menschen kann sie keine entdecken, deshalb suchen wir noch.«

Pelorat studierte den Bildschirm nachdenklich. »Dort unten scheint alles Wald zu sein, nicht wahr?«

»Hauptsächlich Wald. Aber es gibt ein paar hellere Stellen, und das kann vielleicht Grasland sein. Es ist nur so, daß ich keine Städte sehe und auch nachts keine Lichter, und daß es nur Wärmestrahlung gibt, keinerlei sonstige.«

»Also doch keine menschlichen Wesen?«

»Das frage ich mich eben. Wonne ist in der Kombüse und versucht sich zu konzentrieren. Ich habe willkürlich einen Nullmeridian für den Planeten festgesetzt, und das bedeutet, daß er im Computer jetzt in Längen- und Breitengraden aufgeteilt ist. Wonne hat ein kleines Gerät und sie drückt immer auf einen Knopf, wenn sie eine ungewöhnliche Konzentration robotischer Aktivität oder auch nur einen Hauch von menschlichem Denken wahrnimmt. Das Gerät ist an den Computer angeschlossen, der auf diese Weise alle Längen und Breiten registriert. Wir werden ihm die Wahl eines geeigneten Landeplatzes überlassen.«

Pelorat schien das nicht ganz recht zu sein. »Ist es klug, die Wahl dem Computer zu überlassen?«

»Warum nicht, Janov? Es ist ein sehr kompetenter Computer. Außerdem, wenn man schon selbst keine Grundlagen für eine Entscheidung hat, was schadet es da, die Wahl des Computers wenigstens in Betracht zu ziehen?«

Pelorats Gesicht hellte sich auf. »Das hat etwas für sich. In ein paar der ältesten Legenden ist davon die Rede, daß Menschen Entscheidungen getroffen haben, indem sie Würfel auf den Boden warfen.«

»Oh? Was soll das denn bewirken?«

»Jede Würfelfläche steht für eine Entscheidung: ja – nein – vielleicht – aufschieben – und so weiter. Die Fläche, die nach oben zu liegen kommt, würde den Rat bedeuten, dem man folgen soll. Oder sie ließen eine Kugel in einer Scheibe mit Vertiefungen laufen, wo die Entscheidungen bei dem jeweiligen Löchern angegeben sind. Manche Mythologen denken, daß es sich dabei eher um Glücksspiele als um Lotterien handelte, aber meiner Meinung nach ist da ohnehin kein großer Unterschied.«

»In gewisser Weise«, meinte Trevize, »spielen wir ein Glücksspiel, indem wir unseren Landeplatz wählen.«

Wonne kam aus der Kombüse und hörte die letzte Bemerkung. »Kein Glücksspiel«, sagte sie. »Ich habe ein paar ›vielleicht‹ und dann ein sicheres ›ja‹ gedrückt und zu dem ›ja‹ gehen wir.«

»Und weshalb ›ja‹?« fragte Trevize.

»Ich habe einen Hauch menschlichen Denkens wahrgenommen. Eindeutig. Unverkennbar.«

44

Es hatte geregnet, denn das Gras war naß. Am Himmel huschten die Wolken vorbei und sahen so aus, als würden sie jeden Augenblick aufbrechen. Die *Far Star* hatte neben einer kleinen Baumgruppe weich aufgesetzt. (Für den Fall, daß es hier wilde Hunde gibt, dachte Trevize, nur zum Teil im Spaß.) Sie waren ringsum von Terrain umgeben, das wie Weideland aussah, und beim Landeanflug hatte Trevize in der Umgebung Bodenformationen gesehen, die wie Obstgärten und Kornfelder aussahen – und diesmal ganz unverkennbar grasende Tiere.

Aber es gab keine Bauwerke. Nichts Künstliches, nur daß die Regelmäßigkeit der Bäume in dem Obsthain und die scharfen Grenzen zwischen den Feldern selbst so künstlich waren, wie das eine Mikrowellenempfängerstation gewesen wäre.

Aber war es möglich, daß diese Künstlichkeit von Robotern erzeugt war? Ohne menschliche Wesen?

Trevize schnallte sich ruhig seine Halfter um. Diesmal hatte er sich davon überzeugt, daß beide Waffen funktionsfähig und voll geladen waren. Er bemerkte Wonnes Blick und hielt inne.

»Nur zu!« sagte sie. »Ich glaube nicht, daß Sie sie brauchen werden, aber das habe ich schon einmal geglaubt, nicht wahr?«

»Würden Sie auch gerne Waffen haben, Janov?« sagte Trevize.

Pelorat schauderte. »Nein, danke, wenn Sie und Wonne dabei sind, Sie mit physischen Waffen und Wonne mit psychischen, habe ich nicht das Gefühl, in Gefahr zu sein. Wahrscheinlich ist es feige von mir, mich hinter Ihnen zu verstecken, aber ein richtiges Schamgefühl will sich in mir nicht einstellen, weil ich so dankbar bin, keine Gewalt anwenden zu müssen.«

»Ich verstehe«, sagte Trevize. »Sie dürfen nur nirgends alleine hingehen. Wenn Wonne und ich uns trennen, dann bleiben Sie bei einem von uns. Daß Sie nur ja nicht einer plötzlichen Regung von Neugierde folgen und wegrennen.«

»Darüber brauchen Sie sich keine Sorgen zu machen, Trevize«, sagte Wonne. »Ich werde darauf achten.«

Trevize verließ das Schiff als erster. Es wehte ein heftiger Wind, der nach dem Regenguß recht kühl war, aber Trevize war das willkommen. Wahrscheinlich war es vor dem Regen unbehaglich warm und feucht gewesen. Er sog überrascht die Luft ein. Der Geruch des Planeten war herrlich. Jeder Planet hatte seinen eigenen Geruch, das wußte er, einen Geruch, der stets fremd und gewöhnlich unangenehm war – vielleicht nur, weil er fremd war. Könnte fremd nicht auch angenehm sein? Oder kam das einfach daher, daß sie den Planeten gerade nach dem Regen in einer ganz bestimmten Jahreszeit erwischt hatten? Was auch immer, es war...

»Kommen Sie!« rief er. »Hier draußen ist es recht angenehm.«

Pelorat trat aus dem Schiff und sagte: »Angenehm ist genau das richtige Wort. Meinen Sie, es riecht immer so?«

»Das ist unwichtig. In einer Stunde haben wir uns an das Aroma gewöhnt, und dann werden wir nichts mehr riechen.«

»Schade«, sagte Pelorat.

»Das Gras ist naß«, sagte Wonne mit leicht mißbilligendem Tonfall.

»Regnet es auf Gaia nicht?« fragte Trevize, und in dem Augenblick erreichte sie der erste gelbe Sonnenstrahl durch eine kleine Lücke in den Wolken. Bald würde es mehr davon geben.

»Ja«, sagte Wonne, »aber wir wissen wann und sind dann darauf vorbereitet.«

»Schade«, sagte Trevize, »auf diese Weise fehlt Ihnen der Reiz des Unerwarteten.«

»Da haben Sie recht«, sagte Wonne. »Ich werde mir Mühe geben, nicht so provinziell zu sein.«

Pelorat sah sich um und sagte mit enttäuschter Stimme: »Scheint nichts da zu sein.«

»Das scheint nur so«, sagte Wonne. »Sie nähern sich uns hinter diesem Hügel.« Sie sah zu Trevize hinüber. »Meinen Sie, wir sollten ihnen entgegengehen?«

Trevize schüttelte den Kopf. »Nein, wir sind ihnen über viele Parsek entgegengekommen. Sollen ruhig die den Rest des Weges gehen. Wir werden hier auf sie warten.«

Nur Wonne konnte ihr Näherkommen fühlen, bis schließlich aus der Richtung, in die sie gezeigt hatte, eine Gestalt auf der Hügelkuppe erschien, dann eine zweite und schließlich eine dritte.

»Ich glaube, das ist für den Augenblick alles«, sagte Wonne.

Trevize sah ihnen neugierig entgegen. Obwohl er nie Roboter gesehen hatte, war in ihm nicht der geringste Zweifel, daß das welche waren. Sie hatten die schematische, impressionistische Form menschlicher Wesen und sahen doch offensichtlich nicht metallisch aus. Die robotische Oberfläche war stumpf und vermittelte die Illusion von Weichheit, als wären sie mit Plüsch bedeckt.

Aber woher wußte er, daß die Weichheit eine Illusion war? Trevize empfand einen plötzlichen Drang, diese Gestalten zu berühren, die sich ihnen so behäbig näherten. Wenn es zutraf, daß dies eine Verbotene Welt war und daß sich ihr nie Raumschiffe näherten – und das mußte sicherlich so sein, da das Zentralgestirn ja nicht in der galaktischen Karte enthalten war – dann mußten die *Far Star* und die Leute, die sie trug, etwas repräsentieren, was die Roboter nie erlebt hatten. Und doch reagierten sie mit stetiger Sicherheit, so als arbeiteten sie sich durch eine vertraute Übung hindurch.

Trevize sagte leise: »Hier gibt es vielleicht Informationen, die wir sonst nirgends in der Galaxis bekommen können. Wir könnten sie nach der Lage der Erde in bezug auf diese Welt fragen, und wenn sie es wissen, werden sie es uns sagen. Wer weiß, wie lange diese Dinge funktioniert und gehalten haben? Möglicherweise antworten sie aus persönlicher Erinnerung, stellen Sie sich das vor!«

»Andererseits«, sagte Wonne, »kann es sein, daß man sie erst kürzlich hergestellt hat und sie gar nichts wissen.«

»Oder«, sagte Pelorat, »sie wissen es vielleicht, weigern sich aber möglicherweise, es uns zu sagen.«

Trevize schüttelte den Kopf. »Ich stelle mir vor, sie können sich nicht weigern, wenn man ihnen nicht ausdrücklich den Befehl erteilt hat, uns nichts zu sagen. Und warum sollte man solche Befehle erteilen, wo doch ganz sicherlich niemand auf diesem Planeten unser Kommen erwartet haben kann?«

In einer Entfernung von etwa drei Metern blieben die Roboter stehen. Sie sagten nichts und machten keine weitere Bewegung.

Trevize meinte, zu Wonne gewandt und ohne den Blick von den Robotern zu wenden oder die Hand vom Blaster zu nehmen: »Können Sie erkennen, ob sie feindlich gestimmt sind?«

»Sie müssen berücksichtigen, daß ich keinerlei Erfahrung mit ihrer Mentalität habe, Trevize. Aber ich kann nichts wahrnehmen, das feindselig erscheint.«

Trevize nahm die rechte Hand vom Kolben der Waffe, ließ sie aber in der Nähe. Dann hob er die linke Hand und streckte den Robotern die Handfläche entgegen, in einer Geste, von der er hoffte, daß man sie als eine des Friedens erkennen würde, und sagte langsam: »Ich grüße Sie. Wir kommen als Freunde auf diese Welt.«

Der mittlere der drei Roboter senkte den Kopf in einer rudimentären Verbeugung, die ein Optimist vielleicht ebenfalls als eine Geste des Friedens hätte deuten können, und antwortete.

Trevize sackte verblüfft das Kinn herunter. In einer Welt galaktischer Kommunikation dachte man in einem so fundamentalen Bedürfnis einfach nicht an Versagen. Aber der Roboter sprach nicht Standardgalaktisch oder etwas, das dem nahekam. Tatsächlich konnte Trevize kein Wort verstehen.

45

Pelorats Überraschung war ebenso groß wie Trevizes, aber sie enthielt auch ein unverkennbares Element der Freude.

»Ist das nicht seltsam?« sagte er.

Trevize drehte sich zu ihm herum und sagte verweisend: »Das ist nicht seltsam. Das ist leeres Geplapper.«

»Keineswegs«, widersprach Pelorat, »das ist Galaktisch, aber sehr archaisch. Ein paar Worte sind mir vertraut. In geschriebener Form würde ich es wahrscheinlich verstehen. Das eigentliche Rätsel ist die Aussprache.«

»Nun, was hat er gesagt?«

»Er hat Ihnen gesagt, daß er Sie nicht verstanden hat.«

Wonne meinte: »Ich kann nicht erkennen, was er gesagt hat, spüre aber Verwirrung, und das paßt. Das heißt, wenn ich meiner Analyse robotischer Emotionen vertrauen kann – falls es so etwas wie robotische Emotion gibt.«

Jetzt sagte Pelorat etwas sehr langsam und mit sichtlicher Mühe, und die drei Roboter senkten gleichzeitig den Kopf.

»Was war das?« sagte Trevize.

»Ich habe gesagt, ich könnte nicht gut sprechen, würde es aber versuchen. Ich habe gebeten, mir ein wenig Zeit zu lassen. Du liebe Güte, alter Junge, das ist schrecklich interessant.«

»Schrecklich enttäuschend«, murmelte Trevize.

»Sehen Sie«, sagte Pelorat, »jeder bewohnbare Planet in der Galaxis legt sich irgendwie seine eigene Spielart des Galaktischen zurecht, so daß es eine Million Dialekte gibt, die manchmal untereinander kaum mehr verständlich sind. Aber das Standardgalaktisch hat sie alle zusammengebracht. Wenn man einmal davon ausgeht, daß diese Welt zwanzigtausend Jahre lang isoliert war, liegt es nahe, daß die Sprache sich so weit von der der restlichen Galaxis entfernt hat und eine völlig andere Sprache daraus geworden ist. Wenn das nicht so ist, mag es daran liegen, daß die Welt ein soziales System hat, das von Robotern abhängt, die nur eine Sprache verstehen, welche in der Weise gesprochen wird, wie sie programmiert waren. Um nicht dauernd neu programmieren zu müssen, blieb die Sprache statisch, und wir haben es jetzt lediglich mit einer archaischen Form des Galaktischen zu tun.«

»Das ist ein Beispiel dafür«, sagte Trevize, »wie eine robotisierte Gesellschaft statisch gehalten werden kann und schließlich degeneriert.«

»Aber mein lieber Junge«, protestierte Pelorat, »dafür zu sorgen, daß eine Sprache relativ unverändert bleibt, ist doch nicht notwendigerweise ein Zeichen für Degeneration. Das hat auch Vorteile. Dokumente, die Jahrhunderte oder Jahrtausende lang aufbewahrt werden, behalten ihre Bedeutung und verleihen den historischen Aufzeichnungen größere Autorität. Im Rest der Galaxis klingt die Sprache der Kaiserlichen Edikte aus der Zeit Hari Seldons bereits ziemlich seltsam.«

»Und Sie beherrschen dieses archaische Galaktisch?«

»*Beherrschen* würde ich nicht sagen, Golan. Ich habe es mir nur beim Studium der antiken Mythen und Legenden ein wenig angeeignet. Das Vokabular ist nicht völlig anders, aber die Betonung hat sich geändert, und es gibt idiomatische Ausdrücke, die wir nicht mehr verwenden. Und wie ich schon sagte, die Aussprache ist völlig anders geworden. Ich kann dolmetschen, aber nicht besonders gut.«

Trevize seufzte tief. »Ein wenig Glück ist besser als gar keins. Machen Sie weiter, Janov!«

Pelorat wandte sich zu den Robotern, wartete einen Augenblick und sah dann wieder Trevize an. »Was soll ich denn sagen?«

»Kommen wir doch gleich zur Sache. Fragen Sie sie, wo die Erde ist!«

Pelorat sagte die Worte, eines nach dem anderen, begleitete sie mit übertriebenen Handbewegungen.

Die Roboter sahen einander an und gaben ein paar Laute von sich. Dann sprach der mittlere zu Pelorat, und als der antwortete, spreizte er die Hände auseinander, als würde er ein Stück Gummi in die Länge ziehen. Der Roboter wiederum antwortete, indem er seine Worte ebenso sorgfältig setzte, wie Pelorat das getan hatte. Dann meinte Pelorat, zu Trevize gewandt: »Ich bin nicht sicher, daß ich denen klar machen kann, was ich unter ›Erde‹ verstehe. Ich vermute, die glauben, ich meine damit irgendeine Region auf ihrem Planeten, und sie sagen, sie würden keine solche Region kennen.«

»Gebrauchen Sie den Namen dieses Planeten, Janov?«

»Es klingt etwa wie ›Solaria‹.«

»Haben Sie den Namen je in Ihren Legenden gehört?«

»Nein – genauso wenig wie Aurora.«

»Nun, fragen Sie sie doch, ob es am Himmel irgendeinen Ort namens Erde gibt – zwischen den Sternen. Deuten Sie nach oben.«

Wieder ein Wortwechsel, und dann wandte Pelorat sich um und sagte: »Ich kriege aus denen nur heraus, daß es keine Orte am Himmel gibt, Golan.«

Jetzt schaltete Wonne sich ein. »Frag doch diese Roboter, wie alt sie sind, oder vielmehr, seit wann sie in Funktion sind.«

»Ich weiß nicht, wie man ›in Funktion‹ sagt«, sagte Pelorat und schüttelte den Kopf. »Ich weiß auch nicht, ob ich ›wie alt‹ sagen kann. Ich bin *kein* sehr guter Dolmetscher.«

»Versuch es eben so gut du kannst, Pel, Liebster«, sagte Wonne.

Nach einigen Wortwechseln erklärte Pelorat: »Sie sind seit sechsundzwanzig Jahren in Funktion.«

»Sechsundzwanzig Jahre«, murmelte Trevize angewidert. »Die sind ja kaum älter als Sie, Wonne.«

Wonne hob stolz den Kopf. »Zufälligerweise –«

»Ich weiß. Sie sind Gaia, und Gaia ist Tausende von Jahren alt. – Jedenfalls können diese Roboter nicht aus persönlicher Erfahrung über die Erde sprechen, und ihre Gedächtnisspeicher enthalten ganz offenkundig nichts, was für ihre Funktion nicht notwendig ist. Also wissen sie auch nichts über Astronomie.«

»Möglicherweise gibt es anderswo auf dem Planeten urtümliche Roboter«, sagte Pelorat.

»Das bezweifle ich«, sagte Trevize, »aber fragen Sie sie doch, wenn Sie die Worte dafür kennen.«

Diesmal dauerte das Gespräch ziemlich lang, und Pelorat brach es schließlich mit gerötetem Gesicht und offenkundig enttäuscht ab.

»Golan«, sagte er, »ich verstehe nicht alles, was sie sagen, aber soweit ich begreife, werden die älteren Roboter für manuelle Arbeit eingesetzt und wissen überhaupt nichts. Wenn dieser Roboter ein Mensch wäre, dann würde ich sagen, daß er recht verächtlich von den älteren Robotern gesprochen hat. Diese drei sind Hausroboter, sagen sie, und sie werden ersetzt, ehe sie alt werden. Sie sind diejenigen, die die Dinge wirklich kennen – das sind deren Worte, nicht meine.«

»Sie wissen nicht viel«, knurrte Trevize. »Wenigstens von den Dingen, die wir wissen wollen.«

»Jetzt bedaure ich es, daß wir Aurora so hastig verlassen haben«, sagte Pelorat. »Wenn wir dort einen überlebenden Roboter gefunden hätten, und das hätten wir sicher, denn bereits der erste, auf den ich stieß, hatte noch einen Funken Leben in sich, dann würden die aus persönlicher Erinnerung von der Erde gewußt haben.«

»Vorausgesetzt, daß ihre Erinnerung noch intakt gewesen wäre, Janov«, sagte Trevize. »Wir können immer noch dorthin zurückkehren, und wenn es sein muß, werden wir das auch tun, mit oder ohne Hunde. Aber wenn diese Roboter nur ein paar Jahrzehnte alt sind, dann muß es doch welche geben, die sie herstellen, und das müssen Menschen sein, würde ich meinen.« Er wandte sich Wonne zu. »Sind Sie sicher, daß Sie...«

Aber sie hob die Hand, um ihm Einhalt zu gebieten, und ihr Gesicht nahm einen angespannten, eindringlichen Ausdruck an. »Jetzt kommen sie«, sagte sie mit leiser Stimme.

Trevize wandte sein Gesicht dem Hügel zu, und da war es – zuerst hinter der Hügelkuppe auftauchend und dann auf sie zuschreitend war unverkennbar die Gestalt eines menschlichen Wesens zu erkennen. Seine Gesichtsfarbe war blaß und sein Haar hell und lang und stand etwas vom Kopf ab. Sein Gesicht wirkte ernst, sah aber recht jung aus. Seine unbedeckten Arme und Beine waren nicht besonders muskulös.

Die Roboter machten ihm Platz, und er trat vor, bis er in ihrer Mitte stand.

Dann sprach er mit klarer, angenehmer Stimme, und seine Worte, wenn auch archaisch gebraucht, kamen in Standardgalaktisch und waren leicht zu verstehen.

»Seid gegrüßt, Wanderer aus dem Weltraum«, sagte er. »Was begehrt ihr von meinen Robotern?«

46

Trevize bedeckte sich nicht gerade mit Ruhm, sondern meinte ziemlich albern: »Sie sprechen galaktisch?«

»Und warum sollte ich das nicht, nachdem ich nicht stumm bin?« sagte der Solarianer mit einem grimmigen Lächeln.

»Aber die hier?« Trevize deutete auf die Roboter.

»Das sind Roboter. Sie sprechen unsere Sprache so wie auch ich. Aber ich bin Solarianer und höre die Hyperraum-Kommunikation der Welten draußen und habe so eure Art zu sprechen gelernt wie meine Vorgänger. Meine Vorgänger haben mir Beschreibungen der Sprache hinterlassen, aber ich höre beständig neue Worte und Ausdrücke, die sich im Laufe der Jahre ändern, als könntet ihr Settlers euch zwar auf Welten festlegen, aber nicht auf Worte. Wieso überrascht Sie, daß ich Ihre Sprache verstehe?«

»Es hätte mich nicht überraschen sollen«, sagte Trevize. »Ich bitte um Entschuldigung. Ich hatte nur aufgrund der Sprache der Roboter nicht damit gerechnet, auf dieser Welt galaktisch zu hören.«

Er studierte den Solarianer. Er trug ein dünnes, weißes Gewand, das lose über seine Schultern drapiert war und seinen Armen viel Bewegungsfreiheit ließ. Vorne war es offen, so daß man die nackte Brust und das Lendentuch sehen konnte, das er darunter trug. Abgesehen von einem Paar leichter Sandalen trug er sonst nichts.

Trevize kam es in den Sinn, daß er nicht sagen konnte, ob der Solarianer nun männlichen oder weiblichen Geschlechts war. Die Brust war sicherlich männlich, aber haarlos, und das dünne Lendentuch ließ keinerlei Ausbuchtung erkennen.

Er wandte sich Wonne zu und sagte mit leiser Stimme: »Das könnte immer noch ein Roboter sein, aber er ist einem menschlichen Wesen sehr ähnlich in dem ...«

Wonne ließ ihn nicht weiterreden, und ihre Lippen bewegten sich kaum, als sie sagte: »Das Bewußtsein ist das eines menschlichen Wesens, nicht eines Roboters.«

»Und doch haben Sie meine Frage noch nicht beantwortet«, sagte der Solarianer. »Ich werde Ihnen das verzeihen und es Ihrer Überraschung zuschreiben. Jetzt frage ich noch einmal, und diesmal erwarte ich eine Antwort. Was wollen Sie von meinen Robotern?«

Trevize antwortete: »Wir sind Reisende und suchen Informationen, um unser Ziel zu erreichen. Wir haben Ihre Roboter danach gefragt, aber das Wissen fehlte ihnen.«

»Was für eine Information suchen Sie? Vielleicht kann ich helfen.«

»Wir suchen die Position der Erde. Könnten Sie uns die sagen?«

Die Augenbrauen des Solarianers schoben sich in die Höhe. »Ich hätte gedacht, daß ich das erste Objekt Ihrer Wißbegierde sein würde. Diese Information werde ich Ihnen liefern, obwohl Sie nicht danach verlangt haben. Ich bin Sarton Bander, und Sie stehen auf dem Sarton-Anwesen, das sich in jeder Richtung soweit das Auge reicht und noch weit darüber hinaus erstreckt. Ich kann nicht sagen, daß Sie hier willkommen sind, weil Sie, indem Sie hierher kamen, eine Vereinbarung verletzt haben. Sie sind seit vielen tausend Jahren die ersten Settlers, die auf Solaria gelandet sind, und wie sich erweist, sind Sie nur hierhergekommen, um sich nach dem Weg zu einer anderen Welt zu erkundigen. In den alten Tagen der Settlers hätte man Sie und Ihr Schiff sofort nach der Entdeckung zerstört.«

»Das wäre ein barbarisches Verhalten gegenüber Menschen gewesen, die nichts Böses wollen«, sagte Trevize vorsichtig.

»Dem stimme ich zu, aber wenn Angehörige einer sich ausbreitenden Gesellschaft den Fuß auf die Welt einer statischen Gemeinschaft setzen, ist die bloße Berührung schon potentiell schädlich. Solange wir diesen Schaden fürchteten, waren wir darauf vorbereitet, jene, die kamen, im Augenblick ihres Kommens zu vernichten. Da wir nicht länger Anlaß zur Furcht haben, sind wir, wie Sie sehen, bereit zu reden.«

»Ich weiß die Information zu schätzen, die Sie uns so offen angeboten haben«, sagte Trevize, »und doch haben Sie die Frage nicht beantwortet, die ich gestellt habe. Ich werde sie wiederholen. Könnten Sie uns die Lage des Planeten Erde sagen?«

»Unter Erde, nehme ich an, verstehen Sie die Welt, auf der die menschliche Spezies und die verschiedenen Spezies von Pflanzen und Tieren« – seine Hand machte eine graziöse Bewegung, die alles um sie einschloß – »ihren Ursprung hatten.«

»Ja, so ist es, Sir.«

Ein seltsamer Ausdruck leichten Ekels huschte über das Gesicht des Solarianers. »Bitte sprechen Sie mich einfach als Bander an, wenn Sie schon eine Anrede gebrauchen müssen«, sagte er. »Benutzen Sie bitte kein Wort, das auf ein Geschlecht hindeutet. Ich bin weder männlich noch weiblich. Ich bin *ganz*.«

Trevize nickte (er hatte recht gehabt). »Wie Sie wünschen, Bander. Wo liegt also die Erde, die Welt unseres Ursprungs?«

»Das weiß ich nicht«, sagte Bander. »Ich will es auch nicht wissen. Wenn ich es wüßte oder herausfinden könnte, würde Ihnen das nichts nützen, denn als Welt existiert die Erde nicht mehr. – Ah«, fuhr er fort und streckte die Arme aus. »Die Sonne fühlt sich herrlich an. Ich bin nicht oft an der Oberfläche und nie, wenn die Sonne sich nicht zeigt. Meine Roboter wurden ausgeschickt, Sie zu begrüßen, während sich die Sonne noch hinter den Wolken verbarg. Ich folgte ihnen erst, als die Wolken aufklarten.«

»Wieso existiert die Erde nicht länger als Welt?« sagte Trevize eindringlich und rechnete damit, erneut die Geschichte ihrer Radioaktivität zu hören.

Doch Bander ignorierte die Frage oder schob sie, besser gesagt, gleichgültig beiseite. »Die Geschichte ist zu lang«, sagte er. »Sie haben gesagt, Sie seien gekommen, ohne uns Böses zu wollen.«

»Das ist richtig.«

»Weshalb kamen Sie dann bewaffnet?«

»Das ist lediglich eine Vorsichtsmaßnahme. Ich wußte nicht, was mir begegnen würde.«

»Das ist unwichtig. Ihre kleinen Waffen stellen für mich keine Gefahr dar. Und dennoch bin ich neugierig. Ich habe natürlich viel von Ihren Waffen gehört und von Ihrer eigenartig barbarischen Geschichte, die so vollkommen von Waffen abzuhängen scheint. Dennoch habe ich noch nie eine Waffe zu Gesicht bekommen. Darf ich die Ihre sehen?«

Trevize trat einen Schritt zurück. »Leider nein, Bander.«

Bander schien amüsiert. »Ich habe nur aus Höflichkeit gefragt. Ich hätte überhaupt nicht zu fragen brauchen.«

Er streckte die Hand aus, und aus Trevizes rechtem Halfter kam sein Blaster, während aus dem linken Halfter die Neuronenpeitsche emporstieg. Trevize wollte nach seinen Waffen greifen, spürte aber, wie seine Arme festgehalten wurden, so als wäre er mit elastischen Fesseln gebunden. Pelorat und Wonne wollten vortreten, aber es war klar zu erkennen, daß auch sie festgehalten wurden.

»Sparen Sie sich die Mühe, sich einzumischen«, sagte Bander, »das können Sie nicht.« Die Waffen flogen in seine Hände und er musterte sie interessiert. »Diese hier«, sagte er und deutete auf den Blaster, »scheint ein Mikrowellenstrahler zu sein, der Hitze erzeugt und damit jeden Flüssigkeit enthaltenden Körper zur Explosion bringt. Die andere ist subtiler, und ich muß gestehen, daß ich auf den ersten Blick nicht erkennen kann, wozu sie bestimmt ist. Aber nachdem Sie uns keinen Schaden zufügen wollen, brauchen Sie keine Waffen. Ich kann und werde den Energiegehalt aus den Ladeeinheiten jeder Waffe entfernen. Damit sind sie harmlos, es sei denn, Sie wollten sie als Keule benutzen; aber wenn sie so eingesetzt würden, wären sie recht schwerfällig.«

Der Solarianer ließ die Waffen los, und sie schwebten wieder durch die Luft, diesmal auf Trevize zu. Sie schoben sich in die Halfter.

Trevize spürte, wie das, was ihn festgehalten hatte, sich lockerte, zog den Blaster heraus, aber er brauchte ihn nicht zu benutzen. Der Kontakt hing lose herunter und die Energieeinheit war offenkundig völlig leer. Und bei der Neuronenpeitsche war es genauso.

Er blickte zu Bander auf, der jetzt lächelnd sagte: »Sie sind völlig hilflos, Außenweltler. Wenn ich das wünschte, könnte ich ohne Mühe Ihr Schiff zerstören – und Sie natürlich auch.«

11. IM UNTERGRUND

47

Trevize hatte das Gefühl, zu Eis zu erstarren. Während er versuchte, normal zu atmen, wandte er sich zu Wonne um.

Sie stand da, den Arm schützend um Pelorats Hüfte gelegt und war allem Anschein nach ganz ruhig. Sie lächelte leicht und nickte mit dem Kopf, ganz unauffällig.

Trevize wandte sich wieder Bander zu. Er interpretierte Wonnes Verhalten als Zuversicht und hoffte, daß er recht hatte. Deshalb sagte er grimmig: »Wie haben Sie das gemacht, Bander?«

Bander lächelte, er war sichtlich bester Laune. »Sagen Sie, Sie kleine Außenweltler, glauben Sie an Hexerei? An Magie?«

»Nein, daran glauben wir nicht, kleiner Solarianer«, brauste Trevize auf.

Wonne zupfte an Trevizes Ärmel und flüsterte: »Sie sollten ihn nicht reizen. Er ist gefährlich.«

»Das sehe ich auch«, sagte Trevize, dem es sichtlich schwerfiel, nicht laut zu werden. »Dann tun Sie doch etwas.«

Mit kaum hörbarer Stimme sagte Wonne. »Jetzt noch nicht. Wenn er sich sicher fühlt, ist er weniger gefährlich.«

Bander achtete nicht auf die kurze im Flüsterton geführte Unterhaltung der Außenweltler. Er drehte sich um und ging gleichgültig weg, wobei die Roboter zurückwichen, um ihn durchzulassen. Dann sah er sich um und krümmte schlaff den Finger. »Kommen Sie! Folgen Sie mir! Alle drei! Ich werde Ihnen eine Geschichte erzählen, die Sie vielleicht nicht interessiert, dafür aber mich.« Er fuhr fort, mit gemessenen Schritten weiterzugehen.

Trevize blieb eine Weile stehen. Er war nicht sicher, was er tun sollte. Aber Wonne trat vor und zog auch Pelorat mit sich. Schließlich bewegte sich auch Trevize; die Alternative wäre gewesen, allein bei den Robotern stehenzubleiben.

Wonne meinte leichthin: »Wenn Bander so freundlich wäre, die Geschichte zu erzählen, die uns vielleicht nicht interessiert.«

Bander drehte sich um und sah Wonne aufmerksam an, als würde er sie jetzt zum erstenmal zur Kenntnis nehmen. »Sie sind der weibliche Halbmensch«, sagte er, »nicht wahr? Die geringere Hälfte?«

»Die kleinere Hälfte, Bander. Ja.«

»Dann sind diese zwei anderen männliche Halbmenschen?«

»Das sind sie.«

»Haben Sie schon Ihr Kind gehabt, Weibliche?«

»Mein Name ist Wonne, Bander. Ich habe noch kein Kind gehabt. Dies ist Trevize. Dies ist Pel.«

»Und welcher von diesen zwei Männlichen soll Ihnen assistieren, wenn Ihre Zeit da ist? Oder werden das beide tun? Oder keiner von beiden?«

»Pel wird mir assistieren, Bander.«

Bander wandte sich Pelorat zu. »Wie ich sehe, haben Sie weißes Haar.«

»Ja, das habe ich«, sagte Pelorat.

»Hatte es diese Farbe immer?«

»Nein, Bander, das ist erst im Alter so geworden.«

»Und wie alt sind Sie?«

»Ich bin zweiundfünfzig Jahre alt, Bander«, sagte Pelorat und fügte dann hastig hinzu: »Galaktische Standardjahre.«

Bander ging weiter (wahrscheinlich auf seine ferne Villa zu, dachte Trevize), nun aber langsamer. »Ich weiß nicht, wie lange ein galaktisches Standardjahr ist«, sagte er, »aber es kann sich nicht sehr von unserem Jahr unterscheiden. Und wie alt werden Sie sein, wenn Sie sterben, Pel?«

»Das kann ich nicht sagen. Vielleicht lebe ich noch dreißig Jahre.«

»Also zweiundachtzig Jahre. Kurzlebig und in Hälften geteilt. Unglaublich, und doch waren meine fernen Ahnen wie Sie und lebten auf der Erde. – Und doch haben einige von ihnen die Erde verlassen, um neue Welten zu gründen, die um andere Sterne kreisten, wunderschöne Welten, gut organisiert und viele.«

Trevize sagte laut: »Nicht viele. Fünfzig.«

Bander sah Trevize herablassend an. Sein Blick wirkte jetzt nicht mehr so freundlich. »Trevize. Das ist Ihr Name.«

»Golan Trevize. Ich sage, daß es fünfzig Spacerwelten gegeben hat. *Unsere* Welten zählen in Millionen.«

»Kennen Sie dann die Geschichte, die ich Ihnen erzählen möchte?« sagte Bander mit weicher Stimme.

»Wenn es die Geschichte ist, daß es einmal fünfzig Spacerwelten gegeben hat, dann kennen wir sie.«

»Wir zählen nicht nur nach Zahlen, kleiner Halbmensch«, sagte Bander. »Wir zählen auch die Qualität. Es waren fünfzig. Aber fünfzig von einer Art, daß all Ihre Millionen keiner einzigen von ihnen gleichkämen. Und Solaria war die fünfzigste und deshalb die beste. Solaria war den anderen Spacerwelten so weit voraus, wie diese der Erde voraus waren.

Wir von Solaria allein haben gelernt, wie man das Leben leben muß. Wir drängten uns nicht wie Herdentiere zusammen, wie die auf der Erde und wie Sie es auf den anderen Welten getan haben, selbst auf den anderen Spacerwelten. Wir lebten allein, jeder für sich, mit Robotern, um zu helfen, sichteten einander so oft wir wollten elektronisch, aber sahen einander nur selten auf natürliche Weise. Es ist viele Jahre her, seit ich menschliche Wesen so betrachtet habe, wie ich Sie jetzt betrachte. Aber Sie sind ja nur Halbmenschen, und Ihre Anwesenheit beschränkt deshalb meine Freiheit auch nicht mehr als eine Kuh sie begrenzen würde oder ein Roboter.

Ja, wir waren einstmals auch Halbmenschen. Ganz gleich, wie sehr wir auch unsere Freiheit vervollkommneten, ganz gleich, wie wir uns als einzelne Herren über zahllose Roboter entwickelten; die Freiheit war nie absolut. Um Junge hervorzubringen, mußten zwei Individuen zusammenarbeiten. Es war natürlich möglich, Samenzellen und Eizellen zu liefern und dann den Befruchtungsprozeß und das anschließende embryonische Wachstum künstlich verlaufen zu lassen, auf automatische Weise. Und das Junge konnte angemessen unter robotischer Obhut leben. Das alles konnte geschehen, aber die Halbmenschen waren nicht bereit, das Vergnügen aufzugeben, das mit der biologischen Schwängerung einherging. Und daraus entwickelten sich perverse emotionelle Bindungen, und die Freiheit verschwand. Sehen Sie ein, daß das geändert werden mußte?«

»Nein, Bander«, sagte Trevize, »weil wir die Freiheit nicht nach Ihren Maßstäben messen.«

»Das ist, weil Sie nicht wissen, was Freiheit ist. Sie haben nie anders als in Schwärmen gelebt und kennen keine andere Art zu leben, als dauernd, selbst in den kleinsten Dingen, gezwungen zu werden, Ihren Willen gegenüber dem anderer zu beugen, oder, was ebenso schlimm ist, Ihre Tage damit zu verbringen, andere zu zwingen, deren Willen dem Ihren zu unterwerfen. Wo ist da Freiheit? Freiheit ist nichts, wenn man nicht so leben kann, wie man wünscht! Genauso, wie man wünscht!

Und dann kam die Zeit, als die Erdenmenschen aufs neue anfingen, nach draußen zu schwärmen, als ihre Menschenmassen wieder durch den Weltraum wirbelten. Die anderen Spacers, die sich nicht so zusammengeschart hatten, wie die Erdenmenschen, aber die sich nichtsdestoweniger zusammenscharten, wenn auch in geringerem Maße, versuchten, mit ihnen in Wettbewerb zu treten. Wir Solarianer taten das nicht. Wir sahen voher, daß dieses Schwärmen am Ende scheitern mußte. Wir zogen in den Untergrund unseres Planeten und brachen jeden Kontakt mit dem Rest der Galaxis ab. Wir waren fest entschlossen, um jeden Preis wir selbst zu bleiben. Wir entwickelten geeignete Roboter und Waffen, um unsere scheinbar leere Planetenoberfläche zu beschützen, und die haben ihre Aufgabe in bewundernswerter Weise erfüllt. Schiffe kamen und wurden zerstört und hörten auf zu kommen. Der Planet wurde als verlassen angesehen und wurde vergessen, so wie wir das gehofft hatten.

Und unterdessen arbeiteten wir im Untergrund daran, unsere Probleme zu lösen. Vorsichtig paßten wir unsere Gene an. Es gab immer wieder Fehlschläge, aber manchmal auch einen Erfolg, und den Erfolg trieben wir weiter. Wir brauchten viele Jahrhunderte, aber am Ende wurden wir ganze menschliche Wesen und inkorporierten in einem Leib sowohl das männliche wie auch das weibliche Prinzip, lieferten uns unser eigenes vollendetes Vergnügen, ganz auf unseren Wunsch und produzierten, wenn wir das wünschten, befruchtete Eizellen, die unter geschickter robotischer Obhut weiterentwickelt werden konnten.«

»Hermaphroditen«, sagte Pelorat.

»Nennt man es so in Ihrer Sprache?« fragte Bander gleichgültig. »Ich habe das Wort nie gehört.«

»Der Hermaphroditismus bringt die Entwicklung zum völligen Stillstand«, sagte Trevize. »Jedes Kind ist das genetische Duplikat seines hermaphroditischen Elters.«

»Kommen Sie«, sagte Bander, »Sie behandeln die Entwicklung wie ein Spiel, bei dem man einmal trifft und das andere Mal sein Ziel verfehlt. Wir können unsere Kinder konstruieren, wenn wir das wünschen. Wir können die Gene verändern und anpassen und tun das gelegentlich auch. – Aber jetzt haben wir beinahe meine

Wohnung erreicht. Lassen Sie uns eintreten. Es beginnt spät zu werden. Die Sonne liefert bereits nicht mehr ausreichend Wärme, und wir werden uns drinnen behaglicher fühlen.«

Sie passierten eine Tür, die keinerlei Schlösser besaß, die sich aber öffnete, als sie sich ihr näherten, und die sich hinter ihnen wieder schloß, als sie durchgegangen waren. Es gab keine Fenster, aber als sie einen höhlenhaft wirkenden Raum betraten, erwachten die Wände zu leuchtendem Leben und wurden heller. Der Boden schien kahl und leer, aber er war weich und fühlte sich elastisch an. In jeder der vier Ecken des Raumes stand reglos ein Roboter.

»Diese Wand«, sagte Bander und wies auf die der Tür gegenüberliegende Wand, die sich durch nichts von den drei anderen unterschied – »ist mein Bildschirm. Die Welt öffnet sich mir durch jenen Schirm, aber sie begrenzt meine Freiheit in keiner Weise, weil nichts mich zwingen kann, sie zu benutzen.«

»Und Sie können auch einen anderen nicht zwingen, den seinen zu benutzen, wenn Sie ihn durch jenen Bildschirm sehen wollen und er das nicht will«, sagte Trevize.

»Zwingen?« sagte Bander hochmütig. »Soll ein anderes doch tun, was es mag, wenn es nur damit einverstanden ist, daß ich tue, was ich mag. Bitte nehmen Sie zur Kenntnis, daß wir keine Geschlechtspronomen benutzen, wenn wir von uns sprechen.«

In dem Raum stand ein Stuhl vor dem Bildschirm, und Bander nahm auf ihm Platz.

Trevize sah sich um, als erwarte er, daß weitere Stühle aus dem Boden sprängen. »Dürfen wir uns auch setzen?« sagte er.

»Wenn Sie wünschen«, sagte Bander.

Wonne nahm lächelnd auf dem Boden Platz. Pelorat setzte sich neben sie. Trevize blieb stur stehen.

»Sagen Sie, Bander«, wollte Wonne wissen, »wie viele menschliche Wesen leben auf diesem Planeten?«

»Sagen Sie Solarianer, Halbmensch Wonne. Der Begriff ›menschliches Wesen‹ ist durch die Tatsache besudelt, daß Halbmenschen sich so nennen. Wir könnten uns Ganzmenschen nennen, aber das ist zu schwerfällig. Der richtige Begriff lautet Solarianer.«

»Wie viele Solarianer leben dann auf diesem Planeten?«

»Das weiß ich nicht genau. Wir zählen uns nicht. Vielleicht zwölfhundert.«

»Nur zwölfhundert auf der ganzen Welt?«

»Reichliche zwölfhundert. Sie zählen schon wieder nach Zahlen, während wir nach Qualität zählen. – Und ebensowenig begreifen Sie, was Freiheit ist. Wenn ein anderer Solarianer existiert, der meine absolute Herrschaft über irgendein Stück meines Landes, über irgendeinen Roboter oder irgendein lebendes Ding oder irgendeinen Gegenstand in Frage stellt, dann ist meine Freiheit begrenzt. Da weitere Solarianer existieren, müssen die Grenzen, die die Freiheit einschränken, so weit wie möglich entfernt werden, indem man sie alle bis zu einem Punkt voneinander trennt, wo ein Kontakt praktisch nicht mehr existiert. Solaria kann zwölfhundert Solarianer unter Bedingungen tragen, die sich dem Ideal nähern. Fügen Sie mehr hinzu, und die Freiheit wird spürbar eingeschränkt, und das Resultat wird unerträglich.«

»Das bedeutet, daß jedes Kind gezählt und mit den Todesfällen ausgeglichen werden muß«, sagte Pelorat plötzlich.

»Sicherlich. Das muß auf jeder Welt mit stabiler Bevölkerung gelten – selbst der Ihren vielleicht.«

»Und da es wahrscheinlich wenige Todesfälle gibt, muß es demzufolge wenige Kinder geben.«

»In der Tat, so ist es.«

Pelorat nickte und schwieg.

»Was ich wissen möchte«, sagte Trevize, »ist, wie Sie meine Waffen durch die Luft fliegen ließen. Das haben Sie nicht erklärt.«

»Ich habe Ihnen als Erklärung Hexerei oder Magie angeboten, weigern Sie sich, das zu akzeptieren?«

»Selbstverständlich. Wofür halten Sie mich?«

»Werden Sie dann an die Erhaltung der Energie und an die notwendige Steigerung der Entropie glauben?«

»Ja. Ich kann aber nicht glauben, daß Sie die selbst in zwanzigtausend Jahren verändert oder um einen Mikrometer modifiziert hätten.«

»Das haben wir auch nicht, Halbmensch. Aber jetzt überlegen Sie. Draußen ist Sonnenlicht.« Er begleitete seine Worte mit einer eigenartigen, graziösen Geste, als wollte er alles Sonnenlicht mit einbeziehen. »Und dann gibt es Schatten. In der Sonne ist es wärmer als im Schatten, und die Wärme fließt spontan aus dem von der Sonne beschienenen in den schattigen Bereich.«

»Sie sagen mir etwas, was ich schon weiß«, sagte Trevize.

»Aber vielleicht wissen Sie es so gut, daß Sie nicht länger darüber nachdenken. Und nachts ist die Oberfläche Solarias wärmer als die Gegenstände außerhalb der Atmosphäre, also fließt diese

Wärme spontan von der Planetenoberfläche in den Weltraum hinaus.«

»Das weiß ich auch.«

»Und ob es nun Tag oder Nacht ist, das Innere des Planeten ist wärmer als die Planetenoberfläche. Deshalb fließt Wärme spontan aus dem Innern zur Oberfläche. Ich kann mir vorstellen, daß Sie das auch wissen.«

»Und was soll das alles, Bander?«

»Das Fließen von Wärme von heiß nach kalt, das nach dem zweiten Gesetz der Thermodynamik stattfinden muß, kann benutzt werden, um Arbeit zu leisten.«

»In der Theorie ja, aber das Sonnenlicht ist diffus, und die Wärme der Planetenoberfläche noch diffuser, und die Geschwindigkeit, mit der Wärme aus dem Innern entweicht, macht das noch diffuser. Der Wärmefluß, den man nutzen kann, würde wahrscheinlich nicht einmal ausreichen, um ein Steinchen zu heben.«

»Es hängt davon ab, was für ein Gerät man dafür einsetzt«, sagte Bander. »Unser Werkzeug ist im Laufe von Jahrtausenden entwickelt worden und ein Teil unseres Gehirns.«

Bander hob sein Haar zu beiden Seiten seines Kopfes an, so daß die Schädelpartie hinter seinen Ohren sichtbar wurde. Er drehte den Kopf, und man konnte hinter jedem Ohr eine Ausbuchtung erkennen, die etwa die Form und die Größe der stumpfen Hälfte eines Hühnereis hatte.

»Dieser Teil meines Gehirns und die Tatsache, daß Sie das nicht besitzen, macht den Unterschied aus zwischen einem Solarianer und Ihnen.«

Trevize sah immer wieder zu Wonne hinüber, die sich ganz auf Bander zu konzentrieren schien. Trevize war inzwischen völlig davon überzeugt, zu wissen, was hier vor sich ging.

Bander fand trotz seines Lobgesangs auf die Freiheit diese einmalige Chance unwiderstehlich. Es gab für ihn keine Möglichkeit, auf der Basis intellektueller Gleichheit zu Robotern zu sprechen, und ganz sicher nicht zu Tieren. Andererseits mit seinen Mitsolarianern zu sprechen, würde für ihn unangenehm sein, und außerdem würde jedwede Kommunikation gezwungen und ganz sicher nicht spontan sein.

Was Trevize, Wonne und Pelorat anging, so mochten sie für Bander zwar Halbmenschen sein und er sie als eine ebensolche Beeinträchtigung seiner Freiheit ansehen, wie das ein Roboter oder eine

Ziege sein würde – aber in intellektueller Hinsicht waren sie ihm ebenbürtig (oder wenigstens beinahe ebenbürtig), und die Chance, zu ihnen sprechen zu können, war ein einmaliger Luxus, den er noch nie zuvor erlebt hatte. Kein Wunder also, dachte Trevize, daß er diesen Luxus so auskostete. Und Wonne (auch davon war Trevize überzeugt) ermunterte ihn dazu, stieß Banders Bewußtsein sanft an, um ihn zu dem zu drängen, was er ohnehin tun wollte.

Wonne ging vermutlich von der Annahme aus, daß Bander, wenn er nur genug redete, ihnen vielleicht etwas Nützliches in bezug auf die Erde sagen würde. Das machte für Trevize Sinn, so daß er, selbst wenn ihn das Thema nicht interessierte, sich ohne Zweifel Mühe gegeben hätte, das Gespräch fortzusetzen.

»Was bewirken diese Gehirnlappen?« fragte Trevize.

»Sie sind Transducer«, sagte Bander. »Sie werden vom Wärmefluß aktiviert und wandeln diesen Wärmefluß in mechanische Energie um.«

»Das kann ich nicht glauben. Dazu reicht der Wärmefluß nicht aus.«

»Kleiner Halbmensch, Sie denken nicht nach. Wenn es viele Solarianer gäbe, die dicht aneinandergedrängt lebten und von denen jeder versuchte, den Wärmefluß zu nutzen, dann würde er in der Tat nicht ausreichen. Aber ich habe über vierzigtausend Quadratkilometer, die mir gehören – ganz allein mir. Ich kann den Wärmefluß von einem beliebig großen Teil dieser Fläche nutzen, und niemand kann mich daran hindern. Also reicht die Menge auch aus. Verstehen Sie?«

»Ist es so einfach, über eine weite Fläche den Wärmefluß zu sammeln? Allein schon der Akt der Konzentration erfordert doch ein hohes Maß an Energie.«

»Das mag sein, aber mir wird das gar nicht bewußt. Meine Transducerlappen konzentrieren beständig den Wärmefluß, und wenn Arbeit erforderlich ist, wird sie auch getan. Als ich Ihre Waffen in die Luft zog, verlor ein ganz bestimmtes Volumen der sonnenbeleuchteten Atmosphäre einen Teil ihrer überschüssigen Wärme an einen Teil der Schatten, so daß ich Sonnenenergie für den Zweck einsetzte. Anstatt nun mechanische oder elektronische Geräte dafür einzusetzen, habe ich ein neuronisches Gerät benutzt.« Er berührte einen der Transducerlappen leicht. »Dieses Gerät bewirkt es schnell, effizient, konstant – und mühelos.«

»Unglaublich«, murmelte Pelorat.

»Ganz und gar nicht unglaublich«, sagte Bander. »Überlegen Sie, ein wie delikates Instrument das Auge oder das Ohr ist und wie Auge und Ohr selbst winzige Mengen von Photonen und Luftschwingungen in Information umwandeln können. Wenn Sie das nicht tagtäglich am eigenen Leibe verspüren würden, würde Ihnen das auch unglaublich erscheinen. Die Transducerlappen sind ebensowenig unglaublich und wären es für Sie auch nicht, wenn sie Ihnen nicht fremd wären.«

»Was machen Sie mit diesen dauernd in Betrieb befindlichen Transducerlappen?« wollte Trevize wissen.

»Wir halten unsere Welt in Gang«, sagte Bander. »Jeder Roboter auf diesem weit ausgedehnten Anwesen bezieht seine Energie von ihnen, besser gesagt: aus dem natürlichen Wärmefluß. Ob nun ein Roboter einen Kontakt berührt oder einen Baum fällt, die Energie wird aus mentaler Übertragung bezogen – *meiner* mentalen Übertragung.«

»Und wenn Sie schlafen?«

»Der Vorgang der mentalen Übertragung läuft, ob ich schlafe oder wache, kleiner Halbmensch«, sagte Bander. »Hören Sie auf zu atmen, wenn Sie schlafen? Hört Ihr Herz zu schlagen auf? Meine Roboter arbeiten nachts weiter, und der Preis dafür ist, daß Solarias Kern ein wenig kühler wird. Im globalen Maßstab ist der Unterschied unmeßbar klein, und es gibt nur zwölfhundert von uns, so daß alle Energie, die wir verbrauchen, weder das Leben unserer Sonne merkbar verkürzt oder die innere Wärme unserer Welt beeinträchtigt.«

»Ist es Ihnen in den Sinn gekommen, diese Energie auch als Waffe einzusetzen?«

Bander starrte Trevize an, als wäre er etwas seltsam Unverständliches. »Ich nehme an«, sagte er dann, »Sie meinen damit, daß Solaria andere Welten mit Energiewaffen bedrohen könnte, die auf dem Transducer-Prinzip beruhen? Weshalb sollten wir das tun? Selbst wenn wir deren Energiewaffen, die auf anderen Prinzipien beruhen, damit schlagen könnten – was keineswegs sicher ist –, was würden wir gewinnen? Die Kontrolle über andere Welten? Was wollen wir mit anderen Welten, wo wir doch eine ideale Welt haben, die ganz allein uns gehört? Sollen wir etwa Macht über Halbmenschen ausüben und sie zur Zwangsarbeit benutzen? Wir haben unsere Roboter, die für solche Zwecke viel besser geeignet sind als Menschen. Wir haben alles. Wir wollen nichts – nur daß man uns in

Ruhe läßt. Sehen Sie – ich will Ihnen noch eine andere Geschichte erzählen.«

»Tun Sie das«, sagte Trevize.

»Vor zwanzigtausend Jahren, als die Halbkreaturen der Erde anfingen, in den Weltraum auszuschwärmen, und wir uns unter die Oberfläche unseres Planeten zurückzogen, waren die anderen Spacerwelten fest entschlossen, sich den neuen Siedlern der Erde entgegenzustellen. Also führten sie einen Schlag gegen die Erde.«

»Gegen die Erde«, sagte Trevize, bemüht, sich seine Befriedigung nicht anmerken zu lassen, daß das Thema endlich zur Sprache kam.

»Ja, gegen das Zentrum. Ein vernünftiges Unternehmen – in gewisser Weise. Wenn man eine Person töten will, dann schlägt man nicht nach seinem Finger oder seiner Ferse, sondern nach seinem Herzen. Und unsere Spacers, die in ihren Leidenschaften nicht zu weit von menschlichen Wesen selbst entfernt waren, brachten es zuwege, auf der Oberfläche der Erde einen radioaktiven Brand in Gang zu setzen, so daß die Welt in weitem Maße unbewohnbar wurde.«

»Ah, das ist es also, was geschehen ist«, sagte Pelorat, ballte die Faust und bewegte sie ein paarmal schnell auf und ab, als würde er auf ein Rednerpult schlagen. »Ich wußte doch, daß es kein natürliches Phänomen sein konnte. Wie ist das geschehen?«

»Ich weiß nicht, wie man es angestellt hat«, sagte Bander gleichgültig. »Und es hat jedenfalls den Spacers auch nicht genützt. Das ist es ja, worauf ich mit meiner Geschichte hinausmöchte. Die Settlers fuhren fort auszuschwärmen und die Spacers – sie sind ausgestorben. Sie hatten versucht, in Wettbewerb zu treten – und verschwanden. Wir Solarianer zogen uns zurück und weigerten uns, in Wettbewerb zu treten. Und deshalb sind wir immer noch da.«

»Und die Settlers auch«, sagte Trevize grimmig.

»Ja, aber nicht für alle Zeit. Schwärmer müssen kämpfen, müssen konkurrieren – und müssen am Ende sterben. Das mag noch Jahrzehntausende dauern, aber wir können warten. Und wenn es dann einmal geschieht, werden wir Solarianer ganz allein und befreit die Galaxis für uns haben. Dann können wir jede Welt, die wir uns zusätzlich zu der unseren wünschen, benutzen oder nicht benutzen.«

»Aber was Sie da von der Erde sagen«, sagte Pelorat und

schnippte ungeduldig mit den Fingern. »Ist das, was Sie uns sagen, Legende oder historische Wahrheit?«

»Wie kann man denn den Unterschied feststellen, Halb-Pelorat?« sagte Bander. »Die ganze Geschichte ist doch mehr oder weniger Legende.«

»Aber was sagen Ihre Aufzeichnungen? Darf ich Ihre Aufzeichnungen zu dem Thema sehen, Bander? – Bitte verstehen Sie, diese Frage der Mythen, Legenden und Urgeschichten ist für mich sehr wichtig. Ich bin ein Gelehrter und befasse mich mit solchen Dingen, ganz besonders Dingen, die sich auf die Erde beziehen.«

»Ich wiederhole nur, was ich gehört habe«, sagte Bander. »Es gibt zu diesem Thema keine Aufzeichnungen. Unsere Aufzeichnungen befassen sich einzig und allein mit den Angelegenheiten Solarias, und andere Welten werden in ihnen nur insoweit erwähnt, als sie uns berühren.«

»Aber die Erde hat Sie doch sicherlich berührt«, sagte Pelorat.

»Das mag sein, aber wenn es so ist, so liegt es weit zurück, und die Erde war von allen Welten ganz besonders abstoßend für uns. Wenn wir irgendwelche Aufzeichnungen von der Erde hätten, so bin ich sicher, daß man sie aus reinem Abscheu zerstört hätte.«

Trevize knirschte mit den Zähnen. »Sie selbst hätten das getan?« fragte er.

Bander wandte seine Aufmerksamkeit Trevize zu. »Es gibt sonst niemanden, der sie hätte zerstören können.«

Pelorat ließ nicht locker. »Was haben Sie sonst noch bezüglich der Erde gehört?«

Bander dachte nach. Dann meinte er: »Als ich jung war, hörte ich von einem Roboter eine Geschichte über einen Erdenmenschen, der einmal Solaria besucht hat; über eine solarianische Frau, die mit ihm unsere Welt verlassen hat und eine wichtige Gestalt in der Galaxis wurde. Aber meiner Meinung nach war das eine erfundene Geschichte.«

Pelorat biß sich auf die Unterlippe. »Sind Sie sicher?«

»Wie kann ich in einer solchen Sache sicher sein?« sagte Bander. »Aber immerhin – eigentlich übersteigt es die Grenzen der Glaubwürdigkeit, daß ein Erdenmensch es wagen würde, nach Solaria zu kommen, oder daß Solaria ein solches Eindringen dulden würde. Und noch unwahrscheinlicher ist es, daß eine solarianische Frau – wir waren damals Halbmenschen, aber trotzdem – diese Welt freiwillig verlassen sollte. – Aber kommen Sie, ich will Ihnen mein Heim zeigen.«

»Ihr Heim?« sagte Wonne und sah sich um. »Sind wir nicht in Ihrem Heim?«

»Keineswegs«, sagte Bander. »Dies ist ein Vorraum. Ein Sichtraum. In ihm sichte ich meine Mitsolarianer, wenn ich das muß. Ihre Bilder erscheinen auf jener Wand oder dreidimensional in dem Raum vor der Wand. Dieser Raum ist daher eine öffentliche Versammlung und nicht Teil meines Heims. Kommen Sie mit!«

Er ging voraus, ohne sich umzudrehen, um zu sehen, ob man ihm folgte. Aber die vier Roboter verließen ihre Ecken, und Trevize wußte, daß die Roboter ihn und seine Begleiter auf sanfte Weise zwingen würden zu folgen, falls sie das nicht spontan taten.

Die beiden standen auf, und Trevize flüsterte Wonne zu: »Haben Sie dafür gesorgt, daß er redete?«

Wonne drückte seine Hand und nickte. »Trotzdem würde ich mir wünschen, ich wüßte, was er vorhat«, fügte sie mit einem Gefühl des Unbehagens hinzu.

49

Sie folgten Bander. Die Roboter hielten höfliche Distanz, aber ihre Anwesenheit war eine Drohung, die sie alle dauernd fühlten.

Sie schritten durch einen Korridor, und Trevize murmelte bedrückt: »Auf diesem Planeten gibt es nichts Hilfreiches über die Erde, dessen bin ich sicher. Bloß eine weitere Variation zum Thema Radioaktivität.« Er zuckte die Achseln. »Wir werden zu dem dritten Koordinatenpunkt weiterreisen müssen.«

Eine Tür öffnete sich vor ihnen und gab den Blick auf einen kleinen Raum frei. »Kommen Sie, Halbmenschen«, sagte Bander, »ich will Ihnen zeigen, wie wir leben!«

»Das scheint ihm kindisches Vergnügen zu bereiten«, flüsterte Trevize. »Es würde mir richtig Spaß machen, ihn niederzuschlagen.«

»Sie sollten nicht versuchen, mit ihm in kindischem Verhalten zu wetteifern«, sagte Wonne.

Bander drängte sie alle drei in den Raum. Einer der Roboter trat ebenfalls mit ein. Die beiden anderen scheuchte Bander mit einer Handbewegung weg und trat dann selbst ein. Die Tür schloß sich hinter ihm.

»Das ist ein Aufzug«, sagte Pelorat, sichtlich von der Entdeckung entzückt.

»So ist es«, sagte Bander. »Seit wir in den Untergrund gegangen sind, sind wir nicht mehr herausgekommen. Das möchten wir auch nicht, obwohl es mir gelegentlich angenehm ist, das Licht der Sonne zu verspüren. Aber ich mag keine Wolken oder die Nacht im Freien. Das vermittelt einem das Gefühl, unter der Erde zu sein, ohne es in Wirklichkeit zu sein, falls Sie verstehen, was ich meine. Das ist eine gewisse kognitive Dissonanz, und das ist mir sehr unangenehm.«

»Die Erde hat auch unterirdisch gebaut«, sagte Pelorat. »Stahlhöhlen haben sie ihre Städte genannt. Und Trantor hat auch unterirdisch gebaut, sogar in noch stärkerem Maße, damals in der Kaiserzeit. – Und Comporellon baut im Augenblick unterirdisch. Eigentlich eine allgemeine Tendenz, wenn man einmal richtig darüber nachdenkt.«

»Halbmenschen, die unterirdisch schwärmen, und wir, die in isoliertem Prunk unser unterirdisches Leben führen, sind zwei völlig verschiedene Dinge«, sagte Bander.

»Auf Terminus befinden sich die Wohnstätten auf der Oberfläche«, sagte Trevize.

»Und sind damit dem Wetter ausgesetzt«, meinte Bander. »Sehr primitiv.«

Nachdem der Lift sich einmal durch die niedrigere Schwerkraft verraten hatte, ließ er keinerlei Gefühl der Bewegung mehr erkennen. Trevize fragte sich, wie weit sie wohl noch in die Tiefe sinken würden, als sich auf kurze Zeit ein Gefühl höherer Schwerkraft einstellte und die Tür sich öffnete.

Vor ihnen lag ein weiter, aufwendig möblierter Raum. Er war schwach beleuchtet, ohne daß man erkennen konnte, wo sich die Lichtquelle befand. Fast schien es, als ginge das Leuchten von der Luft selbst aus.

Bander deutete mit dem Finger, und dort, wo er hinzeigte, wurde das Licht etwas intensiver. Darauf deutete er in eine andere Richtung, und das gleiche Phänomen wiederholte sich. Er legte die linke Hand auf einen kleinen Vorsprung neben der Tür und machte mit der rechten Hand eine weit ausholende kreisförmige Bewe-

gung, worauf der ganze Raum hell wurde, als läge er im Sonnenlicht, ohne daß sich aber der Eindruck von Wärme einstellte.

Trevize schnitt eine Grimasse und sagte halblaut: »Der Mann ist
ein Scharlatan.«

Bander meinte scharf: »Nicht ›der Mann‹, sondern ›der Solarianer‹. Ich weiß nicht, was das Wort ›Scharlatan‹ bedeutet, aber
wenn ich den Tonfall richtig deute, dann ist es etwas Beleidigen-
des.«

»Es bedeutet jemanden, der nicht echt ist«, meinte Trevize, »jemanden, der Effekte erzeugt und das, was geschieht, eindrucksvol-
ler erscheinen läßt, als es wirklich ist.«

»Ich muß gestehen, daß ich Dramatik liebe«, sagte Bander, »aber
was ich Ihnen gezeigt habe, ist kein Effekt. Es ist echt.«

Er tippte an den kleinen Vorsprung in der Wand, auf dem seine
linke Hand ruhte. »Dieser Wärmeleitstab führt ein paar Kilometer
in die Tiefe, ähnliche Stäbe gibt es an vielen dafür geeigneten Stellen auf meinem Anwesen. Auf den anderen Anwesen gibt es ebenfalls solche Stäbe. Man kann mit ihnen die Geschwindigkeit beeinflussen, mit der die Wärme aus den inneren Regionen Solarias zur
Oberfläche steigt und die Umwandlung der Wärme in Arbeit er-
leichtern. Ich brauche die Handbewegungen nicht, um das Licht zu
erzeugen, aber das verleiht dem Ganzen ein wenig Dramatik oder,
wie Sie meinten, einen Hauch des Unechten. So etwas macht mir
Spaß.«

»Haben Sie oft Gelegenheit, sich an solcher Dramatik zu er-
freuen?« fragte Wonne.

»Nein«, sagte Bander und schüttelte den Kopf. »Meine Roboter
sind von solchen Dingen nicht beeindruckt. Meine Mitsolarianer
wären es auch nicht. Diese ungewöhnliche Chance, Halbmenschen
zu begegnen und ihnen Dinge zu zeigen, ist höchst ... ah ... amüsant.«

Pelorat meinte: »Das Licht in diesem Raum hat schwach geleuch-
tet, als wir eintraten. Leuchtet es immer schwach?«

»Ja, das kostet nur wenig Energie. Ebenso wie wenn man die Roboter arbeiten läßt. Mein ganzes Anwesen ist stets in Betrieb, und
die nicht aktiv arbeitenden Teile bleiben in ständiger Bereitschaft.«

»Und Sie liefern die ganze Zeit die Energie für dieses riesige Anwesen?«

»Die Sonne und der Kern des Planeten liefern die Energie. Ich bin
nur der Verteiler dafür. Auch ist nicht das ganze Anwesen produk-

tiv; den größten Teil davon lasse ich als Wildnis, angefüllt mit einer Vielfalt tierischen Lebens; zum einen, weil das meine Grenzen schützt, und zum anderen, weil ich darin einen ästhetischen Wert sehe. Tatsächlich sind meine Felder und Fabriken klein. Ich brauche sie nur, um meine eigenen Bedürfnisse zu befriedigen und für ein paar Spezialitäten zum Tausch gegen die Spezialitäten anderer. Ich habe beispielsweise Roboter, die die Wärmeleitstäbe nach Bedarf herstellen und installieren können. Viele Solarianer sind darin von mir abhängig.«

»Und Ihr Heim?« fragte Trevize. »Wie groß ist das?«

Das mußte die richtige Frage gewesen sein, denn Bander strahlte. »Sehr groß, eines der größten auf dem Planeten, glaube ich. Es erstreckt sich viele Kilometer weit nach alle Richtungen. Ich habe ebenso viele Roboter, die unterirdisch mein Haus besorgen, wie ich sie auf all den Tausenden von Quadratkilometern an der Oberfläche habe.«

»Aber Sie bewohnen das doch nicht alles«, sagte Pelorat.

»Es mag schon sein, daß es Räume gibt, die ich nie betreten habe, aber was macht das?« sagte Bander. »Die Roboter halten jeden Raum sauber, gut gelüftet und in Ordnung. Aber kommen Sie, folgen Sie mir!«

Sie gingen durch eine weitere Tür und betraten einen Korridor. Vor ihnen stand ein kleiner, oben offener Bodenwagen, der auf Schienen lief.

Bander bedeutete ihnen mit einer Handbewegung, einzusteigen, und sie kletterten einer nach dem anderen an Bord. Der Raum reichte nicht für alle vier und den Roboter aus, aber Pelorat und Wonne rückten so eng zusammen, daß auch Trevize Platz fand. Bander nahm vorne Platz, mit dem Roboter an seiner Seite, und das Fahrzeug setzte sich ohne ein Anzeichen von Steuerung in Bewegung, sah man von gelegentlichen Handbewegungen Banders ab.

»Tatsächlich ist das ein Roboter in Wagenform«, sagte Bander gleichgültig.

Sie bewegten sich in behäbigem Tempo, vorbei an Türen, die sich bei ihrer Annäherung öffneten und sich hinter ihnen wieder schlossen. Jeder Raum, den sie so zu sehen bekamen, war völlig unterschiedlich eingerichtet, als hätte man Robotern den Befehl gegeben, willkürlich Kombinationen herzustellen.

Vor ihnen war der Korridor dunkel und hinter ihnen ebenfalls. Aber dort, wo sie sich jeweils befanden, umgab sie das Äquivalent kühlen Tageslichts. Auch die Räume erhellten sich, wenn die Türen aufgingen. Und jedesmal bewegte Bander gemessen und graziös die Hand.

Die Reise schien endlos zu dauern. Hie und da beschrieb ihr Fahrzeug einen leichten Bogen und ließ erkennen, daß die unterirdische Villa sich in zwei Dimensionen erstreckte. (Nein, drei, dachte Trevize, als sie in gleichmäßigem Tempo einen leichten Abhang hinunterfuhren.) Und wohin auch immer sie kamen, waren Roboter zu Dutzenden – zu Hunderten – zu sehen, alle mit Arbeiten beschäftigt, deren Sinn Trevize nicht enträtseln konnte.So passierten sie etwa die offene Tür eines weitläufigen Raumes, in dem Reihen von Robotern stumm über Tische geneigt dasaßen.

»Was machen die, Bander?« wollte Pelorat wissen.

»Buchhaltung«, sagte Bander. »Sie führen statistische Aufzeichnungen, Finanzkonten und derlei Dinge. Ich bin sehr froh, daß ich mich darum nicht kümmern muß, aber das ist nicht etwa ein Anwesen, in dem nichts geschieht. Etwa ein Viertel der bewachsenen Fläche wird für Obstbau genutzt. Ein weiteres Zehntel sind Getreidefelder, aber mein eigentlicher Stolz sind die Obstgärten. Wir züchten hier das beste Obst auf der Welt, in der größten Zahl von Varianten, die es gibt. Bander-Pfirsche gelten als *die* Pfirsche auf Solaria. Sonst macht sich kaum einer die Mühe, Pfirsche zu züchten. Wir haben siebenundzwanzig Arten von Äpfeln und... und so weiter. Die Roboter könnten Ihnen noch viel mehr erzählen.«

»Was machen Sie mit all dem Obst?« fragte Trevize. »Sie können es doch nicht alles selbst essen.«

»Daran würde ich nicht einmal im Traum denken. Ich bin auch gar nicht sonderlich erpicht auf Obst. Es geht im Tausch an die anderen Anwesen.«

»Im Tausch wofür?«

»Hauptsächlich Mineralien. Ich habe auf meinem Anwesen nicht genügend Minen, als daß es lohnen würde, sie zu erwähnen. Und dann treibe ich Handel mit allem, was es braucht, um ein gesundes ökologisches Gleichgewicht zu erhalten. Ich habe eine Vielzahl pflanzlichen und tierischen Lebens auf dem Anwesen.«

»Und die Roboter kümmern sich um das alles, nehme ich an«, sagte Trevize.

»So ist es. Und auch sehr gut.«

»Und das alles für *einen* Solarianer.«

»Und das alles für das Anwesen und seinen ökologischen Standard. Ich bin zufälligerweise der einzige Solarianer, der – wenn ich das will – die einzelnen Teile des Anwesens besucht. Aber das ist Teil meiner absoluten Freiheit.«

»Ich nehme an«, meinte Perolat, »die anderen – die anderen Solarianer – sorgen auch für ökologisches Gleichgewicht und haben vielleicht Marschen oder gebirgige Bereiche oder Uferanwesen.«

»Ja, wahrscheinlich«, sagte Bander. »Wir befassen uns in den Konferenzen manchmal mit solchen Dingen, die die Angelegenheiten unserer gesamten Welt erfordern.«

»Wie oft müssen Sie zusammenkommen?« fragte Trevize. (Sie fuhren eben durch einen ziemlich schmalen Gang, der recht lang und zur Abwechslung nicht von Räumen gesäumt war. Trevize vermutete, daß das Terrain hier keinen weiteren Korridor zuließ und es sich vermutlich um einen Verbindungstunnel zwischen zwei Flügeln handelte, von denen jeder einzelne weitläufiger sein mochte.)

»Viel zu oft. Es vergeht kaum ein Monat, wo ich nicht Konferenzen mit irgendeinem der Ausschüsse abhalten muß, denen ich angehöre. Und trotzdem sind meine Obstgärten, meine Fischteiche und meine botanischen Gärten die besten auf der Welt – auch wenn ich keine Berge oder Marschen auf meinem Anwesen habe.«

»Aber mein lieber Junge... ah... ich meine Bander...«, sagte Pelorat, »ich nehme an, Sie haben Ihr Anwesen nie verlassen und ein anderes besucht.«

»Aber *ganz sicher* nicht«, sagte Bander fast empört.

»Ich sagte ja, daß ich das annehme«, meinte Pelorat sanft. »Aber wie können Sie in dem Fall sicher sein, daß Ihr Anwesen das beste ist, wo Sie doch die anderen nie untersucht, ja nicht einmal auch nur gesehen haben?«

»Nun«, meinte Bander, »das kann ich aus der Nachfrage nach meinen Produkten schließen.«

»Und wie ist es mit Fabrikation?« erkundigte sich Trevize.

»Es gibt Anwesen, auf denen Werkzeuge und Maschinen hergestellt werden«, sagte Bander. »Wie ich schon sagte, auf meinem Anwesen machen wir die Wärmeleitstäbe, aber die sind ziemlich einfach.«

»Und Roboter.«

»Roboter werden an speziellen Orten hergestellt. Solaria hat in seiner ganzen Geschichte stets die führende Stellung in der Galaxis in bezug auf Robotkonstruktion und -herstellung eingenommen.«

»Das gilt auch heute noch, kann ich mir vorstellen«, sagte Trevize, sorgfältig darauf bedacht, daß es wie eine Feststellung und nicht wie eine Frage klang.

»Heute?« sagte Bander. »Mit wem sollten wir denn konkurrieren? Heutzutage macht nur Solaria Roboter. Ihre Welten tun das nicht, wenn ich das, was ich über Hyperraumwelle höre, richtig interpretiert habe.«

»Aber die anderen Spacerwelten?«

»Das habe ich Ihnen doch gesagt. Die existieren nicht mehr.«

»Überhaupt nicht?«

»Ich glaube nicht, daß irgendwo außerhalb Solarias noch Spacers leben.«

»Dann gibt es niemanden, der die Lage der Erde kennt?«

»Warum würde die denn jemand kennen wollen?«

»Ich will es wissen. Das ist mein Studiengebiet«, mischte Perolat sich ein.

»Dann werden Sie etwas anderes studieren müssen«, sagte Bander. »Ich weiß nichts über die Lage der Erde noch habe ich je von jemandem gehört, der davon etwas gewußt hätte. Auch interessiert mich die Frage nicht im geringsten.«

Das Fahrzeug kam zum Stillstand, und Trevize dachte einen Augenblick lang, Bander wäre beleidigt. Aber sie hielten ohne Ruck an, und als Bander aus dem Wagen stieg, wirkte er so amüsiert, wie er das die ganze Zeit gewirkt hatte. Er bedeutete ihnen, ebenfalls auszusteigen.

Die Beleuchtung in dem Raum, den sie jetzt betraten, war gedämpft und blieb es auch, nachdem Bander sie mit einer Handbewegung etwas heller gemacht hatte. Der Raum öffnete sich in einen Nebenkorridor, der zu beiden Seiten von kleineren Räumen gesäumt war. In jedem der kleineren Räume standen eine oder zwei verzierte Vasen, neben denen Gegenstände zu erkennen waren, bei denen es sich möglicherweise um Filmprojektoren handelte.

»Was ist das, Bander?« fragte Trevize.

»Das sind die Totenkammern meiner Ahnen, Trevize«, sagte Bander.

50

Pelorat sah sich interessiert um. »Ich vermute, daß Sie hier die Asche Ihrer Vorfahren begraben haben?«

»Wenn Sie unter ›begraben‹ in der Erde vergraben meinen«, sagte Bander, »haben Sie nicht ganz recht. Wir befinden uns hier zwar unter Bodenniveau, aber dies ist meine Villa, und die Asche ist in ihr, so wie wir jetzt auch. In unserer Sprache sagen wir, daß die Asche ›eingehaust‹ ist.« Er zögerte und setzte dann hinzu: »›Haus‹ ist ein archaisches Wort für ›Villa‹.«

Trevize warf einen kurzen Blick in die Runde. »Und dies sind alles Ihre Vorfahren? Wie viele?«

»Beinahe hundert«, sagte Bander und gab sich dabei keine Mühe, den Stolz in seiner Stimme zu verbergen. »Vierundneunzig, um genau zu sein. Natürlich handelt es sich bei den frühesten nicht um wahre Solarianer – nicht im gegenwärtigen Wortsinn. Sie waren noch Halbleute, männliche und weibliche. Solche Halbahnen wurden von ihren unmittelbaren Nachkommen in nebeneinanderstehenden Urnen untergebracht. Diese Räume betrete ich natürlich nicht, das ist recht ›schamvoll‹, zumindest ist das das solarianische Wort dafür, aber Ihr galaktisches Äquivalent kenne ich nicht. Vielleicht haben Sie gar keines.«

»Und die Filme?« wollte Wonne wissen. »Ich nehme an, daß das Filmprojektoren sind.«

»Tagebücher«, sagte Bander, »die Geschichte ihres Lebens. Szenen von ihnen, auf den Teilen des Anwesens, die ihnen am liebsten waren. Das bedeutet, daß sie nicht in jedem Sinne sterben. Ein Teil von ihnen bleibt zurück, und es ist Teil meiner Freiheit, daß ich mich immer dann, wenn ich das will, ihnen anschließen kann; ich kann dieses Stück Film oder jenes ansehen, wie es mir gefällt.«

»Aber doch nicht die – ›schamvollen‹.«

Banders Augen wichen ihnen aus. »Nein«, gab er zu, »aber das haben wir alle als Teil unserer Abkunft. Das ist eine allgemeine Plage.«

»Allgemein? Dann haben andere Solarianer auch diese Totenkammern?« fragte Trevize.

»O ja, die haben wir alle, aber meine ist die beste, die am besten ausgeführte, die am vollkommensten erhaltene.«

»Und haben Sie auch schon Ihre eigene Kammer vorbereitet?« fragte Trevize.

»Sicherlich. Sie ist komplett gebaut und ausgestattet. Das geschah als meine erste Pflicht, als ich das Anwesen erbte. Und wenn ich in Asche gelegt werde – um es poetisch auszudrücken – wird mein Nachfolger als erste Pflicht an den Bau seiner eigenen gehen.«

»Und haben Sie einen Nachfolger?«

»Den werde ich haben, wenn die Zeit kommt. Noch steht meinem Leben reicher Raum zur Verfügung. Wenn ich abtreten muß, wird es einen erwachsenen Nachfolger geben, reif genug, um an dem Anwesen Freude zu haben. Und der mit Transducerlappen ausgerüstet ist für die Kraftübertragung.«

»Das wird Ihr Nachkömmling sein, stelle ich mir vor.«

»O ja.«

»Aber was ist«, meinte Trevize, »wenn etwas Unvorhergesehenes geschieht? Ich nehme an, daß es selbst auf Solaria Unfälle und Unglücksfälle gibt. Was geschieht, wenn ein Solarianer vorzeitig in Asche gelegt wird und keinen Nachfolger hat, der seinen Platz einnimmt oder wenigstens niemanden, der reif genug ist, an dem Anwesen Freude zu haben?«

»Dazu kommt es nur selten. Unter meinen Vorfahren geschah das nur einmal. Aber wenn es dazu kommt, braucht man sich nur daran zu erinnern, daß es andere Nachfolger gibt, die auf andere Anwesen warten. Einige von ihnen sind alt genug, um zu erben, und haben doch ein Elter, das jung genug sind, um einen zweiten Nachkommen zu erzeugen und weiterzuleben, bis jener zweite Nachkomme für die Nachfolge reif genug ist. In dem Fall würde einer dieser alt/jungen Nachfolger, wie man sie nennt, die Nachfolge auf meinem Anwesen antreten.«

»Und wer bestimmt das?«

»Wir haben einen Regierenden Ausschuß, der das als eine seiner wenigen Funktionen betreibt – die Zuteilung eines Nachfolgers im Falle vorzeitiger Aschung. Alles geschieht natürlich über Holovision.«

»Aber sehen Sie«, meinte Pelorat, »wenn Solarianer einander nie sehen, wie würde da jemand wissen, daß irgendwo ein Solarianer unerwartet – oder was das betrifft auch erwartet – in Asche gelegt worden ist?«

»Wenn einer von uns in Asche gelegt wird«, sagte Bander, »dann setzt jegliche Energie auf dem Anwesen aus. Wenn nicht sofort ein Nachfolger das Anwesen übernimmt, bemerkt man schließlich die abnormale Situation und ergreift Korrekturmaßnahmen. Ich kann

Ihnen versichern, daß unser gesellschaftliches System gut funktioniert.«

»Wäre es möglich, einige der Filme anzusehen, die Sie hier haben?« sagte Trevize.

Bander erstarrte. Dann sagte er: »Nur Ihre Unwissenheit entschuldigt Sie. Was Sie gerade gesagt haben, ist roh und obszön.«

»Dann bitte ich um Nachsicht«, sagte Trevize. »Ich möchte nicht aufdringlich erscheinen, aber wir haben ja schon erklärt, daß wir sehr daran interessiert sind, Informationen über die Erde zu erhalten. Mir ist in den Sinn gekommen, daß die ältesten Filme, die Sie haben, in einer Zeit entstanden sein müssen, ehe die Erde radioaktiv wurde. Es könnte daher sein, daß die Erde erwähnt wird, und der Film könnte Einzelheiten darüber enthalten. Wir möchten uns ganz bestimmt nicht in Ihre Intimsphäre drängen, aber gäbe es vielleicht eine Möglichkeit, daß Sie selbst diese Filme erforschen oder vielleicht einen Roboter damit beauftragen könnten, und dann gestatten würden, daß irgendwelche relevanten Informationen an uns weitergegeben werden? Wenn Sie natürlich unsere Motive respektieren können und auch begreifen, daß wir uns die größte Mühe geben würden, auch Ihre Gefühle zu respektieren, könnten Sie uns gestatten, die Aufgabe selbst vorzunehmen.«

Banders Stimme war eisig, als er sagte: »Wahrscheinlich können Sie sich gar nicht vorstellen, wie ungehörig das ist, was Sie gerade verlangt haben. Aber wir können das gleich zu Ende bringen, denn ich kann Ihnen sagen, daß es keine Filme gibt, die meine frühen halbmenschlichen Vorfahren zeigen.«

»Gar keine?« Trevizes Enttäuschung kam aus tiefstem Herzen.

»Sie haben einmal existiert. Aber selbst Sie können sich vorstellen, was auf ihnen gewesen sein könnte. Zwei Halbmenschen, die Interesse aneinander zeigen, oder sogar...« – Bander räusperte sich und sagte mit sichtlicher Mühe: »beim Zusammenwirken. Natürlich sind alle Filme aus halbmenschlicher Zeit schon vor vielen Generationen zerstört worden.«

»Und was ist mit den Aufzeichnungen anderer Solarianer?«

»Alle zerstört.«

»Sind Sie da ganz sicher?«

»Es wäre Wahnsinn, sie nicht zu zerstören.«

»Es könnte doch sein, daß ein paar Solarianer tatsächlich wahnsinnig *waren* oder sentimental oder einfach nachlässig. Wir nehmen an, daß Sie nichts dagegen einzuwenden haben, uns den Weg zu benachbarten Anwesen zu weisen.«

Bander sah Trevize überrascht an. »Meinen Sie denn, andere wären Ihnen gegenüber so tolerant, wie ich das war?«

»Warum nicht, Bander?«

»Sie werden feststellen, daß sie das nicht sein werden.«

»Das ist ein Risiko, das wir eingehen müssen.«

»Nein, Trevize. Nein, niemand von Ihnen. Hören Sie mir zu!«

Im Hintergrund waren Roboter, und Bander runzelte die Stirn.

»Was ist denn, Bander?« sagte Trevize, plötzlich beunruhigt.

»Es hat mir Freude gemacht, zu Ihnen allen zu sprechen«, sagte Bander, »und auch Sie in all Ihrer... ah... Fremdartigkeit zu beobachten. Es war ein einmaliges Erlebnis, das mich wirklich entzückt hat. Aber ich kann es nicht in meinem Tagebuch aufzeichnen oder auf Film festhalten.« »Warum nicht?«

»Daß ich zu Ihnen gesprochen habe, Ihnen zugehört habe, daß ich Sie in meine Villa gebracht habe, hier in die Totenkammern meiner Ahnen, das alles sind schamvolle Taten.«

»Wir sind keine Solarianer, wir bedeuten Ihnen ebensowenig wie diese Roboter, nicht wahr?«

»Damit entschuldige ich die Sache vor mir selbst. Aber für andere mag das nicht als Entschuldigung reichen.«

»Was kümmert Sie das? Sie haben doch die absolute Freiheit, zu tun, was Sie wollen, nicht wahr?«

»Trotzdem, Freiheit ist nicht wahrhaft absolut. Wäre ich der einzige Solarianer auf dem Planeten, dann könnte ich selbst schamvolle Dinge in absoluter Freiheit tun. Aber es gibt andere Solarianer auf dem Planeten, und deshalb gibt es keine absolute Freiheit, wenn wir uns ihr auch annähern. Es gibt zwölfhundert Solarianer auf dem Planeten, die mich verachten würden, wenn sie wüßten, was ich getan habe.«

»Es gibt doch keinen Anlaß, daß sie es erfahren müssen.«

»Das ist wahr. Das ist mir seit Ihrer Ankunft bewußt. Die ganze Zeit, die ich mich jetzt mit Ihnen amüsiert habe, ist mir das bewußt gewesen. Die anderen dürfen es nicht erfahren.«

»Wenn das bedeutet«, meinte Pelorat, »daß Sie als Folge unserer Besuche auf anderen Anwesen, um dort Informationen über die Erde zu suchen, Komplikationen fürchten, nun, dann werden wir natürlich nichts davon erwähnen, daß wir zuerst Sie besucht haben. Das ist uns klar.«

Bander schüttelte den Kopf. »Ich bin genug Risiken eingegangen. Ich werde natürlich davon nicht sprechen. Meine Roboter werden nicht davon sprechen und werden sogar instruiert werden, sich nicht daran zu erinnern. Ihr Schiff wird in den Untergrund geholt und dort in bezug auf Informationen untersucht werden, die wir ihm entnehmen können...«

»Warten Sie«, sagte Trevize. »Wie lange, glauben Sie, werden wir hier warten können, während Sie unser Schiff inspizieren? Das ist unmöglich.«

»Ganz und gar nicht, weil Sie gar nichts dazu zu sagen haben. Es tut mir leid, ich würde gerne noch länger mit Ihnen plaudern und viele andere Dinge mit Ihnen diskutieren. Aber sehen Sie, die Sache wird immer gefährlicher.«

»Nein, das wird sie nicht«, sagte Trevize mit Entschiedenheit.

»Doch, kleiner Halbmensch. Ich fürchte, jetzt ist die Zeit gekommen, daß ich das tun muß, was meine Vorfahren sofort getan hätten. Ich muß Sie töten, Sie alle drei.«

12. ZUR OBERFLÄCHE

51

Trevize drehte sofort den Kopf herum, um Wonne anzusehen. Ihr Gesicht war ausdruckslos, aber angespannt, und ihre Augen fixierten Bander mit einer Intensität, daß man den Eindruck hatte, sie würde sonst nichts anderes sehen.

Pelorats Augen waren ungläubig geweitet.

Trevize, der nicht wußte, was Wonne tun würde – oder konnte –, mühte sich ab, ein alles überwältigendes Gefühl des Verlustes niederzukämpfen (nicht so sehr wegen der Vorstellung, sterben zu müssen, als der, sterben zu müssen, ohne zu wissen, wo die Erde war, ohne zu wissen, weshalb er Gaia als die Zukunft der Menschheit gewählt hatte.) Er mußte auf Zeitgewinn spielen.

Und so sagte er, bemüht mit gleichmäßiger und klarer Stimme zu sprechen: »Sie haben sich als höflicher und sanftmütiger Solarianer erwiesen, Bander. Sie haben sich nicht darüber erzürnt, daß wir in Ihre Welt eingedrungen sind. Sie waren so freundlich, uns Ihr Anwesen und Ihre Villa zu zeigen und haben unsere Fragen beantwortet. Es würde viel besser zu Ihrem Charakter passen, wenn Sie uns jetzt gestatteten, wieder zu gehen. Niemand braucht je zu erfahren, daß wir auf dieser Welt waren, und wir würden keinen Anlaß haben zurückzukehren. Wir sind in aller Unschuld gekommen und haben nur Information gesucht.«

»Was Sie sagen, trifft zu«, sagte Bander leichthin, »und bis jetzt habe ich Sie am Leben gelassen. Dabei war es bereits in dem Augenblick verwirkt, als Sie in unsere Atmosphäre eintraten. Dabei hätte ich Sie sofort töten können, gleich nachdem ich mit Ihnen in Berührung kam – und hätte dies auch tun sollen. Und dann hätte ich dem entsprechenden Roboter den Auftrag geben sollen, Ihre Leichen zu sezieren, um der Information über Außenweltler willen, die ich daraus hätte entnehmen können. Das habe ich nicht getan. Ich habe meiner eigenen Neugierde nachgegeben und meinem freundlichen Wesen. Aber nun ist es genug, das kann ich nicht länger tun.

Tatsächlich habe ich bereits die Sicherheit Solarias aufs Spiel gesetzt, denn wenn ich mich aus irgendeiner Schwäche dazu überreden ließe, Sie gehen zu lassen, dann würden sicherlich andere Ihrer Art folgen, sosehr Sie mir vielleicht auch versprechen würden, daß das nicht der Fall sein werde. Aber dies zumindest kann ich Ihnen versprechen: Ihr Tod wird schmerzlos sein. Ich werde lediglich Ihr Gehirn leicht erhitzen und es damit desaktivieren. Sie werden keinen Schmerz wahrnehmen. Ihr Leben wird einfach aufhören. Und am Ende, wenn die Sezierung und die Untersuchung beendet ist, werde ich Sie mit einem intensiven Hitzeblitz in Asche verwandeln, und dann wird alles vorbei sein.«

»Wenn wir schon sterben müssen«, sagte Trevize, »dann kann ich nichts gegen einen schnellen und schmerzlosen Tod einwenden. Aber warum müssen wir überhaupt sterben, wo wir doch nichts Ungehöriges getan haben?«

»Schon Ihre Ankunft war eine Ungehörigkeit.«

»Aber nicht, wenn man das rational betrachtet, da wir ja nicht wissen konnten, daß dies eine Ungehörigkeit darstellte.«

»Die Gesellschaft definiert, was eine Ungehörigkeit darstellt. Ihnen mag das irrational und willkürlich erscheinen, aber für uns ist es das nicht, und dies ist unsere Welt, und auf ihr haben wir zu bestimmen, wann Sie Unrecht getan haben und den Tod verdienen.«

Bander lächelte, als wäre das, was er sagte, nur höfliche Konversation, als er fortfuhr: »Sie haben auch kein Recht, sich unter Hinweis auf Ihre überlegene Tugend darüber zu beklagen. Sie besitzen einen Blaster, der einen Mikrowellenstrahl aussendet, der intensive, zum Tod führende Hitze erzeugt. Er tut das, was ich zu tun beabsichtige, aber wie ich sicher bin, wesentlich schmerzhafter. Sie würden jetzt nicht zögern, diesen Blaster gegen mich einzusetzen, wenn ich ihn nicht vorsichtshalber entladen hätte und so unvernünftig wäre, Ihnen die Bewegungsfreiheit zu gewähren, die Sie brauchten, um die Waffe aus dem Halfter zu ziehen.«

Darauf antwortete Trevize verzweifelt und voll Angst, ohne auch nur einen Blick auf Wonne zu werfen, damit Bander nur ja nicht auf sie aufmerksam würde. »Dann bitte ich Sie als einen Akt der Barmherzigkeit, das nicht zu tun.«

Und Bander wurde plötzlich grimmig und meinte: »Ich muß zuerst mir und meiner Welt gegenüber barmherzig sein, und deshalb müssen Sie sterben.«

Er hob die Hand, und im gleichen Augenblick senkte sich Dunkelheit über Trevize.

52

Einen Augenblick lang spürte Trevize, wie die Dunkelheit ihn erstickte, und er dachte: Ist das der Tod?

Und so, als hätten seine Gedanken ein Echo ausgelöst, hörte er ein geflüstertes ›Ist das der Tod?‹. Es war Pelorats Stimme.

Trevize versuchte zu flüstern und stellte fest, daß er das konnte. »Warum fragen Sie?« sagte er mit einem Gefühl ungeheurer Erleichterung. »Die bloße Tatsache, daß Sie die Fragen stellen können, zeigt, daß es nicht der Tod ist.«

»Es gibt alte Legenden, wonach es ein Leben nach dem Tode gibt.«

»Unsinn«, murmelte Trevize. »Wonne? Sind Sie da, Wonne?«

Doch es kam keine Antwort.

Wieder kam es wie ein Echo von Pelorat: »Wonne? Wonne? Was ist geschehen, Golan?«

»Bander muß tot sein«, sagte Trevize. »In dem Fall könnte er die Energie für sein Anwesen nicht mehr liefern. Und das bedeutet, daß die Lichter ausgehen.«

»Aber wie könnte...? Meinen Sie, daß Wonne das getan hat?«

»Das nehme ich an. Ich hoffe, daß sie dabei keinen Schaden erlitten hat.« Er kroch auf Händen und Knien in der absoluten Finsternis herum.

Und dann ertasteten seine Hände etwas Warmes, Weiches. Er tastete daran entlang und erkannte das, was er berührte, als Bein und packte es. Es war ganz eindeutig zu klein, um Bander zu gehören. »Wonne?« Das Bein bewegte sich ruckartig, so daß Trevize es loslassen mußte.

»Wonne?« sagte er noch einmal. »Sagen Sie etwas!«

»Ich lebe«, sagte Wonnes Stimme, eigenartig verzerrt.

»Ist bei Ihnen alles in Ordnung?« fragte Trevize.

»Nein.« Und damit kehrte das Licht in ihrer Umgebung zurück – aber nur schwach. Die Wände leuchteten schwach, hellten sich etwas auf und verdunkelten sich dann wieder in unregelmäßigem Rhythmus.

Bander lag zusammengekrümmt da und dicht neben ihm Wonne, die sich den Kopf hielt.

Sie blickte zu Trevize und Pelorat auf. »Der Solarianer ist tot«, sagte sie, und in dem schwachen Licht konnte man auf ihren Wangen Tränen glänzen sehen.

»Warum weinen Sie?« fragte Trevize verwirrt.

»Sollte ich nicht weinen, wo ich doch ein lebendes Ding getötet habe, ein Ding des Denkens und der Intelligenz? Das war nicht meine Absicht.«

Trevize beugte sich vor, um ihr aufzuhelfen, aber sie stieß ihn weg.

Pelorat kniete neben ihr nieder und sagte mit weicher Stimme: »Bitte, Wonne, selbst du kannst ihn nicht wieder zum Leben erwecken. Sag uns, was passiert ist!«

Sie ließ sich in die Höhe ziehen und sagte mit ausdrucksloser Stimme: »Gaia kann das tun, was Bander tun konnte. Gaia kann die ungleichmäßig verteilte Energie des Universums nutzen und sie durch bloße mentale Kraft in Arbeit umsetzen.«

»Das wußte ich«, sagte Trevize, bemüht, sie zu besänftigen, ohne recht zu wissen, wie er es anstellen sollte. »Ich erinnere mich sehr wohl an unser Zusammentreffen im Weltraum, als Sie – oder besser gesagt Gaia – unser Raumschiff gefangen hielten. Daran dachte ich, als er mich festhielt und nachdem er mir meine Waffen weggenommen hatte. Auch Sie hat er festgehalten, aber ich war voll Zuversicht, daß Sie sich ihm würden entreißen können, wenn Sie das gewünscht hätten.«

»Nein. Wenn ich das versucht hätte, wäre es mir mißlungen. Als Ihr Schiff in meiner/unserer/Gaias Gewalt war«, sagte sie betrübt, »waren ich und Gaia wahrhaft eins. Nun aber sind wir durch den Hyperraum getrennt, was meine/unsere/Gaias Wirksamkeit begrenzt. Außerdem tut Gaia das, was es tut, durch schiere Kraft miteinander verbundener Gehirne. Und dennoch fehlen all diesen Gehirnen in ihrer Gemeinsamkeit die Transducerlappen, die dieser eine Solarianer besitzt. Wir können Energie nicht so fein, nicht so wirksam und nicht so mühelos nutzen, wie er das konnte. – Sie sehen, daß ich es nicht fertigbringe, die Lichter heller leuchten zu lassen, und ich weiß nicht einmal, wie lange ich sie überhaupt leuchten lassen kann, ehe ich erschöpft bin. Er hingegen konnte selbst im Schlaf die Energie für ein ganzes riesig großes Anwesen liefern.«

»Und dennoch haben Sie ihn bezwungen«, sagte Trevize.

»Weil er keine Ahnung von meinen Kräften hatte«, sagte Wonne, »und weil ich nichts getan habe, das ihn darauf hätte hinweisen können. Er war deshalb mir gegenüber ohne jeden Argwohn und hat überhaupt nicht auf mich geachtet. Er hat sich ganz auf Sie konzentriert, Trevize, weil Sie es waren, der die Waffen trug – ich muß erneut sagen, wie gut es war, daß Sie sich bewaffnet hatten –, und ich mußte meine Chance abwarten, ihn mit einem einzigen schnellen, unerwarteten Schlag anzugreifen. Als er im Begriff war, uns zu töten, als sein ganzes Bewußtsein sich darauf konzentrierte und damit auf Sie, konnte ich zuschlagen.«

»Und es hat fabelhaft funktioniert.«

»Wie können Sie etwas so Grausames sagen, Trevize? Ich hatte lediglich die Absicht, ihn aufzuhalten. Ich wollte nur die Wirkung seines Transducers blockieren. In dem Augenblick der Überraschung, in dem er versuchte, uns zu töten, und feststellte, daß er das nicht konnte, vielmehr daß die Beleuchtung rings um uns sich verdunkelte, hatte ich vor, fester zuzupacken und ihn in einen längeren, ganz normalen Schlaf zu versetzen, was bewirkt hätte, daß er den Transducer losließe. Nur auf diese Weise konnte ich damit rechnen, daß die Energiezufuhr aufrechterhalten blieb und wir diese Villa verlassen, unser Schiff erreichen und den Planeten verlassen konnten. Meine Hoffnung war, daß es mir gelingen würde, alles so zu arrangieren, daß er beim Aufwachen alles, was von dem Augenblick an geschehen war, wo er uns zu Gesicht bekommen hatte, vergessen haben würde. Gaia verspürte nicht den Wunsch zu töten, um etwas zu bewirken, was auch ohne Töten bewirkt werden kann.«

»Und was ist schiefgegangen, Wonne?« fragte Pelorat leise.

»So etwas wie diese Transducerlappen war mir noch nie begegnet, und ich hatte auch keine Zeit, sie zu untersuchen, um mehr über sie zu erfahren. Ich schlug einfach kräftig zu, und es hat offensichtlich nicht so funktioniert, wie ich das dachte. Nicht die Energiezufuhr zu den Lappen wurde blockiert, sondern die Energieabgabe. Energie fließt ständig mit großer Geschwindigkeit in diese Lappen, aber das Gehirn schützt sich normalerweise, indem es die Energie ebenso schnell wieder von sich gibt. Als ich die Abgabe blockierte, staute sich sofort Energie in den Lappen an, und die Temperatur stieg im Bruchteil einer Sekunde bis zu dem Punkt an, an dem das Gehirnprotein explosionsartig desaktiviert wird, und die Lichter gingen aus. Ich entfernte sofort meinen Block, aber da war es bereits zu spät.«

»Ich wüßte nicht, wie du etwas anderes hättest tun können, Liebes«, sagte Pelorat.

»Soll das ein Trost sein, wenn man bedenkt, daß ich getötet habe?«

»Bander war im Begriff, uns zu töten«, sagte Trevize.

»Das war ein Grund, ihn aufzuhalten, nicht ihn zu töten.«

Trevize zögerte. Er wollte die Ungeduld nicht zeigen, die er empfand, weil er Wonne nicht beleidigen oder noch mehr verärgern wollte. Schließlich war sie ihr einziger Schutz gegen eine höchstgradig feindselige Welt.

So meinte er: »Wonne, es ist jetzt an der Zeit, über Banders Tod hinauszusehen. Weil er tot ist, ist die Energie auf seinem Anwesen gelöscht. Das werden die anderen Solarianer über kurz oder lang bemerken, wahrscheinlich sogar sehr bald. Sie werden sich gezwungen sehen, das näher zu ergründen. Ich glaube nicht, daß Sie dem möglicherweise sogar kombinierten Angriff mehrerer Solarianer werden widerstehen können. Und wie Sie selbst eingeräumt haben, werden Sie die sehr beschränkte Energie, die Sie uns im Augenblick unter großer Mühe liefern, nicht über einen längeren Zeitraum zur Verfügung stellen können. Deshalb ist es wichtig, daß wir unverzüglich zurück zur Planetenoberfläche und zu unserem Schiff gelangen.«

»Aber Golan«, sagte Pelorat, »wie sollen wir das anfangen? Wir sind viele Kilometer weit durch einen gewundenen Tunnel gefahren. Ich kann mir vorstellen, daß das hier unten das reinste Labyrinth ist, und ich für meine Person habe nicht die leiseste Ahnung, wo es zur Oberfläche geht. Ich hatte immer schon ein miserables Orientierungsvermögen.«

Trevize sah sich um und erkannte, daß Pelorat recht hatte. »Ich kann mir vorstellen, daß es viele Wege nach oben gibt«, meinte er. »Wir brauchen den, durch den wir hereingekommen sind, gar nicht zu finden.«

»Aber wir kennen keinen dieser Wege. Wie sollen wir einen finden?«

Wieder wandte Trevize sich Wonne zu. »Können Sie auf mentalem Wege irgend etwas entdecken, das uns bei der Suche nach einem Weg behilflich sein könnte?«

»Die Roboter auf diesem Anwesen sind alle inaktiv«, antwortete

Wonne. »Ich kann gerade über uns ein schwaches Flüstern von subintelligentem Leben wahrnehmen, aber das sagt uns lediglich, daß die Oberfläche gerade über uns liegt, was wir ohnehin wissen.«

»Nun«, meinte Trevize, »dann müssen wir uns eben irgendeinen Ausweg suchen.«

»Das wird ein hilfloses Herumtasten«, sagte Pelorat niedergeschlagen. »Auf diese Weise schaffen wir es nie.«

»Vielleicht doch, Janov«, sagte Trevize. »Wenn wir suchen, haben wir eine Chance, wenn auch nur eine kleine. Die Alternative wäre, einfach hierzubleiben, und *das* wäre das Schlimmste. Kommen Sie, eine kleine Chance ist besser als gar keine!«

»Warten Sie!« sagte Wonne. »Jetzt fühle ich etwas.«

»Was?« sagte Trevize.

»Ein Bewußtsein.«

»Intelligent?«

»Ja, aber beschränkt, glaube ich. Aber was ganz klar durchkommt, ist etwas ganz anderes.«

»Was?« sagte Trevize, wiederum gegen seine Ungeduld ankämpfend.

»Furcht! Unerträgliche Furcht!« sagte Wonne im Flüsterton.

53

Trevize blickte besorgt in die Runde. Er wußte, wo sie hereingekommen waren, gab sich aber keinen Illusionen hin, daß es ihnen gelingen würde, den Weg zurückzuverfolgen, auf dem sie gekommen waren. Schließlich hatte er kaum auf die vielen Windungen und Abzweigungen geachtet. Wer hätte auch daran gedacht, daß sie allein den Weg zurück würden finden müssen, und das ohne Hilfe und nur mit einem schwach flackernden Licht, das ihnen den Weg wies?

»Meinen Sie, Sie können den Wagen aktivieren, Wonne?« fragte er.

»Sicher könnte ich das, Trevize«, meinte Wonne, »aber das heißt noch nicht, das ich ihn bewegen kann.«

»Ich glaube, Bander hat ihn mental bewegt«, sagte Pelorat, »ich habe nicht gesehen, daß er irgend etwas während der Fahrt berührt hätte.«

»Ja, so ist es«, sagte Wonne, »er hat ihn in der Tat mental bewegt, aber *wie?* Ebensogut könntest du sagen, daß er die Kontrollen bedient hat. Sicherlich, aber wenn ich nicht weiß, wie man die Kontrollen benützt, dann hilft das auch nicht, oder?«

»Sie könnten es versuchen«, sagte Trevize.

»Wenn ich es versuche, dann muß ich mein ganzes Bewußtsein darauf lenken, und wen ich das tue, dann bezweifle ich, daß ich die Beleuchtung werde aufrechterhalten können. Und in der Dunkelheit wird der Wagen uns nichts nützen, selbst wenn ich lernte, wie man ihn lenkt.«

»Dann müssen wir wohl zu Fuß herumlaufen?«

»Ich fürchte ja.«

Trevize spähte in die lastende Dunkelheit, die jenseits der schwachen Beleuchtung ihrer unmittelbaren Umgebung lag. Er sah nichts, hörte nichts.

»Spüren Sie dieses verängstigte Bewußtsein immer noch, Wonne?« wollte er wissen.

»Ja.«

»Können Sie mir sagen, wo es ist? Können Sie uns zu ihm führen?«

»Mentale Wahrnehmungen verlaufen immer in gerader Linie. Sie werden von gewöhnlicher Materie nicht abgelenkt, und deshalb kann ich sagen, daß diese Angst aus jener Richtung kommt.« Sie deutete auf einen Punkt an der Wand und sagte: »Aber wir können nicht durch die Wand gehen, um hinzukommen. Wir können lediglich den Korridoren folgen und versuchen, uns dadurch lenken zu lassen, indem ich darauf achte, ob die Wahrnehmung sich verstärkt. Kurz gesagt, wir müssen das ›Kalt-Warm-Spiel‹ spielen.«

»Dann sollten wir damit beginnen.«

Pelorat zögerte. »Warten Sie, Golan; sind wir sicher, daß wir dieses Ding überhaupt finden wollen, was auch immer es ist? Wenn es Angst hat, dann ist sehr gut möglich, daß wir auch Anlaß zur Angst bekommen könnten.«

Trevize schüttelte ungeduldig den Kopf. »Wir haben keine Wahl, Janov. Es ist ein Bewußtsein, ob es nun Angst hat oder nicht, und es könnte bereit sein – oder dazu gebracht werden – uns den Weg zur Oberfläche zu zeigen.«

»Und Bander lassen wir einfach hier liegen?« sagte Pelorat beunruhigt.

Trevize griff nach seinem Ellbogen. »Kommen Sie schon, Janov!

Auch in dem Punkt haben wir keine Wahl. Irgendwann wird irgendein Solarianer die Villa reaktivieren, und dann wird ein Roboter Bander finden und sich um ihn kümmern – ich hoffe nur, daß das nicht geschieht, ehe wir in Sicherheit sind.«

Er überließ es Wonne, sie zu führen. Das Licht war immer in ihrer unmittelbaren Umgebung am stärksten, und sie blieb an jeder Tür, an jeder Gabelung im Korridor stehen und versuchte, die Richtung zu fühlen, aus der die Angst kam. Manchmal ging sie durch eine Tür oder trat in einen Seitengang, um dann zurückzukommen und es auf einem anderen Weg zu versuchen, während Trevize ihr hilflos zusah.

Jedesmal, wenn Wonne eine Entscheidung traf und sich zielstrebig in eine bestimmte Richtung bewegte, wurde es vor ihr hell. Trevize stellte fest, daß das Licht nun etwas heller schien – entweder weil seine Augen sich an das Dämmerlicht anpaßten oder weil Wonne lernte, die Energieübertragung wirksamer vorzunehmen. Einmal legte sie die Hand auf einen der Metallstäbe, die in den Boden eingelassen waren, und die Beleuchtung wurde merklich heller. Sie nickte, als wäre sie mit sich selbst zufrieden.

Nichts wirkte auch nur im entferntesten vertraut; sie hatten das sichere Gefühl, daß sie durch Räume der weit ausgedehnten unterirdischen Villa gingen, die sie beim Hereinkommen nicht passiert hatten.

Trevize hielt die ganze Zeit nach Korridoren Ausschau, die steil nach oben führten, und suchte auch die Decken nach irgendwelchen Spuren von Falltüren ab. Doch nichts dergleichen wurde sichtbar, und das verängstigte Bewußtsein blieb ihre einzige Chance, den Weg nach draußen zu finden.

Sie schritten durch lastendes Schweigen, das nur das Geräusch ihrer eigenen Schritte durchbrach, gingen durch Finsternis, mit Ausnahme des Lichts in ihrer unmittelbaren Umgebung; schritten durch den Tod, abgesehen von ihrem eigenen Leben. Hin und wieder konnten sie die schattenhaften Umrisse eines Roboters ausmachen, der im düsteren Licht reglos dasaß oder stand. Einmal sahen sie einen Roboter mit seltsam erstarrt wirkenden Armen und Beinen auf dem Boden liegen. Der Augenblick, in dem die Energiezufuhr ausgefallen war, mußte für ihn zu einem Zeitpunkt gekommen sein, wo er sich nicht im Gleichgewicht befunden hatte, und deshalb war er gestürzt. Bander hatte, ob nun lebend oder tot, keine Macht über die Schwerkraft. Vielleicht lagen oder standen überall auf dem riesigen Banderanwesen Roboter inaktiv herum – etwas, das man ohne Zweifel schnell an seinen Grenzen bemerken würde.

Vielleicht aber auch nicht, dachte er plötzlich. Solarianer würden es wissen, wenn einer aus ihrer Zahl an Altersschwäche und körperlichem Verfall starb. Dann würde die Welt alarmiert sein und auf das Ereignis warten. Bander hingegen war plötzlich gestorben, auf dem Höhepunkt seiner Existenz, ohne daß irgend jemand das hatte ahnen können. Wer würde es also wissen? Wer es erwarten? Wer würde auf die Desaktivierung warten?

Aber nein (und Trevize verdrängte seinen Optimismus und den Trost, den er daraus bezog, als gefährliche Verlockungen, die leicht zu Überheblichkeit führen konnten). Die Solarianer würden das Ausfallen jeglicher Aktivität auf dem Bander-Anwesen wahrnehmen und sofort handeln. Ihrer aller Interesse, die Nachfolge im Besitz verwaister Anwesen anzutreten, war zu groß, als daß sie den Tod sich selbst hätten überlassen können.

Pelorat murmelte unglücklich: »Die Lüftung ist ausgefallen. Unterirdische Räume wie diese hier müssen gelüftet werden, und Bander hat die Energie dafür geliefert. Jetzt ist sie ausgefallen.«

»Das macht nichts, Janov«, sagte Trevize. »Wir haben in diesen leeren Korridoren genügend Luft für Jahre.«

»Trotzdem wird es stickig. Das ist in psychologischer Hinsicht schlecht.«

»Bitte, Janov, jetzt werden Sie bloß nicht klaustrophobisch! – Wonne, kommen wir näher?«

»Ja, ganz deutlich, Trevize«, antwortete sie. »Die Wahrnehmung ist jetzt viel ausgeprägter, und ich kann sie besser lokalisieren.«

Sie schritt jetzt auch viel sicherer aus und zögerte weniger an Weggabelungen.

»Dort! Dort!« sagte sie. »Ich kann es ganz deutlich wahrnehmen.«

Alle drei blieben stehen und hielten automatisch den Atem an. Sie konnten ein leises Wimmern hören und dazwischen keuchendes Schluchzen.

Sie traten in einen großen Raum und sahen, als die Lichter angingen, daß dieser im Gegensatz zu all jenen, die sie bislang gesehen hatten, reich und farbenprächtig eingerichtet war.

Im Mittelpunkt des Raums war ein Roboter zu sehen, leicht gebeugt, mit ausgestreckten Armen, in einer Haltung, die fast liebevoll wirkte. Er war natürlich völlig reglos.

Hinter dem Roboter bewegten sich Kleider. Ein rundes, verängstigtes Auge tauchte neben ihm auf, und wieder war jämmerliches Schluchzen zu hören.

Trevize rannte um den Roboter herum, worauf auf der anderen Seite kreischend eine kleine Gestalt hervorschoß. Sie stolperte, fiel zu Boden und blieb liegen, bedeckte die Augen, schlug nach allen Richtungen mit den Beinen aus, als könne sie damit irgendwelche Bedrohung von sich abhalten, und kreischte, kreischte...

Und Wonne sagte völlig unnötig: »Das ist ein Kind!«

54

Trevize trat verblüfft ein paar Schritte zurück. Was hatte ein Kind hier verloren? Bander war so stolz auf seine absolute Einsamkeit gewesen, hatte so überzeugt darauf bestanden.

Pelorat, dessen Wesen weniger darauf eingerichtet war, angesichts unverständlicher Ereignisse auf kalte Logik zurückzugreifen, griff sofort nach der Lösung und sagte: »Ich nehme an, das ist sein Nachfolger.«

»Banders Kind«, pflichtete Wonne ihm bei. »Aber zu jung, um Nachfolger sein zu können, denke ich. Die Solarianer werden anderswo einen finden müssen.«

Sie sah das Kind an, nicht indem sie es starr fixierte, sondern mit einem weichen, irgendwie mesmerisierenden Blick, und langsam wurde das Schluchzen schwächer. Es schlug die Augen auf und sah seinerseits Wonne an. Jetzt kam nur noch ein leises Wimmern von seinen Lippen.

Wonne gab ihrerseits besänftigende Laute von sich, die für sich wenig Sinn abgaben und nur dazu dienten, die beruhigende Wirkung ihrer Gedanken zu verstärken. Es war, als liebkoste sie auf mentalem Wege das fremdartige Bewußtsein des Kindes und versuchte so, seine in Aufruhr geratenen Gefühle in geregelte Bahnen zu lenken.

Langsam, ohne dabei Wonne aus den Augen zu lassen, stand das Kind auf, stand schwankend einen Augenblick lang da und rannte dann auf den stummen, erstarrten Roboter zu. Jetzt schlang es die

Arme um das massive Roboterbein, als könnte ihm das Sicherheit bieten.

»Ich nehme an, dieser Roboter ist sein – sein Kindermädchen –, jedenfalls kümmert er sich um das Kind. Ich nehme an, daß Solarianer nicht imstande sind, für einen anderen Solarianer zu sorgen, nicht einmal Eltern für die eigenen Kinder.«

»Und ich nehme an, das Kind ist ein Hermaphrodit«, sagte Pelorat.

»Das muß es wohl sein«, meinte Trevize.

Wonne, immer noch ganz auf das Kind konzentriert, ging jetzt langsam auf es zu, die Hände halb erhoben, die Handflächen nach innen gedreht, wie um dadurch hervorzuheben, daß sie nicht die geringste Absicht hatte, das kleine Geschöpf zu packen. Das Kind war nun verstummt und beobachtete sie, hielt sich an dem Roboter fest.

»So, Kind – warm, Kind«, sagte Wonne – »weich, warm, behaglich, sicher, Kind – sicher – sicher.«

Dann blieb sie stehen und sagte, ohne sich umzudrehen, leise: »Pel, sprich in seiner Sprache zu ihm! Sag ihm, daß wir Roboter sind und gekommen, uns um es zu kümmern, weil die Energie ausgefallen ist.«

»Roboter!« sagte Pelorat erschüttert.

»Wir müssen uns als Roboter darstellen. Vor Robotern hat es keine Angst. Und ein menschliches Wesen hat es wohl noch nie gesehen, kann sich vielleicht gar nicht vorstellen, daß es so etwas gibt.«

»Ich weiß nicht, ob mir die richtigen Ausdrücke einfallen«, sagte Pelorat. »Ich kenne das archaische Wort für ›Roboter‹ nicht.«

»Dann sag eben ›Roboter‹, Pel! Und wenn das nicht funktioniert, dann sag ›Eisending‹! Sag, was du eben sagen kannst!«

Langsam, Wort für Wort, sprach Pelorat in der archaischen Sprache. Das Kind sah ihn an, runzelte die Stirn, so als versuchte es zu verstehen.

»Sie könnten es ja fragen, wie man hier herauskommt«, sagte Trevize. »Ich meine, wo Sie doch ohnehin schon dabei sind.«

»Nein, jetzt noch nicht«, wandte Wonne ein. »Zuerst Vertrauen, dann Information.«

Das Kind sah Pelorat an, ließ zögernd den Roboter los und sprach mit hoher, musikalischer Stimme.

»Es redet zu schnell für mich«, sagte Pelorat besorgt.

»Dann sag ihm, daß es langsamer wiederholen soll«, meinte Wonne. »Ich bemühe mich, es zu beruhigen und ihm seine Ängste zu nehmen.«

Pelorat lauschte wieder auf das, was das Kind sagte und meinte dann: »Ich glaube, es fragt, was Jemby zum Stillstand gebracht hat. Jemby muß der Roboter sein.«

»Dann solltest du das überprüfen und dich vergewissern, Pel.«

Pelorat sagte etwas, lauschte dann und meinte schließlich: »Ja, Jemby ist der Roboter. Das Kind selbst nennt sich Fallom.«

»Gut!« Wonne lächelte das Kind an, ein strahlendes, glückliches Lächeln, wies auf das Kind und sagte: »Fallom. Braves Fallom. Tapferes Fallom.« Sie legte sich die Hand auf die Brust und sagte »Wonne«. Das Kind lächelte. Dabei wirkte es sehr attraktiv. »Wonne«, sagte es, wobei es das W in Wonne mehr wie V aussprach.

»Wonne, wenn Sie den Roboter Jemby aktivieren können, dann kann er uns vielleicht das sagen, was wir wissen wollen«, meinte Trevize. »Pelorat kann ebenso leicht mit ihm sprechen wie mit dem Kind.«

»Nein«, sagte Wonne. »Das wäre falsch. Die erste Pflicht des Roboters ist es, das Kind zu beschützen. Wenn der Roboter aktiviert wird und uns wahrnimmt, fremde menschliche Wesen wahrnimmt, dann könnte es sein, daß er uns sofort angreift. Hier gehören keine fremden menschlichen Wesen her. Wenn ich dann gezwungen bin, ihn zu desaktivieren, dann kann er uns keine Information mehr liefern, und das Kind wird Zeuge einer zweiten Desaktivierung des einzigen Elters, den es kennt. – Nun, ich werde es jedenfalls nicht tun.«

»Aber man hat uns doch gesagt, daß Roboter menschlichen Wesen keinen Schaden zufügen können«, sagte Pelorat mit mildem Verweis in der Stimme.

»Ja, das schon«, sagte Wonne, »aber man hat nicht gesagt, welche Art Roboter diese Solarianer konstruiert haben. Und selbst wenn dieser Roboter so konstruiert wäre, daß er uns keinen Schaden zufügen kann, würde er doch die Wahl zwischen seinem Kind treffen müssen und den drei Gegenständen, die er vielleicht nicht einmal als menschliche Wesen erkennen kann, sondern lediglich als illegale Eindringlinge. Er würde sich ganz natürlich für das Kind entscheiden und uns angreifen.«

Sie wandte sich wieder dem Kind zu. »Fallom«, sagte sie. Und »Wonne«. Dann deutete sie auf die anderen. »Pel – Trev.«

»Pel. Trev«, sagte das Kind gehorsam.

Sie ging näher auf das Kind zu, und ihre Hände griffen behutsam nach ihm. Das Kind beobachtete sie und trat einen Schritt zurück.

»Ganz ruhig, Fallom«, sagte Wonne. »So ist's brav. Berühren, Fallom. Hübsch, Fallom.«

Das Kind trat einen Schritt auf sie zu und Wonne seufzte. »Brav, Fallom.«

Sie berührte Falloms nackten Arm, denn es trug ebenso wie sein Elter nur ein langes Gewand, das vorne offen war, und darunter ein Lendentuch. Es war eine ganz zarte Berührung. Sie zog den Arm wieder zurück, wartete und stellte dann erneut Kontakt her.

Unter dem kräftigen, beruhigenden Effekt von Wonnes Bewußtsein schlossen sich die Augen des Kindes halb.

Wonnes Hände strichen langsam und weich nach oben, berührten das Kind kaum, erreichten seine Schultern, seinen Hals, seine Ohren und tasteten dann unter sein langes, braunes Haar, bis sie eine Stelle hinter den Ohren erreichte.

Dann ließ sie die Hände sinken und sagte: »Die Transducerlappen sind noch klein. Der Schädelknochen ist noch nicht voll entwickelt. Ich spüre nur eine zähe Hautschicht, die sich später ausdehnen wird, sobald die Lappen ausgewachsen sind. Und das bedeutet, daß das Kind im Augenblick nicht imstande ist, das Anwesen zu kontrollieren oder auch nur seinen eigenen Roboter zu aktivieren. – Frag es, wie alt es ist, Pel!«

»Es ist vierzehn Jahre alt, wenn ich es richtig verstehe«, sagte Pelorat nach einem kurzen Zwiegespräch. »Es sieht aber eher wie elf aus«, meinte Trevize.

Wonne hatte dafür eine Erklärung. »Die Länge der Jahre auf dieser Welt stimmt vielleicht nicht exakt mit der des galaktischen Standardjahres überein. Außerdem heißt es, daß Spacers länger als andere Menschen leben, und wenn die Solarianer darin wie die anderen Spacers sind, dann ist möglicherweise auch ihre Entwicklungsperiode länger. Nach Jahren können wir also nicht gehen.«

Trevize schnalzte ungeduldig mit der Zunge. »Genug von der Anthropologie. Wir müssen an die Oberfläche. Und da wir hier mit einem Kind zu tun haben, könnte es sein, daß wir unsere Zeit vergeuden. Vielleicht kennt es den Weg nach oben gar nicht, vielleicht war es noch niemals dort.«

Wonne sagte nur: »Pel!«

Pelorat wußte, was sie meinte, und es kam zu der längsten Konversation, die er bisher mit Fallom gehabt hatte. Schließlich meinte er: »Das Kind weiß, was die Sonne ist. Es sagt, es hätte sie gesehen. Ich *denke*, daß es auch Bäume gesehen hat. Aber so, wie es sich verhält, bin ich nicht sicher, ob es auch weiß, was das Wort bedeutet – oder zumindest, was das Wort bedeutet, das *ich* benutzt habe.«

»Ja, Janov«, sagte Trevize, »aber kommen Sie bitte zur Sache!«

»Ich habe Fallom gesagt, wenn es uns zur Oberfläche führen könnte, dann wäre es uns vielleicht möglich, den Roboter zu aktivieren. Tatsächlich habe ich sogar gesagt, daß wir den Roboter dann aktivieren *würden*. Meinen Sie, daß wir das könnten?«

»Darüber zerbrechen wir uns später den Kopf«, sagte Trevize. »Hat es gesagt, daß es uns führen würde?«

»Ja. Ich dachte, wenn ich das versprechen würde, würde das Kind eher bereit sein, uns zu führen, wissen Sie. Wahrscheinlich riskieren wir, es zu enttäuschen...«

»Kommen Sie«, sagte Trevize, »wir sollten jetzt gehen. All das könnte sich als rein akademische Überlegung erweisen, wenn man uns in diesem unterirdischen Bereich erwischt.«

Pelorat sagte etwas zu dem Kind, worauf dieses sich in Bewegung setzte, dann aber wieder stehenblieb und sich nach Wonne umsah.

Wonne streckte die Hand aus, und beide gingen Hand in Hand.

»Ich bin der neue Roboter«, sagte sie mit einem leichten Lächeln.

»Darüber scheint es einigermaßen glücklich«, sagte Trevize.

Fallom hüpfte unverdrossen neben ihnen her, und Trevize fragte sich einen Augenblick lang, ob es vielleicht nur deshalb glücklich war, weil Wonne sich bemüht hatte, es so zu machen, oder ob vielleicht noch die Freude darüber hinzukam, die Oberfläche des Planeten besuchen zu dürfen, oder drei neue Roboter zu haben. Oder vielleicht auch über den Gedanken, seinen Pflegeelter Jemby zurückzubekommen. Nicht daß es viel zu bedeuten hatte – solange das Kind sie nur führte.

Es schien den Weg tatsächlich zu kennen, denn sie kamen sehr zielstrebig vorwärts, und es zögerte nie, wenn sie an Abzweigungen kamen. Wußte es wirklich, wohin sie gingen oder war das nur kindliche Gleichgültigkeit? Spielte es vielleicht einfach nur ein Spiel, ohne ein klares Ziel vor Augen zu haben?

Aber Trevize spürte auch, daß sie bergauf gingen, und das Kind, das dahinhüpfte, zeigte immer wieder nach vorne und plapperte dabei munter vor sich hin.

Trevize sah Pelorat an, worauf dieser sich räusperte und meinte: »Ich *glaube*, was es sagt, bedeutet ›Tür‹.«

»Ich hoffe, das stimmt«, sagte Trevize.

Das Kind löste sich von Wonne und fing an zu laufen. Es deutete auf einen Teil des Bodenbelags, der etwas dunkler aussah als seine Umgebung. Das Kind trat darauf, sprang ein paarmal auf und ab und drehte sich dann, sichtlich enttäuscht, um. Als es zu reden anfing, klang seine Stimme schrill.

»Ich muß ihm die Energie liefern«, sagte Wonne und schnitt eine Grimasse. »Das ist wirklich anstrengend.«

Ihr Gesicht rötete sich ein wenig, und die Beleuchtung wurde dunkler. Dann öffnete sich dicht vor Fallom eine Tür, was zu einem vergnügten Ausruf des Kleinen führte.

Das Kind rannte zur Tür hinaus, und die beiden Männer folgten ihm. Wonne ging als letzte und sah sich um, während die Lichter hinter ihr dunkler wurden und die Tür sich wieder schloß. Dann blieb sie stehen, um Atem zu holen. Sie wirkte sichtlich erschöpft.

»Nun«, sagte Pelorat, »jetzt sind wir draußen. Wo ist das Schiff?«

Sie standen alle vier im noch ziemlich hellen Dämmerlicht.

»Mir scheint, es war in jener Richtung«, murmelte Trevize.

»Scheint mir auch so«, sagte Wonne. »Gehen wir!« Damit streckte sie nach Fallom die Hand aus.

Außer dem leisen Rauschen des Windes und den Bewegungen und den Rufen lebender Tiere war kein Geräusch zu hören. Einmal kamen sie an einem Roboter vorbei, der reglos unter einem Baum stand und irgendeinen Gegenstand in der Hand hielt, dessen Zweck sie nicht erkennen konnten.

Pelorat trat neugierig einen Schritt auf den Roboter zu, aber Trevize hielt ihn davon ab. »Das geht uns nichts an, Janov. Weiter!«

Dann sahen sie in einiger Entfernung einen weiteren Roboter, der zu Boden gefallen war.

»Wahrscheinlich liegen kilometerweit im Umkreis Roboter herum«, meinte Trevize. Und dann triumphierend: »Da, da ist unser Schiff!«

Sie schritten schneller aus, blieben dann aber plötzlich stehen. Fallom hob die Stimme zu einem erregten Quietschen.

Neben dem Schiff war ein Luftfahrzeug primitiver Konstruktion zu sehen. Es war mit einem Rotor ausgestattet, der nach Energievergeudung aussah und darüber hinaus sehr zerbrechlich wirkte. Neben dem Luftfahrzeug und zwischen der kleinen Gruppe von

Außenweltlern und ihrem Schiff standen vier menschliche Gestalten.

»Zu spät«, sagte Trevize. »Wir haben zu viel Zeit vergeudet. Was nun?«

»Vier Solarianer?« sagte Pelorat staunend. »Das kann doch nicht sein. Die mögen doch keinen körperlichen Kontakt. Ob das wohl Holobilder sind?«

»Die sind durch und durch Materie«, sagte Wonne. »Dessen bin ich sicher. Aber Solarianer sind es nicht. Das kann man ganz deutlich an ihrer mentalen Ausstrahlung wahrnehmen. Das sind Roboter.«

55

»Nun denn«, sagte Trevize resigniert, »dann sollten wir jetzt weitergehen.« Er setzte ruhig den Weg auf das Schiff fort, und die anderen folgten ihm.

»Was haben Sie vor?« sagte Pelorat außer Atem.

»Wenn es Roboter sind, müssen sie Befehlen gehorchen.«

Die Roboter erwarteten sie, und Trevize musterte sie aus zusammengekniffenen Augen, während sie näherkamen.

Ja, es mußten Roboter sein. Ihre Gesichter, die so aussahen, als wären sie aus Fleisch und Blut, wirkten seltsam ausdruckslos. Sie waren in Uniformen gekleidet, die mit Ausnahme des Gesichts keinen Quadratzentimeter Haut unbedeckt ließen. Selbst ihre Hände waren von dünnen, undurchsichtigen Handschuhen bedeckt.

Trevize machte eine beiläufige Handbewegung, die sichtlich die Aufforderung vermitteln sollte, beiseite zu treten.

Die Roboter machten keine Bewegung.

»Sagen Sie es ihnen, Janov!« meinte Trevize mit leiser Stimme zu Pelorat. »Treten Sie sehr bestimmt auf!«

Pelorat räusperte sich und sprach langsam, mit für ihn ungewohnt tiefer Stimme und unterstrich seine Worte mit Gesten, so wie Trevize das getan hatte. Darauf sagte einer der Roboter, der vielleicht eine Spur größer als die anderen war, mit kalter, schneidender Stimme etwas.

Pelorat wandte sich zu Trevize. »Ich glaube, er hat gesagt, wir seien Außenweltler.«

»Sagen Sie ihm, daß wir menschliche Wesen sind und daß sie uns zu gehorchen haben!«

Jetzt sprach der Roboter in etwas eigenartigem, aber durchaus verständlichen Galaktisch. »Ich verstehe Sie, Außenweltler. Ich spreche Galaktisch. Wir sind Wachroboter.«

»Dann habt ihr mich sagen hören, daß wir menschliche Wesen sind, und müßt uns deshalb gehorchen.«

»Wir sind programmiert, lediglich Herrschern zu-gehorchen, Außenweltler. Sie sind keine Herrscher und keine Solarianer. Herrscher Bander hat auf den normalen Kontakt hin nicht reagiert, und deshalb sind wir gekommen, um aus der Nähe Nachforschungen anzustellen. Das ist unsere Pflicht. Wir finden ein Raumschiff, das nicht auf Solaria hergestellt ist, einige Außenweltler und stellen fest, daß alle Bander-Roboter desaktiviert sind. Wo ist Herrscher Bander?«

Trevize schüttelte den Kopf und sagte langsam und mit deutlicher Stimme. »Wir wissen nichts von dem, was du da sagst. Unser Schiffscomputer funktioniert nicht richtig. Wir haben uns ganz gegen unsere Absicht in der Nähe dieses fremden Planeten befunden. Wir sind gelandet, um unsere Position zu überprüfen und haben hier alle Roboter inaktiv vorgefunden. Wir wissen nicht, was hier vorgefallen ist.«

»Das ist keine glaubhafte Darstellung. Wenn alle Roboter auf dem Anwesen desaktiviert sind und die Energie abgeschaltet ist, muß Herrscher Bander tot sein. Es ist unlogisch anzunehmen, daß er zufällig gestorben ist, gerade als Sie landeten. Es muß da eine kausale Verbindung geben.«

Darauf meinte Trevize, mit keiner anderen Absicht als der, Verwirrung zu stiften und die Verständnislosigkeit eines Ausländers und damit seine Unschuld zu bekräftigen: »Aber die Energie ist doch nicht abgeschaltet. Du und die anderen – ihr seid doch aktiv.«

Darauf antwortete der Roboter: »Wir sind Wachroboter. Wir gehören keinem Herrscher. Wir gehören der ganzen Welt. Wir sind nicht herrscherkontrolliert, sondern werden von Nuklearenergie angetrieben. Ich frage noch einmal, wo ist Herrscher Bander?«

Trevize sah sich nach seinen Gefährten um. Pelorat wirkte verängstigt; Wonne hatte die Lippen zusammengepreßt, wirkte ansonsten aber ruhig. Fallom zitterte, aber die Hand Wonnes griff nach der Schulter des Kindes, und es hörte zu zittern auf und verlor jeglichen Gesichtsausdruck. (Beruhigte Wonne es?)

»Noch einmal und zum letztenmal«, sagte der Roboter, »wo ist Herrscher Bander?«

»Ich weiß es nicht«, entgegnete Trevize grimmig.

Der Roboter nickte, worauf zwei seiner Begleiter sich schnell entfernten. Dann meinte er: »Meine Wachkollegen werden die Villa durchsuchen. Sie werden solange zur Befragung festgehalten. Händigen Sie mir die Gegenstände aus, die Sie an der Seite tragen!«

Trevize trat einen Schritt zurück. »Die sind harmlos.«

»Bewegen Sie sich nicht noch einmal! Ich habe nicht gefragt, ob sie harmlos oder gefährlich sind. Ich will sie haben.«

»Nein.«

Der Roboter trat einen schnellen Schritt nach vorn, und sein Arm zuckte so schnell vor, daß Trevize überhaupt nicht begriff, was geschah. Die Hand des Roboters lag auf seiner Schulter, ihr Griff verstärkte sich und drückte ihn nach unten. Trevize ging in die Knie.

»Die Gegenstände«, sagte der Roboter. Er streckte die andere Hand hin.

»Nein«, keuchte Trevize.

Wonne sprang vor, zog den Blaster aus dem Halfter, ehe Trevize, den der Roboter nicht losließ, sie daran hindern konnte, und hielt ihn dem Roboter hin. »Da, Wächter«, sagte sie, »und wenn du noch einen Augenblick wartest – da ist der andere. Und jetzt laß meinen Begleiter los!«

Der Roboter hielt beide Waffen in der Hand und trat zurück, worauf Trevize sich langsam aufrichtete und sich die linke Schulter rieb. Sein Gesicht war dabei schmerzverzerrt.

(Fallom wimmerte leise, und Pelorat drückte es verwirrt an sich.)

Wonne flüsterte unterdessen wütend zu Trevize gewandt: »Warum wehren Sie sich gegen ihn? Er kann sie mit zwei Fingern töten.«

Trevize stöhnte und stieß zwischen den zusammengepreßten Zähnen hervor: »Warum erledigen Sie ihn denn nicht?«

»Das versuche ich ja. Aber das erfordert Zeit. Sein Bewußtsein ist straff, sorgfältig programmiert und zeigt keine Lücken. Ich muß ihn studieren. Versuchen Sie Zeit zu gewinnen!«

»Sie sollen ihn nicht studieren, sondern ihn einfach nur zerstören«, sagte Trevize fast tonlos.

Wonne warf einen schnellen Blick auf den Roboter. Der studierte eben die Waffen mit sichtlichem Interesse, während der andere Roboter, der zurückgeblieben war, die Außenweltler beobachtete.

Keiner von beiden schien sich für die im Flüsterton geführte Unterhaltung zwischen Trevize und Wonne zu interessieren.

»Nein. Keine Zerstörung!« sagte Wonne. »Wir haben auf der ersten Welt einen Hund getötet und einen weiteren verletzt. Und Sie wissen, was auf dieser Welt geschehen ist.« (Ein weiterer schneller Blick auf die Wachroboter.) »Gaia metzelt nicht ohne Not Leben oder Intelligenz hin. Ich brauche Zeit, das friedlich zu erledigen.«

Sie trat zurück und starrte den Roboter an.

»Das sind Waffen«, sagte der Roboter.

»Nein«, sagte Trevize.

»Ja«, sagte Wonne, »aber sie sind nicht mehr brauchbar. Sie sind ohne Energie.«

»Ist das wirklich so? Weshalb sollten Sie Waffen tragen, die ohne Energie sind? Vielleicht stimmt das gar nicht.« Der Roboter hielt eine der Waffen in der Faust und drückte mit dem Daumen auf die richtige Stelle. »Betätigt man sie so?«

»Ja«, sagte Wonne, »wenn du drückst, aktiviert das die Waffe – oder würde sie aktivieren, wenn sie Energie enthielte –, aber das ist nicht der Fall.«

»Ist das sicher?« Der Roboter richtete die Waffe auf Trevize. »Sagen Sie immer noch, daß nichts geschieht, wenn ich sie jetzt aktiviere?«

»Sie wird nicht funktionieren«, sagte Wonne.

Trevize stand starr da, unfähig, einen Laut hervorzubringen. Er hatte den Blaster ausprobiert, nachdem Bander ihn geleert hatte, und er war völlig tot gewesen. Aber der Roboter hielt jetzt die Neuronenpeitsche in der Hand, und die hatte Trevize nicht überprüft.

Wenn die Neuronenpeitsche auch nur noch geringe Energiereste enthielt, dann würde das ausreichen, um seine Nervenenden zu stimulieren, und was Trevize dann fühlen würde, würde den harten Griff des Roboters wie ein liebevolles Tätscheln erscheinen lassen.

Während seiner Zeit auf der Marineakademie hatte Trevize ebenso wie alle anderen Kadetten einen milden Schlag mit der Neuronenpeitsche hinnehmen müssen. Das geschah, damit sie wußten, wie es sich anfühlte. Trevize verspürte keinerlei Bedürfnis, das noch einmal zu erleben.

Der Roboter aktivierte die Waffe, und Trevize spannte unwillkürlich die Muskeln an – und entspannte sich dann langsam wieder. Auch die Peitsche war völlig leer.

Der Roboter starrte Trevize an und warf dann beide Waffen zu Boden. »Wie kommt es, daß sie keine Energie enthalten?« wollte er wissen. »Wenn sie nutzlos sind, weshalb tragen Sie sie dann?«

»Ich bin das Gewicht gewöhnt und trage sie auch im entladenen Zustand«, sagte Trevize.

»Das gibt keinen Sinn«, sagte der Roboter. »Sie stehen alle unter Arrest. Sie werden für weitere Befragung festgehalten, und wenn die Herrscher das so wollen, wird man Sie desaktivieren.«

»Wie öffnet man dieses Schiff? Wir müssen es durchsuchen.«

»Das wird euch nichts nützen«, sagte Trevize. »Ihr werdet es nicht verstehen.«

»Dann werden es die Herrscher verstehen.«

»Die auch nicht.«

»Dann werden Sie erklären, damit sie es verstehen.«

»Das werde ich nicht.«

»Dann werden Sie desaktiviert werden.«

»Meine Desaktivierung bringt euch auch keine Erklärung, und ich denke, daß ich selbst dann, wenn ich erklärte, desaktiviert würde.«

»Machen Sie weiter so«, murmelte Wonne. »Ich fange an, seine Gehirnfunktion zu ergründen.«

Der Roboter ignorierte Wonne. (Sorgte sie etwa dafür? dachte Trevize und hoffte verzweifelt, daß es so wäre.)

Ohne den Blick von Trevize zu wenden, sagte der Roboter: »Wenn Sie Schwierigkeiten machen, werden wir Sie partiell desaktivieren. Wir werden Sie beschädigen, und dann werden Sie uns das sagen, was wir wissen wollen.«

Plötzlich schrie Pelorat halb erstickt auf: »Wartet, das dürft ihr nicht tun! – Wächter, das darfst du nicht tun!«

»Ich habe detaillierte Anweisungen«, sagte der Roboter leise. »Ich darf und kann das tun. Ich werde natürlich so wenig Schaden zufügen, wie sich das mit der Beschaffung von Information verträgt.«

»Aber das darfst du nicht. Überhaupt nicht. Ich bin ein Außenweltler und meine beiden Gefährten sind das auch. Aber dieses Kind«, und dabei sah Pelorat auf Fallom, den er immer noch in den Armen hielt, »ist Solarianer. Es wird euch sagen, was ihr tun sollt, und ihr müßt ihm gehorchen!«

Fallom sah Pelorat an. Seine Augen waren geweitet, wirkten aber leer.

Wonne schüttelte entschieden den Kopf, aber Pelorat sah sie verständnislos an.

Die Augen des Roboters ruhten kurze Zeit auf Fallom. Dann sagte er: »Das Kind ist unwichtig. Es hat keine Transducerlappen.«

»Es hat noch keine voll entwickelten Transducerlappen«, sagte Pelorat keuchend. »Aber die wird es eines Tages haben. Es ist ein solarianisches Kind.«

»Es ist ein Kind, aber ohne voll entwickelte Transducerlappen ist es kein Solarianer. Ich bin nicht gezwungen, seine Anweisungen zu befolgen oder es vor Schaden zu schützen.«

»Aber es ist der Nachkomme von Herrscher Bander.«

»So, ist es das? Wie kommt es, daß Sie das wissen?«

Pelorat fing zu stottern an, so wie er das manchmal tat, wenn er sich übermäßig konzentrierte. »W-w-welches andere Kind würde denn auf diesem Anwesen sein?«

»Woher wissen Sie, daß nicht ein Dutzend Kinder da sind?«

»Hast du weitere Kinder gesehen?«

»Ich bin es, der hier die Fragen stellt.«

In dem Augenblick berührte der zweite Roboter den Arm des ersten und lenkte seine Aufmerksamkeit von Pelorat ab. Die beiden Roboter, die in die Villa geschickt worden waren, kamen jetzt in schnellem Lauf zurück, der dennoch irgendwie unregelmäßig wirkte.

Bis sie eintrafen, herrschte Stille, und dann sprach einer von ihnen in solarianischer Sprache – worauf alle vier Roboter ihre Elastizität zu verlieren schienen. Einen Augenblick lang schienen sie einzuschrumpfen, fast in sich zusammenzufallen.

»Sie haben Bander gefunden«, sagte Pelorat, ehe Trevize ihm mit einer Handbewegung Schweigen gebieten konnte.

Der Roboter drehte sich langsam um und sagte mit fast lallender Stimme: »Herrscher Bander ist tot. Mit der Bemerkung, die Sie gerade gemacht haben, beweisen Sie, daß Ihnen die Tatsache bekannt war. Wie kommt das?«

»Woher soll ich das wissen?« fragte Trevize herausfordernd.

»Sie wußten, daß er tot war. Sie wußten, daß man ihn finden würde. Wie konnten Sie das wissen, wenn Sie nicht dort waren – wenn nicht Sie sein Leben beendet haben?« Die Aussprache des Roboters verbesserte sich bereits wieder. Er hatte gelitten und war jetzt im Begriff, den Schock zu verarbeiten.

»Wie könnten wir Bander getötet haben?« sagte Trevize. »Er

hätte uns doch mit seinen Transducerlappen sofort vernichten können.«

»Woher wissen Sie, wozu Transducerlappen imstande sind?«

»Du hast sie ja gerade selbst erwähnt.«

»Ich habe aber nicht mehr getan, als sie erwähnt. Ich habe weder ihre Eigenschaften noch ihre Fähigkeiten erwähnt.«

»Das Wissen stammt aus einem Traum.«

»Das ist keine glaubhafte Antwort.«

»Die Annahme, daß wir den Tod Banders verursacht haben könnten, ist ebenfalls nicht glaubhaft«, sagte Trevize.

Und Pelorat fügte hinzu: »Und wenn Herrscher Bander tot ist, dann kontrolliert jetzt jedenfalls Herrscher Fallom sein Anwesen. Hier ist der Herrscher, und ihm müßt ihr gehorchen.«

»Ich habe bereits erklärt«, sagte der Roboter, »daß ein Nachkomme mit unentwickelten Transducerlappen kein Solarianer ist. Deshalb kann er auch kein Nachfolger sein. Sobald wir die traurige Nachricht berichtet haben, wird ein anderer Nachfolger angemessenen Alters eingeflogen werden.«

»Und was ist mit Herrscher Fallom?«

»Einen Herrscher Fallom gibt es nicht. Das ist nur ein Kind, und Kinder haben wir im Überfluß. Es wird vernichtet werden.«

»Das wagst du nicht«, sagte Wonne heftig. »Es ist ein Kind!«

»Der Akt wird nicht durch mich vollzogen werden«, sagte der Roboter. »Wenigstens nicht notwendigerweise, und die Entscheidung wird ganz sicher nicht von mir getroffen. Dazu bedarf es eines Konsenses der Herrscher. Aber in Zeiten des Kinderüberflusses weiß ich wohl, wie die Entscheidung lauten wird.«

»Nein. Ich sage nein!«

»Es wird schmerzlos sein. Aber es kommt noch ein weiteres Schiff. Es ist wichtig, daß wir in die ehemalige Bander-Villa gehen und einen Holovisionsrat zusammenschalten, der einen Nachfolger bestimmt und entscheidet, was mit Ihnen geschehen soll. – Geben Sie mir das Kind!«

Wonne riß Pelorat die fast reglose Gestalt Falloms weg. Indem sie es fest an sich preßte, sagte sie: »Rührt das Kind nicht an!«

Wieder zuckte der Arm des Roboters vor und griff nach Fallom. Wonne duckte sich schnell zur Seite weg, und der Roboter bewegte sich weiter nach vorne, als stünde Wonne noch vor ihm. Steif nach unten gebeugt, fiel er aufs Gesicht. Die drei anderen standen reglos da, den Blick starr geradeaus gerichtet.

Wonne schluchzte, teils aus Wut. »Ich war schon fast so weit, daß ich ihn hätte kontrollieren können, aber er hat mir keine Zeit gelassen. So hatte ich keine andere Wahl als zuzuschlagen. Und jetzt sind alle vier desaktiviert. – Steigen wir ins Schiff, ehe das andere Schiff landet! Mir ist jetzt so übel, daß ich mich nicht mit weiteren Robotern auseinandersetzen kann.«

FÜNFTER TEIL

Melpomenia

13. ZUR NÄCHSTEN WELT

56

Die Abreise ging so schnell vonstatten, daß sich nachher keiner an Einzelheiten erinnern konnte. Trevize hatte seine nutzlosen Waffen eingesammelt, hatte die Luftschleuse geöffnet, und sie hatten sich hineingedrängt. Erst als sie gestartet waren, bemerkte Trevize, daß auch Fallom mitgekommen war.

Wahrscheinlich hätten sie es nicht rechtzeitig geschafft, wenn die Flugtechnik auf Solaria etwas höher entwickelt gewesen wäre. Das herannahende solarianische Luftfahrzeug brauchte unverzeihlich lange, um herunterzukommen und zu landen. Andererseits brauchte der Computer der *Far Star* praktisch überhaupt keine Zeit dazu, das gravitische Schiff vertikal nach oben zu bewegen.

Und obwohl das Abschneiden jeglicher Gravitationseffekte und damit auch der Trägheit die sonst unerträglichen Beschleunigungseffekte auslöschte, wie sie sich sonst bei einem so überhasteten Start eingestellt hätten, so wurde doch der Luftwiderstand nicht ausgelöscht. Die Außenhauttemperatur stieg deutlich schneller an, als es die Marinevorschriften (oder was das betraf: die Schiffsspezifikationen) erlaubt hätten.

Während sie so in die Höhe schossen, konnten sie das zweite solarianische Schiff landen und einige weitere herannahen sehen.

Trevize fragte sich, wie viele Roboter Wonne wohl hätte in Schach halten können, und kam zu dem Schluß, daß man sie wahrscheinlich überwältigt hätte, wenn sie auch nur noch fünfzehn Minuten auf dem Planeten geblieben wären.

Sobald sie den freien Weltraum erreicht hatten (oder so viel Weltraum, daß nur noch ein dünner Hauch der planetarischen Exosphäre um sie verblieb), nahm Trevize Kurs auf die Nachtseite des Planeten. Das war nur ein kleiner Hüpfer, da sie die Oberfläche bei Beginn des Sonnenuntergangs verlassen hatten. Im Dunklen würde die *Far Star* schneller abkühlen, und dort konnte sich das Schiff in einer langsamen Spirale weiter von der Oberfläche entfernen.

Pelorat kam aus dem Raum, den er mit Wonne teilte. »Das Kind schläft jetzt«, sagte er. »Wir haben ihm gezeigt, wie man die Toilette benutzt; es hat es sofort begriffen.«

»Das überrascht mich nicht. Ohne Zweifel standen ihm in der Villa ähnliche Einrichtungen zur Verfügung.«

»Ich habe dort keine gesehen, obwohl ich danach gesucht habe«, sagte Pelorat mitfühlend. »Wir sind für mich keinen Augenblick zu früh zum Schiff zurückgekehrt.«

»Der Ansicht sind wir wahrscheinlich alle. Aber warum haben wir das Kind an Bord gebracht?«

Pelorat zuckte nachsichtheischend die Achseln. »Wonne hat es nicht losgelassen. Wahrscheinlich wollte sie zum Ausgleich für das Leben, das sie genommen hat, eines retten. Sie kann es nicht ertragen...«

»Ich weiß«, sagte Trevize.

»Es ist ein Kind von sehr seltsamer Gestalt«, sagte Pelorat.

»Das muß es ja wohl als Hermaphrodit«, sagte Trevize.

»Wissen Sie, es hat Hoden.«

»Ohne die kommt es ja wohl schwerlich aus.«

»Und etwas, das ich nur als sehr kleine Vagina beschreiben kann.«

Trevize verzog das Gesicht. »Widerwärtig.«

»Eigentlich nicht, Golan«, sagte Pelorat unter schwachem Protest. »Es ist an seine Bedürfnisse angepaßt. Es gebiert nur eine befruchtete Eizelle oder einen ganz winzigen Embryo, der dann unter Laborbedingungen entwickelt wird, von Robotern gepflegt, möchte ich behaupten.«

»Und was passiert, wenn ihr Robotersystem zusammenbricht? Wenn das passiert, dann würden sie nicht mehr in der Lage sein, lebensfähige Nachkommen hervorzubringen.«

»Jede Welt würde ernsthafte Schwierigkeiten haben, wenn ihre Gesellschaftsstruktur völlig zusammenbricht.«

»Nicht daß mich das bei den Solarianern zu Tränenausbrüchen hinreißen würde.«

»Nun«, meinte Pelorat, »ich gebe ja zu, daß mir Solaria nicht gerade besonders attraktiv vorgekommen ist – für uns, meine ich. Aber das sind nur die Leute und die gesellschaftliche Struktur, und die sind überhaupt nicht von unserem Typ, alter Junge. Aber ziehen Sie doch die Leute und die Roboter ab, dann haben Sie eine Welt, die ansonsten...«

»In Stücke fallen könnte, so wie es bei Aurora schon angefangen hat«, sagte Trevize. »Wie geht's denn Wonne, Janov?«

»Ziemlich mitgenommen, fürchte ich. Sie schläft jetzt. Was sie durchgemacht hat, war *sehr* schlimm für sie, Golan.«

»Nun, großen Spaß habe ich auch nicht gerade gehabt.«

Trevize schloß die Augen und sagte sich, daß er selbst Schlaf gebrauchen könnte und sich dieser Erquickung auch hingeben würde, sobald hinreichend sicher feststand, daß die Solarianer über keine Weltraumfahrzeuge verfügten – und bis jetzt hatte der Computer nichts dergleichen wahrgenommen.

Er dachte einigermaßen verbittert über die beiden Spacerplaneten nach, die sie besucht hatten – feindselige, wilde Hunde auf dem einen – feindselige hermaphroditische Einzelgänger auf dem anderen – und auf keinem der beiden auch nur der winzigste Hinweis darauf, wo die Erde zu finden war. Das einzige, was ihnen die beiden Besuche bisher eingetragen haben, war Fallom.

Er öffnete die Augen wieder. Pelorat saß immer noch auf der anderen Seite des Computers und musterte ihn ernst.

»Wir hätten das solarianische Kind zurücklassen sollen«, sagte plötzlich Trevize mit Nachdruck.

»Das arme Ding«, sagte Pelorat. »Die hätten es getötet.«

»Trotzdem«, sagte Trevize, »es hat dort hingehört. Es ist Teil dieser Gesellschaft. Es ist in eine Situation hineingeboren, wo man getötet wird, wenn man überflüssig ist.«

»O mein lieber Freund, das ist wirklich eine sehr hartherzige Art, die Dinge zu sehen.«

»Aber eine *vernünftige*. Wir wissen nicht, wie wir für es sorgen sollen, und es kann durchaus sein, daß es bei uns viel länger leidet und am Ende dennoch stirbt. Was ißt es denn überhaupt?«

»Dasselbe wie wir, nehme ich an, alter Junge. Tatsächlich ist das Problem doch, was *wir* essen! Was haben wir denn an Vorräten?«

»Viel. Eine ganze Menge. Selbst wenn man unseren neuen Passagier berücksichtigt.«

Pelorat sah nicht so aus, als wäre er ob dieser Bemerkung vor Freude überwältigt. »Es ist doch eine recht gleichförmige Ernährung geworden«, meinte er. »Wir hätten auf Comporellon einiges mitnehmen sollen – nicht daß die dortige Küche gerade ausgezeichnet gewesen wäre...«

»Das konnten wir nicht. Wenn Sie sich erinnern, sind wir ja ziemlich hastig abgereist, ebenso wie wir von Aurora abgereist sind und ganz besonders von Solaria. – Aber was macht schon ein wenig Gleichförmigkeit? Sie verdirbt einem zwar das Vergnügen, aber man bleibt am Leben.«

»Wäre es möglich, frische Vorräte aufzunehmen, falls das nötig sein sollte?«

»Jederzeit, Janov. Für ein gravitisches Schiff mit Hyperraummotoren ist die Galaxis nicht besonders groß. In ein paar Tagen können wir überall sein. Es ist nur so, daß die Hälfte aller Welten in der Galaxis alarmiert worden ist, nach unserem Schiff Ausschau zu halten, und deshalb würde ich es lieber sehen, wenn wir uns eine Weile versteckt hielten.«

»Ja, so wird es wohl sein. – Bander schien sich nicht für das Schiff zu interessieren.«

»Wahrscheinlich hat er es gar nicht bewußt zur Kenntnis genommen. Ich vermute, daß die Solarianer vor langer Zeit die Raumfahrt aufgegeben haben. Ihr größter Wunsch ist es, allein gelassen zu werden, und wenn sie sich dauernd im Weltraum bewegen und damit ihre Existenz verkünden, hilft ihnen das ja nicht gerade dabei, die Sicherheit ihres isolierten Daseins zu genießen.«

»Was machen wir jetzt als nächstes, Golan?«

»Wir haben eine dritte Welt zu besuchen«, erklärte Trevize.

Pelorat schüttelte den Kopf. »Nach den ersten beiden zu schließen, erwarte ich von *der* auch nicht sehr viel.«

»Ich im Augenblick auch nicht. Aber ich werde mich jetzt ein wenig aufs Ohr legen und anschließend werde ich den Computer beauftragen, uns den Kurs zu jener dritten Welt zu berechnen.«

57

Trevize schlief wesentlich länger, als er erwartet hatte, aber das hatte wenig zu besagen. An Bord des Schiffes gab es weder Tag noch Nacht im natürlichen Sinne, und die Stunden waren das, wozu man sie machte. So war es keineswegs ungewöhnlich, daß Trevize und Pelorat und (ganz besonders) Wonne in bezug auf die natürlichen Eß- und Schlafrhythmen etwas aus dem Tritt gerieten.

Trevize überlegte sogar, während er sich abbürstete (es galt Wasser zu sparen, und deshalb war es ratsam, sich die Seife mit der Bürste abzureiben und erst dann nachzuspülen), noch ein oder zwei Stunden zu schlafen, und drehte sich herum und sah sich Fallom gegenüber, das ebenso unbekleidet war wie er.

Er fuhr unwillkürlich zurück, was im beengten Raum eines Personal* natürlich dazu führte, daß er gegen etwas Hartes stieß. Er brummte.

Fallom starrte ihn neugierig an und wies auf Trevizes Penis. Was es sagte, war unverständlich, aber die ganze Haltung des Kindes schien ein Gefühl der Ungläubigkeit auszudrücken. Trevize hatte um seines eigenen Seelenfriedens willen keine Wahl, als beide Hände über seinen Penis zu legen.

Dann sagte Fallom mit seiner schrillen Stimme: »Sei gegrüßt.«

Trevize stutzte darüber, daß das Kind plötzlich galaktisch sprach, aber das Wort klang so, als wäre es auswendig gelernt.

Doch Fallom fuhr mühsam, ein Wort nach dem anderen setzend, fort: »Wonne – sagen – du – mich – waschen.«

»Ja?« sagte Trevize. Er legte die Hände auf Falloms Schulter: »Du – hier – bleiben.«

Er deutete auf den Boden, worauf Fallom natürlich sofort ebenfalls auf die Stelle blickte, auf die sein Finger zeigte. Ansonsten schien es kein Wort zu verstehen.

»Beweg dich nicht!« sagte Trevize und hielt das Kind an beiden Armen fest, drückte sie ihm gegen den Körper, wie um dadurch Unbeweglichkeit zu symbolisieren. Er trocknete sich hastig ab, schlüpfte in seine Unterhosen und zog sich die Hosen darüber.

Dann verließ er den Raum und schrie: »Wonne!«

Auf dem Schiff war es recht schwer, von irgend jemandem mehr

---

* Personal: Galaktische Bezeichnung für die der Körperreinigung und den anderen Körperfunktionen dienende Räumlichkeit, etwa vergleichbar unserer Toilette

als vier Meter entfernt zu sein, und Wonne kam sofort an die Tür. Lächelnd fragte sie: »Rufen Sie nach mir, Trevize, oder war das nur eine leichte Brise, die durch das hohe Gras weht?«

»Wir wollen mal nicht komisch sein, Wonne. Was ist das?« Er deutete mit dem Daumen nach hinten.

Wonne blickte an ihm vorbei und sagte: »Nun, es sieht aus wie das Solarianerkind, das wir gestern an Bord gebracht haben.«

»Das *Sie* an Bord gebracht haben. Warum soll ich es waschen?«

»Ich hatte gedacht, daß Sie das gern tun würden. Es ist sehr intelligent und eignet sich schnell die wichtigsten Worte Galaktisch an. Wenn ich etwas nur einmal erkläre, vergißt es das nie wieder. Natürlich helfe ich ihm dabei.«

»Natürlich.«

»Ja. Ich sorge dafür, daß es ruhig bleibt. Ich habe es während der beunruhigenden Ereignisse auf dem Planeten in einer Art Dämmerzustand gehalten. Ich habe dafür gesorgt, daß es an Bord des Schiffes schlief und versuche jetzt, seine Gedanken wenigstens etwas von dem Roboter abzulenken, den es verloren hat, diesen Jemby, den es anscheinend sehr geliebt hat.«

»Damit es ihm am Ende hier gefällt, vermute ich.«

»Das hoffe ich. Es ist anpassungsfähig, weil es jung ist, und ich versuche, das zu unterstützen, so weit wenigstens, wie ich es wage, sein Bewußtsein zu beeinflussen. Ich werde ihm Galaktisch beibringen.«

»Dann können *Sie* es auch waschen. Verstanden?«

Wonne zuckte die Achseln. »Wenn Sie darauf bestehen, werde ich das tun. Aber ich möchte eigentlich, daß es gegenüber jedem von uns freundliche Gefühle empfindet. Es wäre nützlich, wenn jeder von uns Elternfunktionen an ihm wahrnehmen würde. Sie werden da doch sicherlich auch mitmachen können.«

»Aber nicht in dem Ausmaß. Und wenn Sie damit fertig sind, es zu waschen, dann schaffen Sie es weg! Ich möchte mit Ihnen reden.«

Plötzlich wirkte Wonnes Blick feindlich. »Wie meinen Sie das, es wegschaffen?«

»Nun, nicht daß Sie es durch die Schleuse werfen. Ich meine, Sie sollen es in Ihr Zimmer bringen. Es in eine Ecke setzen. Ich möchte mit Ihnen reden.«

»Zu Diensten, Sir«, sagte sie kühl.

Er blickte ihr nach, kostete einen Augenblick lang seinen Groll aus und begab sich dann ins Cockpit, wo er den Bildschirm aktivierte.

Solaria war eine dunkle Scheibe mit einem Halbmond aus Licht an der linken Seite. Trevize legte die Hände auf das Pult, um Kontakt mit dem Computer herzustellen, und stellte fest, daß sein Zorn bereits am Abklingen war. Man mußte ruhig sein, um eine Verbindung zwischen dem eigenen Bewußtsein und dem Computer herzustellen, und das führte gleichsam automatisch dazu, daß sich eine Art ruhiger Gelassenheit einstellte.

Rings um das Schiff gab es keinerlei künstlich hergestellte Gegenstände. Die Solarianer (oder, was wahrscheinlicher war, ihre Roboter) konnten oder wollten ihnen nicht folgen.

Sehr gut. Dann konnte er ebensogut auch den Nachtschatten verlassen. Wenn er weiterhin vor ihnen zurückwich, würde er ohnehin verschwinden, während Solarias Scheibe kleiner als die der viel weiter entfernten, aber auch viel größeren Sonne wurde, die der Planet umkreiste.

Er stellte den Computer so ein, daß das Schiff auch die planetarische Ebene verließ, da ihnen das die Möglichkeit verschaffte, mit größerer Sicherheit zu beschleunigen. Auf die Weise gelangten sie schneller in eine Region, wo die Raumkrümmung schwach genug war, um einen sicheren Sprung zu erlauben.

Wie in solchen Situationen häufig, begann er die Sterne zu studieren. Sie wirkten in ihrer ruhigen Unwandelbarkeit beinahe hypnotisch. Die Entfernung, die sie zu Lichtpunkten machte, löschte all ihre Turbulenz und Instabilität.

Einer jener Punkte mochte ebensogut die Sonne sein, um die die Erde kreiste – die Sonne, die als erster Stern den Namen ›Sonne‹ getragen hatte, unter deren Strahlung das Leben begonnen hatte und unter deren wohltätigem Licht sich die Menschheit entwickelt hatte.

Freilich, wenn die Spacerwelten um Sterne kreisten, die leuchtende prominente Mitglieder der stellaren Familie waren und dennoch in der galaktischen Karte des Computers nicht enthalten waren, könnte dies auch bei der Sonne der Fall sein.

Oder hatte man nur die Sonnen der Spacerwelten weggelassen – wegen eines uralten Vertrages, der ihre Anonymität schützen sollte? Würde die Sonne der Erde in der Karte enthalten sein – nur nicht markiert, um sie von den Myriaden von Sternen zu unterscheiden, die sonnenähnlich waren und lediglich keine bewohnbaren Planeten besaßen?

Schließlich gab es rund dreißig Milliarden sonnenähnliche Sterne in der Galaxis, und nur etwa jeder Tausendste davon besaß bewohnbare Planeten. Im Umkreis von ein paar hundert Parsek von ihrer gegenwärtigen Position mochte es tausend solcher bewohnbarer Planeten geben. Sollte er die sonnenähnlichen Sterne, einen nach dem anderen, auf dem Bildschirm vor sich vorbeiziehen lassen und diesen Planeten suchen?

Oder befand sich die ursprüngliche Sonne überhaupt nicht in dieser Region der Galaxis? Wie viele andere Regionen waren davon überzeugt, daß die Sonne einer *ihrer* Nachbarn war, daß *sie* Settlers der ersten Stunde waren...

Er brauchte Informationen und besaß bis zur Stunde keine.

Er hatte Zweifel daran, ob auch die gründlichste Untersuchung der jahrtausendealten Ruinen Auroras Informationen bezüglich der Lage der Erde geliefert hätte. Noch mehr bezweifelte er, daß man die Solarianer dazu hätte bringen können, solche Informationen zu liefern.

Aber nachdem jegliche Information über die Erde aus der großen Bibliothek von Trantor verschwunden war und nachdem es auch in dem riesigen Kollektivgedächtnis Gaias keine Information über die Erde mehr gab – schien auch die Chance gering, daß man irgendeine Information übersehen hatte, die vielleicht einmal auf den verlorenen Welten der Spacers existiert haben mochte.

Und wenn er die Sonne der Erde fand und dann die Erde selbst, durch schieres Glück vielleicht – würde ihn dann möglicherweise etwas zwingen, diese Tatsache überhaupt nicht zur Kenntnis zu nehmen? War der Schutz, mit dem die Erde sich umgeben hatte, vielleicht absolut? War ihre Entschlossenheit, verborgen zu bleiben, unüberwindlich?

Was suchte er denn überhaupt?

War es die Erde? Oder war es der Fehler in Seldons Plan, von dem er (ohne definierbaren Grund) annahm, daß er ihn möglicherweise auf der Erde entdecken würde?

Seldons Plan hatte jetzt seit fünf Jahrhunderten funktioniert und würde (so hieß es) die Spezies Mensch zu guter Letzt im schützenden Mutterleib eines Zweiten Galaktischen Imperiums einer sicheren Zuflucht zuführen, einem Imperium, das größer war als das erste, edler und freier – und doch hatte er, Trevize, sich gegen dieses Imperium und für Galaxia ausgesprochen.

Galaxia würde ein einziger großer Organismus sein, während

das Zweite Galaktische Imperium, so groß und vielfältig auch immer es sein mochte, doch eine bloße Union von Einzelorganismen sein würde, die im Vergleich mit ihm selbst von mikroskopischer Größe sein würden. Das Zweite Galaktische Imperium würde ein weiteres Beispiel jener Art von Union von Individuen sein, wie sie die Menschheit immer wieder errichtet hatte, seit sie zur Menschheit geworden war. Das Zweite Galaktische Imperium mochte das größte und beste dieser Gattung sein, aber eben nicht mehr als das.

Da Galaxia, welches einer völlig anderen Gattung von Organisation angehörte, besser sein konnte als das Zweite Galaktische Imperium, mußte es einen Fehler im Plan geben, etwas, was der große Hari Seldon übersehen hatte.

Aber wenn Seldon es übersehen hatte, wie sollte Trevize es dann korrigieren? Er war kein Mathematiker; er wußte nichts, absolut nichts über die Einzelheiten des Plans; er würde darüber hinaus, selbst wenn man ihn ihm erklärte, nichts verstehen. Lediglich die Annahmen kannte er – daß eine große Zahl menschlicher Wesen involviert sein mußte und daß sie von den Schlüssen nichts wußten, zu denen man gelangt war. Die erste Annahme war angesichts der riesig großen Bevölkerung der Galaxis eine Selbstverständlichkeit, und die zweite mußte zutreffen, da nur die zweite Foundation die Einzelheiten des Planes kannte und sie auch geheim hielt.

Blieb eine weitere unbestätigte Annahme, eine Unterstellung, eine, die als so selbstverständlich galt, daß man sie nie erwähnte oder auch nur über sie nachdachte – und doch eine Annahme, die auch falsch sein konnte, eine Annahme, die, *wenn* sie falsch war, den großen Abschluß des Planes ändern und somit Galaxia gegenüber dem Imperium wünschenswerter machen würde.

Aber wenn diese Annahme so offenkundig und selbstverständlich war, daß man sie nie in Worten ausdrückte, wie konnte sie dann falsch sein? Und wenn sie nie jemand erwähnte oder an sie dachte, wie konnte Trevize dann wissen, daß es sie gab, oder Vermutungen in bezug auf diese Annahme anstellen, selbst wenn er ahnte, daß sie existierte?

War er wahrhaftig Trevize, der Mann mit der fehlerlosen Intuition – so wie Gaia das behauptete? Wußte er wirklich, was zu tun war, selbst dann, wenn er nicht wußte, weshalb er es tat?

Jetzt war er dabei, jede Spacerwelt zu besuchen, die ihm bekannt war – war es richtig, das zu tun? War auf den Spacerwelten die Antwort zu finden? Oder zumindest der Anfang einer Antwort?

Was gab es außer Ruinen und wilden Hunden auf Aurora (und mutmaßlich andere wilde Geschöpfe. Wild gewordene Bullen? Überdimensional angewachsene Ratten? Grünäugige Katzen?) Solaria lebte, aber was außer Robotern und energieübertragenden menschlichen Wesen gab es dort? Was hatten beide Welten mit Seldons Plan zu tun, sofern sie nicht das Geheimnis der Lage der Erde enthielten?

Und wenn das der Fall war, was hatte die *Erde* mit Seldons Plan zu tun? War dies alles Wahnsinn? Hatte er zu lang und zu ernsthaft auf die Fantasievorstellung seiner eigenen Unfehlbarkeit gehört?

Ein unüberwindliches Gefühl der Scham überkam ihn und schien in einem Maße auf ihm zu lasten, daß er kaum atmen konnte. Er blickte zu den Sternen hinaus – fern, gleichgültig – und dachte: ich muß der größte Narr der ganzen Galaxis sein.

58

Wonnes Stimme riß ihn aus seinen Gedanken. »Nun, Trevize, warum wollten Sie mich sprechen – ist etwas nicht in Ordnung?«

Aus ihrer Stimme klang plötzlich Besorgnis.

Trevize blickte auf, und einen Augenblick lang fiel es ihm schwer, die trübe Stimmung zu verdrängen, die ihn befallen hatte. Er starrte sie an und sagte dann: »Nein, nein, es ist schon alles in Ordnung. Ich ... ich war nur in Gedanken versunken. Das habe ich so gelegentlich an mir.«

Es erfüllte ihn mit einem gewissen Unbehagen, daß Wonne seine Emotionen wahrnehmen konnte. Dafür, daß sie sich bewußt davor zurückhielt, sein Bewußtsein zu überwachen, hatte er nur ihr Wort.

Doch sie schien das, was er gesagt hatte, zu akzeptieren. »Pelorat ist bei Fallom und bringt ihm Sätze in Galaktisch bei«, sagte sie. »Das Kind scheint dasselbe zu essen wie wir, ohne dagegen irgendeinen Widerwillen zu haben. Aber was wollten Sie mit mir besprechen?«

»Nun, nicht hier«, sagte Trevize. »Der Computer braucht mich im Augenblick nicht. Wenn Sie in mein Zimmer kommen wollen – das Bett ist gemacht, Sie können sich darauf setzen, dann nehme ich den Stuhl. Oder umgekehrt, wenn Sie das vorziehen.«

»Das ist egal.« Sie gingen das kurze Stück zu Trevizes Zimmer.

Sie sah ihn aus zusammengekniffenen Augen an. »Wütend scheinen Sie ja nicht mehr zu sein.«

»Überprüfen Sie meine Gedanken?«

»Ganz und gar nicht. Bloß Ihr Gesicht.«

»Ich bin nicht wütend. Mag sein, daß hin und wieder mein Temperament mit mir durchgeht, aber das ist nicht dasselbe wie wütend. Aber wenn es Ihnen nichts ausmacht – da wären ein paar Fragen, die ich Ihnen stellen muß.«

Wonne setzte sich auf Trevizes Bett, sichtlich bemüht, aufrecht zu sitzen. Ihr Gesicht mit den hohen, breiten Backenknochen und den dunklen braunen Augen wirkte ernst und würdig. Ihr schulterlanges schwarzes Haar war sorgfältig gekämmt, und sie hielt die schmalen Hände ineinander verschlungen im Schoß. Ein leichter Hauch von Parfüm ging von ihr aus.

Trevize lächelte. »Sie haben sich aber rausgeputzt. Wahrscheinlich denken Sie, daß ich ein so junges, hübsches Mädchen nicht ganz so laut anschreien werde.«

»Sie können schreien und brüllen, soviel Sie wollen, wenn Sie sich dann besser fühlen. Ich möchte nur nicht, daß Sie Fallom anbrüllen.«

»Das habe ich nicht vor. Übrigens habe ich auch nicht vor, Sie anzubrüllen. Haben wir denn nicht beschlossen, Freunde zu sein?«

»Gaia hat Ihnen gegenüber nie etwas anderes als Gefühle der Freundschaft empfunden, Trevize.«

»Ich spreche nicht von Gaia. Ich weiß, daß Sie Teil von Gaia sind, ja daß Sie Gaia *sind*. Trotzdem gibt es auch ein Stück von Ihnen, das ein Individuum ist, zumindest in gewisser Weise. Und mit diesem Individuum rede ich jetzt. Ich spreche mit jemandem, der Wonne heißt, ohne dabei an Gaia zu denken. Haben wir nicht etwa beschlossen, Freunde zu sein, Wonne?«

»Ja, Trevize.«

»Wie kommt es dann, daß Sie so lange abgewartet haben, etwas bezüglich der Roboter auf Solaria zu unternehmen, nachdem wir bereits die Villa verlassen und das Schiff erreicht hatten? Ich wurde erniedrigt und körperlich verletzt, und doch haben Sie nichts getan. Obwohl jeden Augenblick weitere Roboter erscheinen konnten, die uns durch schiere physische Übermacht vielleicht hätten überwältigen können, haben Sie nichts getan.«

Wonne sah ihn ernst an und sprach dann, als wollte sie ihre Handlungen erklären, nicht etwa sie verteidigen. »Es ist nicht so, daß ich nichts getan habe, Trevize. Ich habe das Bewußtsein der Wachroboter studiert und zu ergründen versucht, wie ich sie anpacken sollte.«

»Ich weiß, daß Sie das getan haben. Wenigstens haben Sie das gesagt. Ich verstehe nur den Sinn dahinter nicht. Warum ihr Bewußtsein anpacken, wo Sie doch ohne weiteres imstande waren, sie zu zerstören – so wie Sie das am Ende auch getan haben?«

»Halten Sie es für so leicht, ein intelligentes Wesen zu vernichten?«

Trevizes Lippen verzogen sich und nahmen einen angewiderten Ausdruck an. »Kommen Sie schon, Wonne! Ein intelligentes *Wesen?* Es war nur ein Roboter.«

»Nur ein Roboter?« In ihre Stimme kam Bewegung. »Das ist immer das Argument. Nur. *Nur.* Warum hätte der Solarianer, Bander, zögern sollen, uns zu töten? Wir waren doch *nur* menschliche Wesen ohne Transducer. Warum sollte es das leiseste Zögern in der Frage geben, ob man Fallom seinem Schicksal überließ? Schließlich war es doch *nur* ein Solarianer und noch dazu ein nicht ausgereiftes Exemplar seiner Art. Wenn Sie anfangen, irgend jemanden oder irgend etwas, das Sie aus dem Wege schaffen wollen, einfach als *nur* das oder *nur* jenes abzutun, dann können Sie alles vernichten, was Sie wollen. Es gibt immer Kategorien, die man für sie finden kann.«

»Sie sollten eine ganz legitime Bemerkung nicht ins Extrem treiben und damit lächerlich machen«, wandte Trevize ein. »Der Roboter war nur ein Roboter, das können Sie nicht leugnen. Es war kein Mensch. In unserem Sinne war er nicht intelligent. Er war eine Maschine, die den Anschein von Intelligenz vortäuschte.«

»Wie leichtfertig Sie dahinreden, wo Sie doch gar nichts darüber wissen«, sagte Wonne. »Ich bin Gaia. Ja, ich bin auch Wonne, aber ich bin Gaia. Ich bin eine Welt, die jedes Atom an sich wertvoll und bedeutsam findet und jede Organisation von Atomen noch wertvoller und bedeutsamer. Ich/wir/Gaia würden niemals leichtfertig eine Organisation zerbrechen, aber wir würden sie mit Vergnügen in etwas noch Komplexeres ausbauen, immer vorausgesetzt, daß das nicht das Ganze schädigen würde. Die höchste Form der Organisation, die wir kennen, produziert Intelligenz, und willentlich Intelligenz zu vernichten, erfordert ernste Not. Ob es sich dabei um Maschinenintelligenz oder biochemische Intelligenz handelt, ist fast ohne Belang. Tatsächlich stellte der Wachroboter eine Art von Intelligenz dar, der ich/wir/Gaia noch nie begegnet waren. Diesen

Roboter zu studieren, war wunderbar, ihn zu vernichten, undenkbar – außer in dem Augenblick allüberwältigender Not.«

Darauf meinte Trevize trocken: »Es standen drei größere Intelligenzen auf dem Spiel, Ihre eigene, die Pelorats, des Menschen, den Sie lieben, und wenn es Ihnen nichts ausmacht, daß ich das erwähne: meine.«

»Vier! Sie vergessen immer noch, Fallom einzuschließen. – Sie standen noch nicht auf dem Spiel. So urteilte ich. Sehen Sie – stellen Sie sich vor, Sie würden sich einem Gemälde gegenübersehen, einem großen Meisterwerk der Kunst, dessen Existenz für Sie den Tod bedeutete. Sie brauchten bloß einen dicken Pinsel mit Farbe willkürlich über das Gesicht dieses Gemäldes zu ziehen, und schon würde es für immer vernichtet sein und Sie außer Gefahr. Und jetzt stellen Sie sich vor, Sie könnten statt dessen, wenn Sie das Gemälde sorgfältig studierten und nur da und dort einen Klecks Farbe anbrächten und an einer anderen Stelle etwas abschabten und so weiter, dieses Gemälde hinreichend abändern, um seine Zerstörung zu vermeiden und es als Meisterstück intakt zu lassen. Natürlich würde sich eine solche Änderung nur unter größter Mühe bewerkstelligen lassen. Sie würde Zeit in Anspruch nehmen. Aber wenn diese Zeit zur Verfügung stünde, würden Sie doch ganz sicher versuchen, das Gemälde ebenso wie Ihr Leben zu retten.«

Trevize nickte widerstrebend. »Vielleicht. Aber am Ende haben Sie das Gemälde ja doch zerstört. Der breite Pinsel strich darüber und hat all die wunderbaren kleinen Farbnuancen und Subtilitäten an Form und Struktur ausgelöscht. Und das taten Sie in dem Augenblick, in dem ein kleiner Hermaphrodit auf dem Spiel stand, wo doch die Gefahr, in der wir alle uns befanden, Sie nicht bewegen konnte.«

»Wir Außenweltler befanden uns noch nicht in *unmittelbarer* Gefahr, während Fallom, wie mir schien, dies plötzlich sehr wohl war. Ich mußte meine Wahl zwischen den Wachrobotern und Fallom treffen, und da keine Zeit zu verlieren war, mußte ich mich für Fallom entscheiden.«

»War es das wirklich, Wonne? Eine schnelle Kalkulation, das Abwägen eines Bewußtseins gegen ein anderes und ein schnelles Urteil der größeren Komplexität und des größeren Wertes?«

»Ja.«

»Und wenn ich Ihnen jetzt sagte, daß es nur ein Kind war, das da vor Ihnen stand, ein Kind, das mit dem Tode bedroht wurde. Ein instinktives Gefühl der Mütterlichkeit hat Sie gepackt, und Sie retteten es, wo Sie doch vorher, als nur drei Erwachsenenleben auf dem Spiel standen, kalt wie eine Maschine kalkulierten.«

Wonnes Gesicht rötete sich leicht. »Davon mag etwas mitgespielt haben, aber nicht auf die spöttische Art, in der Sie das jetzt aussprechen. Dahinter stand auch rationales Denken.«

»Das frage ich mich. Wenn dahinter ein rationaler Gedanke gestanden hätte, dann hätten Sie vielleicht auch in Betracht gezogen, daß das Kind das übliche Schicksal erlitt, das in seiner eigenen Gesellschaft unvermeidbar war. Wer weiß denn schon, wie viele Tausende von Kindern bereits so getötet worden sind, um die niedrige Bevölkerungszahl zu erhalten, die diese Solarianer als erstrebenswert für ihre Welt erachten?«

»Daran ist mehr als nur das, Trevize. Das Kind wäre getötet worden, weil es zu jung war, um ein Nachfolger zu sein, und dies, weil es einen Elter hatte, der zu früh gestorben war, und *dies* wiederum, weil ich ihn getötet hatte.«

»Zu einer Zeit, wo es hieß, töten oder getötet werden.«

»Das ist unwichtig. Ich hatte den Elter getötet. Ich konnte nicht einfach dastehen und zulassen, daß das Kind für meine Tat getötet wurde. – Außerdem bietet es uns die Chance, das Gehirn einer Art zu studieren, wie Gaia es noch nie studiert hat.«

»Das Gehirn eines Kindes.«

»Es wird nicht das Gehirn eines Kindes bleiben. Es wird die zwei Transducerlappen zu beiden Seiten des Gehirns weiterentwickeln. Diese Lappen verleihen einem Solarianer Fähigkeiten, denen ganz Gaia nichts Gleichwertiges entgegensetzen kann. Bloß ein paar Lichter am Leuchten zu halten, ein Gerät zu aktivieren und eine Tür zu öffnen, hat mich schon erschöpft. Bander hätte auf einem Anwesen, das an Komplexität und Größe jede Stadt auf Comporellon übertraf, die Energie liefern können – und das sogar im Schlaf.«

»Dann sehen Sie in diesem Kind die Chance, fundamentale Gehirnforschungen zu betreiben?« meinte Trevize.

»In gewisser Weise, ja.«

»Ich empfinde das anders. Mir scheint, daß wir eine große Gefahr an Bord genommen haben. Eine sehr große Gefahr.«

»Gefahr in welcher Hinsicht? Es wird sich perfekt anpassen – mit meiner Hilfe. Es ist hochintelligent und läßt bereits Anzeichen einer gewissen Zuneigung für uns erkennen. Es wird essen, was wir essen, hingehen, wo wir hingehen, und ich/wir/Gaia werden Wissen von unschätzbarer Bedeutung in bezug auf sein Gehirn gewinnen.«

»Was, wenn es Junge produziert? Es braucht dazu keinen Partner. Es ist sein eigener Partner.«

»Bis es in das Alter kommt, in dem es Kinder zeugen kann, werden noch viele Jahre vergehen. Die Spacers haben jahrhundertelang gelebt, und die Solarianer verspürten nicht den Wunsch, ihre Zahl zu vergrößern. Ich bin sicher, daß sie durch Zuchtwahl für späte Fruchtbarkeit gesorgt haben. Fallom wird noch lange Zeit keine Kinder haben.«

»Woher wissen Sie das?«

»Ich *weiß* es nicht. Ich bin nur logisch.«

»Und ich sage Ihnen, daß Fallom sich als gefährlich erweisen wird.«

»Das wissen Sie nicht. Und Sie sind auch nicht logisch.«

»Ich fühle es, Wonne, ohne einen Grund dafür. – In diesem Augenblick. Und Sie, nicht etwa ich, sind es, die darauf bestehen, daß meine Intuition unfehlbar ist.«

Wonne runzelte die Stirn und musterte ihn beunruhigt.

59

Pelorat verhielt an der Tür zum Cockpit und sah ziemlich verstört hinein. Man hatte den Eindruck, daß er versuchte, sich darüber Klarheit zu verschaffen, ob Trevize intensiv beschäftigt sei oder nicht.

Trevize hatte die Hände auf dem Pult, wie immer, wenn er sich zu einem Computer-Interface machte. Sein Blick ruhte auf dem Bildschirm. Pelorat schloß daraus, daß er arbeitete, und wartete geduldig, gab sich Mühe, sich nicht zu bewegen oder ihn sonstwie zu stören. Schließlich blickte Trevize auf und sah Pelorat. Nicht daß er ihn ganz zur Kenntnis genommen hätte. Trevizes Augen wirkten immer ein wenig starr, wenn er sich mit dem Computer in Verbindung befand, so als dächte und lebte er etwas anders, als Menschen das gewöhnlich taten.

Aber er nickte Pelorat langsam zu, so als würde sich sein Anblick, nachdem er mühsam durchgedrungen war, wenigstens allmählich seinen Sehnerven einprägen. Und dann, wieder ein paar

Augenblicke später, hob er die Hände, lächelte und war wieder er selbst.

»Ich fürchte, ich störe Sie«, sagte Pelorat Nachsicht heischend.

»Nicht sehr, Janov. Ich habe nur gerade getestet, um zu sehen, ob wir für den Sprung bereit sind. Das sind wir wohl etwa, aber ich denke, ich warte noch ein paar Stunden. Das könnte Glück bringen.«

»Hat denn Glück – oder andere willkürliche Faktoren – etwas damit zu tun?«

»Das habe ich nur so gesagt«, meinte Trevize und lächelte. »Aber willkürliche Faktoren haben schon etwas damit zu tun, wenigstens theoretisch. – Was gibt es denn?«

»Darf ich mich setzen?«

»Sicher, aber gehen wir doch in mein Zimmer. Wie geht's Wonne?«

»Gut.« Er räusperte sich. »Sie schläft wieder. Sie braucht ihren Schlaf, wissen Sie.«

»Ja, ich weiß. Das ist die Hyperraum-Trennung.«

»Ganz genau, alter Junge.«

»Und Fallom?« Trevize lehnte sich auf dem Bett zurück und überließ Pelorat den Stuhl.

»Diese Bücher aus meiner Bibliothek, die Sie den Computer für mich haben ausdrucken lassen, wissen Sie? Diese alten Geschichten? Es liest sie. Natürlich versteht es nur sehr wenig galaktisch, aber es scheint ihm Spaß zu machen, die Worte laut vorzulesen. Er ... ich will dauernd das männliche Pronomen für ihn verwenden. Können Sie sich vorstellen, warum das so ist, alter Junge?«

Trevize zuckte die Achseln. »Vielleicht, weil Sie selbst ein Mann sind.«

»Vielleicht. Wissen Sie, es ist beängstigend intelligent.«

»Das kann ich mir vorstellen.«

Pelorat zögerte ein wenig. »Sie mögen wohl Fallom nicht sonderlich.«

»Persönlich habe ich gar nichts gegen ihn, Janov. Ich habe nie Kinder gehabt und sie auch im allgemeinen nicht besonders gemocht. Sie dagegen haben Kinder gehabt, glaube ich mich zu erinnern.«

»Einen Sohn. – Es hat wirklich Freude gemacht, als er ein kleiner Junge war, ich erinnere mich daran ganz deutlich. Vielleicht ist *das* der Grund, warum ich immer das männliche Fürwort für Fallom verwenden will. Das versetzt mich in die Zeit vor einem Vierteljahrhundert zurück.«

»Ich habe nichts dagegen, wenn Sie es mögen, Janov.«

»Sie würden ihn auch mögen, wenn Sie sich die Chance geben würden.«

»Sicher würde ich das, Janov. Und vielleicht gebe ich mir eines Tages sogar die Chance.«

Wieder zögerte Pelorat. »Ich weiß auch, daß Sie es langsam leid sein müssen, dauernd mit Wonne zu streiten.«

»Ich denke eigentlich gar nicht, daß wir viel streiten werden, Janov. Sie und ich kommen tatsächlich sogar sehr gut miteinander aus. Wir hatten sogar neulich eine sehr vernünftige Diskussion – ohne laute Worte und ohne Vorwürfe, wissen Sie – darüber, daß sie sich so viel Zeit gelassen hat, die Wachroboter zu desaktivieren. Immerhin rettet sie ja immer wieder unser Leben, also kann ich ihr ja nicht gut meine Freundschaft vorenthalten, oder?«

»Ja, das verstehe ich. Aber ich meine ›streiten‹ gar nicht in dem Sinn, daß böse Worte fallen. Ich meine dieses dauernde Hin und Her über Galaxia im Gegensatz zur Individualität.«

»Oh, das meinen Sie! Nun, das wird wohl anhalten – aber auf höfliche Art.«

»Würde es Ihnen etwas ausmachen, Golan, wenn ich die Auseinandersetzung für sie weiterführen würde?«

»Nichts dagegen. Akzeptieren Sie das, was Galaxia darstellt aus eigener Erkenntnis, oder ist Ihnen einfach wohler, wenn Sie mit Wonne einer Meinung sind?«

»Aus eigener Ansicht, ehrlich. Ich glaube, Galaxia ist das, was kommen sollte. Sie selbst haben sich schließlich dafür entschieden, und meine Überzeugung wächst, daß das auch richtig ist.«

»Weil ich es gewählt habe? Das ist kein Argument. Was immer auch Gaia behauptet – ich kann mich irren, müssen Sie wissen. Lassen Sie sich also von Wonne nicht auf dieser Basis überzeugen!«

»Ich glaube nicht, daß Sie unrecht haben. Das hat mir Solaria gezeigt, nicht etwa Wonne.«

»Wie?«

»Nun, zu allererst einmal sind wir Isolaten. Sie und ich.«

»Das ist *ihr* Ausdruck dafür, Janov. Ich ziehe es vor, uns als Individuen zu sehen.«

»Eine Frage der Semantik, alter Junge. Nennen Sie es, wie Sie wollen, wir stecken jedenfalls jeder in seiner eigenen Haut, die unsere ganz persönlichen Gedanken umgibt, und wir denken zuerst und vorrangig an uns. Selbstverteidigung ist unser erstes Gesetz, selbst wenn das bedeutet, daß wir jeden anderen damit verletzen.«

»Es gibt aber doch genügend Fälle, wo Menschen ihr Leben für das anderer geopfert haben.«

»Ein seltenes Phänomen. Man kennt viel mehr Fälle, wo Leute die teuersten Bedürfnisse anderer für irgendeine unsinnige, eigensüchtige Vorstellung geopfert haben.«

»Und was hat das mit Solaria zu tun?«

»Nun, auf Solaria sehen wir doch, was Isolaten – oder Individuen, wenn Sie das vorziehen – werden können. Die Solarianer können es kaum ertragen, eine ganze Welt unter sich aufzuteilen. Für sie besteht die perfekte Freiheit darin, ein Leben in völliger Isoliertheit zu leben. Sie empfinden keinerlei Sehnsucht nach ihren eigenen Nachkommen, sondern töten sie, wenn es zu viele davon gibt. Sie umgeben sich mit Robotsklaven, denen sie die Energie liefern, so daß ihre ganzen riesigen Anwesen, wenn sie sterben, symbolisch ebenfalls sterben. Ist das denn bewundernswert, Golan? Können Sie das in bezug auf Anstand, Freundlichkeit und Sorge für den Nächsten mit Gaia vergleichen? – Wonne hat nicht mit mir darüber gesprochen, das ist ganz und gar mein eigenes Empfinden.«

»Es paßt auch zu Ihnen, daß Sie so empfinden, Janov«, sagte Trevize. »Ich kann dieses Empfinden teilen. Ich finde, daß die solarianische Gesellschaft schrecklich ist, aber so war es doch nicht immer. Sie sind Nachkommen von Erdenmenschen und in unmittelbarem Sinne von Spacers, die ein viel normaleres Leben geführt haben. Die Solarianer haben aus dem einen oder anderen Grund einen Weg für sich gewählt, der in ein Extrem geführt hat. Aber man kann doch nicht nach Extremen urteilen. Gibt es denn in der ganzen Galaxis mit ihren Millionen bewohnter Welten eine einzige, die Ihrer Kenntnis nach jetzt oder in der Vergangenheit eine Gesellschaft wie die Solarias gehabt hat, oder auch nur eine, die *entfernt* der Solarias ähnelte? Und hätte selbst Solaria eine solche Gesellschaft, wenn es dort nicht von Robotern wimmeln würde? Ist es denn vorstellbar, daß eine Gesellschaft von Individuen ohne Roboter eine solche Horrorvision entwickeln könnte, wie Solaria das ist?«

Pelorats Gesicht zuckte etwas. »Sie können alles zerreden, Golan – ich meine, es scheint Ihnen nie schwer zu fallen, die Art von Galaxis zu verteidigen, gegen die Sie sich ausgesprochen haben.«

»Das ist nicht meine Absicht. Es *gibt* eine rationale Daseinsberechtigung für Galaxia, und sobald ich die finde, werde ich es wissen und nachgeben. Oder besser gesagt, *wenn* ich sie finde.«

»Dann glauben Sie also, daß Sie sie möglicherweise nicht finden werden?«

Trevize zuckte die Achseln. »Woher soll ich das wissen? – Wissen Sie, warum ich ein paar Stunden warte, ehe ich den Sprung mache, und warum ich sogar in Gefahr bin, daß ich mir einrede, ich müßte ein paar Tage warten?«

»Sie haben gesagt, es sei sicherer, wenn wir noch warteten.«

»Ja, das habe ich gesagt, aber wir sind jetzt schon sicher genug. Wovor ich wirklich Angst habe, ist, daß diese Spacerwelten, deren Koordinaten wir haben, uns alle enttäuschen werden. Wir haben nur drei, und zwei davon haben wir bereits besucht, wobei wir jedesmal nur mit knapper Not dem Tod entronnen sind. Bis jetzt haben wir nicht den geringsten Hinweis auf die Lage der Erde bekommen, oder genauer gesagt: nicht einmal darauf, daß die Erde überhaupt existiert. Jetzt sind wir im Begriff, unserer dritte und letzte Chance zu nutzen, und was ist, wenn uns auch die enttäuscht?«

Pelorat seufzte. »Wissen Sie, es gibt da alte Legenden – eine davon ist sogar in den Büchern, die ich Fallom gegeben habe – in denen jemandem drei Wünsche gewährt werden, aber nur drei. Die Zahl Drei scheint in diesen Geschichten eine bedeutsame Rolle zu spielen. Vielleicht weil es die erste ungerade Zahl ist und damit auch die kleinste entscheidende Zahl. Sie wissen schon, zwei von drei gewinnt. – Worauf ich hinaus möchte, ist, daß diese Wünsche in diesen Geschichten nie etwas bringen. Niemand äußert je den richtigen Wunsch. Und ich habe schon immer vermutet, daß das eine uralte Weisheit ist, die besagen soll, daß man sich die Befriedigung seiner Bedürfnisse verdienen muß und nicht...«

Plötzlich verstummte er und wirkte irgendwie verlegen. »Tut mir leid, alter Junge, aber ich verschwende Ihre Zeit. Ich neigte schon immer dazu, einfach weiterzuplappern, wenn es um mein Hobby geht.«

»Ich finde das, was Sie sagen, immer interessant, Janov. Ich will mir auch die Analogie zu eigen machen, die Sie da vorschlagen. Man hat uns drei Wünsche freigestellt, und zwei davon haben wir verbraucht, ohne daß sie uns Nutzen gebracht haben. Jetzt haben wir nur noch einen. Irgendwie bin ich sicher, daß es auch diesmal schief gehen wird, und deshalb habe ich den Wunsch, das hinauszuschieben. Deshalb zögere ich mit dem Sprung so lange wie möglich.«

»Was werden Sie tun, wenn wir wieder keinen Erfolg haben? Nach Gaia zurückkehren? Nach Terminus?«

»Oh, nein«, sagte Trevize im Flüsterton und schüttelte den Kopf. »Die Suche muß fortgesetzt werden – wenn ich nur wüßte, wie ich es anstellen soll.«

14. DER TOTE PLANET

60

Trevize war deprimiert. Die wenigen Siege, die er seit Beginn der Suche errungen hatte, waren nie entscheidende Siege gewesen, eigentlich immer nur ein kurzzeitiges Hinausschieben einer Niederlage.

Jetzt hatte er den Sprung zur dritten Spacerwelt so lange hinausgeschoben, bis er die anderen mit seinem Unbehagen angesteckt hatte. Und als er schließlich beschloß, daß er dem Computer jetzt einfach den Befehl geben mußte, das Schiff durch den Hyperraum zu bewegen, stand Pelorat ernst unter der Tür zum Cockpit und Wonne ein Stück hinter ihm. Selbst Fallom stand da und starrte Trevize mit Eulenaugen an, während es sich mit einer Hand an Wonne festhielt.

Trevize hatte von dem Computer aufgeblickt und recht unfreundlich gesagt »Ein richtiges Familienbild!« Aber da sprach nur sein Unbehagen aus ihm.

Er instruierte den Computer, so zu springen, daß sie in größerer Distanz von dem fraglichen Stern wieder in den Weltraum eintraten, als das absolut notwendig war. Er redete sich ein, daß er das täte, weil er als Folge der Ereignisse auf den beiden ersten Spacerwelten gelernt hatte, Vorsicht walten zu lassen. Aber das glaubte er in Wirklichkeit selbst nicht. In seinem Innern wußte er, daß er hoffte, in ausreichend großer Distanz von dem Stern im Weltraum einzutreffen, um unsicher sein zu können, ob der Stern nun einen bewohnbaren Planeten hatte oder nicht. Auf die Weise würde er ein paar weitere Tage durch den Raum reisen können, ehe er das herausfinden konnte und (vielleicht) der Niederlage ins Antlitz sehen mußte.

Und so atmete er, während die ›Familie‹ zusah, tief durch, hielt den Atem an und gab die angestaute Luft dann mit einem dünnen Pfeifen zwischen den Lippen von sich, während er dem Computer seine Instruktion erteilte.

Die Sternenszene auf dem Bildschirm veränderte sich lautlos, und der Schirm wurde leer, weil sie in eine Region gesprungen waren, in der die Sterne dünner standen. Und dort, fast in der Mitte des Bildschirms, war ein hell leuchtender Stern zu sehen.

Trevize grinste breit, denn auf seine Art war dies auch ein Sieg. Immerhin hätte der dritte Koordinatensatz falsch sein können, und dann wäre möglicherweise kein passender Stern zu sehen gewesen. Er warf den drei anderen einen Blick zu und sagte: »Das wär's. Stern Nummer drei.«

»Sind Sie sicher?« fragte Wonne leise.

»Passen Sie auf!« sagte Trevize. »Ich werde in der galaktischen Karte des Computers auf ein equizentrisches Bild schalten, und wenn dieser helle Stern dann verschwindet, ist er nicht in der Karte enthalten, und damit wäre bewiesen, daß er der ist, den wir suchen.«

Der Computer reagierte auf seinen Befehl, und der Stern erlosch, ohne zuerst an Helligkeit zu verlieren. Es war, als hätte es ihn nie gegeben, aber der Rest des Sternenfelds blieb so, wie es war, in erhabener Indifferenz.

»Wir haben ihn«, sagte Trevize.

Und dennoch trieb er die *Far Star* nur etwa mit der Hälfte der Geschwindigkeit weiter, die die Umstände zugelassen hätten. Die Frage, ob es einen bewohnbaren Planeten gab oder nicht, bestand immer noch, und er hatte es nicht eilig, darauf eine Antwort zu bekommen. Und auch nach drei Tagen des Anflugs war darüber noch keine Aussage möglich.

Besser gesagt: nicht ganz. Ein großer Gasriese umkreiste den Stern. Er war sehr weit von seinem Zentralgestirn entfernt und leuchtete auf seiner Tageslichtseite in sehr fahlem Gelb. Im Augenblick konnten sie diese Seite als dicken Halbmond sehen.

Trevize gefiel dieses Bild gar nicht, aber er versuchte, sich das nicht anmerken zu lassen und sprach so selbstverständlich, als würde er aus einem Reiseführer zitieren. »Dort draußen ist ein großer Gasriese«, erklärte er. »Ein ziemlich spektakuläres Bild. Er hat ein dünnes Paar Ringe und zwei beachtliche Satelliten, die man im Augenblick ausmachen kann.«

»Es gibt doch in den meisten Systemen Gasriesen, nicht wahr?« meinte Wonne.

»Ja, aber der hier ist ziemlich groß. Nach dem Abstand seiner Satelliten und ihren Umlaufzeiten zu schließen, hat dieser Gasriese das fast Zweitausendfache an Masse eines durchschnittlichen bewohnbaren Planeten.«

»Was hat das schon zu bedeuten?« wollte Wonne wissen. »Gasriesen sind Gasriesen, und ihre Größe hat doch nichts zu besagen, oder? Sie befinden sich immer in großer Distanz von dem Stern, den sie umkreisen, und sind infolge ihrer Größe und ihrer Distanz nie bewohnbar. Wir müssen näher an den Stern heran, um einen bewohnbaren Planeten zu suchen.«

Trevize zögerte und entschied sich dann dafür, die Fakten auf den Tisch zu legen. »Ich meine folgendes«, sagte er. »Gasriesen neigen dazu, ein Volumen planetarischen Raums sauberzufegen. Das Material, das sie nicht selbst absorbieren, wächst zu ziemlich großen Himmelskörpern zusammen, aus denen dann ihr Satellitensystem wird. Sie verhindern ein solches Zusammenwachsen auf beträchtliche Distanz, und deshalb sind solche Gasriesen, je größer sie sind, desto wahrscheinlicher die einzigen nennenswerten Planeten eines Sterns. Ich rechne damit, daß es hier nur den Gasriesen und ein paar Asteroiden gibt.«

»Sie meinen, es gibt hier keinen bewohnbaren Planeten?«

»Je größer der Gasriese, desto geringer die Chance für einen bewohnbaren Planeten – und dieser Gasriese ist so gewaltig, daß man ihn praktisch als Zwergstern bezeichnen muß.«

»Dürfen wir ihn sehen?« fragte Pelorat.

Alle drei starrten jetzt den Bildschirm an. (Fallom war mit den Büchern im Zimmer Wonnes.)

Das Bild wuchs, bis der Halbmond den ganzen Schirm erfüllte. Ein Stück über dem Zentrum durchschnitt eine dünne, dunkle Linie den Halbmond, der Schatten des Ringsystems, das man selbst in einiger Entfernung hinter der Planetenfläche als leuchtende Kurve sehen konnte, die sich ein kurzes Stück in den dunklen Teil hinein erstreckte, ehe der Schatten sie verschlang.

»Die Rotationsachse des Planeten ist etwa fünfunddreißig Grad gegen seine Umlaufbahn geneigt«, sagte Trevize. »Der Ring befindet sich natürlich auf der planetarischen Äquatorialebene, so daß das Licht des Sterns auf diesem Punkt der Umlaufbahn von unten kommt und den Schatten des Rings über den Äquator projiziert.«

»Das sind aber dünne Ringe«, sagte Pelorat, der das Bild völlig hingerissen betrachtete.

»Eigentlich ganz durchschnittlicher Größe«, meinte Trevize.

»Nach der Legende sind die Ringe, die einen Gasriesen im Planetensystem der Erde umkreisen, viel breiter, heller und komplizierter als dieser hier. Die Ringe lassen den Gasriesen vergleichsweise wie einen Zwerg erscheinen.«

»Das überrascht mich nicht«, sagte Trevize. »Wenn eine Geschichte über Tausende von Jahren hinweg immer wieder weitergegeben wird, glauben Sie dann, daß sie dabei einschrumpft?«

»Das ist wunderschön«, sagte Wonne. »Wenn man den Halbmond betrachtet, dann sieht es so aus, als würde er sich bewegen, sich winden.«

»Das sind atmosphärische Stürme«, sagte Trevize. »Man sieht das gewöhnlich viel deutlicher, wenn man die richtige Lichtwellenlänge wählt. Lassen Sie es mich versuchen.« Er legte die Hände auf das Pult und wies den Computer an, sich durch das Spektrum hindurchzuarbeiten und bei der geeigneten Wellenlänge anzuhalten.

Der schwach leuchtende Halbmond verwandelte sich in eine Symphonie von Farben, die sich so schnell veränderten, daß es dem Auge fast weh tat. Schließlich festigte sich das Bild in orangeroter Farbe, und man konnte in dem Halbmond deutlich Spiralen sehen, die sich drehten und ineinander verflochten.

»Unglaublich«, murmelte Pelorat.

»Herrlich«, sagte Wonne.

Durchaus glaubhaft, dachte Trevize bitter. Und alles andere als herrlich. Weder Pelorat noch Wonne, die sich jetzt ganz der Schönheit dessen hingaben, was sie sahen, hatten auch nur einen Gedanken für die Erkenntnis übrig, daß der Planet, den sie so bewunderten, die Chancen minderte, das Geheimnis zu lösen, dem Trevizes ganzes Streben galt. Aber warum sollten sie auch? Beide waren es zufrieden, daß Trevizes Entscheidung richtig gewesen war, und sie begleiteten ihn auf seiner Suche nach der Sicherheit, ohne die geringsten gefühlsmäßigen Bindungen daran. Es war also sinnlos, ihnen dafür Schuld zuzuweisen.

So meinte er: »Die dunkle Seite scheint dunkel, aber wenn unsere Augen noch ein wenig über die gewöhnliche Spektralgrenze hinaus empfindlich wären, könnten wir sie in einem tiefen, stumpfen, irgendwie bösartig wirkenden Rot erkennen. Der Planet gibt in großer Intensität Infrarotstrahlung in den Weltraum ab, weil er massiv genug ist, um fast rotglühend zu sein. Das ist wirklich mehr als ein Gasriese, das ist beinahe ein Stern.«

Er wartete einen Augenblick lang und fuhr dann fort: »Und jetzt wollen wir uns von jenem Objekt abwenden und nach dem bewohnbaren Planeten Ausschau halten, den es *möglicherweise* gibt.«

»Vielleicht gibt es ihn«, sagte Pelorat und lächelte. »Geben Sie nicht auf, alter Junge!«

»Ich habe nicht aufgegeben«, sagte Trevize, ohne daß es besonders überzeugend geklungen hätte. »Die Bildung von Planeten ist eine viel zu komplizierte Sache, als daß es dafür harte und unwiderlegliche Regeln geben könnte. Wir können da nur von Wahrscheinlichkeitsgraden sprechen. Mit diesem Monstrum dort draußen im Weltraum sind die Wahrscheinlichkeiten zwar geringer, aber keineswegs gleich Null.«

»Warum sehen Sie das eigentlich so?« wollte Wonne wissen. »Schließlich haben Ihnen die ersten beiden Koordinatensätze doch auch bewohnbare Planeten der Spacers geliefert. Dann sollte doch dieser dritte Satz, der Ihnen bereits einen passenden Stern geliefert hat, auch einen bewohnbaren Planeten liefern. Warum sprechen Sie von Wahrscheinlichkeiten?«

»Ich hoffe ja, daß Sie recht haben«, sagte Trevize, der das, was sie sagte, keineswegs als tröstend empfand. »Wir werden jetzt die planetarische Ebene verlassen und uns dem Stern annähern.«

Der Computer erledigte das fast im gleichen Augenblick, in dem er seine Absicht ausgesprochen hatte. Trevize lehnte sich in seinem Pilotensessel zurück und sagte sich – zum wievielten Male eigentlich? –, daß man, wenn man je ein mit einem so fortschrittlichen Computer ausgestattetes gravitisches Schiff gesteuert hatte, nie wieder irgendein anderes Schiff steuern mochte.

Ob er es je wieder würde ertragen können, die Berechnungen selbst durchzuführen? Ob er es ertragen könnte, die Beschleunigung in Betracht ziehen zu müssen und sie auf ein vernünftiges Maß zu beschränken? Aller Wahrscheinlichkeit nach würde er das vergessen und so viel Energie draufgeben, bis er und alle anderen im Schiff an der einen oder anderen Wand zu Brei zerdrückt wurden. Nun, dann würde er eben fortfahren, dieses Schiff – oder ein anderes, das dem hier genau glich, falls er es auch nur ertragen konnte, einen solchen Tausch auf sich zu nehmen – zu steuern.

Und weil er sich selbst von der Frage, ob es einen bewohnbaren Planeten gab oder nicht, ablenken wollte, dachte er darüber nach, weshalb er das Schiff über die Ebene der Planetenbahn gelenkt hatte, und nicht darunter. Wenn es keine triftigen Gründe gab, unter die Ekliptik zu gehen, entschieden sich Piloten immer dafür, darüber zu gehen. Doch warum war das so?

Was das betraf, weshalb sprach man überhaupt von darüber und darunter? In der Symmetrie des Weltraums war das eine reine Konvention.

Trotzdem, er war sich stets der Richtung bewußt, in der ein zu beobachtender Planet um seine Achse rotierte und um seinen Stern kreiste. Wenn das in beiden Fällen der Gegensinn des Uhrzeigers war, dann war es Norden, wenn man den Arm hob, und Süden lag bei den Füßen. Und so war es in der ganzen Galaxis: Man betrachtete den Norden als oben und Süden als unten. Aber das war reine Konvention, die in die Nebel der fernsten Vergangenheit zurückreichte und der man doch sklavisch folgte. Wenn man eine vertraute Karte betrachtete und Süden oben lag, dann erkannte man sie nicht. Man mußte sie umdrehen, damit sie einen Sinn ergab. Und wenn alles andere gleich war, dann wandte man sich dem Norden zu, dem ›Oben‹.

Trevize dachte an eine Schlacht, die Bel Riose, ein kaiserlicher General, vor drei Jahrhunderten geschlagen hatte. Dieser hatte sein Geschwader in einem entscheidenden Augenblick unter die Ekliptik geführt und damit ein gegnerisches Geschwader wartend und unvorbereitet vorgefunden. Es hatte Klagen gegeben, daß das Manöver unfair gewesen sei – aber diese Klagen kamen natürlich von den Verlierern.

Eine Konvention, die so mächtig und so urtümlich alt war, mußte ihren Anfang auf der Erde genommen haben – und das führte Trevizes Gedanken geradezu ruckartig zur Frage des bewohnbaren Planeten zurück.

Pelorat und Wonne bestaunten weiterhin den Gasriesen, der sich langsam, in einem geradezu quälend langsamen Salto rückwärts auf dem Bildschirm drehte. Der von der Sonne bestrahlte Teil breitete sich aus, und nachdem Trevize das Spektrum im Orangeroten festhielt, wurde das Sturmtosen auf seiner Oberfläche sogar noch wilder und hypnotischer.

Da kam Fallom hereingeschlendert, und Wonne entschied, daß es ein Nickerchen machen mußte und daß das auch ihr gut tun würde.

Trevize meinte zu Pelorat gewandt, der zurückblieb: »Ich muß jetzt den Gasriesen loslassen, Janov. Ich möchte, daß der Computer sich ganz auf die Suche nach einem Gravitationssignum richtiger Größe konzentriert.«

»Aber selbstverständlich, alter Junge«, sagte Pelorat.

Aber es war viel komplizierter. Der Computer mußte nicht etwa nur nach einem Signal der richtigen Größe suchen, sondern nach einem der richtigen Größe und der richtigen Distanz. Ehe er ganz sicher sein konnte, würden noch einige Tage vergehen.

61

Trevize trat ernst und gefaßt – ja fast schwermütig wirkend – ins Zimmer und zuckte merklich zusammen.

Wonne erwartete ihn, und neben ihr war Fallom, sein Lendentuch und sein Gewand rochen förmlich nach Frische. Es sah damit viel besser aus als in einem von Wonnes gekürzten Nachthemden.

»Ich wollte Sie am Computer nicht stören«, meinte Wonne, »aber jetzt hören Sie – fang an, Fallom!«

Und Fallom sagte mit seiner hohen musikalischen Stimme: »Ich grüße Sie, Beschützer Trevize. Es macht mir große Freude, Sie auf diesem Schiff durch den Weltraum zu ge… be… begleiten. Es freut mich auch, daß meine Freunde Wonne und Pel so freundlich zu mir sind.«

Damit schloß Fallom und lächelte, und wieder dachte Trevize bei sich: Sehe ich jetzt einen Jungen oder ein Mädchen in ihm oder beides oder keines von beiden?

Er nickte. »Sehr gut auswendig gelernt. Und fast perfekt ausgesprochen.«

»Keineswegs auswendig gelernt«, sagte Wonne mit warmer Stimme. »Fallom hat das selbst zusammengefügt und mich gefragt, ob es das Ihnen vortragen dürfte. Ich habe nicht einmal gewußt, was Fallom sagen würde, bis ich es jetzt gehört habe.«

Trevize zwang sich zu einem Lächeln. »In dem Fall kann ich nur sagen: wirklich sehr gut.« Er bemerkte, daß Wonne, wann immer das möglich war, vermied, Fallom mit einem geschlechtsspezifischen Fürwort zu bezeichnen.

Wonne wandte sich Fallom zu und meinte: »Ich hab' dir gesagt, daß es Trevize gefallen würde. Jetzt geh zu Pel und lies etwas, wenn du magst.«

Fallom rannte weg und Wonne sagte: »Es ist wirklich erstaunlich, wie schnell Fallom Galaktisch lernt. Die Solarianer müssen eine besondere Sprachbegabung haben. Denken Sie doch, wie Bander allein aus den Hyperraum-Sendungen Galaktisch gelernt hat. Die müssen ein Gehirn haben, das neben der Energieübertragung auch noch andere bemerkenswerte Eigenschaften besitzt.«

Trevize knurrte nur.

»Jetzt sagen Sie bloß nicht, daß Sie Fallom immer noch nicht mögen«, sagte Wonne.

»Ich mag es weder, noch habe ich etwas dagegen. Dieses Geschöpf macht mich einfach nur unruhig. Aus irgendeinem Gefühl heraus stört es mich, mit einem Zwitter zu tun zu haben.«

»Aber kommen Sie, Trevize, das ist doch lächerlich«, sagte Wonne. »Fallom ist ein durch und durch akzeptables Lebewesen. Bedenken Sie doch, wie abstoßend Sie und ich auf eine Gesellschaft von Hermaphroditen wirken müssen – ich meine, Männer und Frauen im allgemeinen. Jedes von beiden ist nur die Hälfte eines Ganzen, und um sich fortzupflanzen bedarf es einer kurzzeitigen schwerfälligen Vereinigung.«

»Haben Sie dagegen Einwände, Wonne?«

»Jetzt tun Sie nicht so, als würden Sie mich mißverstehen. Ich versuche, uns vom hermaphroditischen Standpunkt aus zu sehen. Für sie muß das in höchstem Maße abstoßend wirken. Für uns dagegen scheint es natürlich. Also kommt Fallom Ihnen abstoßend vor, aber das ist nur eine kurzsichtige, spießbürgerliche Reaktion.«

»Nun, es ist mir offengestanden lästig, mich dauernd mit dem Fürwort herumschlagen zu müssen, das man in Verbindung mit diesem Geschöpf gebrauchen soll«, sagte Trevize. »Es behindert einen einfach beim Denken und Reden, wenn man jedesmal zögern muß.«

»Aber das ist ein Mangel unserer Sprache«, sagte Wonne, »nicht etwa einer Falloms. Keine menschliche Sprache ist unter Berücksichtigung des Hermaphroditismus entwickelt worden. Und ich bin froh, daß Sie das ansprechen, weil ich selbst darüber nachgedacht habe. Einfach ›es‹ zu sagen, wie Bander das so hartnäckig getan hat, ist keine Lösung. Das ist ein Fürwort, das für Objekte bestimmt ist, für die das Geschlecht keine Bedeutung hat. Und es gibt einfach kein Fürwort für Objekte, die in beiden Richtungen sexuell aktiv sein können. Warum also nicht einfach willkürlich ein Pronomen wählen? Ich empfinde Fallom als Mädchen. Sie hat beispielsweise die hohe Stimme eines Mädchens und die Fähigkeit, Junge hervorzubringen, und das ist doch die bedeutendste Definition der Weiblichkeit. Pelorat hat dem zugestimmt; warum tun Sie es nicht auch? Bezeichnen Sie ›sie‹ doch einfach als ›sie‹.« Trevize zuckte die Achseln. »Also gut. Es klingt wahrscheinlich seltsam, wenn ich darauf hinweise, daß *sie* Hoden hat, aber meinetwegen.«

Wonne seufzte. »Sie haben die widerwärtige Angewohnheit, daß Sie stets versuchen müssen, alles zu einem Kalauer zu verdrehen. Aber ich weiß, daß Sie unter erheblichem Druck stehen, und will das berücksichtigen. Verwenden Sie aber bitte in Zukunft für Fallom das weibliche Fürwort.«

»Einverstanden.« Trevize zögerte, konnte dann aber einfach nicht anders und fuhr fort: »Jedesmal, wenn ich Sie und Fallom zusammen sehe, wird mir klarer, daß sie so etwas wie ein Ersatzkind für Sie ist. Wünschen Sie sich etwa ein Kind und glauben, daß Janov nicht fähig ist, Ihnen eins zu machen?«

Wonnes Augen weiteten sich. »Er ist nicht für Kinder da! Glauben Sie, ich benutze ihn dazu, mir dabei zu helfen, ein Kind zu bekommen? Außerdem ist jetzt nicht die Zeit für mich, ein Kind zu bekommen. Und wenn die Zeit da ist, werde ich ein gaianisches Kind haben, und dafür ist Pel nicht geeignet.«

»Sie meinen, Sie wollen Janov dann einfach ablegen?«

»Aber ganz und gar nicht. Das wird nur eine kurze Weile dauern. Vielleicht geschieht es sogar durch künstliche Besamung.«

»Ich nehme an, Sie können nur dann ein Kind haben, wenn Gaia sich dafür entscheidet, daß eines notwendig ist; wenn es eine Lücke gibt, die durch den Tod eines bereits existierenden gaianischen menschlichen Fragments erzeugt wird.«

»Das ist ziemlich gefühllos ausgedrückt, aber es stimmt. Gaia muß in allen Teilen und Beziehungen wohlproportioniert sein.«

»Wie es im Falle der Solarianer auch ist.«

Wonne preßte die Lippen zusammen, und ihr Gesicht wurde etwas blasser. »Ganz und gar nicht. Die Solarianer produzieren mehr, als sie brauchen, und vernichten den Überschuß. Wir produzieren nur, was wir brauchen, und die Notwendigkeit der Zerstörung tritt nie auf – so wie Sie absterbende äußere Schichten Ihrer Haut ersetzen, indem Sie gerade genug nachwachsen lassen und keine Zelle mehr.«

»Ich verstehe, was Sie meinen«, sagte Trevize. »Ich hoffe nur, daß Sie auch Janovs Gefühle in Betracht ziehen.«

»Im Zusammenhang mit einem möglichen Kind für mich? Darüber hat es nie ein Gespräch gegeben und wird es auch keines geben.«

»Nein, das meine ich nicht. – Mir fällt nur auf, daß Sie sich mehr und mehr für Fallom interessieren. Janov könnte das Gefühl bekommen, vernachlässigt zu werden.«

»Er wird nicht vernachlässigt und interessiert sich ebenso sehr für Fallom wie ich. Im Gegenteil, sie ist etwas, was uns sogar einander noch näher bringt. Könnte es sein, daß *Sie* derjenige sind, der sich vernachlässigt fühlt?«

»*Ich?*« Er war echt verblüfft.

»Ja, Sie. Ich verstehe Isolaten ebenso wenig, wie Sie Gaia verstehen. Aber ich habe das Gefühl, daß Sie es genießen, auf diesem Schiff der zentrale Punkt jeder Aufmerksamkeit zu sein. Es könnte also durchaus sein, daß Sie sich von Fallom verdrängt fühlen.«

»Das ist doch unsinnig.«

»Nicht unsinniger als Ihre Andeutung, ich würde Pel vernachlässigen.«

»Dann sollten wir Waffenstillstand schließen und damit aufhören. Ich werde versuchen, Fallom als Mädchen zu sehen und mir nicht über Gebühr Sorgen darüber machen, daß Sie Janovs Gefühle verletzen könnten.«

Wonne lächelte. »Danke. Dann ist alles gut.«

Trevize wandte sich ab, und in dem Augenblick sagte Wonne: »Warten Sie!«

Trevize drehte sich wieder um und sagte mit einer Spur Müdigkeit in der Stimme. »Ja?«

»Mir ist ganz klar, Trevize, daß Sie traurig und bedrückt sind. Ich werde nicht versuchen, in Ihrem Bewußtsein herumzustochern, aber vielleicht wollen Sie mir sagen, was Sie bedrückt. Gestern sagten Sie, es gäbe einen geeigneten Planeten in diesem System, und schienen darüber recht erfreut zu sein. – Er ist doch immer noch da, hoffe ich. Ihre Erkenntnis hat sich doch nicht als Irrtum erwiesen?«

»Es gibt einen geeigneten Planeten im System, und er ist auch noch da«, sagte Trevize.

»Und hat er die richtige Größe?«

Trevize nickte. »Da er passend ist, hat er auch die richtige Größe. Und er befindet sich auch in der richtigen Entfernung zu dem Stern.«

»Nun, was stimmt dann nicht?«

»Wir sind inzwischen nahe genug herangekommen, um die Atmosphäre analysieren zu können. Es stellt sich heraus, daß er praktisch keine besitzt.«

»Keine Atmosphäre?«

»Praktisch keine. Der Planet ist unbewohnbar, und es gibt außer ihm keinen, der die Sonne umkreist und auch nur die entfernteste Chance hat, bewohnbar zu sein. Bei diesem dritten Versuch haben wir eine Niete gezogen.«

62

Pelorat widerstrebte es sichtlich, sich in Trevizes bedrücktes Schweigen zu drängen. Er stand an der Tür des Cockpits und hoffte allem Anschein nach darauf, daß Trevize ein Gespräch beginnen würde.

Doch das tat der nicht. Wenn ein Schweigen je hartnäckig und stur gewirkt hatte, dann galt das jetzt für ihn.

Schließlich hielt es Pelorat nicht mehr aus, und er sagte recht schüchtern: »Was machen wir jetzt?«

Trevize blickte auf und starrte Pelorat einen Augenblick lang an, wandte sich ab und sagte dann: »Wir fliegen den Planeten an.«

»Aber nachdem er keine Atmosphäre hat...«

»Der Computer *behauptet*, daß er keine Atmosphäre hat. Bis jetzt hat er mir immer gesagt, was ich hören wollte, und ich habe das akzeptiert. Jetzt hat er mir etwas gesagt, was ich *nicht* hören will, und ich werde es überprüfen. Wenn der Computer je unrecht haben wird, dann wünsche ich mir, daß es jetzt der Fall ist.«

»Und Sie glauben, daß er unrecht hat?«

»Nein, das glaube ich nicht.«

»Könnten Sie sich einen Grund vorstellen, weshalb er unrecht haben könnte?«

»Nein.«

»Warum machen Sie sich dann die Mühe, Golan?«

Und jetzt drehte Trevize endlich seinen Sessel herum, so daß er Pelorat ansehen konnte. Sein Gesicht wirkte verzerrt, als er sagte: »Begreifen Sie denn nicht, Janov, daß mir einfach nichts anderes einfällt? Wir haben auf den ersten beiden Welten in bezug auf die Lage der Erde eine Niete gezogen, und jetzt ist diese Welt auch

315

eine. Was soll ich denn tun? Von Welt zu Welt weiterziehen, mich umsehen und sagen ›Entschuldigen Sie. Wo ist die Erde?‹ Die Erde hat ihre Spuren zu gut verwischt. Sie hat nirgends irgendwelche Andeutungen hinterlassen. Langsam glaube ich, sie hat dafür gesorgt, daß wir selbst dann keinen Hinweis finden, wenn er vor unserer Nase liegt.«

Pelorat nickte und meinte: »So etwas Ähnliches habe ich mir auch gedacht. Macht es Ihnen etwas aus, darüber zu reden? Ich weiß, Sie sind unglücklich, alter Junge, und wollen nicht reden. Sagen Sie es mir also, wenn ich gehen soll, dann lasse ich Sie allein.«

»Reden Sie nur!« sagte Trevize, und seine Stimme klang dabei fast wie ein Stöhnen. »Was bleibt mir denn Besseres übrig, als Ihnen zuzuhören?«

»Das klingt zwar nicht, als würden Sie mich wirklich hören wollen, aber vielleicht tut es uns beiden gut«, sagte Pelorat. »Bitte, schneiden Sie mir das Wort ab, wenn Sie meinen, Sie könnten es nicht länger ertragen. Mir scheint, Golan, die Erde braucht nicht nur passive und negative Maßnahmen ergreifen, um sich zu verbergen. Sie braucht nicht nur die Hinweise auf sich löschen. Könnte es nicht sein, daß sie falsche Beweise ausstreut und auf die Weise aktiv an ihrer Tarnung arbeitet?«

»Wie meinen Sie das?«

»Nun, wir haben an verschiedenen Orten von der Radioaktivität der Erde gehört. So etwas würde doch jeden dazu veranlassen, seine Versuche einzustellen, die Erde zu finden. Wenn sie wirklich radioaktiv wäre, dann wäre es doch völlig unmöglich, sich ihr zu nähern. Aller Wahrscheinlichkeit nach wären wir dann nicht einmal in der Lage, den Fuß auf sie zu setzen. Selbst Roboter, wenn wir solche hätten, würden möglicherweise die Strahlung nicht überleben und daher für eine aktive Erforschung der Erde ungeeignet sein. Warum also nachsehen? Und wenn sie nicht radioaktiv ist, bleibt sie – wenn man nicht zufällig auf sie stößt – unverletzbar, und selbst dann könnte sie noch über andere Mittel verfügen, sich zu tarnen.«

Trevize brachte ein schwaches Lächeln zustande. »Es mag Sie wundern, Janov, aber dieser Gedanke ist mir auch in den Sinn gekommen. Es kam mir sogar in den Sinn, daß man diesen unwahrscheinlich riesigen Satelliten erfunden und bewußt in den Legenden der Welt untergebracht hat. Und was den Gasriesen mit dem monströsen Ringsystem angeht, so ist der ebenso unwahrscheinlich und vielleicht auch eine Erfindung. Das alles hat vielleicht nur den Sinn, uns nach etwas suchen zu lassen, was überhaupt nicht existiert, damit wir durch das richtige Planetensystem ziehen, die Erde anstarren und sie einfach abtun, weil sie tatsächlich keinen Satelliten hat und keinen Nachbarplaneten mit drei Ringen oder auch nur eine radioaktive Kruste. Wir erkennen sie deshalb nicht und kommen nicht einmal im Traum darauf, daß wir sie vor Augen haben. – Ich kann mir sogar noch Schlimmeres vorstellen.«

Pelorat senkte die Augen. »Wie kann es Schlimmeres geben?«

»Ganz einfach, wenn man mitten in der Nacht anfängt, die grenzenlosen Bereiche der Fantasie nach etwas abzusuchen, das die Verzweiflung noch vertiefen kann. Was ist denn, wenn die Fähigkeit der Erde, sich zu verstecken, unbegrenzt ist? Was, wenn man unser Bewußtsein täuschen kann, wenn wir an der Erde vorbeiziehen, einer Erde *mit* ihrem riesigen Satelliten und *mit* ihrem Gasriesen mit den Ringen, und beides nicht sehen? Was, wenn wir das bereits getan haben?«

»Aber wenn Sie das glauben, weshalb...?«

»Ich sage nicht, daß ich es glaube. Ich spreche von verrückten Fantasievorstellungen. Wir werden weitersuchen.«

Pelorat zögerte und meinte dann: »Wie lange noch, Trevize? Ganz sicher wird es doch einmal einen Punkt geben, wo wir aufgeben müssen.«

»Niemals«, sagte Trevize, fast wild. »Wenn ich den Rest meines Lebens damit zubringen muß, von Planet zu Planet zu ziehen, mich umzusehen und immer wieder zu sagen: ›Bitte, wo ist die Erde?‹, dann werde ich genau das tun. Ich kann Sie und Wonne und selbst Fallom, wenn Sie das wollen, jederzeit nach Gaia zurückbringen und mich allein wieder auf den Weg machen.«

»Oh, nein. Sie wissen, daß ich Sie nicht verlassen würde, Golan, und Wonne wird das auch nicht tun. Wir werden mit Ihnen von Planet zu Planet springen, wenn wir das müssen. Aber warum?«

»Weil ich die Erde finden *muß*, und weil ich sie finden werde. Ich weiß nicht wie, aber ich werde sie finden. – Und jetzt, sehen Sie, ich versuche, eine Position zu finden, von der aus ich die sonnenbeschienene Seite des Planeten studieren kann, ohne von der Sonne behindert zu werden, also lassen Sie mich eine Weile allein.«

Pelorat verstummte, ging aber nicht. Er sah Trevize dabei zu, wie der die mehr als zur Hälfte im Tageslicht liegende Planetenscheibe auf dem Bildschirm studierte. Für Pelorat schien das Bild keinerlei

Einzelheiten zu bieten, aber er wußte, daß Trevize am Computer mehr als er sehen konnte.

»Da ist ein Schimmer«, flüsterte Trevize.

»Dann muß es eine Atmosphäre sein«, platzte Pelorat heraus.

»Nicht unbedingt sehr viel, nicht ausreichend, um Leben zu erhalten, aber genug, um einen schwachen Wind zu erhalten, der den Staub aufwirbelt. Das ist eine bekannte Eigenschaft von Planeten mit dünner Atmosphäre. Vielleicht gibt es sogar kleine polare Eiskappen. Ein wenig Wassereis, das sich an den Polen niedergeschlagen hat, wissen Sie. Diese Welt ist zu warm für Kohlendioxideis – ich werde auf Radar schalten müssen. Und in dem Fall arbeitet es sich leichter auf der Nachtseite.«

»Wirklich?«

»Ja, ich hätte das zuerst versuchen müssen, aber bei einem praktisch luft- und daher wolkenlosen Planeten denkt man zuerst an sichtbares Licht.«

Trevize blieb eine Weile stumm, während Radarreflexe über den Bildschirm huschten und das abstrakte Abbild eines Planeten schufen, wie es vielleicht ein Künstler der Cleonischen Periode hätte malen können. Dann sagte er plötzlich betont »Nun...«, zog es eine Weile in die Länge und verstummte dann wieder.

»Und was heißt das jetzt?« wollte Pelorat wissen.

Trevize warf ihm einen kurzen Blick zu. »Keine Krater zu sehen.«

»Keine Krater? Ist das gut?«

»Völlig unerwartet«, sagte Trevize. Dann ging plötzlich ein Grinsen über sein Gesicht. »Und *sehr* gut. Tatsächlich sogar möglicherweise großartig.«

63

Fallom preßte die Nase an eine Schiffsluke, hinter der ein kleines Segment des Universums in der präzisen Form sichtbar war, in der das Auge es wahrnahm, ohne Vergrößerung oder Verbesserung durch einen Computer.

Wonne, die den Versuch gemacht hatte, das alles zu erklären, seufzte und meinte leise, zu Pelorat gewandt: »Ich weiß nicht, wieviel sie davon begreift, Pel, Liebster. Für sie waren die Villa ihres Vaters und ein kleiner Teil des Anwesens, auf dem sie stand, das ganze Universum. Ich glaube, daß sie nie nachts draußen war und je die Sterne gesehen hat.«

»Glaubst du das wirklich?«

»Ja, wirklich. Ich habe nicht gewagt, ihr etwas davon zu zeigen, bis ihr Wortschatz ausreichte, um wenigstens einen Teil von dem zu verstehen, was ich sagte – und es war wirklich ein Glück, daß du in ihrer eigenen Sprache mit ihr reden konntest.«

»Das Unangenehme ist nur, daß ich sie nicht gut beherrsche«, sagte Pelorat Nachsicht heischend. »Und es *ist* ziemlich schwierig, das Universum zu erfassen, wenn man sich ihm plötzlich gegenübersieht. Sie hat mir gesagt, wenn diese kleinen Lichter riesige Welten seien, jede wie Solaria – und dabei sind sie natürlilch viel größer als Solaria –, dann könnten sie nicht im Nichts hängen. Sie müssen herunterfallen, sagt sie.«

»Und damit hat sie natürlich recht, wenn man nach dem urteilt, was sie weiß. Sie stellt vernünftige Fragen und wird Stück für Stück begreifen. Zumindest ist sie neugierig und hat keine Angst.«

»Es ist nur so, Wonne, daß ich auch neugierig bin. Sieh doch, wie Golan sich verändert hat, als er feststellte, daß es auf der Welt, zu der wir jetzt fliegen, keine Krater gibt. Ich habe nicht die leiseste Ahnung, was das für einen Unterschied macht. Du etwa?«

»Nicht im geringsten. Aber er weiß viel mehr über Planetologie als wir. Wir können nur annehmen, daß er weiß, was er tut.«

»Ich würde es aber gerne wissen.«

»Nun, dann frag ihn doch!«

Pelorat schnitt eine Grimasse. »Ich habe immer Angst, ihn zu ärgern. Er meint sicher, daß ich diese Dinge wissen sollte, ohne daß man es mir sagt.«

»Das ist doch albern, Pel«, meinte Wonne. »Er hat doch auch keine Scheu, dich nach den Legenden und Mythen der Galaxis zu fragen, wenn er meint, daß ihm das nützlich sein könnte. Du bist immer bereit, Antwort zu geben, zu erklären, warum sollte er das also nicht auch sein? Geh nur und frag ihn! Wenn es ihn stört, dann gibt ihm das die Chance, ein wenig Zurückhaltung zu üben, und das wäre nur gut für ihn.«

»Wirst du mitkommen?«

»Nein, natürlich nicht. Ich möchte bei Fallom bleiben und fortfahren, ihr eine Vorstellung vom Universum einzurichten. Du kannst es mir ja nachher erklären – sobald er es dir erklärt hat.«

64

Pelorat trat unsicher ins Cockpit. Als er dann sah, daß Trevize sichtlich gut gelaunt war und sogar vor sich hinpfiff, entzückte ihn das.

»Golan«, sagte er, so munter er konnte.

Trevize blickte auf. »Janov! Sie kommen immer auf Zehenspitzen herein, als würden Sie glauben, es sei ungesetzlich, mich zu stören. Machen Sie die Tür zu und setzen Sie sich! Sehen Sie sich das Ding an!«

Er wies auf den Planeten auf dem Bildschirm und sagte: »Ich habe nur zwei oder drei Krater gefunden, und alle ganz klein.«

»Ist das wichtig, Golan? Wirklich wichtig?«

»Ob es wichtig ist? Sicher. Wie können Sie fragen?«

Pelorat machte eine hilflose Handbewegung. »Mir ist das alles völlig fremd. Ich habe auf der Universität Geschichte studiert, außerdem habe ich noch Soziologie und Psychologie belegt und Sprachen und Literatur, vorwiegend die antiken Sprachen. Später habe ich mich dann auf Mythologie spezialisiert. Mit Planetologie oder irgendwelchen Naturwissenschaften habe ich mich nie befaßt.«

»Das ist kein Verbrechen. Mir ist viel lieber, Sie wissen das, was Sie wissen. Ihre Kenntnisse der antiken Sprachen und der Mythologie waren für uns von unschätzbarem Wert, das wissen Sie doch. – Und wenn es um Planetologie geht, dann kann ich mich ja darum kümmern.«

Er lächelte gönnerhaft und fuhr fort. »Sie müssen wissen, Janov, Planeten entstehen, indem kleinere Himmelskörper aufeinanderprallen. Die letzten paar Himmelskörper, die daraufprallen, hinterlassen Krater. Das heißt, potentiell tun sie das. Wenn der Planet groß genug ist, um ein Gasriese zu sein, dann ist er im wesentlichen flüssig und ist von einer Gasatmosphäre geschützt, und die letzten Kollisionen bedeuten in Wirklichkeit nur, daß etwas in die Flüssigkeit klatscht und keine Spuren hinterläßt.

Kleinere Planeten mit einer festen Oberfläche, ob nun Eis oder Felsgestein, zeigen Kratermarkierungen, und die bleiben in alle Ewigkeit, wenn es nichts gibt, was sie auslöscht. Und dafür gibt es drei Möglichkeiten.

Zum einen kann es sein, daß eine Welt eine Eisoberfläche über einem flüssigen Ozean hat. In dem Fall durchbricht jeder kollidierende Gegenstand das Eis und läßt das Wasser aufspritzen. Dahinter friert das Eis wieder zu und heilt sozusagen die Wunde. Ein solcher Planet oder Satellit würde kalt sein müssen und wäre daher nicht das, was wir als bewohnbare Welt ansehen würden.

Zweitens: Wenn ein Planet äußerst aktiv ist – vulkanisch, meine ich –, dann werden irgendwelche sich bildenden Krater stets von Lavafluß oder Asche gefüllt. Aber ein solcher Planet oder Satellit ist mit hoher Wahrscheinlichkeit ebenfalls nicht bewohnbar.

Das bringt uns zum dritten Fall, nämlich dem der bewohnbaren Welten. Solche Welten haben vielleicht Eiskappen an den Polen, aber der größte Teil des Ozeans muß flüssig sein. Auf solchen Welten gibt es vielleicht auch aktive Vulkane, aber diese Vulkane müssen weit verstreut sein. Solche Welten sind weder imstande, Krater zu heilen, noch sie zu füllen. Es gibt freilich Erosionseffekte. Der Wind und das Wasser erodieren Krater, und wenn es Leben gibt, dann geht auch davon eine stark erodierende Wirkung aus. Verstehen Sie?«

Pelorat überdachte das Gehörte und meinte dann: »Aber Golan, ich verstehe überhaupt nicht, was Sie meinen. Der Planet, dem wir uns nähern...«

»Wir werden morgen landen«, sagte Trevize vergnügt.

»Dieser Planet, dem wir uns nähern, hat keinen Ozean.«

»Nur ganz dünne Eiskappen an den Polen.«

»Auch nicht viel Atmosphäre.«

»Nur ein Hundertstel der Dichte der Atmosphäre von Terminus.«

»Und auch kein Leben.«

»Nichts, was ich wahrnehmen kann.«

»Was könnte dann die Krater ausgelöscht haben?«

»Ein Ozean, eine Atmosphäre und Leben«, sagte Trevize. »Sehen Sie, wenn dieser Planet von Anfang an luft- und wasserlos gewesen wäre, dann würden irgendwelche Krater, die sich gebildet haben, noch existieren, und die ganze Oberfläche würde von Kratern überzogen sein. Das Fehlen von Kratern beweist, daß er nicht von Anfang an luft- und wasserlos gewesen sein kann und möglicherweise sogar in jüngster Vergangenheit eine nennenswerte Atmosphäre und einen Ozean besessen hat. Außerdem sind auf dieser Welt riesige Becken sichtbar, die einmal Meere und Ozeane enthalten haben mögen, ganz zu schweigen von den Spuren von Flüssen, die jetzt ausgetrocknet sind. Sie sehen also, daß es eine Erosion gegeben hat, und daß diese Erosion vor kurzer Zeit aufgehört hat, so daß sich nicht viele neue Krater mehr bilden konnten.«

Pelorat sah ihn zweifelnd an. »Mag sein, daß ich kein Planetologe bin, aber mir scheint doch, daß wenn ein Planet groß genug ist, um vielleicht für Milliarden Jahre eine dichte Atmosphäre zu halten, er sie nicht plötzlich verlieren wird, oder doch?«

»Das würde ich auch meinen«, sagte Trevize. »Aber diese Welt hat ohne Zweifel, ehe ihre Atmosphäre verschwand, Leben besessen, wahrscheinlich sogar menschliches Leben. Ich vermute, daß es eine terraformte Welt war, wie fast alle von Menschen bewohnten Welten der Galaxis es sind. Das Ärgerliche ist, daß wir nicht genau wissen, wie ihr Zustand war, ehe das menschliche Leben eintraf, oder was man mit dem Planeten gemacht hat, um ihn für menschliche Wesen bewohnbar zu machen, oder unter welchen Umständen tatsächlich das Leben wieder verschwunden ist. Möglicherweise hat es eine Katastrophe gegeben, die die Atmosphäre abgesogen hat, was zum Ende des menschlichen Lebens führte. Oder es hat vielleicht irgendein Ungleichgewicht auf diesem Planeten gegeben, das die Menschen, solange sie hier waren, unter Kontrolle gehalten haben und das wieder umschlug, als sie sie verließen. Vielleicht werden wir die Antwort herausfinden, wenn wir landen, vielleicht auch nicht. Doch das ist nicht wichtig. Aber wenn es einmal hier Leben gegeben hat, dann ist es ebenso unwichtig, daß es heute hier keins mehr gibt. Welchen Unterschied macht es, ob ein Planet stets unbewohnbar war oder das erst jetzt ist?«

»Wenn er jetzt unbewohnbar ist, dann wird es zumindest Ruinen geben, die von den früheren Bewohnern stammen.«

»Auf Aurora gab es auch Ruinen...«

»Richtig, aber auf Aurora hat es auch zwanzigtausend Jahre Regen und Schnee gegeben, Frost und Tau, Wind und temperaturbedingte Veränderungen. Und Leben hat es auch gegeben – vergessen Sie das Leben nicht! Hier gibt es vielleicht keine menschlichen Wesen, aber eine Menge Leben. Ruinen können ebenso erodieren wie Krater, sogar schneller. Und nach zwanzigtausend Jahren ist nicht genug übrig geblieben, um uns zu nützen. – Aber hier, auf diesem Planeten ist Zeit verstrichen, vielleicht zwanzigtausend Jahre, vielleicht weniger, ohne Wind, ohne Sturm und ohne Leben. Temperaturänderungen hat es gegeben, das räume ich ein, aber sonst nichts. Die Ruinen werden also in gutem Zustand sein.«

»Es sei denn«, murmelte Pelorat zweifelnd, »es sei denn, es gibt keine Ruinen. Ist es möglich, daß es nie Leben irgendwelcher Art auf dem Planeten gegeben hat, oder jedenfalls kein menschliches

Leben, und daß der Verlust der Atmosphäre irgendeinem Ereignis zuzuschreiben ist, mit dem menschliche Wesen nichts zu tun hatten?«

»Nein, nein«, sagte Trevize. »Mir können Sie mit Ihrem Pessimismus nicht kommen, das funktioniert nicht. Ich habe von hier aus die Überreste von etwas gesehen, das ganz sicher einmal eine Stadt war. – Wir werden also morgen landen.«

65

Wonne sagte mit besorgter Stimme: »Fallom ist überzeugt, daß wir sie zu Jemby, ihrem Roboter, zurückbringen.«

»Hm«, machte Trevize, ohne den Blick von der Oberfläche der Welt zu wenden, die unter dem langsam dahintreibenden Schiff vorüberzog. Dann blickte er auf, so als hätte er einen Augenblick gebraucht, um die Bemerkung zu begreifen. »Nun, sonst hat sie auch keine Eltern kennengelernt, oder?«

»Ja, natürlich, aber sie meint, wir seien nach Solaria zurückgekehrt.«

»Sieht es so aus wie Solaria?«

»Wie sollte ich das wissen?«

»Sagen Sie ihr, daß es nicht Solaria ist. Ich werde Ihnen ein paar Buchfilme mit Illustrationen geben. Zeigen Sie ihr Nahaufnahmen von einer Anzahl verschiedener bewohnter Welten und erklären Sie ihr, daß es davon Millionen gibt. Sie werden genügend Zeit dafür haben. Ich weiß nicht, wie lange Janov und ich herumwandern müssen, sobald wir einmal ein passendes Ziel gefunden haben und gelandet sind.«

»Sie und Janov?«

»Ja. Fallom kann nicht mitkommen, selbst wenn ich das wollte, und das würde ich nur tun, wenn ich ein Verrückter wäre. Diese Welt erfordert Raumanzüge, Wonne. Es gibt hier keine atembare Luft. Und wir haben keinen Raumanzug, der Fallom passen würde. Also müssen Sie mit ihr auf dem Schiff bleiben.«

»Warum ich?«

Trevizes Lippen verzogen sich zu einem humorlosen Lächeln. »Ich gebe ja zu, daß ich mich sicherer fühlen würde, wenn Sie mitkämen«, sagte er, »aber wir können Fallom nicht allein im Schiff lassen. Sie kann Schaden anrichten, selbst wenn sie das nicht will. Ich muß Janov bei mir haben, weil er möglicherweise irgendwelche archaischen Schriften entziffern kann, die es vielleicht hier gibt. Das bedeutet, daß Sie bei Fallom bleiben müssen. Aber das wollen Sie doch wahrscheinlich auch.«

Wonne schien unsicher.

»Schauen Sie«, fuhr Trevize fort. »Sie wollten doch Fallom mitnehmen, als ich dagegen war. Ich bin überzeugt, sie wird uns nur Ärger machen. Also – ihre Anwesenheit behindert uns, und damit müssen Sie sich abfinden. Sie ist hier, also werden Sie auch hier bleiben müssen. So ist das eben.«

Wonne seufzte. »Ja, wahrscheinlich.«

»Gut. Wo ist Janov?«

»Bei Fallom.«

»Gut. Dann gehen Sie zu ihm und lösen ihn ab! Ich will mit ihm sprechen.«

Trevize war immer noch damit beschäftigt, die Planetenoberfläche zu studieren, als Pelorat hereinkam und sich räusperte, um seine Ankunft kundzutun. »Stimmt etwas nicht, Golan?« fragte er.

»Nein, das nicht, Janov. Ich bin nur unsicher. Dies hier ist eine eigenartige Welt, und ich weiß nicht, was mit ihr passiert ist. Nach den Becken zu schließen, die zurückgeblieben sind, müssen die Meere riesig gewesen sein, aber sie waren auch seicht. Soweit ich aus den zurückgebliebenen Spuren schließen kann, war dies eine Welt der Entsalzung und der Kanäle. Vielleicht waren die Meere nicht sehr salzig. Wenn sie nicht sehr salzig waren, würde das erklären, warum es in den Becken keine ausgedehnten Salzablagerungen gibt. Aber möglicherweise ging der Salzgehalt auch mit den Ozeanen verloren – und das deutet wieder auf menschliches Handeln hin.«

Pelorats Antwort darauf kam zögernd. »Sie müssen mir meine Unwissenheit in solchen Dingen nachsehen, Golan, aber hat das denn bezüglich dessen, was wir suchen, irgendeine Bedeutung?«

»Wahrscheinlich nicht, aber ich bin nun einfach neugierig. Wenn ich wüßte, wie man diesen Planeten terraformt hat, um ihn für Menschen bewohnbar zu machen, und wie er vorher beschaffen war, dann würde ich vielleicht verstehen, was mit ihm geschehen ist, nachdem man ihn verlassen hat – oder vielleicht auch kurz vorher. Und wenn wir wüßten, was mit ihm passiert ist, wären wir vielleicht auf unangenehme Überraschungen vorbereitet.«

»Was für eine Art von Überraschungen? Es ist doch eine tote Welt, nicht wahr?«

»Tot genug. Sehr wenig Wasser; eine dünne, nicht atembare Atmosphäre; und Wonne stellt keine Anzeichen mentaler Aktivität fest.«

»Dann wäre das doch wohl erledigt, möchte man meinen.«

»Das Fehlen mentaler Aktivität bedeutet nicht notwendigerweise, daß es kein Leben gibt.«

»Aber doch ganz sicher wenigstens, daß es kein höheres Leben gibt.«

»Ich weiß nicht. – Aber das ist es nicht, worüber ich Sie befragen wollte. Es gibt zwei Städte, die sich für eine erste Untersuchung anbieten. Sie scheinen sich in ausgezeichnetem Zustand zu befinden. Das gilt für alle Städte. Was auch immer die Luft und die Meere zerstört hat, hat die Städte anscheinend nicht beeinträchtigt. Jedenfalls sind diese beiden Städte besonders groß. Die größere scheint knapp an freiem Raum zu sein. Es gibt Raumhäfen weit draußen am Stadtrand, aber in der Stadt selbst nichts. Die andere, nicht so große, hat viel freien Raum, also ist es dort einfacher, in der Mitte zu landen, wenn auch nicht in regelrechten Raumhäfen. Aber wen stört das schon?« Pelorat schnitt eine Grimasse. »Wollen Sie, daß *ich* die Entscheidung treffe, Golan?«

»Nein, die werde ich treffen. Ich möchte nur Ihre Überlegungen kennenlernen.«

»Na schön, eine große, weit ausgedehnte Stadt ist wahrscheinlich ein Zentrum des Handels oder der Produktion gewesen. Eine kleinere Stadt mit viel freiem Raum diente der Verwaltung. Wir interessieren uns für das Verwaltungszentrum. Gibt es dort monumentale Gebäude?«

»Was verstehen Sie unter einem monumentalen Gebäude?«

Pelorat lächelte sein knappes, kleines Lächeln, bei dem sich nur die Lippen etwas streckten. »Das weiß ich eigentlich auch nicht so recht. Die Mode wechselt von Welt zu Welt und von Epoche zu Epoche. Ich würde freilich argwöhnen, daß sie immer groß, nutzlos und teuer aussehen. – Wie das, was wir auf Comporellon gesehen haben.«

Trevize lächelte. »Das ist schwer festzustellen, wenn man senkrecht von oben darauf blickt, und wenn ich beim An- oder Abflug von der Seite hinsehe, dann ist es zu verwirrend. Warum würden Sie das Verwaltungszentrum vorziehen?«

»Weil wir dort wahrscheinlich ein Planetarisches Museum finden werden. Bibliotheken, Archive, Universitäten und dergleichen.«

»Gut. Dann werden wir dorthin fliegen. Zur kleineren Stadt. Und vielleicht finden wir etwas. Zweimal ist es bisher schiefgegangen, aber es kann ja sein, daß wir diesmal etwas finden.«

»Vielleicht erweist sich die Drei als Glückszahl.«

Trevize hob die Brauen. »Wo haben Sie das jetzt wieder her?«

»Woher schon«, sagte Pelorat mit einem wehmütigen Lächeln. »Aus einer alten Legende. Wir haben ja neulich über solcherlei Zahlenspiele gesprochen, denen man früher große Bedeutung beimaß.«

»Klingt jedenfalls nicht schlecht«, sagte Trevize. »Also gut, dann wollen wir auf die Glückszahl hoffen, Janov.«

15. MOOS

66

Im Raumanzug sah Trevize grotesk aus. Das einzige von ihm, was draußen blieb, waren seine Holster – nicht diejenigen, die er sich gewöhnlich um die Hüften schnallte, sondern wesentlich umfangreichere, die Teil seines Anzugs waren. Er schob vorsichtig den Blaster in das Holster auf der rechten Seite und die Neuronenpeitsche in das linke. Sie waren beide wieder aufgeladen worden, und diesmal, dachte er grimmig, würde nichts und niemand sie ihm wegnehmen.

Wonne lächelte. »Werden Sie sogar auf einer Welt ohne Luft Waffen tragen oder – nein, schon gut! Ich will Ihre Entscheidungen nicht anzweifeln.«

Trevize sagte »Gut!« und drehte ihr den Rücken zu, um Pelorat beim Aufsetzen seines Helmes behilflich zu sein, ehe er sich den eigenen überstülpte.

Pelorat, der noch nie zuvor einen Raumanzug getragen hatte, meinte recht kläglich: »Werde ich in diesem Ding atmen können, Golan?«

»Das verspreche ich Ihnen«, sagte Trevize.

Wonne, den Arm über Falloms Schulter gelegt, sah zu, wie die letzten Gelenkverbindungen abgedichtet wurden. Der Kleinen schienen die beiden mit Raumanzügen bekleideten Gestalten unheimlich. Sie zitterte, und Wonne drückte sie an sich und redete beruhigend auf sie ein.

Dann öffnete sich die Tür der Luftschleuse, und die beiden traten hinein und winkten mit aufgeblähten Armen Lebewohl. Die Tür schloß sich. Die Hauptschleusentür öffnete sich, und sie traten schwerfällig auf den Boden einer toten Welt hinaus.

Es war früher Morgen. Der Himmel war klar und von purpurner Farbe, aber die Sonne war noch nicht aufgegangen. An dem helleren Horizont, über den bald die Sonne heraufsteigen würde, war leichter Dunst zu erkennen.

»Kalt ist es«, sagte Pelorat.

»Ist Ihnen kalt?« fragte Trevize überrascht. Die Anzüge waren gut isoliert, und wenn es gelegentlich ein Problem gab, dann eher das, die Körperwärme loszuwerden.

»Nein, ganz und gar nicht«, meinte Pelorat, »aber sehen Sie doch . . .« Das Radio übertrug seine Stimme klar und deutlich an Trevizes Ohr, und er wies mit dem Finger. Im purpurfarbenen Licht der Morgendämmerung war auf den zerbröckelnden Steinfassade des Gebäudes, auf das sie zugingen, deutlich Rauhreif zu erkennen.

»In einer so dünnen Atmosphäre wird es nachts kälter, als Sie sich vielleicht vorstellen, und untertags wärmer. Im Augenblick ist die kälteste Zeit des Tages, und es wird einige Stunden dauern, bis es so heiß ist, daß wir es in der Sonne nicht mehr aushalten.«

Und in dem Augenblick, als wäre das Wort eine kabbalistische Beschwörung gewesen, tauchte der Rand der Sonne am Horizont auf.

»Sehen Sie nicht hin«, sagte Trevize im Gesprächston. »Ihre Gesichtsplatte reflektiert zwar und ist für ultraviolette Strahlung undurchlässig. Aber es wäre trotzdem gefährlich.«

Er wandte der aufgehenden Sonne den Rücken zu, so daß sein langer Schatten auf das Gebäude fiel. Das Sonnenlicht schmolz den Rauhreif schnell weg; ein paar Augenblicke lang wirkte die Wand feucht und dann waren auch diese Spuren verschwunden.

»Aus der Nähe sehen die Bauten nicht so gut erhalten aus wie aus der Luft«, meinte Trevize. »Sie sind am Zerfallen. Das liegt wohl an den krassen Temperaturunterschieden, nehme ich an, weil die letzten Spuren von Wasser jetzt seit vielleicht zwanzigtausend Jahren jede Nacht frieren und untertags wieder schmelzen.«

»Über dem Eingang sind Buchstaben in den Stein gehauen«, sagte Pelorat, »aber sie sind so abgebröckelt, daß man sie kaum lesen kann.«

»Können Sie etwas ausmachen, Janov?«

»Irgendein Finanzinstitut. Zumindest kann ich ein Wort ausmachen, das ›Bank‹ lauten könnte.«

»Was ist das?«

»Ein Gebäude, in dem Werte gelagert, abgehoben, gehandelt, investiert und ausgeliehen wurden – wenn es das ist, was ich meine.«

»Ein ganzes Gebäude nur für solche Zwecke? Keine Computer?«

»Nun, wenigstens keine Computer, die alles übernommen haben.«

Trevize zuckte die Achseln. Er fand die Einzelheiten der antiken Geschichte nicht besonders anregend.

Sie bewegten sich mit zunehmender Eile zwischen den einzelnen Gebäuden und verbrachten immer weniger Zeit bei jedem einzelnen. Die Stille, der Hauch des Todes, war ungemein deprimierend. Der sich über Jahrtausende hinziehende Zerfall, in dessen Resten sie sich wie Eindringlinge fühlten, ließ den Ort, an dem sie sich befanden, wie das Skelett einer Stadt erscheinen, von der nur noch die nackten Knochen übrig geblieben waren.

Sie befanden sich in der gemäßigten Zone des Planeten, aber Trevize hatte das Gefühl, die Hitze der Sonne am Rücken zu spüren.

Pelorat, der sich gerade etwa hundert Meter rechts von ihm befand, sagte mit scharfer Stimme: »Sehen Sie sich das an!«

Seine Worte hallten in Trevizes Ohren. »Sie brauchen nicht so zu schreien, Janov«, sagte er. »Ich kann Sie auch flüstern hören, ganz gleich, wie weit Sie auch von mir entfernt sind. Was ist denn?«

Pelorats Stimme wurde sofort leiser, als er sagte: »Dieses Gebäude ist die ›Halle der Welten‹, zumindest glaube ich, daß man die Inschrift so deuten kann.«

Trevize trat neben ihn. Vor ihnen lag ein dreistöckiges Gebäude, dessen Dachsilhouette unregelmäßig wirkte und mit großen Steinfragmenten beladen, als wäre eine Skulptur, die einmal dort gestanden hatte, in Stücke zerfallen.

»Sind Sie sicher?« fragte Trevize.

»Wenn wir hineingehen, werden wir es herausfinden.«

Sie stiegen fünf niedrige, breite Treppenstufen hinauf und überquerten einen weitläufig angelegten Platz. In der dünnen Luft erzeugten ihre mit Metall belegten Raumstiefel flüsternde Vibrationen, aber sonst kein Geräusch.

»Jetzt verstehe ich, was Sie mit ›groß, nutzlos und teuer‹ meinen«, murmelte Trevize.

Sie betraten eine weitläufige, hohe Halle, in die das Sonnenlicht durch hohe Fensterbögen einfiel und das Innere, dort, wo es auftraf, zu grell beleuchtete und alles andere in tiefem Schatten ließ, so daß man fast nichts erkennen konnte. Die dünne Atmosphäre zerstreute das Licht kaum.

In der Mitte der Halle war eine überlebensgroße menschliche Gestalt zu erkennen, die allem Anschein nach aus synthetischem Stein bestand. Ein Arm war ihr abgefallen. Der andere Arm zeigte an der Schulter einen Sprung, und Trevize hatte das Gefühl, daß er

nur dagegen zu tippen brauchte, und auch dieser Arm würde ab-
fallen. Er trat zurück, als würde ihn zu große Nähe in Versuchung
eines so unerträglichen Aktes von Vandalismus bringen.

»Ich möchte wissen, wer das ist?« sagte Trevize. »Keinerlei Inschriften zu sehen. Ich nehme an, die Leute, die die Statue aufgestellt haben, waren der Ansicht, sein Ruhm wäre so offenkundig,
daß es keiner Erklärung bedurfte, aber für uns...« Er spürte, daß
er Gefahr lief, philosophisch zu werden und wandte seine Aufmerksamkeit ab.

Pelorat blickte nach oben, und Trevize Blick folgte unwillkürlich
dem seinen. An der Wand waren Inschriften zu erkennen, die
Trevize aber nicht entziffern konnte.

»Erstaunlich«, sagte Pelorat. »Vielleicht zwanzigtausend Jahre
alt, und doch sind sie hier drinnen, wo sie vor Sonne und Feuchtigkeit etwas geschützt sind, immer noch lesbar.«

»Aber nicht für mich«, sagte Trevize.

»Das ist eine sehr alte Schrift, und noch dazu mit Verzierungen
versehen. Wir wollen sehen... sieben... eins... zwei...« Seine
Stimme wurde leiser, ging in ein Murmeln über, und dann sprach
er weiter: »Hier sind fünfzig Namen aufgelistet, und es heißt, daß
es einmal fünfzig Spacerwelten gegeben hat. Dies ist ›Die Halle
der Welten‹. Ich nehme an, daß dies die Namen der fünfzig Spacerwelten sind, wahrscheinlich in der Reihenfolge, wie sie gegründet wurden. Aurora ist an erster Stelle genannt, Solaria zuletzt. Wie Sie sehen können, sind da sieben Spalten mit je sieben
Namen in den ersten sechs Spalten, und acht Namen in der letzten. Es ist, als hätten sie vorgehabt, ein Quadrat aus sieben mal
sieben zu bilden, und dann Solaria nachträglich hinzugefügt.
Meine Vermutung ist, alter Junge, daß diese Liste zu einer Zeit er-
stellt wurde, als Solalria noch nicht terraformt und besiedelt war.«

»Und wie heißt der Planet, auf dem wir hier stehen? Können Sie
das feststellen?«

Pelorat nickte – soweit man das unter seinem Raumhelm sehen
konnte. »Sie werden bemerken, daß der fünfte Name in der dritten Spalte, also der neunzehnte insgesamt, in etwas größeren Lettern ausgeführt ist als die anderen. Die Leute, die die Liste gemacht haben, scheinen immerhin selbstbewußt genug gewesen zu
sein, sich ein wenig Lokalpatriotismus zu gestatten. Außerdem...«

»Wie lautet der Name denn?«

»Soweit ich das feststellen kann, Melpomenia. Ein Name, der mir völlig fremd ist.«

»Könnte das eine andere Bezeichnung für die Erde sein?«

Pelorat schüttelte heftig den Kopf, aber das konnte man diesmal nicht an seinem Helm sehen. Dann meinte er: »In den alten Legenden gibt es Dutzende von Bezeichnungen für die Erde. Gaia ist, wie Sie wissen, auch eine davon. Und dann Terra, Earth, Aarde, Jord und so weiter. Sie sind alle kurz. Einen langen Namen, den man dafür benutzt hätte, kenne ich nicht, und auch nichts, was einer kürzeren Version von Melpomenia auch nur entfernt ähneln würde.«

»Dann stehen wir hier auf Melpomenia, und das ist nicht die Erde.«

»Ja. Und außerdem – wie ich vorher schon sagen wollte – ein noch besserer Hinweis als die größeren Buchstaben ist der, daß die Koordinaten von Melpomenia als 0,0,0 angegeben sind, und das deutet darauf, daß damit dieser Planet hier gemeint ist.«

»Koordinaten?« Trevizes Stimme klang verblüfft. »Diese Liste enthält auch Koordinaten?«

»Sie geben hinter jedem Namen drei Zahlen an. Ich vermute, daß das Koordinaten sind. Was könnten diese Zahlen sonst bedeuten?«

Trevize gab keine Antwort. Er öffnete einen kleinen Behälter an der rechten Schenkelpartie seines Raumanzugs und entnahm ihm ein kleines Gerät, das an einem Kabel hing. Er hielt ihn vor seine Augen und richtete ihn sorgfältig auf die Inschrift an der Wand, was ihm mit den behandschuhten Fingern ziemlich Mühe bereitete.

»Kamera?« fragte Pelorat unnötigerweise.

»Das überträgt das Bild direkt in den Schiffscomputer«, sagte Trevize.

Er machte einige Aufnahmen aus unterschiedlichen Perspektiven und sagte dann: »Warten Sie! Ich muß höher hinauf. Helfen Sie mir, Janov.«

Pelorat schlang die Hände in Steigbügelart ineinander, aber Trevize schüttelte den Kopf. »Das trägt mein Gewicht nicht. Gehen Sie auf Hände und Knie!«

Pelorat tat das einigermaßen schwerfällig, worauf Trevize, nachdem er die Kamera wieder in ihrem Behälter verstaut hatte, ebenso schwerfällig auf Pelorats Schultern stieg und von da aus auf den Sockel der Statue. Er versuchte, die Statue zu bewegen, um sich eine Vorstellung von ihrer Festigkeit zu machen, und setzte dann den Fuß auf das eine gebeugte Knie, um sich an der armlosen Schulter in die Höhe zu ziehen. Darauf stemmte er sich mit den Zehenspitzen gegen irgendeine Unregelmäßigkeit an der Brust und arbeitete sich höher, bis er es schließlich ächzend und schnaufend geschafft hatte, auf der Schulter der Statue Platz zu nehmen. Jenen lang Verstorbenen, die diese Statue – oder vielmehr den, den sie darstellte – verehrt hatten, würde das, was Trevize tat, als Blasphemie erschienen sein. Der Gedanke beeinflußte Trevize immerhin hinreichend, daß er sich Mühe gab, nicht sein ganzes Gewicht auf die Schulter zu stützen.

»Sie werden herunterfallen und sich weh tun«, rief Pelorat besorgt.

»Ich werde nicht herunterfallen und mir weh tun, aber Sie könnten mich taub machen.« Trevize holte seine Kamera heraus und richtete sie erneut auf die Inschriften. Er machte ein paar weitere Aufnahmen, steckte die Kamera dann wieder ein und ließ sich vorsichtig hinunter, bis seine Füße den Sockel berührten. Er sprang auf den Boden, und die Vibration dieses Aufpralls war offensichtlich der letzte Stoß, dessen es bedurft hatte, den bis dahin noch intakten Arm zu lösen. Er fiel herab und zerbarst zu einem kleinen Steinhaufen am Fuße der Statue. Das Ganze ging völlig lautlos vonstatten.

Trevize erstarrte, und sein erster Impuls war, sich ein Versteck zu suchen, ehe ein Museumswächter kam und ihn festnahm. Erstaunlich, dachte er später, wie schnell man sich doch in einer solchen Situation in seine Kindheit zurückversetzt fühlt – wenn man versehentlich etwas zerbrochen hat, das wichtig aussieht. Es dauerte nur einen Augenblick, prägte sich ihm aber tief ein.

Pelorats Stimme war hohl, wie es jemandem zukam, der einen Akt von Vandalismus miterlebt und sogar unterstützt hatte, aber er fand immerhin beruhigende Worte. »Es . . . es ist schon gut, Golan. Der Arm wäre ohnehin bald heruntergefallen.«

Er trat neben den Sockel, beugte sich hinunter und hob eines der größeren Fragmente auf, als wollte er damit die Richtigkeit dessen, was er gesagt hatte, demonstrieren. Dann sagte er: »Golan, kommen Sie her!«

Trevize trat näher, und Pelorat deutete auf ein Stück Stein, das offensichtlich von der Schulter der Statue stammte, und sagte: »Was ist das?«

Trevize starrte das Steinfragment an. Es war mit einer Art hellgrünem Pelz bedeckt. Trevize rieb vorsichtig mit dem behandschuhten Finger daran. Das grüne Zeug ließ sich mühelos wegwischen.

»Sieht wie Moos aus«, sagte er.

»Das ›Leben ohne Bewußtsein‹, das Sie erwähnten?«

»Ich bin nicht ganz sicher, wie weit ohne Bewußtsein. Wonne würde vermutlich darauf bestehen, daß auch das hier ein Bewußtsein hat – aber dann würde sie auch behaupten, daß das für diesen Stein gilt.«

»Meinen Sie, daß dieses Moos den Stein zum Zerbröckeln gebracht hat?« sagte Pelorat.

»Nun, überrascht wäre ich nicht, wenn es mithelfen würde. Diese Welt hat eine ganze Menge Sonnenlicht und etwas Wasser auch. Die Hälfte der verbliebenen Atmosphäre ist Wasserdampf, der Rest sind Stickstoff und Edelgase. Nur eine Spur Kohlendioxid, was vermuten läßt, daß es kein pflanzliches Leben gibt – aber es könnte auch sein, daß der Kohlendioxidgehalt deshalb so niedrig ist, weil praktisch das ganze CO_2 in der Felskruste gebunden ist. Falls dieser Felsen Karbonate enthält, dann könnte es durchaus sein, daß dieses Moos Säure absondert und dann das auf diese Weite erzeugte Kohlendioxid nutzt. Es könnte sein, daß das hier die dominierende Lebensform ist, die auf dem Planeten verblieben ist.«

»Faszinierend«, meinte Pelorat.

»Ohne Zweifel«, sagte Trevize, »aber nur in begrenzter Weise. Die Koordinaten der Spacerwelt sind wesentlich interessanter, aber was wir in Wirklichkeit haben wollen, sind die Koordinaten der Erde. Wenn die nicht hier sind, könnte es sein, daß sie anderswo in dem Gebäude sind – oder in einem anderen Gebäude. Kommen Sie, Janov!«

»Aber Sie wissen...«, begann Pelorat.

»Nein, nein«, sagte Trevize ungeduldig. »Reden können wir später. Zuerst müssen wir sehen, was uns dieses Gebäude noch liefern kann. Es wird bereits wärmer.« Er blickte auf die kleine Temperaturanzeige auf der Rückseite seines linken Handschuhs. »Kommen Sie, Janov!«

Sie eilten durch die Räume, wobei sie so sachte wie möglich auftraten, nicht weil sie Geräusche im gewöhnlichen Sinne erzeugten oder weil da jemand gewesen wäre, der sie hörte, sondern weil sie Angst hatten, durch weitere Erschütterungen Schaden anzurichten.

Ihre Schritte wirbelten Staub auf, der sich in der dünnen Luft schnell wieder zu Boden senkte; und sie hinterließen Fußspuren.

Gelegentlich entdeckten sie in irgendeiner düsteren Ecke weitere Spuren von dem Moos. Die Anwesenheit von Leben, wenn auch Leben niedrigster Art, ließ doch eine Andeutung von Behagen entstehen, etwas, das ihnen das tödliche, erstickende Gefühl nahm, sich auf einer toten Welt zu bewegen, ganz besonders einer, auf der künstlich erzeugte Gegenstände ringsum darauf hindeuteten, daß sie vor langer, langer Zeit einmal üppiges Leben getragen hatte.

»Ich glaube, das könnte eine Bibliothek sein«, sagte Pelorat plötzlich.

Trevize sah sich neugierig um. Er konnte Regale erkennen, und als er die Augen etwas zusammenkniff, erkannte er das, was er beim flüchtigen Hinsehen für Ornamente gehalten hatte, als Buchfilmkassetten. Vorsichtig griff er nach einer. Sie war dick und klobig, und dann begriff er, daß es sich um einen Schutzbehälter handelte. Er öffnete einen davon mühsam mit seinen dicken, behandschuhten Fingern und sah darin ein paar Scheiben. Sie waren ebenfalls dick und schienen ihm zerbrechlich, obwohl er das nicht untersuchte.

»Unglaublich primitiv«, meinte er.

»Zwanzigtausend Jahre alt«, sagte Pelorat Nachsicht heischend, als wollte er die alten Melpomenianer vor dem Vorwurf rückständiger Technik schützen.

Trevize deutete auf den Rücken des Behälters, wo schwach sichtbar noch Reste der Beschriftung zu erkennen waren. »Ist das der Titel? Was heißt das?«

Pelorat studierte die Aufschrift. »Ganz sicher kann ich das nicht sagen, alter Junge. Ich glaube, eines der Worte bezieht sich auf mikroskopisches Leben, vielleicht soll das Wort ›Mikroorganismus‹ bedeuten. Ich vermute, es handelt sich um mikrobiologische Fachausdrücke, die ich selbst auf Galaktisch nicht verstehen würde.«

»Vielleicht«, sagte Trevize mürrisch. »Es würde uns wahrscheinlich ohnehin nichts nützen, selbst wenn wir es lesen könnten. An Mikroben sind wir schließlich nicht interessiert. – Tun Sie mir einen Gefallen, Janov, sehen Sie sich ein paar von diesen Kassetten an, ob vielleicht etwas mit einem interessanten Titel dabei ist. Unterdessen sehe ich mir die Buchbetrachter an.«

»Das ist das also?« sagte Pelorat staunend. Das bezog sich auf würfelförmige Gebilde mit einem schrägen Bildschirm und einer gebogenen Ausbuchtung oben, die wohl als Ellbogenstütze diente oder als Auflage für ein elektronisches Notizbuch – falls es so etwas auf Melpomenia gab.

»Nun, wenn das eine Bibliothek ist, dann müssen die doch irgendwelche Lesegeräte haben«, meinte Trevize. »Und das könnte doch passen.«

Er wischte sehr vorsichtig den Staub vom Bildschirm und stellte erleichtert fest, daß der Bildschirm, woraus auch immer er bestand, bei seiner Berührung nicht zerfiel. Dann betätigte er vorsichtig die Kontrollen des Geräts, eine nach der anderen. Nichts geschah. Er nahm sich das nächste Gerät vor und dann das übernächste, aber jedesmal mit dem gleichen negativen Ergebnis.

Nicht daß ihn das überrascht hätte. Selbst wenn das Gerät zwanzigtausend Jahre in einer dünnen Atmosphäre funktionsfähig geblieben wäre und dem Wasserdampf widerstanden hätte, blieb immer noch die Frage der Energiequelle, und gespeicherte Energie hielt nicht ewig, ganz gleich, was man dagegen unternahm. Das allgewaltige unwiderstehliche Zweite Gesetz der Thermodynamik duldete keine Ausnahme.

Pelorat stand hinter ihm. »Golan?«

»Ja?«

»Ich habe hier einen Buchfilm...«

»Was für einen?«

»Ich glaube, es handelt sich um die Geschichte der Raumfahrt.«

»Ausgezeichnet – aber der wird uns nichts nützen, wenn ich diesen Betrachter nicht zum Leben erwecken kann.« Er ballte verzweifelt die Fäuste.

»Wir könnten den Film ins Schiff mitnehmen.«

»Dann wüßte ich nicht, wie ich ihn an unseren Betrachter anschließen sollte. Er paßt bestimmt nicht hinein, und unser Abtastsystem ist mit Sicherheit nicht kompatibel.«

»Aber ist das alles wirklich notwendig, Golan? Wenn wir...«

»Es ist wirklich notwendig, Janov. Und jetzt unterbrechen Sie mich nicht! Ich versuche, mir darüber klar zu werden, was hier zu tun ist. Ich könnte ja versuchen, den Betrachter mit Energie zu versorgen. Vielleicht fehlt sonst gar nichts.«

»Und wo wollen Sie die hernehmen?«

»Nun...« Trevize zog seine Waffen heraus, sah sie kurz an

und schob den Blaster dann ins Holster zurück. Er klappte die Neutronenpeitsche auf und warf einen prüfenden Blick auf die Energieversorgung. Sie stand auf Maximum.

Trevize legte sich flach auf den Boden und griff hinter den Betrachter (er ging immer noch von der Annahme aus, daß es sich um einen solchen handelte) und versuchte, ihn nach vorne zu schieben. Er bewegte sich ein kleines Stück, und Trevize studierte das, was er dabei fand.

Eines dieser Kabel mußte die Energiezuführung sein, und zwar ganz sicher dasjenige, das aus der Wand kam. Es gab keinen erkennbaren Stecker oder eine Verbindung. (Wie setzt man sich mit einer fremdartigen antiken Kultur auseinander, wenn die allereinfachsten Selbstverständlichkeiten nicht zu erkennen sind?)

Er zog vorsichtig an dem Kabel, dann etwas kräftiger. Er drehte es nach einer Richtung, dann nach der anderen. Er drückte in der Umgebung des Kabels gegen die Wand und dann gegen das Kabel. Dann nahm er sich die Rückseite des Betrachters vor, aber auch da wollte es nicht funktionieren.

Er stützte sich mit einer Hand auf den Boden, um aufzustehen, und als er aufstand, hatte er das Kabel in der Hand. Wie er es bewerkstelligt hatte, es zu lösen, blieb ihm schleierhaft.

Es sah weder abgebrochen noch zerrissen aus. Das Ende schien ganz glatt und hinterließ an der Wand eine glatte Stelle, wo es befestigt gewesen war.

Pelorat sagte leise: »Golan, darf ich...«

Doch Trevize winkte brüsk ab. »Nicht jetzt, Janov. Bitte!«

Jetzt bemerkte er, daß sein linker Handschuh mit dem grünen Zeug bedeckt war. Er mußte hinter dem Betrachter etwas von dem Moos berührt und es zerdrückt haben. Sein Handschuh sah feucht aus, aber die Feuchtigkeit trocknete vor seinen Augen ein und der grünliche Fleck wurde braun.

Er musterte das Kabel und starrte das Ende, das sich von der Wand gelöst hatte, mit zusammengekniffenen Augen an. Tatsächlich – da waren zwei kleine Löcher, da konnte man Drähte einführen.

Er setzte sich wieder auf den Boden und öffnete die Energieversorgung seiner Neutronenpeitsche. Vorsichtig löste er einen der Drähte ab und zog ihn heraus. Dann schob er ihn langsam und unter größter Vorsicht in das Loch, schob ihn hinein, bis er sich nicht weiter bewegen ließ. Als er ebenso vorsichtig versuchte, ihn wieder herauszuziehen, blieb er stecken, als hätte ihn irgend etwas gepackt. Er unterdrückte seinen ersten Impuls, der ihn drängte, ihn gewaltsam wieder herauszureißen. Er löste auch den anderen Draht und schob ihn in die andere Öffnung. Es war immerhin möglich, daß er auf diese Weise den Stromkreis schloß und den Betrachter mit Energie versorgte.

»Janov«, sagte er, »Sie haben schon mit allen möglichen Buchfilmen gespielt. Sehen Sie zu, ob Sie es fertigbringen, dieses Buch irgendwie in den Betrachter einzuschieben.«

»Ist es wirklich not...«

»Bitte, Janov! Sie versuchen immer wieder, unnötige Fragen zu stellen. Wir haben nicht endlos Zeit. Ich möchte nicht bis spät in die Nacht hinein warten müssen, bis es kalt genug ist, daß wir zurückkehren können.«

»Er muß da hinein«, sagte Janov, »aber...«

»Gut«, sagte Trevize. »Wenn es sich um eine Geschichte des Raumflugs handelt, dann muß der Film logischerweise mit der Erde anfangen, da schließlich der Raumflug auf der Erde erfunden wurde. Jetzt wollen wir doch sehen, ob dieses Ding hier funktioniert.«

Pelorat schob den Film ziemlich ungeschickt in den einzigen dafür in Frage kommenden Schlitz und begann dann, die Markierungen auf den verschiedenen Bedienungstasten zu studieren.

Während Trevize wartete, daß etwas geschah, sagte er mit leiser Stimme, um damit seine Spannung abzureagieren: »Ich nehme an, daß es auf dieser Welt auch Roboter geben muß – da und dort – dem äußeren Anschein nach einigermaßen in Ordnung und in dem Beinahe-Vakuum kaum oxidiert. Das Ärgerliche ist nur, daß ihre Energieversorgung sicherlich schon lange zusammengebrochen ist, und selbst wenn man sie wieder neu mit Energie versorgen würde, was wäre dann mit ihren Gehirnen? Mag sein, daß Hebel und Zahnräder die Jahrtausende überstehen, aber was ist aus den Mikroschaltern und subatomaren Relais in ihren Hirnen geworden? Die sind ohne Zweifel unbrauchbar, und selbst wenn das nicht der Fall ist, was würden sie schon von der Erde wissen? Was würden sie...«

»Der Betrachter funktioniert, alter Junge«, unterbrach ihn Pelorat. »Da, sehen Sie!«

Im schwachen Licht begann der Bildschirm des Betrachters zu flackern. Es war nur ein schwaches Leuchten, aber Trevize drehte den Stellknopf seiner Neutronenpeitsche, und der Bildschirm wurde heller. Die dünne Luft, die sie umgab, sorgte dafür, daß die nicht unmittelbar von der Sonne beschienenen Stellen relativ dunkel blieben, so daß der Raum in schwachem Licht dalag und der Bildschirm daher heller wirkte, als er es in Wirklichkeit war.

Auf dem Schirm flackerte es, und Schatten huschten darüber.

»Man muß ihn scharfstellen«, sagte Trevize.

»Ich weiß«, sagte Pelorat, »aber besser kann ich es nicht. Der Film selbst muß ziemlich beschädigt sein.«

Die Schatten kamen und gingen jetzt schnell, und in kurzen Abständen war auch so etwas wie eine schwache Karikatur von Schrift zu erkennen. Dann war einen Augenblick lang ein scharfes Bild zu erkennen, das dann sogleich wieder verblaßte.

»Holen Sie das zurück und halten es fest, Janov!« sagte Trevize.

Das versuchte Pelorat bereits. Er ließ den Film zurücklaufen und dann wieder nach vorne, und dann hatte er es und hielt es fest.

Trevize versuchte die Schrift zu lesen und sagte dann enttäuscht: »Können *Sie* etwas entziffern, Janov?«

»Nicht ganz«, sagte Pelorat, der den Bildschirm mit zusammengekniffenen Augen ansah. »Es geht um Aurora. So viel kann ich feststellen. Ich glaube, es handelt sich um die erste Hyperraumexpedition – das ›erste Hinausfließen‹ heißt es hier.«

Er ließ den Film weiterlaufen, und das Bild wurde wieder undeutlich und schattenhaft. Schließlich meinte er: »Alles, was ich hier sehen kann, scheint sich mit den Spacerwelten zu befassen, Golan. Über die Erde kann ich nichts finden.«

Und Trevize meinte verbittert: »Nein, natürlich nicht. Es ist auf dieser Welt ebenso ausgelöscht wie auf Trantor. Schalten Sie das Ding ab!«

»Aber es hat doch nichts zu besagen...«, begann Pelorat und schaltete ab.

»Weil wir es in anderen Bibliotheken versuchen können? Dort wird es ebenfalls gelöscht sein. Überall. Wissen Sie...« er hatte Pelorat beim Reden angesehen und starrte ihn jetzt mit einer Mischung aus Schrecken und Abscheu an. »Was ist denn mit Ihrer Gesichtsplatte los?« fragte er.

67

Pelorat wischte automatisch mit der behandschuhten Hand über seine Gesichtsplatte und blickte den Handschuh an.

»Was ist das?« fragte er verblüfft. Dann sah er Trevize an und fuhr mit ziemlich unsicherer Stimme fort. »*Ihre* Gesichtsplatte sieht auch eigenartig aus, Golan.«

Trevize sah sich automatisch nach einem Spiegel um. Doch da war natürlich keiner, und wenn es einen gegeben hätte, hätte er ein Licht gebraucht. So murmelte er: »Kommen Sie in die Sonne, ja?«

Er zog Pelorat zum nächsten Fenster, wo von draußen Licht hereinfiel. Trotz der Isolierwirkung des Raumanzugs konnte er die Wärme am Rücken spüren.

»Sehen Sie zur Sonne hin, Janov«, sagte er, »aber schließen Sie dabei die Augen!«

Jetzt war sofort klar, was mit der Gesichtsplatte nicht stimmte. Dort, wo das Glas der Gesichtsplatte in das metallisierte Gewebe des Anzugs überging, wuchs das Moos üppig. Die Gesichtsplatte war von einem grünen Pelz umgeben, und Trevize wußte, daß seine genauso aussah.

Er fuhr mit dem behandschuhten Finger über das Moos auf Pelorats Gesichtsplatte. Etwas davon ging ab, und das zerdrückte grüne Zeug färbte den Handschuh. Aber während er sich noch die Färbung im Sonnenlicht ansah, schien das Moos steifer und trockener zu werden. Er versuchte es erneut, und diesmal löste es sich knisternd. Es fing an braun zu werden. Wieder rieb er über Pelorats Gesichtsplatte, drückte diesmal fester zu.

»Machen Sie die meine sauber, Janov!« sagte er. Und etwas später: »Ist jetzt alles weg? Gut. Bei Ihnen auch. – Gehen wir, ich glaube nicht, daß es hier noch etwas zu tun gibt.«

Die Sonne brannte in der verlassenen luftlosen Stadt auf sie herunter. Die Steinbauten glänzten hell, so daß es beinahe weh tat. Trevize kniff die Augen zusammen, wenn er sie ansah und hielt sich möglichst im Schatten. An einem Sprung in einer der Gebäudefassaden blieb er stehen. Er war breit genug, daß er den kleinen Finger mit dem Handschuh hineinstecken konnte. Er zog ihn heraus und sah sich den Finger an, murmelte »Moos und hielt den kleinen Finger eine Weile ins Licht.

Dann meinte er: »Kohlendioxid ist der Flaschenhals. Überall, wo Kohlendioxid vorhanden ist – zerfallender Fels – überall – wächst das Zeug. Wir geben eine gute Quelle von Kohlendioxid ab, wissen Sie, wahrscheinlich reichhaltiger als irgend etwas auf diesem beinahe toten Planeten. Und an den Rändern der Gesichtsplatte treten Spuren von CO_2 aus.«

»Also wächst das Moos dort.«

»Klar.«

Der Weg zurück zum Schiff kam ihnen sehr lang vor, viel länger und natürlich auch heißer als in der Morgendämmerung, als sie in die andere Richtung gegangen waren. Aber das Schiff lag immer noch im Schatten, als sie dort anlangten; insoweit hatte Trevize wenigstens richtig kalkuliert.

»Schauen Sie!« sagte Pelorat.

Trevize sah, was er meinte. Die Umrisse der Hauptschleuse waren von grünem Moos gesäumt.

»Auch undicht?« sagte Pelorat.

»Selbstverständlich. Sicherlich belanglose Mengen, aber dieses Moos scheint ein besserer Indikator für Spuren von Kohlendioxid zu sein als alles, was mir bisher untergekommen ist. Seine Sporen müssen überall sein und fangen sofort zu sprießen an, wo ein paar Molekühle Kohlendioxid zu finden sind.« Er drehte das Radio auf die Schiffswellenlänge und sagte: »Wonne, können Sie mich hören?«

Wonnes Stimme meldete sich sofort: »Ja. Wollen Sie reinkommen? Irgendwas gefunden?«

»Wir stehen dicht vor dem Schiff«, sagte Trevize, »aber öffnen Sie die Schleuse *nicht*! Wir werden sie von hier draußen öffnen. Ich wiederhole, die Schleuse *nicht* öffnen!«

»Warum nicht?«

»Wonne, tun Sie bitte, was ich sage! Wir können das ja nachher ausdiskutieren.«

Trevize zog seinen Blaster, schaltete die Intensität auf Minimum und blickte die Waffe dann unschlüssig an. Er hatte sie nie mit Minimaleinstellung benutzt. Er sah sich um. Aber da war nichts hinreichend Zerbrechliches, um die Waffe daran auszuprobieren.

In seiner Verzweiflung richtete er sie auf den Felsvorsprung, in dessen Schatten die *Far Star* lag – das Ziel fing nicht rot zu glühen an. Automatisch betastete er die Stelle, auf die er gezielt hatte. Fühlte sie sich warm an? Aber das konnte er natürlich durch das isolierende Gewebe seines Anzugs nicht mit hinreichender Sicherheit sagen.

Wieder zögerte er, dachte dann aber, daß die Außenhaut des Schiffes wenigstens so hitzebeständig sein würde wie das Felsgestein. Er richtete den Blaster auf den Schleusenrand, betätigte kurz den Kontakt und hielt dabei den Atem an.

Ein paar Zentimeter des moosähnlichen Gewächses wurden augenblicklich braun. Er bewegte die Hand über die braune Stelle, und der schwache Luftzug, den er damit erzeugte, reichte aus, um die Überreste des Mooses abzulösen.

»Funktioniert es?« fragte Pelorat besorgt.

»Ja«, sagte Trevize. »Ich habe den Blaster als schwachen Hitzestrahler benutzt.«

Er ließ den Strahl um den Rand der Schleuse wandern, worauf das grüne Zeug verschwand. Alles, was davon zu sehen war. Dann schlug er gegen die Schleuse, um durch die Erschütterung den Rest von der Schiffswand zu lösen. Brauner Staub fiel zu Boden – so feiner Staub, daß er zum Teil in der dünnen Atmosphäre schweben blieb.

»Ich glaube, jetzt können wir öffnen«, sagte Trevize und stellte an seinem Armbandgerät die Radiowellenkombination ein, die den Schließmechanismus im Innern des Schiffes auslöste. Die Schleuse öffnete sich, stand aber höchstens zur Hälfte offen, als Trevize sagte: »Stehen Sie nicht herum, Janov, gehen Sie hinein! Warten Sie nicht auf die Stufen. Steigen Sie ein!«

Trevize folgte ihm. Er ließ den Strahl seines heruntergeschalteten Blasters den Schleusenrand entlangwandern. Anschließend bestrahlte er auch die Stufen. Dann betätigte er den Schließmechanismus und bestrahlte weiter, bis sie völlig eingeschlossen waren.

»Wir sind in der Schleuse, Wonne«, verkündete er dann. »Wir bleiben ein paar Minuten hier. Tun Sie weiterhin nichts!«

»Geben Sie mir wenigstens eine Andeutung«, drängte Wonne. »Ist bei Ihnen alles in Ordnung? Wie geht es Pel?«

Pel antwortete: »Ich bin hier, Wonne, und mir fehlt nichts. Du brauchst dir keine Sorgen zu machen.«

»Wenn du es sagst, Pel, aber ich warte auf eine Erklärung. Hoffentlich ist euch das klar.«

»Das verspreche ich«, sagte Trevize und schaltete das Schleusenlicht ein.

Die beiden Gestalten in Raumanzügen sahen einander an.

Trevize meinte: »Wir pumpen so viel planetarische Luft nach draußen, wie wir können, also warten wir, bis das getan ist.«

»Und was ist mit der Schiffsluft? Wollen wir die reinlassen?«

»Noch nicht. Ich bin ebenso darauf erpicht, aus diesem Raumanzug zu steigen wie Sie, Janov. Ich möchte aber sichergehen, daß wir alle Sporen los sind, die mit uns – oder auf uns – hereingekommen sind.«

In der unzureichenden Beleuchtung, die in der Schleuse herrschte, richtete Trevize seinen Blaster auf die Stelle, wo Schleuse und Rumpf aneinander grenzten, und ließ den Hitzestrahl methodisch über den Boden, an den Wänden nach oben und wieder zum Boden zurückwandern.

»Und jetzt Sie, Janov!«

Das schien Pelorat etwas zu beunruhigen, und Trevize meinte: »Vielleicht wird Ihnen etwas warm. Schlimmer sollte es eigentlich nicht sein. Und wenn es unangenehm wird, dann müssen Sie es eben sagen.«

Er ließ den unsichtbaren Strahl über die Gesichtsplatte wandern, ganz besonders über die Ränder, und dann Stück für Stück über den Rest des Raumanzugs. Dann murmelte er: »Heben Sie die Arme, Janov!« Und dann: »Legen Sie die Arme auf meine Schultern und heben Sie einen Fuß – ich muß mir die Sohlen vornehmen – jetzt den anderen. – Fängt es an warm zu werden?«

»Nun, eine kühle Brise ist es nicht gerade, Golan«, meinte Pelorat.

»Nun, dann verpassen Sie mir etwas von meiner eigenen Medizin.«

»Ich habe noch nie einen Blaster in der Hand gehalten.«

»Das müssen Sie aber! Nehmen Sie ihn so und drücken Sie mit dem Daumen auf diesen kleinen Knopf – und drücken Sie dabei auf das Holster! So ist's richtig. – Jetzt streichen Sie über meine Gesichtsplatte, gleichmäßig, Janov, daß der Strahl nicht zu lange auf einer Stelle verharrt! Über den Rest des Helms und an den Wangen entlang und am Hals.«

Er fuhr fort, Anweisungen zu geben, und als er überall erwärmt worden war und zu schwitzen begonnen hatte, nahm er den Blaster zurück und studierte den Energiespeicher.

»Mehr als halb geleert«, sagte er und bestrahlte methodisch das Innere der Schleuse, bis der Blaster völlig entladen war, wobei sich der Kolben ziemlich erwärmt hatte. Dann schob er ihn ins Holster zurück.

Erst dann gab er das Signal, sie ins Schiff einzulassen.

Das Zischen und das Gefühl von Luft, das in die Schleuse ein-drang, als die innere Tür sich öffnete, war ihm hochwillkommen. Ihre Kühle und die Konvektionsströmung würden die Wärme sei-nes Raumanzugs viel schneller neutralisieren, als das die Strahlung allein bewirken konnte. Vielleicht bildete er es sich auch nur ein, aber er spürte die Kühlwirkung sofort. Und ob nun eingebildet oder nicht, auch das war ihm willkommen.

»Herunter mit Ihrem Anzug, Janov! Und lassen Sie ihn hier drau-ßen in der Schleuse!« befahl Trevize.

»Ich wünschte mir jetzt nichts so wie eine Dusche, wenn es Ihnen nichts ausmacht«, sagte Pelorat.

»Das wird noch etwas warten müssen. Tatsächlich werden Sie sogar noch, bevor Sie Ihre Blase entleeren können, mit Wonne sprechen müssen.«

Wonne erwartete sie mit besorgtem Gesichtsausdruck. Hinter ihr war Fallom und hielt sich mit beiden Händen an Wonnes linkem Arm fest.

»Was ist passiert?« fragte Wonne streng. »Was war los?«

»Schutz gegen Infektion«, sagte Trevize trocken. »Ich werde da-her die UV-Strahlung einschalten. Dazu brauche ich die dunkle Brille. Bitte schnell!«

Jetzt, wo sich in die Wandbeleuchtung Ultraviolett mischte, zog Trevize seine feuchten Kleider nacheinander aus und schüttelte sie aus, wobei er sie nach allen Richtungen drehte.

»Reine Vorsichtsmaßnahmen«, sagte er. »Tun Sie es auch, Janov! – Und, Wonne, ich werde mich nackt ausziehen müssen. Wenn Sie das stört, müssen Sie nach nebenan gehen.«

Wonne antwortete darauf trocken: »Es stört mich nicht und ist mir auch nicht peinlich. Ich habe eine recht gute Vorstellung da-von, wie Sie aussehen, und das wird mir ganz bestimmt nichts Neues sein. – Was für eine Infektion?«

»Ein kleines Etwas, das, wenn man es sich selbst überließe, der ganzen Menschheit großen Schaden zufügen könnte«, meinte Tre-vize mit bewußt gleichgültiger Miene. »Denke ich wenigstens.«

68

Alles war vorüber. Das UV-Licht hatte das Seine bewirkt. Nach den komplizierten Informations- und Instruktionsfilmen, die Trevize übernommen hatte, als er in Terminus an Bord der *Far Star* gegangen war, hatte man die Strahler ohnehin zum Zweck der Desinfektion eingebaut. Trevize vermutete freilich, daß die Versuchung groß war und man ihr selten widerstand, sie ganz schlicht und einfach für Bräunungszwecke einzusetzen, ganz besonders für Welten, wo eine braune Haut als modisch galt.

Sie starteten in den Weltraum, und Trevize manövrierte die *Far Star* so nahe an Melpomenias Sonne heran, wie das möglich war, ohne es im Schiff unbehaglich warm werden zu lassen, und drehte und wendete das Schiff so, um sicherzustellen, daß seine ganze Oberfläche in ultraviolettem Licht gebadet wurde.

Schließlich holten sie die beiden Raumanzüge, die sie in der Schleuse zurückgelassen hatten, und untersuchten sie, bis Trevize auch in dieser Hinsicht zufrieden war.

»Und alles das«, meinte Wonne schließlich, »wegen ein bißchen Moos. Das sagten Sie doch, nicht wahr, Trevize? Moos?«

»Ich nenne es Moos«, sagte Trevize, »weil es mich daran erinnert. Aber ich bin kein Botaniker. Ich kann nur sagen, daß es sehr grün ist und mit sehr wenig Licht auskommt.«

»Das Moos ist UV-empfindlich und kann so in direktem Sonnenlicht weder wachsen noch auch nur überleben. Seine Sporen sind überall, und es wächst in verborgenen Ecken, in Sprüngen und Rissen von Statuen, an den Fundamenten von Gebäuden und ernährt sich überall, wo auch nur eine Spur von Kohlendioxid zu finden ist, von der Energie verstreuter Lichtphotonen.«

»Ich schließe aus Ihren Worten, daß Sie das Moos für gefährlich halten«, meinte Wonne darauf.

»Das mag durchaus sein. Wenn einige der Sporen mit uns hereingekommen wären, würden sie hier reichlich Licht ohne das schädliche Ultraviolett finden. Ebenso würden sie reichlich Wasser und einen unermeßlichen Vorrat an Kohlendioxid finden.«

»Nur 0,03 Prozent unserer Atmosphäre«, sagte Wonne.

»Für die Sporen ist das eine ganze Menge – und vier Prozent in unserem Atem. Was wäre denn, wenn an unseren Nasenschleimhäuten und auf unserer Haut Moos wachsen würde? Was, wenn die Sporen unsere Lebensmittel zerstörten? Was, wenn sie Toxine entwickeln, die uns umbrächten? Selbst wenn wir uns Mühe gäben, sie zu töten, aber nur einige Sporen am Leben ließen, würden die ausreichen, wenn wir sie auf eine andere Welt brächten, um einen ganzen Planeten zu infizieren. Und von dort würden sie zu anderen Welten weitergetragen werden. Wer weiß, welchen Schaden sie anrichten könnten?«

Wonne schüttelte den Kopf. »Leben ist nicht notwendigerweise gefährlich, weil es anders ist. Sie sind immer gleich bereit zu töten.«

»Da spricht Gaia«, sagte Trevize.

»Natürlich, aber ich hoffe trotzdem, daß das, was ich sage, einen Sinn ergibt. Das Moos ist an die Lebensumstände dieser Welt angepaßt. Ebenso wie es Licht in kleinen Mengen nutzt und von großen Mengen getötet wird, nutzt es einen gelegentlichen winzigen Hauch Kohlendioxid und wird vielleicht von größeren Mengen getötet. Möglicherweise kann es auf keiner anderen Welt außer Melpomenia überleben.«

»Sind Sie der Meinung, daß ich das hätte riskieren sollen?« fragte Trevize.

Wonne zuckte die Achseln. »Schon gut. Sie brauchen sich nicht zu verteidigen. Ich verstehe, worauf Sie hinauswollen. Als Isolat hatten Sie wahrscheinlich gar keine andere Wahl, als das zu tun, was Sie getan haben.«

Trevize hätte darauf geantwortet, aber Falloms klare, hohe Stimme mischte sich ein. Sie benutzte ihre eigene Sprache.

»Was sagt sie?« sagte Trevize zu Pelorat gewandt.

Der begann: »Fallom sagt...«

Doch Fallom begann sofort wieder, so als wäre es ihr einen Augenblick zu spät eingefallen, daß man ihre Sprache nicht verstehen konnte.

»War Jembly dort, wo ihr wart?«

Ihre Aussprache war dabei perfekt, und Wonne strahlte. »Spricht sie nicht hervorragend galaktisch? Und das in so kurzer Zeit.«

Trevize antwortete leise: »Wenn ich das jetzt probiere, baue ich bestimmt Mist, aber erklären Sie ihr doch, Wonne, daß wir auf dem Planeten keine Roboter gefunden haben.«

»Ich werde es erklären«, sagte Pelorat. »Komm, Fallom!« Er legte der Kleinen sachte den Arm über die Schulter. »Komm in unser Zimmer, dann gebe ich dir ein Buch zu lesen.«

»Ein Buch? Über Jembly?«

»Das nicht gerade...« – und die Tür schloß sich hinter ihnen.

»Wissen Sie«, sagte Trevize und blickte den beiden ungeduldig nach, »wir vergeuden unsere Zeit, indem wir Kindermädchen für dieses Kind spielen.«

»Vergeuden? In welcher Weise beeinträchtigt das Ihre Suche nach der Erde, Trevize? – Ich will es Ihnen sagen: in keiner Weise. Indem wir das Kindermädchen spielen, stellen wir eine Verbindung her, nehmen Fallom Ängste, zeigen ihr unsere Liebe. Ist das denn gar nichts wert?«

»Da spricht wieder Gaia.«

»Ja«, sagte Wonne. »Aber jetzt müssen wir praktisch denken. Wir haben drei von den alten Spacerwelten besucht und nichts vorzuweisen.«

Trevize nickte. »Das ist richtig.«

»Tatsächlich haben wir festgestellt, daß jede der Welten gefährlich ist, nicht wahr? Auf Aurora gab es wilde Hunde, auf Solaria fremdartige, gefährliche menschliche Wesen und auf Melpomenia ein bedrohliches Moos. Es scheint also offenbar so zu sein, daß eine Welt, wenn man sie sich selbst überläßt, ob sie nun menschliche Wesen trägt oder nicht, für die interstellare Gemeinschaft gefährlich wird.«

»Sie können das nicht als allgemeingültige Regel betrachten.«

»Drei von drei scheint mir jedenfalls ziemlich eindrucksvoll.«

»Und wie beeindruckt Sie das, Wonne?«

»Das will ich Ihnen sagen. Bitte hören Sie mir gut zu und bemühen Sie sich, unvoreingenommen zu sein! Wenn es in der Galaxis Millionen miteinander in Verbindung stehender Welten gibt, so wie es natürlich in der Tat der Fall ist, und wenn jede ausschließlich von Isolaten bewohnt ist, wie es ebenfalls der Fall ist, dann haben auf allen Welten menschliche Wesen die Oberherrschaft und können nichtmenschlichen Lebensformen ebenso wie dem unbelebten geologischen Hintergrund, ja sogar einander gegenseitig, ihren Willen aufzwingen. Die Galaxis ist also eine sehr primitive, schwerfällige und schlecht funktionierende Galaxia, die Anfänge einer Einheit. Verstehen Sie, was ich damit meine?«

»Ich verstehe, was Sie zu sagen versuchen, aber das heißt nicht, daß ich Ihnen zustimmen werde, wenn Sie fertig sind.«

»Sie brauchen mir nur zuzuhören. Stimmen Sie mir zu oder nicht, ganz wie Sie wollen, aber hören Sie mich an! Ich behaupte, daß die Galaxis als ein Protogalaxia funktionieren wird, und je weniger ›Proto‹ und je mehr ›Galaxia‹ desto besser. Das Galaktische Imperium war der Versuch, ein starkes Protogalaxia herzustellen, und als es zerfiel, wurden die Zeiten immer schlechter, und es herrschte dauernder Druck, das Konzept einer Protogalaxia zu stärken. Die Konföderation der Foundation ist ein solcher Versuch, und das Reich des Fuchses war auch einer. Das gleiche gilt für das Imperium, das die Zweite Foundation plant. Aber selbst wenn es keine solche Imperien oder Konföderationen gäbe; selbst wenn die ganze Galaxis in Aufruhr wäre, dann wäre das ein durchgehender Aufruhr, wobei jede einzelne Welt, und wäre es auch in feindseliger Art, mit jeder anderen in Beziehung stünde. Das wäre auch eine Art von Vereinigung und wäre noch nicht der schlimmste Fall.«

»Was wäre dann der schlimmste Fall?«

»Die Antwort darauf kennen Sie, Trevize. Sie haben das selbst gesehen. Wenn eine von Menschen bewohnte Welt völlig auseinanderbricht, ist sie wahrhaft isolat. Und wenn sie jede Beziehung zu anderen menschlichen Welten verliert, entwickelt sie sich zu etwas ... Bösartigem!«

»Also ein Krebs?«

»*Ja*. Ist denn Solaria nicht genau das? Seine Hand ist gegen alle Welten erhoben. Und auf Solaria erhebt sich die Hand eines jeden Individuums gegen alle anderen. Sie selbst haben es gesehen. Und wenn die menschlichen Wesen ganz verschwinden, verschwindet mit ihnen die letzte Spur von Disziplin. Das Jeder-gegen-jeden wird unvernünftig, so wie bei den Hunden, oder es ist lediglich noch eine elementare Kraft, so wie bei dem Moos. Sie erkennen also, vermute ich, daß die Gesellschaft um so besser ist, je näher wir Galaxia sind. Warum also vor Galaxia halt machen?«

Eine Weile starrte Trevize Wonne stumm an. »Ich denke darüber nach. Aber warum eigentlich diese Annahme, daß die Dosis nur in eine Richtung wirkt; daß, wenn wenig gut ist, viel besser ist, und alles am besten? Haben Sie denn nicht selbst darauf hingewiesen, daß das Moos möglicherweise an wenig Kohlendioxid angepaßt ist, so daß es von einer größeren Dosis getötet werden könnte? Ein Mensch, der zwei Meter groß ist, ist besser dran als einer, der einen Meter groß ist; aber ebenso auch besser als einer, der drei Meter groß ist. Eine Maus hat nichts davon, wenn man sie auf die Größe eines Elefanten brächte, das würde sie nicht überleben, und ebensowenig würde es für einen Elefanten besser sein, auf die Größe einer Maus reduziert zu werden.

Es gibt für alles eine natürliche Größe und eine natürliche Komplexität, irgendeine optimale Qualität, ob es sich nun um einen Stern oder um ein Atom handelt, und das gilt ganz sicher auch für lebende Wesen und lebende Gemeinschaften. Ich sage nicht, daß das alte Galaktische Imperium ideal war, und ich kann sehr wohl die Mängel der Foundation-Konföderation erkennen, aber ich bin nicht bereit, daraus den Schluß zu ziehen, daß totale Vereinigung gut wäre, nur weil totale Isolation schlecht ist. Die Extreme sind möglicherweise beide in gleicher Weise schrecklich, und ein altmodisches Galaktisches Imperium könnte, so unvollkommen es auch gewesen sein mag, immer noch das Beste für uns sein.«

Wonne schüttelte den Kopf. »Ich würde gerne wissen, ob Sie das selbst glauben, Trevize. Wollen Sie denn argumentieren, daß ein Virus und ein menschliches Wesen in gleicher Weise unbefriedigend sind und sich für irgend etwas dazwischen entscheiden – für das Dasein eines Schimmelpilzes vielleicht?«

»Nein, aber ich könnte vielleicht so argumentieren, daß ein Virus ebenso unbefriedigend ist wie ein übermenschliches Wesen, und mich für etwas dazwischen entscheiden, einen ganz gewöhnlichen Menschen beispielsweise. Aber diese Diskussion bringt uns nicht weiter. Ich werde meine Lösung dann haben, wenn ich die Erde finde. Auf Melpomenia haben wir die Koordinaten von siebenundvierzig weiteren Spacerwelten entdeckt.«

»Und die werden Sie alle besuchen?«

»Jede einzelne, wenn es sein muß.«

»Und werden die Gefahren auf jeder dieser Welten riskieren.«

»Ja, wenn es nötig ist, um die Erde zu finden.«

Pelorat war aus dem Raum gekommen, in dem er Fallom zurückgelassen hatte, und schien gerade im Begriff, etwas zu sagen, als er in den schnellen Wortwechsel zwischen Wonne und Trevize geriet. Sein Blick wanderte zwischen den beiden hin und her.

»Wie lange würde das dauern?« fragte Wonne.

»Solange es eben nötig ist«, sagte Trevize, »und es kann ja durchaus sein, daß wir auf der nächsten Welt das finden, was wir brauchen.«

»Oder auf keiner von allen.«

»Das werden wir nicht erfahren, solange wir nicht gesucht haben.«

Nun schaffte es Pelorat endlich, einen Satz dazwischenzuschieben. »Aber warum suchen, Golan? Wir haben die Antwort.«

Trevize machte eine ungeduldige Handbewegung in Richtung Pelorat, hielt dann aber inne, drehte sich um und sagte entgeistert: »*Was?*«

»Ich sagte, daß wir die Antwort haben. Ich habe auf Melpomenia wenigstens fünfmal versucht, Ihnen das zu sagen, aber Sie waren so in das vertieft, was Sie taten...«

»Was für eine Antwort haben wir? Worüber reden Sie?«

»Über die *Erde*. Ich glaube, wir wissen, wo die Erde ist.«

SECHSTER TEIL

Alpha

16. DAS ZENTRUM DER WELTEN

69

Trevize starrte Pelorat sichtlich mißvergnügt eine Weile an. Dann sagte er: »Gibt es da irgend etwas, das Sie gesehen haben und ich nicht, und wovon Sie mir nichts gesagt haben?«

»Nein«, antwortete Pelorat. »Sie haben es gesehen. Wie ich gerade sagte, ich habe versucht, es Ihnen zu erklären, aber Sie waren nicht in der Stimmung, mir auch nur einmal zuzuhören.«

»Nun, dann versuchen Sie es noch einmal!«

»Setzen Sie ihn nicht unter Druck, Trevize!« sagte Wonne.

»Ich setze ihn nicht unter Druck. Ich bitte um Information. Und Sie sollten ihn nicht so verhätscheln.«

»Bitte«, sagte Pelorat, »hört mir zu, und laßt den Streit! – Können Sie sich daran erinnern, daß wir über frühere Versuche diskutiert haben, die Herkunft der menschlichen Gattung zu entdecken, Golan? Yariffs Projekt? Sie wissen doch, das war der Versuch, den Besiedlungszeitpunkt der verschiedenen Planeten nach der Annahme zu bestimmen, daß die Planeten gleichmäßig von der Ursprungswelt ausgehend nach draußen besiedelt wurden. Auf diese Weise würden wir, wenn wir von neueren zu älteren Planeten fortschritten, von allen Richtungen auf die Ursprungswelt zugehen.«

Trevize nickte ungeduldig. »Ich erinnere mich nur daran, daß es nicht funktioniert hat, weil die Besiedlungsdaten nicht verläßlich waren.«

»Stimmt genau, alter Junge. Aber die Welten, mit denen Yariff gearbeitet hat, waren Teil der zweiten Besiedlungswelle der

Menschheit. Zu dem Zeitpunkt war die Hyperraumfahrt weit fortgeschritten, und die Besiedlung muß ziemlich willkürlich erfolgt sein. Das Überspringen großer Distanzen war einfach, und die Besiedlung schritt daher nicht notwendigerweise in radialer Symmetrie von innen nach außen fort. Das verschärfte das Problem der ungenauen Besiedlungsdaten noch.

Aber denken Sie doch einen Augenblick an die Spacerwelten, Golan. Die wurden alle von der ersten Welle besiedelt. Die Hyperraumfahrt war damals bei weitem nicht so fortgeschritten; es konnten noch keine großen Sprünge durchgeführt werden. Im Gegensatz zu den Millionen von Welten, die – noch dazu vielleicht in chaotischer Folge – während der zweiten Welle besiedelt wurden, wurden in der ersten nur fünfzig besiedelt und das wahrscheinlich systematisch und in ordentlicher Reihenfolge. Und während die Millionen von Welten der zweiten Expansionswelle im Zeitraum von zwanzigtausend Jahren besiedelt wurden, wurden die fünfzig in der ersten Welle in ein paar Jahrhunderten besiedelt – im Vergleich dazu also beinahe gleichzeitig. Jene fünfzig sollten daher zusammengenommen ungefähr sphärisch um die Ursprungswelt angeordnet sein.

Wir haben die Koordinaten der fünfzig Welten. Sie haben sie fotografiert – erinnern Sie sich? – von der Statue aus. Was oder wer auch immer die die Erde betreffenden Informationen zerstört hat, hat diese Koordinaten entweder übersehen oder einfach nicht daran gedacht, daß sie die Information liefern könnten, die wir brauchen. Sie brauchen die Koordinaten nur um die letzten zwanzigtausend Jahre der Sternbewegung zu korrigieren und dann das Zentrum dieser Raumsphäre zu finden. Damit werden Sie ziemlich nahe an die Sonne der Erde herankommen – oder mindestens zu dem Punkt, wo wie sich vor zwanzigtausend Jahren befand.«

Trevize war während dieses Monologs der Mund offengeblieben, und als Pelorat schließlich fertig war, brauchte er ein paar Augenblicke, um ihn wieder zu schließen. Dann sagte er: »Warum habe *ich* nicht daran gedacht?«

»Ich habe schon auf Melpomenia versucht, Ihnen das zu sagen.«

»Ganz sicher haben Sie das. Ich muß mich bei Ihnen entschuldigen, Janov, daß ich Ihnen nicht zugehört habe. Tatsächlich ist mir einfach nicht in den Sinn gekommen, daß...« Er stockte verlegen.

Pelorat lachte glucksend. »Daß ich irgend etwas Wichtiges zu sagen haben könnte. Wahrscheinlich würde ich das normalerweise auch nicht, aber das war etwas aus meinem Fachbereich, müssen Sie wissen. Ich bin sicher, daß Sie, allgemein gesprochen, durchaus recht hätten, nicht auf mich zu hören.«

»Niemals«, sagte Trevize. »Das stimmt nicht, Janov. Ich komme mir wie ein Narr vor und habe das auch verdient. Noch einmal: Ich bitte um Entschuldigung – und jetzt muß ich an den Computer.«

Er und Pelorat gingen ins Cockpit, und Pelorat sah wie stets mit einer Mischung aus Unglauben und Staunen zu, wie Trevizes Hände sich auf das Pult senkten und er mit dem Computer zu einer Einheit verschmolz.

»Ich muß von gewissen Voraussetzungen ausgehen«, sagte Trevize, den die Konzentration auf dem Computer ziemlich ausdruckslos machte. »Ich muß davon ausgehen, daß die erste Zahl eine Entfernung in Parsek angibt und die beiden anderen Werte Winkel darstellen. Die erste also sozusagen oben und unten und die zweite links und rechts. Ich muß ferner annehmen, daß Plus und Minus in Verbindung mit den Winkeln sich auf den galaktischen Standard bezieht und daß die Null-Null-Null-Markierung die von Melpomenias Sonne ist.«

»Das klingt durchaus vernünftig«, sagte Pelorat.

»Wirklich? Es gibt sechs Möglichkeiten für die Anordnung der Zahlen, vier Möglichkeiten, die Vorzeichen anzuordnen, und die Entfernungen können in Lichtjahren anstatt in Parsek und die Winkel in Graden statt in Radians angegeben sein. Das sind bereits sechsundneunzig verschiedene Variationen. – Falls die Entfernungen in Lichtjahren angegeben sind, kommt noch dazu, daß ich nicht weiß, wie lang das betreffende Jahr ist. Und dann ziehen Sie noch in Betracht, daß ich nicht weiß, nach welcher Übereinkunft die Winkel gemessen sind – ich nehme an, vom melpomenianischen Äquator aus, aber ist das wirklich ihr Nullmeridian?«

Pelorat runzelte die Stirn. »Jetzt klingt es völlig hoffnungslos.«

»Nicht hoffnungslos. Aurora und Solaria sind in der Liste enthalten, und ich weiß, wo die sich im Weltraum befinden. Ich werde die Koordinaten hernehmen und sehen, ob ich sie lokalisieren kann. Wenn ich an den falschen Punkt komme, werde ich die Koordinaten verändern, bis sie mir den richtigen Ort liefern, und das wird mir sagen, welche falschen Annahmen ich in bezug auf diese Normen der Koordinaten gemacht habe. Und sobald meine Annahmen korrigiert sind, kann ich nach dem Mittelpunkt der Raumsphäre suchen.«

»Ist es bei all den Möglichkeiten, die Sie gerade erwähnt haben, nicht sehr schwierig, die richtige Entscheidung zu treffen?«

»Was?« sagte Trevize, der bereits abwesend wirkte. Als Pelorat dann die Frage wiederholte, sagte er: »Oh, nun, die Wahrscheinlichkeit ist ziemlich groß, daß die Koordinaten nach galaktischer Norm angegeben sind, und die Anpassung an einen unbekannten Nullmeridian ist nicht schwierig. Diese Systeme, um Punkte im Weltraum zu definieren, sind vor langer Zeit entwickelt worden, die meisten Astronomen sind sogar der Ansicht, daß das vor der Einführung der interstellaren Raumfahrt geschah. Die Menschen sind in mancher Hinsicht sehr konservativ und verändern numerische Normen praktisch nie, wenn sie sich einmal an sie gewöhnt haben. Manchmal verwechseln sie sie sogar mit Naturgesetzen, denke ich. – Und das ist ganz gut so. Wenn nämlich jede Welt ihre eigenen Meßgewohnheiten hätte, die sich jedes Jahrhundert ändern, dann bin ich ehrlich der Meinung, würde das jegliche wissenschaftliche Tätigkeit lähmen, bis sie schließlich völlig zum Erliegen käme.«

Offensichtlich arbeitete er, während er redete, denn seine Worte kamen ziemlich stockend. Und schließlich murmelte er: »Aber jetzt bitte Ruhe.«

Dann runzelte er die Stirn, und sein Gesicht nahm einen konzentrierten Ausdruck an, bis er sich nach ein paar Minuten zurücklehnte und tief durchatmete. Dann sagte er leise: »Die Normen gelten. Ich habe Aurora gefunden. Ohne Zweifel. – Sehen Sie?«

Pelorat starrte das Sternenfeld auf dem Bildschirm an und ganz besonders den einen hellen Stern in der Nähe der Mitte und sagte: »Sind Sie sicher?«

»Meine eigene Meinung hat da nichts zu besagen«, antwortete Trevize. »Der *Computer* ist sicher. Schließlich haben wir ja Aurora besucht. Wir besitzen alle charakteristischen Daten – Durchmesser, Masse, Leuchtkraft, Temperatur, spektrale Einzelheiten – ganz zu schweigen von der Anordnung der umliegenden Sterne. Der Computer sagt, daß das Aurora ist.«

»Dann werden wir ihm das wohl glauben müssen.«

»Das müssen wir. Lassen Sie mich jetzt den Bildschirm umschalten, damit der Computer weitermachen kann. Er hat jetzt die fünfzig Koordinatensätze und wird sie nacheinander abfragen.«

Während Trevize das sagte, arbeitete er an der Tastatur. Der Computer war routinemäßig in den vier Dimensionen des Raum-

Zeit-Gefüges tätig, aber sein Bildschirm wurde für die Betrachtung durch Menschen selten in mehr als zwei Dimensionen benötigt. Jetzt schien es, als würde der Schirm sich in einen dunklen Raum entfalten, der ebenso tief wie der Bildschirm hoch und breit war. Trevize dämpfte die Raumbeleuchtung, damit sie das Bild der Sterne besser betrachten konnten.

»Jetzt fängt es gleich an«, flüsterte er.

Im nächsten Augenblick tauchte ein Stern auf – dann noch einer – und noch einer. Bei jedem neu hinzugekommenen Stern veränderte sich das Bild auf dem Schirm, so daß alle sichtbar blieben. Es war, als würde sich der Betrachter rückwärts durch den Raum bewegen, so daß das Bild immer panoramaartiger wurde, und wenn man das mit Bewegungen nach oben und unten, nach rechts und links verband…

Schließlich waren fünfzig Lichtpunkte zu sehen, die im dreidimensionalen Raum schwebten.

»Mir hätte ja eine schöne sphärische Anordnung gefallen«, meinte Trevize, »aber dies sieht aus wie ein schlampig zusammengedrückter Schneeball, der aus hartem, körnigem Schnee besteht.«

»Kommen wir damit nicht weiter?«

»Nun, das bringt uns einige Schwierigkeiten, aber das läßt sich nicht ändern, denke ich. Die Sterne selbst sind nicht gleichförmig verteilt, und bewohnbare Planeten sind das ganz sicher auch nicht. Also muß es zwangsläufig bei der Besiedlung neuer Welten Ungleichheiten geben. Der Computer wird jetzt jeden dieser Punkte auf die gegenwärtige Position justieren und damit ihre wahrscheinliche Bewegung in den letzten zwanzigtausend Jahren ausgleichen – nicht daß das sehr viel ausmachen dürfte – und dann alle in eine ›Optimalsphäre‹ einsortieren. Mit anderen Worten, er wird eine Kugeloberfläche errechnen, von der aus der Abstand aller Punkte auf ein Minimum reduziert ist. Dann finden wir das Zentrum der Sphäre, und die Erde sollte ziemlich nahe bei diesem Zentrum liegen. Wenigstens hoffen wir das – es sollte nicht lange dauern.«

70

Das tat es auch nicht. Trevize, der es gewöhnt war, Wunder von dem Computer hinzunehmen, staunte selbst darüber, wie wenig Zeit die Berechnungen beanspruchten.

Trevize hatte den Computer angewiesen, einen weichen, nachhallenden Ton von sich zu geben, sobald er die Koordinaten des Zentrums ermittelt hatte. Es gab dafür keinen Grund, abgesehen von der Befriedigung, den Ton zu hören und zu wissen, daß die Suche damit vielleicht beendet war.

Es dauerte nur wenige Minuten, bis der Ton zu hören war, und er klang so, wie wenn man einen Gong sachte anschlägt. Der Ton schwoll an, bis man ihn fast körperlich wahrnehmen konnte, und verhallte dann langsam.

Wonne erschien im nächsten Augenblick an der Tür. »Was ist denn?« fragte sie mit großen Augen. »Eine Gefahr?«

»Ganz und gar nicht«, antwortete Trevize.

Und Pelorat fügte eifrig hinzu: »Wir haben vielleicht die Erde ausfindig gemacht, Wonne. Dieses Geräusch war die Ankündigung des Computers, daß ihm das gelungen ist.«

Sie trat in den Raum. »Man hätte mich ja warnen können.«

»Tut mir leid, Wonne«, sagte Trevize. »Ich wollte nicht, daß es so laut ist.«

Fallom war Wonne gefolgt und fragte: »Warum war dieses Geräusch zu hören, Wonne?«

»Ich sehe, daß sie jetzt Ihren Namen kennt«, sagte Trevize. Er lehnte sich zurück und kam sich irgendwie ausgelaugt vor. Der nächste Schritt würde jetzt darin bestehen, ihren Fund an der echten Galaxis zu erproben, sich mit den Koordinaten des Zentrums der Spacerwelten zu befassen und dort nachzusehen, ob es wirklich einen Stern vom G-Typ dort gab. Wieder zögerte er, diesen Schritt zu tun, scheute davor zurück, die mögliche Lösung an der Wirklichkeit zu erproben.

»Ja«, sagte Wonne, »sie kennt meinen Namen. Und den Ihren und den Pels auch. Warum nicht? Wir kennen den ihren doch auch.«

»Es macht mir nichts aus«, sagte Trevize abwesend. »Ich mache mir nur immer noch Sorgen um die Kleine. Sie beunruhigt mich einfach.«

»In welcher Hinsicht?« wollte Wonne wissen.

Trevize breitete die Arme aus. »Nur so ein Gefühl.«

Wonne warf ihm einen mißbilligenden Blick zu und wandte sich zu Fallom um. »Wir versuchen, die Erde zu finden, Fallom.«

»Was ist die Erde?«

»Auch eine Welt, aber eine ganz besondere. Die Welt, von der unsere Vorfahren kamen. Weißt du, was das Wort ›Vorfahren‹ bedeutet? Hast du in den Büchern darüber gelesen, Fallom?«

»Bedeutet es...?« Aber das letzte Wort war nicht in Galaktisch.

»Das ist ein archaisches Wort für ›Vorfahren‹«, sagte Pelorat. »Es entspricht vielleicht eher unserem Wort ›Ahnen‹.«

»Nun gut«, sagte Wonne und lächelte plötzlich strahlend. »Die Erde ist die Welt, von der unsere Ahnen kamen, Fallom. Deine und meine und die Pels und Trevizes auch.«

»Deine, Wonne – und meine auch.« Fallom wirkte sichtlich verwirrt. »Alle beide?«

»Es gibt nur eine Art von Ahnen«, sagte Wonne. »Wir hatten alle dieselben Ahnen.«

»Das klingt mir, als würde sie sehr wohl wissen, daß sie anders ist als wir«, meinte Trevize.

»Sagen Sie das nicht«, verwies ihn Wonne mit leiser Stimme. »Sie muß erkennen, daß das nicht so ist. Wenigstens nicht in den wesentlichen Punkten.«

»Es ist aber doch wesentlich, daß sie ein Hermaphrodit ist, würde ich meinen.«

»Ich spreche über ihren Geist.«

»Transducerlappen sind auch wesentlich.«

»Jetzt spreizen Sie sich doch nicht, Trevize. Sie ist intelligent und menschlich, und das ist wichtiger als alle anderen Einzelheiten.«

Sie wandte sich Fallom zu, und ihre Stimme nahm wieder die normale Lautstärke an. »Denk mal darüber nach, Fallom, damit du begreifst, was es für dich bedeutet. Deine Ahnen waren auch die meinen. All die Menschen auf all den Welten – den vielen, vielen Welten – alle hatten sie dieselben Ahnen, und diese Ahnen lebten ursprünglich auf der Welt, die Erde heißt. Das bedeutet, daß wir Verwandte sind, nicht wahr? – Und jetzt geh in unser Zimmer zurück und denk darüber nach!«

Fallom warf Trevize einen nachdenklichen Blick zu, drehte sich um und rannte davon, von einem liebevollen Klaps beschleunigt, den Wonne ihr gab.

Wonne wandte sich Trevize zu und sagte: »Bitte, Trevize, Sie müssen mir versprechen, daß Sie in ihrer Gegenwart keine Bemerkungen mehr machen, die sie darauf bringen könnten, daß sie anders ist als wir.«

»Das verspreche ich«, sagte Trevize. »Ich will wirklich den Erziehungsvorgang nicht behindern oder stören, aber trotzdem wissen Sie, daß sie anders *ist* als wir.«

»In mancher Hinsicht, so wie ich anders bin als Sie und Pel.«

»Jetzt seien Sie nicht naiv, Wonne! In diesem Fall sind die Unterschiede viel größer.«

»*Etwas* größer. Die Ähnlichkeiten sind viel wichtiger. Sie und Ihre Leute werden eines Tages ein Teil Galaxias sein, und zwar ein sehr nützlicher Teil, dessen bin ich ganz sicher.«

»Also schön. Wir wollen uns nicht streiten.« Er wandte sich sichtlich widerstrebend wieder dem Computer zu. »Und unterdessen werde ich, fürchte ich, die vermutliche Position der Erde im echten Weltraum überprüfen müssen.«

»Sie fürchten?«

»Nun«, Trevize hob die Schultern in dem Bestreben, etwas spaßig zu wirken, »was ist, wenn dort kein geeigneter Stern aufzufinden ist?«

»Dann ist eben keiner dort«, sagte Wonne.

»Ich frage mich, ob es Sinn hat, das jetzt zu überprüfen. Wir werden ein paar Tage lang nicht sprungbereit sein.«

»Und die Zeit werden Sie damit verbringen, sich mit all den Möglichkeiten abzuquälen. Stellen Sie es jetzt fest! Warten bringt Ihnen nichts.«

Trevize preßte ein paar Augenblicke lang die Lippen aufeinander und meinte dann: »Sie haben recht. Also gut – dann gehen wir's an!«

Er wandte sich dem Computer zu, legte beide Hände auf die Markierungen auf dem Pult, und der Bildschirm wurde dunkel.

»Dann will ich Sie jetzt allein lassen«, sagte Wonne. »Wenn ich hier bleibe, mache ich Sie nur nervös.« Sie hob winkend die Hand und ging hinaus.

»Das Problem ist nur«, murmelte er, »daß wir zuerst die galaktische Karte des Computers überprüfen werden, und auf dieser Karte sollte die Sonne der Erde selbst dann nicht enthalten sein, wenn sie sich an der berechneten Position befindet. Aber dann müssen wir...«

Er verstummte verblüfft, als auf dem Bildschirm ein Sternenpanorama erschien. Es waren ziemlich viele schwache Sterne, über den ganzen Bildschirm verstreut, mit da und dort einem helleren dazwischen. Aber ganz dicht bei der Mitte war ein Stern zu sehen, der viel heller als all die anderen leuchteten.

»Wir haben ihn«, rief Pelorat erfreut. »Wir haben ihn, alter Junge. Sehen Sie doch, wie hell er ist!«

»Jeder Stern mit Zentralkoordinaten würde hell aussehen«, sagte Trevize, sichtlich bemüht, sich nicht zu früh zu freuen. »Schließlich handelt es sich um eine Ansicht aus einer Distanz von einem Parsek. Trotzdem ist dieser Stern in der Mitte ganz sicher kein Roter Zwerg oder ein Roter Riese. Warten Sie, der Computer überprüft eben seine Datenbanken.«

Ein paar Sekunden lang herrschte Stille. Dann sagte Trevize: »Spektralklasse G-2.« Wieder eine Pause und dann: »Durchmesser 1,4 Millionen Kilometer – Masse 1,02 mal die Masse der Sonne von Terminus – Oberflächentemperatur sechstausend absolut – Rotation langsam, etwas unter dreißig Tagen – keine ungewöhnliche Aktivität oder Unregelmäßigkeit.«

»Ist das nicht alles typisch für die Art von Stern mit bewohnbaren Planeten?« wollte Pelorat wissen.

»Typisch«, sagte Trevize und nickte im düsteren Licht des Raums. »Und deshalb ist es genau das, was wir von der Sonne der Erde erwarten würden. Wenn das der Ort ist, wo das Leben sich entwickelt hat, dann würde die Sonne der Erde die ursprüngliche Norm geliefert haben.«

»Und damit besteht auch eine vernünftige Chance, daß dieser Stern von einem bewohnbaren Planeten umkreist wird.«

»Darüber brauchen wir keine Spekulationen anzustellen«, sagte Trevize, den die Sache in hohem Maße zu verwirren schien. »Auf der galaktischen Karte ist angegeben, daß dieser Stern einen Planeten mit menschlichem Leben besitzt – aber dahinter steht ein Fragezeichen.«

Pelorats Begeisterung wuchs. »Das ist doch genau das, was wir erwarten, Golan. Der belebte Planet ist da, aber der Versuch, diese Tatsache zu verbergen, hat zu dem Fragezeichen geführt.«

»Nein, genau das stört mich eben«, sagte Trevize. »Das ist *nicht*, was wir erwarten sollten. Wir sollten viel mehr als das erwarten. In Anbetracht der Sorgfalt, mit der alle die Erde betreffenden Daten gelöscht worden sind, hätten die Kartographen nicht wissen dürfen, daß in diesem System Leben, geschweige denn menschliches

Leben existiert. Sie hätten nicht einmal wissen dürfen, daß die Sonne der Erde existiert. Die Spacerwelten sind in der Karte nicht enthalten. Warum also die Sonne der Erde?«

»Nun, sie ist jedenfalls da. Warum darüber argumentieren? Was sind sonst noch für Informationen über den Stern angegeben?«

»Ein Name.«

»Ah! Und wie lautet der?«

»Alpha.«

Pelorat schwieg einen Augenblick lang, dann meinte er eifrig: »Das ist es, alter Junge, das ist der letzte Beweis. Bedenken Sie doch, was das bedeutet.«

»Bedeutet das etwas?« fragte Trevize. »Für mich ist das nur ein Name und noch dazu ein recht seltsamer. Er klingt nicht galaktisch.«

»Das ist er auch nicht. Er entstammt einer prähistorischen Sprache der Erde, derselben, die uns Gaia als den Namen des Planeten Wonnes geliefert hatte.«

»Was bedeutet Alpha denn?«

»Alpha ist der erste Buchstabe des Alphabets jener antiken Sprache. Diese Tatsache, so unbedeutend sie auch scheint, ist ganz sicher bewiesen. In der Antike wurde ›Alpha‹ manchmal benutzt, wenn es darum ging, das erste von irgend etwas zu bezeichnen. Eine Sonne ›Alpha‹ zu nennen, deutet an, daß es die erste Sonne ist. Und würde denn die erste Sonne nicht diejenige sein, um die ein Planet kreist, der als erster menschliches Leben getragen hat – eben die Erde?«

»Sind Sie dessen sicher?«

»Absolut«, sagte Pelorat.

»Gibt es in den frühen Legenden etwas – schließlich sind Sie der Mythologe –, das der Sonne der Erde irgendwelche sehr ungewöhnlichen Attribute verleiht?«

»Nein, wie könnte es das? Sie muß per Definition die Norm sein, und ich stelle mir vor, daß die Daten, die der Computer uns geliefert hat, der Norm so nahe wie möglich kommen. Ist das nicht so?«

»Die Sonne der Erde ist ein einzelner Stern, nehme ich an?«

»Nun, selbstverständlich«, sagte Pelorat. »Soweit mir bekannt ist, kreisen alle bewohnten Welten um Einzelsterne.«

»Das hätte ich auch gedacht«, sagte Trevize. »Das Problem ist nur, daß jener Stern in der Mitte des Bildschirms kein einzelner Stern ist. Er ist ein Doppelstern. Der hellere der beiden Sterne, die das Binärsystem bilden, entspricht tatsächlich der Norm, und er ist auch derjenige, über den uns der Computer die Daten geliefert hat. Aber diesen Stern umkreist ein weiterer Stern mit einer Masse von vier Fünftel der des helleren, mit einer Umlaufperiode von rund achtzig Jahren. Wir können die beiden nicht mit bloßem Auge als separate Sterne wahrnehmen, aber wenn ich jetzt das Bild vergrößern würde, könnten wir das sicherlich.«

»Sind Sie dessen sicher, Golan?« fragte Pelorat verblüfft.

»Das sagt mir jedenfalls der Computer. Und wenn wir hier einen Doppelstern vor Augen haben, dann ist das nicht die Sonne der Erde. Das kann sie nicht sein.«

71

Trevize unterbrach den Kontakt mit dem Computer, und die Lichter wurden heller.

Offenbar war das das Signal für Wonne, mit Fallom im Schlepptau zurückzukehren. »Nun, was haben wir denn für ein Ergebnis?« wollte sie wissen.

»Ein recht enttäuschendes«, sagte Trevize ausdruckslos. »Dort wo ich erwartet hatte, die Sonne der Erde zu finden, habe ich einen Doppelstern gefunden. Die Sonne der Erde ist ein Einzelstern, also kann der Stern auf dem Bildschirm nicht der richtige sein.«

»Und was nun, Golan?« fragte Pelorat.

Trevize zuckte die Achseln. »In Wirklichkeit habe ich nicht erwartet, die Sonne der Erde genau in der Mitte vorzufinden. Selbst die Spacers haben ganz bestimmt ihre Welten nicht so besiedelt, daß dabei eine genaue Sphäre entstanden ist. Aurora, die älteste der Spacerwelten, könnte selbst Siedler ausgeschickt haben, und auch das hat möglicherweise die Sphäre verschoben. Und dann ist es auch möglich, daß die Sonne der Erde sich vielleicht nicht genau mit der durchschnittlichen Geschwindigkeit der Sonnen der Spacerwelten bewegt hat.«

»Dann kann die Erde also überall sein«, meinte Pelorat. »Wollen Sie das damit sagen?«

»Nein. Jedenfalls nicht gerade ›überall‹. All diese möglichen Fehlerquellen können nicht viel ausmachen. Die Sonne der Erde muß in der *Nachbarschaft* der Koordinaten liegen. Der Stern den wir fast genau am Schnittpunkt der Koordinaten entdeckt haben, muß ein Nachbar der Sonne der Erde sein. Es ist verblüffend, daß es einen Nachbarn gibt, der der Sonne der Erde so ähnelt – davon abgesehen, daß es sich um einen Doppelstern handelt. Aber das muß der Fall sein.«

»Aber dann würden wir doch die Sonne der Erde auf der Karte sehen? Ich meine, in der Nähe von Alpha?«

»Nein, ich bin sicher, daß die Erdsonne überhaupt nicht auf der Karte angegeben ist. Das war es ja, was mich so verblüfft hat, als wir Alpha entdeckten. Ganz abgesehen davon, wie sehr dieser Stern auch der Erdsonne ähnelt, hat mich die bloße Tatsache, daß er in der Raumkarte verzeichnet war, schon argwöhnisch gemacht.«

»Nun gut«, sagte Wonne. »Warum konzentrieren wir uns dann nicht auf dieselben Koordinaten im echten Weltraum? Wenn es dann einen hellen Stern in der Nähe des Zentrums gibt, einen Stern, den die Karte des Computers nicht enthält, und dieser Stern in seinen Eigenschaften Alpha ähnelt, aber kein Doppelstern ist – könnte dieser Stern dann nicht die Sonne der Erde sein?«

Trevize seufzte. »Wenn das alles zuträfe, dann würde ich mein halbes Vermögen darauf wetten, daß der Planet Erde jenen Stern umkreisen würde. – Aber ich zögere wieder, es zu versuchen.«

»Weil der Versuch scheitern könnte?«

Trevize nickte. »Aber trotzdem«, sagte er dann, lassen Sie mir bloß einen Augenblick Zeit, um mich auf die neue Situation einzustellen, dann werde ich es dennoch tun.«

Und während die drei Erwachsenen einander ansahen, trat Fallom auf das Computerpult zu und starrte die Handmarkierungen darauf neugierig an. Sie streckte prüfend die Hand nach einer der Markierungen aus, doch Trevize trat schnell dazwischen und sagte mit scharfer Stimme: »Nicht anfassen, Fallom!« Sie fuhr zurück und floh in Wonnes Arme.

»Wir sollten uns dem nicht verschließen, daß wir vielleicht im wirklichen Weltraum nichts finden«, meinte Pelorat.

»Dann sind wir gezwungen, den ursprünglichen Plan auszuführen«, sagte Trevize. »Dann bleibt uns nichts anderes übrig, als nacheinander jede der siebenundvierzig Spacerwelten zu besuchen.«

»Und wenn dabei nichts herauskommt, Golan?«

Trevize schüttelte verärgert den Kopf, so als wollte er damit verhindern, daß dieser Gedanke in ihm Wurzeln faßte. Er starrte eine

Weile brütend zu Boden und sagte dann abrupt: »Dann werde ich mir etwas anderes einfallen lassen müssen.«

»Aber wenn es überhaupt keine Welt der Vorfahren gibt?«

Trevize fuhr hoch. »Wer hat das gesagt?« fragte er.

Es war eine sinnlose Frage. Der Augenblick des Unglaubens verflog, und er wußte sehr wohl, wer der Fragesteller war.

»Ich«, sagte Fallom.

Trevize sah sie mit leicht gerunzelter Stirn an. »Hast du das Gespräch verstanden?«

»Ihr sucht die Welt der Vorfahren«, antwortete Fallom, »aber ihr habt sie noch nicht gefunden. Vielleicht gibt es keine solche Welt nicht.«

»*Keine* solche Welt«, korrigierte Wonne leise.

»Nein, Fallom«, sagte Trevize ernst. »Man hat sich große Mühe gegeben, sie zu verbergen. Wenn man sich so sehr bemüht, etwas zu verbergen, dann bedeutet das, daß es auch etwas zu verbergen gibt. Verstehst du, was ich meine?«

»Ja«, sagte Fallom. »Du läßt mich die Hände auf dem Pult nicht berühren, und daß du mich das nicht tun läßt, heißt, daß es interessant wäre, sie zu berühren.«

»Ah, aber nicht für dich, Fallom. Wonne, Sie erschaffen hier ein Ungeheuer, das uns alle zerstören wird. Lassen Sie sie nie mehr hier herein, wenn ich nicht am Pult bin! Und selbst dann sollten Sie es sich zweimal überlegen, ja?«

Doch das kleine Zwischenspiel hatte immerhin bewirkt, daß er seine Unschlüssigkeit ablegte. »Ich sollte mich wohl besser an die Arbeit machen«, meinte er. »Wenn ich einfach nur hier sitzen bleibe und überlege, was zu tun ist, dann wird dieses kleine Monstrum das Schiff übernehmen.«

Die Lichter verblaßten, und Wonne sagte mit leiser Stimme: »Sie haben mir das doch versprochen, Trevize. Nennen Sie sie nicht Monstrum oder Ungeheuer, wenn sie es hören kann.«

»Dann sollten Sie sie im Auge behalten und ihr Manieren beibringen! Sagen Sie ihr, daß Kinder etwas sind, was man nie hören und nur selten sehen sollte!«

Wonne runzelte die Stirn. »Ihre Einstellung zu Kindern ist schlichtweg erschütternd, Trevize.«

»Mag sein, aber das ist jetzt nicht die Zeit, darüber zu reden.«

Und dann sagte er, mit einer Stimme, die zu gleichen Teilen Befriedigung und Erleichterung ausdrückte: »Da ist jetzt wieder Alpha, im wirklichen Weltraum. – Und links davon, ein Stückchen oberhalb, ist ein fast ebenso heller Stern, und zwar einer, der nicht in der Raumkarte des Computers enthalten ist. *Das* ist die Sonne der Erde! Darauf wette ich mein *ganzes* Vermögen.«

72

»Nun«, sagte Wonne, »wir werden Ihnen, auch wenn Sie verlieren, nichts von Ihrem Vermögen nehmen, warum bringen wir also die Sache nicht so schnell es geht hinter uns? Lassen Sie uns doch den Stern besuchen, sobald Sie den Sprung machen können.«

Trevize schüttelte den Kopf. »Nein. Diesmal geht es nicht um Unschlüssigkeit oder Furcht. Wir müssen vorsichtig sein. Dreimal haben wir jetzt eine unbekannte Welt besucht, und dreimal sind wir auf etwas unerwartet Gefährliches gestoßen. Und darüber hinaus mußten wir dreimal nacheinander die jeweilige Welt in größter Eile verlassen. Diesmal ist die Sache von entscheidender Bedeutung, und ich werde meine Karten nicht noch einmal in Unwissenheit ausspielen, oder zumindest nicht in größerer Unwissenheit, als ich vermeiden kann. Alles, was wir bis jetzt gehört haben, sind vage Geschichten über Radioaktivität, und das reicht nicht. Der Zufall will es, und damit konnte niemand rechnen, daß es im Abstand von einem Parsek von der Erde einen Planeten mit menschlichem Leben gibt...«

»Wissen wir denn wirklich, daß Alpha einen von Menschen bewohnten Planeten besitzt?« wandte Pelorat ein. »Sie sagten doch, daß der Computer ein Fragezeichen dahintergesetzt hätte.«

»Trotzdem«, sagte Trevize, »den Versuch ist es wert. Warum wollen wir ihn uns nicht ansehen? Wenn es dort wirklich Menschen gibt, dann wollen wir herausfinden, was sie über die Erde wissen. Für sie ist die Erde schließlich nicht ein fernes Ding der Legende, sondern eine Nachbarwelt, die hell und strahlend an ihrem Himmel leuchtet.«

Wonne meinte nachdenklich: »Keine schlechte Idee. Wenn Alpha bewohnt ist, und wenn die Bewohner nicht durch und durch typische Isolaten sind, dann mag ja sein, daß sie freundlich sind, und dann könnte es sogar sein, daß wir zur Abwechslung einmal etwas Anständiges zu essen bekommen.«

»Und angenehme Leute kennenlernen«, sagte Trevize. »Das sollten Sie nicht vergessen. Ist es Ihnen recht, Janov?«

»Sie treffen die Entscheidungen, alter Junge«, sagte Pelorat. »Wohin Sie gehen, werde ich auch gehen.«

»Werden wir dort Jemby finden?« sagte Fallom plötzlich.

Und Wonne antwortete hastig, ehe Trevize antworten konnte: »Wir werden nach ihm suchen, Fallom.«

Darauf sagte Trevize: »Das wäre also entschieden. Auf nach Alpha!«

73

»Zwei große Sterne«, sagte Fallom und deutete auf den Bildschirm.

»Richtig«, sagte Trevize. »Zwei. – Wonne, Sie behalten sie doch im Auge, ja? Ich möchte nicht, daß sie an irgend etwas herumfummelt.«

»Maschinen und Geräte faszinieren sie ungemein«, sagte Wonne.

»Ja, ich weiß«, sagte Trevize, »aber mich fasziniert ihre Faszination nicht. – Obwohl ich offengestanden ebenso fasziniert wie sie davon bin, zwei so helle Sterne gleichzeitig auf dem Bildschirm zu sehen.«

Die beiden Sterne waren so hell, daß sie fast als Scheibe zu erkennen waren – beide. Der Bildschirm hatte automatisch die Filterdichte erhöht, um die harte Strahlung herauszufiltern und das Licht der hellen Sterne so zu dämpfen, daß keine Netzhautschädigung eintreten konnte. Demzufolge waren nur wenige andere Sterne hell genug, um erkennbar zu sein, und die beiden beherrschten in hochmütiger Isolation das Feld.

»Tatsächlich bin ich noch nie einem Doppelsternsystem so nahe gewesen«, sagte Trevize.

»Nein?« fragte Pelorat mit unverhohlenem Staunen. »Wie ist das möglich?«

Trevize lachte. »Ich bin etwas herumgekommen, Janov, aber ich bin keineswegs der große Galaxisreisende, für den Sie mich halten.«

»Ich bin überhaupt nie im Weltraum gewesen, bis ich Sie kennenlernte, Golan«, meinte Pelorat, »aber ich dachte immer, daß jeder, der überhaupt in den Weltraum kommt...

»Überall hinreisen würde. Ich weiß. Das ist auch ganz natürlich. Das Unglückliche an planetengebundenen Leuten ist, daß ihre Fantasie einfach nicht ausreicht, um die wahre Größe der Galaxis zu erfassen – ganz gleich, was ihr Verstand ihnen auch sagt. Wir könnten unser ganzes Leben lang reisen und den größten Teil der Galaxis niemals berühren. Außerdem besucht nie jemand Doppelsterne.«

»Warum nicht?« fragte Wonne und runzelte die Stirn. »Im Vergleich zu den reisenden Isolaten der Galaxis wissen wir auf Gaia nur sehr wenig über Astronomie, aber ich war immer der Ansicht, daß Doppelsterne nicht selten sind.«

»Sind sie auch nicht«, sagte Trevize. »Es gibt sogar wesentlich mehr Doppelsterne als einzelne. Aber die Bildung von zwei dicht beieinanderstehenden Sternen stört die Bildung von Planeten. Doppelsterne haben weniger planetarisches Material als Einzelsterne. Die Planeten, die sich um sie bilden, haben häufig relativ instabile Bahnen und sind selten von der Art, daß sie bewohnbar wären.

Ich kann mir vorstellen, daß die frühen Forscher viele Doppelsterne aus der Nähe studiert haben, aber nach einer Weile sind sie sicherlich dazu übergegangen, zum Zwecke der Besiedlung nur Einzelsterne auszusuchen. Und sobald die Galaxis einigermaßen dicht besiedelt war, reiste man praktisch nur noch zu den bewohnten Welten, die Einzelsterne umkreisen. Ich kann mir vorstellen, daß man in Zeiten militärischer Aktivität gelegentlich Stützpunkte auf kleinen, unbewohnten Welten in Doppelsternsystemen errichtete, die strategisch günstig lagen. Aber in dem Maße, wie die Hyperraumfahrt immer vollkommener würde, verschwand auch die Notwendigkeit solcher Stützpunkte.«

»Es ist wirklich erstaunlich, wieviel ich nicht weiß«, sagte Pelorat bescheiden.

Trevize grinste nur. »Davon sollten Sie sich nicht beeindrucken lassen, Janov. Als ich in der Marine war, haben wir uns unendlich viele Vorlesungen über veraltete Militärtaktiken anhören müssen, die in Wirklichkeit keinen interessierten. Daraus habe ich jetzt zitiert. – Bedenken Sie, wieviel Sie über Mythologie, Folklore und archaische Sprachen wissen, was mir unbekannt ist, und worüber nur Sie und sehr wenig weitere Bescheid wissen.«

Wonne schaltete sich wieder ein. »Ja, aber jene zwei Sterne bilden einen Doppelstern, und einer der Sterne hat einen bewohnten Planeten, der ihn umkreist.«

»Das hoffen wir, Wonne«, sagte Trevize. »Keine Regel ohne Ausnahme. Noch dazu hier eine mit einem offiziellen Fragezeichen, was das Ganze noch verblüffender macht. – Nein, Fallom, diese Knöpfe sind kein Spielzeug. – Wonne, entweder legen Sie ihr jetzt Handschellen an, oder Sie schaffen sie hinaus!«

»Sie macht doch nichts«, sagte Wonne, zog die Kleine aber trotzdem zu sich heran. »Wenn dieser bewohnbare Planet Sie so interessiert, warum sind wir dann noch nicht dort?«

»Zum einen«, meinte Trevize, »weil ich menschlich genug bin, um diesen Anblick auch aus der Nähe genießen zu wollen. Und dann bin ich auch menschlich genug, vorsichtig zu sein. Wie ich bereits erklärte, seit wir Gaia verlassen haben, ist genug passiert, um mich vorsichtig zu machen.«

»Welcher der beiden Sterne ist denn Alpha, Golan?« wollte Pelorat wissen.

»Wir verfliegen uns schon nicht. Der Computer weiß genau, welcher Alpha ist, und wir übrigens auch. Es ist der heißere und gelbere der beiden, weil es der größere ist. Der auf der rechten Seite hat eine ausgesprochene Orangefärbung, die an die Sonne Auroras erinnert. Sehen Sie?«

»Jetzt, wo Sie mich darauf hinweisen.«

»Nun gut. Das ist der kleinere. – Wie heißt der zweite Buchstabe in dieser antiken Sprache, die Sie erwähnt haben?«

Pelorat überlegte einen Augenblick lang und sagte dann »Beta«.

»Dann ist der Orangefarbene Beta und der Gelbweiße Alpha. Alpha ist unser Ziel.«

17. NEU-ERDE

74

»Vier Planeten«, murmelte Trevize, »und alle klein und dazu ein paar Asteroiden. Keine Gasriesen.«

»Finden Sie das enttäuschend?« wollte Pelorat wissen.

»Eigentlich nicht. Das ist zu erwarten. Doppelsterne, die einander in so geringem Abstand umkreisen, können keine Planeten haben, die einen der Sterne umkreisen. Planeten können das Schwerkraftzentrum beider umkreisen, aber es ist sehr unwahrscheinlich, daß sie bewohnbar sind – zu weit entfernt.

Wenn die Doppelsterne andererseits einen vernünftigen Abstand voneinander haben, kann es Planeten in stabilem Orbit um jeden einzelnen geben, wenn sie nur dem einen oder anderen Stern nahe genug sind. Diese beiden Sterne haben nach der Datenbank des Computers einen durchschnittlichen Abstand von 3,5 Milliarden Kilometern und sind selbst im Periastron, wenn sie einander am nächsten sind, etwa 1,7 Milliarden Kilometer entfernt. Ein Planet auf einem Orbit von weniger als 200 Millionen Kilometer Entfernung von einem der beiden Sterne wäre stabil, aber Planeten mit größerem Orbit kann es nicht geben. Das bedeutet, daß es keine Gasriesen gibt, da sie weiter von ihrem Zentralgestirn entfernt sein müßten. Was macht das schon für einen Unterschied? Gasriesen sind ohnehin nicht bewohnbar.«

»Aber einer von diesen vier Planeten könnte bewohnbar sein.«

»Tatsächlich kommt dafür nur der zweite Planet in Frage. Er ist als einziger groß genug, um eine Atmosphäre zu besitzen.«

Sie näherten sich schnell dem zweiten Planeten, dessen Bild auf dem Schirm im Laufe von zwei Tagen immer größer wurde, zuerst in einem majestätischen, gemessenen Anschwellen, und dann, als nirgends die Spur eines Schiffes zu erkennen war, das ihnen entgegenkam, um sie aufzuhalten, mit wachsender, fast beängstigender Geschwindigkeit.

Die *Far Star* bewegte sich schnell auf provisorischem Orbit in eintausend Kilometern Höhe über der Wolkendecke, als Trevize plötzlich grimmig meinte: »Jetzt verstehe ich, warum die Speicher des Computers ein Fragezeichen hinter die Angabe gesetzt haben, der Planet sei bewohnt. Hier ist nirgends etwas von Strahlung zu erkennen, weder Licht auf der nächtlichen Halbkugel oder irgendwo Radiowellen.«

»Die Wolkendecke scheint ziemlich dick«, meinte Pelorat.

»Das sollte aber keine Radiowellen abhalten.«

Sie beobachteten den Planeten, der sich unter ihnen drehte, eine Symphonie wirbelnder weißer Wolken, die gelegentlich aufrissen und den Blick auf blaue Flecken darunter freigaben, die auf einen Ozean hindeuteten.

»Für eine bewohnte Welt ist die Wolkenschicht ziemlich dicht«, meinte Trevize. »Es könnte sein, daß es dort unten recht düster ist. – Was mich aber am meisten beunruhigt«, fügte er hinzu, als sie aufs neue in den Nachtschatten eintraten, »ist, daß uns keine Raumstationen angesprochen haben.«

»So wie bei Comporellon, meinen Sie?« sagte Pelorat.

»So wie das bei jeder bewohnten Welt geschehen würde, für die übliche Überprüfung unserer Papiere, unserer Fracht, unserer Aufenthaltsdauer und so weiter.«

»Vielleicht haben wir den Anruf aus irgendeinem Grund nicht bemerkt«, sagte Wonne.

»Unser Computer hätte ihn auf jeder Wellenlänge empfangen. Und außerdem senden wir ja schließlich unsere eigenen Signale aus, aber auch das hat keine Reaktion hervorgerufen. In die Wolkenschicht einzutauchen, ohne vorher mit dem Stationsbeamten Verbindung aufzunehmen, verletzt die Gebote der Höflichkeit, aber ich glaube, wir haben keine andere Wahl.«

Die *Far Star* verlangsamte ihre Fahrt und erhöhte ihre Antigravitation entsprechend, um ihre Höhe beizubehalten. Sie kamen jetzt wieder im Sonnenlicht heraus und bremsten weiter ab. Trevize entdeckte in Zusammenarbeit mit dem Computer eine ausreichend große Lücke in den Wolken. Das Schiff sank und passierte die Wolkenschicht. Unter ihnen wogte der Ozean unter einer steifen Brise. Er lag von Schaumstreifen durchzogen einige Kilometer unter ihnen.

Sie flogen aus dem sonnenhellen Flecken heraus, unter die Wolkendecke. Sofort wurde die Wasserfläche unter ihnen schiefergrau und die Temperatur sank merklich.

Fallom, die den Bildschirm anstarrte, sprach ein paar Sätze in ihrer eigenen konsonantenreichen Sprache und wechselte dann auf Galaktisch über. Ihre Stimme zitterte: »Was ist das, was ich da unter uns sehe?«

»Das ist ein Ozean«, sagte Wonne besänftigend. »Eine sehr große Wassermasse.«

»Warum trocknet er nicht aus?«

Wonne sah Trevize an, worauf der meinte: »Es ist viel zu viel Wasser da, als daß es austrocknen könnte.«

»Ich will all das Wasser nicht«, sagte Fallom mit halberstickter Stimme. »Ich will hier weg!« Und dann kreischte sie verängstigt, als die *Far Star* durch eine Formation von Sturmwolken flog und der Bildschirm milchig wurde und Spuren von Regentropfen zeigte.

Die Lichter im Cockpit verdunkelten sich etwas, und die Bewegung des Schiffes wirkte plötzlich ruckartig und unsicher.

Trevize blickte überrascht auf und rief: »Wonne, Ihre Fallom ist alt genug, um ihre Transducer zu gebrauchen. Sie setzt elektrische Energie ein und versucht, die Kontrollen zu manipulieren. Sorgen Sie dafür, daß sie damit aufhört!«

Wonne legte die Arme um Fallom und drückte sie an sich. »Es ist schon gut, Fallom, alles ist gut. Es gibt nichts, wovor du Angst zu haben brauchst. Das ist nur eine andere Welt, sonst nichts. Es gibt viele Welten wie diese.«

Fallom entspannte sich etwas, zitterte aber immer noch.

Wonne meinte, zu Trevize gewandt: »Fallom hat noch nie einen Ozean gesehen und vielleicht nie Nebel oder Regen erlebt. Können Sie ihr das nicht nachfühlen?«

»Nicht, wenn sie sich am Schiff zu schaffen macht. Dann ist sie eine Gefahr für uns alle. Schaffen Sie sie in Ihr Zimmer, und beruhigen Sie sie!«

Wonne nickte.

»Ich komme mit, Wonne«, sagte Pelorat.

»Nein, nein, Pel«, erwiderte sie. »Bleib du nur hier! Ich werde Fallom beruhigen, und du kannst Trevize beruhigen.« Damit ging sie aus dem Raum.

»Mich braucht man nicht zu beruhigen«, knurrte Trevize zu Pelorat gewandt. »Tut mir leid, wenn ich etwas heftig geworden bin, aber schließlich können wir es doch nicht hinnehmen, daß ein Kind an den Kontrollen herumspielt.«

»Natürlich nicht«, sagte Pelorat, »aber Wonne war selbst überrascht. Sie kann Fallom schon unter Kontrolle halten; sie ist ja eigentlich recht anständig für ein Kind, das man von zu Hause weggeholt hat und ihrem ... ihrem Roboter, und das man, ob es ihr nun paßt oder nicht, in ein Leben hineingeworfen hat, das sie nicht versteht.«

»Ich weiß. Ich war ja nicht derjenige, der sie mitnehmen wollte, vergessen Sie das nicht! Das war Wonnes Idee.«

»Ja, aber wenn wir sie nicht mitgenommen hätten, hätte man sie umgebracht.«

»Nun, ich werde mich nachher bei Wonne entschuldigen und bei dem Kind auch.«

Aber seine Stirn war immer noch in Falten, und Pelorat meinte sanft: »Golan, alter Junge, gibt es noch etwas, was Sie beunruhigt?«

»Der Ozean«, sagte Trevize. Sie hatten die Sturmzone weit hinter sich gelassen, aber die Wolken hörten nicht auf.

»Was ist denn damit?« fragte Pelorat.

»Es ist einfach zu viel Ozean, sonst gar nichts.«

Pelorat sah ihn ausdruckslos an, und Trevize meinte etwas ungehalten: »Kein Land. Wir haben bis jetzt noch kein Land gesehen. Die Atmosphäre ist völlig normal, Sauerstoff und Stickstoff in vernünftigem Verhältnis, also muß der Planet terraformt worden sein, und es muß pflanzliches Leben geben, um den Sauerstoffpegel zu halten. Eine solche Atmosphäre gibt es im natürlichen Zustand nicht – höchstens vielleicht auf der Erde, wo sie sich entwickelt hat, wer weiß wie. Aber auf terraformten Planeten gibt es immer einen vernünftigen Anteil an trockenem Land, bis zu einem Drittel der Gesamtfläche und nie weniger als ein Fünftel. Wie kann dieser Planet also terraformt worden sein und zu wenig Land haben?«

»Vielleicht ist dieser Planet völlig atypisch, schließlich gehört er ja einem Doppelsternsystem an«, meinte Pelorat. »Vielleicht hat man ihn gar nicht terraformt, sondern er hat seine Atmosphäre auf eine Art und Weise entwickelt, wie das auf Planeten von Einzelsternen nie vorkommt. Vielleicht hat sich hier unabhängig Leben entwickelt, so wie einmal auf der Erde, aber nur Meeresleben.«

»Selbst wenn wir das einräumen würden«, meinte Trevize, »würde es uns nichts nützen. Es gibt keine Möglichkeit, daß Leben im Meer eine technische Zivilisation entwickelt. Technik basiert immer auf Feuer, Feuer ist im Meer unmöglich. Und ein belebter Planet ohne Technik ist nicht das, was wir suchen.«

»Das ist mir klar, aber ich überlege ja auch nur. Schließlich hat sich, nach allem, was uns bekannt ist, nur einmal eine technische Zivilisation entwickelt – auf der Erde. Überall sonst haben die Siedler sie mitgebracht. Man kann nicht sagen, Technik sei ›immer‹ irgend etwas, wenn man nur einen Fall hat, den man studieren kann.«

»Um sich im Meer zu bewegen, bedarf es der Stromlinienform. Meeresleben kann keine unregelmäßigen Umrisse oder Gliedmaßen wie Hände haben.«

»Tintenfische haben Tentakel.«

»Ich gebe ja zu, daß wir Spekulationen anstellen«, sagte Trevize, »aber wenn Sie daran denken, daß sich vielleicht irgendwo in der Galaxis intelligente tintenfischartige Wesen entwickelt haben und eine nicht auf dem Feuer basierende technische Zivilisation aufgebaut haben, dann gehen sie nach meiner Meinung von völlig unwahrscheinlichen Voraussetzungen aus.«

»Nach Ihrer *Meinung*«, sagte Pelorat sanft.

Plötzlich lachte Trevize. »Schon gut, Janov. Ich begreife schon, daß Sie jetzt Ihre Logik ausspielen, bloß um sich damit an mir zu reiben, weil ich Wonne so hart angepackt habe, und Sie machen es auch sehr gut. Ich verspreche Ihnen, wenn wir kein Land finden, dann untersuchen wir das Meer so gut wir können, um festzustellen, ob wir Ihre zivilisierten Tintenfische entdecken.«

Während er das sagte, tauchte das Schiff wieder in den Nachtschatten, und der Bildschirm wurde dunkel.

Pelorat zuckte zusammen. »Ich muß einfach immer daran denken«, sagte er. »Ist das wirklich ungefährlich?«

»Ob was ungefährlich ist, Janov?«

»Durch die Dunkelheit zu rasen. Wir könnten doch absinken, in den Ozean tauchen und zerstört werden.«

»Völlig unmöglich, Janov. Wirklich! Der Computer sorgt dafür, daß wir entlang einer Gravitationslinie fliegen. Mit anderen Worten, die Gravitationskraft des Planeten wird in bezug auf uns stets konstant gehalten, und das bedeutet eine praktisch konstante Höhe über dem Meeresniveau.«

»Aber wie hoch?«

»Beinahe fünf Kilometer.«

»Das tröstet mich eigentlich nicht, Golan. Könnten wir nicht Land erreichen und gegen einen Berg prallen, den wir nicht sehen?«

»Den *wir* nicht sehen, aber das Schiffsradar wird ihn sehen, und der Computer wird das Schiff um den Berg herum oder über ihn hinweg lenken.«

»Aber was ist dann, wenn es sich um ebenes Land handelt? Das verpassen wir dann in der Dunkelheit.«

»Nein, das verpassen wir nicht, Janov. Radar, das von Wasser reflektiert wird, ist völlig anders als Radar, das von Land reflektiert wird. Wasser ist im wesentlichen flach; Land ist rauh. Aus diesem Grund sind Reflexe, die von Land ausgehen, viel chaotischer als Reflexe vom Wasser. Der Computer wird den Unterschied wahrnehmen und es mich wissen lassen, wenn Land in Sicht ist. Selbst wenn es Tag wäre und der Planet von der Sonne beleuchtet, würde der Computer das Land ganz sicher vor mir entdecken.«

Sie verstummten und befanden sich ein paar Stunden später wieder im Tageslicht, über einem leeren Ozean, der monoton unter ihnen wogte, gelegentlich wieder verschwand, wenn sie einen der zahlreichen Stürme passierten. In einem der Stürme war der Wind so heftig, daß er die *Far Star* aus der Bahn schob. Der Computer gab, wie Trevize erklärte, nach, um unnötige Energievergeudung zu vermeiden und die Gefahr physischen Schadens zu verringern. Als die Turbulenz dann hinter ihnen lag, schob der Computer das Schiff sachte auf seine Bahn zurück.

»Wahrscheinlich die Randzone eines Orkans«, sagte Trevize.

»Hören Sie mal, alter Junge«, meinte Pelorat, »wir bewegen uns ausschließlich von West nach Ost oder von Ost nach West. Auf die Weise untersuchen wir ja nur den Äquator.«

»Das wäre dumm, nicht wahr?« meinte Trevize. »Wir bewegen uns auf einer Großkreisroute Nordwest-Südost. Das führt uns durch die Tropen und die beiden gemäßigten Zonen, und jedesmal, wenn wir den Kreis wiederholen, wandert unser Kurs nach Westen, da der Planet ja auf seiner Achse unter uns rotiert. Auf diese Weise suchen wir methodisch die ganze Welt ab. Nachdem wir bis jetzt nicht auf Land gestoßen sind, sind die Chancen, einen Kontinent von vernünftiger Größe zu finden, nach Aussage des Computers geringer als eins zu zehn, und die, eine Insel einiger Größe zu entdecken, geringer als eins zu vier. Und diese Wahrscheinlichkeit nimmt mit jedem Kreis, den wir vollenden, ab.«

»Wissen Sie, was ich getan hätte?« sagte Pelorat langsam, als die nächtliche Halbkugel sie wieder einhüllte. »Ich wäre ein Stück von dem Planeten entfernt geblieben und hätte die ganze Halbkugel mit Radar abgesucht. Die Wolken hätten da doch nicht gestört, oder?«

»Und dann die andere Seite«, sagte Trevize. »Oder wir hätten auch abwarten können, bis sich der Planet einmal gedreht hat. – Nachher ist man immer klüger, Janov. Wer würde schon damit rechnen, daß man sich einem bewohnbaren Planeten nähert, ohne an einer Station angehalten zu werden, wo man einen Kurs bekommt – oder einem die Einreise verweigert wird? Und wenn man dann, ohne an einer Station anzuhalten, unter die Wolkenschicht taucht, wer würde dann damit rechnen, nicht praktisch sofort Land zu finden? Bewohnbare Planeten sind – Land!«

»Aber doch sicherlich nicht nur Land«, sagte Pelorat.

»Davon rede ich nicht«, sagte Trevize plötzlich erregt. »Ich sage, wir haben Land gefunden! Ruhig!«

Mit einer Zurückhaltung, mit der es ihm nicht ganz gelang, seine Erregung zu verbergen, legte Trevize die Hände auf das Pult und wurde Teil des Computers. »Es ist eine Insel, etwa zweihundertfünfzig Kilometer lang und fünfundsechzig Kilometer breit, denke ich«, meinte er. »Vielleicht fünfzehntausend Quadratkilometer. Nicht groß, aber immerhin respektabel. Mehr als ein Punkt auf der Karte. Warten Sie...«

Die Beleuchtung im Cockpit schwächte sich ab und ging ganz aus.

»Was machen wir?« sagte Pelorat, automatisch im Flüsterton, als wäre die Dunkelheit etwas Zerbrechliches, mit dem man behutsam umgehen mußte.

»Wir warten, bis sich unsere Augen an die Dunkelheit angepaßt haben. Das Schiff schwebt jetzt über der Insel. Passen Sie auf! Sehen Sie etwas?«

»Nein – vielleicht kleine Lichtflecken, aber ich bin nicht sicher.«

»Die sehe ich auch. Ich schalte jetzt auf das Teleobjektiv.«

Und es wurde Licht! Deutlich sichtbar. Unregelmäßige Flecken.

»Die Insel ist bewohnt«, sagte Trevize. »Vielleicht ist das die einzige bewohnte Stelle auf dem ganzen Planeten.«

»Was tun wir jetzt?«

»Wir warten, bis es Tag ist. Auf die Weise haben wir ein paar Stunden, um auszuruhen.«

»Könnte nicht sein, daß sie uns angreifen?«

»Womit? Ich entdecke fast keine Strahlung, mit Ausnahme von sichtbarem Licht und Infrarot. Die Insel ist bewohnt, und die Bewohner sind sichtlich intelligent. Sie verfügen über Technik, aber ganz offensichtlich eine prä-elektronische, also glaube ich nicht, daß wir uns hier oben irgendwelche Sorgen zu machen brauchen. Wenn ich mich irren sollte, wird der Computer mich rechtzeitig warnen.«

»Und sobald es Tag ist?«

»Werden wir natürlich landen.«

75

Sie kamen herunter, als die ersten Strahlen der Morgensonne durch eine Lücke in den Wolken schienen und so ein Stück der Insel erkennen ließen – in saftigem Grün, mit einer Kette niedriger, sanft gerundeter Hügel, die sich bis in die purpurne Ferne dehnten.

Als sie tiefer gegangen waren, konnten sie vereinzelte Grüppchen von Bäumen und hin und wieder Obstpflanzungen sehen, aber größtenteils reihten sich unter ihnen gepflegte Bauerngehöfte aneinander. Unmittelbar unter ihnen, an der Südostküste der Insel, war ein silberner Strand zu erkennen, der an eine unterbrochene Reihe von Felsblöcken angrenzte, und dahinter eine weite Rasenfläche. Da und dort war ein vereinzelt stehendes Haus zu sehen, aber sie drängten sich nicht zusammen, um so etwas wie eine Stadt oder auch nur ein Dorf zu bilden.

Schließlich konnten sie ein schwaches Netz von Straßen erkennen, das von unregelmäßig stehenden Behausungen gesäumt war, und dann erblickten sie schließlich in weiter Ferne in der kühlen Morgenluft einen Flugwagen. Daß es sich um einen Flugwagen und nicht etwa um einen Vogel handelte, konnten sie nur aus der Art und Weise schließen, wie er sich bewegte. Dies war das erste unzweifelhafte Anzeichen intelligenten Lebens in Aktion, das sie bis jetzt auf dem Planeten entdeckt hatten.

»Es könnte ein automatisiertes Fahrzeug sein, wenn sie das ohne Elektronik zuwege brächten«, meinte Trevize.

»Könnte durchaus sein«, sagte Wonne. »Mir scheint, wenn ein menschliches Wesen am Steuer säße, würde es doch sicher auf uns zukommen. Wir müssen doch einen recht verblüffenden Anblick bieten – ein Fahrzeug, das ohne Einsatz von Bremsdüsen oder Raketenfeuer heruntersinkt.«

»Ein ungewohnter Anblick auf jedem Planeten«, sagte Trevize nachdenklich. »Es kann nicht viele Welten geben, die je die Landung eines gravitischen Raumfahrzeugs zu sehen bekommen haben. – Der Strand würde einen schönen Landeplatz abgeben, aber wenn der Wind weht, möchte ich nicht, daß das Schiff überflutet wird. Ich werde den Grasstreifen auf der anderen Seite der Felsen nehmen.«

»Zumindest wird ein gravitisches Schiff bei der Landung kein Privateigentum versengen«, sagte Pelorat.

Sie setzten sanft auf den vier breiten Teleskopstützen auf, die sich in den letzten Minuten langsam herausgeschoben hatten. Jetzt sanken sie unter dem Gewicht des Schiffs in den weichen Boden ein.

»Spuren werden wir allerdings wohl hinterlassen, fürchte ich«, sagte Pelorat.

»Zumindest ist das Klima allem Anschein nach ganz angenehm«, meinte Wonne, und in ihrer Stimme klang ein Anflug von Mißbilligung. »Ich würde sogar sagen, warm.«

Ein menschliches Wesen war auf der Rasenfläche zu sehen und beobachtete das Schiff. Es war eindeutig eine Frau. Sie zeigte keine Anzeichen von Furcht oder Überraschung. Ihr Gesichtsausdruck war allerhöchstens als gebanntes Interesse zu deuten.

Sie trug sehr wenig, was Wonnes Meinung zum Klima begründete. Ihre Sandalen schienen aus einem segeltuchähnlichen Stoff zu bestehen, und um die Hüften trug sie einen Wickelrock mit einem Blumenmuster. Ihre Beine waren unbedeckt, und oberhalb der Taille war ihr Körper nackt.

Ihr Haar war schwarz, lang und glänzend und reichte fast bis zur Hüfte. Ihre Hautfarbe war ein helles Braun, und ihre Augen waren schmal.

Trevize musterte die Umgebung, aber außer ihr war kein menschliches Wesen zu sehen. Er zuckte die Achseln und meinte: »Nun, es ist früh am Morgen, und die Bewohner sind vielleicht noch in ihren Häusern oder schlafen sogar. Trotzdem würde ich nicht sagen, daß dies eine dicht besiedelte Gegend ist.«

Er wandte sich zu den anderen um und sagte: »Ich gehe jetzt hinaus und spreche mit der Frau, falls sie etwas Verständliches spricht. Der Rest von ihnen ...«

»Ich würde meinen«, sagte Wonne mit fester Stimme, »daß wir ebensogut alle aussteigen können. Diese Frau sieht völlig harmlos aus, und außerdem möchte ich mir endlich einmal die Beine vertreten und Planetenluft atmen und vielleicht sogar Planetennahrung besorgen. Und dann möchte ich auch, daß Fallom wieder einmal eine Welt zu fühlen bekommt, und Pel möchte sich, glaube ich, die Frau aus nächster Nähe ansehen.«

»Wer? – Ich?« sagte Pelorat, und sein Gesicht rötete sich. »Ganz und gar nicht, Wonne. Aber immerhin bin *ich* der Sprachkundige in unserer kleinen Gruppe.«

Trevize zuckte die Achseln. »Kommt nur, kommt alle! Trotzdem, wenn sie auch harmlos aussieht, ich habe vor, meine Waffen mitzunehmen.«

»Ich bezweifle sehr, daß Sie in Versuchung kommen werden, sie gegen diese junge Frau einzusetzen«, sagte Wonne.

»Ja, attraktiv ist sie, nicht wahr?« Trevize grinste.

Er verließ das Schiff als erster, gefolgt von Wonne, die eine Hand nach hinten streckte, um Fallom zu führen, die vorsichtig hinter Wonne die Rampe hinunterging. Pelorat kam als letzter.

Die schwarzhaarige junge Frau fuhr fort, sie interessiert zu beobachten. Sie zog sich keinen Zentimeter zurück.

»Nun, versuchen wir's eben«, murmelte Trevize.

Er hob beide Hände in einer grüßenden Bewegung und sagte: »Ich grüße Sie.«

Die junge Frau überlegte einen Augenblick lang und sagte dann: »Ich grüße Euch und ich grüße Eure Gefährten.«

Pelorat sagte vergnügt: »Wie wunderbar! Sie spricht klassisches Galaktisch und mit korrektem Akzent.«

»Ich verstehe sie auch«, sagte Trevize und machte eine Handbewegung, um anzudeuten, daß dieses Verstehen kein vollkommenes war. »Ich hoffe, sie versteht mich.«

Dann, zu der Frau gewandt und bemüht, eine freundliche Miene zu zeigen: »Wir kommen aus dem Weltraum. Wir kommen von einer anderen Welt.«

»Gut so«, sagte die junge Frau mit ihrer klaren Sopranstimme. »Kommt Euer Schiff aus dem Reich?«

»Es kommt von einem fernen Stern, und das Schiff heißt *Far Star*.«

Die junge Frau blickte auf die Aufschrift an der Unterseite des Schiffs. »Besagt es das? Falls dem so ist und falls der erste Buchstabe ein F ist, dann, fürwahr, ist er verkehrt angebracht.«

Trevize wollte schon widersprechen, aber Pelorat sagte mit einem Ausdruck fast ekstatischer Freude: »Sie hat recht. Der Buchstabe F ist vor etwa zweitausend Jahren umgedreht worden. Was für eine wunderbare Chance, klassisches Galaktisch in Einzelheiten als lebende Sprache zu studieren.«

Trevize musterte die junge Frau aufmerksam. Sie war nicht größer als anderthalb Meter, und ihre Brüste waren klein, wenn auch wohlgeformt. Und dennoch schien sie nicht unreif. Ihre Brustwarzen waren groß und dunkel, obwohl das möglicherweise Folge ihrer bräunlichen Hautfarbe war.

»Mein Name ist Golan Trevize«, stellte er sich vor; »mein Freund heißt Janov Pelorat, die Frau Wonne und das Kind Fallom.«

»Ist es denn auf dem fernen Stern, von dem Ihr kommt, Sitte, daß die Männer einen Doppelnamen tragen? Ich bin Hiroko, Tochter von Hiroko.«

»Und Ihr Vater?« warf Pelorat plötzlich dazwischen.

Hiroko antwortete darauf mit einem gleichgültigen Achselzukken. »Sein Name, sagt meine Mutter, ist Smool, aber das ist unwichtig. Ich kenne ihn nicht.«

»Und wo sind die anderen?« fragte Trevize. »Sie scheinen die einzige zu sein, die uns hier begrüßt.«

Darauf antwortete Hiroko: »Viele Männer sind auf den Fischerbooten, viele Frauen auf den Feldern. Ich habe die letzten zwei Tage frei genommen und habe daher das Glück, dieses große Ding zu sehen. Aber die Leute sind neugierig, und man wird das Schiff beim Herunterkommen selbst aus der Ferne gesehen haben. Sie werden bald hier sein.«

»Gibt es auf dieser Insel viele Menschen?«

»Mehr als ihrer zwanzig und fünftausend«, sagte Hiroko mit sichtlichem Stolz.

»Und gibt es weitere Inseln im Ozean?«

»Weitere Inseln, guter Herr?« Sie schien verblüfft.

Trevize reichte das als Antwort. Dies war die einzige Stelle auf dem ganzen Planeten, die von menschlichen Wesen bewohnt war. »Wie nennen Sie Ihre Welt?« fragte er.

»Alpha, guter Herr. Man lehrt uns, daß der ganze Name Alpha Centauri ist, falls das Euch mehr bedeutet, aber wir nennen sie nur Alpha, und es ist eine wohlgestaltete Welt.«

»*Was* für eine Welt?« sagte Trevize und wandte sich mit fragender Miene Pelorat zu.

»Eine schöne Welt, meint sie«, sagte Pelorat.

»Hier zumindest«, sagte Trevize, »und in diesem Augenblick.« Er blickte zu dem milden blauen Morgenhimmel mit den paar Wolkenfetzen. »Sie haben einen hübschen, sonnigen Tag, Hiroko, aber ich kann mir vorstellen, daß es auf Alpha davon nicht viele gibt.«

Hirokos Haltung versteifte sich. »So viele wir wünschen, Herr. Die Wolken mögen kommen, wenn wir Regen brauchen, aber an den meisten Tagen scheint es uns gut, daß der Himmel über uns klar sei. Man braucht doch einen freundlichen Himmel und ruhige Winde, wenn die Fischerboote auf See sind.«

»Dann kontrollieren Ihre Leute also das Wetter, Hiroko?«

»Täten wir es nicht, Golan Trevize, dann wären wir vom Regen durchtränkt.«

»Aber wie machen Sie das?«

»Da ich kein ausgebildeter Ingenieur bin, Herr, kann ich Euch dies nicht sagen.«

»Und wie mag der Name dieser Insel sein, auf der Ihr und die Ihren lebt?« fragte Trevize und genoß den Klang des klassischen Galaktisch (und fragte sich gleichzeitig, ob wohl seine Konjugation richtig war).

»Wir nennen unsere himmlische Insel inmitten der weiten See Neu-Erde«, sagte Hiroko.

Worauf Trevize und Pelorat einander überrascht und zugleich erfreut anstarrten.

76

Es blieb keine Zeit, auf ihre Worte einzugehen. Leute kamen. Dutzende. Das mußten jene sein, dachte Trevize, die nicht auf den Schiffen oder den Feldern waren und die nicht von zu weit her kamen. Sie kamen größtenteils zu Fuß, wenn auch zwei Bodenfahrzeuge zu sehen waren – ziemlich alt und schwerfällig.

Dies war offensichtlich eine Gesellschaft mit niedrigem Technikstandard, und doch kontrollierte sie das Wetter.

Es war wohlbekannt, daß Technologie nicht notwendigerweise homogen war, daß fehlender Fortschritt in einer Richtung nicht notwendigerweise auch den Fortschritt in anderen Richtungen ausschloß – aber dieses Beispiel einer ungleichmäßigen Entwicklung war dennoch ungewöhnlich.

Zumindest die Hälfte derer, die jetzt das Schiff betrachteten, waren ältere Männer und Frauen; auch drei oder vier Kinder waren zu sehen. Von den übrigen waren mehr Frauen als Männer, und niemand zeigte die leiseste Furcht oder auch nur Anzeichen von Unsicherheit.

»Manipulieren Sie sie?« fragte Trevize mit leiser Stimme, zu Wonne gewandt. »Die wirken so ... so gelassen.«

»Ich manipuliere sie nicht im geringsten«, sagte Wonne. »Ich berühre ein fremdes Bewußtsein nie, wenn ich nicht muß. Fallom ist es, die mich beunruhigt.«

So gering die Zahl der Neuankömmlinge auch für jeden war, der auf irgendeiner normalen Welt in der Galaxis Scharen von Neugierigen erlebt hatte, so waren sie doch für Fallom geradezu ein Mob, wo sie sich doch selbst erst an die drei Erwachsenen auf der *Far Star* hatte gewöhnen müssen. Falloms Atem ging schnell und hektisch, ihre Augen waren halb geschlossen. Sie wirkte fast, als stünde sie unter einem Schock.

Wonne streichelte sie mit sanften, rhythmischen Handbewegungen und gab dabei beruhigende Laute von sich. Trevize war überzeugt, daß sie das alles mit einem unendlich sanften Einfluß auf ihr Bewußtsein begleitete.

Fallom atmete plötzlich tief ein, fast ein Stöhnen, und schüttelte sich, vielleicht in einem unwillkürlichen Schauder. Sie hob den Kopf, musterte die umgebenden Menschen und vergrub dann ihren Kopf an Wonnes Seite.

Wonne ließ sie gewähren, legte schützend den Arm um Falloms Schulter und drückte immer wieder leicht zu, als wollte sie beständig ihre schützende Anwesenheit bekräftigen.

Pelorat schien recht beeindruckt, während sein Blick von einem Alphaner zum nächsten wanderte. »Golan, wie stark sie sich doch voneinander unterscheiden«, sagte er.

Auch Trevize hatte das bemerkt. Man konnte verschiedene Schattierungen von Haut- und Haarfarbe feststellen, darunter auch einen mit grellrotem Haarschopf, blauen Augen und sommersprossiger Haut. Zumindest drei Erwachsene waren so klein wie Hiroko, und ein paar größer als Trevize. Eine Anzahl Angehöriger beider Geschlechter hatten Augen, die denen Hirokos glichen, und Trevize erinnerte sich, daß auf den von Menschen wimmelnden Handelsplaneten des Filisektors solche Augen gang und gäbe waren, aber das war ein Sektor, den er nie besucht hatte.

Sämtliche Alphaner waren oberhalb der Hüften unbekleidet; und was die Frauen anging, so schienen ihre Brüste alle klein. Das war eines der einheitlichsten Körpermerkmale, das er feststellen konnte.

Wonne sagte: »Miß Hiroko, mein Junges ist nicht gewöhnt, durch den Raum zu reisen, und sie nimmt mehr Neues wahr, als sie bewältigen kann. Wäre es möglich, daß sie sich setzt und vielleicht etwas zu essen und zu trinken bekommt?«

Hiroko sah sie verblüfft an, und Pelorat wiederholte das, was Wonne gesagt hatte, im gepflegtesten Galaktisch der Mittleren Reichsperiode.

Hiroko fuhr sich mit der Hand an den Mund und sank graziös auf die Knie. »Ich erflehe Eure Nachsicht, geschätzte gnädige Frau«, sagte sie. »Ich habe nicht an die Bedürfnisse dieses Kindes gedacht und auch nicht an die Euren. Die Fremdheit dieses Ereignisses hat mich zu sehr beschäftigt. Würdet Ihr – würdet Ihr alle – als Besucher und Gäste das Refektorium zum Morgenmahl betreten? Dürfen wir Euch Gesellschaft leisten und als Gastgeber Dienst tun?«

»Das ist sehr freunlich von Ihnen«, sagte Wonne. Sie sprach langsam und betonte jedes Wort sorgfältig in der Hoffnung, damit besser verstanden zu werden. »Aber es wäre besser, wenn Sie alleine als Gastgeberin für dieses Kind tätig wären. Die Kleine ist es nicht gewöhnt, in Gesellschaft vieler Leute zu sein.«

Hiroko stand auf. »Es soll geschehen, wie Ihr es wünscht.«

Sie führte sie, irgendwie locker wirkend, über den Rasen. Weitere Alphaner drängten heran. Besonders die Kleidung der Neuankömmlinge schien sie zu interessieren. Trevize zog sein leichtes Jackett aus und reichte es einem Mann, der sich zu ihm durchgedrängt und das Kleidungsstück prüfend betastet hatte.

»Hier«, sagte er, »sehen Sie es sich an, aber geben Sie es mir zurück.« Und dann zu Hiroko gewandt: »Sorgen Sie dafür, daß ich es zurückbekomme, Miss Hiroko!«

»Mit Gewißheit wird es zurückgereicht werden, hoher Herr.« Sie nickte würdig mit dem Kopf.

Trevize lächelte und ging weiter. In der leichten Brise fühlte er sich ohne Jackett behaglicher.

Er hatte bei den Anwesenden keine Waffen feststellen können und fand es interessant, daß niemand in bezug auf die seinen irgendwelche Furcht oder Unbehagen zeigte. Nicht einmal Neugierde war zu erkennen. Vielleicht nahmen sie die Gegenstände gar nicht als Waffen wahr. Nach allem, was Trevize bis jetzt gesehen hatte, mochte es durchaus sein, daß Alpha eine Welt ohne jegliche Gewalt war.

Eine Frau hatte sich nach vorne gedrängt, stand ein paar Schritte von Wonne entfernt und beschäftigte sich eingehend mit ihrer Bluse. »Habt Ihr Brüste, verehrte gnädige Frau?«

Und so, als könnte sie die Antwort nicht abwarten, legte sie die Hand leicht auf Wonnes Brust.

Wonne lächelte und antwortete: »Wie Ihr festgestellt habt, habe ich welche. Sie sind vielleicht nicht so wohlgeformt wie die Euren, aber das ist nicht der Grund, weshalb ich sie bedeckt habe. Auf meiner Welt geziemt es sich nicht, daß sie unbedeckt sind.«

Und Pelorat flüsterte sie zu: »Was hältst du davon, wie ich mich mit dem klassischen Galaktisch vertraut mache?«

»Das hast du sehr gut gemacht, Wonne«, sagte Pelorat.

Der Speisesaal war groß und geräumig, mit langen Tischen ausgestattet, an denen beiderseits lange Bänke befestigt waren. Offenbar aßen die Alphaner stets gemeinsam.

Trevize empfand einen Anflug von schlechtem Gewissen. Wonnes Bitte, für sich bleiben zu dürfen, hatte diesen Raum für fünf Menschen reserviert, und die Alphaner im allgemeinen gezwungen, draußen zu bleiben. Eine Anzahl von ihnen freilich baute sich in respektvoller Distanz vor den Fenstern auf (bei denen es sich um bloße Löcher in der Wand handelte, in denen nicht einmal Scheiben waren), vermutlich um den Fremden beim Essen zusehen zu können.

Unwillkürlich fragte er sich, was wohl passieren würde, wenn es regnen sollte. Sicherlich würde der Regen nur dann kommen, wenn man ihn brauchte, leicht und mild und ohne starke Windbewegung, bis genug gefallen war. Außerdem würde er stets zu einer Zeit kommen, wo die Alphaner für ihn bereit waren, stellte Trevize sich vor.

Das Fenster, vor dem er saß, gab den Blick aufs Meer frei. Und weit draußen am Horizont konnte er eine dunkle Wolkenbank ausmachen, wie sie den Himmel fast überall, mit Ausnahme dieses kleinen Paradieses, erfüllten. Es hatte durchaus Vorzüge, das Wetter kontrollieren zu können.

Sie wurden von einer Frau bedient, die sich auf Zehenspitzen näherte. Man fragte sie nicht, was sie wünschten, sondern bediente sie einfach. Es gab ein kleines Glas Milch, ein größeres mit Traubensaft und ein noch größeres mit Wasser. Jeder erhielt zwei große pochierte Eier und dazu ein paar Scheiben weißen Käse. Darüber hinaus bekam jeder einen großen Teller mit gebratenem Fisch und kleinen gerösteten Kartoffeln, die auf kühlen grünen Salatblättern lagen.

Wonne sah das viele Essen mit einigem Unbehagen an und wußte sichtlich nicht, wo sie beginnen sollte. Fallom hatte diese Schwierigkeiten nicht. Sie trank durstig den Traubensaft und machte sich dann vergnügt über den Fisch und die Kartoffeln her. Sie wollte gerade die Finger dazu gebrauchen, aber Wonne hielt ihr einen großen Löffel mit kurzen Zinken hin, der gleich auch als Gabel benutzt werden konnte. Fallom nahm ihn entgegen.

Pelorat lächelte zufrieden und machte sich sofort über die Eier her.

Trevize grinste und sagte: »Das wird uns daran erinnern, wie echte Eier schmecken«, und schloß sich ihm an.

Hiroko vergaß vor lauter Freude darüber, daß es den Gästen so schmeckte (denn auch Wonne aß inzwischen mit sichtlichem Vergnügen), selbst zu essen und fragte: »Ist es gut?«

»Es ist gut«, sagte Trevize mit etwas veränderter Stimme, weil er den Mund voll hatte. »Auf dieser Insel herrscht offenbar keine Knappheit an Nahrung. – Oder tischen Sie uns aus Höflichkeit mehr auf, als Sie sollten?«

Hiroko lauschte interessiert und schien zu begreifen, was er meinte, denn sie sagte: »Nein, nein, hoher Herr. Unser Land gibt uns reichlich und unsere See noch mehr. Unsere Enten legen Eier, unsere Ziegen liefern Käse und Milch. Und Getreide haben wir im Überfluß. Und darüber hinaus ist unser Meer mit vielerlei Fisch gefüllt. Das ganze Reich könnte an unseren Tischen essen und die Fische unserer See nicht verzehren.«

Trevize lächelte diskret. Die junge Alphanerin hatte sichtlich nicht die leiseste Ahnung, wie groß die Galaxis wirklich war.

»Sie nennen diese Insel Neu-Erde, Hiroko«, sagte er. »Wo mag dann wohl Alt-Erde sein?«

Sie musterte ihn verblüfft. »*Alt*-Erde, sagt Ihr? Gewährt mir Nachsicht, verehrter Herr, ich begreife nicht, was Ihr meint.«

»Bevor es ein Neu-Erde gab, müssen Ihre Leute doch anderswo gelebt haben«, sagte Trevize. »Wo war dieses Anderswo, woher sie kamen?«

»Darüber weiß ich nichts, verehrter Herr«, sagte sie bedauernd. »Dies Land ist mein ganzes Leben lang mein gewesen, und vorher gehörte es meiner Mutter, meiner Großmutter, und wie ich nicht zweifle, deren Großmutter und deren Urgroßmutter vor ihnen. Von einem anderen Land weiß ich nichts.«

»Aber Sie bezeichnen dieses Land hier als *Neu*-Erde«, sagte Trevize ungeduldig. »Weshalb nennen Sie es so?«

»Weil alle es so nennen, hoher Herr«, erwiderte sie unverändert sanft, »und dies seit Frauengedenken.«

»Aber es heißt doch *Neu*-Erde und muß deshalb eine spätere Erde sein. Es muß eine *alte* Erde geben, eine *frühere*, eine, wonach man dieses Land benannt hat. Jeden Morgen ist ein neuer Tag, und das deutet an, daß es vorher einen alten Tag gegeben hat. Begreifen Sie nicht, daß dies so sein muß?«

»Nein, verehrter Herr. Ich weiß nur, wie man dieses Land nennt. Sonst weiß ich nichts, noch kann ich Eurer Überlegung folgen, die in hohem Maße wie das klingt, was wir hier Bröckchen-Logik nennen. Verzeiht mir.«

Trevize schüttelte den Kopf und hatte das Gefühl, eine Niederlage erlitten zu haben.

77

Trevize lehnte sich zu Pelorat hinüber und flüsterte: »Wohin auch immer wir gehen, was auch immer wir tun, wir bekommen keine Informationen.«

»Wir wissen, wo die Erde ist, was macht es also?« sagte Pelorat, fast ohne die Lippen zu bewegen.

»Ich möchte etwas *über* sie wissen.«

»Die Dame ist sehr jung, wohl kaum ein Füllhorn der Information.«

Trevize dachte nach und nickte dann. »Sie haben recht, Janov.«

Dann wandte er sich Hiroko zu und sagte: »Miss Hiroko, Sie haben uns nicht gefragt, weshalb wir hier in Ihrem Land sind.«

Hiroko senkte die Augen und meinte: »Das wäre wohl kaum höflich, solange Ihr nicht alle gegessen habt und ausgeruht seid, verehrter Herr.«

»Aber wir haben gegessen, oder fast gegessen, und wir haben erst kürzlich geruht, und deshalb werde ich Ihnen sagen, weshalb wir hier sind. Mein Freund, Dr. Pelorat, ist auf unserer Welt ein Gelehrter, ein Mann der Wissenschaft. Er ist Mythologe. Wissen Sie, was das bedeutet?«

»Nein, verehrter Herr, das weiß ich nicht.«

»Er studiert alte Geschichte, wie man sie auf verschiedenen Welten erzählt. Solch alte Geschichten kennt man als Mythen oder Legenden, und sie interessieren Dr. Pelorat. Gibt es Gelehrte auf Neu-Erde, die die alten Geschichten dieser Welt kennen?«

Hirokos Stirn runzelte sich leicht, und sie meinte: »Das ist ein Gebiet, auf dem ich unerfahren bin. Wir haben aber einen alten Mann, der gerne von früheren Tagen erzählt. Ich weiß nicht, wo er diese Dinge erfahren hat, und manchmal denke ich, er hätte sie selbst erfunden oder von anderen gehört, die sie erfunden haben. Das sind vielleicht die Dinge, die Euer gelehrter Begleiter hören möchte. Aber ich möchte Euch nicht in die Irre führen. Nach meiner Meinung«, sie blickte nach rechts und links, als befürchtete sie, man könnte sie belauschen, »ist dieser alte Mann nur ein Schwätzer, wenn auch viele ihm gerne zuhören.«

Trevize nickte. »Solches Geschwätz ist es, was wir suchen. Wäre es Ihnen möglich, meinen Freund zu diesem alten Mann zu bringen und . . .«

»Er nennt sich Monolee.«

». . . also zu Monolee. Und meinen Sie, Monolee wäre bereit, mit meinem Freund zu reden?«

»Der? Bereit zu reden?« sagte Hiroko geringschätzig. »Ihr müßt eher fragen, ob er je bereit ist, mit Reden aufzuhören. Er ist nur ein Mann, und deshalb wird er, wenn man es ihm erlaubt, ohne Pause vierzehn Tage lang reden. Verzeiht, verehrter Herr.«

»Keine Ursache. Würden Sie meinen Freund jetzt zu Monolee führen?«

»Jeder kann das, jederzeit. Der Alte ist stets zu Hause und stets begierig, ein offenes Ohr zu begrüßen.

»Vielleicht wäre eine ältere Frau bereit, sich zu Wonne zu setzen«, sagte Trevize. »Sie muß sich um das Kind kümmern und kann sich daher nicht weit bewegen. Es würde sie freuen, Gesellschaft zu haben, denn wie Sie wissen, lieben Frauen es, zu . . .«

»Schwatzen?« sagte Hiroko sichtlich amüsiert. »So sagen es die Männer, obwohl ich selbst beobachtet habe, daß Männer die größeren Plapperer sind. Warten Sie nur, bis die Männer vom Fischen zurückkehren, dann wetteifert einer mit dem anderen, seinen Fang zu preisen. Keiner wird auf sie achten oder ihnen glauben, aber

auch das wird sie nicht aufhalten. Aber genug mit dem Geschwätz.
– Ich werde dafür sorgen, daß eine Freundin meiner Mutter, ich
kann sie durch das Fenster sehen, sich zu Dame Wonne und dem
Kind setzt. Und vorher wird Sie Euren Freund, den geschätzten
Doktor, zu dem alten Monolee bringen. Wenn Euer Freund so be-
gierig zuhört, wie Monolee schwätzt, werdet Ihr kaum imstande
sein, die beiden noch in diesem Leben voneinander zu trennen.
Werdet Ihr mir verzeihen, wenn ich mich eine Weile entferne?«

Als sie gegangen war, wandte sich Trevize zu Pelorat und sagte:
»Hören Sie, holen Sie aus dem alten Mann heraus, was Sie können,
und Wonne, Sie sehen zu, daß Sie aus der Frau etwas herausbekommen, alles was die Erde betrifft.«

»Und Sie?« sagte Wonne. »Was werden Sie tun?«

»Ich werde bei Hiroko bleiben und eine dritte Quelle anzuzapfen
versuchen.«

Wonne lächelte. »Ah ja. Pel wird bei diesem alten Mann sein,
und ich bei einer alten Frau. Und Sie werden sich zwingen, dieser
so hinreißend unbekleideten jungen Dame Gesellschaft zu leisten.
Das scheint mir eine sehr vernünftige Arbeitsteilung.«

»Zufälligerweise *ist* das vernünftig, Wonne.«

»Aber Sie empfinden es nicht als deprimierend, daß sich die vernünftige Arbeitsteilung gerade so ergibt, stelle ich mir vor.«

»Nein. Warum sollte ich?«

»Ja, in der Tat, warum sollten Sie?«

Hiroko war inzwischen zurückgekehrt und setzte sich wieder.
»Es ist alles veranlaßt. Man wird den geschätzten Doktor Pelorat zu
Monolee bringen, und die geschätzte Dame Wonne mit ihrem Kind
wird Gesellschaft haben. Wird mir dann, geschätzter Herr Trevize,
der Vorzug eines weiteren Gesprächs mit Euch gewährt werden,
vielleicht über diese Alt-Erde, wovon Ihr so gern...«

»Schwätzt?« fragte Trevize.

»Aber nein«, sagte Hiroko und lachte. »Aber es gebührt Euch,
mich zu verspotten. Bislang habe ich Euch nur Respektlosigkeit erwiesen, indem ich versuchte, Eure diesbezüglichen Fragen zu beantworten. Ich bin gern erbötig, dies jetzt auszugleichen.«

Trevize wandte sich zu Pelorat. »Erbötig?«

»Bereit«, sagte Pelorat mit leiser Stimme.

»Miss Hiroko, ich habe Ihr Verhalten nicht als unhöflich empfunden, aber wenn es Ihnen guttut, will ich gerne mit Ihnen sprechen«, sagte Trevize.

»Sehr liebenswürdig, ich danke Euch«, sagte Hiroko und stand auf.

Auch Trevize erhob sich: »Wonne«, sagte er, »sorgen Sie bitte dafür, daß Janov in Sicherheit ist.«

»Überlassen Sie das mir! Was Sie betrifft, so haben Sie ja Ihre ...«, sie deutete auf seine Holster.

»Ich glaube nicht, daß ich die brauchen werde«, sagte Trevize etwas unbehaglich.

Er folgte Hiroko aus dem Speisesaal. Die Sonne stand jetzt höher am Himmel, und es war noch wärmer geworden. Auch auf dieser Welt war der Geruch fremdartig. Trevize erinnerte sich an den seltsamen Geruch auf Comporellon, den etwas fauligen Duft auf Aurora und den Duft Solarias. (Auf Melpomenia hatten sie Raumanzüge getragen, und darin nimmt man nur den eigenen Körpergeruch wahr.) Jedenfalls verschwand dieser Geruch immer binnen weniger Stunden, sobald die Nase sich daran gewöhnt hatte.

Hier auf Alpha war der Geruch unter dem wärmenden Licht der Sonne grasig-würzig, und Trevize war fast etwas darüber verstimmt, daß auch dieser Duft bald verschwinden würde.

Sie näherten sich einem kleinen Gebäude, das aus hell rosafarbenem Gips zu bestehen schien.

»Dies ist mein Heim«, sagte Hiroko. »Früher hat es der jüngeren Schwester meiner Mutter gehört.«

Sie trat ein und bedeutete Trevize mit einer Handbewegung, ihr zu folgen. Die Tür war offen, oder besser wie Trevize beim Hineingehen bemerkte, es gab gar keine Tür.

»Was tun Sie, wenn es regnet?« wollte er wissen.

»Wir sind bereit. In zwei Tagen wird es regnen, drei Stunden vor der Morgendämmerung, wenn es am kühlsten ist, und das wird den Boden am wirksamsten befeuchten. Ich brauche dann nur diesen Vorhang vor die Tür zu ziehen, er ist schwer und wasserabstoßend.«

Das tat sie, während sie sprach. Er bestand aus einem festen, segeltuchähnlichen Material.

»Ich werde ihn jetzt hier lassen«, fuhr sie fort. »Dann wissen alle, daß ich zugegen, aber nicht verfügbar bin, weil ich schlafe oder mit wichtigen Dingen befaßt bin.«

»Sehr gut scheint er Sie aber nicht abzuschirmen.«

»Warum nicht? Seht doch, der Eingang ist bedeckt.«

»Aber jeder könnte ihn beiseite schieben.«

»Ohne auf die Wünsche des Bewohners Rücksicht zu nehmen?«
Hiroko schien schockiert. »Tut man auf Eurer Welt solche Dinge?
Das wäre barbarisch.«

Trevize grinste. »Ich habe ja nur gefragt.«

Sie führte ihn in den zweiten der beiden Räume, wo er auf ihre
Einladung hin auf einem gepolsterten Sessel Platz nahm. Die
Räume waren winzig und kaum möbliert und hatten fast etwas
Klaustrophobisches an sich, aber das Haus schien auch nur zum
Ruhen und für Abgeschiedenheit zu dienen. Die Fensteröffnungen
waren klein und nahe der Decke, aber entlang der Wände gab es
stumpfe Spiegelstreifen, die das Licht diffus reflektierten. Im Boden waren Schlitze, aus denen eine sanfte, kühle Brise wehte. Trevize sah keine Anzeichen von künstlicher Beleuchtung und fragte
sich, ob die Alphaner etwa bei Sonnenaufgang aufzustehen und bei
Sonnenuntergang ins Bett zu gehen pflegten.

Er wollte gerade fragen, aber da kam Hiroko ihm zuvor und
sagte: »Ist die Dame Eure weibliche Gefährtin?«

»Meinen Sie damit, ob sie meine Sexualpartnerin ist?« fragte Trevize vorsichtig.

Hirokos Gesicht rötete sich. »Ich flehe Euch an, achtet auf die Gebote höflicher Konversation. Ich meine wirklich... ah... ob sie...
ob sie Ihrem privaten Vergnügen...«

»Nein, sie ist die weibliche Gefährtin meines gelehrten Freundes.«

»Aber Ihr seid der Jüngere und Ansehnlichere.«

»Nun, vielen Dank für Ihre Meinung, aber Wonne ist da anderer
Ansicht. Sie mag Dr. Pelorat viel mehr als mich.«

»Das überrascht mich. Und er ist nicht bereit zu teilen?«

»Danach habe ich ihn nicht gefragt, aber ich bin sicher, daß er das
nicht wäre. Ich würde es auch nicht wollen.«

Hiroko nickte weise. »Ich weiß. Es ist ihr Gestell.«

»Ihr *was?*«

»Ihr wißt. Dies.« Und damit schlug sie sich leicht auf ihr entzük-
kendes Hinterteil.

»O das! Jetzt verstehe ich. Ja. Wonne ist in dem Bereich sehr großzügig proportioniert.« Er machte eine weitausholende Geste und
zwinkerte. (Und Hiroko lachte.)

»Nichtsdestoweniger haben viele Männer an der Art von Groß-
zügigkeit Spaß«, sagte Trevize.

»Das kann ich nicht glauben. Es wäre doch sicherlich ein Übermaß an Gier, das in Überfülle zu wünschen, was in Maßen angenehm ist. Würdet Ihr mehr von mir denken, wären meine Brüste füllig und hängend, mit Brustwarzen, die zu den Zehen weisen? Ich habe in der Tat derlei gesehen, doch habe ich nie bemerkt, daß es die Männer zu solchen Frauen drängt. Die so geplagten Frauen müssen ihre Monstrositäten bedecken – so wie Dame Wonne es tut.«

»Solche Übergröße würde mich auch nicht anziehen, obwohl ich sicher bin, daß Wonne ihre Brüste nicht wegen irgendwelcher Monstrositäten bedeckt hält.

»Ihr mißbilligt also mein Gesicht und meine Gestalt nicht?«

»Ich wäre verrückt, wenn ich das tun würde. Sie sind schön.«

»Und was tut Ihr zu Eurem Vergnügen auf dem Schiff, wenn Ihr von einer Welt zur nächsten eilt – wo Euch doch die Dame Wonne versagt ist?«

»Nichts, Hiroko. Es gibt nichts zu tun. Ich denke gelegentlich an Vergnügungen, und das bringt nur Unbehagen mit sich. Aber wir, die wir durch den Weltraum reisen, wissen sehr wohl, daß es Zeiten gibt, wo wir verzichten müssen. Das gleichen wir zu anderer Zeit aus.«

»Wenn es ein Unbehagen ist, wie kann man es beheben?«

»Ich empfinde wesentlich mehr Unbehagen, seit Sie das Thema angeschnitten haben. Ich glaube nicht, daß es höflich wäre, Ihnen jetzt vorzuschlagen, was man dagegen tun könnte.«

»Wäre es unhöflich, wenn ich einen Vorschlag machte?«

»Das würde ganz und gar auf den Vorschlag ankommen.«

»Dann würde ich vorschlagen, daß wir uns miteinander vergnügen.«

»Haben Sie mich deshalb hierhergebracht, Hiroko, damit wir das tun?«

Und Hiroko lächelte vergnügt. »Ja. Es ist sowohl meine Pflicht als Gastgeberin als auch mein Wunsch.«

»Wenn das der Fall ist, will ich gerne zugeben, daß es auch mein Wunsch ist. Es wäre mir sogar eine große Freude, Ihnen darin entgegenzukommen. Ich wäre gern ... ah ... erbötig, Euch Vergnügen zu bereiten.«

»Dann wollen wir nicht länger säumen«, sagte Hiroko und streifte den Rest ihrer Kleidung ab.

»Länger *was?* Oh! Ich verstehe.«

18. DAS MUSIKFEST

78

Die Mittagsmahlzeit wurde in demselben Speisesaal eingenommen, in dem sie gefrühstückt hatten. Er war voll Alphaner, Trevize und Pelorat waren bei ihnen. Wonne und Fallom aßen separat und mehr oder weniger für sich in einem kleinen Seitenflügel.

Es gab verschiedene Arten von Fisch und Suppe, in der Streifen von etwas schwammen, das möglicherweise gekochtes Ziegenfleisch war.

Es gab Brotlaibe, von denen man sich abschneiden konnte, und Butter und Marmelade als Aufstrich. Nachher wurde ein schwer definierbarer Salat gereicht, wohingegen es auffälligerweise keinerlei Nachtisch gab, obwohl Fruchtsäfte in anscheinend unerschöpflichen Krügen gereicht wurden. Trevize und Pelorat sahen sich nach ihrem reichlichen Frühstück zu einer gewissen Abstinenz gezwungen, während alle anderen dem Essen munter zusprachen.

»Wie machen sie es nur, daß sie nicht fett werden?« fragte Pelorat mit leiser Stimme.

Trevize zuckte die Achseln. »Vielleicht viel körperliche Arbeit.«

Es handelte sich ganz offenkundig um eine Gesellschaft, in der kein großer Wert auf Tischsitten gelegt wurde. Es herrschte lautes Geschrei, Gelächter, und man schlug mit dicken, offenbar unzerbrechlichen Tassen auf die Tische. Die Frauen waren ebenso laut und ungehobelt wie die Männer, nur daß ihre Stimmen höher waren.

Pelorat fühlte sich dabei sichtlich unwohl, aber Trevize, der jetzt (für einen Augenblick zumindest) keine Spur des Unbehagens empfand, von dem er Hiroko erzählt hatte, fühlte sich entspannt und zufrieden.

»Tatsächlich hat es auch seine angenehme Seite«, meinte er. »Dies sind Leute, die offensichtlich am Leben Freude haben und sich wenig oder überhaupt nicht sorgen. Das Wetter ist so, wie sie es machen, und Essen ist im Überfluß vorhanden. Für sie ist das ein Goldenes Zeitalter, das einfach in alle Ewigkeit zu dauern scheint.«

Er mußte fast schreien, um sich Gehör zu verschaffen, und Pelorat schrie zurück: »Aber es ist alles so laut.«

»Die sind es gewöhnt.«

»Ich begreife nur nicht, wie sie sich in diesem Geschrei verständlich machen können.«

Für sie bereitete die Verständigung sichtliche Schwierigkeiten. Die eigenartige Aussprache und die archaische Grammatik und Anordnung der Worte in der Alphanischen Sprache machten es unmöglich, bei dem Lärm viel zu verstehen. Für sie war es, als versuchten sie, den Geräuschen eines in Angst und Schrecken versetzten Zoos einen Sinn abzugewinnen.

Erst nach dem Mittagessen trafen sie sich in einem kleinen Gebäude wieder mit Wonne, das Trevize nicht viel anders als Hirokos Quartier erschien und das man ihnen als provisorische Behausung zugewiesen hatte. Fallom war im zweiten Zimmer und, wie Wonne erklärte, ungeheuer erleichtert, daß sie allein sein konnte. Im Augenblick versuchte sie, ein kleines Nickerchen zu machen.

Pelorat warf einen Blick auf die Türöffnung und sagte unsicher: »Man scheint hier wenig Wert darauf zu legen, für sich zu sein. Wie können wir da frei sprechen?«

»Sobald wir dieses Segeltuch über die Tür ziehen, wird man uns nicht stören«, meinte Trevize. »Das kann ich Ihnen versichern. Die ganze Macht gesellschaftlicher Sitte macht das Segeltuch undurchdringlich.«

Pelorat sah auf die hohen, offenen Fenster. »Aber man kann uns belauschen.«

»Wir brauchen ja nicht zu schreien. Lauschen werden die Alphaner nicht. Selbst beim Frühstück, als sie vor den Fenstern standen, bewahrten sie respektvolle Diszanz.«

Wonne lächelte. »Sie scheinen in der Zeit, die Sie allein mit der sanften kleinen Hiroko verbracht haben, viel über die alphanischen Gebräuche gelernt und auch solches Vertrauen in ihren Respekt für andere gewonnen zu haben. Was ist geschehen?«

»Wenn Sie wahrnehmen, daß mein Bewußtsein sich zum Besseren verändert hat und den Grund dafür ahnen, dann kann ich Sie nur bitten, mein Bewußtsein in Ruhe zu lassen«, meinte Trevize.

»Sie wissen sehr wohl, daß Gaia Ihr Bewußtsein so lange nicht antastet, als Sie nicht in tödlicher Gefahr sind, und kennen auch die

Gründe dafür. Trotzdem bin ich nicht blind. Das, was geschehen ist, konnte ich auf einen Kilometer Entfernung ahnen. Ist das auf Raumreisen Ihre unabänderliche Gewohnheit, mein erotomanischer Freund?«

»Erotomanisch? Jetzt hören Sie aber auf, Wonne! Zwei Mal auf der ganzen Reise. Ganze zweimal!«

»Wir waren auch nur auf zwei Welten, auf denen es Frauen gab. Zwei von zwei, und auf jeder waren wir nur ein paar Stunden.«

»Sie wissen sehr wohl, daß ich auf Comporellon keine Wahl hatte.«

»Das leuchtet ein. Ich erinnere mich gut, wie sie aussah.«

Ein paar Augenblicke lang schüttete Wonne sich aus vor Lachen, dann sagte sie: »Trotzdem glaube ich nicht, daß Hiroko Sie hilflos in ihren kräftigen Armen festgehalten und Ihnen ihren unwiderstehlichen Willen aufgezwungen hat.«

»Natürlich nicht. Ich war durchaus bereit. Trotzdem ging der Vorschlag von ihr aus.«

»Passiert Ihnen das jedesmal, Golan?« fragte Pelorat mit einem leichten Anflug von Neid in der Stimme.

»Natürlich muß es so sein, Pel«, sagte Wonne. »Die Frauen fühlen sich unwiderstehlich zu ihm hingezogen.«

»Ich wünschte, das wäre so«, sagte Trevize. »Aber so ist es nicht. Und ich bin auch froh, daß es nicht so ist – es gibt auch noch andere Dinge im Leben, die mir Spaß machen. Trotzdem, in diesem Fall war ich tatsächlich unwiderstehlich. Schließlich waren wir die ersten Leute von einer anderen Welt, die Hiroko jemals gesehen hatte, oder, wie es scheint, jeder, der heute auf Alpha lebt. Aus ihren Bemerkungen gewann ich den Eindruck, daß sie die ziemlich aufregende Vorstellung hatte, ich könnte anders als die Alphaner sein, entweder in anatomischer Hinsicht oder meiner Technik. Das arme Ding. Ich fürchte, sie ist jetzt enttäuscht.«

»Oh?« sagte Wonne. »Sie auch?«

»Nein«, sagte Trevize. »Ich bin schon auf einer Anzahl von Welten gewesen und habe meine diesbezüglichen Erlebnisse. Ich habe festgestellt, Menschen sind Menschen, und Sex ist Sex, ganz gleich, wohin man geht. Wenn es erkennbare Unterschiede gibt, dann sind sie gewöhnlich ebenso trivial wie unangenehm. Was ich zum Beispiel schon für Parfüms erlebt habe! Ich erinnere mich noch gut an eine junge Frau, die einfach nicht konnte, wenn nicht laute Musik spielte, Musik, die aus einem verzweifelt kreischenden Geräusch bestand. Also spielte sie ihre Musik – und dann konnte *ich* nicht. Ich kann Ihnen versichern, ich bin mit der ganz normalen alten Art zufrieden.«

»Weil Sie von Musik sprechen«, sagte Wonne, »man hat uns nach dem Abendessen zu einem Musikfest eingeladen. Eine sehr formelle Angelegenheit, wie es scheint, die zu unseren Ehren abgehalten wird. Ich habe den Eindruck, daß die Alphaner auf ihre Musik sehr stolz sind.«

Trevize schnitt eine Grimasse. »Ihr Stolz wird die Musik in keiner Weise besser für unsere Ohren klingen lassen.«

»Hören Sie sich zu Ende an, was ich zu sagen habe«, sagte Wonne. »So wie ich es mitbekommen habe, gilt ihr Stolz hauptsächlich der Tatsache, daß sie sehr kunstvoll auf sehr archaischen Instrumenten spielen. *Sehr* archaisch. Vielleicht bekommen wir auf die Weise irgendwelche Informationen über die Erde.«

Trevizes Augenbrauen schossen in die Höhe. »Ein interessanter Gedanke. Und das erinnert mich daran, daß Sie beide vielleicht schon Informationen besitzen. Janov, haben Sie diesen Monolee besucht, von dem Hiroko uns erzählt hat?«

»Das habe ich wohl«, sagte Pelorat. »Ich war drei Stunden bei ihm, und Hiroko hat nicht übertrieben. Ich habe mir einen endlosen Monolog von ihm angehört, und als ich ihn verließ, um zu Mittag zu essen, hat er sich an mir festgeklammert und wollte nicht von mir ablassen, bis ich ihm versprach, sobald wie möglich zu ihm zurückzukehren, damit er mir noch mehr erzählen kann.«

»Und hat er etwas Interessantes zu sagen gehabt?«

»Nun, auch er hat – wie alle anderen – darauf bestanden, daß die Erde durch und durch, und zwar mörderisch radioaktiv sei. Daß die Vorfahren der Alphaner die letzten Erdenmenschen gewesen seien, die sie verlassen hätten, und daß sie sonst gestorben wären. – Und, Golan, er war so überzeugend, daß ich ihm einfach glauben mußte. Ich bin jetzt überzeugt, daß die Erde tatsächlich tot ist und daß unsere ganze Suche, trotz allem, sinnlos war.«

79

Trevize lehnte sich in seinem Sessel zurück und starrte Pelorat an, der auf einer schmalen Pritsche saß. Wonne, die neben Pelorat gesessen hatte und nun aufgestanden war, blickte von einem zum anderen.

Schließlich sagte Trevize: »Lassen Sie mich beurteilen, ob unsere Suche sinnlos ist oder nicht, Janov. Erzählen Sie mir, was Ihnen der geschwätzige alte Mann zu sagen hatte – in kurzen Worten natürlich.«

»Nun, ich habe mir Notizen gemacht«, sagte Pelorat. »Das half meine Rolle als Gelehrter zu unterstützen. Aber ich brauche gar nicht in ihnen nachzulesen. Er ließ seinen Gedanken einfach freien Lauf. Alles, was er sagte, erinnerte ihn an irgend etwas anderes, aber ich habe natürlich mein ganzes Leben damit verbracht, Informationen auf der Suche nach bedeutsamen und wesentlichen Dingen zu sortieren, so daß es mir zur zweiten Natur geworden ist, einen langen, unzusammenhängenden Diskurs so zusammenzufassen, daß...«

»Daß etwas ebenso Langes, Unzusammenhängendes dabei herauskommt?« fragte Trevize sanft. »Zur Sache, lieber Janov!«

Pelorat räusperte sich etwas unsicher. »Ja, sicher, alter Junge. Ich werde mich bemühen, eine zusammenhängende, chronologische Geschichte daraus zu machen. Die Erde war die ursprüngliche Heimat der Menschheit und die von Millionen Spezies von Pflanzen und Tieren. Sie blieb das über zahllose Jahrhunderte, bis man die Hyperraumfahrt erfand. Dann wurden die Spacerwelten gegründet. Sie lösten sich von der Erde, entwickelten eine eigene Kultur und begannen, den Mutterplaneten zuerst zu verachten, später sogar zu unterdrücken.

Nachdem das ein paar hundert Jahre lang so gegangen war, schaffte es die Erde, ihre Freiheit zurückzugewinnen, wenn auch Monolee nicht erklärte, wie dies vor sich ging, und ich keine Fragen zu stellen wagte, selbst wenn er mir Gelegenheit zur Unterbrechung gegeben hätte, was er nicht tat, weil ihn das sicherlich wieder vom Thema abgebracht hätte. Er erwähnte einen Helden namens Elijah Baley, aber seine Hinweise waren so charakteristisch für die Gewohnheit, einer Gestalt die Leistungen von Generationen zuzuschreiben, daß es wenig sinnvoll erschien...«

»Ja, Pel, Liebster, das verstehen wir«, sagte Wonne.

Wieder hielt Pelorat inne und überlegte. »Selbstverständlich. Ich bitte um Entschuldigung. Die Erde löste eine zweite Welle der Besiedlung aus und gründete auf neue Art viele neue Welten. Die neue Gruppe von Siedlern – sie nannten sich stolz ›Settlers‹ – erwies sich als lebenskräftiger als die Spacers, überholte sie, besiegte sie, überdauerte sie und errichtete schließlich das Galaktische Imperium. Im Verlaufe der Kriege zwischen den Settlers und den Spacers – nein, nicht Kriege, er hat das Wort ›Konflikte‹ gebraucht und das sehr betont – wurde die Erde radioaktiv.«

»Das ist doch lächerlich, Janov«, unterbrach ihn Trevize, sichtlich verstimmt. »Wie kann eine Welt radioaktiv *werden*? Jede Welt ist vom Augenblick ihrer Entstehung an mehr oder weniger radioaktiv, und diese Radioaktivität baut sich langsam ab. Eine Welt *wird* nicht radioaktiv.«

Pelorat zuckte die Achseln. »Ich berichte nur, was er mir gesagt hat. Und er erzählte mir nur, was er seinerseits gehört hatte – von jemandem, der ihm wiederum erzählt hatte, was *er* gehört hatte – und so weiter und so fort. Es handelt sich dabei um Folklore, Geschichten und Legenden, die im Laufe der Generationen immer wieder erzählt wurden, wobei sich natürlich jedesmal neue Veränderungen und Verschiebungen einschlichen.«

»Das verstehe ich, aber gibt es keine Bücher, Dokumente, antike historische Werke, die die Geschichte in einem frühen Stadium eingefroren haben und uns etwas Genaueres als den gegenwärtigen Bericht liefern könnten?«

»Die Frage habe ich auch gestellt, und er hat darauf mit Nein geantwortet. Er meinte recht unbestimmt, daß es zwar in der Antike Bücher darüber gegeben hätte, daß die aber schon vor langer Zeit verlorengegangen wären und daß das, was er uns erzählte, der Inhalt jener Bücher gewesen sei.«

»Ja, hübsch verzerrt. Es ist immer wieder dieselbe Geschichte. Auf jeder Welt, die wir besuchen, sind die Aufzeichnungen über die Erde auf die eine oder andere Weise verschwunden. Nun, wie hat dann seiner Darstellung nach die Radioaktivität auf der Erde ihren Anfang genommen?«

»Darüber weiß er keine Einzelheiten. Er meinte nur, die Spacers seien dafür verantwortlich, aber ich habe inzwischen den Schluß gezogen, daß die Spacers die Dämonen waren, denen die Menschen der Erde jegliches Mißgeschick zuschoben. Die Radioaktivität...«

Eine klare Stimme übertönte ihn. »Wonne? Bin ich ein Spacer?«

Fallom stand in der schmalen Türnische zwischen den beiden Zimmern, das Haar gelöst und mit einem Nachthemd bekleidet (das eigentlich für Wonnes etwas großzügigere Proportionen gedacht war). Es war ihr von der Schulter gerutscht und entblößte eine kleine unentwickelte Brust.

»Wir machen uns über Lauscher draußen Sorge und vergessen die hier drin«, sagte Wonne. – »Warum sagst du das, Fallom?« Sie stand auf und ging auf die Kleine zu.

»Ich habe nicht das, was sie haben«, sagte Fallom und deutete auf die beiden Männer, »oder was du hast, Wonne. Ich bin anders. Ist das, weil ich ein Spacer bin?«

»Das bist du, Fallom«, sagte Wonne besänftigend, »aber kleine Unterschiede haben nichts zu besagen. Leg dich wieder hin!«

Fallom gehorchte, wie sie das immer tat, wenn Wonne das wollte. Sie drehte sich um und fragte: »Bin ich ein Dämon? Was ist ein Dämon?«

»Wartet einen Augenblick auf mich«, sagte Wonne über die Schulter. »Ich bin gleich zurück.«

Es dauerte auch nur fünf Minuten. Sie schüttelte den Kopf, als sie eintrat. »Jetzt wird sie schlafen, bis ich sie wecke. Das hätte ich wahrscheinlich vorher tun sollen, aber eine Modifikation des Bewußtseins darf nur aus der Not heraus erfolgen.« Und dann fügte sie hinzu, als müßte sie sich verteidigen: »Ich kann sie nicht über die Unterschiede zwischen ihren Geschlechtsorganen und den unseren nachbrüten lassen.«

»Eines Tages wird sie wissen müssen, daß sie ein Hermaphrodit ist«, gab Pelorat zu bedenken.

»Eines Tages«, sagte Wonne, »aber nicht jetzt. Fahr mit der Geschichte fort, Pel!«

»Ja«, sagte Trevize, »ehe wir von etwas anderem unterbrochen werden.«

»Nun, die Erde wurde radioaktiv, oder zumindest ihre Kruste. Damals hatte die Erde eine riesige Bevölkerung, die sich in gewaltigen Städten konzentrierte, die zum größten Teil unterirdisch angelegt waren...«

»Nun, das ist bestimmt nicht richtig«, warf Trevize ein. »Das muß Lokalpatriotismus sein, der das Goldene Zeitalter eines Planeten verherrlicht, und die Einzelheiten waren einfach eine Verzerrung Trantors in *seinem* Goldenen Zeitalter, als Trantor die Hauptwelt eines die Galaxis umspannenden Weltensystems war.«

Pelorat machte eine Pause und meinte dann: »Wirklich, Golan, Sie brauchen mich nicht in meinem Fach zu belehren. Wir Mythologen wissen sehr wohl, daß Mythen und Legenden Leihgut, moralische Lektionen, Naturzyklen und hundert andere verzerrende Einflüsse enthalten, und wir geben uns immer große Mühe, das aus ihnen herauszulösen, was uns zum Kern der Wahrheit führt. Tatsächlich muß man dieselben Techniken auch auf ganz nüchterne historische Darstellungen anwenden, da niemand die klare, offenkundige Wahrheit schreibt – falls es so etwas überhaupt gibt. Im Augenblick berichte ich einfach das, was Monolee gesagt hat, obwohl ich wahrscheinlich meinerseits gewisse Verzerrungen hinzufüge, so sehr ich auch bemüht bin, das zu vermeiden.«

»Schon gut, schon gut«, sagte Trevize. »Fahren Sie fort, Janov! Ich wollte Sie nicht beleidigen.«

»Ich bin auch nicht beleidigt. Die riesigen Städte – vorausgesetzt, sie existierten – verfielen und schrumpften, während die Radioaktivität langsam immer stärker wurde, bis die Bevölkerung nur noch ein Bruchteil der einstigen war und sich in Regionen konzentrierte, die relativ strahlungsfrei waren. Die Bevölkerung wurde durch strenge Geburtenkontrolle knapp gehalten und dadurch, daß man Leute, die über sechzig waren, der Euthanasie unterzog.«

»Schrecklich«, sagte Wonne entsetzt.

»Ohne Zweifel«, sagte Pelorat, »aber genau das haben sie getan, behauptet Monolee, und das mag auch der Wahrheit entsprechen, weil es sich ja ganz sicher nicht um etwas handelt, das ein Kompliment für die Erdenmenschen wäre. Und daß man so etwas erfinden würde, ist höchst unwahrscheinlich. Nachdem zuerst die Spacer die Erdenmenschen verachtet und unterdrückt hatten, wurden sie jetzt ihrerseits vom Imperium verachtet und unterdrückt, obwohl es sich hier um eine Übertreibung aus Selbstmitleid handeln könnte, was ja bekanntlich eine sehr verführerische Empfindung ist. Es gibt da einen Fall...«

»Ja, ja, Pelorat. Ein andermal. Bitte fahren Sie mit der Erde fort!«

»Entschuldigen Sie. Das Imperium erklärte sich in einer Anwandlung von Wohlwollen bereit, strahlungsfreies Erdreich zu importieren und den verseuchten Boden wegzuschaffen. Es bedarf wohl keiner Erwähnung, daß das ein gigantisches Unterfangen war, dessen das Imperium bald müde wurde, besonders nachdem diese Periode (wenn ich sie richtig abgeschätzt habe) mit dem Sturz Kandars V. zusammenfiel, nach dem das Imperium größere Sorgen hatte, als die Erde zu retten.

Die Radioaktivität wurde immer intensiver, die Bevölkerung schrumpfte weiter, und schließlich erbot sich das Imperium in einer neuerlichen Aufwallung von Wohlwollen, die Überreste der Bevölkerung auf eine andere Welt zu evakuieren – kurz gesagt: auf *diese* Welt.

Wie es scheint, hatte in einer früheren Periode eine Expedition im Ozean eine Saat ausgelegt, so daß zu der Zeit, als die Pläne für eine Übersiedlung der Erdenmenschen entwickelt wurden, auf Alpha eine Sauerstoffatmosphäre und reichlich Nahrungsvorräte vorhanden waren. Auch begehrte keine der Welten des galaktischen Imperiums diese Welt, weil es eine gewisse natürliche Antipathie gegenüber Planeten gibt, die Doppelsterne umkreisen. Wahrscheinlich liegt es daran, daß es so wenige geeignete Planeten in einem solchen System gibt, daß selbst geeignete aus der Annahme heraus abgelehnt werden, daß etwas mit ihnen nicht stimmen kann. So denkt man häufig. Es gibt da den bekannten Fall...«

»Den bekannten Fall wollen wir später diskutieren, Janov«, sagte Trevize. »Fahren Sie mit der Übersiedlung fort.«

»Jetzt galt es nur noch«, meinte Pelorat und sprach etwas schneller, »einen Landstützpunkt vorzubereiten. Man suchte die seichteste Stelle im Ozean und holte aus den tieferen Teilen Sedimente herauf, um den Meeresgrund anzuheben und die Insel Neu-Erde zu schaffen. Man baggerte Felsgestein und Korallen herauf und fügte sie der Insel zu. Landpflanzen wurden ausgesät, damit ihre Wurzelsysteme das neue Land festigten. Wieder hatte sich das Imperium eine gigantische Aufgabe gestellt. Vielleicht hatte man ursprünglich Kontinente geplant, aber als man diese eine Insel fertiggestellt hatte, war offenbar das Aufwallen des Wohlwollens im Imperium vorbei.

Was von der Bevölkerung der Erde übriggeblieben war, wurde hierhergebracht. Die Flotte des Imperiums lud die Menschen hier ab und kehrte nie zurück. Die Erdenmenschen, die auf Neu-Erde lebten, fanden sich in völliger Isolierung.«

»Völlig?« fragte Trevizes. »Hat Monolee gesagt, daß vor uns nie jemand von irgendeiner Welt der Galaxis hierhergekommen ist?«

»Sehr selten«, sagte Pelorat. »Nun, es gibt hier auch nichts, für das es sich lohnte herzukommen, selbst wenn wir einmal von der abergläubischen Abneigung gegenüber Doppelsternsystemen absehen. Gelegentlich, in großen Zeitabständen, kam das eine oder andere Schiff hierher, so wie wir, aber es ist dann wohl ebenso schnell wieder abgereist. Und auf die Besuche folgte nie etwas. Das ist alles.«

»Haben Sie Monolee gefragt, wo sich die Erde befindet?« wollte Tervize wissen.

»Selbstverständlich habe ich ihn gefragt. Er wußte es nicht.«

»Wie kann er so viel über die Geschichte der Erde wissen, ohne ihre Lage zu kennen?«

»Ich habe ihn ganz klar gefragt, Golan, ob der Stern, der nur ein reichliches Parsek von Alpha entfernt ist, etwa die Sonne sein könnte, um die die Erde kreist. Er wußte nicht, was ein Parsek ist, und ich sagte, es handle sich um eine kleine Entfernung im astronomischen Sinne. Er sagte, ob nun klein oder groß, er wüßte nicht, wo sich die Erde befände und würde auch niemanden kennen, der es wüßte. Und außerdem sei es seiner Ansicht nach falsch, sie zu suchen. Man sollte ihr gestatten, meinte er, für alle Zeiten in Frieden durch den Weltraum zu ziehen.«

»Teilen Sie da seine Meinung?« fragte Trevize.

Pelorat schüttelte besorgt den Kopf. »Eigentlich nicht. Aber er sagte, der Planet müsse bei der Geschwindigkeit, mit der die Radioaktivität zugenommen hätte, kurz nach der Übersiedlung völlig unbewohnbar geworden sein und müßte jetzt intensiv brennen, so daß sich ihm niemand nähern könne.«

»Unsinn«, sagte Trevize mit Bestimmtheit. »Ein Planet kann nicht radioaktiv werden und dann auch noch seine Radioaktivität steigern. Radioaktivität kann nur abnehmen.«

»Aber Monolee ist dessen so sicher. In dem Punkt sind sich offenbar alle Menschen, mit denen wir auf verschiedenen Welten darüber gesprochen haben, einig: daß die Erde radioaktiv sei. Es ist ganz sicher sinnlos, weiterzureisen.«

80

Trevize tat einen tiefen Atemzug und sagte dann mit betont ruhiger Stimme: »Unsinn, Janov. Das ist nicht wahr.«

Pelorat antwortete: »Aber, alter Junge, Sie dürfen etwas doch nicht deshalb glauben, weil Sie es glauben wollen!«

»Was ich will, hat damit nichts zu tun. Auf einer Welt nach der anderen finden wir, daß alle Aufzeichnungen über die Erde gelöscht sind. Warum sollte das so sein, wenn es nichts zu verbergen gibt, wenn die Erde eine tote, radioaktive Welt wäre, der man sich nicht nähern kann?«

»Das weiß ich nicht, Golan.«

»Doch, das *wissen* Sie! Als wir uns Melpomenia näherten, sagten Sie, Radioaktivität könne die Kehrseite der Medaille sein. Mit anderen Worten, die Aufzeichnungen sind deshalb zerstört worden, um exakte Informationen zu entfernen. Und an ihrer Stelle hat man die Geschichte mit der Radioaktivität erfunden. Mit diesen Schachzügen versuchte man, Interessenten davon abzubringen, nach der Erde zu suchen, und wir dürfen uns nicht durch diese Täuschungsmanöver von unserer Absicht abbringen lassen.«

Wonne schaltete sich ein. »Sie scheinen tatsächlich zu denken, daß der nahe liegende Stern die Sonne der Erde ist. Warum diskutieren wir dann über die Frage der Radioaktivität? Was hat das schon zu bedeuten? Warum fliegen wir nicht einfach zu diesem Stern und sehen, ob wir dort die Erde finden, und wenn ja, wie sie aussieht?«

»Weil die Leute, die die Erde bewohnen, auf ihre Art außerordentlich mächtig sein müssen«, sagte Trevize. »Und weil ich es vorziehen würde, diese Welt mit einigem Wissen über sie und ihre Bewohner anzufliegen. So wie die Dinge liegen, ist das gefährlich, da ich in bezug auf die Erde weiterhin völlig unwissend bin. Ich denke, ich lasse Sie und die anderen hier auf Alpha und fliege alleine zur Erde. Es genügt, ein Leben zu riskieren.«

»Nein, Golan«, erwiderte Pelorat entschieden. »Wonne und das Kind könnten hier warten, aber ich muß mitkommen. Ich habe zu einer Zeit begonnen, nach der Erde zu suchen, als Sie noch gar nicht auf der Welt waren, und ich kann nicht zurückbleiben, wenn das Ziel so nahe ist, ganz gleich, welche Gefahren auch drohen.«

»Wonne und das Kind werden *nicht* hier warten«, sagte Wonne. »Ich bin Gaia, und Gaia kann uns sogar gegen die Erde schützen.«

»Ich kann nur hoffen, daß Sie recht haben«, sagte Trevize bedrückt, »aber Gaia hat immerhin auch nicht verhindern können, daß alle Erinnerungen daran ausgelöscht wurden, welche Rolle die Erde bei ihrer Gründung gespielt hat.«

»Das geschah in der Frühgeschichte Gaias, als Gaia noch nicht so organisiert und fortgeschritten war. Heute liegen die Dinge anders.«

»Ich hoffe, daß das so ist. – Oder haben Sie etwa heute morgen Informationen über die Erde gewonnen, die uns unbekannt sind? Ich hatte ja darum gebeten, daß Sie mit ein paar von den älteren Frauen sprechen, die es hier vielleicht gibt.«

»Das habe ich.«

»Und was haben Sie dabei herausgefunden?«

»Nichts über die Erde. Nicht die geringste Kleinigkeit.«

»Ah.«

»Aber sie sind hier sehr fortgeschrittene Biotechniker.«

»Oh?«

»Sie haben auf dieser kleinen Insel unzählige Arten von Pflanzen und Tieren gezüchtet und erprobt und ein geeignetes ökologisches Gleichgewicht entwickelt, eines, das stabil und autark ist, und das trotz der wenigen Gattungen, mit denen sie angefangen haben. Sie haben das Meeresleben verbessert, das sie bei ihrer Ankunft vor ein paar tausend Jahren hier vorgefunden haben, haben seinen Nährwert gesteigert und den Geschmack verbessert. Es ist ihrer Biotechnik zu verdanken, daß diese Welt eine so reiche Fülle an allem bietet. Und für sich selbst haben sie auch Pläne gemacht.«

»Was für Pläne denn?«

»Nun«, meinte Wonne, »sie wissen sehr wohl, daß sie unter den gegebenen Umständen vernünftigerweise nicht damit rechnen können, sich irgendwie auszudehnen, wo sie doch auf das einzige winzige Stück Land beschränkt sind, das auf ihrer Welt existiert, aber sie träumen davon, amphibisch zu werden.«

»*Was* zu werden?«

»Amphibisch. Sie planen, neben ihren Lungen Kiemen zu entwickeln. Sie träumen davon, längere Zeit unter Wasser verbringen zu können, seichte Regionen zu finden und Bauwerke auf dem Meeresgrund zu errichten. Die Frau, die mir davon erzählte, war davon richtig begeistert, räumte aber ein, daß dies schon seit einigen Jahrhunderten Ziel der Alphaner sei, daß man aber bis jetzt nur wenig Fortschritte erzielt hätte.«

»Damit sind sie uns vielleicht schon in zwei Bereichen überlegen«, meinte Trevize. »Der Wetterkontrolle und der Biotechnik. Mich würde interessieren, welche Verfahren sie dafür haben.«

»Dazu müßten wir Spezialisten finden«, sagte Wonne, »und die sind möglicherweise nicht bereit, darüber zu sprechen.«

»*Unser* Hauptziel ist das hier auch nicht, aber es wäre ganz bestimmt von Vorteil für die Foundation, wenn sie versuchte, von dieser Miniaturwelt zu lernen.«

»Wir haben doch das Wetter auf Terminus recht gut unter Kontrolle«, meinte Pelorat.

»Das ist auf vielen Welten der Fall«, sagte Trevize, »aber das betrifft immer die Welt als Ganzes. Die Alphaner hier kontrollieren das Wetter eines kleinen Teils der Welt und müssen daher Verfahren besitzen, die uns fremd sind. – Sonst noch etwas, Wonne?«

»Eine Menge gesellschaftliche Einladungen. Sie scheinen Leute mit viel Freizeit zu sein und daran auch Freude zu haben. Heute abend, nach dem Abendessen, findet ein Musikfest statt. Ich habe Ihnen schon davon erzählt. Morgen gibt es ein Strandfest. Wie es scheint, versammeln sich morgen alle, die sich von der Feldarbeit freimachen können, rings um die Insel, um das Wasser zu genießen und die Sonne zu feiern, weil es nämlich die nächsten ein oder zwei Tage regnen wird. Und dann, am Morgen darauf, wird die Fischflotte zurückkommen, deshalb gibt es am Abend ein Festessen, bei dem der neue Fang gekostet wird.«

»Die Mahlzeiten sind doch ohnehin so reichlich«, stöhnte Pelorat. »Wie mag es da bei einem Festessen zugehen?«

»Nach allem, was ich gehört habe, geht es dabei nicht um Menge, sondern um Vielfalt. Jedenfalls sind wir alle vier eingeladen, an sämtlichen Festen teilzunehmen, ganz besonders dem Musikfest heute abend.«

»Mit antiken Instrumenten?« fragte Trevize.

»Richtig.«

»Was macht sie übrigens antik? Primitive Computer?«

»Nein, nein. Das ist es ja gerade. Es handelt sich eben nicht um elektronische Musik, sondern um mechanische. Sie haben es mir beschrieben. Sie kratzen über Saiten, blasen in Rohre und schlagen auf Flächen.«

»Ich hoffe, Sie haben sich das nur ausgedacht«, sagte Trevize erschrocken.

»Nein, keineswegs. Und wie ich gehört habe, wird Ihre Hiroko eine der Röhren blasen – ich habe vergessen, wie man sie nennt –, und das sollten Sie doch ertragen können.«

»Nun, ich für mein Teil würde sehr gerne hingehen«, sagte Pelorat. »Ich weiß nur wenig über primitive Musik und würde das gerne hören.«

»Sie ist nicht ›meine Hiroko‹«, sagte Trevize kühl. »Aber meinen Sie, daß die Instrumente von der Art sind, wie sie früher auf der Erde benutzt wurden?«

»So habe ich das verstanden«, sagte Wonne. »Die alphanischen Frauen versichern, diese Instrumente seien lange vor Ankunft ihrer Vorfahren auf dieser Welt entwickelt worden.«

»In dem Fall könnte es sich ja lohnen, sich all das Kratzen, Schlagen und Tuten anzuhören«, meinte Trevize. »Vielleicht erfahren wir dabei etwas über die Erde.«

81

Eigenartigerweise war Fallom diejenige, die die Aussicht auf den Musikabend am meisten erregte. Sie und Wonne hatten in dem kleinen Häuschen hinter ihrem Wohnquartier gebadet. Es gab dort ein Bad mit fließendem heißem und kaltem Wasser (oder besser gesagt: warmem und kühlem Wasser), einem Waschbecken und einer Kommode. Es war sehr sauber und brauchbar, und in der Nachmittagssonne war das Häuschen sogar gut beleuchtet und wirkte daher irgendwie fröhlich.

Fallom war wie stets von Wonnes Brüsten fasziniert, und Wonne konnte dazu nur sagen (jetzt, wo Fallom Galaktisch verstand), daß auf ihrer Welt die Leute alle so seien. Worauf Fallom mit ihrem geradezu unvermeidlichen »Warum?« konterte, was bei Wonne wiederum nach einigem Nachdenken die universelle Antwort »Weil es eben so ist!« auslöste.

Als sie fertig waren, half Wonne Fallom dabei, das Unterkleid anzulegen, das die Alphaner ihnen gebracht hatten, und sich eine Methode auszutüfteln, wie man den Rock darüberzog. Fallom von der Taille aufwärts unbekleidet zu lassen, schien ihr nicht unvernünftig. Sie selbst benutzte zwar unterhalb der Taille alphanische Kleidung (die ihr an den Hüften ziemlich eng war), zog aber ihre eigene Bluse an. Es schien ihr zwar etwas albern, auf einer Welt, wo alle Frauen ihre Brüste zeigten, diesbezüglich Hemmungen zu haben, besonders, wo sie in dieser Beziehung keineswegs etwas zu verbergen hatte – aber sie zog die Bluse dennoch an.

Darauf wechselten sich die beiden Männer in dem Nebenhäuschen ab, wobei Trevize sich – typisch Mann – darüber beklagte, daß die Frauen so lange gebraucht hatten.

Wonne besah Fallom von allen Seiten, um sich zu vergewissern, daß der Rock auch nicht über ihre knabenhaften Hüften herunterrutschte. »Das ist ein sehr hübscher Rock, Fallom«, meinte sie. »Gefällt er dir?«

Fallom musterte ihn im Spiegel und sagte: »Ja, doch. Werde ich nicht frieren, wo ich doch nichts anhabe?« Und damit strich sie sich mit beiden Händen über den nackten Oberkörper.

»Das glaube ich nicht, Fallom. Auf dieser Welt ist es recht warm.«

»Aber *du* hast doch etwas an.«

»Ja, ich schon. So ist das auf meiner Welt. Wir werden jetzt beim Abendessen und auch nachher mit einer ganzen Menge Alphaner beisammen sein. Meinst du, du kannst das ertragen?«

Fallom verdrehte die Augen, und Wonne fuhr fort: »Ich werde rechts von dir sitzen und deine Hand halten. Pel wird auf deiner anderen Seite sitzen, und Trevize dir gegenüber am Tisch. Wir werden nicht erlauben, daß jemand mit dir spricht, und du brauchst auch mit niemandem zu sprechen.«

»Ich werd's versuchen, Wonne«, sagte Fallom mit ihrer hohen Stimme.

»Und nachher«, fuhr Wonne fort, »werden ein paar Alphaner auf ihre ganz besondere Art Musik für uns machen. Weißt du, was Musik ist?« Sie summte vor sich hin, bemüht, so gut sie das konnte, elektronische Harmonie zu imitieren.

Fallom strahlte: »Du meinst...« – das letzte Wort war in ihrer eigenen Sprache, und sie fing zu singen an.

Wonnes Augen weiteten sich. Es war eine schöne Melodie, wenn sie auch wild war und zahlreiche Triller enthielt. »Genau das. Musik«, sagte sie.

Fallom war ganz erregt. »Jemby hat die ganze Zeit...« – sie zögerte und entschied sich dann dafür, das galaktische Wort zu benutzen – »Musik gemacht. Er hat auf einem...« – wieder ein Wort in ihrer eigenen Sprache – »Musik gemacht.«

Wonne wiederholte das Wort etwas unsicher. »Auf einem – Feifel?«

Fallom lachte. »Nicht Fei-fel – Feifl.«

Jetzt, wo sie die beiden Wörter hintereinander hörte, konnte Wonne durchaus den Unterschied hören, war aber nicht imstande, das Wort in Falloms Sprache zu wiederholen. »Wie sieht es denn aus?« fragte sie.

Falloms noch recht beschränkter Wortschatz im Galaktischen reichte nicht aus, um eine exakte Beschreibung liefern zu können, und ihre Gesten erzeugten in Wonnes Vorstellung kein klares Bild.

»Er hat mir gezeigt, wie man das Feifl benutzt«, sagte Fallom stolz, »ich habe meine Finger so wie Jemby benutzt, aber er hat gesagt, ich würde das bald nicht mehr brauchen.«

»Das ist ja wunderbar, Liebes«, sagte Wonne. »Nach dem Abendessen werden wir ja sehen, ob die Alphaner so gut sind, wie Jemby das war.«

Fallom strahlte, und die Vorfreude auf das, was kommen sollte, ließ sie das üppige Abendessen trotz der vielen Menschen und des Lärms und des Gelächters um sie ertragen. Nur einmal, als neben ihnen versehentlich eine Schüssel umgestoßen wurde und ein paar Leute erschreckt aufschrien, blickte Fallom verängstigt, und Wonne drückte sie sofort schützend an sich.

»Ich möchte wissen, ob wir es schaffen, daß man uns alleine essen läßt«, murmelte sie Pelorat zu, »sonst müssen wir diese Welt verlassen. Es ist schon schlimm genug, all dieses tierische Protein essen zu müssen, aber ich *muß* es wenigstens in Frieden zu mir nehmen können.«

»Die sind eben recht vergnügt«, sagte Pelorat, der alles ertragen hätte, solange es nur unter die Überschrift ›primitives Verhalten‹ paßte.

Und dann war das Abendessen vorbei, und jemand kündigte an, daß das Musikfest in Kürze beginnen würde.

82

Die Halle, in der das Musikfest stattfinden sollte, war etwa so groß wie der Speisesaal, und es gab dort Klappsitze (recht unbequem, wie Trevize feststellte) für etwa hundertfünfzig Leute. Als Ehrengäste führte man die Besucher in die vorderste Reihe, und verschiedene Alphaner machten höfliche Bemerkungen über ihre Kleidung.

Die beiden Männer hatten den Oberkörper unbedeckt gelassen, und Trevize spannte jedesmal, wenn er daran dachte, seine Bauchmuskeln und starrte gelegentlich selbstgefällig auf seine dunkelbeharrte Brust. Pelorat, der verzückt in die Betrachtung seiner Umgebung versunken war, schien sein eigenes Aussehen völlig gleichgültig zu sein. Wonnes Bluse zog verblüffte Blicke auf sich, aber niemand sagte etwas dazu.

Trevize stellte fest, daß die Halle nur etwa zur Hälfte gefüllt war und daß die Zuhörerschaft zum größten Teil aus Frauen bestand. Wahrscheinlich, weil die meisten Männer draußen auf dem Meer waren.

Pelorat stieß Trevize verstohlen an und flüsterte: »Die haben ja Elektrizität!«

Trevize musterte die senkrechten Röhren an den Wänden und an der Decke. Sie leuchteten in weichem Licht.

»Nur Fluoreszenz«, sagte er, »ganz primitiv.«

»Ja, aber sie reichen aus, und wir haben solche Dinger in unseren Zimmern und auch in dem Häuschen dahinter. Ich hielt sie für Dekoration. Wenn wir herausbringen, wie man sie bedient, brauchen wir nicht im Dunkeln bleiben.«

»Das hätten die uns auch sagen können«, sagte Wonne gereizt.

»Wahrscheinlich dachten sie, wir würden das selbst wissen«, meinte Pelorat. »Weil jeder das weiß.«

Vier Frauen traten hinter Wandschirmen hervor und nahmen vorne Platz. Jede hielt ein Instrument aus lackiertem Holz in der Hand. Die vier Instrumente ähnelten einander in der Form, waren aber von unterschiedlicher Größe. Eines war recht klein, zwei etwas größer und das vierte wesentlich größer. In der anderen Hand hielt jede Frau einen langen Stab.

Als sie hereinkamen, pfiffen die Zuschauer leise, worauf sich die vier Frauen verbeugten. Alle vier hatten Stoffstreifen über ihre Brüste gebunden, vielleicht damit sie sie nicht beim Umgang mit den Instrumenten behinderten.

Trevize hielt die Pfiffe für Zeichen der Zustimmung und dachte, es sei höflich, seinerseits zu pfeifen. Worauf Fallom einen trillernden Laut von sich gab, der viel mehr als ein bloßer Pfiff war und Aufmerksamkeit erweckte. Wonne brachte sie erschrocken mit einer Handbewegung zum Schweigen.

Drei der Frauen klemmten sich ihre Instrumente unters Kinn, während die vierte, die das größte Instument hereingetragen hatte, es zwischen ihren Beinen auf dem Boden stehen ließ. Dann sägten sie mit den langen Stäben, die sie in der rechten Hand hielten, über die Saiten, die fast über die ganze Länge des Instruments gespannt waren, während die Finger der linken Hand schnell über das obere Ende der Saiten tanzten.

Das war wohl das ›Kratzen‹, das er erwartet hatte, dachte Trevize, aber es klang gar nicht so unangenehm. Im Gegenteil, es war eine weiche melodische Folge von Tönen zu hören, wobei jedes Instrument etwas abweichende Töne hervorbrachte, die aber auf angenehme Weise ineinander übergingen. Dem Ganzen fehlte die unendliche Komplexität der elektronischen Musik (›der echten Musik‹, wie Trevize unwillkürlich dachte), und was sie hörten, hatte trotz allem eine gewisse Eintönigkeit an sich. Trotzdem begann er im Laufe der Zeit und in dem Maße, wie sich sein Ohr an dieses eigenartige Tonsystem gewöhnte, auch Feinheiten wahrzunehmen. Das Ganze war recht anstrengend, und er dachte sehnsuchtsvoll an den Klang und die mathematische Präzision und die Reinheit ›echter Musik‹, aber er konnte sich durchaus vorstellen, daß er der Musik dieser einfachen hölzernen Geräte, wenn er nur lange genug zuhörte, durchaus würde Gefallen abgewinnen können.

Etwa fünfundvierzig Minuten, nachdem das Konzert begonnen hatte, trat Hiroko vor. Sie sah Trevize in der vordersten Reihe sitzen und lächelte ihm zu. Er schloß sich dem beifälligen Pfeifen der Zuhörerschaft aus ganzem Herzen an. Sie sah in ihrem langen, kunstvollen Rock und der großen Blume, die sie im Haar trug, sehr schön aus. Im Gegensatz zu den vier anderen Frauen waren ihre Brüste unbedeckt, da (anscheinend) keine Gefahr bestand, daß sie ihr Instrument irgendwie beeinträchtigen würden.

Ihr Instrument erwies sich als ein dunkles hölzernes Rohr, etwa siebzig Zentimeter lang und zwei Zentimeter dick. Sie hob das Instrument an die Lippen, blies in eine Öffnung an dem einen Ende und erzeugte dabei einen dünnen, süßen Klang, der sich veränderte, während ihre Finger Metallklappen an der Oberseite des Rohrs betätigten.

Beim ersten Ton klammerte sich Fallom an Wonnes Arm fest und sagte: »Wonne, das ist ein Feifl!«

Wonne schüttelte entschieden den Kopf, aber Fallom ließ sich nicht von ihrer Meinung abbringen und meinte leise: »Doch, das ist es!«

Jetzt sahen andere zu Fallom herüber. Wonne legte der Kleinen die Hand über den Mund und beugte sich vor, um ihr »Still!« ins Ohr zu flüstern.

Jetzt hörte Fallom sich Hirokos Spiel ruhig an, aber ihre Finger bewegten sich ständig, so als würde sie selbst die Klappen an dem Instrument betätigen.

Der letzte Teilnehmer des Konzerts war ein älterer Mann, der ein mit Riefen versehenes Instrument vor der Brust trug, das mit Riemen an den Schultern befestigt war. Er schob und zog daran, während seine andere Hand über eine Folge weißer und schwarzer Tasten am einen Ende des Instruments huschte und sie reihenweise niederdrückte.

Trevize fand dieses Geräusch besonders anstrengend, beinahe barbarisch. Es erinnerte ihn auf unangenehme Weise an das Bellen der Hunde auf Aurora – nicht, daß die Töne so wie Bellen klangen, aber die Empfindungen, die sie erzeugten, waren ähnlich. Wonne sah aus, als hätte sie Lust, sich die Ohren zuzuhalten, und Pelorat runzelte die Stirn. Nur Fallom schien Spaß daran zu haben, denn sie bewegte rhythmisch den Fuß, und als Trevize das bemerkte, fiel ihm überrascht auf, daß die Musik einen Rhythmus hatte, der zu Falloms Fußbewegungen paßte.

Dann war es endlich vorbei, und stürmische Pfiffe ertönten, die deutlich von Falloms Trillern übertönt wurden.

Anschließend sammelten sich die Zuhörer in kleinen Gesprächsgruppen, die so laut und heftig wurden, wie Alphaner das bei allen Zusammenkünften offenbar waren. Die Musiker, die das Konzert bestritten hatten, standen vorne im Raum und sprachen zu denjenigen, die auf die Bühne traten, um ihnen zu gratulieren.

Fallom riß sich von Wonnes Hand los und rannte auf Hiroko zu.

»Hiroko«, rief sie entzückt, »laß mich das Feifl sehen.«

»Das *was*, Liebes?« fragte Hiroko.

»Das Ding, mit dem du Musik gemacht hast.«

»Oh«, lachte Hiroko. »Das ist eine Flöte, Kleines.«

»Darf ich es sehen?«

»Gern.« Hiroko öffnete ein Futteral und nahm das Instrument heraus. Es war in drei Teilen dort verwahrt, aber sie setzte es schnell zusammen und hielt es Fallom mit dem Mundstück voran hin und sagte: »Da muß man reinblasen.«

»Ich weiß, ich weiß«, sagte Fallom eifrig und griff nach der Flöte.

Hiroko schnappte ihr das Instrument automatisch weg und hob es in die Höhe. »Blasen, Kind, aber nicht anfassen!«

Fallom schien enttäuscht. »Darf ich es wenigstens ansehen? Ich rühr' es nicht an.«

»Aber sicher, Liebes.«

Wieder hielt sie ihr die Flöte hin, und Fallom starrte das Instrument staunend an.

Und dann schwächte sich die fluoreszierende Beleuchtung im Saal etwas ab, und ein Flötenton, etwas unsicher und schwankend, war zu vernehmen.

Hiroko hätte in ihrer Überraschung fast die Flöte fallen lassen, und Fallom schrie: »Ich hab' es geschafft. Ich hab' es geschafft! Jemby hat gesagt, daß ich das eines Tages können würde.«

Und Hiroko fragte: »Habt Ihr das Geräusch erzeugt?«

»Ja, ja, ja.«

»Aber wie habt Ihr das gemacht, Kind?«

Wonnes Gesicht war vor Verlegenheit gerötet. »Es tut mir leid, Hiroko. Ich bring' sie weg.«

»Nein«, sagte Hiroko. »Ich möchte, daß sie es noch einmal tut.«

Ein paar der umstehenden Alphaner hatten sich um sie geschart und sahen jetzt zu. Fallom furchte die Stirn, als müßte sie sich mächtig anstrengen. Die Fluoreszenzröhren an der Decke und den Wänden verdunkelten sich noch mehr, und wieder war der Ton der Flöte zu hören, diesmal ganz klar und gleichmäßig. Und dann wurde der Ton unregelmäßig, und die Metallklappen an der Oberseite der Flöte bewegten sich wie von selbst.

»Es ist ein bißchen anders als ein Feifl«, sagte Fallom etwas außer Atem, so als wäre der Atem, der die Flöte betätigt hatte, ihr eigener gewesen und nicht von Energie bewegte Luft.

»Sie muß die Energie aus dem elektrischen Strom beziehen, der die Leuchtröhren speist«, sagte Pelorat zu Trevize.

»Versuch es noch einmal!« sagte Hiroko mit halb erstickter Stimme.

Fallom schloß die Augen. Der Ton war jetzt weicher und sichtlich unter Kontrolle. Die Flöte spielte sich selbst, nicht von Fingern betätigt, sondern von einer fernen Energie bewegt, die durch die noch unreifen Lappen von Falloms Gehirn übertragen wurde. Die Noten, die scheinbar willkürlich begonnen hatten, ordneten sich in musikalischer Reihenfolge, und jetzt hatten sich alle in der Halle

Anwesenden um Hiroko gesammelt. Hiroko hielt die Flöte vorsichtig mit Daumen und Zeigefinger an beiden Enden, und Fallom lenkte mit geschlossenen Augen den Luftstrom und die Bewegung der Klappen.

»Das ist das Stück, das ich gespielt habe«, flüsterte Hiroko.

»Ich erinnere mich daran«, sagte Fallom und nickte leicht, bemüht, ihre Konzentration nicht zu unterbrechen.

»Ihr habt keine Note ausgelassen«, sagte Hiroko, als sie fertig war.

»Aber es ist nicht richtig, Hiroko. Du hast es nicht richtig gemacht.«

Wonnes Gesicht errötete sich noch mehr. »Fallom! Das ist unhöflich. Du darfst nicht...«

»Bitte«, sagte Hiroko entschieden, »laßt sie! Warum ist es nicht richtig?«

»Weil ich es anders spielen würde.«

»Dann zeigt es mir!«

Wieder spielte die Flöte, aber diesmal auf viel kompliziertere Weise, denn die Kräfte, die die Klappen drückten, taten dies schneller, in schnellerer Folge und in viel komplizierteren Kombinationen als vorher. Die Musik war komplexer und unendlich bewegter. Hiroko stand wie erstarrt da, und im ganzen Saal war kein Laut zu hören.

Auch nachdem Fallom zu spielen aufgehört hatte, war kein Laut zu vernehmen, bis Hiroko tief einatmete und sagte: »Kleines, habt Ihr das je zuvor gespielt?«

»Nein«, sagte Fallom, »vor dem konnte ich nur meine Finger benutzen, und so kann ich die Finger nicht bewegen.« Dann, ganz einfach und ohne einen Hauch von Prahlerei: »Niemand kann das.«

»Könnt Ihr etwas anderes spielen?«

»Ich kann etwas erfinden.«

»Meint Ihr – improvisieren?«

Fallom runzelte bei dem Wort die Stirn und sah zu Wonne hinüber. Wonne nickte, und Fallom sagte: »Ja.«

»Dann tut das bitte«, sagte Hiroko.

Fallom hielt kurz inne, überlegte ein oder zwei Minuten lang und begann dann langsam mit einer ganz einfachen Folge von Tönen, recht verträumt. Das Licht der Leuchtröhren wurde schwächer und wieder heller, in dem Maße, wie sie mehr oder weniger Energie brauchte. Niemand schien es zu bemerken, denn das Ganze wirkte so, als wäre es eine Folge der Musik und nicht ihre Ursache, so als gehorchte ein gespenstischer elektrischer Geist dem Diktat der Schallwellen.

Dann wiederholte sich die Kombination von Noten etwas lauter, etwas komplizierter, und dann in Variationen, die, ohne je die deutlich wahrnehmbare Kombination zu verlieren, immer wilder und erregender wurden, bis es fast unmöglich war, Atem zu holen. Und dann wurde das Tempo schneller, schwoll an, riß die Zuhörer mit in höchste Höhen und holte sie dann in einem mächtigen Anschwellen der Töne wieder herunter.

Diesmal war der Beifall ekstatisch, und selbst Trevize, der eine völlig andere Art von Musik gewöhnt war, dachte bedrückt: Und jetzt werde ich das nie wieder hören.

Als schließlich wieder Stille eingekehrt war, hielt Hiroko Fallom ihre Flöte hin. »Hier, Fallom, die gehört jetzt Euch!«

Fallom griff begierig danach, aber Wonne packte den ausgestreckten Arm des Kindes und sagte: »Wir können das nicht annehmen, Hiroko. Das ist ein wertvolles Instrument.«

»Ich habe noch eins, Wonne. Nicht ganz so gut, aber das ist so, wie es sein sollte. Dies Instrument gehört der Person, die es am besten spielt. Ich habe niemals solche Musik gehört, und es wäre unrecht, daß ich ein Instrument besitze, das ich nicht voll ausnutzen kann. Ich wünschte, ich wüßte, wie man das Instrument dazu bringen kann, Töne von sich zu geben, ohne daß man es berührt.«

Fallom nahm die Flöte und drückte sie mit dem Ausdruck tiefster Befriedigung an die Brust.

83

Jeder der beiden Räume in der ihnen zugewiesenen Wohnung wurde von einer Fluoreszenzröhre beleuchtet, der Anbau von einer dritten. Die Beleuchtung war schwach und reichte nicht aus, dabei zu lesen, aber sie befanden sich wenigstens nicht im Dunklen.

Jetzt freilich hielten sie sich im Freien auf. Der Himmel war voll von Sternen, ein faszinierendes Erlebnis für einen Eingeborenen von Terminus, dessen Nachthimmel praktisch sternlos war und in dem man als ausgeprägtes Himmelsphänomen nur die schwache Wolke der Galaxis sehen konnte.

Hiroko hatte sie zu ihrer Behausung zurückbegleitet, aus Angst, sie könnten sich in der Finsternis verlaufen oder zu Fall kommen. Sie hielt während der ganzen Wegstrecke Falloms Hand und blieb dann, nachdem sie ihnen die Fluoreszenzbeleuchtung eingeschaltet hatte, mit ihnen draußen, wobei sie die Kleine immer noch festhielt.

Wonne versuchte es noch einmal, denn ihr war klar, daß Hiroko sich in einem schwierigen Gefühlskonflikt befand. »Wirklich, Hiroko, wir können Ihre Flöte nicht annehmen.«

»Nein, Fallom muß sie haben.« Trotzdem wirkte sie dabei gereizt.

Trevize betrachtete die ganze Zeit den Himmel. Die Nacht war wahrhaft dunkel, eine Dunkelheit, die das schwache Licht aus ihrer Behausung nur wenig beeinträchtigte, ganz zu schweigen von den winzigen Funken aus anderen Häusern, die etwas entfernt standen.

»Hiroko, siehst du jenen Stern, der so hell ist?« sagte er. »Wie nennt man ihn?«

Hiroko blickte auf und sagte ohne besonderes Interesse: »Das ist der Begleiter.«

»Warum nennt man ihn so?«

»Er umkreist unsere Sonne in achtzig Standardjahren. Um diese Jahreszeit ist er der Abendstern. Ihr könnt ihn auch bei Tageslicht sehen, wenn er über dem Horizont steht.«

Gut, dachte Trevize, die Astronomie ist ihr also nicht völlig fremd. »Weißt du, daß Alpha noch weitere Begleiter hat?« sagte er, »einen sehr kleinen, schwach leuchtenden, der viel weiter entfernt ist als jener helle Stern. Man kann ihn ohne Teleskop sehen.« (Er hatte ihn nicht selbst gesehen, hatte sich nicht die Mühe gemacht, ihn zu suchen, aber der Schiffscomputer hielt die Information in seinen Gedächtnisspeichern bereit.)

»Das hat man uns auf der Schule gesagt«, sagte sie gleichgültig.

»Aber was ist mit dem da? Siehst du diese sechs Sterne in einer Zickzacklinie?«

»Das ist Cassiopeia«, sagte Hiroko.

»Wirklich?« sagte Trevize verblüfft. »Welcher Stern?«

»Die alle. Das ganze Zickzackding. Das ist Cassiopeia.«

»Warum nennt man das so?«

»An dem Wissen gebricht es mir. Ich weiß nichts von Astronomie, geschätzter Trevize.«

»Siehst du den untersten Stern in der Zickzacklinie, der heller ist als die anderen Sterne? Wie heißt der?«

»Das ist ein Stern. Seinen Namen kenne ich nicht.«

»Aber mit Ausnahme der zwei Begleitsterne ist er der Stern, der von allen Alpha am nächsten ist. Er ist nur ein Parsek entfernt.«

»Ist das wahrhaftig so?« fragte Hiroko. »Ich weiß das nicht.«

»Könnte das nicht der Stern sein, um den die Erde kreist?«

Hiroko sah ohne großes Interesse in die Richtung, in die seine Hand wies. »Ich weiß nicht. Ich habe nie jemanden solches sagen hören.«

»Meinst du nicht, daß es so sein könnte?«

»Wie kann ich das sagen? Keiner weiß, wo die Erde etwa sein könnte. Ich... ich muß Euch jetzt verlassen. Morgen vor dem Strandfest muß ich Feldarbeit leisten. Ich sehe Euch dort nach dem Mittagessen. Ja?«

»Sicher, Hiroko.«

Sie drehte sich um und entfernte sich, lief schnell durch die Dunkelheit davon. Trevize blickte ihr nach und folgte den anderen dann in die schwach beleuchtete Hütte.

»Können Sie mir sagen, warum sie bezüglich der Erde gelogen hat, Wonne?« sagte er.

Wonne schüttelte den Kopf. »Ich glaube nicht, daß sie gelogen hat. Sie steht unter ungeheurer Spannung, ich habe das erst nach dem Konzert bemerkt. Die Spannung war schon da, bevor Sie sie nach den Sternen befragt haben.«

»Dann vielleicht weil sie ihre Flöte weggegeben hat?«

»Vielleicht. Ich kann es nicht sagen.« Sie wandte sich Fallom zu. »Ich möchte, daß du jetzt in dein Zimmer gehst, Fallom. Wenn du soweit bist, gehst du in den Anbau, benutzt das Klo, dann wäschst du dir die Hände und das Gesicht und putzt dir die Zähne!«

»Ich möchte gerne Flöte spielen, Wonne.«

»Nur eine kleine Weile und *sehr* leise. Verstehst du, Fallom? Und wenn ich es sage, mußt du aufhören.«

»Ja, Wonne.«

Nun waren die drei allein; Wonne saß auf dem einzigen Stuhl im Raum und die beiden Männer jeder auf seiner Pritsche.

»Hat es Sinn, noch länger auf diesem Planeten zu bleiben?« fragte Wonne.

Trevize zuckte die Achseln. »Es hat sich noch keine Gelegenheit ergeben, über die Erde in Verbindung mit den antiken Instrumenten zu sprechen; vielleicht finden wir dabei etwas. Außerdem könnte es sich möglicherweise lohnen, auf die Rückkehr der Fischfangflotte zu warten. Die Männer könnten vielleicht etwas wissen, was die Zuhausegebliebenen nicht wissen.«

»*Sehr* unwahrscheinlich, denke ich«, sagte Wonne. »Sind Sie sicher, daß nicht Hirokos dunkle Augen es sind, die Sie hier festhalten?«

»Das verstehe ich nicht, Wonne«, sagte Trevize ungehalten. »Was geht es Sie an, was ich tue? Warum maßen Sie sich eigentlich das Recht an, über mich Moralurteile zu fällen?«

»Ihre Moral ist mir völlig gleichgültig, aber Ihr Zögern beeinträchtigt unsere Expedition. Sie wollen die Erde finden, um endlich entscheiden zu können, ob Sie recht haben, wenn Sie Galaxia den Vorzug gegenüber Isolatenwelten geben. Ich möchte, daß Sie so entscheiden. Sie sagen, Sie müssen die Erde besuchen, um die Entscheidung zu treffen, und Sie scheinen überzeugt zu sein, daß die Erde um jenen hellen Stern am Himmel kreist. Dann lassen Sie uns doch endlich dorthin fliegen. Ich gebe zu, daß es nützlich wäre, einige Informationen über diesen Stern zu haben, ehe wir ihn aufsuchen. Aber mir ist klargeworden, daß wir hier diese Information nicht bekommen werden. Ich möchte nicht einfach deshalb hierbleiben, weil Hiroko Ihnen Freude bereitet.«

»Vielleicht werden wir abreisen«, sagte Trevize. »Lassen Sie mich darüber nachdenken, und ich versichere Ihnen, daß Hiroko keinen Einfluß auf meine Entscheidung haben wird.«

Pelorat meinte: »Ich finde, wir sollten zur Erde weiterfliegen, und wäre es nur, um zu sehen, ob sie nun radioaktiv verseucht ist oder nicht. Ich finde, es hat keinen Sinn, länger zu warten.«

»Sind Sie sicher, daß nicht Wonnes dunkle Augen Sie treiben?« meinte Trevize ein wenig bissig, fügte dann aber gleich hinzu: »Nein, das nehme ich zurück, Janov. Das war kindisch von mir. Trotzdem – dies ist wirklich eine bezaubernde Welt, ganz abgesehen von Hiroko. Und ich muß sagen, daß ich unter anderen Umständen versucht sein könnte, für immer hierzubleiben. – Finden Sie nicht, Wonne, daß Alpha Ihre Theorie in bezug auf Isolaten widerlegt?«

»Inwiefern?« fragte Wonne.

»Sie hatten doch behauptet, jede wahrhaft isolierte Welt würde im Lauf der Zeit gefährlich und feindselig.«

»Selbst Comporellon«, sagte Wonne ruhig, »eine Welt, die doch weit außerhalb der galaktischen Aktivitäten steht, wenn es auch theoretisch eine assoziierte Macht der Förderation der Foundation ist.«

»Aber *nicht* Alpha. Diese Welt ist total isoliert. Und doch können Sie sich nicht über die Freundlichkeit und die Gastfreundschaft ihrer Bewohner beklagen? Sie ernähren uns, kleiden uns, geben uns Unterkunft, veranstalten Feste zu unseren Ehren und bedrängen uns, hierzubleiben. Kann man an ihnen irgendein Fehl finden?«

»Anscheinend nicht. Hiroko gibt Ihnen sogar ihren Körper.«

»Was stört Sie das?« sagte Trevize ärgerlich. »Sie hat mir ihren Körper nicht gegeben. Wir haben uns gegenseitig unsere Körper gegeben. Es geschah aus freien Stücken, weil wir beide es wollten, und es hat uns beiden Vernügen bereitet. Sie können doch auch nicht sagen, daß Sie zögern, Ihren Körper dann zu geben, wenn es Ihnen paßt.«

»Bitte, Wonne«, sagte Pelorat. »Golan hat wirklich recht. Es gibt keinen Anlaß, sich in sein Privatleben zu mischen.«

»Solange es uns nicht beeinträchtigt«, sagte Wonne hartnäckig.

»Es beeinträchtigt uns nicht«, sagte Trevize. »Wir werden abreisen, das versichere ich Ihnen. Die Verzögerung, um weitere Informationen zu suchen, wird nicht lange dauern.«

»Und doch vertraue ich Isolaten nicht«, sagte Wonne, »selbst dann nicht, wenn sie Geschenke bringen.«

Trevizes beide Arme fuhren verärgert in die Höhe. »Da zieht man zuerst einen Schluß, und dann verdreht man alles, damit es einem in den Kram paßt. Typisch...«

»Sagen Sie es besser nicht«, sagte Wonne eisig. »Ich bin keine Frau. Ich bin Gaia. Gaia, nicht ich, ist beunruhigt.«

»Es gibt keinen Anlaß...«

In dem Augenblick war ein Scharren an der Tür zu hören.

Trevize erstarrte. »Was ist das?« fragte er leise.

Wonne zuckte die Achseln. »Machen Sie die Tür auf und sehen Sie nach! Sie sagen doch, daß dies eine freundliche Welt ist, die keinerlei Gefahr birgt.«

Dennoch zögerte Trevize, bis eine leise Stimme von der anderen Seite rief: »Bitte. Ich bin's!«

Es war Hirokos Stimme. Trevize riß die Tür auf.

Hiroko trat schnell ein. Ihre Wangen waren feucht.

»Schließ die Tür!« stieß sie hervor.

»Was ist denn?« fragte Wonne.

Hiroko klammerte sich an Trevize fest. »Ich konnte nicht wegbleiben. Ich habe es versucht, aber ich konnte es nicht ertragen! Geht! Ihr alle! Nehmt die Kleine mit! Nehmt Euer Schiff – verlaßt Alpha – solange es noch dunkel ist!«

»Aber warum?« fragte Trevize.

»Weil Ihr sonst alle sterben werdet. Ihr alle!«

84

Die drei Außenweltler starrten Hiroko eine Weile wie vom Donner gerührt an. Dann sagte Trevize: »Willst du damit sagen, daß deine Leute uns töten wollen?«

Und Hiroko antwortete, während ihr dicke Tränen über die Wangen rollten: »Ihr seid schon auf dem Weg zum Tode, geschätzter Trevize. Und die anderen mit Euch. – Vor langer Zeit haben die Gelehrten ein Virus geschaffen, das für uns harmlos ist, aber für Außenweltler tödlich. Uns hat man immun gemacht.« Sie zerrte verzweifelt an Trevizes Arm. »Ihr seid infiziert.«

»Wie?«

»Als wir uns miteinander vergnügten. Das ist eine Art, es zu übertragen.«

»Aber ich fühle mich vollkommen wohl«, sagte Trevize.

»Zur Zeit ist das Virus noch nicht aktiv. Es wird aktiv gemacht werden, wenn die Fischereiflotte zurückkehrt. Nach unseren Gesetzen müssen alle über so etwas entscheiden – auch die Männer. Alle werden sicherlich entscheiden, daß es getan werden muß, und bis zu der Zeit behalten wir Euch hier, zwei Tage noch. Verlaßt uns jetzt, solange es noch dunkel ist und keiner etwas argwöhnt!«

»Aber warum tun deine Leute dies?« fragte Wonne mit scharfer Stimme.

»Um unserer Sicherheit willen. Wir sind wenige und haben viel. Wir wollen nicht, daß Außenweltler hier eindringen. Wenn einer kommt und anderen von unserem Wohlstand berichtet, werden andere kommen, und deshalb müssen wir immer dann, wenn ein Schiff ankommt, sicherstellen, daß es nicht wieder abfliegt.«

»Aber weshalb warnst du uns dann?« fragte Trevize.

»Fragt nicht nach dem Grund – nein, ich will es Euch sagen, nachdem ich es wieder höre. Hört...«

Aus dem Nebenzimmer konnten sie Fallom leise spielen hören – eine unendlich süße Melodie.

»Ich kann nicht ertragen, daß jene Musik zerstört wird«, sagte Hiroko, »denn die Kleine wird ebenfalls sterben.«

»Hast du deshalb Fallom die Flöte gegeben?« fragte Trevize streng. »Weil du wußtest, daß du sie wiederbekommen würdest, wenn sie tot ist?«

Hiroko sah ihn erschrocken. »Nein, das hatte ich nicht im Sinn. Und als es mir schließlich in den Sinn kam, wußte ich, daß es nicht geschehen durfte. Geht mit dem Kind und nehmt die Flöte mit, damit ich sie nie mehr sehe! Ihr werdet im Weltraum sicher sein, und das Virus wird – inaktiv gelassen – in Eurem Körper nach einer Weile sterben. Dafür bitte ich, daß keiner von Euch je von dieser Welt spricht, damit nie ein anderer von ihr erfährt.«

»Wir werden nicht von ihr sprechen«, versicherte Trevize.

Hiroko blickte auf. Mit kaum hörbarer Stimme sagte sie: »Darf ich Euch noch einmal küssen, ehe Ihr abreist?«

»Nein«, sagte Trevize. »Ich bin bereits infiziert worden, und das reicht doch sicherlich.« Und dann fügte er etwas weniger unfreundlich hinzu: »Weine nicht. Die Leute werden dich fragen, weshalb du weinst, und du wirst nicht antworten können. – Ich werde dir verzeihen, was du mir angetan hast, weil du dich jetzt bemühst, uns zu retten.«

Hiroko richtete sich auf, wischte sich sorgfältig mit dem Handrücken die Wangen, atmete tief und sagte: »Dafür danke ich Euch«, und eilte davon.

»Wir werden das Licht ausschalten und eine kleine Weile warten und dann verschwinden«, sagte Trevize. »Wonne, sagen Sie Fallom, sie soll aufhören, das Instrument zu spielen, und nehmen Sie ihr die Flöte weg. – Und dann begeben wir uns zum Schiff, wenn wir es im Dunkeln finden können.«

»Ich werde es finden«, sagte Wonne, »von mir ist Kleidung an Bord, und so schwach das auch sein mag, auch diese Kleidung ist Gaia. Gaia wird es nicht schwerfallen, Gaia zu finden.« Und sie verschwand in ihrem Zimmer, um Fallom zu holen.

»Meinen Sie, daß die unser Schiff beschädigt haben, um uns auf dem Planeten festzuhalten?« fragte Pelorat.

»Dazu haben sie nicht die technischen Mittel«, sagte Trevize finster. Als Wonne mit Fallom an der Hand hereinkam, schaltete Trevize das Licht aus.

Dann saßen sie, wie ihnen schien, die halbe Nacht in der Finsternis – obwohl es wahrscheinlich nur eine halbe Stunde war. Dann öffnete Trevize vorsichtig und lautlos die Tür. Der Himmel war etwas bewölkt, aber Sterne leuchteten. Hoch am Himmel stand jetzt Cassiopeia, mit dem Stern an der unteren Spitze, der vielleicht die Sonne der Erde war. Die Luft war unbewegt, und kein Laut war zu hören.

Vorsichtig trat Trevize ins Freie und winkte den anderen, ihm zu folgen. Seine rechte Hand legte sich fast automatisch auf den Kolben seiner Neuronenpeitsche. Er war sicher, daß er sie nicht würde benutzen müssen, aber...

Wonne übernahm die Führung der kleinen Gruppe. Sie hielt Pelorat an der Hand, der seinerseits die Hand Trevizes hielt. Mit der anderen Hand führte Wonne Fallom, und Fallom hielt mit der anderen Hand die Flöte. Indem sie vorsichtig in der fast totalen Finsternis mit den Füßen den Boden abtastete, führte Wonne die anderen in die Richtung, in der sie ganz schwach den Teil Gaias in Form ihrer Kleidung an Bord der *Far Star* fühlte.

SIEBENTER TEIL

Erde

19. RADIOAKTIV?

85

Die *Far Star* startete lautlos, stieg langsam durch die Atmosphäre empor und ließ die dunkle Insel unter sich zurück. Die wenigen schwachen Lichtpunkte unter ihnen verblaßten und verschwanden dann, und je dünner die Atmosphäre in der Höhe wurde, um so mehr wuchs die Geschwindigkeit des Schiffes, und die Lichtpunkte am Himmel über ihnen wurden zahlreicher und heller.

Schließlich sahen sie unter sich nur noch die beleuchtete Hemisphäre des Planeten Alpha, die zum größten Teil in Wolken gehüllt war.

»Ich nehme an, daß sie keine aktive Raumfahrttechnik besitzen«, sagte Pelorat. »Sie können uns nicht folgen.«

»Ich weiß nicht, ob mich das sehr aufmuntert«, sagte Trevize mit finsterer Mine und mutlos klingender Stimme. »Ich bin infiziert.«

»Aber mit einem inaktiven Virus«, sagte Wonne.

»Trotzdem, man kann ihn aktivieren. Sie hatten dafür eine Methode. Was ist das für eine Methode?«

Wonne zuckte die Achseln. »Hiroko hat gesagt, daß das Virus im inaktiven Zustand schließlich in einem nicht darauf angepaßten Körper sterben würde – so wie der Ihre das ist.«

»Ja?« sagte Trevize ungehalten. »Woher weiß sie das? Und was das betrifft, woher weiß ich denn, daß das, was Hiroko gesagt hat, keine Lüge war, nur um sich selbst zu trösten? Und besteht nicht die Möglichkeit, daß die Aktivierungsmethode, worin auch immer sie besteht, auf natürlichem Wege dupliziert werden kann? Eine bestimmte Chemikalie, eine Strahlungsart, eine ... eine ... wer weiß? Vielleicht werde ich plötzlich krank, und dann würden Sie drei auch sterben. Oder – angenommen, es passiert erst, nachdem wir eine bewohnte Welt erreicht haben – dann könnte sich eine bösartige Seuche entwickeln, die von den Flüchtlingen auf andere Welten übertragen werden könnte.«

Er sah Wonne an. »Können Sie etwas dagegen tun?«

Wonne schüttelte langsam den Kopf. »Das ist nicht einfach. Natürlich gibt es auch Parasiten, aus denen sich Gaia zusammensetzt – Mikroorganismen, Würmer. Sie sind ein gutartiger Teil des ökologischen Gleichgewichts. Sie leben und leisten ihren Beitrag zum Weltbewußtsein, wachsen aber nie über das notwendige Maß hinaus. Sie leben, ohne merkbaren Schaden anzurichten. Das Problem ist nur, Trevize, daß das Virus, das Sie sich zugezogen haben, nicht Teil von Gaia ist.«

»Sie sagen ›nicht einfach‹«, sagte Trevize und runzelte die Stirn. »Können Sie sich unter den gegebenen Umständen die Mühe machen, es dennoch zu tun, selbst wenn es vielleicht schwierig ist? Können Sie das Virus in mir lokalisieren und es zerstören? Und können Sie, wenn das nicht geht, wenigstens meine Abwehrkräfte stärken?«

»Ist Ihnen eigentlich klar, was Sie da fordern, Trevize? Ich bin nicht mit der Mikroflora Ihres Körpers vertraut. Ich kann ein Virus in Ihren Körperzellen nicht einfach von den normalen Genen unterscheiden, die Sie bewohnen. Noch schwieriger wäre es, zwischen Viren zu unterscheiden, an die Ihr Körper gewöhnt ist und jenen, mit denen Hiroko Sie infiziert hat. Ich werde es versuchen, Trevize, aber es wird lange Zeit in Anspruch nehmen, und ich bin nicht sicher, ob mir das gelingt.«

»Nehmen Sie sich die Zeit«, sagte Trevize, »versuchen Sie es!«

»Sicherlich«, sagte Wonne.

Pelorat hatte dem Wortwechsel stumm zugehört und sagte nun: »Wenn Hiroko die Wahrheit gesagt hat, dann könntest du vielleicht Viren finden, deren Vitalität bereits sichtlich abnimmt, und könntest diesen Prozeß beschleunigen.«

»Das könnte ich«, sagte Wonne. »Das ist eine gute Idee.«

»Sie werden aber nicht etwa schwach werden?« vergewisserte sich Trevize. »Sie werden wertvolles Leben zerstören, wenn Sie diese Viren töten. Das wissen Sie doch.«

»Jetzt sind Sie zynisch, Trevize«, meinte Wonne kühl, »aber zynisch oder nicht, Sie weisen mich da auf ein echtes Problem hin. Trotzdem kann ich wohl nicht umhin, Sie vor dem Virus einzuordnen. Ich werde diese Viren töten, wenn ich es schaffe, haben Sie keine Angst. Schließlich, selbst wenn ich Sie nicht in Betracht ziehen würde« – und dabei zuckte ihr Mund, als würde sie ein Lächeln unterdrücken –, »dann betrifft das Risiko sicherlich auch Pelorat und Fallom, und Sie haben vielleicht mehr Zutrauen in meine Gefühle, die ich für die beiden hege, als in meine Gefühle für Sie. Vielleicht erinnern Sie sich sogar daran, daß ich selbst in Gefahr bin.«

»In Ihre Selbstliebe habe ich kein Vertrauen«, murmelte Trevize. »Sie sind ganz sicher bereit, Ihr Leben für irgendein höheres Motiv zu opfern. Aber Ihre Sorge um Pelorat akzeptiere ich.« Er hielt kurz inne und meinte dann: »Ich höre Falloms Flöte nicht. Stimmt bei ihr irgend etwas nicht?«

»Nein«, sagte Wonne. »Sie schläft. Ein völlig natürlicher Schlaf übrigens, mit dem ich nichts zu tun hatte. Ich würde auch vorschlagen, daß wir das auch tun, nachdem Sie den Sprung zu dem Stern, den wir für Sonne der Erde halten, ausgearbeitet haben. Ich brauche den Schlaf dringend und möchte fast meinen, daß es Ihnen ähnlich geht, Trevize.«

»Ja, wenn ich es schaffe. – Sie hatten übrigens recht, das wissen Sie ja, Wonne.«

»Worin hatte ich recht, Trevize?«

»Was die Isolaten betrifft. Neu-Erde war doch kein Paradies, wenn es auch vielleicht so ausgesehen hat. All diese Gastfreundschaft, all die großzügige Freundlichkeit, die wir zunächst erlebten, diente nur dazu, uns in Sicherheit zu wiegen, so daß einer von uns leicht infiziert werden konnte. Und all die Gastfreundlichkeit nachher, die verschiedenen Feste, hatten nur den Zweck, uns festzuhalten, bis die Fischereiflotte zurückkehrte und die Aktivierung durchgeführt werden konnte. Und wenn Fallom und ihre Musik nicht gewesen wären, hätten sie es auch geschafft. Es kann durchaus sein, daß Sie auch darin recht hatten.«

»In bezug auf Fallom?«

»Ja. Ich wollte sie nicht mitnehmen und war nie so richtig damit einverstanden, daß sie im Schiff ist. Ihnen ist es zuzuschreiben, Wonne, daß wir sie hier haben. Und sie hat uns, ohne das zu wissen, das Leben gerettet. Und trotzdem...«

»Und trotzdem – *was?*«

»Und trotzdem beunruhigt mich Falloms Anwesenheit *immer noch*. Ich weiß nicht, warum das so ist.«

»Wenn Ihnen danach besser zumute ist, Trevize, dann will ich Ihnen sagen, daß wir meiner Absicht nach keineswegs alles Fallom zuschreiben dürfen. Hiroko hat Falloms Musik als Vorwand gebraucht, um eine Tat zu begehen, die die anderen Alphaner ganz sicher als einen Akt des Hochverrats betrachten. Vielleicht hat sie es sogar selbst geglaubt. Aber da war noch etwas in ihrem Bewußtsein, etwas, das ich vage wahrgenommen habe, aber nicht eindeutig identifizieren konnte. Etwas, dessen sie sich vielleicht schämte und das sie aus diesem Grunde nicht in ihr Bewußtsein vordringen ließ. Ich habe den Eindruck, daß sie Ihnen gegenüber ein Gefühl der Wärme empfand und nicht zulassen wollte, daß Sie sterben, und zwar ohne Rücksicht auf Fallom und ihre Musik.«

»Glauben Sie das wirklich?« sagte Trevize und lächelte, das erste Lächeln, seit sie Alpha verlassen hatten.

»Das glaube ich. Sie müssen etwas an sich haben, das Frauen tief beeindruckt. Sie haben Minister Lizalor überredet, uns die Erlaubnis zur Benutzung unseres Schiffes zu geben und Comporellon zu verlassen, und Sie haben mitgeholfen, Hiroko so zu beeinflussen, daß sie unser Leben gerettet hat. Lob, wem Lob gebührt!«

Trevizes Lächeln wurde breiter. »Nun, wenn Sie meinen. – Also weiter, zur Erde!«

Er verschwand mit beinahe federnden Schritten ins Cockpit.

Pelorat blieb zurück und meinte: »Jetzt hast du ihn doch besänftigt, nicht wahr, Wonne?«

»Nein, Pelorat. Ich habe sein Bewußtsein nie berührt.«

»Das hast du ganz sicher mit diesem Lob seiner männlichen Eitelkeit.«

»Völlig indirekt«, sagte Wonne und lächelte.

»Trotzdem, ich danke dir, Wonne.«

86

Nach dem Sprung war der Stern, der vielleicht die Sonne der Erde war, immer noch ein Zehntel Parsek entfernt. Er war jetzt bei weitem das hellste Objekt am Himmel, aber trotzdem war er noch nicht mehr als irgendein Stern.

Trevize filterte sein Licht, um ihn besser betrachten zu können, und studierte ihn ernst.

»Es scheint außer Zweifel, daß dies praktisch ein Zwilling von Alpha ist, dem Stern, den Neu-Erde umkreist«, sagte er. »Und doch ist Alpha in der Computerkarte enthalten und dieser Stern nicht. Wir haben keinen Namen für diesen Stern, kennen seine Daten nicht und haben keinerlei Informationen bezüglich seines Planetensystems – falls er ein solches besitzt.«

»Ist das nicht genau das, was zu erwarten wäre, wenn die Erde um diese Sonne kreist?« fragte Pelorat. »Das paßt doch genau zu der Tatsache, daß allem Anschein nach alle Informationen über die Erde gelöscht worden sind.«

»Ja, aber ebensogut könnte es bedeuten, daß es eine Spacerwelt ist, die nur zufälligerweise nicht auf der Liste an der Wand des Gebäudes auf Melpomenia enthalten war. Wir können ja schließlich nicht sicher sein, daß diese Liste vollständig war. Ebensogut könnte es sein, daß dieser Stern keine Planeten hat und deshalb nicht wert ist, in einer Computerkarte enthalten zu sein, die hauptsächlich für militärische und kommerzielle Zwecke benutzt wird. – Janov, gibt es irgendeine Legende, wonach die Sonne der Erde nur etwa ein Parsek von einem Zwilling ihrer selbst entfernt ist?«

Pelorat schüttelte den Kopf. »Tut mir leid, Golan, aber mir fällt keine derartige Legende ein. Trotzdem kann es natürlich eine geben. Mein Gedächtnis ist nicht perfekt. Ich werde suchen.«

»Nicht wichtig. Gibt es irgendeinen Namen für die Sonne der Erde?«

»Es sind einige unterschiedliche Namen bekannt. Ich kann mir vorstellen, daß es in jeder der verschiedenen Sprachen einen anderen Namen gegeben hat.«

»Ich vergesse immer wieder, daß die Erde viele Sprachen hatte.«

»Die muß sie gehabt haben. Nur so geben viele der Legenden einen Sinn.«

»Na schön, was tun wir dann?« sagte Trevize etwas pikiert. »Wir können aus dieser Entfernung überhaupt nichts in bezug auf das Planetensystem feststellen, und müssen daher näher rücken. Ich wäre gerne vorsichtig, aber man kann die Vorsicht auch übertreiben, und ich sehe keine Anzeichen möglicher Gefahr. Mutmaßlich ist etwas, das mächtig genug ist, in der ganzen Galaxis jegliche Information über die Erde zu löschen, auch mächtig genug, uns selbst auf diese Entfernung zu vernichten, wenn es ernsthaft den Wunsch hat, nicht aufgefunden zu werden. Aber bis jetzt ist nichts geschehen. Es ist einfach unvernünftig, ewig hierzubleiben, nur weil die Möglichkeit besteht, daß etwas geschehen könnte, wenn wir näherrücken, nicht wahr?«

»Der Computer hat ja wohl nichts entdeckt, das man als gefährlich deuten könnte«, sagte Wonne.

»Wenn ich sage, daß ich keine Anzeichen für eine mögliche Gefahr erkenne, dann verlasse ich mich dabei voll und ganz auf den Computer. Mit bloßem Auge kann ich ganz sicher nichts sehen. Das würde ich auch nicht erwarten.«

»Dann schließe ich aus Ihren Worten, daß Sie nur Unterstützung suchen, ehe Sie eine Entscheidung treffen, die Sie für riskant halten. Also gut, ich bin dabei. Schließlich sind wir nicht so weit gekommen, um jetzt grundlos kehrtzumachen, oder?«

»Nein«, sagte Trevize. »Was sagen Sie, Pelorat?«

»Ich sage, wir fliegen weiter«, erklärte der, »und wäre es nur aus Neugier. Es wäre unerträglich, jetzt umzukehren, ohne zu wissen, ob wir die Erde gefunden haben.«

»Also gut«, sagte Trevize, »dann sind wir uns alle einige.«

»Keineswegs«, meinte Pelorat. »Da ist noch Fallom.«

Trevize sah ihn erstaunt an. »Wollen Sie damit vorschlagen, daß wir das Kind befragen? Welchen Wert würde Falloms Meinung denn haben, selbst wenn sie eine hätte? Außerdem wäre doch sicher ihr einziger Wunsch, zu ihrer eigenen Welt zurückzukehren.«

»Können Sie ihr das verübeln?« fragte Wonne.

Und weil die Rede auf Fallom gekommen war, nahm Trevize plötzlich ihre Flöte wahr, die in recht munteren Marschrhythmen tönte.

»Hören Sie sich das an!« sagte er. »Wo hat sie je etwas im Marschrhythmus gehört?«

»Vielleicht hat Jemby ihr auf der Flöte Märsche vorgespielt.«

Trevize schüttelte den Kopf. »Das bezweifle ich. Tanzrhythmen, würde ich meinen, Schlaflieder. – Hören Sie, Fallom macht mich wirklich unruhig. Sie lernt zu schnell.«

»Ich *helfe* ihr«, sagte Wonne. »Vergessen Sie das nicht! Und sie ist *sehr* intelligent und ist in der Zeit, die sie jetzt bei uns ist, in außergewöhnlichem Maße stimuliert worden. Neue Empfindungen haben ihr Bewußtsein förmlich überflutet. Sie hat den Weltraum gesehen, andere Welten, viele Menschen, und alles das zum erstenmal.«

Falloms Marschmusik wurde wilder und barbarischer.

Trevize seufzte und sagte: »Nun, sie ist hier und erzeugt Musik, die Optimismus ausstrahlt, Freude am Abenteuer. Ich nehme das als ihr Votum dafür, daß wir die Reise fortsetzen. Wir wollen vorsichtig sein und das Planetensystem dieser Sonne überprüfen.«

»Wenn es eines gibt«, sagte Wonne.

Trevize lächelte. »Es gibt ein Planetensystem. Darauf wette ich. Nennen Sie einen Betrag!«

87

»Sie haben verloren«, sagte Trevize abwesend. »Zu welchem Betrag hatten Sie sich denn entschlossen?«

»Zur gar keinem. Ich habe die Wette überhaupt nicht angenommen«, sagte Wonne.

»Ist auch recht. Ich würde das Geld ohnehin nicht nehmen wollen.«

Sie waren etwa zehn Milliarden Kilometer von der Sonne entfernt. Sie war immer noch sternähnlich, aber sie zeigte etwa ein Viertausendstel der Helligkeit einer durchschnittlichen Sonne von der Oberfläche eines bewohnbaren Planeten aus gesehen.

»Wir könnten unter Vergrößerung im Augenblick zwei Planeten sehen«, sagte Trevize. »Nach den gemessenen Durchmessern und dem Spektrum des reflektierten Lichts handelt es sich eindeutig um Gasriesen.«

Das Schiff stand außerhalb der planetarischen Ebene, und Wonne und Pelorat, die Trevize über die Schulter blickten und den Bildschirm betrachteten, entdeckten zwei winzige Halbmonde aus grünlichem Licht.

Der kleinere davon war bereits in der dickeren Phase.

»Janov!« rief Trevize. »Es ist doch richtig, nicht wahr, daß die Sonne der Erde vier Gasriesen haben soll?«

»Nach den Legenden ist das so«, sagte Pelorat.

»Der der Sonne am nächsten befindliche von den vieren ist der größte, und der zweitnächste hat Ringe. Stimmt das?«

»Große, auffällige Ringe, Golan. Ja. Trotzdem, alter Junge, Sie müssen schon in Betracht ziehen, daß eine Legende, wenn sie immer wieder erzählt wird, auch Übertreibungen enthält. Wenn wir keine Planeten mit einem außergewöhnlichen Ringsystem finden,

so meine ich nicht, daß wir das schon als Beweis gelten lassen sollten, dies sei nicht der Stern der Erde.«

»Trotzdem, die beiden, die wir hier sehen, könnten die entferntesten sein, und die beiden näheren befinden sich vielleicht augenblicklich auf der anderen Seite der Sonne und sind daher zu weit
entfernt, als daß man sie ohne weiteres vor dem Hintergrund der
Sterne ausmachen könnte. Wir müssen noch näher heran – und an
der Sonne vorbei, auf die andere Seite.«

»Geht das in Anbetracht der Masse des Sterns?«

»Ich bin sicher, daß der Computer das mit der gebührenden Vorsicht schafft. Wenn er zu dem Schluß gelangt, daß die Gefahr zu
groß ist, dann wird er sich einfach weigern, uns den Sprung machen zu lassen, und dann müssen wir uns in vorsichtigen, kleineren Schritten bewegen.«

Sein Bewußtsein erteilte dem Computer die Anweisung – und
das Sternenfeld auf dem Bildschirm veränderte sich. Der Stern
wurde deutlich heller und wanderte dann vom Bildschirm, während der Computer, seinen Anweisungen folgend, den Himmel
nach einem weiteren Gasriesen absuchte. Dabei hatte er Erfolg.

Die drei Betrachter erstarrten und sahen wie gebannt auf den
Schirm, während Trevizes Bewußtsein, vor Staunen beinahe hilflos, dem Computer die Anweisung erteilte, das Bild noch stärker zu
vergrößern.

»Unglaublich!« stieß Wonne hervor.

88

Ein Gasriese war zu sehen, und zwar war der Betrachtungswinkel
so, daß der größte Teil des Planeten von der Sonne beleuchtet war.
Um ihn schlang sich ein breiter, strahlender Ring aus Material, der
so zur Seite gekippt war, daß er das Sonnenlicht widerspiegelte.
Der Ring war heller als der Planet selbst, und durch eine schmale
Trennungslinie in einen schmaleren und einen breiteren Streifen
geteilt.

Trevize verlangte größtmögliche Bildverbesserung, und aus dem
einen Ring wurden zahlreiche schmale konzentrische Ringe, die im
Licht der Sonne funkelten. Auf dem Bildschirm war jetzt nur noch
ein Teil des Ringsystems zu sehen, der Planet selbst war ver-

schwunden. Eine weitere Anweisung Trevizes bewirkte, daß sich eine Ecke des Bildschirms abtrennte und in ihr ein Miniaturbild des Planeten und seiner Ringe unter schwächerer Vergrößerung zeigte.

»Ist so etwas häufig?« fragte Wonne beeindruckt.

»Nein«, sagte Trevize. »Beinahe jeder Gasriese hat Ringe aus planetarischem Schutt, aber die sind meistens dünn und schmal. Ich habe einmal einen gesehen, dessen Ringe schmal, aber ganz hell waren. Aber so etwas wie das hier habe ich nie gesehen und auch nie von Ähnlichem gehört.«

»Das ist ganz eindeutig der beringte Riese, von dem in den Legenden die Rede ist«, sagte Pelorat. »Wenn das wirklich einmalig ist...«

»Wirklich einmalig, soweit ich das weiß – oder der Computer«, sagte Trevize.

»Dann *muß* das das Planetensystem sein, dem die Erde angehört. Einen solchen Planeten könnte niemand erfinden. Man muß ihn sehen, um ihn beschreiben zu können.«

»Jetzt bin ich bereit, fast alles zu glauben, was Ihre Legenden berichten«, sagte Trevize. »Dies ist der sechste Planet, und die Erde würde der dritte sein?«

»Richtig, Golan.«

»Dann würde ich sagen, daß wir weniger als 1,5 Milliarden Kilometer von der Erde entfernt sind und noch nicht aufgehalten wurden. Gaia hat uns aufgehalten, als wir uns näherten.«

»Sie waren näher an Gaia, als man Sie aufhielt«, sagte Wonne.

»Ah«, sagte Trevize, »aber nach meiner Meinung ist die Erde mächtiger als Gaia, und ich halte das für ein gutes Zeichen. Wenn man uns nicht aufhält, so kann es sein, daß die Erde nichts gegen unsere Annäherung einzuwenden hat.«

»Oder daß es keine Erde gibt«, meinte Wonne.

»Hätten Sie diesmal Lust auf eine Wette?« fragte Trevize grimmig.

»Ich glaube, Wonne meint etwas anderes«, warf Pelorat ein. »Nämlich, daß die Erde vielleicht radioaktiv ist, wie anscheinend alle glauben, und daß uns deshalb niemand aufhält, weil es auf der Erde kein Leben mehr gibt.«

»Nein«, sagte Trevize heftig. »Ich will alles glauben, was über die Erde gesagt wurde, nur das *nicht*. Wir werden jetzt zur Erde fliegen und selbst nachsehen. Und ich habe das sichere Gefühl, daß man uns nicht aufhalten wird.«

89

Die Gasriesen lagen ein gutes Stück hinter ihnen. Innerhalb des der Sonne am nächsten befindlichen Gasriesen gab es einen Asteroidengürtel (es war der größte und umfangreichste, ganz so wie es die Legenden berichteten).

Innerhalb des Asteroidengürtels bewegten sich vier Planeten.

Trevize studierte sie sorgfältig. »Der dritte ist der größte. Die Größe paßt, und der Abstand von der Sonne ebenfalls. Er könnte bewohnbar sein.«

Pelorat nahm in Trevizes Worten etwas wahr, das wie Unsicherheit klang.

»Hat er eine Atmosphäre?« fragte er.

»Oh, ja«, sagte Trevize. »Alle drei haben eine Atmosphäre, der zweite, dritte und der vierte. Und es ist genauso, wie es die alten Geschichten berichten: Der zweite ist zu dicht, der vierte nicht dicht genug, aber der dritte ist gerade richtig.«

»Dann meinen Sie, daß der dritte die Erde sein könnte?«

»Ob ich das *meine*?« herrschte Trevize ihn beinahe an. »Das *ist* die Erde. Und der Planet hat auch den riesigen Satelliten, von dem Sie gesprochen haben.«

»Tatsächlich?« Pelorats Gesicht strahlte, wie Trevize es noch nie hatte strahlen sehen.

»Absolut! Da, sehen Sie ihn sich unter maximaler Vergrößerung an.«

Pelorat sah zwei Halbmonde, von denen der eine deutlich größer und heller war als der andere.

»Ist der kleinere der Satellit?« wollte er wissen.

»Ja, er ist ein gutes Stück weiter von dem Planeten entfernt, als man erwarten möchte, aber er umkreist ihn ganz eindeutig. Er hat tatsächlich die Masse eines kleinen Planeten. Er ist zwar kleiner als irgendeiner der vier inneren Planeten, trotzdem ist er für einen Satelliten recht groß. Er hat einen Durchmesser von wenigstens zweitausend Kilometern. Das ist eigentlich der Größenbereich der Satelliten, die um Gasriesen kreisen.«

»Nicht größer?« Pelorat schien enttäuscht. »Dann ist es kein Riesensatellit?«

»Doch. Wenn ein Satellit mit einem Durchmesser von zwei- bis dreitausend Kilometern einen enorm großen Gasriesen umkreist, ist das normal. Wenn aber ein Satellit dieser Größe einen kleinen, felsigen, unbewohnten Planeten umkreist, dann ist das etwas ganz anderes. Dieser Satellit hat einen Durchmesser, der etwa ein Viertel des Durchmessers der Erde beträgt. Wann haben Sie je von so etwas in bezug auf einen bewohnbaren Planeten gehört?«

Pelorat meinte etwas furchtsam: »Ich weiß von solchen Dingen leider sehr wenig.«

»Dann sollten Sie mir glauben, Janov«, erklärte Trevize. »Das ist einmalig. Wir sehen hier etwas vor uns, was man praktisch als Doppelplanet bezeichnen kann, und es gibt wenig bewohnbare Planeten, die von etwas anderem als Steinchen umkreist werden. – Janov, wenn Sie an diesen Gasriesen mit seinem enormen Ringsystem an der sechsten Stelle, und an diesen Planeten mit seinem enormen Satelliten an der dritten denken – und beide dieser unglaublichen Fakten sind in Ihren Legenden erwähnt – dann *muß* diese Welt, die Sie da sehen, die Erde sein. Es ist unmöglich, daß sie das nicht ist. Wir haben sie gefunden, Janov; wir haben sie gefunden!«

90

Dies war jetzt der zweite Tag ihres langsamen, antriebslosen Fluges zur Erde, und Wonne gähnte beim Abendessen. »Mir scheint, wir haben mehr Zeit damit verbracht, im Langsamflug auf Planeten zuzufliegen und uns von ihnen zu entfernen, als sonst irgend etwas«, meinte sie. »Wir haben buchstäblich Wochen damit verbracht.«

»Das liegt zum Teil daran«, erklärte Trevize, »weil Sprünge in zu geringer Entfernung von einem Stern gefährlich sind. Und in *diesem* Fall bewegen wir uns deshalb sehr langsam, weil ich nicht zu schnell auf eine mögliche Gefahr zugehen möchte.«

»Ich dachte, Sie hätten gesagt, Ihrem Gefühl nach würde man uns nicht aufhalten.«

»Der Ansicht bin ich nach wie vor, aber ich möchte nicht alles auf Gefühle setzen.« Trevize musterte den Inhalt seines Löffels, ehe er ihn in den Mund schob, und sagte dann: »Wissen Sie, der Fisch, den wir auf Alpha hatten, geht mir ab. Wir haben dort nur drei Mahlzeiten zu uns genommen.«

»Jammerschade«, pflichtete Pelorat ihm bei.

»Nun«, sagte Wonne, »wir haben fünf Welten besucht und mußten jede davon in solcher Hast verlassen, daß wir nie Zeit hatten, unsere Lebensmittelvorräte aufzufüllen und ein wenig Vielfalt hineinzubringen. Selbst wenn die Welt Nahrungsmittel anzubieten hatte, so wie das bei Comporellon und Alpha der Fall war und wahrscheinlich...«

Sie führte den Satz nicht zu Ende, weil Fallom, die schnell aufgeblickt hatte, das für sie tat. »Solaria? – Habt ihr dort keine Lebensmittel bekommen? Es gibt dort eine Menge Lebensmittel. Ebensoviel wie auf Alpha und noch dazu bessere.«

»Das weiß ich, Fallom«, sagte Wonne. »Wir hatten nur keine Zeit.«

Fallom blickte sie ernst an. »Werde ich je Jemby wiedersehen, Wonne? Sag mir die Wahrheit!«

»Vielleicht, wenn wir nach Solaria zurückkehren«, antwortete Wonne.

»Werden wir je nach Solaria zurückkehren?«

Wonne zögerte. »Das kann ich nicht sagen.«

»Jetzt fliegen wir doch zur Erde, stimmt's? Ist das nicht der Planet, von dem wir alle herstammen?«

»Wo unsere *Vorfahren* herstammten«, sagte Wonne.

»Ich kann schon ›Ahnen‹ sagen«, meinte Fallom.

»Ja, wir fliegen zur Erde.«

»Warum?«

Darauf meinte Wonne leichthin: »Würde denn nicht jeder den Wunsch verspüren, die Welt seiner Ahnen zu sehen?«

»Ich glaube, dahinter steckt mehr. Ihr wirkt alle so beunruhigt.«

»Aber wir sind noch nie zuvor dort gewesen. Wir wissen nicht, was uns erwartet.«

»Ich glaube, es ist mehr als das.«

Wonne lächelte. »Du bist mit Essen fertig, Fallom, Liebes, warum gehst du also nicht ins Zimmer und spielst uns auf deiner Flöte eine kleine Serenade. Dein Flötenspiel wird immer schöner. Komm!« Sie versetzte Fallom einen Klaps auf das Hinterteil, und Fallom huschte davon, wobei sie sich nur einmal umdrehte, um Trevize einen nachdenklichen Blick zuzuwerfen.

Trevize blickte ihr mit sichtlichem Abscheu nach. »Kann dieses Ding Gedanken lesen?«

»Nennen Sie sie nicht ›Ding‹, Trevize!« verwies ihn Wonne mit scharfer Stimme.

»Kann sie Gedanken lesen? Sie müßten das wissen.«

»Nein, das kann sie nicht. Und Gaia kann es auch nicht, ebensowenig die Leute von der Zweiten Foundation. Gedanken zu *lesen* in dem Sinne, daß man sie wie ein Gespräch belauscht oder wenigstens klare Ideen ausmacht, ist etwas, das weder heute noch in vorhersehbarer Zukunft möglich ist. Wir können Emotionen wahrnehmen, interpretieren und in gewissem Ausmaß manipulieren, aber das ist ganz und gar nicht dasselbe.«

»Woher wissen Sie, daß sie diese Sache, die angeblich nicht möglich ist, nicht doch kann?«

»Weil ich, wie Sie gerade selbst sagten, in der Lage wäre, es festzustellen.«

»Vielleicht manipuliert sie Sie so, daß Sie es nicht bemerken.«

Wonne verdrehte die Augen. »Seien Sie vernünftig, Trevize. Selbst wenn sie ungewöhnliche Fähigkeiten besäße, könnte sie sie an mir nicht anwenden, denn ich bin nicht Wonne, ich bin Gaia. Das vergessen Sie immer wieder. Haben Sie eine Ahnung von der geistigen Massenträgheit, wie sie ein ganzer Planet darstellt? Meinen Sie allen Ernstes, ein Isolat, und wäre er noch so talentiert, könnte dagegen etwas ausrichten?«

»Alles wissen Sie auch nicht, Wonne, seien Sie also nicht allzu vertrauensselig!« sagte Trevize mürrisch. »Dieses D . . . – *sie* ist noch nicht lange bei uns. Ich könnte in so kurzer Zeit höchstens Bruchstücke einer Sprache erlernen, sie hingegen spricht bereits perfekt galaktisch, und zwar mit einem umfangreichen Wortschatz. Ja, ich weiß, Sie haben ihr geholfen, aber ich wünschte, Sie würden damit aufhören.«

»Ich habe Ihnen gesagt, daß ich ihr helfe, aber ich habe Ihnen auch gesagt, daß sie unglaublich intelligent ist. Intelligent genug, daß ich es gerne sähe, wenn sie ein Teil Gaias wäre. Wenn wir sie zu uns herüberziehen könnten, jung genug ist sie noch, könnten wir genügend über die Solarianer lernen, um am Ende ihre ganze Welt absorbieren zu können. Das könnte durchaus nützlich für uns sein.«

»Ist Ihnen je in den Sinn gekommen, daß die Solarianer selbst nach *meinen* Maßstäben pathologische Isolaten sind?«

»Als Teil Gaias würden sie das nicht bleiben.«

»Ich glaube, Sie haben unrecht, Wonne. Ich glaube, dieses solarische Kind ist gefährlich, und wir sollten zusehen, daß wir es loswerden.«

»Wie? Sollen wir sie aus der Luftschleuse werfen? Sie töten, in kleine Stücke hacken und sie unseren Lebensmittelvorräten zufügen?«

Pelorat wurde blaß. »Aber Wonne!«

Und Trevize sagte: »Diese Bemerkung war widerwärtig und völlig unnötig.« Er lauschte einen Augenblick. Die Flöte tönte fehlerlos und gleichmäßig, und sie hatten im Flüsterton gesprochen. »Wenn das alles vorbei ist, müssen wir sie nach Solaria zurückbringen und sicherstellen, daß Solaria für alle Zeit von der Galaxis abgeschnitten wird. Ich selbst habe das Gefühl, daß der Planet zerstört werden sollte. Ich mißtraue ihm und fürchte ihn.«

Wonne überlegte eine Weile und meinte dann: »Trevize, ich weiß, daß Sie die Gabe besitzen, richtige Entscheidungen zu treffen, aber ich weiß auch, daß Sie für Fallom von Anfang an Antipathie empfunden haben. Ich vermute, das kommt vielleicht daher, weil man Sie auf Solaria erniedrigt hat und sie demzufolge den Planeten und seine Bewohner hassen. Da ich mich nicht in Ihr Bewußtsein einschalten darf, kann ich Ihnen das nicht mit Sicherheit sagen, glaube aber, daß es so ist. Bitte vergessen Sie aber nicht, daß wir, hätten wir Fallom nicht mitgenommen, im Augenblick auf Alpha wären – tot und, wie ich vermute, begraben.«

»Das weiß ich, Wonne, aber trotzdem . . .«

»Und ihre Intelligenz ist etwas, was man bewundern, nicht beneiden sollte.«

»Ich beneide sie nicht. Ich fürchte sie.«

»Ihre Intelligenz?«

Trevize leckte sich nachdenklich die Lippen. »Nein, nicht ganz.«

»Was dann?«

»Ich weiß nicht. Wonne, wenn ich wüßte, was ich fürchte, würde ich es wahrscheinlich nicht zu fürchten brauchen. Es ist etwas, das ich nicht ganz verstehe.« Seine Stimme wurde leiser, als führte er ein Selbstgespräch. »Die ganze Galaxis scheint vollgestopft mit Dingen, die ich nicht verstehe. Warum habe ich mich für Gaia entschieden? Warum muß ich die Erde finden? Gibt es in der Psychohistorik eine fehlende Hypothese? Und wenn ja, was ist sie? Und, mehr als all das, warum beunruhigt mich Fallom?«

»Unglücklicherweise sind das alles Fragen, die ich nicht beantworten kann«, sagte Wonne, stand auf und verließ das Zimmer.

Pelorat blickte ihr nach und meinte dann: »Aber ganz so schwarz zu sehen brauchen wir die Dinge doch sicherlich auch nicht, Golan. Wir kommen der Erde näher und näher. Und sobald wir sie erreicht haben, kann es sein, daß sich all diese Geheimnisse lösen. Und bis jetzt scheint nichts die geringsten Anstalten zu machen, uns davon abzuhalten, sie zu erreichen.«

Trevizes Blick huschte zu Pelorat hinüber, und er sagte leise: »Ich wünschte, irgend etwas würde das tun.«

»Wirklich?« fragte Pelorat. »Warum wünschen Sie sich das?«

»Offen gestanden wäre mir irgendein Zeichen von Leben lieber.«

Pelorats Augen weiteten sich. »Haben Sie etwa doch festgestellt, daß die Erde radioaktiv ist?«

»Nein, bisher nicht. Aber warm ist sie. Etwas wärmer, als ich erwartet hätte.«

»Ist das schlimm?«

»Nicht unbedingt. Mag sein, daß sie ziemlich warm ist, aber das würde sie nicht schon notwendigerweise unbewohnbar machen. Die Wolkendecke ist dick und besteht eindeutig aus Wasserdampf, so daß diese Wolken im Verein mit ergiebigen Wasserozeanen trotz der Temperatur, die wir aus den Mikrowellenemissionen errechnet haben, Lebewesen erhalten könnten. Sicher bin ich noch nicht. Es ist nur...«

»Ja, Golan?«

»Nun, wenn die Erde radioaktiv verseucht wäre, so könnte das sehr wohl erklären, weshalb sie wärmer ist als erwartet.«

»Aber den Schluß kann man doch nicht etwa umkehren, oder? Wenn sie wärmer als erwartet ist, dann bedeutet das nicht, daß sie radioaktiv sein *muß*.«

»Nein, das nicht.« Trevize zwang sich zu einem Lächeln. »Doch das Brüten hat keinen Sinn, Janov. In ein oder zwei Tagen werde ich mehr darüber sagen können, und dann werden wir es mit Sicherheit wissen.«

91

Fallom saß tief in Gedanken versunken auf ihrer Pritsche, als Wonne ins Zimmer kam. Fallom schaute nur kurz auf, dann senkte sie den Blick wieder.

»Was ist denn, Fallom?« fragte Wonne leise.

»Warum mag Trevize mich nicht, Wonne?«

»Wie kommst du darauf, daß er dich nicht mag?«

»Er sieht mich so ungeduldig an – ist das das richtige Wort?«

»Das könnte es sein.«

»Er sieht mich ungeduldig an, wenn ich in seiner Nähe bin. Sein Gesicht verzieht sich immer ein wenig.«

»Trevize macht eine schwere Zeit durch, Fallom.«

»Weil er die Erde sucht?«

»Ja.«

Fallom überlegte eine Weile und sagte dann: »Er ist besonders ungeduldig, wenn ich etwas in Bewegung denke.«

Wonnes Lippen preßten sich zusammen. »Habe ich dir nicht gesagt, daß du das nicht tun darfst, Fallom? Ganz besonders, wenn Trevize in der Nähe ist?«

»Nun, es war gestern, hier in diesem Zimmer. Er stand in der Tür, und ich habe ihn nicht bemerkt. Ich wußte nicht, daß er mich beobachtete. Es war einer von Pels Buchfilmen, und ich versuchte, ihn auf der Spitze stehen zu lassen. Ich hab' doch nichts Böses getan.«

»Es macht ihn nervös, Fallom, und ich möchte nicht, daß du das tust, ob er nun zusieht oder nicht.«

»Macht es ihn nervös, weil er es nicht kann?«

»Vielleicht.«

»Kannst du es?«

Wonne schüttelte zögernd den Kopf. »Nein.«

»*Dich* macht es doch auch nicht nervös, wenn ich es tue. Und Pel auch nicht.«

»Menschen sind verschieden.«

»Ich weiß«, sagte Fallom mit plötzlicher Härte, die Wonne überraschte und sie zu einem Stirnrunzeln veranlaßte.

»Was weißt du, Fallom?«

»*Ich* bin anders.«

»Natürlich. Das habe ich doch gerade gesagt: Menschen sind verschieden.«

»Meine Gestalt ist anders. Ich kann Dinge bewegen.«

»Das ist wahr.«

Und jetzt klang Falloms Stimme so, als wollte sie sich gegen etwas auflehnen. »Ich *muß* Dinge bewegen. Trevize sollte deshalb nicht böse auf mich sein, und du solltest mich nicht daran hindern.«

»Aber warum mußt du Dinge bewegen?«

»Das ist Übung, Training – ist das das richtige Wort?«

»Ja.«

»Ja. Jemby hat immer gesagt, ich müßte meine... meine...«

»Transducer?«

»Ja. Meine Transducer trainieren. Und sie stark machen. Dann würde ich, sobald ich erwachsen bin, alle Roboter mit Energie versorgen. Auch Jemby.«

»Fallom, wer hat denn all den Robotern Energie geliefert, wenn du das nicht getan hast?«

»Bander.« Fallom sagte das mit großer Selbstverständlichkeit.

»Hast du Bander gekannt?«

»Natürlich. Ich habe ihn oft gesichtet. Ich sollte der nächste Besitzer des Anwesens sein. Das Bander-Anwesen würde dann das Fallom-Anwesen werden. Jemby hat mir das gesagt.«

»Du meinst, Bander ist zu dir gekommen und...«

Falloms Mund bildete ein perfektes O, so erschreckt war sie. Dann meinte sie mit erstickter Stimme: »Bander würde *nie* zu mir kommen...« Der Atem der Kleinen stockte, bis sie schließlich hervorbrachte: »Ich habe Banders Bild *gesichtet*.«

Wonne fragte zögernd: »Wie hat Bander dich denn behandelt?«

Fallom sah Wonne leicht verblüfft an. »Bander hat mich immer wieder gefragt, ob ich etwas brauchte, ob ich mich wohl fühlte. Aber Jemby war immer in meiner Nähe, also habe ich nie etwas gebraucht und fühlte mich immer wohl.«

Sie senkte den Kopf und starrte den Boden an. Dann legte sie die Hände über die Augen und sagte: »Aber Jemby hat aufgehört. Ich denke, das war, weil Bander... weil er auch aufgehört hat.«

»Warum sagst du das?« fragte Wonne.

»Ich habe darüber nachgedacht. Bander hat allen Robotern Energie verliehen. Und wenn Jemby aufgehört hat und all die anderen Roboter auch, dann muß das gewesen sein, weil Bander aufgehört hat. Stimmt das nicht?«

Wonne schwieg.

»Aber wenn du mich nach Solaria zurückbringst, werde ich Jemby und den restlichen Robotern wieder Energie schenken, und dann werde ich wieder glücklich sein«, sagte Fallom.

Sie schluchzte.

»Bist du bei uns nicht glücklich, Fallom?« sagte Wonne. »Wenigstens ein klein wenig? Manchmal?«

Fallom hob das tränenüberströmte Gesicht, und ihre Stimme zitterte, als sie den Kopf schüttelte und unter Schluchzen hervorstieß: »Ich will zu Jemby.«

Und Wonne schlang, von Mitgefühl überwältigt, die Arme um die Kleine. »Oh, Fallom, wie sehr ich mir doch wünsche, daß ich dich und Jemby wieder zusammenbringe«, und dann bemerkte sie plötzlich, daß auch sie weinte.

92

Pelorat trat ein und fand sie so vor. Er hielt mitten im Schritt inne und sagte: »Was ist denn?«

Wonne nahm die Arme von der Kleinen und suchte nach einem kleinen Taschentuch, um sich die Augen zu wischen. Sie schüttelte den Kopf, und Pelorat fragte sofort noch besorgter: »Aber was ist *los?*«

Wonne sagte: »Fallom, ruh dich ein wenig aus! Ich werd' mir etwas ausdenken, um es dir etwas leichter zu machen. Und vergiß nie – ich liebe dich ganz genauso, wie Jemby dich geliebt hat.«

Sie nahm Pelorats Ellbogen und schob ihn ins Wohnzimmer hinaus und sagte: »Es ist nichts, Pel – nichts.«

»Dann ist es Fallom, nicht wahr? Jemby fehlt ihr immer noch.«

»Schrecklich. Und wir können nichts dagegen tun. Ich kann ihr natürlich sagen, daß ich sie liebe – und das tue ich auch. Kann man denn etwas anderes tun, als ein so intelligentes, sanftmütiges Kind lieben? – Furchtbar intelligent. Trevize denkt, *zu* intelligent. Sie hat Bander gesehen, weißt du – oder besser gesagt gesichtet – als holografisches Bild. Aber diese Erinnerung bewegt sie nicht; sie ist da sehr kalt und pragmatisch, und ich kann das auch verstehen. Nur die Tatsache, daß Bander Besitzer des Anwesens war und Fallom der nächste Besitzer sein sollte, hat sie verbunden. Sonst keinerlei Bindung.«

»Versteht Fallom, daß Bander ihr Vater ist?«

»Ihre *Mutter*. Wenn wir uns darüber geeinigt haben, daß Fallom als weiblich zu betrachten ist, dann gilt das auch für Bander.«

»Wie du meinst, Wonne. Weiß Fallom um ihre elterliche Beziehung?«

»Ich weiß nicht, ob sie das verstehen würde. Vielleicht versteht sie es, aber sie hat keine Andeutungen in der Richtung gemacht. Aber sie hat sich zusammengereimt, daß Bander tot ist, Pel, weil ihr klargeworden ist, daß Jembys Desaktivierung eine Folge von Energieverlust sein muß, und weil Bander die Energie geliefert hat... – das macht mir angst.«

»Warum sollte es das, Wonne?« fragte Pelorat nachdenklich. »Das ist schließlich nur ein logischer Schluß.«

»Aus diesem Tod kann man noch einen weiteren logischen Schluß ziehen. Todesfälle müssen auf Solaria mit seinen langlebigen isolierten Spacers etwas sehr Seltenes sein. Für jeden von ihnen muß das Erleben eines natürlichen Todes etwas ziemlich Unwahrscheinliches sein, das sich vielleicht auf einen einzigen solchen Vorgang beschränkt, und für ein solarianisches Kind von Falloms Alter vielleicht etwas absolut Unvorstellbares. Wenn Fallom weiterhin über Banders Tod nachdenkt, wird sie anfangen, sich zu fragen, *weshalb* Bander gestorben ist. Und die Tatsache, daß das ausgerechnet zu dem Zeitpunkt geschah, als wir auf dem Planeten waren, wird sie ganz sicherlich zu der ganz offensichtlichen Kausalität der Ereignisse führen.«

»Daß wir Bander getötet haben?«

»Wir haben Bander nicht getötet, Pel. *Ich* war das.«

»Das kann sie nicht ahnen.«

»Aber ich würde es ihr sagen müssen. Sie ärgert sich ohnehin über Trevize, und er ist offensichtlich der Leiter unserer Expedition. Für sie wäre es selbstverständlich, daß er am Tod Banders schuld ist. Und wie könnte ich zulassen, daß Trevize dessen zu Unrecht verdächtigt wird?«

»Welchen Unterschied würde das machen, Wonne? Das Kind empfindet nichts für ihren Vater... ah... für ihre Mutter. Nur für ihren Roboter Jemby.«

»Aber der Tod der Mutter hat auch den Tod ihres Roboters bedeutet. Fast hätte ich mich dazu bekannt. Die Versuchung war stark.«

»Warum?«

»Um es auf meine Art erklären zu können. Um sie besänftigen zu können. Um zu vermeiden, daß sie die Tatsache in einem Prozeß logischer Deduktion entdeckt, weil dabei keinerlei Rechtfertigung herauskäme.«

»Aber es *gab doch* eine Rechtfertigung. Es war Notwehr! Im nächsten Augenblick wären wir alle tot gewesen, wenn du nicht gehandelt hättest.«

»Das hätte ich auch zu ihr sagen wollen, aber ich habe es einfach nicht fertiggebracht. Ich hatte Angst, sie würde mir nicht glauben.«

Pelorat schüttelte den Kopf. Dann seufzte er und meinte: »Meinst du, es wäre besser gewesen, wenn wir sie nicht mitgebracht hätten? Die Situation macht dich so unglücklich.«

»Nein«, sagte Wonne ärgerlich. »Das solltest du nicht sagen! Es hätte mich noch viel unglücklicher gemacht, jetzt hier sitzen zu müssen und daran zu denken, daß wir ein unschuldiges Kind zurückgelassen hätten, das wegen etwas, was *wir* getan haben, unbarmherzig hingeschlachtet wird.«

»So ist das aber auf Falloms Welt.«

»Jetzt fang bloß nicht an, wie Trevize zu denken! Isolaten ist es möglich, solche Dinge zu akzeptieren und nicht mehr über sie nachzudenken. Gaia hingegen neigt dazu, Leben zu retten, nicht es zu zerstören – oder tatenlos daneben zu sitzen, während es zerstört wird. Leben jeder Art muß, wie wir alle wissen, dauernd enden, damit anderes Leben weiterdauern kann, aber nie nutzlos, nie ohne Ziel. Banders Tod ist, wiewohl unvermeidbar, schwer genug zu ertragen; der Tod Falloms wäre unerträglich gewesen.«

»Nun gut«, sagte Pelorat, »wahrscheinlich hast du recht. – Und außerdem bin ich nicht wegen Fallom zu dir gekommen. Es geht um Trevize.«

»Was ist mit Trevize?«

»Wonne, ich mache mir seinetwegen Sorgen. Er wartet darauf, die Fakten über die Erde zu entscheiden, und ich bin nicht sicher, ob er der Belastung gewachsen ist.«

»Ich mache mir um ihn keine Sorgen. Ich gehe davon aus, daß er eine stabile geistige Konstitution hat.«

»Wir alle haben unsere Grenzen. Hör zu, der Planet Erde ist wärmer, als er erwartet hat; das hat er mir gesagt. Ich vermute, er denkt, er könnte zu warm sein, um Leben zu tragen, obwohl er sichtlich versucht, sich das auszureden.«

»Vielleicht hat er recht, vielleicht ist er *nicht* zu warm für Leben.«

»Außerdem räumt er ein, daß diese Wärme möglicherweise von einer radioaktiven Kruste stammt, aber er lehnt auch ab, das zu glauben. – In ein oder zwei Tagen werden wir nahe genug sein, um zweifelsfrei die Wahrheit zu erkennen. Was ist, wenn die Erde *tatsächlich* radioaktiv verseucht ist?«

»Dann wird er die Tatsache eben akzeptieren müssen.«

»Aber... – ich weiß nicht, wie ich das ausdrücken beziehungsweise in psychologische Ausdrücke kleiden soll. Was, wenn in seinem Bewußtsein...?«

Wonne wartete einen Augenblick lang und sagte dann langsam: »Wenn eine Sicherung durchbrennt?«

»Ja. Wenn sein Bewußtsein es nicht ertragen kann, und deshalb eine Sicherung durchbrennt. Solltest du nicht jetzt etwas tun, um ihn zu stärken? Um ihn sozusagen stabil und unter Kontrolle zu halten?«

»Nein, Pel. Ich glaube nicht, daß er so zerbrechlich ist, und es gibt eine feste gaianische Entscheidung, daß an seinem Bewußtsein keine Manipulationen erfolgen dürfen.«

»Aber genau das ist es doch. Er hat dieses ungewöhnliche ›Rechthaben‹ – oder wie auch immer du es nennen willst. Der Schock, daß sein ganzes Projekt in dem Augenblick in nichts zerfällt, wo es erfolgreich abgeschlossen scheint, könnte nicht sein Gehirn zerstören, wohl aber sein ›Rechthaben‹, diese sehr ungewöhnliche Eigenschaft, die er besitzt. Könnte die nicht auch ungewöhnlich zerbrechlich sein?«

Wonne überlegte. Dann zuckte sie die Achseln. »Nun, vielleicht werde ich ein Auge auf ihn haben.«

93

Die nächsten sechsunddreißig Stunden war Trevize auf unbestimmte Weise bewußt, daß Wonne und in geringerem Maße auch Pelorat dazu neigten, stets in seiner Nähe zu sein. Aber in einem so kompakten Schiff, wie das ihre es war, war das nicht völlig ungewöhnlich, und er hatte andere Dinge im Kopf.

Während er am Computer saß, war ihm bewußt, daß sie beide unter der Tür standen. Er blickte mit ausdrucksloser Miene auf.

»Nun?« fragte er leise.

Pelorat meinte etwas verlegen: »Wie geht es Ihnen, Golan?«

»Fragen Sie doch Wonne!« sagte Trevize. »Sie starrt mich jetzt seit Stunden unverwandt an. Sie muß in meinem Bewußtsein herumstochern. – So ist es doch, nicht wahr, Wonne?«

»Nein, so ist es nicht«, sagte Wonne ruhig, »aber wenn Sie Bedürfnis nach meiner Hilfe haben, kann ich es versuchen. – Wollen Sie meine Hilfe?«

»Nein, warum sollte ich? Lassen Sie mich in Ruhe! Alle beide!«

»Bitte sagen Sie uns, was geschieht«, bat Pelorat.

»Nun, raten Sie doch!«

»Ist die Erde...«

»Ja, das ist sie. Was alle uns immer wieder sagten, ist völlig richtig.« Trevize wies mit einer Handbewegung auf den Bildschirm, wo die Nachtseite der Erde zu sehen war und die Sonne verdeckte. Es war eine massive schwarze Scheibe vor dem Sternenhimmel, deren Umrisse eine durchbrochene orangefarbene Kurve bildeten.

»Ist dieses Orange die Radioaktivität?« wollte Pelorat wissen.

»Nein, das ist von der Atmosphäre gebrochenes Sonnenlicht. Wenn die Atmosphäre nicht so wolkig wäre, wäre es ein ununterbrochener orangefarbener Kreis. Die Radioaktivität können wir nicht sehen. Die verschiedenen Strahlungen, selbst die Gammastrahlen, werden von der Atmosphäre absorbiert. Aber sie erzeugen Sekundärstrahlungen, vergleichsweise schwach zwar, aber durchaus vom Computer wahrnehmbar. Für das Auge sind diese Strahlungen immer noch unsichtbar, aber der Computer kann für jedes Partikel, das er aufnimmt, ein Photon sichtbaren Lichts erzeugen und ein Falschfarbenbild der Erde aufbauen. Sehen Sie!«

Der schwarze Kreis erglühte in einem schwachen, fleckigen Blau.

»Wieviel Radioaktivität ist denn vorhanden?« fragte Wonne mit leiser Stimme. »Genug, um anzuzeigen, daß dort kein menschliches Leben existieren kann?«

»Kein Leben irgendwelcher Art«, sagte Trevize. »Der Planet ist unbewohnbar. Das letzte Bakterium, das letzte Virus ist vor langer Zeit verschwunden.«

»Können wir den Planeten erforschen?« fragte Pelorat. »Ich meine in Raumanzügen.«

»Ein paar Stunden lang – ehe wir uns unheilbare Strahlungskrankheiten zuziehen.«

»Was tun wir also, Golan?«

»Was wir tun?« Trevize sah Pelorat mit immer noch ausdruckslosem Gesicht an. »Wissen Sie, was ich gerne tun würde? Ich würde gerne Sie und Wonne – und das Kind – nach Gaia zurückbringen und Sie alle für immer dort lassen. Dann würde ich gerne nach Terminus zurückkehren und das Schiff zurückgeben. Und dann würde ich gerne vom Rat zurücktreten, was Bürgermeisterin Branno sehr glücklich machen würde. Und dann würde ich gerne von meiner Pension leben und die Galaxis sich selbst überlassen. Mich würde dann der Seldon-Plan nicht mehr interessieren und die Foundation auch nicht, und ebensowenig die Zweite Foundation oder Gaia. Die Galaxis soll sich ihren eigenen Weg wählen. Sie wird mein Leben überdauern, und warum sollte mich interessieren, was geschieht, wenn ich nicht mehr bin?«

»Das ist doch ganz sicher nicht Ihr Ernst«, sagte Pelorat eindringlich.

Trevize starrte ihn eine Weile an und atmete dann tief durch. »Nein, das ist es nicht, aber Sie können sich gar nicht vorstellen, wie ich mir wünsche, genau das zu tun, was ich gerade gesagt habe.«

»Lassen wir das! Was *werden* Sie tun?«

»Das Schiff in einen Orbit über die Erde bringen, ausruhen, den Schock überwinden, den mir all das eingetragen hat und überlegen, was als nächstes zu tun ist. Nur daß...«

»Ja?«

Und da brach es aus Trevize hervor: »*Was* kann ich denn als nächstes tun? Wonach kann man denn noch suchen? Was gibt es denn hier noch zu finden?«

20. DIE NAHE WELT

94

Während vier aufeinanderfolgenden Mahlzeiten hatten Pelorat und Wonne Trevize nur bei den Mahlzeiten zu Gesicht bekommen. Die übrige Zeit hielt er sich entweder im Cockpit oder in seinem Schlafraum auf. Bei den Mahlzeiten war er stumm, saß mit zusammengepreßten Lippen da und aß wenig.

Bei der vierten Mahlzeit jedoch schien es Pelorat, daß Trevizes Gesicht sich etwas aufgehellt hatte. Pelorat räusperte sich zweimal, als wolle er etwas sagen, ließ es dann aber jedesmal bleiben.

Schließlich sah Trevize zu ihm auf und sagte: »Nun?«

»Haben Sie... haben Sie es sich jetzt überlegt, Golan?«

»Warum fragen Sie?«

»Sie scheinen nicht mehr so bedrückt.«

»Da irren Sie, aber ich *habe* nachgedacht. Gründlich.«

»Dürfen wir erfahren, zu welchem Schluß Sie gelangt sind?« fragte Pelorat.

Trevize warf einen kurzen Blick zu Wonne hinüber. Sie sah starr auf ihren Teller und schwieg, als wäre sie sicher, daß Pelorat in diesem delikaten Augenblick weiterkommen würde als sie.

»Sind Sie auch neugierig, Wonne?« fragte Trevize.

Sie hob kurz den Blick. »Ja sicher.«

Fallom stieß mit dem Fuß an ein Tischbein und sagte: »Haben wir die Erde gefunden?«

Wonne drückte die Schulter der Kleinen. Trevize achtete nicht darauf.

»Wir müssen mit einer grundlegenden Tatsache beginnen«, sagte er. »Jede die Erde betreffende Information ist auf verschiedenen Welten gelöscht worden. Das führt uns zu einem unausweichlichen Schluß. Irgend etwas auf der Erde soll sorgsam verborgen werden. Und doch können wir durch unsere Beobachtung feststellen, daß die Erde in einem tödlichen Maß radioaktiv verseucht ist, so daß alles auf ihr automatisch verborgen ist. Niemand kann auf ihr landen, und aus dieser Distanz nahe dem äußeren Rand der Magnetosphäre der Erde, an einem Punkt, wo wir uns ihr ganz sicher nicht noch weiter nähern wollen, gibt es für uns nichts zu finden.«

»Können Sie dessen sicher sein?« fragte Wonne leise.

»Ich habe die letzten Tage am Computer verbracht und die Erde nach jeder Methode studiert, die dem Computer und mir zur Verfügung steht. Da ist nichts. Und was noch wichtiger ist, ich *fühle*, daß da nichts ist. Warum aber sind dann alle Daten, die die Erde betreffen, gelöscht worden? Sicherlich ist doch, was immer es zu verbergen gilt, jetzt viel wirksamer verborgen, als sich das irgend jemand ausdenken kann. Und all dies komplizierte Vertuschen ist absolut überflüssig.«

»Vielleicht hat es tatsächlich einmal etwas gegeben, das auf der Erde verborgen wurde«, mutmaßte Pelorat, »und zwar zu einer Zeit, wo sie noch nicht radioaktiv geworden war, um jeglichen Besuch unmöglich zu machen. Vielleicht haben die Menschen auf der Erde damals befürchtet, jemand könnte landen und dieses Etwas finden. Vielleicht hat die Erde *damals* versucht, alle sie betreffenden Informationen zu entfernen. Möglicherweise haben wir es heute nur noch mit rudimentären Spuren jener unsicheren Zeit zu tun.«

»Nein, das glaube ich nicht«, sagte Trevize. »Die Informationen aus der Kaiserlichen Bibliothek in Trantor sind allem Anschein nach erst in allerjüngster Vergangenheit gelöscht worden.«

Er drehte sich plötzlich zu Wonne um. »Habe ich recht?«

Und Wonne antwortete mit gleichmäßiger Stimme: »Ich/wir/Gaia haben dies aus dem verstörten Bewußtsein von Gendibal von der Zweiten Foundation entnommen, als er, Sie und ich mit der Bürgermeisterin von Terminus zusammentrafen.«

»Also muß das, was verborgen werden mußte, weil eine Wahrscheinlichkeit bestand, daß man es fand, auch *jetzt* noch verborgen sein, und die Gefahr es zu finden, muß auch *jetzt* noch bestehen und dies trotz der Tatsache, daß die Erde radioaktiv verseucht ist«, sagte Trevize.

»Wie ist das möglich?« wollte Pelorat besorgt wissen.

»Überlegen Sie doch!« sagte Trevize. »Was ist, wenn das, was auf der Erde war, nicht länger auf ihr ist, sondern entfernt wurde, als die radioaktive Gefahr größer wurde? Und doch kann es sein, selbst wenn das Geheimnis nicht länger auf der Erde ruht, daß wir, wenn wir nur die Erde finden können, auch herausbekommen können, wo man das Geheimnis hingebracht hat. In dem Fall würde es immer noch nötig sein, die Lage der Erde zu vertuschen.«

Falloms schrille Stimme mischte sich ein. »Weil ihr mich zu Jemby zurückbringt, sagt Wonne, wenn wir die Erde nicht finden können.«

Trevize drehte sich zu Fallom herum und funkelte sie an – und Wonne sagte mit leiser Stimme: »*Vielleicht* habe ich gesagt, Fallom. Wir reden später darüber. Du gehst jetzt in dein Zimmer und darfst dort lesen oder Flöte spielen oder sonst etwas tun. Geh – geh sofort!«

Fallom verließ mit finsterer Miene den Tisch.

»Aber wie können Sie das sagen, Golan?« fragte Pelorat. »Wir sind hier. Wir haben die Erde ausfindig gemacht. Können wir ergründen, wo dieses Etwas ist, wenn es sich nicht auf der Erde befindet?«

Trevize brauchte einen Augenblick um über die schlechte Stimmung hinwegzukommen, die Fallom bei ihm erzeugt hatte. Dann sagte er: »Warum nicht? Stellen Sie sich vor, daß die Radioaktivität der Erdkruste beständig zunimmt. Die Bevölkerung hat dann ohne Zweifel gleichmäßig durch Todesfälle und Auswanderung abgenommen, und das Geheimnis, was auch immer es betrifft, wäre in wachsender Gefahr. Wer würde zurückbleiben, um es zu beschützen? Am Ende würde man es auf eine andere Welt verlegen müssen, wollte die Erde den Nutzen, den es bringt, worin auch immer das Geheimnis bestehen mag, nicht verlieren. Ich vermute, daß man zögern würde, es zu entfernen, und wahrscheinlich würde man es erst in letzter Minute tun. Und jetzt, Janov, sollten Sie sich an den alten Mann auf Neu-Erde erinnern, der Ihnen mit seiner Version der Geschichte der Erde die Ohren vollgeschwatzt hat.«

»Monolee?«

»Ja, er. Sagte er nicht, als die Sprache auf die Gründung von Neu-Erde kam, man habe das, was von der Bevölkerung der Erde übriggeblieben war, nach Alpha gebracht?«

»Meinen Sie etwa, alter Junge, das, was wir suchen, sei jetzt auf Neu-Erde? Von den Letzten der Erde, die sie verlassen haben, dorthin gebracht?«

»Wäre das nicht möglich?« sagte Trevize. »Neu-Erde ist der Galaxis im allgemeinen wohl kaum besser bekannt als die Erde selbst, und ihre Bewohner sind verdächtig darauf erpicht, alle Außenweltler fernzuhalten.«

»Aber wir waren doch dort«, warf Wonne ein. »Wir haben nichts gefunden.«

»Wir haben auch nichts anderes als die Position der Erde gesucht.«

»Aber wir suchen doch etwas mit hoher Technologie«, meine Pelorat verwirrt; »etwas, das imstande ist, selbst vor der Nase der Zweiten Foundation Informationen zu entfernen und selbst vor der Nase – entschuldige, Wonne – Gaias. Mag sein, daß jene Leute auf Neu-Erde imstande sind, das Wetter ihres kleinen Fleckchens zu kontrollieren, und daß sie auch einige raffinierte biotechnische Verfahren beherrschen, aber ich glaube, Sie werden doch zugeben, daß ihr technischer Entwicklungsstand im allgemeinen recht niedrig ist.«

Wonne nickte. »Der Meinung bin ich auch.«

»Wir ziehen unsere Schlüsse aus sehr geringen Erkenntnissen«, sagte Trevize. »Die Männer der Fischereiflotte haben wir nie gesehen. Und von der Insel haben wir auch nur die kleine Ecke gesehen, wo wir gelandet sind. Was hätten wir wohl finden können, wenn wir gründlicher gesucht hätten? Schließlich haben wir die Fluoreszenzröhren auch erst erkannt, als wir sie in Funktion sahen. Und es schien, daß sie einen niedrigen Stand der Technik hatten, *schien*, sage ich...«

»Ja?« sagte Wonne, sichtlich nicht überzeugt.

»Das könnte Teil des Schleiers sein, der die Wahrheit verhüllen soll.«

»Unmöglich«, sagte Wonne.

»Unmöglich? Sie selbst haben mir doch auf Gaia erklärt, daß auf Trantor die größere Zivilisation ganz bewußt auf niedrigem technischen Niveau gehalten wurde, um den kleinen Kern von Angehörigen der Zweiten Foundation zu verbergen. Warum sollte man denn nicht auf Neu-Erde dieselbe Strategie anwenden?«

»Wollen Sie denn vorschlagen, daß wir nach Neu-Erde zurückkehren und uns wieder der Infektion aussetzen – nur daß man sie diesmal aktivieren wird? Geschlechtsverkehr ist ohne Zweifel eine besonders angenehme Art der Infektion, aber bestimmt nicht die einzige.«

Trevize zuckte die Achseln. »Ich bin nicht erpicht darauf, nach Neu-Erde zurückzukehren, aber vielleicht müssen wir das.«

»*Vielleicht?*«

»Vielleicht! Es gibt schließlich noch eine Möglichkeit.«

»Und die wäre?«

»Neu-Erde umkreist den Stern, den die Leute Alpha Centauri nennen. Aber Alpha Centauri ist Teil eines Doppelsternsystems. Wenn wir den Stern von Neu-Erde Alpha Centauri A nennen, dann wäre sein schwächer leuchtender Begleiter Alpha Centauri B. Könnte es nicht sein, daß auch der Begleiter von einem bewohnbaren Planeten umkreist wird?«

»Zu schwach, würde ich meinen«, sagte Wonne und schüttelte den Kopf. »Seine Helligkeit beträgt nur ein Viertel von der von Alpha Centauri A.«

»Schwach, aber nicht zu schwach. Wenn der Planet einigermaßen dicht an dem Stern kreist, dann könnte es reichen.«

»Hat der Computer etwas über Planeten des Begleiters zu sagen?« sagte Pelorat.

Trevize lächelte grimmig. »Das habe ich überprüft. Es gibt dort fünf Planeten mäßiger Größe, keine Gasriesen.«

»Und sind von diesen fünf Planeten irgendwelche bewohnbar?«

»Der Computer liefert überhaupt keine Information über die Planeten. Er nennt nur ihre Zahl und die Tatsache, daß sie nicht groß sind.«

»Oh«, sagte Pelorat enttäuscht.

»Kein Grund zu Enttäuschung«, meinte Trevize. »Von den Spacerwelten sind im Computer überhaupt keine zu finden. Die Informationen über Alpha Centauri A sind minimal. Diese Dinge werden bewußt versteckt, und wenn über Alpha Centauri B fast nichts bekannt ist, so könnte man das beinahe als sicheres Zeichen werten.«

»Sie haben also vor«, sagte Wonne sachlich, »Alpha Centauri B zu besuchen, und wenn sich das als Niete erweist, nach Alpha Centauri A zurückzukehren.«

»Ja. Und diesmal werden wir vorbereitet sein, wenn wir die Insel von Neu-Erde erreichen. Wir werden die ganze Insel sorgfältig untersuchen, ehe wir landen. Und ich erwarte, Wonne, daß Sie Ihre mentalen Fähigkeiten einsetzen, um uns abzuschirmen und ...«

In dem Augenblick machte die *Far Star* einen leichten Satz, als wäre das Schiff ein lebendes Wesen mit einem Schluckauf, und Trevize rief halb verblüfft und halb ärgerlich: »Wer ist da an den Kontrollen?« Und in dem Augenblick, wo er die Frage stellte, kannte er auch schon die Antwort darauf.

95

Fallom saß völlig versunken an der Computerkonsole. Ihre kleinen, langfingrigen Hände waren gespreizt, um in die schwach leuchtenden Markierungen auf dem Pult zu passen. Falloms Hände schienen in das Material des Pults einzusinken, obwohl sie es ganz deutlich als etwas Hartes, Schlüpfriges empfand.

Sie hatte verschiedentlich gesehen, wie Trevize seine Hände so hielt, und sie hatte nicht mehr als das gesehen, obwohl für sie offenkundig war, daß er, wenn er das tat, das Schiff kontrollierte.

Gelegentlich hatte Fallom auch gesehen, wie Trevize die Augen schloß, und deshalb schloß sie jetzt die ihren ebenfalls. Nach ein oder zwei Momenten war es fast, als hörte sie eine schwache, weit entfernte Stimme – weit entfernt, und doch hallte sie in ihrem Kopf, durch ihre (das war ihr schemenhaft klar) Transducerlappen. Sie waren noch wichtiger als ihre Hände. Sie mühte sich ab, die Worte auszumachen.

Anweisungen, sagte die Stimme fast flehend. Was sind Ihre *Anweisungen?*

Fallom schwieg. Sie hatte nie erlebt, daß Trevize irgend etwas zu dem Computer sagte – dafür wußte sie aus ganzem Herzen, was sie wollte. Sie wollte zurück nach Solaria, zu der Behagen erzeugenden Weitläufigkeit der Villa, zu Jemby... Jemby... Jemby...

Dorthin wollte sie, und wie sie an die Welt dachte, die sie liebte, stellte sie sich diese sichtbar auf dem Bildschirm vor, so wie sie andere Welten gesehen hatte, die sie nicht wollte. Sie öffnete die Augen wieder und starrte auf den Bildschirm und wünschte irgendeine andere Welt dorthin, eine andere als diese verhaßte Erde, und starrte dann das an, was sie sah und stellte sich vor, es wäre Solaria. Sie haßte die leere Galaxis, in die man sie gegen ihren Willen hineingestoßen hatte. Tränen traten ihr in die Augen, sie schluchzte, und das Schiff erzitterte.

Sie konnte das Zittern fühlen und schwankte selbst ein wenig. Und dann hörte sie im Korridor draußen laute Schritte, und als sie die Augen öffnete, erfüllte Trevizes verzerrtes Gesicht ihr ganzes Sichtfeld und versperrte ihr den Blick auf den Bildschirm, auf dem nun alles war, was sie sich wünschte. Trevize schrie etwas, aber sie achtete nicht auf ihn. Er war es, der sie von Solaria weggeholt hatte, indem er Bander tötete, und er war es, der sie von der Rückkehr abhielt, indem er nur an die Erde dachte, und deshalb würde sie nicht auf ihn hören.

Sie würde das Schiff nach Solaria bringen, und die Intensität ihres Entschlusses ließ es erneut erzittern.

Wonne riß an Trevizes Arm. »Nicht! Nicht!«

Sie klammerte sich an ihm fest, hielt ihn zurück, während Pelorat verwirrt und wie erstarrt im Hintergrund stand.

»Nimm die Hände vom Computer!« schrie Trevize. »Wonne, gehen Sie mir aus dem Weg! Ich will Ihnen nicht weh tun.«

Und Wonne sagte mit einer Stimme, die erschöpft klang: »Sie dürfen dem Kind nicht weh tun! Sonst muß ich Ihnen weh tun! Gegen alle Anweisungen!« Trevizes Augen huschten wild von Fallom zu Wonne. »Dann schaffen Sie sie weg, Wonne! Augenblicklich!«

Wonne stieß ihn mit überraschender Kraft weg (einer Kraft, wie Trevize später dachte, die sie vielleicht von Gaia bezog).

»Fallom«, sagte sie, »heb die Hände!«

»Nein«, kreischte Fallom. »Ich will, daß das Schiff nach Solaria geht. Dort will ich hin! *Dort!*« Sie deutete mit einer Kopfbewegung auf den Bildschirm, um nur ja nicht die Hand vom Pult zu nehmen.

Aber Wonne griff nach den Schultern des Kindes, und als ihre Hände Fallom berührten, begann die Kleine zu zittern.

Wonnes Stimme wurde weich. »So, Fallom, und jetzt sag dem Computer, er soll wieder so sein, wie er war, und komm mit mir! Komm mit mir!« Ihre Hände streichelten das Kind, das schluchzend zusammenbrach.

Falloms Hände ließen das Pult los, und Wonne griff ihr unter die Arme und hielt sie aufrecht. Sie drehte sie um, drückte ihren Kopf fest gegen ihre Brust und ließ das Kind dort weiterschluchzen.

»Gehen Sie aus dem Weg!« sagte sie zu Trevize, der wie benommen unter der Tür stand. »Und fassen Sie uns nicht an!«

Trevize trat schnell zur Seite.

Wonne blieb neben ihm stehen und sagte mit leiser Stimme: »Ich mußte einen Augenblick lang in ihr Bewußtsein eindringen. Wenn ich dabei Schaden angerichtet habe, werde ich Ihnen das nicht so leicht verzeihen.«

Trevize empfand den Impuls, ihr zu sagen, daß ihn Falloms Bewußtsein nicht soviel scherte wie ein Kubikmillimeter Vakuum; daß seine ganze Sorge nur dem Computer galt. Aber der harte, funkelnde Blick Gaias (denn von Wonne allein konnte dieser Blick unmöglich sein, der ihm eisigen Schrecken einjagte) ließ ihn verstummen.

Er blieb eine Weile, nachdem Wonne und Fallom verschwunden waren, stumm und reglos stehen. Tatsächlich hielt seine Starre sogar so lange an, bis Pelorat leise sagte: »Golan, ist bei Ihnen alles in Ordnung? Sie hat Ihnen doch nicht etwa weh getan, oder ?«

Trevize schüttelte heftig den Kopf, als könnte er damit die Lähmung abschütteln, die ihn kurzzeitig befallen hatte. »Es ist schon gut. Die eigentliche Frage ist, ob *das da* in Ordnung ist.« Er setzte sich an die Computerkonsole, und seine Hände ruhten auf den beiden Markierungen, die gerade noch Falloms Hände bedeckt hatten.

»Nun?« fragte Pelorat besorgt.

Trevize zuckte die Achseln. »Er scheint normal zu reagieren. Vielleicht finde ich später einen Fehler, aber im Augenblick scheint alles in Ordnung zu sein.« Und dann, etwas zorniger. »Der Computer sollte normalerweise mit anderen Händen als meinen gar keinen Kontakt aufnehmen können, aber im Fall dieses Zwitters waren es nicht nur Hände, das waren die Transducerlappen. Ganz sicher waren sie das...«

»Aber was hat das Schiff zum Zittern gebracht? Das sollte es doch nicht, oder?«

»Nein. Es ist ein gravitisches Schiff, und diese Trägheitseffekte sollte es nicht geben. Aber dieses kleine Monstrum...« Er hielt inne, sein Blick wurde wieder finster.

»Ja?«

»Ich nehme an, sie hat dem Computer zwei widersprüchliche Forderungen vorgesetzt, und jede davon mit solcher Eindringlichkeit, daß der Computer keine andere Wahl hatte, als den Versuch zu machen, beide Dinge gleichzeitig zu tun. In dem Versuch, das Unmögliche zu bewirken, muß der Computer den trägheitsfreien

Zustand des Schiffs einen Augenblick lang aufgehoben haben. Zumindest glaube ich, daß das geschehen ist.«

Und dann glättete sich sein Gesicht irgendwie. »Und das ist möglicherweise ganz gut, denn mir kommt jetzt in den Sinn, daß alles, was ich über Alpha Centauri A und B gesagt habe, Unsinn war. Ich weiß jetzt, wohin die Erde ihr Geheimnis übertragen haben muß.«

Pelorats Blick wurde starr, dann ignorierte er die letzte Bemerkung und wandte sich einem vorangegangenen Rätsel zu. »In welcher Weise hat Fallom zwei zueinander in Widerspruch stehende Dinge verlangt?«

»Nun, sie sagte, sie wollte, daß das Schiff nach Solaria fliege.«

»Ja, natürlich würde sie das tun.«

»Aber was verstand sie unter Solaria? Sie kann Solaria nicht aus dem Weltraum erkennen. Sie hat diese Welt nie wirklich aus dem Weltraum gesehen. Und als wir damals in so großer Eile aufbrachen, schlief sie. Und trotz alledem, was sie in Ihrer Bibliothek gelesen hat und allem, was Wonne ihr gesagt hat, stelle ich mir vor, daß sie sich keinerlei Begriff von einer Galaxis aus Hunderten von Milliarden Sternen und Millionen bewohnter Planeten machen kann. So wie sie aufgewachsen ist, allein und in unterirdischen Räumen, ist sie gerade noch imstande, die Vorstellung zu erfassen, daß es verschiedene Welte gibt – aber wie viele? Zwei? Drei? Vier? Für sie ist wahrscheinlich jede Welt, die sie sieht, Solaria, und *ist* in Anbetracht ihres Wunschdenkens auch Solaria. Und da Wonne, wie ich vermute, sie dadurch zu beruhigen versucht hat, indem sie andeutete, wir würden sie nach Solaria zurückbringen, falls wir die Erde nicht finden sollten, kann sie sich vielleicht sogar die Meinung gebildet haben, daß Solaria der Erde nahe sei.«

»Aber wie können Sie das sagen, Golan? Weshalb glauben Sie das?«

»Sie hat es uns doch praktisch gesagt, Janov, als wir sie überraschten. Sie schrie, daß sie nach Solaria gehen wolle und fügte dann hinzu: ›Dort will ich hin! Dort!‹ und deutete mit dem Kopf auf den Bildschirm.«

»Und was ist auf dem Bildschirm?«

»Der Satellit der Erde. Als ich den Computer vor dem Abendessen verließ, war er nicht dort; da war die Erde auf dem Schirm. Aber Fallom muß sich in ihrem Bewußtsein den Satelliten vorgestellt haben, als sie Solaria verlangte, und der Computer muß deshalb als Reaktion darauf sich auf den Satelliten eingestellt haben. Glauben Sie mir, Janov, ich weiß, wie dieser Computer funktioniert. Wer würde das besser wissen als ich?«

Pelorat sah auf den dicken, leuchtenden Halbmond auf dem Bildschirm und meinte nachdenklich: »In wenigstens einer der Sprachen der Erde hat man ihn ›Mond‹ genannt, in einer anderen Sprache ›Luna‹. Vielleicht gibt es noch viele weitere Namen. – Stellen Sie sich nur die Verwirrung vor, alter Junge, wie sie auf einer Welt mit zahlreichen Sprachen herrschen muß – die Mißverständnisse, die Komplikationen, die...«

»Mond?« sagte Trevize. »Nun, das ist ganz einfach. – Und dann, jetzt wo ich darüber nachdenke, kann es sogar sein, daß das Kind instinktiv versucht hat, das Schiff vermittels seiner Transducerlappen zu bewegen, indem es die Energiequelle des Schiffes benutzte. Und das hat vielleicht die kurze Störung im gravitischen Antrieb hervorgerufen. – Aber nichts davon ist wichtig, Janov. Wichtig ist nur, daß all das diesen Mond – ja, der Name gefällt mir – auf den Bildschirm gebracht und vergrößert hat, und da ist er immer noch. Ich sehe ihn mir jetzt an und stelle mir Fragen.«

»Was für Fragen, Golan?«

»Über seine Größe. Wir neigen dazu, Satelliten zu ignorieren, Janov. Sie sind meist klein – wenn es überhaupt welche gibt. Aber dieser hier ist anders. Er ist eine *Welt.* Er hat einen Durchmesser von rund dreitausendfünfhundert Kilometern.«

»Eine Welt? Das kann man doch wirklich nicht sagen. Er kann nicht bewohnbar sein. Selbst ein Durchmesser von dreitausendfünfhundert Kilometern ist zu klein. Er hat keine Atmosphäre, das kann ich vom bloßen Hinsehen sagen. Keine Wolken. Die kreisförmige Kurve, die ihn vom Weltraum abgrenzt, ist scharf, ebenso die innere Kurve, die die helle und die dunkel Hemisphäre voneinander trennt.«

Trevize nickte. »Langsam werden Sie zum erfahrenen Raumreisenden, Janov. Sie haben recht. Keine Luft. Kein Wasser. Aber das bedeutet doch nur, daß der Mond auf seiner ungeschützten Oberfläche nicht bewohnbar ist. Aber was ist darunter?«

»Darunter?« fragte Pelorat zweifelnd.

»Ja, *darunter!* Warum nicht? Sie haben mir doch gesagt, daß die Städte der Erde unterirdisch angelegt waren. Wir wissen, daß Trantor unter der Planetenoberfläche bewohnt war. Auch Comporellon hat den größten Teil seiner Hauptstadt unterirdisch gebaut. Die solarianischen Villen waren fast völlig unterirdisch. Das ist ein sehr verbreiteter Zustand.«

»Aber, Golan, in jedem einzelnen dieser Fälle lebten die Leute auf einem bewohnbaren Planeten. Die Oberfläche war ebenfalls bewohnbar, mit einer Atmosphäre und einem Ozean. Ist es möglich, unterirdisch zu leben, wenn die Oberfläche unbewohnbar ist?«

»Aber Janov, denken Sie doch! Wo leben wir denn im Augenblick? Die *Far Star* ist eine winzige Welt mit einer unbewohnbaren Oberfläche. Draußen gibt es weder Luft noch Wasser. Und doch leben wir hier im Innern sehr behaglich. Die Galaxis ist voll von Raumstationen und Raumsiedlungen von unendlicher Vielfalt, ganz zu schweigen von Raumschiffen, und sie sind alle unbewohnbar, sieht man von ihrem Innern ab. Betrachten Sie den Mond einfach als gigantisches Raumschiff.«

»Mit einer Mannschaft im Innern?«

»Ja. Millionen Menschen, wer weiß; und Pflanzen und Tiere und fortgeschrittene Technik. – Schauen Sie, Janov, scheint Ihnen das nicht logisch? Wenn die Erde in ihren letzten Tagen fähig war, eine Gruppe von Siedlern zu einem Planeten des Sterns Alpha Centauri zu schicken und wenn sie möglicherweise mit Hilfe des Imperiums den Versuch machen konnten, diesen Planeten zu terraformen, eine Saat in seinen Ozeanen auszulegen und trockenes Land zu bauen, wo es keines gab – könnte die Erde dann nicht auch Leute zu ihrem Satelliten gesandt haben, um sein Inneres zu terraformen?«

Pelorat zögerte. »Ja . . . wahrscheinlich schon«, meinte er schließlich.

»Ganz bestimmt ist das geschehen! Wenn die Erde etwas zu verbergen hat, warum es dann ein Parsek weit wegschicken, wo man es doch auf einer Welt verstecken konnte, die weniger als ein Hundertstel der Distanz zum Alpha Centauri entfernt lag. Und vom psychologischen Standpunkt aus wäre der Mond ein viel zweckmäßigeres Versteck. Niemand würde im Zusammenhang mit Leben an Satelliten denken. Genau wie ich. Obwohl der Mond hier vor meiner Nase hing, wanderten meine Gedanken zum Alpha Centauri zurück. Wenn Fallom nicht gewesen wäre . . .« Seine Lippen preßten sich zusammen, und er schüttelte den Kopf. »Ich glaube, ich muß ihr dafür dankbar sein. Wonne wird das ganz sicher tun, wenn ich es nicht tue.«

»Aber jetzt hören Sie mal, alter Junge«, sagte Pelorat, »wenn etwas unter der Mondoberfläche verborgen ist, wie finden wir es dann? Das sind doch Millionen von Quadratkilometern...«

»Grob gerechnet vierzig Millionen.«

»Und alles das würden wir inspizieren müssen und dabei *was* suchen? Eine Öffnung? Irgendeine Art von Luftschleuse?«

Trevize nickte. »So betrachtet, scheint es ziemlich schwierig, aber wir suchen nicht nur nach Gegenständen, wir suchen Leben, und zwar intelligentes Leben. Und wir haben Wonne, und deren Talent ist es doch, Intelligenz zu entdecken, nicht wahr?«

98

Wonne sah Trevize anklagend an. »Jetzt habe ich sie endlich zum Schlafen gebracht. Das war diesmal sehr schwierig. Sie war *außer sich*. Zum Glück glaube ich nicht, daß ich sie dabei beschädigt habe.«

»Sie könnten ja versuchen, die Fixierung auf Jemby zu beseitigen, wissen Sie«, meinte Trevize kühl. »Ich habe ganz sicher nicht die Absicht, jemals nach Solaria zurückzukehren.«

»Einfach diese Fixierung entfernen, wie? Was wissen Sie denn von solchen Dingen, Trevize? Sie haben nie ein anderes Bewußtsein als Ihr eigenes gefühlt. Sie haben nicht die leiseste Ahnung, wie komplex ein menschliches Bewußtsein sein kann. Wenn Sie das geringste darüber wüßten, würden Sie nicht so daherreden, als könnte man eine Fixierung so einfach entfernen, wie man Marmelade aus einem Topf nimmt.«

»Nun, dann schwächen Sie sie wenigstens.«

»Ich könnte sie vielleicht ein wenig schwächen, aber dazu würde ich wenigstens einen Monat des Aufdröselns brauchen.«

»Was ist das: ›Aufdröseln‹?«

»Für jemanden, der da nicht Bescheid weiß, läßt sich das nicht erklären.«

»Was werden Sie dann mit dem Kind tun?«

»Das weiß ich noch nicht; das wird einiges Nachdenken erfordern.«

»In dem Fall«, meinte Trevize, »will ich Ihnen sagen, was wir mit dem Schiff tun werden.«

»Ich weiß, was Sie tun werden. Es geht zurück nach Neu-Erde, und dort werden Sie es noch einmal mit der reizenden Hiroko versuchen, falls sie verspricht, Sie nicht wieder zu infizieren.«

Trevizes Gesicht blieb ausdruckslos. »Nein, ich habe es mir anders überlegt«, sagte er. »Wir fliegen zum Mond – so heißt dieser Satellit, meint Janov.«

»Der Satellit? Weil das die nächste Welt ist? Daran hatte ich nicht gedacht.«

»Ich auch nicht. Und sonst hätte das auch niemand getan. Es gibt nirgends in der Galaxis einen Satelliten, der es wert ist, daß man über ihn nachdenkt. – Aber dieser Satellit ist dadurch, daß er groß ist, auch einmalig. Und darüber hinaus schützt ihn die Anonymität der Erde. Jeder, der die Erde nicht finden kann, kann auch den Mond nicht finden.«

»Ist er bewohnbar?«

»Auf der Oberfläche nicht, aber er ist nicht radioaktiv, überhaupt nicht, also ist er nicht absolut unbewohnbar. Vielleicht besitzt er Leben – tatsächlich könnte es sogar sein, daß er von Leben wimmelt – unter seiner Oberfläche. Und Sie werden natürlich sagen können, ob das so ist, sobald wir nahe genug herangekommen sind.«

Wonne zuckte die Achseln. »Ich will es versuchen. – Aber wie sind Sie denn plötzlich auf den Satelliten gekommen?«

Trevize antwortete darauf mit leiser Stimme. »Das hängt mit etwas zusammen, was Fallom tat, als sie am Computer saß.«

Wonne wartete, als müsse noch mehr kommen, und zuckte dann die Achseln. »Was auch immer es war, Sie hätten diese Inspiration sicherlich nicht bekommen, wenn Sie Ihrem Impuls nachgegeben und sie getötet hätten.«

»Ich hatte nicht die Absicht, sie zu töten, Wonne.«

Wonne machte eine abwehrende Handbewegung. »Schon gut. Wie dem auch sei. Fliegen wir jetzt zum Mond?«

»Ja. Ich werde als Vorsichtsmaßregel nicht zu schnell fliegen, aber wenn alles gut läuft, werden wir in dreißig Stunden in seiner Nachbarschaft sein.«

99

Der Mond war eine Wüste. Trevize sah zu, wie die helle, im Tageslicht liegende Mondoberfläche unter ihnen vorbeizog. Es war ein monotones Panorama aus Kraterringen und bergigen Regionen, aus Schatten, die sich schwarz von den sonnenbeschienenen Partien abhoben. Gelegentlich gab es subtile Farbveränderungen am Boden und hie und da relativ weitläufige Ebenen, die nur von kleinen Kratern unterbrochen wurden. Als sie sich der Nachtseite näherten, wurden die Schatten länger und flossen schließlich ineinander. Eine Weile glitzerten hinter ihnen Berggipfel in der Sonne wie fette Sterne, und ihr Licht überstrahlte das ihrer Brüder am Himmel. Dann verschwanden sie, und darunter war nur noch das schwächere Licht der Erde am Himmel zu sehen, einer großen, blauweißen Kugel, die etwas mehr als halbvoll war. Schließlich ließ die Bewegung des Schiffes auch die Erde unter dem Horizont versinken, so daß unter ihnen nur noch endlose Schwärze und über ihnen der mit Sternen überpuderte Himmel zu sehen waren. Und für Trevize, der auf der sternlosen Welt von Terminus aufgewachsen war, war dieser Himmel immer aufs neue ein Wunder.

Dann tauchten vor ihnen neue helle Sterne auf, zuerst einer, dann zwei, dann mehrere, die sich ausdehnten und dichter wurden und schließlich zusammenwuchsen. Und plötzlich überflogen sie den Terminator in die Tagesseite hinein. Die Sonne ging in infernalischem Glanz auf, während der Bildschirm sofort von ihr wegschaltete und den grellen Schein des Mondbodens polarisierte.

Trevize konnte ganz deutlich erkennen, daß jede Hoffnung sinnlos war, durch bloße Beobachtung dieser enormen Welt einen Weg in das bewohnte Innere (falls es ein solches gab) zu finden.

Er wandte sich um und sah zu Wonne hinüber, die neben ihm saß. Sie blickte nicht auf den Bildschirm; vielmehr hatte sie die Augen geschlossen. Sie schien in dem Sessel zusammengebrochen zu sein, anstatt in ihm zu sitzen.

Trevize, der sich fragte, ob sie etwa schliefe, sagte leise: »Konnten Sie sonst noch etwas entdecken?«

Wonne schüttelte kaum merklich den Kopf. »Nein«, flüsterte sie. »Da war nur dieser eine schwache Hauch. Sie sollten mich wieder dorthin zurückbringen. Wissen Sie, wo diese Region war?«

»Der Computer weiß es.«

Es war, wie wenn man ein Ziel sucht, zuerst in die eine und dann in die andere Richtung wandert und es schließlich findet. Die fragliche Gegend lag auf der Nachtseite. Hätte die Erde nicht ziemlich tief am Himmel gestanden und der Mondoberfläche zwischen den Schatten einen gespenstisch fahlen Glanz verliehen, so hätte man nichts davon ausmachen können, obwohl sie das Licht im Cockpit der besseren Sicht halber gelöscht hatten.

Pelorat war zu ihnen gekommen und stand jetzt besorgt in der Tür. »Haben wir etwas gefunden?« fragte er in heiserem Flüsterton.

Trevize hob Schweigen gebietend die Hand. Er beobachtete Wonne. Er wußte, daß Tage vergehen würden, bis das Sonnenlicht zu diesem Punkt des Mondes zurückkehrte, aber er wußte auch, daß für das, was Wonne zu fühlen versuchte, Licht ohne Bedeutung war.

»Es ist da«, sagte sie.

»Sind Sie ganz sicher?«

»Ja.«

»Und ist es die einzige Stelle?«

»Es ist die einzige Stelle, die ich entdeckt habe. Haben Sie die ganze Mondoberfläche abgesucht?«

»Einen beträchtlichen Teil davon.«

»Nun, dann ist das in diesem beträchtlichen Teil alles, was ich entdeckt habe. Es ist jetzt stärker, so als würde *es uns* entdeckt haben. Und es scheint mir nicht gefährlich. Das Gefühl, das ich empfange, ist ein uns willkommen heißendes.«

»Sind Sie sicher?«

»Das ist das Gefühl, das ich empfange.«

»Könnte es dieses Gefühl vortäuschen?« fragte Pelorat.

Und Wonne antwortete darauf mit einer Spur von Herablassung: »Eine Täuschung würde ich wahrnehmen, das kann ich dir versichern.«

Trevize murmelte irgend etwas von zu großem Selbstvertrauen und sagte dann: »Was Sie hier wahrnehmen, ist Intelligenz, hoffe ich.«

»Ich entdecke starke Intelligenz, nur...« Ihre Stimme nahm einen eigenartigen Tonfall an.

»Nur was?«

»Schsch! Stören Sie mich nicht! Ich muß mich konzentrieren.« Das letzte Wort war kaum zu hören, nur eine leichte Bewegung ihrer Lippen.

Und dann sagte sie mit einem Anflug von Überraschung: »Es ist nicht menschlich.«

»Nicht menschlich?« sagte Trevize mit viel stärkerer Überraschung. »Haben wir wieder mit Robotern zu tun? Wie auf Solaria?«

»Nein.« Wonne lächelte. »Es ist auch nicht robotisch.«

»Es muß das eine oder das andere sein.«

»Keines von beiden.« Sie lächelte. »Es ist nicht menschlich und doch ist es auch nicht wie irgendein Roboter, den ich bisher wahrgenommen habe.«

»Das würde ich gerne sehen«, sagte Pelorat. Er nickte heftig, und seine Augen waren vor Vergnügen geweitet. »Das wäre aufregend. Etwas Neues.«

»Etwas Neues«, murmelte Trevize, plötzlich auch wieder besserer Stimmung, und ein Blitz unerwarteter Einsicht schien das Innere seines Schädels zu erleuchten.

100

Fast jubilierend sanken sie zur Oberfläche des Mondes hinab. Selbst Fallom hatte sich ihnen jetzt zugesellt, und die Kleine strahlte mit dem Überschwang eines jungen Menschen und klatschte immer wieder erfreut in die Hände, als kehrte sie wahrhaft nach Solaria zurück.

Was Trevize anging, so verspürte er in sich einen Anflug von Vernunft, der ihm sagte, daß es doch seltsam war, daß die Erde – oder was immer von der Erde sich hier auf dem Mond befand –, die sich doch solche Mühe gegeben hatte, alle anderen fernzuhalten, jetzt Maßnahmen ergreifen sollte, um sie herbeizuziehen. War es möglich, daß der Zweck vielleicht derselbe war? Hieß das vielleicht einfach nur ›Wenn du sie nicht dazu bringen kannst, dich zu meiden, dann zieh sie an dich und vernichte sie!‹? Würde nicht auch in dem Fall das Geheimnis der Erde unberührt bleiben?

Aber der Gedanke verblaßte wieder, und die Flut von Freude überwältigte ihn, einer Freude, die immer stärker wurde, je näher sie der Oberfläche des Mondes kamen. Und doch klammerte er sich an dem Augenblick der Erleuchtung fest, der ihn erfaßt hatte, ehe ihr Landeanflug zur Oberfläche des Satelliten der Erde begonnen hatte.

Er schien keine Zweifel daran zu haben, wohin das Schiff flog. Sie befanden sich inzwischen dicht über den Gipfeln der unter ihnen dahinziehenden Hügel, und Trevize am Computer empfand kein Bedürfnis, irgend etwas zu tun. Es war, als würden er und der Computer gelenkt, und er empfand nur ungeheure Euphorie darüber, daß die Last der Verantwortung von ihm genommen war.

Sie glitten jetzt parallel zum Boden auf eine Klippe zu, die sich wie eine Schranke drohend vor ihnen auftürmte; eine Schranke, die schwach im Erdenlicht und im Scheinwerferbündel der *Far Star* glitzerte. Doch die unmittelbar bevorstehende Kollision schien Trevize nichts zu bedeuten, und so überraschte es ihn auch überhaupt nicht, als er bemerkte, daß das Klippenstück unmittelbar vor ihnen weggetaucht war und daß sich vor ihnen ein Korridor geöffnet hatte, aus dem künstliches Licht strahlte.

Das Schiff verlangsamte seine Fahrt offenbar aus freien Stücken und fügte sich sauber in die Öffnung ein – schob sich hinein – glitt weiter; die Öffnung schloß sich hinter ihnen, und dann öffnete sich davor eine weitere, und durch die zweite Öffnung drang das Schiff in eine gigantische Halle ein: das ausgehöhlte Inneres eines Berges.

Das Schiff kam zum Stillstand, und alle an Bord rannten zur Luftschleuse. Keinem von ihnen, nicht einmal Trevize, kam es in den Sinn, nachzuprüfen, ob draußen eine atembare Atmosphäre existierte – oder überhaupt Atmosphäre.

Doch da war Luft. Sie war atembar und behaglich warm. Sie blickten um sich, mit dem vergnügten Gefühl von Leuten, die irgendwie nach Hause zurückgekehrt sind. So dauerte es eine Weile, bis sie den Mann bemerkten, der höflich darauf wartete, daß sie näher traten.

Er war hochgewachsen und strahlte eine gewisse Würde aus. Sein Haar war bronzefarben und kurz geschnitten. Seine Wangenknochen waren breit, seine Augen hell, und seine Kleidung war von der Art, wie man sie in alten Geschichtsbüchern fand. Obwohl er kräftig und vital aussah, hatte er dennoch eine Aura von Müdigkeit an sich – nicht, daß man es hätte sehen können, sondern es lag an irgend etwas, das an einen nicht erkennbaren Sinn appellierte.

Fallom reagierte als erste. Mit einem lauten Schrei rannte sie auf den Mann zu, fuchtelte mit den Armen und schrie atemlos: »Jemby! Jemby!«

Sie verlangsamte ihr Tempo nicht, und als sie nahe genug bei dem Mann war, beugte der sich vor und hob sie in die Luft. Sie schlang die Arme um seinen Hals, schluchzte und stieß immer wieder »Jemby! Jemby!« hervor.

Die anderen traten etwas gemesseneren Schrittes näher, und Trevize sagte langsam und deutlich (ob dieser Mann wohl Galaktisch verstand?):

»Wir bitten um Nachsicht, Herr. Dieses Kind hat seinen Beschützer verloren und sucht verzweifelt nach ihm. Es ist uns ein Rätsel, weshalb es sich so an Ihnen festklammert, da es einen Roboter sucht, einen mechanischen...«

Da sprach der Mann zum erstenmal. Seine Stimme wirkte eher funktionell als musikalisch, und sie hatte auch einen leicht archaischen Anklang, aber das Galaktische schien ihm keinerlei Schwierigkeiten zu bereiten.

»Ich grüße Sie alle in Freundschaft«, sagte er – und er schien unverkennbar freundlich, obwohl sein Gesicht in seinem würdevollen Ausdruck unverändert blieb. »Was dieses Kind angeht«, so fuhr er fort, »zeigt es vielleicht besseres Wahrnehmungsvermögen, als Sie ahnen, denn ich bin ein Roboter. Mein Name ist Daneel Olivaw.«

21. DIE SUCHE ENDET

101

Trevize fand sich in einem Zustand völligen Unglaubens. Die eigenartige Euphorie, die er kurz vor und nach der Landung auf dem Mond empfunden hatte, hatte sich gelöst – eine Euphorie, wie er jetzt vermutete, die dieser sogenannte Roboter ihm wohl aufgezwungen hatte, der jetzt vor ihm stand.

Trevizes Blick war immer noch glasig, und in seinem inzwischen wieder völlig vernünftigen und durch nichts beeinträchtigten Bewußtsein hielt ihn dennoch Erstaunen gefangen. Er hatte erstaunt gesprochen, erstaunt Konversation getrieben und dabei das, was er sagte oder hörte, kaum verstanden, während er im Aussehen dieses scheinbaren Mannes etwas suchte, in seinem Verhalten, in seiner Redeweise, jedenfalls irgend etwas, das den Roboter verriet.

Kein Wunder, dachte Trevize, daß Wonne etwas entdeckt hatte, das weder Mensch noch Roboter war, sondern, um Pelorats Worte zu gebrauchen, ›etwas Neues‹. Aber das war natürlich gut so, weil es Trevizes Gedanken in eine andere Bahn gelenkt hatte – aber selbst das wurde jetzt in den Hintergrund seines Bewußtseins gedrängt.

Wonne und Fallom waren davongeschlendert, um sich umzusehen. Wonne hatte den Vorschlag gemacht, aber Trevize schien es, daß dieser Vorschlag nach einem blitzschnellen Blick gekommen war, der zwischen ihr und Daneel hin und her gegangen war. Als Fallom sich weigerte und darum bat, bei dem Wesen bleiben zu dürfen, das sie hartnäckig weiterhin Jemby nannte, reichte ein ernstes Wort Daneels und eine knappe Fingerbewegung, um sie zu veranlassen, sofort davonzutrotten.

Trevize und Pelorat blieben zurück.

»Es sind keine Bewohner der Foundation, Ihr Herren«, sagte der Roboter, als erklärte das alles. »Eine ist Gaia und das andere ist ein Spacer.«

Trevize blieb stumm, während sie zu einfach gebauten Stühlen unter einem Baum geführt wurden. Auf eine einladende Handbewegung des Roboters hin nahmen sie Platz, und als er sich mit einer völlig menschlich wirkenden Bewegung setzte, sagte Trevize: »Sind Sie wirklich ein Roboter?«

»Ja, wirklich, mein Herr«, sagte Daneel.

Pelorats Gesicht schien vor Freude zu glänzen. »In den alten Legenden gibt es Hinweise auf einen Roboter namens Daneel«, sagte er. »Sind Sie ihm zu Ehren benannt?«

»Ich bin jener Roboter«, sagte Daneel. »Das ist keine Legende.«

»O nein«, sagte Pelorat. »Wenn Sie jener Roboter sind, müßten Sie Tausende von Jahren alt sein.«

»Zwanzigtausend«, sagte Daneel ruhig.

Das schien Pelorats Begriffsvermögen zu übersteigen, und er warf Trevize einen Blick zu, der mit einem Anflug von Ärger sagte: »Wenn Sie ein Roboter sind, dann gebe ich Ihnen den Befehl, wahrheitsgemäß zu sprechen.«

»Man braucht mir nicht zu sagen, daß ich wahrheitsgemäß sprechen soll. Ich *muß* das tun. Sie sehen sich also vor drei Alternativen gestellt, Herr. Entweder bin ich ein Mensch, der Sie belügt, oder ich bin ein Roboter, den man so programmiert hat, daß er glaubt, zwanzigtausend Jahre alt zu sein, ob es nun Tatsache ist oder nicht. Oder ich bin ein Roboter, der *wirklich* zwanzigtausend Jahre alt ist. Sie müssen entscheiden, welche Alternative Sie akzeptieren wollen.«

»Die Sache entscheidet sich vielleicht von selbst, wenn wir unser Gespräch fortführen«, sagte Trevize trocken. »Was das betrifft, so fällt es schwer zu glauben, daß dies das Innere des Mondes ist, weder das Licht...« – dabei blickte er auf, denn das Licht war exakt wie weiches, diffuses Sonnenlicht, obwohl keine Sonne am Himmel stand und im übrigen auch kein Himmel zu sehen war – »noch die Schwerkraft scheinen glaubhaft. Diese Welt sollte eine Oberflächenschwerkraft von weniger als 0,2 g besitzen.«

»Tatsächlich würde die normale Oberflächenschwerkraft 0,16 g betragen. Sie wird hier durch dieselben Kräfte aufgebaut, die Ihnen in Ihrem Schiff die Empfindung normaler Schwerkraft vermitteln, selbst wenn Sie sich im freien Fall oder unter Beschleunigung befinden. Andere Energiebedürfnisse, darunter auch das Licht, werden ebenfalls auf gravitischem Wege erfüllt, obwohl wir, soweit das möglich ist, Solarenergie einsetzen. Unsere materiellen Bedürfnisse werden alle auf dem Boden des Mondes befriedigt, mit Ausnahme der leichten Elemente, Wasserstoff, Kohlenstoff und Stickstoff – die der Mond nicht besitzt. Die besorgen wir uns, indem wir uns gelegentlich einen Kometen einfangen. Ein solcher Fang pro Jahrhundert ist jedoch mehr als ausreichend, um unsere Bedürfnisse zu decken.«

»Die Erde ist als Versorgungsquelle wohl unbrauchbar.«

»Bedauerlicherweise ist das so, Herr. Unsere positronischen Gehirne sind gegenüber Radioaktivität ebenso empfindlich wie menschliche Proteine.«

»Sie gebrauchen den Plural, und diese Villa vor uns scheint groß, schön und komfortabel – zumindest von außen betrachtet. Es gibt also weitere Wesen auf dem Mond. Menschen? Roboter?«

»Ja, Herr. Wir haben auf dem Mond eine vollkommene Ökologie, und einen riesigen, komplizierten Hohlraum, in dem diese Ökologie existiert. Die intelligenten Wesen sind alle Roboter, mehr oder weniger wie ich. Aber Sie werden keines von ihnen zu sehen bekommen. Was diese Villa angeht, so wird sie nur von mir benutzt. Es handelt sich um eine Niederlassung, die genau nach dem Modell einer anderen geschaffen ist, in der ich vor zwanzigtausend Jahren lebte.«

»Woran Sie sich in allen Einzelheiten erinnern, nicht wahr?«

»Vollkommen, Herr. Ich wurde auf der Spacerwelt Aurora hergestellt und existierte dort eine Weile. Eine sehr kurze Weile, wie es mir heute scheint.«

»Das ist die mit den...« Trevize hielt inne.

»Ja, Herr. Die mit den Hunden.«

»Davon wissen Sie?«

»Ja, Herr.«

»Wie kommt es dann, daß Sie hier sind, wenn Sie zuerst auf Aurora gelebt haben?«

»Herr, ich bin in den frühen Anfängen der Besiedlung der Galaxis hierhergekommen, um die radioaktive Verseuchung der Erde zu verhindern. Ich war damals mit einem anderen Roboter zusammen, der Giskard hieß und der die Fähigkeit besaß, Bewußtsein zu fühlen und anzupassen.«

»So wie Wonne das kann?«

»Ja, Herr. In gewisser Weise ist uns mißlungen, was wir beabsichtigten. Giskard hat aufgehört zu operieren. Vorher freilich machte er es mir möglich, sein Talent zu erlangen, und überließ es mir, für die Galaxis zu sorgen. Im besonderen für die Erde.«

»Warum im besonderen für die Erde?«

»Teilweise wegen eines Mannes namens Elijah Baley, einem Erdenmenschen.«

Pelorat mischte sich erregt ein. »Das ist der Held, den ich vor einiger Zeit erwähnte, Golan.«

»Ein Held, Herr?«

»Dr. Pelorat meint damit, daß dies eine Person ist, der man vieles zugeschrieben hat«, sagte Trevize. »Er meint, es könne sich um eine Vermengung mehrerer geschichtlicher Persönlichkeiten handeln, möglicherweise sogar um eine ganz und gar erfundene Person.«

Daneel überlegte einen Augenblick lang und sagte dann ganz ruhig. »Das ist nicht so, meine Herren. Elijah Baley war ein wirklicher Mensch, und er war ein einziger Mann. Ich weiß nicht, was Ihre Legenden über ihn berichten, aber in der echten historischen Entwicklung wäre die Galaxis vielleicht ohne ihn nie besiedelt worden. Zu seinen Ehren habe ich mein Bestes getan, um von der Erde zu retten, was ich konnte, nachdem sie radioaktiv zu werden begonnen hatte. Meine Mitroboter wurden über die Galaxis verteilt, um zu versuchen, hier eine Person und dort eine Person zu beeinflussen. Einmal bewirkte ich, daß man anfing, den Boden der Erde in einem Recyclingprozeß zu reinigen, ein andermal, viel später, leitete ich die Terraformung einer Welt ein, die um Alpha Centauri A kreist. In keinem der beiden Fälle hatte ich echten Erfolg. Ich war nie imstande, menschliches Bewußtsein völlig anzupassen, wie ich das wünschte, denn es bestand immer die Gefahr, daß ich den angepaßten Menschen Schaden zufügte. Sie müssen wissen, daß die Regeln der Robotik mich banden und mich auch heute noch binden.«

»Ja?«

Es bedurfte nicht notwendigerweise eines Wesens mit den geistigen Kräften Daneels, um in dieser einen Silbe Unsicherheit zu entdecken.

»Die Erste Regel«, sagte er, »lautet, Herr: ›Ein Roboter darf kein menschliches Wesen verletzen oder durch Untätigkeit zulassen, daß einem menschlichen Wesen Schaden zugefügt wird.‹ Die Zweite Regel: ›Ein Roboter muß dem ihm von einem Menschen gegebenen Befehl gehorchen, es sei denn, ein solcher Befehl würde mit Regel Eins kollidieren.‹ Die Dritte Regel: ›Ein Roboter muß seine Existenz beschützen, so lange dieser Schutz nicht mit Regel eins oder zwei kollidiert.‹ – Natürlich trage ich Ihnen diese Regeln in sprachlicher Annäherung vor. Tatsächlich stellen sie komplizierte mathematische Konfigurationen unserer positronischen Gehirnbahnen dar.«

»Fällt es Ihnen schwer, mit diesen Regeln auszukommen?«

»Das muß ich, Herr. Die Erste Regel ist etwas Absolutes, das mir den Einsatz meiner mentalen Talente beinahe völlig verbietet. Wenn man mit der ganzen Galaxis zu tun hat, so ist es unwahrscheinlich, daß irgendeine Verhaltensweise solchen Schaden völlig verhindert. Es werden immer einige Leute, vielleicht sogar viele Leute, leiden, so daß ein Roboter das Minimum an Schaden wählen muß. Und doch ist die Komplexität der Möglichkeiten derart, daß es Zeit erfordert, um diese Wahl zu treffen, und selbst dann ist man nie sicher.«

»Das leuchtet mir ein«, sagte Trevize.

»Ich habe während der ganzen galaktischen Geschichte versucht, die schlimmsten Aspekte des Streits und der Katastrophe zu mildern, die dauernd in der Galaxis zu verspüren waren«, sagte Daneel. »Gelegentlich ist mir das in gewissem Maße gelungen, aber wenn Sie die galaktische Geschichte kennen, dann wissen Sie, daß das nicht oft der Fall war und nicht in starkem Maße.«

»Soviel weiß ich«, sagte Trevize mit einem wehmütigen Lächeln.

»Kurz vor Giskards Ende entwickelte er ein robotisches Gesetz, das selbst vor dem ersten Vorrang hatte. Wir nannten es die ›Nullte Regel‹ oder das ›Nullte Gesetz‹ – aus der Unfähigkeit heraus, einen anderen Namen zu erdenken, der Sinn abgab. Sie lautet: ›Ein Roboter darf der Menschheit keinen Schaden zufügen oder durch Untätigkeit zulassen, daß der Menschheit Schaden zugefügt wird.‹ Das bedeutet automatisch, daß die Erste Regel modifiziert werden muß und jetzt lautet: ›Ein Roboter darf kein menschliches Wesen verletzen oder durch Untätigkeit zulassen, daß einem menschlichen Wesen Schaden zugefügt wird, es sei denn, dies würde zu einem Konflikt mit der Nullten Regel führen.‹ Und Regel Zwei und Drei müssen in ähnlicher Weise modifiziert werden.«

Trevize runzelte die Stirn. »Wie entscheiden Sie, was für die Menschheit als Ganzes schädlich oder nicht schädlich ist?«

»Genau das ist das Problem«, sagte Daneel. »Theoretisch war das Nullte Gesetz die Lösung unseres Problems; in der Praxis aber konnten wir uns nie entscheiden. Ein menschliches Wesen ist ein konkretes Objekt. Den Schaden, den eine Person erleidet, kann man abschätzen und beurteilen. Die Menschheit ist eine Abstraktion. Wie setzt man sich mit ihr auseinander?«

»Ich weiß es nicht«, sagte Trevize.

»Warten Sie«, sagte Pelorat. »Sie könnten die Menschheit in einen einzigen Organismus verwandeln. Gaia.«

»Das habe ich versucht, Herr. Ich habe die Gründung Gaias herbeigeführt. Wenn man aus der Menschheit einen einzigen Organismus machen könnte, dann würde sie ein konkretes Objekt werden, und man könnte sich damit auseinandersetzen. Aber einen Superorganismus zu schaffen, war nicht so leicht, wie ich gehofft hatte. Zu allererst konnte das nur geschehen, sofern die Menschen den Superorganismus höher bewerteten als ihre Individualität, und ich mußte ein Bewußtseinsmuster finden, das dies zuließ. Das war lange, bevor ich an die Regeln der Robotik dachte.«

»Ah, dann *sind* die Gaianer Roboter. Das hatte ich von Anfang an vermutet.«

»In dem Fall war Ihre Vermutung unrichtig, Herr. Es sind menschliche Wesen, aber ihren Gehirnen ist das Äquivalent der Robotikgesetze fest eingeprägt. Sie müssen das Leben hoch bewerten, *wirklich* hoch bewerten. – Und selbst nachdem das geschehen war, blieb noch ein ernsthafter Mangel. Ein Superorganismus, der nur aus menschlichen Wesen besteht, ist instabil. Man kann ihn nicht allein aus Menschen aufbauen, sondern muß andere Lebewesen hinzufügen, und dann Pflanzen – und dann die anorganische Welt. Der kleinste, wahrhaft stabile Superorganismus ist eine ganze Welt, und zwar eine Welt, die groß und komplex genug ist, um eine stabile Ökologie zu haben. Es hat viel Zeit gebraucht, das zu begreifen, und erst in diesem letzten Jahrhundert ist Gaia *voll* etabliert worden, so daß es jetzt bereit ist, den nächsten Schritt zu tun, den, der zu Galaxia führt – und trotzdem wird auch das noch lange Zeit beanspruchen. Vielleicht nicht mehr so lang, wie die bereits hinter uns liegende Strecke Weges, da wir jetzt mehr Erfahrung haben.«

»Aber Sie haben mich gebraucht, um die Entscheidung für Sie zu treffen. Ist das richtig, Daneel?«

»Ja, Herr. Die Regeln der Robotik hätten nie zugelassen, daß ich oder Gaia die Entscheidung treffen und das Risiko eingehen, daß der Menschheit Schaden widerfährt. Unterdessen – vor fünf Jahrhunderten, als es schien, es würde mir nie gelingen, all die Schwierigkeiten zu überwinden, die der Gründung Gaias im Wege standen – wandte ich mich der zweitbesten Lösung zu und half mit, die Entwicklung der Wissenschaft der Psychohistorik auszulösen.«

»Das hätte ich ahnen können«, murmelte Trevize. »Wissen Sie, Daneel, jetzt beginne ich langsam zu glauben, daß Sie *wirklich* zwanzigtausend Jahre alt sind.«

»Danke, Herr.«

»Warten Sie«, sagte Pelorat. »Ich glaube, jetzt erkenne ich etwas. Sind Sie selbst Teil Gaias, Daneel? Ist das der Grund, weshalb Sie von den Hunden auf Aurora informiert sind? Durch Wonne?«

Daneel nickte würdevoll, so wie alle seine Bewegungen würdevoll waren. »In gewisser Weise haben Sie recht, Herr. Ich bin mit Gaia assoziiert, wenn ich auch nicht ein Teil Gaias bin.«

Trevizes Augenbrauen schoben sich in die Höhe. »Das klingt wie Comporellon, die Welt, die wir unmittelbar nach dem Verlassen Gaias besuchten. Sie besteht darauf, nicht Teil der Foundation-Konföderation zu sein und ist nur mit ihr assoziiert.«

Wieder nickte Daneel langsam. »Ich glaube, die Analogie paßt recht gut, Herr. Ich kann, da ich mit Gaia assoziiert bin, das wahrnehmen, was Gaia wahrnimmt – in der Person von Wonne zum Beispiel. Gaia hingegen kann das, was ich wahrnehme, nicht wahrnehmen, und ich behalte daher meine Freiheit des Handelns. Diese Freiheit des Handelns ist notwendig, bis Galaxia vollständig etabliert ist.«

Trevize sah den Roboter ein paar Augenblicke lang unverwandt an und sagte dann: »Und haben Sie Ihre Wahrnehmung durch Wonne dazu benutzt, sich in Ereignisse unserer Reise einzuschalten und sie dahingehend zu lenken, wie Sie das haben wollten?«

Daneel seufzte auf eine eigenartig menschlich wirkende Art. »Ich konnte nicht viel tun, Herr. Die Regeln der Robotik halten mich stets zurück – und doch habe ich die Last etwas erleichtert, die auf Wonne ruhte, und habe ein wenig zusätzliche Verantwortung auf mich genommen, damit sie leichter mit den Wölfen Auroras und dem Spacer auf Solaria fertig werden konnte und dabei zugleich selbst weniger Schaden litt. Darüber hinaus habe ich über Wonne die Frau auf Comporellon und die auf Neu-Erde beeinflußt, damit sie Sie mit Wohlgefallen sahen und Sie mit ihrer Hilfe Ihre Reise fortsetzen konnten.«

Trevize lächelte melancholisch. »Ich hätte wissen müssen, daß das nicht allein mein Charme war.«

Daneel nahm die Aussage ohne den Anflug an Bescheidenheit

hin, den sie enthielt. »Im Gegenteil, Herr«, sagte er, »es waren in beträchtlichem Maße Sie. Jede der beiden Frauen hat Sie von Anfang an wohlgefällig betrachtet. Ich habe nur den schon vorhandenen Impuls ein wenig verstärkt – und recht viel mehr kann man gemäß den Robotikgesetzen gar nicht tun. Wegen dieser Einschränkungen – und auch aus anderen Gründen – hatte ich große Mühe, Sie hierherzubringen. Ich war mehrere Male in großer Gefahr, Sie zu verlieren.«

»Und jetzt *bin* ich hier«, sagte Trevize. »Was wollen Sie von mir? Soll ich meine Entscheidung zugunsten Galaxias bestätigen?«

Daneels Gesicht, das stets ausdruckslos war, schaffte es irgendwie, den Eindruck zu vermitteln, als verzweifelte er. »Nein, Herr. Die bloße Entscheidung reicht jetzt nicht mehr. Ich habe Sie, so gut ich das in meinem augenblicklichen Zustand konnte, aus einem viel wichtigeren, verzweifelteren Grund hierhergebracht. Ich werde bald sterben.«

102

Vielleicht lag es an der beiläufigen Art, in der Daneel das sagte, vielleicht auch, weil eine Lebensspanne von zwanzigtausend Jahren jemandem, der dazu verdammt war, weniger als ein halbes Prozent dieser Spanne zu leben, der Tod nach so langer Zeit nicht als Tragödie erscheinen konnte. Jedenfalls empfand Trevize nicht die leiseste Regung von Mitgefühl. »Sterben? Kann eine Maschine sterben?«

»Ich kann aufhören zu existieren, Herr. Nennen Sie es, wie Sie wollen. Ich bin alt. Kein einziges denkens Wesen in der Galaxis, das am Leben war, als man mir das erstemal ein Bewußtsein gab, lebt heute noch; nichts Organisches, nichts Robotisches. Auch mir selbst fehlt Kontinuität.«

»In welcher Weise?«

»Es gibt keinen Teil meines Körpers, Herr, der nicht schon ersetzt worden ist, nicht nur einmal, sondern viele Male. Selbst mein positronisches Gehirn ist fünfmal ersetzt worden. Jedesmal hat man den Inhalt meines früheren Gehirns bis aufs letzte Positron in das neue eingeätzt. Jedesmal hatte das neue Gehirn eine größere Kapazität und Komplexität als das alte, damit Platz für mehr Erinnerungen, für schnellere Entscheidungen und schnelleres Handeln war. Aber...«

»Aber?«

»Je fortschrittlicher und komplexer das Gehirn, desto instabiler ist es auch, desto schneller nützt es sich ab. Mein augenblickliches Gehirn ist hunderttausendmal so empfindlich wie mein erstes und hat die zehnmillionenfache Kapazität. Aber während mein erstes Gehirn über zehntausend Jahre hielt, ist das augenblickliche nur sechshundert Jahre alt und zweifellos bereits vergreist. Mit jeder Erinnerung aus zwanzigtausend Jahren, perfekt aufgezeichnet und mit einem perfekten Abrufmechanismus, ist das Gehirn voll. Die Fähigkeit, Entscheidungen zu treffen, nimmt schnell ab, und noch schneller schwindet die Fähigkeit, fremdes Bewußtsein auf Hyperraum-Distanz zu testen und zu beeinflussen. Ebensowenig bin ich imstande, ein sechstes Gehirn zu entwickeln und zu konstruieren. Eine weitere Miniaturisierung treibt mich gegen die blanke Wand des Unsicherheitsprinzips, und noch größere Komplexität stellt praktisch sofortigen Zerfall sicher.«

Pelorat schien verzweifelt. »Aber Gaia kann sich doch sicherlich ohne Sie weiterentwickeln, Daneel, jetzt, wo Trevize sich für Galaxia entschieden hat...«

»Der Prozeß hat einfach zu lange gedauert, Herr«, sagte Daneel, ohne, wie stets, irgendeine Emotion erkennen zu lassen. »Ich mußte trotz der unerwarteten Schwierigkeiten, die sich ergaben, warten, bis Gaia voll etabliert war. Bis man ein menschliches Wesen – Golan Trevize – gefunden hatte, der imstande war, die nötige Entscheidung zu treffen, war es zu spät. Glauben Sie aber bitte nicht, daß ich keine Maßnahmen ergriffen habe, um meine Lebensspanne zu verlängern. Stück für Stück habe ich meine Aktivitäten eingeschränkt, um, was ich konnte, für Notfälle zu bewahren. Als ich mich nicht länger auf aktive Maßnahmen verlassen konnte, um die Isolierung des Erde-Mond-Systems zu bewahren, griff ich zu passiven Schritten. Im Laufe vieler Jahre sind die humaniformen Roboter, die mit mir zusammenarbeiteten, nach Hause zurückgerufen worden. Ihre letzte Aufgabe war es, aus den planetarischen Archiven alle Hinweise auf die Erde zu entfernen. Aber ohne mich und meine Roboterkollegen fehlen Gaia die notwendigen Werkzeuge, um die Entwicklung Galaxias in einer vernünftigen Zeitspanne durchzuführen.«

»Und all dies wußten Sie«, sagte Trevize, »als ich meine Entscheidung traf?«

»Ein gutes Stück vorher, Herr«, sagte Daneel. »Gaia wußte es natürlich nicht.«

»Aber welchen Sinn hatte es dann«, sagte Trevize zornig, »diese Scharade durchzuführen? Was hat es denn genützt? Seit meiner Entscheidung habe ich die Galaxis auf der Suche nach der Erde abgesucht, nach dem, was ich für ihr ›Geheimnis‹ hielt – nicht wissend, daß das Geheimnis *Sie* sind –, um die Entscheidung zu bestätigen. Nun, ich *habe* sie bestätigt. Ich weiß jetzt, daß Galaxia absolut notwendig ist – und das alles ist allem Anschein nach überflüssig gewesen. Warum konnten Sie Galaxia nicht sich selbst – und mich mir – überlassen?«

»Weil ich einen Ausweg gesucht habe, Herr«, sagte Daneel, »und ich habe weitergemacht in der Hoffnung, ich könnte vielleicht einen finden. Ich glaube, ich habe ihn gefunden. Statt mein Gehirn gegen ein weiteres positronisches auszutauschen, was praktisch unmöglich ist, könnte ich es statt dessen mit einem menschlichen Gehirn verschmelzen. Einem menschlichen Gehirn, das nicht durch die Regeln der Robotik beschränkt wird und meinem Gehirn nicht nur zusätzliche Kapazität, sondern dazu auch noch ein ganz neues Niveau von Fähigkeiten verleiht. Deshalb habe ich Sie hierhergeholt.«

Trevize schien entsetzt. »Sie meinen... Sie planen, ein menschliches Gehirn mit dem Ihren zu verschmelzen? Das menschliche Gehirn soll seine Individualität verlieren, damit Sie ein... ein Zwei-Gehirne-Gaia schaffen können?«

»Ja, Herr. Das würde mich nicht unsterblich machen, mir aber die Möglichkeit verschaffen, lange genug zu leben, um Galaxia zu etablieren.«

»Und dafür haben Sie *mich* hierhergebracht? Sie wollen, daß meine Unabhängigkeit von den drei Regeln und mein Urteilsvermögen zu einem Teil Ihrer Person gemacht wird, und dies um den Preis meiner Individualität? – Nein!«

»Und doch sagten Sie vor einem Augenblick, daß Galaxia für das Wohlergehen der Menschheit...«

»Selbst wenn das der Fall ist, würde es eine lange Zeit dauern, Galaxia zu etablieren, und ich würde zeit meines Lebens ein Individuum bleiben. Andererseits, wenn man Galaxia schnell herbeiführen würde, würde in der ganzen Galaxis die Individualität verlorengehen, und mein eigener Verlust wäre Teil eines unvorstellbar größeren Ganzen. Aber ich würde niemals zustimmen, meine Individualität zu verlieren, während der Rest der Galaxis die seine behält.«

»Dann ist es so, wie ich dachte«, sagte Daneel. »Ihr Gehirn würde sich nicht gut verschmelzen lassen und würde jedenfalls einem größeren Nutzen dienen, wenn Sie Ihre individuelle Urteilsfähigkeit behielten.«

»Wann haben Sie Ihre Meinung geändert? Sie sagten doch gerade, Sie hätten mich zu dieser Verschmelzung hierhergeholt.«

»Ja, und nur, indem ich meine wesentlich verringerten Kräfte in vollem Maße einsetzte. Trotzdem sollten Sie nicht vergessen, daß das Wort ›Sie‹ im Galaktischen ebenso den Plural wie den Singular ausdrückt. Ich habe mich auf Sie alle bezogen, als ich sagte, ›deshalb habe ich Sie hierhergebracht‹.«

Pelorat richtete sich in seinem Sessel auf. »Wirklich? Dann sagen Sie mir, Daneel, würde ein menschliches Gehirn, das man mit dem Ihren verschmilzt, alle Ihre Erinnerungen teilen – all die zwanzigtausend Jahre bis zurück in die legendäre Vorzeit?«

»Sicherlich, Herr.«

Pelorat atmete tief. »Das würde die Erfüllung meines Lebens sein. Dafür würde ich mit Freuden meine Individualität aufgeben. Bitte, gestatten Sie mir das Privileg, mein Gehirn mit Ihnen zu teilen.«

»Und Wonne?« fragte Trevize mit leiser Stimme. »Was ist mit ihr?«

Pelorat zögerte höchstens einen Moment lang. »Wonne wird das verstehen«, sagte er. »Sie wird ohnehin ohne mich besser dran sein – nach einer Weile.«

Daneel schüttelte den Kopf. »Ihr Angebot ist großzügig, Dr. Pelorat, aber ich kann es nicht annehmen. Ihr Gehirn ist alt – entschuldigen Sie bitte, wenn ich unhöflich erscheine – und kann bestenfalls noch zwei oder drei Jahrzehnte überleben, selbst wenn es mit dem meinen verschmolzen wird. Ich brauche etwas anderes. Sehen Sie!« Er deutete und sagte: »Ich habe sie zurückgerufen.«

Wonne kam zurück. Sie schritt munter aus, und man spürte die gute Laune, die sie erfüllte.

Pelorat sprang auf. »Wonne! O nein!«

»Seien Sie nicht beunruhigt, Dr. Pelorat«, sagte Daneel. »Wonne kann ich nicht gebrauchen. Das würde mich mit Gaia verschmel-

zen, und ich muß, wie ich bereits erklärte, von Gaia unabhängig
bleiben.«

»Aber in dem Fall«, sagte Pelorat, »wer...«

Und Trevize sah die schlanke kleine Gestalt an, die hinter Wonne
angerannt kam, und sagte: »Der Roboter hat die ganze Zeit Fallom
gewollt, Janov.«

103

Wonne kehrte zurück. Sie lächelte und war offenbar in Hochstim-
mung.

»Wir konnten nicht über die Grenzen des Anwesens hinausge-
hen«, sagte sie, »aber das alles hat mich sehr an Solaria erinnert.
Fallom ist natürlich überzeugt, daß dies Solaria *ist*. Ich fragte sie, ob
sie nicht meinte, daß Daneel ganz anders aussieht als Jemby –
schließlich war Jemby metallisch – und Fallom sagte ›nein, eigentlich nicht‹. Ich weiß nicht, was sie mit ›eigentlich nicht‹ meinte.«

Sie blickte zu Fallom, die für den würdevoll dreinblickenden Daneel Flöte spielte, dessen Kopf im Takt zu ihrem Spiel nickte. Die
Klänge ihres Spiels drangen an ihr Ohr, dünn, klar und lieblich.

»Wissen Sie, daß sie die Flöte mitgenommen hat, als wir das
Schiff verließen?« fragte Wonne. »Ich nehme an, wir werden sie
eine Weile nicht von Daneel losbekommen.«

Darauf folgte ein lastendes Schweigen, und Wonne sah die beiden Männer erschrocken an. »Was ist denn?«

Trevize machte eine Handbewegung in Richtung Pelorat. Soll er
es dir sagen, schien die Geste zu bedeuten.

Pelorat räusperte sich und sagte: »Tatsächlich glaube ich, daß Fallom für immer bei Daneel bleiben wird.«

»Wirklich?« Wonne runzelte die Stirn und schickte sich an, zu
Daneel zu gehen, aber Pelorat hielt sie am Arm fest. »Wonne, Liebes, das darfst du nicht. Er ist selbst jetzt mächtiger als Gaia, und
Fallom muß bei ihm bleiben, wenn Galaxia entstehen soll. Laß mich
erklären, und Golan, Sie verbessern mich bitte, wenn ich etwas Falsches sagen sollte.«

Wonne hörte sich den Bericht an, und ihr Gesicht nahm immer
verzweifeltere Züge an.

Und dann meinte Trevize, in dem Versuch, kühle Vernunft walten zu lassen: »Sie sehen, wie es steht, Wonne. Das Kind ist ein Spacer, und Daneel ist von Spacers entwickelt und gebaut worden. Das Kind ist von einem Roboter erzogen worden und kannte auf einem Anwesen, das so leer ist wie dieses hier, nichts anderes. Das Kind hat Übertragungskräfte, die Daneel brauchen wird, und es wird drei oder vier Jahrhunderte leben, und das ist vielleicht die Zeit, die die Errichtung Galaxias erfordert.«

Wonne blieb eine Weile stumm; ihre Augen waren feucht und ihre Wangen gerötet. Dann sagte sie: »Ich nehme an, der Roboter hat unsere Reise zur Erde so manipuliert, daß wir auf Solaria haltmachen und ein Kind für ihn mitnehmen mußten.«

Trevize zuckte die Achseln. »Vielleicht hat er nur die Gelegenheit genutzt. Ich glaube nicht, daß seine Kräfte im Augenblick groß genug sind, um auf Hyperraum-Distanz Marionetten aus uns zu machen.«

»Nein. Hinter allem steckte Absicht. Er sorgte dafür, daß ich mich stark zu der Kleinen hingezogen fühlte und sie mitnahm, anstatt zuzulassen, daß man sie tötete. Daß ich sie sogar vor Ihnen schützte, wo Sie doch nur Abneigung und Ärger darüber zeigten, daß sie bei uns war.«

»Ebensogut kann es auch nur Ihre gaianische Ethik gewesen sein, der Daneel vielleicht ein wenig nachgeholfen hat«, meinte Trevize. »Kommen Sie, Wonne, Sie haben nichts zu gewinnen! Angenommen, Sie *könnten* Fallom hier wegholen, wo würden Sie sie dann hinbringen, um sie so glücklich zu machen, wie sie hier ist? Würden Sie sie nach Solaria zurückbringen, wo man sie unbarmherzig töten würde; auf irgendeine überfüllte Welt, wo sie krank werden und sterben würde; auf Gaia, wo sie sich vor Sehnsucht nach Jemby zu Tode grämen würde; auf eine endlose Reise durch die Galaxis, wo sie bei jeder Welt, auf der wir haltmachten, annehmen würde, es sei ihr Solaria? Und würden Sie einen Ersatz für sie finden können, damit Daneel mit Ihrer Hilfe Galaxia errichten kann?« Wonne schwieg bedrückt.

Pelorat hielt ihr etwas scheu die Hand hin. »Wonne«, sagte er. »Ich habe mich freiwillig erboten, mein Gehirn mit dem Daneels verschmelzen zu lassen. Er wollte es nicht haben und sagte, ich sei zu alt. Ich wünschte, er hätte es genommen, wenn das Fallom für dich gerettet hätte.«

Wonne nahm seine Hand und küßte sie. »Ich danke dir, Pel, aber der Preis wäre zu hoch, selbst für Fallom.«

Sie atmete tief und versuchte zu lächeln. »Vielleicht läßt sich, wenn wir nach Gaia zurückkommen, Platz in dem globalen Organismus für ein Kind für mich finden – und dann werde ich Fallom in den Silben seines Namens unterbringen.«

In dem Moment kam Daneel, als wüßte er, daß die Angelegenheit erledigt war, auf sie zugeschritten, und Fallom hüpfte neben ihm her.

Die Kleine fing zu rennen an und überholte ihn. Sie rief Wonne zu: »Danke, Wonne, daß du mich wieder zu Jemby nach Hause gebracht und dich um mich gekümmert hast, als wir auf dem Schiff waren. Ich werde immer an dich denken.« Dann warf sie sich Wonne an den Hals, und die beiden hielten einander umschlungen.

»Ich hoffe, daß du immer glücklich sein wirst«, sagte Wonne. »Ich werde auch an dich denken, Fallom, Liebes.« Und dann ließ sie sie widerstrebend los.

Fallom wandte sich Pelorat zu und sagte: »Dank auch dir, Pel, daß du mich deine Buchfilme hast lesen lassen.« Und dann, ohne ein weiteres Wort und nach kurzem Zögern, streckte sie ihre schmale Mädchenhand Trevize entgegen. Er ergriff sie einen Augenblick lang und ließ sie dann los.

»Viel Glück, Fallom«, murmelte er.

Und Daneel sagte: »Ich danke Ihnen allen für das, was Sie getan haben, jeder auf seine Art. Sie dürfen jetzt wieder gehen, denn Ihre Suche ist beendet. Was meine eigene Arbeit angeht, so wird sie auch bald beendet sein, und jetzt erfolgreich.«

Aber Wonne sagte: »Warten Sie! Wir sind noch nicht ganz fertig. Wir wissen noch nicht, ob Trevize immer noch der Ansicht ist, daß die richtige Zukunft für die Menschheit Galaxia ist, im Gegensatz zu einer endlosen Ansammlung von Isolaten.«

»Das hat er vor einer Weile bereits klargemacht, meine Dame«, sagte Daneel. »Er hat sich zugunsten Galaxias entschieden.«

Wonnes Lippen preßten sich zusammen. »Das würde ich lieber von ihm selbst hören – wie soll es also sein, Trevize?«

»Wie wollen Sie es denn, Wonne?« fragte Trevize ruhig. »Wenn ich mich gegen Galaxia entscheide, bekommen Sie vielleicht Fallom zurück.«

»Ich bin Gaia«, sagte Wonne. »Ich muß Ihre Entscheidung und den Grund dafür kennen – nur um der Wahrheit willen.«

»Sagen Sie es ihr, Herr«, meinte Daneel. »Ihr Bewußtsein ist, wie Gaia weiß, unberührt.«

Und Trevize sagte: »Die Entscheidung lautet für Galaxia. In meinem Bewußtsein gibt es in dem Punkt keinen Zweifel mehr.«

104

Wonne blieb eine Zeit, die man vielleicht braucht, um mit mäßigem Tempo bis fünfzig zu zählen, reglos, so als würde sie abwarten, bis die Information alle Teile Gaias erreicht hatte, und sagte dann: »Warum?«

Trevize erklärte: »Hören Sie mir zu! Ich wußte von Anfang an, daß es für die Menschheit zwei mögliche zukünftige Entwicklungen gab – Galaxia oder das Zweite Imperium aus Seldons Plan. Und mir war klar, daß diese beiden mögliche Zukünfte sich gegenseitig ausschlossen. Wir konnten Galaxia nicht haben, wenn Seldons Plan nicht aus irgendeinem Grund einen fundamentalen Fehler enthielt.

Unglücklicherweise wußte ich, mit Ausnahme der beiden Axiome, auf denen Seldons Plan beruht, nichts über ihn: das eine, daß eine hinreichend große Zahl menschlicher Wesen involviert sein muß, damit man die Menschheit statistisch als eine Gruppe von willkürlich miteinander agierenden Individuen betrachten kann; und zweitens, daß die Menschheit die Resultate der psychohistorischen Gleichungen nicht kennen darf, ehe diese Resultate erreicht sind.

Da ich mich bereits zugunsten Galaxias entschieden hatte, hatte ich das Gefühl, ich müßte im Unterbewußtsein Fehler in Seldons Plan kennen, und diese Fehler konnten nur in den Axiomen liegen, die ich als einzige Bestandteile kannte. Und doch konnte ich an diesen Axiomen nichts Falsches erkennen. Deshalb mühte ich mich ab, die Erde zu finden, weil ich das Gefühl hatte, daß die Erde nicht ohne Grund so sorgfältig verborgen sein konnte. Ich mußte herausfinden, was das für ein Grund war.

Ich hatte eigentlich keinen Anlaß, damit zu rechnen, daß ich eine Lösung finden würde, sobald ich die Erde gefunden hatte, aber ich war verzweifelt – und etwas anderes wollte mir nicht einfallen. Und vielleicht half auch Daneels Wunsch nach einem solarianischen Kind, mich dazu zu treiben.

Jedenfalls haben wir am Ende die Erde und dann den Mond erreicht, und Wonne hat Daneels Bewußtsein entdeckt, mit dem er natürlich nach ihr in den Weltraum hinausgriff. Sie hat dieses Bewußtsein als weder ganz menschlich noch ganz robotisch beschrieben. Im nachhinein erwies sich das als vernünftige Darstellung, weil Daneels Gehirn weit über das eines jeden Roboters, der je existiert hat, hinaus fortentwickelt ist, und daher nicht als robotisch wahrgenommen werden konnte. Ebensowenig konnte es freilich als menschlich empfunden werden. Pelorat nannte es ›etwas Neues‹, und das diente als Auslöser für ›etwas Neues in mir‹; einen neuen Gedanken.

Ebenso wie vor langer Zeit Daneel und sein Kollege ein viertes Gesetz der Robotik entwickelt haben, das fundamentaler als die anderen drei war, konnte ich plötzlich ein drittes, grundlegendes Axiom der Psychohistorik erkennen, das fundamentaler als die beiden anderen war. Ein drittes Axiom, so fundamentaler Natur, daß niemand sich je die Mühe gemacht hat, es zu erwähnen.

Und hier ist es: die beiden bekannten Axiome befassen sich mit menschlichen Wesen und basieren auf dem unausgesprochenen Axiom, daß menschliche Wesen die *einzige* intelligente Spezies in der Galaxis sind, und demzufolge die einzigen Organismen, deren Handlungen in der Entwicklung von Gesellschaften und Geschichte bedeutsam sind. Das ist das unausgesprochene Axiom: daß es in der Galaxis nur eine intelligente Spezies gibt und daß dies der *homo sapiens* ist. Wenn es ›etwas Neues‹ gäbe, wenn es andere intelligente Spezies von völlig anderer Art gäbe, dann ließe sich ihr Verhalten nicht exakt durch die Mathematik der Psychohistorik beschreiben, und Seldons Plan wäre bedeutungslos. Verstehen Sie?« Trevize zitterte beinahe, so sehr drängte es ihn, sich verständlich zu machen. »Verstehen Sie?« wiederholte er.

Pelorat sagte: »Ja, ich verstehe, aber als Advocatus diaboli, alter Junge...«

»Ja? Weiter.«

»Menschen *sind* nun mal die einzigen Intelligenzwesen in der Galaxis.«

»Und Roboter?« sagte Wonne. »Gaia?«

Pelorat überlegte einen Augenblick lang und sagte dann zögernd: »Die Roboter haben seit dem Verschwinden der Spacers keine bedeutende Rolle in der menschlichen Gesellschaft gespielt. Gaia hat bis vor kurzem keine bedeutsame Rolle gespielt. Roboter sind Geschöpfe menschlicher Wesen, und Gaia ist ein Geschöpf von Robotern – und insoweit haben sowohl Roboter als auch Gaia, nachdem die drei Regeln sie binden, keine Wahl, als dem menschlichen Willen nachzugeben. Trotz der zwanzigtausend Jahre, die Daneel sich abgemüht hat, und der langen Entwicklung Gaias – würde ein einziges Wort Golan Trevizes, eines menschlichen Wesens, all diesen Mühen und dieser Entwicklung ein Ende machen. Daraus folgert somit, daß die Menschheit in der Galaxis die einzige intelligente Spezies von Bedeutung ist, und die Psychohistorik behält daher ihren Wert.«

»Die einzige Form der Intelligenz in der Galaxis«, sagte Trevize langsam. »Dem stimme ich zu. Und doch sprechen wir so viel und so oft von der Galaxis, daß wir kaum noch erkennen können, wie wenig dies besagt. Die Galaxis ist nicht das Universum. Es gibt andere Galaxien.«

Pelorat und Wonne begannen unruhig zu werden. Daneel lauschte mit würdevoller Gelassenheit, und seine Hand strich langsam über Falloms Haar.

»Hören Sie mir weiter zu!« fuhr Trevize fort. »Außerhalb der Galaxis gibt es die Magellanschen Wolken, die bisher kein menschliches Schiff je erreicht hat. Dahinter gibt es weitere kleine Galaxien, und nicht sehr weit entfernt die große Andromedagalaxis, die größer ist als unsere Milchstraße. Und dahinter gibt es Milliarden von Galaxien.

Unsere eigene Galaxis hat nur eine Gattung mit hinreichend großer Intelligenz hervorgebracht, um eine technologische Zivilisation zu entwickeln. Aber was wissen wir von den anderen? Unsere mag atypisch sein. In einigen der anderen – vielleicht sogar in allen – gibt es vielleicht viele miteinander im Wettbewerb stehende intelligente Rassen, die miteinander kämpfen und von denen jede einzelne für uns unverständlich wäre. Vielleicht beschäftigt sie dieser gegenseitige Kampf, aber was ist, wenn in irgendeiner Galaxis eine Spezies die Herrschaft über den Rest erlangt und dann Zeit hat, über die Möglichkeit des Erreichens anderer Galaxien nachzudenken.

Im Hyperraum ist die Galaxis ein Punkt. Und das ganze Universum auch. Wir haben keine andere Galaxis besucht, und soweit uns bekannt ist, hat uns auch nie eine intelligente Spezies aus einer anderen Galaxis besucht – aber dieser Zustand mag eines Tages ein Ende haben. Und wenn die Eindringlinge kommen, dann werden sie ganz sicher Mittel und Wege finden, manche menschliche Wesen gegen andere menschliche Wesen aufzuhetzen. Bislang hatten wir nur uns selbst als Gegner und sind daher solche Kämpfe gewöhnt. Ein Eindringling, der uns geteilt vorfindet, wird uns alle beherrschen oder uns alle vernichten. Die einzige wirksame Verteidigung ist es, Galaxia hervorzubringen, die man nicht gegen sich selbst kehren kann und die sich mit maximaler Macht Eindringlingen entgegenstellen kann.«

»Das Bild, das Sie hier malen, ist erschreckend«, sagte Wonne. »Werden wir Zeit haben, Galaxia zu bilden?«

Trevize blickte auf, als könnte er damit die dicke Schicht Mondgestein durchdringen, die ihn von der Oberfläche und vom Weltraum trennte; als könnte er sich zwingen, jene fernen Galaxien zu sehen, die sich langsam durch den endlosen Weltraum bewegten.

Dann sagte er: »In der ganzen Geschichte der Menschheit hat keine andere Intelligenz auf uns eingewirkt, wenigstens so weit uns das bekannt ist. Das braucht nur noch ein paar Jahrhunderte zu dauern, vielleicht wenig mehr als ein Zehntausendstel der Zeit, die es bereits eine Zivilisation gibt, und dann sind wir sicher. Schließlich...« – und dabei empfand Trevize eine plötzliche Aufwallung von Unsicherheit, die er sich zu verdrängen zwang – »ist es ja nicht so, als wäre der Feind bereits hier unter uns.«

Und dabei vermied er es, Fallom anzusehen, die – hermaphroditisch, mit Transducerkräften ausgerüstet, anders – ihn mit einem nachdenklichen Blick ihrer unergründlichen Augen musterte.

ANHANG

DER ERWEITERTE FOUNDATION-ZYKLUS

Der Autor hat in den letzten Jahren die in den fünfziger Jahren entstandene FOUNDATION TRILOGIE, umfassend die Bände:

Der Tausendjahresplan
Der galaktische General
Alle Wege führen nach Trantor

wesentlich erweitert und ist dabei, sie noch weiter auszubauen, indem etwa Verbindungen zu den frühen Baley-Romanen

Der Mann von drüben (auch: *Die Stahlhöhlen* · 06/71)
Die nackte Sonne

hergestellt wurden. Die Planung umfaßt derzeit folgende Romane und Erzählungen in dieser Reihenfolge:

1. THE COMPLETE ROBOT
   Alle Roboter-Geschichten
   auch in: *Meine Freunde, die Roboter* · 06/20
2. THE CAVES OF STEEL
   Der Mann von drüben · 06/3004
   auch: *Die Stahlhöhlen* · 06/71
   Ungekürzte Neuübersetzung
3. THE NAKED SUN
   Die nackte Sonne · 06/3009
   Ungekürzte Neuübersetzung in Vorbereitung
4. THE ROBOTS OF DAWN
   Aurora oder Der Aufbruch zu den Sternen · 01/6579
5. ROBOTS AND EMPIRE

Änderungen vorbehalten! Möglicherweise wird der Zyklus über die 15 Bände hinaus fortgeführt. Weitere ältere Romane einzubeziehen, wie etwa THE END OF ETERNITY (*Das Ende der Ewigkeit* · 06/3088), ist nicht geplant.

Das Gesamtverzeichnis der Heyne-Taschenbücher informiert Sie ausführlich über alle lieferbaren Titel. Sie erhalten es von Ihrer Buchhandlung oder direkt vom Verlag.

Wilhelm Heyne Verlag, Postfach 2012 04, 8000 München 2